Νίκος Καραλής

ΑΙΜΑΤΟΒΑΜΜΕΝΗ ΠΟΛΙΤΕΙΑ

FYLATOS PUBLISHING

Συγγραφέας: Νίκος Καραλής
e-mail: nikkaralis19@gmail.com

© Εκδόσεις Φυλάτος, © Fylatos Publishing
e-mail. contact@fylatos.com
web: www.fylatos.com
Σχεδιασμός Εξωφύλλου: © Εκδόσεις Φυλάτος
Σελιδοποίηση-Σχεδιασμός: © Εκδόσεις Φυλάτος
ISBN: 978-618-5123-82-6

Νίκος Καραλής

ΑΙΜΑΤΟΒΑΜΜΕΝΗ
ΠΟΛΙΤΕΙΑ

Εκδόσεις Φυλάτος
Fylatos Publishing
MMXV

Όποιος λαός ξεχνάει τους νεκρούς του είναι καταδικασμένος.

Το παρόν βιβλίο αφιερώνεται στους απλούς ανθρώπους που έχασαν τη ζωή τους πολεμώντας μέσα στην Ιερή Πόλη ή σκλαβώθηκαν και πέθαναν μακριά από αυτήν.

Ας είναι η μνήμη τους αιώνια.

Σημείωμα του συγγραφέα

Κάθε συγγραφέας ιστορικών μυθιστορημάτων οφείλει την ύπαρξη των κειμένων του στα κείμενα των προκατόχων του. Οπότε οφείλω να ευχαριστήσω τους συγγραφείς: Τάκη Λάππα, Δημήτρη Φωτιάδη, Νικόλαο Κολόμβα και τους απομνημονευματογράφους, Νικόλα Κασομούλη, Αρτέμιο Μίχο, Σπυρίδων Σπυρομήλιο. Για οποιαδήποτε λάθη υπάρχουν στο κείμενο κατηγορήστε εμένα και όχι αυτούς.

Θα ήθελα να ευχαριστήσω επίσης τους: Κωνσταντίνο Σοκόλα για την φιλοξενία του στην Ιερή Πόλη καθώς και για άλλα πολλά, τον Θανάση Καραμπάλιο για την ειλικρινή πρώτη ανάγνωση του πρωτοτύπου, τον επίσης συγγραφέα Κώστα Βελούτσο για τις πολύτιμες συμβουλές του, τον εκδότη μου Κωνσταντίνο Φυλάτο για την ευκαιρία που μου έδωσε, και την γυναίκα μου, Μαριάνθη, για την πίστη της σε εμένα και στο έργο μου.

Τέλος, ευχαριστώ Εσένα που αγόρασες το μυθιστόρημά μου και ξόδεψες κάποιες ώρες από τον πολύτιμο χρόνο σου για να ακούσεις και την δική μου φωνή.

ΞΗΜΕΡΩΜΑ
11ης ΑΠΡΙΛΙΟΥ 1826

«Πίσω μωρέ, πίσω στις ντάπιες μας». Αυτή η φωνή ήταν η ταφόπετρα που έπεσε με πάταγο και έσβησε τα όνειρα των Πολιορκημένων για ελευθερία. Κανείς ποτέ δεν έμαθε ποιος την ξεστόμισε, αν ήταν εχθρός ή αν ήταν φίλος. Μετά το άκουσμά της επικράτησε το σκοτάδι.

Η εμπροσθοφυλακή, που αποτελούνταν από τους πολεμιστές που μπορούσαν ακόμη να πολεμήσουν, προσπαθούσε να ανοίξει δρόμο, με το ατσάλι, μέσα από τον κύριο όγκο του εχθρού. Όταν ακούστηκε αυτή η κραυγή επικράτησε πανδαιμόνιο. Η ορμητική επέλασή τους κόπηκε στη μέση, καθώς πολλοί από τους αρματολούς γύρισαν για να ξαναμπούν μέσα στα τείχη και στην ασφάλεια που τους πρόσφεραν αυτά. Οι υπόλοιποι συνέχισαν να προχωρούν μέσα σε μια θάλασσα γιαταγανιών μέχρι που πέθαναν. Ελάχιστοι από αυτούς κατάφεραν να διασχίσουν το αντίπαλο στρατόπεδο και να γλιτώσουν τρέχοντας στα βουνά.

Οι υπόλοιποι, μαζί με τα γυναικόπαιδα που ξαναμπήκαν στην πόλη, βρέθηκαν πρόσωπο με πρόσωπο με τους εχθρούς, που είχαν εισχωρήσει πια μέσα σε αυτήν, από τις αφύλαχτες ντάπιες και η σφαγή γενικεύτηκε.

Μάνες έβλεπαν τους εχθρούς να χιμούν πάνω σε αυτές και στα παιδιά τους και αυτοκτονούσαν, αφού πρώτα σκότωναν αυτά, για να μην γίνουν έρμαια στα νύχια των κατακτητών. Γέροι ανήμποροι αμπάρωναν τα σπίτια τους και τίναζαν τις μπαρουταποθήκες τους στον αέρα, παίρνοντας μαζί τους στον θάνατο εχθρούς και φίλους μαζί.

Η λύσσα όμως των πολιορκητών ήταν τόσο μεγάλη που βεβήλωσαν ακόμη και τα νεκρά σώματα των πολιορκημένων που κείτονταν στους φλεγόμενους δρόμους. Από την οργή τους δε γλύτωσαν ούτε οι, από καιρό, πεθαμένοι καθώς έσκαψαν τους τάφους τους και σκόρπισαν τα κόκαλά τους στους πέντε ανέμους.

Τρεις μέρες μετά το μόνο που είχε απομείνει από την πολιτεία του Μεσολογγίου ήταν ερείπια και καπνοί. Όλα τα πτώματα είχαν συγκεντρωθεί και μια μεγάλη πύρα έκαιγε από αυτά. Όσα γυναικόπαιδα είχαν αιχμαλωτίσει, τα είχαν φορτώσει ήδη στα καράβια, αλυσοδεμένα, για να τα μεταφέρουν στα σκλαβοπάζαρα της Ανατολής.

Το Μεσολόγγι δεν υπήρχε πια.

ΠΕΝΤΕ ΧΡΟΝΙΑ ΠΡΙΝ
Μάιος 1821

Μεσημέρι.

Κάψα μεγάλη στην πόλη του Μεσολογγίου. Στους δρόμους η κίνηση είχε αρχίσει να αραιώνει καθώς ο κόσμος είχε τελειώσει με τις πρωινές δουλειές του και οι περισσότεροι βρισκόταν ήδη στα σπίτια τους, για να φάνε και να ξεκουραστούν. Αν και ήταν ακόμη άνοιξη, η ζέστη ήταν αισθητή, κάνοντας τους πολίτες να αναρωτιούνται τι θα γινόταν το μεσοκαλόκαιρο. Μερικές γυναίκες πηγαινοερχόταν στον δρόμο κουβαλώντας στάμνες και βαρέλες γεμάτες νερό για να ποτίσουν τα ζωντανά του νοικοκυριού τους και να κρατήσουν νερό για τις υπόλοιπες ανάγκες τις ημέρας.

Μια παρέα εύσωμων γυναικών είχε σταματήσει στη σκιά από ένα δέντρο και κουβέντιαζαν.

«Μωρή Διαμάντω, δε φτάνει που ακούς ότι σου λένε, τα πιστεύεις κιόλας;» Έλεγε μια αντρογυναίκα τινάζοντας κάθε τόσο το ιδρωμένο της κεφάλι.

«Αλήθεια είναι Μεσολογγίτισσες, είδε ο Μανόλης τα κεφάλια τους κομμένα και καρφωμένα σε παλούκια. Πήρε όρκο βαρύ όταν του είπα πως δεν το πιστεύω.»

Οι γυναίκες σταμάτησαν να μιλούν και κοίταξαν καλά τη Διαμάντω.

«Ο Μανόλης για να ορκίστηκε σημαίνει πως δε λέει ψέματα. Τι άλλο σου είπε μωρή αλαφροΐσκιωτη;» ρώτησε ξανά η πιο μεγαλόσωμη από όλες.

«Ο καπετάν Μακρής ξέκανε τους φοροεισπράκτο-ρες του Μοριά, ξεκινώντας την επανάσταση εκεί, και τώρα παντού στον Μοριά και στη Ρούμελη, ξεσηκώνο-νται οι Έλληνες και σφάζουν τους Τούρκους» απάντησε με μια ανάσα η Διαμάντω με τα μάτια της να λάμπουν.

Εκείνη τη στιγμή μια μικρόσωμη Τουρκάλα προσπα-θούσε να προχωρήσει στη μέση του δρόμου φορτωμένη με δύο στάμνες νερό. Οι γυναίκες σταμάτησαν τις κουβέντες τους και γύρισαν τα κεφάλια τους για να παρατηρήσουν την Τουρκάλα. Από τις στάμνες χυνόταν το νερό που ξεχεί-λιζε μουσκεύοντας τα ρούχα της. Χωρίς να πει κουβέντα η μεγαλόσωμη Μεσολογγίτισσα προχώρησε προς την Τουρ-κάλα και με το χέρι της άδραξε τη μια στάμνα.

«Εμινέ, τι θαρρείς πως κάνεις εκεί; Θες να κοψομε-σιαστείς στα καλά καθούμενα;»

Η Εμινέ τραβήχτηκε, τρομαγμένη από τη φωνή, αλλά μόλις το βλέμμα της έπεσε στο φαρδύ πρόσωπο της Μεσολογγίτισσας, ηρέμησε.

«Εσύ είσαι Βαγγελιώ; Κόντεψες να με κοψοχολιά-σεις. Βάστα λίγο καλύτερα τη στάμνα για να την αφήσω κάτω γιατί πιάστηκε η μέση μου».

Η Βαγγελιώ έπιασε και με το άλλο χέρι της τη στάμνα και σιγά σιγά την άφησε στον σκονισμένο δρόμο.

«Μωρή Εμινέ, τρελάθηκες μωρή; Πού το πας όλο αυτό το νερό; Μπας και φοβάσαι μη στερέψει η πηγή;» είπε η Βαγγελιώ και από τον χοντρό λαιμό της ξεπετάχτηκε ένας πίδακας γέλιου.

Τα μάτια της Εμινέ σκοτείνιασαν στην ερώτηση της Μεσολογγίτισσας και αυτή τα είδε και σταμάτησε να γελάει.

«Τι θυμώνεις μωρή; Τόσα χρόνια γειτόνισσες και δεν σηκώνεις ένα χωρατό;» είπε η Βαγγελιώ.

«Θύμωσα Βαγγελιώ γιατί ξέρεις τον λόγο που κουβαλάω τόσο νερό αλλά συνεχίζεις να το παίζεις ανίδεη» σφύριξε η Εμινέ.

Η Βαγγελιώ άκουσε τα λόγια της γειτόνισσάς της και συνοφρυώθηκε.

«Σαν τι ξέρω εγώ δηλαδή;» ρώτησε.

Τα μάτια της Εμινέ στένεψαν και κοίταξε προσεκτικά τη χοντροκομμένη φιγούρα της γειτόνισσάς της. Την ήξερε καλά τη Βαγγελιώ. Τόσα χρόνια ήταν γειτόνισσες και ήξερε πως μπορεί η Μεσολογγίτισσα να είχε πολλά ελαττώματα αλλά ψέματα δεν έλεγε.

«Φεύγουμε από το Μεσολόγγι Βαγγελιώ. Για αυτό κουβαλάω τόσο νερό. Φεύγουμε αύριο το πρωί κιόλας. Πάω τώρα να ποτίσω όλα τα ζωντανά και να φυλάξω και λίγο για τον δρόμο».

Η Βαγγελιώ έμεινε εμβρόντητη στα λόγια της Εμινέ.

«Και πού πάτε μωρή έτσι ξαφνικά; Τι είναι τούτο πάλι;»

«Μαθαίνουμε τι γίνεται Βαγγελιώ έξω από το Μεσολόγγι. Οι δικοί σας άρχισαν να ξεσηκώνονται και σφάζουν χωρίς έλεος ολόκληρες οικογένειες Τούρκων που ζούσαν τόσα χρόνια μαζί. Ο άντρας μου έμαθε τι συμβαίνει από έναν έμπορο και δεν έχασε στιγμή καιρό. Αύριο το πρωί κινάμε για το Βραχώρι».

Η Βαγγελιώ είχε χάσει τα λόγια της. Είχε ακούσει κάποιες φήμες και άκουσε πριν και τη διήγηση της Διαμάντως και ξαφνικά όλα έδεσαν μέσα στο μυαλό της. Η μεγαλόσωμη γυναίκα άνοιξε τα χέρια της και αγκάλιασε της γειτόνισσα της. Η Εμινέ χάθηκε μέσα στην τεράστια αγκαλιά της Μεσολογγίτισσας.

«Δεν μπορεί να είναι τόσο απλά τα πράγματα, Εμινέ. Εδώ έχετε τον Αχμέτ Μπέη, που κάνει κουμάντο και σ' εσάς αλλά και σ' εμάς. Κάτι θα μπορεί να κάνει αυτός».

«Ο άντρας μου λέει πως ο Αχμέτ έχει ξοφλήσει και δεν μπορεί να κάνει τίποτα πια. Πολλοί λίγοι από εμάς του δίνουν σημασία. Όλοι οι υπόλοιποι έχουν ήδη φορτώσει τα μουλάρια και τραβούν κατά το Βραχώρι γιατί φοβούνται την εξέγερση τη δικιά σας» είπε η Εμινέ και με μια κίνησή της φορτώθηκε στην πλάτη της τη μια στάμνα και έσκυψε για να πιάσει και την άλλη.

«Έχε γεια Βαγγελιώ, χάρηκα που σε είχα γειτόνισσα τόσα χρόνια και θα χαιρόμουν ακόμη πιο πολύ αν μπορούσα να σ' έχω για άλλα τόσα, αλλά τώρα οι δρόμοι μας θα χωρίσουν».

Με μια ακόμη απότομη κίνηση η Εμινέ φορτώθηκε και την άλλη στάμνα και άρχισε να απομακρύνεται βιαστικά από τη Βαγγελιώ σφίγγοντας τα δόντια της για να μην αφήσει τα δάκρυά της να κυλήσουν.

Η Βαγγελιώ επέστρεψε στη συντροφιά της, χαμένη στις σκέψεις της. Όλες οι άλλες την κοίταζαν ερωτηματικά και αυτή άρχισε να διηγείται την κουβέντα της με τη γειτόνισσά της.

«Είδατε που σας τα έλεγα εγώ;» πετάχτηκε η Διαμάντω, «να μάθετε να με λέτε αλαφροΐσκιωτη...»

«Όντως έτσι είναι» είπε η Θανάσω «τα πράγματα έχουν αρχίσει και κινούνται πια πολύ γρήγορα και ψυχανεμίζομαι πως γρήγορα θα φτάσει και σ' εμάς η φλόγα της επανάστασης. Κάνουμε πως δεν καταλαβαίνουμε και αγνοούμε τα σημάδια αλλά η ώρα έχει έρθει».

Όλες άκουσαν τα λόγια της μεγαλύτερης της παρέας και ένα παγωμένο ρίγος διέτρεξε το σώμα τους. Σήκωσαν τις στάμνες τότε από χάμω και κίνησαν όλες βιαστικά για τα σπίτια τους, με το μυαλό τους γεμάτο με τη σκέψη, τι θα σήμαινε η επανάσταση για αυτές και τις οικογένειές τους.

Ο πιτσιρίκος έτρεχε προς τη λιμνοθάλασσα ακολουθώντας το αδέσποτο σκυλί που είχε ξετρυπώσει στο κελάρι του σπιτιού του και αυτό το είχε βάλει στα πόδια, κάτω από τις φωνές του μικρού. Το σκυλί τρύπωσε σε μια καλύβα που βρισκόταν στην ακτή της λιμνοθάλασσας και ο μικρός σταμάτησε απότομα την τρεχάλα, κοντοστάθηκε από έξω παρατηρώντας τη σκοτεινή πόρτα, φοβούμενος να μπει μέσα. Τελικά μετά από σκέψη λίγων λεπτών, μάζεψε μερικές πέτρες από την παραλία, και άρχισε να τις ρίχνει στα τυφλά μέσα στην καλύβα. Οι βολές του χτυπούσαν στα ξύλα και στα καλάμια της καλύβας βγάζοντας έναν υπόκωφο θόρυβο. Ο μικρός, τσαντισμένος επειδή δεν μπορούσε να ξετρυπώσει με τις πέτρες το σκυλί, αλλά και επειδή φοβόταν να μπει στην καλύβα, πέταξε την τελευταία πέτρα με όλη του τη δύναμη και γύρισε την πλάτη του για να φύγει. Έκανε δύο βήματα όταν συνειδητοποίησε πως η τελευταία πέτρα δεν έκανε κανέναν θόρυβο, όπως οι άλλες που χτυπούσαν πάνω στα ξύλα της καλύβας. Σταμάτησε και πήγε να γυρίσει για να δει τι έγινε, όταν ένα βαρύ βουητό ακούστηκε από το εσωτερικό της και ο μικρός είδε από της σκοτεινή είσοδο της καλύβας να πετάγεται ένα σμάρι σφήκες. Τότε αυτός, μην χάνοντας καιρό, γύρισε απότομα και άρχισε να τρέχει με το κεφάλι του σκυφτό και χωμένο βαθιά ανάμεσα στους ώμους του και τα χέρια του να ανεβοκατεβαίνουν σαν έμβολα με τι σφήκες να σχηματίζουν ένα θολό σύννεφο γύρω από το κεφάλι του. Ο μικρός άρχισε να ουρλιάζει αλλά τα ουρλιαχτά του σβήστηκαν κάτω από το τρομερό αλύχτισμα του σκυλιού που βγήκε από την καλύβα, με εκατοντάδες σφήκες κολλημένες πάνω του. Ο σκύλος προσπέρασε τον πιτσιρίκο τρέχοντας και ουρλιάζοντας, σχεδόν σαν άνθρωπος, από τα τσιμπήματα που δεχόταν. Ο πιτσιρίκος τυφλωμένος από τον πανικό του αλλά και από τον πόνο των τσιμπημάτων όρμησε προς τη λιμνοθάλασσα και αυτό ήταν ή σωτηρία του. Αφού έμεινε όσο περισσότερο μπορούσε κάτω από το νερό, έβγαλε πρώτα τη μύτη του για να αναπνεύσει, και μετά έβγαλε σιγά σιγά και το κεφάλι του. Οι σφήκες είχαν απομακρυνθεί και αυτός τρέμοντας και πονώντας, στον λαιμό και στο κεφάλι που τον είχαν τσιμπήσει, βγήκε από το νερό και πήρε τον δρόμο για το σπίτι του νιώθοντας ήδη τα τσιμπήματα που είχε δεχθεί να πρήζονται.

Μετά από μερικά λεπτά που περπατούσε, αντίκρισε το σκυλί που είχε κυνηγήσει, να κείτεται στο πλάι, νεκρό και με το σώμα του τουμπανισμένο από τα αμέτρητα τσιμπήματα που είχε δεχτεί. Η καρδιά του μικρού σφίχτηκε καθώς κατάλαβε πως αυτός ήταν υπεύθυνος για τον θάνατο του ζώου. Συνέχισε να παρατηρεί το φριχτά παραμορφωμένο κουφάρι του σκυλιού και αποφάσισε να επιστρέψει αύριο το πρωί με εργαλεία, για να σκάψει ένα τάφο και να θάψει το κουφάρι. Αφού έσυρε τον νεκρό σκύλο κάτω από έναν θάμνο, πήρε και πάλι τον δρόμο της επιστροφής, με σκυμμένο κεφάλι και με το μυαλό θολωμένο από τον πόνο.

Ο πιτσιρίκος προχωρούσε από τα στενά της πολιτείας για να μην πέσει πάνω σε κανέναν και τον κοροϊδέψει για το πάθημά του όταν, για κακή του τύχη, στρίβοντας σε μια γωνιά, ήρθε πρόσωπο με πρόσωπο με μερικά παιδιά της ηλικίας του, που έπαιζαν στον δρόμο. Ο μικρός προσπάθησε να τους αποφύγει αλλά οι γρήγορες κινήσεις του και τα πλάγια του βήματα έστρεψαν για τα καλά την προσοχή πάνω του. Το παιχνίδι σταμάτησε, και μια φωνή ακούστηκε.

«Τι έπαθε η φάτσα σου και είναι έτσι; Ήσουν που ήσουν σαν τον κώλο της μαϊμούς, που έχει ο Σουλτάνος και παίζει, άλλα τώρα είσαι ακόμη χειρότερα».

Ο πιτσιρίκος σταμάτησε απότομα και έσκυψε ακόμη πιο πολύ το πρησμένο του πρόσωπο. Γέλια άρχισαν να ακούγονται από τα υπόλοιπα παιδιά, και αυτός που είχε μιλήσει άρχισε να πλησιάζει τον μικρό που στεκόταν με το κεφάλι σκυμμένο.

«Σήκωσε το κεφάλι να σε δούμε λίγο» συνέχισε την κουβέντα του αυτός που είχε μιλήσει πριν και αφού ο μικρός δεν κουνιόταν, έβαλε το χέρι του κάτω από το πιγούνι του και το πίεσε για να σηκωθεί.

Ο μικρός αποφάσισε τότε πως δε θα ωφελούσε σε τίποτα να κρύβεται και σήκωσε απότομα το κεφάλι του.

«Δεν έχω πάθει τίποτα Κωστή και πάρε το χέρι σου από το πρόσωπό μου. Απλά έτρεχα πριν λίγο και έχω κοκκινίσει αρκετά».

Απορία ζωγραφίστηκε στο πρόσωπο του Κωστή.

«Εγώ δε βλέπω ένα απλό κοκκίνισμα από το τρέξιμο, αλλά βλέπω και πρήξιμο μαζί. Όπως βλέπω και πρήξιμο και στα χέρια σου και στον λαιμό σου» συνέχισε να σχολιάζει ο Κωστής, ενώ κύκλος σχηματίστηκε γύρω από τον μικρό.

«Ε, να, είμαι λίγο πρησμένος γιατί καθώς έτρεχα, σκό-
νταψα και έπεσα» προσπάθησε να δικαιολογηθεί ο μικρός.

«Και πού είναι τα αίματα αν χτύπησες όπως λες;» συ-
μπλήρωσε ένας πιτσιρίκος που στεκόταν δίπλα στον Κωστή
και που κανένας δεν μπορούσε να καταλάβει αν ήταν μαύ-
ρος από τη βρώμα ή αν αυτό ήταν το φυσικό του χρώμα.

«Εγώ πάντως έτσι είχα πρηστεί όταν με είχαν τσι-
μπήσει σφήκες, που είχαν φτιάξει τη φωλιά τους στο πα-
τάρι του σπιτιού μας, και τη χάλασε ο πατέρας μου. Αυτό
είναι, σφήκες κυνηγούσες και αυτές σε περιποιήθηκαν
για τα καλά. Γιατί δε μας το λες;» ρώτησε πιεστικά ο Κω-
στής και όλη η ομήγυρη ξέσπασε σε γέλια και κοροϊδίες
εναντίον του μικρού. Αυτός, καταλαβαίνοντας πια πως
δεν μπορούσε με τίποτα να δικαιολογηθεί, ομολόγησε.

«Εντάξει, πώς κάνετε έτσι; Με τσίμπησαν μια δύο
σφήκες κάτω στη λιμνοθάλασσα γιατί χάλασα τη φωλιά
τους. Αυτό είναι όλο...»

Όλοι οι μικροί ξέσπασαν σε ακόμη δυνατότερα γέλια.

«Τι μόνο μια δύο;» φώναξε ο Κωστής, όταν τα γέλια
άρχισαν να ηρεμούν. «Εσύ έχεις τουλάχιστον καμιά εικο-
σαριά τσιμπήματα στον λαιμό και στη μούρη σου. Και πάω
στοίχημα πως αν σου κατεβάσω και το βρακί, έχεις αλλά
τόσα και ακόμη περισσότερα τσιμπήματα στον κώλο σου».

Καινούρια γέλια ανάβλυσαν από τα παιδικά στήθη,
και φούντωναν ολοένα και πιο πολύ καθώς ο Κωστής δεν
έλεγε να σταματήσει το πείραγμα.

«Πρέπει να είναι φίλες σου οι σφήκες για να σε χαϊ-
δέψανε τόσες φορές. Τι λες και εσύ; Και αφού σε αγαπάνε
τόσο πολύ, πώς θα σου φαινόταν να σε φωνάζαμε Σφήκα;»

Μόλις ο Κωστής είπε αυτά τα λόγια, τα γέλια των μικρών έφτασαν στην κορύφωσή τους και αμέσως μετά άρχισαν όλοι μαζί να φωνάζουν δυνατά και ρυθμικά το καινούριο παρατσούκλι του μικρού.

«Σφήκας, Σφήκας, Σφήκας, Σφήκας. Δείτε τον Σφήκα παιδιά, χα χα χα χα».

Ο μικρός έσκυψε το κεφάλι ταπεινωμένος για το καινούριο παρατσούκλι του. Έσπρωξε τα παιδιά, που του έκλειναν τον δρόμο και βάδισε γρήγορα προς το σπίτι του, με τα δάκρυα, που τόση ώρα κρατούσε, να αυλακώνουν τα πρησμένα του μάγουλα και τα αυτιά του να βουίζουν και να δονούνται από το αίμα που γέμιζε τα μηνίγγια του αλλά και από τις φωνές που άκουγε από πίσω του. Μετά από λίγο έφτασε σπίτι του. Προσπάθησε να ηρεμήσει και να ξεχάσει το καινούριο παρατσούκλι του, που θα έκανε τον γύρο της πόλης πολύ γρήγορα και άρχισε να σκέφτεται τον νεκρό σκύλο και το θάψιμό του.

Το επόμενο πρωί ο Σφήκας, εφοδιασμένος με τα απαραίτητα εργαλεία για το σκάψιμο του τάφου, κίνησε για την παραλία. Το πρόσωπό του είχε αρχίσει να ξεπρήζεται, χάρις στο ξύδι που του είχε βάλει η μάνα του και τώρα βάδιζε γοργά, ακολουθώντας ξανά τα στενοσόκακα της πολιτείας, για να μην πέσει πάνω στους συνομήλικους του και αρχίσουν να τον ρωτάνε τι σκαρώνει πάλι. Μετά από λίγο, έφτασε στον θάμνο που είχε σύρει το κουφάρι του σκυλιού, και αφού το ξετρύπωσε, έφτυσε τις παλάμες του, όπως έβλεπε τον πατέρα του να κάνει, έπιασε το ξύλινο στειλιάρι της αξίνας, και άρχισε να σκάβει το χώμα.

Το έδαφος όμως σε εκείνο το σημείο ήταν πολύ σκληρό και γρήγορα ο Σφήκας κουράστηκε και έγειρε προς τα πίσω για να ξαποστάσει. Το βλέμμα του πλανήθηκε προς τη λιμνοθάλασσα, αγκαλιάζοντας ολόκληρη την περιοχή. Για μια στιγμή, σαν κάτι να διέκρινε στο βάθος του ορίζοντα, αλλά δεν έδωσε περισσότερη σημασία, καθώς έπιασε και πάλι την αξίνα συνεχίζοντας το σκάψιμο.

Συνέχισε να σκάβει για αρκετή ώρα αυτήν τη φορά, καθώς κρατούσε χαμηλότερο ρυθμό και ο λάκκος βάθαινε σταθερά.

«Λίγο ακόμη και θα είναι εντάξει» μουρμούριζε μέσα από τα δόντια του ο Σφήκας όταν η μύτη της αξίνας χτύπησε με δύναμη στο πάνω μέρος μιας πλατιάς πέτρας. Η δόνηση της πρόσκρουσης μεταφέρθηκε ατόφια από το ξύλινο στειλιάρι στα χέρια του. Έβγαλε μια κραυγή έκπληξης, ανάμεικτης με πόνο και ίσωσε απότομα το κορμί του ανοίγοντας το στόμα του για να αναθεματίσει. Το θέαμα όμως που αντίκρισε στη λιμνοθάλασσα, έκανε την κραυγή που είχε σκαρφαλώσει ήδη στο λαιμό του, να κατρακυλήσει και πάλι στο λαρύγγι του. Εκείνη ακριβώς τη στιγμή ένας κανονιοβολισμός τράνταξε τα νερά της λιμνοθάλασσας βγάζοντας τον Σφήκα από τη στιγμιαία παράλυσή του. Αμέσως γύρισε την πλάτη του στα καράβια, που τόσο απότομα είχαν εμφανιστεί και το έβαλε στα πόδια, ουρλιάζοντας για κάτι καράβια που είχαν κάνει την εμφάνιση τους και έριχναν με τα κανόνια τους στην πόλη.

Τον κανονιοβολισμό και μετά τις κραυγές του Σφήκα, τις άκουσε ένας λυγερόκορμος νεαρός, που έτυχε να

πηγαίνει προς την παραλία εκείνη τη στιγμή. Αμέσως πέτα-
ξε κάτω τους κουβάδες που κρατούσε και με μεγάλη γρη-
γοράδα άρχισε να κατηφορίζει προς τη λιμνοθάλασσα. Μό-
λις έστριψε στο τελευταίο στενό κατάλαβε πως ο μικρός
που φώναζε είχε δίκιο για τα καράβια, αλλά είτε γιατί είχε
τρομάξει πολύ, είτε γιατί δεν ήξερε να αναγνωρίζει τα σύμ-
βολα της Επανάστασης, που κυμάτιζαν στα κατάρτια των
πλοίων, νόμιζε πως είχε έρθει ο τούρκικος στόλος και είχε
αρχίσει να ρίχνει στην πόλη για να τους σκοτώσει όλους.

Ο νεαρός όρμησε προς τη ρηχή λιμνοθάλασσα και
άρχισε να τσαλαβουτάει μέσα της, όταν από τα πολεμικά
πλοία έπεσαν βάρκες με άντρες, που άρχισαν να κωπηλα-
τούν προς τη στεριά και αυτός, με τα γυμνά του χέρια, έπια-
σε τις κουπαστές και άρχισε να τις τραβάει προς τη στεριά.

Εν τω μεταξύ, ο Σφήκας, ξεφωνίζοντας για πλοία
και κανόνια, έφτασε στο σπίτι του και έπεσε στην αγκα-
λιά της μάνας του, που είχε βγει στον δρόμο γιατί είχε
ακούσει μία δυνατή βροντή, που έμοιαζε με κανονιά.

«Σιγά παιδί μου, σιγά, θα σκάσεις έτσι όπως ξεφω-
νίζεις. Τι έτρεξε;»

«Μάνα, Τούρκοι, καράβια πολλά στη λιμνοθάλασ-
σα. Μου έριξαν κιόλας και με το κανόνι τους για να με
σκοτώσουν αλλά εγώ τη γλίτωσα».

«Τι λες παιδάκι μου; Εδώ έχουν να φανούν τούρ-
κικα καράβια πολλά χρόνια...» Προσπάθησε να ηρεμήσει
τον γιο της αλλά περισσότερο προσπαθούσε να δώσει μια
εξήγηση στον εαυτό της για το τι συνέβαινε.

Ο Σφήκας έτρεμε στην αγκαλιά της και αυτή του

χάιδευε τα μαλλιά, προσπαθώντας να τον καλμάρει, όταν πέρασε σαν αστραπή από μπροστά τους ο νεαρός που ήταν στην ακρογιαλιά και όρμησε προς το σπίτι ενός από τους προκρίτους της πολιτείας, που ήταν δίπλα στο σπίτι του Σφήκα.

«Μπα σε καλό σου, διάολε Λιακατά. Πώς τρέχεις έτσι; Μου 'κοψες τη χολή» μουρμούρισε μέσα από τα δόντια της η γυναίκα και οδήγησε τον γιο της στο εσωτερικό του σπιτιού και αφού του είπε να σταθεί εκεί, βγήκε ξανά έξω και πήγε προς το σπίτι της γειτόνισσάς της για να μάθει αν είχε συμβεί κάτι σημαντικό.

Η μάνα του Σφήκα άκουγε φασαρία και αναστάτωση μέσα από το γειτονικό της σπίτι και σήκωσε το χέρι της για να χτυπήσει τη σιδερένια αυλόπορτα όταν η πόρτα άνοιξε από μόνη της και στο κατώφλι της ξεπρόβαλε η γειτόνισσά της, χαμογελώντας ολόκληρη. Πριν προλάβει η μάνα του Σφήκα να αρθρώσει λέξη, εκείνη την αγκάλιασε και τη φίλησε σταυρωτά.

«Η ώρα της απελευθέρωσης ήρθε» της ψιθύρισε στο αυτί. «Η Επανάσταση έφτασε και σε εμάς» συμπλήρωσε.

Ήταν 20 Μάιου του 1821.

Αναταραχή επικρατούσε στο προαύλιο του ναού του Αγίου Σπυρίδωνα. Οι κεφαλές της πολιτείας είχαν μαζευτεί εκεί έπειτα από κάλεσμα του Ραζηκότσικα και περιμένοντας αυτόν να έρθει, συζητούσαν έντονα για την Επανάσταση που είχε ξεσπάσει και είχε φτάσει και στην πόλη τους.

Ο Θανάσης Ραζηκότσικας, γέννημα θρέμμα του Μεσολογγίου, ήταν στη συνείδηση των πολιτών ο αρχηγός τους, παρόλο το νεαρό της ηλικίας του.

Η έντονη προσωπικότητά του και η ηγετική φυσιογνωμία του, σε συνδυασμό με τη μεγάλη μόρφωση που είχε αποκτήσει αφού είχε σπουδάσει στην Παλαμιαία Ακαδημία, τον κατέτασσαν πρώτο ανάμεσα στους συμπολίτες του. Τώρα ο Ραζηκότσικας βάδιζε με γρήγορο ρυθμό προς τον ναό, έχοντας στο πλευρό του τον γείτονά του, που τον ενημέρωσε για την άφιξη των καραβιών και ανέλαβε να ειδοποιήσει για τη σύναξη και τους υπόλοιπους επιφανείς πολίτες.

«Γρηγόρη, έφτασε και η δικιά μας η ώρα νομίζω» είπε ο Ραζηκότσικας ρίχνοντας ένα πλάγιο βλέμμα στον Γρηγόρη Λιακατά που τον ακολουθούσε με άνεση παρόλο που ο Ραζηκότσικας έτρεχε σχεδόν.

«Καιρό πολύ δεν περιμέναμε καπετάνιο; Καιρός ήταν να έρθει και η δικιά μας η ώρα» απάντησε ο Λιακατάς και άνοιξε το βήμα του για να προσπεράσει τον Ραζηκότσικα.

Στους δρόμους της πόλης επικρατούσε πανδαιμόνιο από την ώρα που είχαν έρθει τα ελληνικά καράβια. Οι περισσότεροι από τους πολίτες είχαν φύγει από τα σπίτια τους και κατηφόριζαν προς το λιμάνι για να δουν με τα μάτια τους όσα είχαν ακούσει με τα αυτιά τους.

«Ε, Ραζηκότσικα; Για πού το έβαλες έτσι βιαστικός; Όλοι τραβούν κατά την ακροθαλασσιά, εσύ γιατί πας αντίθετα;»

Ο Ραζηκότσικας άκουσε τη φωνή και σταμάτησε. Από ένα στενό, που διασταυρωνόταν με τον κεντρικό δρόμο, εμφανίστηκε ένας κοντός μαυριδερός άντρας, με ένα τεράστιο μουστάκι να στολίζει το ηλιοκαμένο του πρόσωπο και με δύο ακόμη πιο τεράστιες κουμπούρες να κρέμονται από το σελάχι, στη μέση του.

«Όρε διάβολε» αναρωτήθηκε ο Ραζηκότσικας «πότε πρόλαβες και αρματώθηκες;»

«Καπετάν Θανάση, τα όπλα και η φουστανέλα βρισκόταν πάνω πάνω στο μπαούλο που τα φυλούσα γυρεύοντας μια αφορμή για να βγουν. Και τώρα νομίζω πως αυτήν η αφορμή έχει δοθεί».

«Δεν έχει έρθει ακόμη η ώρα για να τις χρησιμοποιήσεις, Σπύρο. Κοντεύει αλλά δεν ήρθε ακόμη» απάντησε ο Ραζηκότσικας.

«Τώρα τραβάμε κατά τον Αϊ Σπυρίδωνα γιατί έχουμε σύναξη και συμβούλιο για το τι θα κάνουμε» είπε ο Λιακατάς στον Σπύρο και τράβηξε τον Ραζηκότσικα από τη φουστανέλα για να ξεκινήσουν.

«Έχε γεια Σπύρο» είπε ο Ραζηκότσικας και χωρίς άλλη καθυστέρηση κίνησε πίσω από τον Λιακατά, τρέχοντας σχεδόν για να τον προλάβει.

Μετά από λίγα λεπτά οι δύο άντρες έφτασαν στην εκκλησία και χωρίς να χάνουν καιρό έσπρωξαν την αυλόπορτα και μπήκαν μέσα. Ο Ραζηκότσικας έφερε ένα γύρω με το βλέμμα του το προαύλιο του ναού και είδε πως όλοι οι άντρες είχαν ανταποκριθεί στο κάλεσμά του. Αφού τους χαιρέτησε όλους έναν έναν και απλώθηκε σιγαλιά στον χώρο, ο Ραζηκότσικας άρχισε να μιλάει.

«Αδέρφια μου, σήμερα ήρθε η ώρα που όλοι περιμέναμε από τη στιγμή που γεννηθήκαμε. Το πλήρωμα του χρόνου έφτασε και εμείς πρέπει να σταθούμε στο ύψος μας, για να εκπληρώσουμε αυτό που η καρδιά μας ποθεί περισσότερο από οτιδήποτε άλλο. Ήρθε η ώρα για λευτεριά. Ή τώρα ή ποτέ».

Φωνές επιδοκιμασίας ακούστηκαν από τους παρευρισκομένους και ο Ραζηκότσικας περίμενε να κοπάσουν για να συνεχίσει.

«Σήμερα το πρωί, όπως όλοι γνωρίζετε, η Επανάσταση, που για αυτήν μέχρι τώρα ακούγαμε μόνο φήμες και σκόρπιες διαδόσεις, έφτασε και σε εμάς. Σας κάλεσα όλους εδώ για να συζητήσουμε πώς πρέπει να κινηθούμε».

Ο Ραζηκότσικας σώπασε για μια στιγμή και με το βλέμμα του ζύγισε τους συμπατριώτες του. Όλοι οι σημαντικοί άντρες της πόλης ήταν εδώ και ανάμεσά τους βρισκόταν και ο αδερφός του ο Γιαννάκης. Μετά από μερικά δευτερόλεπτα σιωπής, συνέχισε.

«Πριν συνεχίσω τη σκέψη μου θέλω να σας κάνω μια ερώτηση, τώρα που είμαστε όλοι εδώ συγκεντρωμένοι».

«Ποια είναι αυτή καπετάνιο;» ρώτησε ένας από την ομήγυρη τον Ραζηκότσικα.

Ο Ραζηκότσικας τον κοίταξε και άρχισε να μιλάει ξανά.

«Τώρα που η Επανάσταση έφτασε και μας χτυπάει την πόρτα εμείς θα ανταποκριθούμε στο κάλεσμά της; Συμφωνείτε με αυτή την ιδέα ή όχι;»

Από τα χείλη των αντρών που ήταν μαζεμένοι βγήκε ένα ομαδικό μούγκρισμα που μόνο ένα πράγμα μπορούσε να σημαίνει. Όταν κόπασε αυτό, βγήκε μπροστά ένας γέροντας που τα λευκά του γένια συναγωνίζονταν σε μήκος την κατάλευκη κόμη του. Μόλις ο Ραζηκότσικας κατάλαβε πως ο γέροντας ήθελε να μιλήσει, τραβήχτηκε στο πλάι, παραχωρώντας του τη θέση του.

«Φίλοι μου, τους περισσότερους από εσάς σας γνωρίζω από τότε που βρισκόσαστ στην κοιλιά της μάνας σας και δεν περίμενα να απαντήσετε κάτι διαφορετικό στην ερώτηση του Ραζηκότσικα. Να έχετε όλοι την ευχή μου για αυτό που ξεκινάμε όλοι μαζί» είπε γέροντας και τραβήχτηκε από τη θέση που του είχε δώσει ο Ραζηκότσικας.

«Ο Χρήστος Καψάλης, αδέρφια μου, ποτέ δε μάσησε τα λόγια του. Χαίρομαι που συμφωνεί μ' αυτό που πάμε να κάνουμε και που μας έδωσε και την ευχή του. Ας συνεχίσω όμως για να σας πω αυτά που έχω σκεφτεί. Αφού όλοι συμφωνούμε πως θα επαναστατήσουμε, αυτό που μένει είναι να συμφωνήσουμε και πώς θα το κάνουμε, πώς θα κινηθούμε. Διακυβεύονται πάρα πολλά πράγματα από τις αποφάσεις μας και από τις κινήσεις μας, με το πιο σημαντικό από αυτά να είναι η λευτεριά μας, που δεν την έχουμε γνωρίσει ποτέ μέχρι τώρα. Γνώμη μου είναι να κινηθούμε με σύνεση και όχι παρορμητικά».

Οι άντρες άκουσαν προσεκτικά τα λόγια του Ραζηκότσικα και όταν σταμάτησε απόμειναν για λίγο σκεφτικοί. Ο Ραζηκότσικας τους παρακολουθούσε έναν έναν προσεκτικά και τότε σήκωσε το κεφάλι του ο αδερφός του και άρχισε να μιλάει.

«Εγώ συμφωνώ με το αδερφό μου. Πρέπει να λογαριάσουμε με προσοχή τις κινήσεις μας και όχι με βιασύνη. Όπως έχετε προσέξει όλοι σας εδώ και αρκετές μέρες, οι Τούρκοι έχουν αρχίσει να φεύγουν από την πόλη παίρνοντας μαζί τους και τις οικογένειές τους καθώς νιώθουν στο πετσί τους τον αναβρασμό που επικρατεί. Αισθάνονται τον κίνδυνο όπως αισθάνεται ο σκύλος το σεισμό και αλυχτάει. Οι λίγοι που έχουν απομείνει, είναι μαζεμένοι γύρω από τον διοικητή τους και δεν ξεμυτίζουν πια στην πόλη. Δεν μπορώ ακόμη να καταλάβω πώς καταφέρνει και τους κρατάει εδώ ο Μπέης...»

«Έτσι είναι όπως τα λες, Γιαννάκη. Οι περισσότεροι τράβηξαν κατά το Βραχώρι γιατί εκεί νιώθουν πιο ασφαλείς και έχουν δίκιο. Σαν φρούριο είναι αυτό το αναθεματισμένο το κεφαλοχώρι» είπε ένας από τους άντρες.

«Πάνε αυτοί, φύγανε, δε μας ενδιαφέρουν πια. Το θέμα είναι τι θα κάνουμε με αυτούς που έχουν απομείνει εδώ» αναρωτήθηκε ο Λιακατάς και όλοι στράφηκαν και τον κοίταξαν.

«Αυτό που πρέπει να κάνουμε είναι να κινηθούμε με γρηγοράδα και να χτυπήσουμε αυτούς τους λίγους που έμειναν εδώ, στη φωλιά τους, στο τουρκικό διοικητήριο» είπε ο Ραζηκότσικας και καρφώνοντας με το βλέμμα του τους άντρες, συνέχισε. «Με αυτόν τον τρόπο, διώχνουμε όλους τους εναπομείναντες Τούρκους από την πόλη, και παίρνουμε τον έλεγχό της στα χέρια μας. Από εκεί και πέρα, βλέπουμε πως θα κινηθούμε».

Με το που τελείωσε τον λόγο του ο Ραζηκότσικας άρχισαν όλοι μαζί οι άντρες να μιλούν και να φωνάζουν για το τι ακριβώς έπρεπε να κάνουν. Μετά από αρκετή ώρα λογομαχιών και άκαρπων προτάσεων, αποφασίστηκε πως η πρόταση του Ραζηκότσικα ήταν η καλύτερη. Χωρίς πλέον να χρονοτριβούν, κανόνισαν το ξημέρωμα της μεθεπόμενης ημέρας, να μαζευτούν και πάλι στην εκκλησία, φέρνοντας ο καθένας μαζί του όσο πιο πολλούς άντρες μπορούσε, για να χτυπήσουν το διοικητήριο. Αφού όρισαν και την ακριβή ώρα συνάντησης, ο Ραζηκότσικας διέλυσε τη συγκέντρωση και όλοι έφυγαν βιαστικά για να μαζέψουν όσους περισσότερους άντρες μπορούσαν.

Ο Ραζηκότσικας μαζί με τον Λιακατά, κίνησαν και αυτοί για τα σπίτια τους και στον δρόμο ο Ραζηκότσικας έλεγε στον Λιακατά για ένα όνειρο που είδε αποβραδίς.

«Είδα, Γρηγόρη, πως στεκόμουν στην είσοδο του νεκροταφείου της πόλης και κρατούσα στην αγκαλιά μου ένα μάτσο λουλούδια. Η ξύλινη πόρτα με τον καρφωμένο σταυρό πάνω της ήταν ορθάνοιχτη και κάτι με καλούσε από μέσα».

«Δεν μου αρέσουν τα όνειρα με νεκρούς και νεκροταφεία καπετάνιε. Καθόλου» είπε ο Λιακατάς.

«Τότε, Γρηγόρη, η συνέχειά του δε θα σου αρέσει καθόλου» απάντησε ο Ραζηκότσικας και το πρόσωπο του Λιακατά σκυθρώπιασε ακόμη πιο πολύ.

«Λοιπόν, ένιωθα έντονο φόβο αλλά τα πόδια μου ήταν

σαν να είχαν δική τους θέληση. Δρασκέλισα το κατώφλι και τα βήματα με οδήγησαν στο κέντρο του χώρου. Εκεί στάθηκα για λίγο κοιτώντας προς όλες τις κατευθύνσεις και όπου και αν έστρεφα το βλέμμα μου, απέραντοι σταυροί εκτεινόταν, κάνοντας το νεκροταφείο να μοιάζει δίχως τελειωμό. Ξαφνικά συνέχισα να προχωράω και έφτασα μπροστά σε έναν τάφο που από πάνω του κρεμόταν ένας τεράστιος σταυρός. Ένα όνομα ήταν χαραγμένο στην ταφόπλακα και τότε έσκυψα για να αφήσω τα λουλούδια και η συνειδητοποίηση του ονόματος που υπήρχε χαραγμένο στο μάρμαρο έκανε τα χέρια μου να τρέμουν. Το μάτσο με τα λουλούδια σκορπίστηκε στο χώμα και η καρδιά μου άρχισε να χτυπάει δυνατά, δονώντας ολόκληρη την ύπαρξη μου».

Ο Λιακατάς άκουγε τον Ραζηκότσικα χωρίς να βγάζει μιλιά και όταν εκείνος σταμάτησε για λίγο τη διήγησή του τον ρώτησε ποιανού το όνομα ήταν χαραγμένο στον τάφο. Ο Ραζηκότσικας σταμάτησε τότε να προχωράει, κοίταξε βαθιά στα μάτια τον Λιακατά και βγάζοντας έναν αναστεναγμό, συνέχισε.

«Το όνομα που υπήρχε πάνω στον τάφο, Γρηγόρη, ήταν το όνομα της πόλης μας. "Μισολόγγι", έγραφε πάνω το μάρμαρο αλλά το όνειρο δεν τελείωσε εκεί. Στάσου λίγο να ακούσεις και τη συνέχεια. Μόλις είδα το όνομα και τα λουλούδια έπεσαν από τα χέρια μου, κάτι αλλόκοτο άρχισε να συμβαίνει. Από τις χαραγμένες λέξεις στην πλάκα, αίμα άρχισε να αναβλύζει και να σκεπάζει τον σταυρό. Τότε ήταν σαν κάτι να ξύπνησε μέσα μου και τρομοκρατημένος, γύρισα για να το βάλω στα πόδια, αλλά το θέαμα

που αντίκρισα μου έκοψε τη φόρα. Από όλους τους σταυ-
ρούς που υπήρχαν πάνω στους τάφους, αίμα πεταγόταν
με ορμή προς τον ουρανό που είχε σκοτεινιάσει ξαφνικά,
και μετά επέστρεφε στη γη, δημιουργώντας ένα ποτά-
μι που κυλούσε για να με πνίξει. Προσπάθησα να τρέξω
αλλά σκόνταψα στα κόκαλα των νεκρών, καθώς οι τάφοι
είχαν ανοίξει και αυτά είχαν σκορπίσει δεξιά και αριστε-
ρά δημιουργώντας σατανικά σχέδια. Έπεσα και πήγα να
ουρλιάξω αλλά το αίμα χώθηκε μέσα στο στόμα μου και
τότε πετάχτηκα πάνω από το κρεβάτι με το ουρλιαχτό να
έχει σκαλώσει στο λαρύγγι μου».

Ο Λιακατάς άκουσε τη διήγηση του Ραζηκότσικα
και πέρασαν μερικά λεπτά μέχρι να μιλήσει.

«Άσχημο όνειρο, καπετάνιε. Πολύ άσχημο» είπε,
κουνώντας το κεφάλι του.

«Δεν ξέρω τι να υποθέσω, Γρηγόρη. Στη γυναίκα μου,
που κατατρόμαξε έτσι όπως πετάχτηκα πάνω, όταν της το
είπα, μου είπε πως τα όνειρα είναι κουρέλια από το φόρε-
μα της νύχτας τα οποία διαλύονται με το πρώτο φως της
αυγής και να μη δίνω σημασία. Αλλά εγώ μέχρι το πρωί δεν
ξανακοιμήθηκα και στο στόμα μου είχα αιμάτινη γεύση».

Ο Λιακατάς δεν είπε τίποτα. Και έτσι άρχισαν και οι
δύο να προχωράνε ξανά φτάνοντας σε λίγο στα σπίτια τους.
Τότε μόνο ξεκόλλησε το βλέμμα από τα τσαρούχια του και
κοίταξε κατάματα τον Ραζηκότσικα χαμογελώντας.

«Καπετάν Θανάση, νομίζω πως η γυναίκα σου έχει
δίκιο. Τι καθόμαστε και σκάμε για ένα παλιοόνειρο; Ολό-
κληρη η ζωή βρίσκεται μπροστά μας και τα όνειρα δεν

μπορούν να τη φτιάξουν ούτε να τη χαλάσουν. Αυτό μπορούμε να το κάνουμε μόνο εμείς».

Ο Ραζηκότσικας κοίταζε το πρόσωπο του Λιακατά που ακτινοβολούσε και σκέφτηκε πως το παρατσούκλι που του είχαν δώσει οι γυναίκες της πολιτείας, Τουρκάλες και Ελληνίδες, του άξιζε. Κάλεσσο τον φώναζαν, λόγω της σπάνιας ομορφιάς του, και όλες αναστέναζαν με κάθε πέρασμα του από τους μαχαλάδες, φτύνοντάς τον για να μην τον ματιάσουν. Τώρα άκουσε και τα λόγια που του είπε και το πρόσωπο του ξαστέρωσε.

«Μάλλον και εσύ και η γυναίκα μου, Γρηγόρη, έχετε δίκιο. Σαν πολύ σημασία έδωσα σ' ένα όνειρο...»

«Έτσι σε θέλω, καπετάνιε. Άντε μην σκας για αυτά, και έμπα σπίτι σου, να φύγω και εγώ για να δούμε τι θα κάνουμε και πώς θα μαζέψουμε άντρες για να επιτεθούμε στο διοικητήριο».

«Δίκιο έχεις, Γρηγόρη. Έχε γεια προς το παρόν».

Αφού οι δύο άντρες χαιρετηθήκαν, ο Ραζηκότσικας μπήκε στο σπίτι του και ο Λιακατάς συνέχισε παρακάτω για το δικό του.

Οι υπόλοιποι άντρες, που είχαν συγκεντρωθεί στην εκκλησία του Αγίου Σπυρίδωνα, είχαν αρχίσει να στέλνουν μαντατοφόρους έξω από την πόλη, για να μηνύσουν τους αρματολούς, που τριγυρνούσαν στα βουνά, για την απόφαση που είχαν πάρει, και ότι χρειάζονταν να τους συνδράμουν για να πετύχουν τον σκοπό τους.

Ο Ραζηκότσικας, αφού έστειλε και αυτός δικούς του ανθρώπους για να μαζέψουν ετοιμοπόλεμους άντρες, κάθισε σε μια πέτρα, στην αυλή του σπιτιού του και άναψε το τσιμπούκι του σκεπτόμενος την απόφαση που πήραν και κατά πόσο θα είναι εύκολο να την πραγματοποιήσουν, όταν η βαριά αυλόπορτα έτριξε και άνοιξε προς τα μέσα. Στη φέτα που δημιουργήθηκε ανάμεσα στα δύο φύλλα της πόρτας, εμφανίστηκε ο Λιακατάς. Ο Ραζηκότσικας ξαφνιάστηκε που τον είδε ξανά, σε τόσο μικρό χρονικό διάστημα και σηκώθηκε για να τον ρωτήσει τι έτρεξε.

«Τίποτα, καπετάνιε» αποκρίθηκε ο Λιακατάς «απλά μια σκέψη μού σφηνώθηκε στο μυαλό και δεν μπορώ να βρω λύση. Για αυτό ήρθα από εδώ. Για να σου πω και σένα τι σκέφτηκα και να μου πεις και εσύ τι θα κάνουμε».

Ο Ραζηκότσικας κοίταξε έντονα τον Λιακατά και στριφογύρισε το χέρι του κάνοντάς του νόημα να συνεχίσει.

«Καπετάν Θανάση, έχεις κάποιο σχέδιο για το πώς θα επιτεθούμε στο διοικητήριο; Γιατί είπαμε πως αυτός θα είναι ο στόχος μας αλλά σχέδιο δράσης δε βγάλαμε».

«Να σου πω την αλήθεια, Γρηγόρη, δεν υπάρχει κάποιο σχέδιο, αλλά δεν νομίζω να χρειαστεί κιόλας. Κάτι μου λέει πως όσοι Τούρκοι έχουν απομείνει δε θα προβάλλουν καθόλου αντίσταση, θα παραδοθούν αμαχητί».

«Αυτό ακριβώς φοβάμαι, Ραζηκότσικα» είπε ο Λιακατάς και στο πρόσωπο του Ραζηκότσικα ζωγραφίστηκε η απορία.

«Τι εννοείς, Λιακατά; Μίλα ξάστερα».

«Αυτό που σκέφτηκα και ήρθα να σου πω καπετάνιο, είναι πως φοβάμαι πάρα πολύ αυτό που είπες. Μην οι Τούρκοι δεν αντισταθούν καθόλου και παραδοθούν σαν αιχμάλωτοι αλλά η δικιά μας δύναμη του κατασφάξει όλους, μην υπολογίζοντας αδύναμους και αιχμαλώτους».

Ο Λιακατάς άφησε να περάσουν μερικά δευτερόλεπτα για να σκεφτεί τα λόγια του ο Ραζηκότσικας και μετά συνέχισε.

«Σχεδόν όλοι οι άντρες που έφυγαν από τον Αϊ Σπυρίδωνα, με την εντολή να μαζέψουν άντρες, θα ζητήσουν τη βοήθεια των αρματολών που τριγυρίζουν στα βουνά και δε δίνουν λογαριασμό σε κανέναν. Αν γίνει αυτό δύο πράγματα είναι σίγουρο πως θα συμβούν. Πρώτον, οι αρματολοί θα μας δώσουν κάθε δυνατή βοήθεια για να ελευθερώσουμε την πόλη και δεύτερον, οποιοσδήποτε Τούρκος πέσει στα χέρια τους, θα πεθάνει την ίδια στιγμή. Είτε τους έχει αντισταθεί, είτε έχει παραδοθεί. Τους ξέρω καλά εγώ τους αρματολούς που τριγυρίζουν έξω από το Μεσολόγγι. Είναι αδίστακτοι και αιμοβόροι και μόνο το πλιάτσικο τους ενδιαφέρει».

Ο Ραζηκότσικας άκουσε τα λόγια του Λιακατά και για λίγο η σιωπή επικράτησε ανάμεσά τους. Μετά ο καπετάνιος άνοιξε το στόμα του σπάζοντας την.

«Δεν είναι έτσι ακριβώς όπως τα λες, Γρηγόρη. Είναι Έλληνες, σαν και εμάς, που η περηφάνια τους τούς οδήγησε στα βουνά. Προτιμούν να ζουν σε κακοτράχαλα μέρη, παρέα με τα άγρια ζώα, παρά να σκύβουν το κεφάλι στον κατακτητή. Και μην ξεχνάς πως οι περισσότεροι από αυτούς έχουν τραβήξει πολλά από τους Τούρκους, οπότε η μανία και η οργή τους, είναι δικαιολογημένη».

Ο Λιακατάς ακούγοντας τα λόγια του Ραζηκότσικα κούνησε αμφίβολα το κεφάλι του.

«Εγώ πάντως ευχαριστώ τον Θεό που φώτισε τους περισσότερους Τούρκους και έφυγαν από το Μεσολόγγι μαζί με τις οικογένειες τους, γιατί προβλέπω πως όσοι έχουν απομείνει θα περάσουν από λεπίδι».

«Γρηγόρη, αυτό είναι κάτι που δύσκολα θα απο-φευχθεί. Ξέρω πως τόσα χρόνια εμείς οι Μεσολογγίτες ζούσαμε ειρηνικά με τους Τούρκους μέσα στο Μεσολόγγι, αλλά αυτό δε σημαίνει πως στην καρδιά μας δεν είχαμε το στίγμα του ραγιά. Και όλες οι αδικίες που γίνονταν τόσα και τόσα χρόνια σε βάρος του λαού μας έχουν συσσωρεύ-σει τόσο μίσος στην καρδιά των συμπατριωτών μας, που οι περισσότεροι πιστεύουν πως ήρθε η ώρα να πάρουμε το αίμα μας πίσω. Δεν έμαθες άλλωστε, τι έπαθαν οι φο-ροεισπράκτορες του Σουλτάνου πριν μερικές μέρες;»

«Έμαθα, Ραζηκότσικα. Έμαθα και η καρδιά μου πι-κράθηκε. Πικράθηκε, όχι γιατί συμπαθώ τους Τούρκους, αλλά γιατί ψυχανεμίζομαι πως έχει έρθει η ώρα για τη λευτεριά μας και θα είναι μεγάλο κρίμα να αναλωθούμε σε άνανδρες σφαγές και αιματοχυσίες για να πάρουμε εκ-δίκηση. Πρέπει να δώσουμε όλες μας τις δυνάμεις για να πολεμήσουμε τον πραγματικό εχθρό και ο πραγματικός εχθρός δεν είναι ούτε η Τουρκάλα με το παιδί της στην αγκαλιά αλλά ούτε και ο Τούρκος που έχει γεννηθεί και μεγαλώσει στην πατρίδα τη δικιά μας. Ο πραγματικός εχθρός είναι αυτός που θα στείλει ο Σουλτάνος εναντίον μας, αμέσως μόλις μάθει για την Επανάσταση».

«Μπορεί να έχεις δίκιο, Λιακατά, αλλά δύσκολα ξε-κινάς επανάσταση χωρίς να χύσεις αίμα. Είτε αυτό είναι αίμα ενόχου, είτε αθώου».

«Οι δικοί μου άντρες πάντως καπετάνιε, να ξέρεις, πως δε θα σηκώσουν χέρι σε αιχμαλώτους. Αυτό ήθελα να σου πω. Σκέψου τα λόγια μου. Εσύ έχεις μεγαλύτερη δύναμη πάνω στους άντρες από εμένα. Εσένα θα σε ακούσουν αν τους πεις καμιά κουβέντα, ενώ εμένα όχι. Σ' αφήνω τώρα. Ό,τι είχα να πω σου το είπα».

Ο Λιακατάς βγήκε αθόρυβα από την αυλή του Ραζηκότσικα, αφήνοντας τον καπετάνιο να μασουλάει την άκρη από το τσιμπούκι του και να σκέφτεται τα λόγια του.

Κατά βάθος, ο Ραζηκότσικας, ήξερε πως ο Λιακατάς είχε δίκιο. Ήξερε πως η μοίρα όσων Τούρκων ξέμειναν στο Μεσολόγγι είχε σφραγιστεί. Αλλά ήξερε επίσης και το τεράστιο μίσος που κρυφόκαιγε τόσα χρόνια στις καρδιές των Ελλήνων και τώρα έβρισκε διέξοδο και ήταν ικανό να διαλύσει οποιονδήποτε στεκόταν στο πέρασμα του, είτε αυτός ήταν εχθρός είτε φίλος.

Με τις σκέψεις του να μπλέκονται ολοένα και περισσότερο μέσα στο μυαλό του, και τη σκληρή πραγματικότητα να συγκρούεται μετωπικά με την ηθική του, ο Ραζηκότσικας μπήκε μέσα στο σπίτι του και άρχισε να ετοιμάζει τα άρματά του για την επίθεση.

Ο ήλιος σε λίγη ώρα θα ανέτειλε στην πολιτεία του Μεσολογγίου και κάποιες σκιές κινούνταν γρήγορα και αθόρυβα στα σκοτεινά σοκάκια. Οι σκιές κατευθύνονταν προς τον Ναό του Αϊ Σπυρίδωνα και όταν πλησίασαν εκεί, ένας από τους επικεφαλείς, έδεσε τα χέρια του μπροστά στο στόμα του με έναν περίεργο τρόπο και άφησε μια κραυγή ολόιδια με αυτήν της κουκουβάγιας. Περίμενε ένα δύο δευτερόλεπτα και ξαναέκανε αυτήν την κραυγή, δύο φορές απανωτά. Η μεγάλη αυλόπορτα του ναού έτριξε σιγανά καθώς μια οπλοφορεμένη μορφή την άνοιξε και τους έκανε νόημα να περάσουν μέσα. Οι πολεμιστές μπήκαν στην αυλή, και κατευθύνθηκαν προς το εσωτερικό του ναού, όπως είχαν κανονίσει και ο χώρος γέμισε ασφυκτικά.

Στο εσωτερικό του ναού είχαν συγκεντρωθεί γύρω στους εκατό αρματολούς, που είχαν μάθει για την εξέγερση που ετοίμαζαν οι Μεσολογγίτες και έσπευσαν για να πάρουν μέρος στη μάχη.

Πολεμιστές άγριοι στην όψη, με μάζες μπερδεμένων και βρόμικων μαλλιών να κρέμονται από τα κεφάλια τους και στριφογυριστά μουστάκια. Όλοι τους ήταν οπλισμένοι, ελάχιστοι όμως με πυροβόλα όπλα. Οι περισσότεροι κρατούσαν χοντρά ξύλα, σαν ρόπαλα, που είχαν λειάνει τη μια άκρη για να την κάνουν λαβή και είχαν σφηνώσει σιδερένια ελάσματα στην άλλη, για να την κάνουν θανατηφόρα. Άλλοι βαστούσαν μαχαίρια και σπαθιά και ελάχιστοι τσεκούρια. Κανένας δε μιλούσε και η ένταση είχε απλωθεί στον χώρο σαν την πρωινή πάχνη στους αγρούς.

Ο Ραζηκότσικας στεκόταν στο τρίτο σκαλί του άμβωνα, παρατηρώντας τους αρματολούς και, όταν κατάλαβε πως δεν μπορούσαν να κρατήσουν άλλο την υπομονή τους, άρχισε να μιλάει και σιωπή απλώθηκε στον χώρο.

«Δεν έχουμε ξεκινήσει ακόμη γιατί δεν έχουν έρθει όλοι. Περιμένουμε ακόμη έναν με τους άντρες του και αν κρίνω από το τρίξιμο της αυλόπορτας, έχει έρθει».

Η πόρτα του της εκκλησίας άνοιξε και στο κατώφλι της στάθηκε ο Γρηγόρης Λιακατάς. Όλοι οι αρματολοί που τον αντίκρισαν, ασυναίσθητα, κράτησαν την ανάσα τους από τη λάμψη του πολεμιστή.

Ο Λιακατάς ήταν τουλάχιστον ένα κεφάλι ψηλότερος από τον ψηλότερο αρματολό που υπήρχε στην αίθουσα. Είχε ρίξει τα κατάξανθα και μακριά μαλλιά του στους ώμους του και αυτά έλαμπαν στο φως των κεριών. Φορούσε τη στολή του πατέρα του και είχε βγάλει από το σεντούκι τη γαλανόλευκη, που δεν ήταν τίποτα παραπάνω από ένα γαλάζιο πανί με έναν λευκό σταυρό στη μέση. Τώρα αυτή η σημαία βρισκόταν διπλωμένη στο ζωνάρι του περιμένοντας την κατάλληλη στιγμή για να ξεδιπλωθεί.

Η φουστανέλα που του έφτανε μέχρι τις γάμπες, ήταν κατάλευκη σαν τον πάγο που σχηματιζόταν στη λιμνοθάλασσα, τις πολύ κρύες μέρες του χειμώνα και η εικόνα του συμπληρώνονταν από τα όπλα που κρέμονταν από πάνω του.

Δύο ασημοκαπνισμένες κουμπούρες ήταν χωμένες σταυρωτά στο ζωνάρι του και δίπλα τους ακριβώς κρεμόταν η μπαρουτοθήκη και το δερμάτινο σακουλάκι με τα βόλια. Δίπλα από την αριστερή κουμπούρα εξείχε η κοκάλινη λαβή του γιαταγανιού και στην πλάτη του είχε ριγμένο το καριοφίλι.

Από τη δεξιά μεριά του σώματός του κρεμόταν η φαρδιά πάλα[1], που η λαβή της είχε τελείωμα το κεφάλι ενός γρύπα. Ο Λιακατάς στάθηκε για λίγο στην πόρτα και έπειτα προχώρησε προς το εσωτερικό της αίθουσας, ακολουθούμενος από τους άντρες που είχε καλέσει, γεμίζοντας τη ακόμη πιο ασφυκτικά και η σιωπή που είχε επικρατήσει, έσπασε από το σχόλιο ενός αρματολού.

«Σε κάνα γάμο πας και στολίστηκες έτσι;»

Ο Λιακατάς άκουσε τα λόγια και την ειρωνεία που χρωμάτιζε τη φωνή και σταμάτησε για να απαντήσει.

«Για μένα ο αγώνας για τη λευτεριά της πατρίδας μου είναι ιερότερος από κάθε άλλον σκοπό και αποφάσισα να παρουσιαστώ ανάλογα...»

Τότε μίλησε ένας άλλος αρματολός.

«Μόλις κόψεις τον πρώτο λαιμό, αν προλάβεις και δεν κόψουν τον δικό σου και το αίμα χυθεί πάνω σου, τότε θα χάσεις όλη σου τη λάμψη».

Τα λόγια αυτά του αρματολού τα ακολούθησαν κοροϊδευτικά χάχανα και ο Λιακατάς προτίμησε να μην απαντήσει στην προσβολή. Συνέχισε την πορεία που είχε σταματήσει και στάθηκε σε μια γωνιά που υπήρχε λίγος χώρος.

---

1 Πάλα: κυρτό σπαθί με μεγαλύτερες διαστάσεις από το γιαταγάνι, με πιο φαρδιά λάμα και φτιαγμένο από υλικά μεγαλύτερης αντοχής και μικρότερου βάρους. Κυρίαρχο επιθετικό όπλο στα γιουρούσια και τρομερά θανατηφόρο σε επιδέξια χέρια.

Ο Ραζηκότσικας, που ήξερε την ιδιοσυγκρασία του Λιακατά και γνώριζε επίσης και τις πολεμικές του ικανότητες, θεώρησε σοφή την επιλογή του να μη συνεχίσει τον διάλογο με τον αρματολό και πήρε αμέσως τον λόγο για να ξεχαστεί αυτή η μικρή σύγκρουση.

«Τώρα που ήρθε και ο τελευταίος που περιμέναμε, μπορούμε να ξεκινήσουμε και να επιτεθούμε στο διοικητήριο. Όπως θα σας έχουν πει και οι καπετάνιοι σας, οι πιθανότητες για τη νίκη μας σήμερα, είναι πάρα πολλές. Όλοι σχεδόν οι Τούρκοι που θα μπορούσαν να μας αντισταθούν έχουν αποχωρήσει από την πολιτεία. Προσωπική μου άποψη είναι πως δε θα συναντήσουμε καθόλου αντίσταση από αυτούς που έχουν απομείνει. Η ψυχολογία τους είναι καταρρακωμένη και όλοι έχουν συνασπιστεί γύρω από το διοικητή τους, που πολλοί από εσάς γνωρίζετε προσωπικά και ξέρετε πως πολλές φορές αυτός ο άνθρωπος μας προστάτεψε από τις αυθαιρεσίες του Σουλτάνου».

Ο Λιακατάς μόλις άκουσε τα τελευταία λόγια του Ραζηκότσικα τσιτώθηκε. Κατάλαβε πως ο αρχηγός είχε σκεφτεί την κουβέντα που έκαναν και τώρα προσπαθούσε με έμμεσο τρόπο να κάνει και τους επικεφαλείς των αντρών να καταλάβουν.

«Τι εννοείς, Ραζηκότσικα, μας προστάτεψε; Εμένα κανένας Τούρκος δε με έχει υπερασπιστεί ποτέ» είπε ένας από τους καπετάνιους, κοιτώντας με μισόκλειστα βλέφαρα τον Ραζηκότσικα.

Ο Ραζηκότσικας ξεροκατάπιε, γνωρίζοντας πως έμπαινε σε ευαίσθητη περιοχή, παρόλα αυτά συνέχισε.

«Ξέρω πως όλοι γνωρίζετε για το τι συμβαίνει στον ελλαδικό χώρο. Μπορεί να μη βρεθήκατε αυτόπτες μάρτυρες σε πολλά γεγονότα που έχουν γίνει, αλλά σίγουρα έχουν φτάσει και στα δικά σας αυτιά οι φήμες».

«Για εξήγησε και σ' εμάς, για ποιες φήμες μιλάς, Ραζηκότσικα;»

«Μιλώ για τις άνανδρες και ύπουλες σφαγές τις οποίες κάνουν οι δικοί μας άνθρωποι, οι Έλληνες, εναντίον των Τούρκων που τρέχουν για να γλιτώσουν. Δεν έχετε ακούσει πως τους τάζουν πως θα τους αφήσουν ζωντανούς αν τους παραδώσουν την κινητή και την ακίνητη περιουσία τους και μόλις οι συμφωνίες κλείνουν, τους σφάζουν με τον ερχομό της νύχτας; Ύπουλα, σαν τα τσακάλια που επιτίθενται μόνο σε ετοιμοθάνατα ζώα».

«Σαν τι θες να κάνουν δηλαδή; Όταν οι Τούρκοι τους έσφαζαν και τους τιμωρούσαν κάτω από το φως του ήλιου και κανείς δεν επέμβαινε, ήταν καλά; Τι είναι αυτές οι κουβέντες που λες, Ραζηκότσικα; Τι προσπαθείς να μας πεις; Μίλα καθαρά γιατί δεν καταλαβαίνω» είπε ένας από τους μαζεμένους αρματολούς και πολλοί συμφώνησαν μαζί του μουγκρίζοντας.

«Προσπαθώ να σας πω πως αν δεν υπάρξει αντίσταση σήμερα από τη μεριά των Τούρκων, δε θα σφάξουμε κανέναν που θα έχει παραδοθεί και θα έχει παραδώσει και τα όπλα του».

Μια βοή αποδοκιμασίας βγήκε από τα τραχιά λαρύγγια των περισσότερων αρματολών, και άρχισαν τα γιουχαΐσματα.

«Μας λες δηλαδή, για να καταλάβω, να ξεκινήσουμε επανάσταση χωρίς να σφάξουμε κανέναν;» ρώτησε ο ίδιος αρματολός που μιλούσε και πριν, κοιτάζοντας τον Ραζηκότσικα και αυτός κατάνευσε.

«Πρώτη φορά ακούω κάτι τόσο τρελό...»

Δυνατά γέλια ακολούθησαν μετά τα λόγια του αρματολού και όταν κόπασαν, ο Ραζηκότσικας άρχισε να μιλάει πάλι.

«Μια στιγμή, δεν καταλάβατε καλά. Δε ζητώ κάτι παράλογο αλλά κάτι ανθρώπινο. Αν οι Τούρκοι παραδοθούν, δε θα τους σφάξουμε σαν αρνιά. Θα τους ξαρματώσουμε και θα τους διώξουμε από το Μεσολόγγι και ας πάνε στην ευχή του Θεού. Κανείς δε θα αγγίξει γυναικόπαιδα. Ξεκινάμε κάτι πολύ σοβαρό για να αναλωθούμε σε πλιάτσικα και σε σφαγές».

Όση ώρα μιλούσε ο Ραζηκότσικας κοίταζε τον Λιακατά και όταν αυτός τελείωσε, τον λόγο πήρε αμέσως ο Λιακατάς.

«Έχει δίκιο ο καπετάνιος, δε θα καταφέρουμε τίποτα αν σφάξουμε μερικούς ανυπεράσπιστους, που τώρα που μιλάμε, περιμένουν από στιγμή σε στιγμή να πεθάνουν».

«Καλώς περιμένουν να πεθάνουν γιατί αυτό θα συμβεί» είπε ένας από τους αρματολούς και κοιτάζοντας έντονα τον Λιακατά, συνέχισε «και στο κάτω κάτω εσύ, μορφονιέ, τι ξέρεις από πόλεμο; Με την πρώτη μπαταριά[2] θα τρέξεις να κρυφτείς στα φουστάνια της αγαπητικιάς σου».

---

2 Μπαταριά: Ομαδική και συγχρονισμένη βολή πυροβόλων όπλων. Κοινώς, ομοβροντιά.

Στο άκουσμα αυτών των λόγων ένα κοροϊδευτικό χάχανο σκαρφάλωσε στα λαρύγγια των αρματολών και πήγε να βγει ορμητικό, αλλά κόλλησε εκεί, καθώς ο Λιακατάς κινήθηκε με ταχύτητα που δεν την έπιασε το μάτι κανενός αρματολού. Την μια στιγμή στεκόταν ακίνητος στη θέση του και την αμέσως επόμενη, είχε διασχίσει την απόσταση που τον χώριζε με τον αρματολό που τον είχε προσβάλει. Πριν εκείνος προλάβει, όχι να αντιδράσει αλλά ούτε τα μάτια του να ανοιγοκλείσει, το μαχαίρι του Λιακατά ακουμπούσε στο λαιμό του.

Όλοι μέσα στην εκκλησία κράτησαν την ανάσα τους.

Ο Λιακατάς, κοιτώντας στα μάτια τον αρματολό, πίεσε τη λάμα του μαχαιριού, μέχρι που κόκκινες σταγόνες έκαναν την εμφάνιση τους, βάφοντας την κόψη του. Μετά τράβηξε το μαχαίρι από το λαιμό και τον έσπρωξε με τόση δύναμη που, ο αρματολός, μην μπορώντας να συγκρατήσει το βάρος του, σωριάστηκε στο πάτωμα με τα άρματα του να βροντούν. Ο Λιακατάς κραδαίνοντας το μαχαίρι, προχώρησε προς τον πεσμένο αρματολό, και στάθηκε από πάνω του. Τα μάτια του άστραφταν με μια τρελή λάμψη και όσοι από τους παρευρισκόμενους τα είδαν, πάγωσαν από τον φόβο τους.

«Μπορώ να σε σφάξω σαν κατσίκι αν θέλω» ακούστηκε η φωνή του Λιακατά, ανάλαφρη σαν να έκανε κουβέντα για τον καιρό «αλλά δε θα το κάνω γιατί μας ενώνει ένας κοινός σκοπός και για να εκπληρωθεί αυτός, είμαστε όλοι απαραίτητοι. Ακόμη και ένα σκουλήκι σαν εσένα».

Ο αρματολός, βλέποντας την τρελή γυαλάδα στα

μάτια του Λιακατά, οπισθοχώρησε, μέχρι που η πλάτη του ακούμπησε στον τοίχο.

«Αλλά την επόμενη φορά που θα μπεις στο δρόμο μου το κεφάλι σου θα φύγει από τη θέση του. Με κατάλαβες;»

Ο αρματολός κούνησε το κεφάλι του τόσο έντονα πάνω κάτω, που ο χείμαρρος των μαλλιών του χοροπήδησε και έκρυψε το πρόσωπό του.

Ο Λιακατάς στάθηκε ακόμη μερικά δευτερόλεπτα από πάνω του κοιτώντας τον και μετά επέστρεψε στη θέση του. Όλοι μέσα στην εκκλησία είχαν παγώσει από την τροπή που πήραν τα πράγματα. Οι κινήσεις του Λιακατά ήταν τόσο γρήγορες, που ακόμη και οι πιο εμπειροπόλεμοι αρματολοί, δεν κατάλαβαν πότε έγιναν.

Ο Ραζηκότσικας άδραξε την ευκαιρία της απόλυτης ησυχίας που είχε δημιουργηθεί και άρχισε να μιλά.

«Για να ξεκαθαρίσουμε τα πράγματα και για να ξεχάσουμε αυτό το περιστατικό που έγινε μόλις τώρα, θέλω να μου υποσχεθείτε πως, αν δεν υπάρξουν συμπλοκές, δε θα υπάρξει και αναίτια αιματοχυσία».

Κανένας από τους αρματολούς δε μίλησε και ο Ραζηκότσικας βλέποντας πως δεν υπάρχει κοινή θέληση, προσπάθησε ακόμη μια φορά να τους συνετίσει.

«Θέλετε να φανούμε σαν πλιατσικολόγοι, αδέρφια μου; Πως το μόνο που μας ενδιαφέρει είναι τα υλικά αγαθά; Ξέρω πως η δίψα σας για εκδίκηση είναι πολύ μεγάλη γιατί και η δική μου είναι πολύ μεγαλύτερη, αλλά η δίψα όλων μας για ελευθερία είναι πολύ πιο βαθιά και ουσιαστική και για αυτό πρέπει να μην αφήσουμε τα πάθη μας να κυριαρχήσουν. Η καρδιά μου, μου λέει πως, η ελευθερία της Ελλάδος δε θα κερδηθεί μόνο με τους δικούς μας αγώνες, αλλά πρέπει η φωνή μας να ξεπεράσει τα σύνορα και να γίνει η φλόγα που θ' ανάψει το δέντρο της ελευθερίας. Γι' αυτό οφείλουμε τη φωνή αυτή, εμείς, να την κρατήσουμε όσο γίνεται πιο αγνή και όχι να τη βρομίσουμε με πράξεις ντροπής».

Ο Ραζηκότσικας είπε αυτά τα λόγια με μια ανάσα. Στα βάθη της καρδιάς του ήξερε πως δεν μπορούσε να κάνει τους απλοϊκούς και αγράμματους αρματολούς να ασπαστούν τη γνώμη του. Ήξερε, όπως άλλωστε είχε πει και στον Λιακατά, πως η σημερινή μέρα θα τελείωνε με ένα λουτρό αίματος, αλλά αυτή η γνώση δε θα τον έκανε να σταματήσει να προσπαθεί για να αποφευχθεί το κακό αυτό. Οι αρματολοί όμως συνέχιζαν να τον κοιτάζουν ανέκφραστα και αυτός, μη θέλοντας να χάσει άλλο χρόνο, τους διέταξε να κινήσουν για το διοικητήριο.

Πριν προλάβει να τελειώσει τη διαταγή του, ήδη οι μισοί αρματολοί είχαν πεταχτεί έξω στον δρόμο και κινούσαν για το διοικητήριο, χωρίς καμία τάξη και θυμίζοντας ελάχιστα στρατιωτικό σώμα.

Ο ήλιος μόλις είχε αρχίσει να ξεπροβάλλει στην πολιτεία και οι αρματολοί φαινόταν τρομακτικοί κάτω από τις ακτίνες του. Αδυνατισμένοι, λόγω των δύσκολων συνθηκών που είχαν επιλέξει να ζουν, με τις στολές τους να κρέμονται από πάνω τους πενταβρώμικες και κουρελιασμένες, δε θύμιζαν σε τίποτε στρατιωτικό σώμα, παρά μόνο ένα μπουλούκι αγριάνθρωπων έτοιμο να εκραγεί ανά πάσα στιγμή.

Ο Λιακατάς με τους άντρες του, βρισκόταν στο τέλος του όχλου και προχωρούσε σκυθρωπός, χαμένος στις σκέψεις του. Έβλεπε τους αρματολούς να ακονίζουν τα μαχαίρια και τα γιαταγάνια τους και τους άκουγε να ψιθυρίζουν πρόστυχα λόγια για τα απόκρυφα των Τουρκάλων και τότε άρχισε να συνειδητοποιεί τα λόγια του Ραζηκότσικα. Κατάλαβε ότι δεν είναι δυνατόν να κάνει τους σκλαβωμένους Έλληνες να ξεχάσουν τα δεινά τους και τώρα που το πλήρωμα του χρόνου είχε έρθει, οι υπαίτιοι έπρεπε να πληρώσουν. Ανεξάρτητα από το αν κάποιος από αυτούς τους είχε κάνει κακό προσωπικά. Έπρεπε όλοι να πληρώσουν, γιατί άνηκαν σε αυτούς που τους σκλάβωσαν και τους στέρησαν τα πάντα.

Η ώρα περνούσε και η άτακτη ομάδα κόντευε να φτάσει στο διοικητήριο. Οι αρματολοί από την έξαψή τους για την επικείμενη μάχη, δεν προσπαθούσαν να βαδίσουν ήσυχα αλλά έκαναν ολοένα και περισσότερο θόρυβο. Ούρλιαζαν τρομερές φοβέρες εναντίον των Τούρκων και από την ανυπομονησία τους το βάδισμα τους γινόταν ακόμη πιο γρήγορο.

Οι αγουροξυπνημένοι Μεσολογγίτες, άνοιγαν τις πόρτες των σπιτιών τους για να δουν τι συμβαίνει, έβλεπαν τον όχλο να ουρλιάζει κραδαίνοντας όπλα και έκλειναν τις πόρτες όσο πιο γρήγορα μπορούσαν, κατατρομαγμένοι. Οι αρματολοί έβριζαν και φοβέριζαν τους Μεσολογγίτες, αποκαλώντας τους ραγιάδες και υποτελείς στους Τούρκους. Ούρλιαζαν κατάρες εναντίον τους, λέγοντάς τους πως θα ερχόταν και η σειρά τους αν δεν τους βοηθούσαν στη συνέχεια της Επανάστασης.

Ο Ραζηκότσικας, ως επικεφαλής αυτής της ομάδας, προσπάθησε να τους βάλει σε κάποια τάξη αλλά του κάκου. Έτσι ο αρχηγός μάζεψε κοντά του τους δικούς του και τον Λιακατά με τους λίγους άντρες του και τους εξήγησε το ελλιπές σχέδιό του για την κατάληψη του διοικητηρίου, στην περίπτωση που συναντούσαν αντίσταση. Στην αντίθετη περίπτωση τα πράγματα θα ήταν πολύ πιο απλά. Έτσι συνεχίστηκε για λίγο ακόμη η πορεία τους, και δεν άργησαν να φτάσουν στο διοικητήριο.

Με το που φάνηκε το κτίριο, ο Ραζηκότσικας, διέταξε μερικούς αρματολούς να προπορευτούν της ομάδας και να το περικυκλώσουν. Σε λίγα λεπτά έφτασε και το κύριο σώμα των αρματολών στο κτίριο και πήρε θέσεις.

Τότε ο Ραζηκότσικας ξεκρέμασε από τον ώμο του το καριοφίλι του, το γύρισε ανάποδα, και με το κοντάκι πήγε να βροντήξει την ξύλινη πύλη για να του ανοίξουν. Πριν όμως προλάβει να το κάνει, η πύλη άνοιξε από μόνη της και στο κατώφλι της στάθηκε ένας ηλικιωμένος και σεβάσμιος γέρος, ο Αχμέτ Μπέης, ο Τούρκος διοικητής της πόλης.

Ο Ραζηκότσικας κατέβασε το καριοφίλι του και ο Μπέης έριξε το βλέμμα του σε αυτόν και έπειτα στους αρματολούς, που τα μάτια τους γυάλιζαν και κούνησε το κεφάλι του με κατανόηση και απελπισία μαζί. Πριν προλάβει να μιλήσει κάποιος, ο Μπέης, έκανε μερικά βήματα προς τα πίσω ανοίγοντας διάπλατα την πύλη, προσκαλώντας τους αρματολούς και τον αρχηγό τους να περάσουν μέσα.

«Σε περίμενα γρηγορότερα, καπετάν Θανάση» είπε ο Αχμέτ μόλις είδε τον Ραζηκότσικα να κάνει νόημα στον Λιακατά και στους άλλους επικεφαλείς να συγκρατήσουν τους αρματολούς μέχρι να μιλήσουν με τον Μπέη.

«Κρίμα που τα πράγματα εξελίχθηκαν έτσι ανάμεσα σε αυτούς που μας κυβερνάνε, και μας έβαλαν αντιμέτωπους, καπετάν Θανάση. Είσαι τίμιο παλικάρι και θα μπορούσαμε να ήμασταν σύντροφοι σε άλλους καιρούς, πιο ειρηνικούς και πιο τίμιους, από αυτούς που ζούμε τώρα».

Ο Ραζηκότσικας, που γνώριζε από τα μικράτα του τον Αχμέτ, περίμενε αυτή την αντίδρασή του. Κούνησε το κεφάλι του και άνοιξε το στόμα του να μιλήσει, αλλά πριν προλάβει να αρθρώσει λέξη, ένας αρματολός πετάχτηκε μπροστά και το μαχαίρι που κρατούσε άρχισε να κατεβαίνει με στόχο την καρδιά του Μπέη.

Ο Λιακατάς όμως ήταν εκεί. Είδε τη δολοφονική κίνηση του αρματολού και κινήθηκε γρήγορα, αρπάζοντας τον καρπό του επίδοξου φονιά και γυρίζοντας τον απότομα. Ο φονιάς ούρλιαξε, καθώς τα κόκαλα του χεριού του έτριξαν και το μαχαίρι κύλισε στη μαρμάρινη αυλή. Οι υπόλοιποι αρματολοί, βλέποντας τον Λιακατά να υπερασπίζεται, στα ανοιχτά, τον Μπέη αντέδρασαν και άρχισαν να κινούνται εναντίον του.

Τότε πήρε την κατάσταση στα χέρια του ο Ραζηκότσικας.

«Αδέρφια μου, τι είναι αυτό που πάτε να κάνετε; Ως πότε θα συνεχίζονται οι αδερφοφαγωμάρες και θα συνεχίζουμε να χάνουμε αυτήν τη λίγη αξιοπρέπεια που μας έχει μείνει ως λαός; Δεν έχουμε τίποτα άλλο που να μας κρατάει ενωμένους παρά μόνο τον κοινό μας στόχο για την ελευθερία. Με τις πράξεις μας όμως καταστρέφουμε αυτά τα λίγα που έχουμε πετύχει. Συγκρατήστε την αιμοβόρα διάθεσή σας και εξαπολύστε τη στη μάχη, και όχι μεταξύ μας. Δώστε ακόμα και την ψυχή σας στη φωτιά της αληθινής μάχης και αφήστε ήσυχους αυτούς που παραδίνονται...»

Ήταν τόση η λαχτάρα του Ραζηκότσικα να δώσει στους αρματολούς να καταλάβουν, τον σκοπό για τον οποίο είχαν ξεσηκωθεί, που η οργή τους φάνηκε να καταλαγιάζει και να επικρατεί η λογική. Για μια στιγμή απλώθηκε μια σιωπή γεμάτη ένταση. Ο Ραζηκότσικας είχε μείνει ακίνητος μετά από αυτά που είπε και η προσπάθειά του αποτυπωνόταν στο πρόσωπό του.

Τη σιωπή όμως έσπασε η βραχνή φωνή ενός αρματολού.

«Καπετάνιε, καλά τα λες εσύ όλα αυτά περί ελέους και ατιμωρησίας των Τούρκων, αλλά γιατί δεν πας στον τάφο της γυναίκας μου να πάρεις και τη δικιά της γνώμη; Να τη ρωτήσεις κι εκείνη; Και αν μπορούσε η πεθαμένη να βγάλει φωνή και να φωνάξει, θα σου έλεγε πόσες φορές μαγάρισαν το κορμί της οι άπιστοι, που τόσο πολύ εσύ υπερασπίζεσαι και όταν χόρτασαν πια τα πάθη τους, της έκοψαν τον λαιμό και κατούρησαν το πτώμα της, για να τη χλευάσουν. Κι εγώ τη βρήκα στην αυλή του σπιτιού μας, κάτω από τη λεμονιά που μαζί είχαμε φυτέψει, την ημέρα που παντρευτήκαμε και το αίμα της πότιζε τις ρίζες της. Το σώμα της βρωμούσε κάτουρα των σκύλων κι εγώ, επειδή δεν είχα νερό για να την πλύνω, της άλλαξα μόνο τα ρούχα και την έθαψα όπως ήταν. Και βρωμούσε κάτουρα η πολυαγαπημένη μου η Μαριώ. Και έρχεσαι εσύ τώρα να μου πεις, να σταθώ ανώτερος άνθρωπος και να δείξω έλεος. Εγώ σου λέω πως δε θέλω να δείξω έλεος. Η καρδιά μου έχει ξεχάσει τι σημαίνει αυτή η λέξη και στο μόνο που είναι καλή πια είναι στο να δίνει πόνο».

Τελειώνοντας τη φράση του, ο αρματολός τράβηξε την κουμπούρα[3] του, και την άδειασε πάνω στο πρόσωπο του Αχμέτ Μπέη, διαλύοντας την ευγενική μορφή του γέρου μέσα σε ένα σύννεφο από αίματα, κόκαλα, μαλλιά και γένια.

Ο Αχμέτ σωριάστηκε στις πλάκες ενώ κραυγές πανικού και οδύνης ακούστηκαν από το εσωτερικό του διοικητηρίου. Με το που έπεσε ο Μπέης επικράτησε μακελειό.

Αντίσταση δεν υπήρξε καμία από τους λιγοστούς Τούρκους και το αίμα τους έτρεξε στη μαρμάρινη αυλή.

Ο Ραζηκότσικας σάστισε, βλέποντας το μένος και την οργή που διακατείχε τους αρματολούς και εκεί τελείωσε και η λιγοστή επιρροή που ασκούσε σε ορισμένους από αυτούς.

Ο Λιακατάς κράτησε τους δικούς του και τραβήχτηκε σε μια γωνία, κρύβοντας το πρόσωπό του στις παλάμες του.

3 Κουμπούρα: εμπροσθογεμές πιστόλι.

Το μαχαίρι και το κουμπούρι δούλευε στην αυλή του Μπέη. Οι αρματολοί έδεναν σε ζευγάρια, τους Τούρκους που είχαν παραδοθεί και τους πυροβολούσαν εξ επαφής και από συγκεκριμένες αποστάσεις, για να δοκιμάσουν τη δύναμη των όπλων που είχαν κλέψει, πάνω στην ανθρώπινη σάρκα.

Συνήθως, στους εξ επαφής πυροβολισμούς, η χοντρή μολυβένια μπάλα τρυπούσε και τα δύο δεμένα σώματα και πρόσφερε τον θάνατο. Όταν όμως η απόσταση μεγάλωνε, άρχιζαν και τα προβλήματα καθώς το βόλι τρυπούσε το πρώτο σώμα και εισχωρούσε στο δεύτερο, αλλά επειδή δεν είχε άλλη δύναμη, έμενε εκεί, προκαλώντας αφόρητο πόνο αλλά όχι θάνατο. Τότε το μαχαίρι των αρματολών γλιστρούσε στον λαιμό των πληγωμένων, χαρίζοντάς τους τον θάνατο, που ήταν λύτρωση από τους πόνους καθώς η μολυβένια μπάλα δούλευε μέσα στο σώμα τους, και όσο και αν ούρλιαζαν ο πόνος δε σταματούσε.

Όταν δεν είχε απομείνει πια κανείς ζωντανός Τούρκος για να βασανίσουν, οι αρματολοί, ζαλισμένοι από τη μυρωδιά του αίματος και της αδρεναλίνης που κυλούσε στις φλέβες τους, άρχισαν να λεηλατούν και να αρπάζουν τα πολύτιμα αντικείμενα που υπήρχαν στο διοικητήριο. Και τότε ήταν που άρχισαν και οι τσακωμοί μεταξύ των πλιατσικολόγων για το ποιος θα πάρει τα καλύτερα λάφυρα.

Ο Λιακατάς, από τη γωνία που στεκόταν και παρακολουθούσε, έβλεπε την κατάντια στην οποία είχαν πέσει, αυτοί που είχαν ονομάσει τους εαυτούς τους αγωνιστές της ελευθερίας, και μια θλίψη του έσφιξε την καρδιά. Έβλεπε τους ρημαγμένους σορούς των Τούρκων και αναρωτιόταν πώς μπόρεσε έστω και να σκεφτεί ότι μπορεί οι Τούρκοι, αν παραδινόταν, να γλίτωναν. Τότε τον πλησίασε ο Ραζηκότσικας και ο Λιακατάς τον πρόλαβε πριν εκείνος μιλήσει.

«Καπετάν Ραζηκότσικα, ότι έγινε έγινε. Είχες δίκιο όταν μου είπες πως δύσκολα θα αποφευχθεί το μακελειό. Σταθήκαμε και οι δύο αφελείς και ρομαντικοί, περισσότερο εγώ και το μόνο που καταφέραμε ήταν να κινδυνέψουμε και εμείς».

«Έχεις δίκιο, Λιακατά. Πάει, τελείωσε αυτό. Τώρα πρέπει να δούμε τι θα κάνουμε από εδώ και πέρα. Γιατί τα αντίποινα του Σουλτάνου θα είναι σκληρά».

«Θα έρθει και αυτή η ώρα, Ραζηκότσικα. Προς το παρόν μένει να γίνει άλλη μια δουλειά για να τελειώσει το σημερινό».

Λέγοντας αυτά τα λόγια ο Λιακατάς, απομακρύνθηκε από τον Ραζηκότσικα και πλησίασε τον πέτρινο μαντρότοιχο που έζωνε το κτίριο. Στάθηκε για λίγο σε ένα σημείο που υπήρχε ένα πεζούλι και ανέβηκε πάνω σε αυτό. Ο Λιακατάς εκτίμησε την απόσταση που τον χώριζε από την κορυφή, πήδηξε προς τα πάνω, και αρπάχτηκε από την κορυφή του τοίχου.

Οι αρματολοί είχαν τελειώσει πια με το πλιάτσικο και χάζευαν τον Λιακατά που είχε τραβήξει το κορμί του και περπατούσε πάνω στον μαντρότοιχο.

«Ε, Λιακατά; Τρελάθηκες; Τι στο καλό κάνεις;» του φώναξε ένας αρματολός αλλά ο Λιακατάς ούτε που του έδωσε σημασία και συνέχισε να βαδίζει πάνω στον μαντρότοιχο.

Σε λίγο όλοι κατάλαβαν τον σκοπό του. Ο Λιακατάς έφτασε, κάνοντας σχεδόν τον γύρο του τοίχου, στο σημείο όπου κυμάτιζε η τουρκική σημαία και με γρήγορες κινήσεις έλυσε τους κόμπους που την κρατούσαν και την πέταξε κάτω στην αυλή. Η σημαία προσγειώθηκε πάνω στο κουφάρι του Τούρκου διοικητή και μούσκεψε από το αίμα του, χαρίζοντας του την τελευταία τιμή. Από το σελάχι του ο Λιακατάς έβγαλε τη γαλανόλευκη, έδεσε τις δύο άκρες τις και αυτή κυμάτισε στο πρωινό αεράκι. Ο Λιακατάς στάθηκε για μια στιγμή παρατηρώντας την και μετά τράβηξε τις κουμπούρες τους και έριξε μια χαρμόσυνη μπαταριά στον αέρα καλωσορίζοντας την ελευθερία. Το παράδειγμά του ακολούθησαν όλοι οι αρματολοί και σε λίγο η αυλή είχε ανάψει από το τουφεκίδι και τις φωνές.

ΠΟΛΕΜΙΚΕΣ ΠΡΟΕΤΟΙΜΑΣΙΕΣ

Η γαλανόλευκη που είχε υψώσει ο Λιακατάς κυμάτιζε στο κοντάρι του διοικητηρίου. Από κάτω της ήταν μαζεμένοι οι καπεταναίοι του Μεσολογγίου και συζητούσαν για τις κινήσεις που έπρεπε να κάνουν από εδώ και πέρα για να διασφαλίσουν την ελευθερία τους.

«Δεν πρέπει, αδέρφια μου, να ξεγελιόμαστε από την εύκολη επικράτησή μας, πριν λίγες μέρες» έλεγε ο αδερφός του Ραζηκότσικα, Γιαννάκης. «Δεν πρέπει να επαναπαυθούμε και να νομίζουμε πως ο πόλεμος έχει τελειώσει για εμάς. Το αντίθετο μάλιστα. Ο πόλεμος τώρα άρχισε».

«Συμφωνώ μαζί σου, Γιαννάκη. Πρέπει να σκεφτούμε γρήγορα τι θα κάνουμε και να ετοιμαστούμε για κάθε ενδεχόμενο» είπε ο Αποστόλης Καψάλης, της μεγάλης γενιάς των Καψαλαίων. «Τώρα που ο αδερφός σου ψηφίστηκε, ως αρχηγός της πόλης μας και από τον λαό, για το τυπικό της υπόθεσης, πρέπει να δράσουμε άμεσα. Ποιες όμως είναι οι κινήσεις που θα κάνουμε; Δεν έχω σκεφτεί τίποτα ακόμη».

Στις μέρες που είχαν περάσει από την κατάληψη του τουρκικού διοικητηρίου και έπειτα, έγινε μια συνέλευση στην πόλη όπου ο λαός ψήφισε τον Θανάση Ραζηκότσικα αρχηγό των ενόπλων τμημάτων, δίνοντας πλέον και τον τυπικό τίτλο στον Ραζηκότσικα, που έτσι και αλλιώς πρωτοστατούσε ανάμεσα στους συμπολίτες του.

Τώρα ο Ραζηκότσικας βγήκε μπροστά και άρχισε να ξετυλίγει τις σκέψεις που είχε στο μυαλό του.

«Δύο είναι οι άμεσες κινήσεις που πρέπει να κάνουμε για να ασφαλίσουμε για αρχή το Μεσολόγγι. Πρώτα πρέπει να στείλουμε δικούς μας ανθρώπους, για να βρουν και να έρθουν σε συνεννόηση με τους οπλαρχηγούς που τριγυρίζουν στην Ρούμελη, ώστε αυτοί να έρθουν και να εγκατασταθούν, με τους άντρες τους, μέσα στο Μεσολόγγι, για να αυξηθεί η δύναμή μας. Ξέρετε όλοι πως η δύναμή μας είναι πολύ μικρή και δεν μπορεί να αντισταθεί σε τυχόν εχθρική επίθεση. Το σκέφτηκα πολύ και άλλη λύση δεν μπόρεσα να βρω».

Ο Ραζηκότσικας σταμάτησε να μιλάει και επιθεώρησε τα πρόσωπα των αντρών που τον άκουγαν. Δεν ήθελε να υπάρχει η παραμικρή αμφιβολία για τις προτάσεις του και έτσι ρώτησε την ομήγυρη αν έχει κάποιος κάποια άλλη ιδέα. Όταν τα κεφάλια κουνήθηκαν αρνητικά, ο Ραζηκότσικας συνέχισε.

«Η αμέσως επόμενη δουλειά μας είναι να μηνύσουμε όλους τους κατοίκους αυτής της πόλης, ακόμη και τα

μικρά παιδιά, ώστε να οργανωθούμε και να χτίσουμε τοί-
χος για να στήσουμε πίσω από αυτό την άμυνά μας. Χωρίς
αυτή την κίνηση είμαστε χαμένοι. Το Μεσολόγγι δεν έχει
καμιά φυσική προφύλαξη, παρά μόνο τη λιμνοθάλασσα
από την οποία είναι δύσκολο να επιτεθεί κάποιος. Για
αυτό τον σκοπό σκέφτομαι να προτείνω σ' όλους τους
πολίτες να βοηθήσουν σ' αυτό το έργο, είτε με τα χέρια
τους είτε με τον οβολό τους...»

Στη δεύτερη πρόταση του Ραζηκότσικα, οι παρευ-
ρισκόμενοι συμφώνησαν με περισσότερο ενθουσιασμό
από ό,τι στην πρώτη. Μετά από τις δύο κύριες προτάσεις,
αποφάσισαν να ξεκινήσουν όσο το δυνατόν γρηγορότε-
ρα, ειδικά με την κατασκευή του τείχους, που δεν ήταν
απλή υπόθεση. Όταν διαλύθηκε η συγκέντρωση, ο Ραζη-
κότσικας, φώναξε κοντά του τον Λιακατά.

«Γρηγόρη, δεν ξέρω αν οι προτάσεις που έκανα εί-
ναι καλές αλλά νομίζω πως κάτι πρέπει να κάνουμε και
να το κάνουμε γρήγορα. Ειδικά το τείχος».

«Καπετάνιε, δε θα αμφισβητήσω την κρίση σου.
Συμφωνώ με όσα είπες. Πες μου τώρα όμως, αν με θέλεις,
κάτι συγκεκριμένο γιατί βιάζομαι να φύγω».

«Στάσου λίγο, Γρηγόρη και άκουσε με. Έχω μια
αποστολή για σένα. Αυτή τη στιγμή, φώναξε τρία γοργο-
πόδαρα παλικάρια σου, για να μην τα πω δεύτερη φορά».

Ο Λιακατάς απομακρύνθηκε από τον Ραζηκότσικα
και φώναξε τρεις από τους άντρες του να τον ακολουθή-
σουν. Σε λίγο τρεις πολεμιστές και ο Λιακατάς στεκόταν
μπροστά στον αρχηγό τους.

«Πώς είναι τα ονόματα σας, παιδιά;» ρώτησε ο Ραζηκότσικας.

«Εγώ είμαι ο Γιάννος, όρε καπετάν Ραζηκότσικα. Και αυτός εδώ δίπλα μου είναι ο Μιχάλης» απάντησε ο πρώτος από τους άντρες.

«Και αυτός που έχει σκύψει το κεφάλι του ποιος είναι;»

«Αυτός είναι ο Αλέξης καπετάνιε».

«Και γιατί έχει σκυμμένο το κεφάλι και δε λέει το όνομά του. Μπας και με ντρέπεται;»

Ο Γιάννος κοίταξε για μια στιγμή τον Μιχάλη και έπειτα τον Αλέξη που συνέχιζε να έχει σκυμμένο το κεφάλι του. Φάνηκε να σκέφτεται πριν ξεκινήσει να μιλήσει αλλά τότε τον πρόλαβε ο Μιχάλης.

«Ντρέπεται στα αλήθεια καπετάνιε. Ντρέπεται γιατί δεν μπορεί να μιλήσει και να συστηθεί».

Ο Ραζηκότσικας πήρε το βλέμμα του από τον Γιάννο και το έριξε στον Μιχάλη και αυτός συνέχισε να μιλάει σαν να έδινε εξηγήσεις.

«Όταν ήταν μικρός ο Αλέξης, καπετάνιε, είχε μαζέψει μερικά Μεσολογγιτόπουλα της ηλικίας του και είχε φτιάξει μια συμμορία όπου έπαιρνε στο κυνήγι τα Τουρκόπουλα και τα έσπαζε στο ξύλο. Και σαν μην έφτανε αυτό, τη νύχτα, τριγυρνούσαν στους τούρκικους μαχαλάδες και έβριζαν τον Μωάμεθ και τον Αλλάχ. Μικρά παιδιά ήταν βλέπεις, δεν υπολόγιζαν και πολύ».

«Μωρέ μπράβο τσαγανό ο Αλέξης, από μικρός...»

«Μακάρι να μην το είχε αυτό το τσαγανό, καπετάνιε, γιατί εξαιτίας αυτού τώρα δεν μπορεί να μιλήσει».

«Τι εννοείς, μωρέ Μιχαλιό; Μίλα».

«Ένα βράδυ καπετάνιε, είχε μαζέψει ο Αλέξης τους συνομηλίκους του για να ρεζιλέψουν, ακόμη μια φορά, τους άπιστους. Όταν έφτασαν στα τούρκικα και άρχισαν να βρίζουν, ένας Τουρκαλάς την είχε στήσει και τους περίμενε. Έπιασε τον Αλέξη που πήγαινε μπροστά στην ομάδα και δεν πρόλαβε να του ξεφύγει, όταν πετάχτηκε από την κρυψώνα του και τους πήρε στο κυνήγι. Όλα τα άλλα παιδιά ξεγλίστρησαν τρέχοντας στα σκοτεινά σοκάκια. Την επόμενη μέρα το πρωί, ο Αλέξης, γύρισε στο σπίτι μόνος του. Ολόκληρο το πρόσωπό του ήταν καταματωμένο και γύρω από το στόμα του, το αίμα, είχε σχηματίσει μια παχιά κρούστα. Στην εξώπορτα του σπιτιού του λιποθύμησε και η μάνα του τον πήρε μέσα για να τον καθαρίσει από τα αίματα και όταν άνοιξε και το στόμα του για να το καθαρίσει και αυτό, είδε το κενό που έχασκε μέσα και το φριχτό σάρκινο κολόβωμα που αιμορραγούσε. Η δύστυχη έβγαλε μια φωνή και οι γειτόνισσες της ακούγοντάς την έτρεξαν να δουν τι συμβαίνει. Οι άπιστοι του είχαν κόψει τη γλώσσα. Για αυτό τώρα στέκει έτσι ντροπιασμένος και το μόνο που ζητάει είναι εκδίκηση».

Ο Ραζηκότσικας χλόμιασε μόλις άκουσε την ιστορία. Πλησίασε τον Αλέξη και έβαλε το χέρι του στο πιγούνι του για να ανασηκώσει το κεφάλι του. Στην αρχή εκείνος αντιστάθηκε, αλλά μετά σήκωσε απότομα το κεφάλι του και ο Ραζηκότσικας είδε στα μάτια του να σιγοβράζει ένας τόσο μεγάλος θυμός, που ο αρχηγός πισωπάτησε. Ο Αλέξης τότε άνοιξε το στόμα του και ο Ραζηκότσικας είδε το αποκρουστικό κολόβωμα που υπήρχε ανάμεσα στα δόντια του. Ένας ρόγχος βγήκε τότε από το στόμα του Αλέξη, σαν να κατηγορούσε τον Ραζηκότσικα για τα λόγια που είχε πει πριν. Ο Ραζηκότσικας ξεκόλλησε το βλέμμα του από την άδεια τρύπα του στόματος του Αλέξη και απευθύνθηκε στον Λιακατά.

«Γρηγόρη, σε φώναξα εδώ μαζί με τα παλικάρια σου για να σας αναθέσω μια αποστολή...»

Στο άκουσμα της λέξης αυτής, οι πολεμιστές τσιτώθηκαν και ο Ραζηκότσικας συνέχισε.

«Θέλω να φύγετε από την πολιτεία, για όσο διάστημα χρειαστεί και να βρείτε τα λημέρια του καπετάν Μακρή. Αν σταθείτε τυχεροί και τον βρείτε, θα τον καλέσετε να έρθει να πολεμήσει μαζί μας. Αυτός και τα παλικάρια του. Πρωταρχικός μας στόχος είναι αυτός. Έπειτα ενημερώνουμε και τους άλλους οπλαρχηγούς που βρίσκονται στην τριγύρω περιοχή, αν και νομίζω πως αν καταφέρουμε τον Μακρή να έρθει στο πλευρό μας, όλοι οι υπόλοιποι θα έρθουν από μόνοι τους. Η δύναμη και το κύρος του Μακρή επηρεάζει και όλους τους υπόλοιπους».

«Πώς θα μπορέσουμε να τον βρούμε όμως, καπετάν Ραζηκότσικα;» ρώτησε ο Γιάννος. «Έχεις τίποτα πληροφορίες για πού ακριβώς κινείται;»

«Για αυτόν ακριβώς τον λόγο θα σας οδηγεί ο Λιακατάς, Γιάννο...»

Ο Λιακατάς, που μέχρι εκείνη τη στιγμή δεν είχε μιλήσει, πήρε τον λόγο.

«Πριν μερικές μέρες έλειπα από το Μεσολόγγι για

κάτι δικές μου δουλειές. Μια νύχτα έμεινα στο Βραχώρι και άκουσα κάποιες φήμες πως εκεί τριγύρω κυκλοφορεί ένας μεγάλος Έλληνας οπλαρχηγός, με πολλά παλικάρια. Ρώτησα, με προσοχή, ένα - δύο άτομα και μου είπαν πως πρόκειται για τον Δημήτρη Μακρή. Μου έδειξαν κιόλας και την περιοχή που στρατοπεδεύει γιατί με εμπιστεύτηκαν καθώς γνώριζα πολλούς δικούς τους. Ο Μακρής φυλάγεται καλά και μετά τη σφαγή των φοροεισπρακτόρων έχει αλλάξει πολλά λημέρια, αλλά τώρα βρίσκεται σε μια συγκεκριμένη περιοχή, που τυχαίνει να την ξέρω καλά. Έτσι θα πάμε οι τέσσερις μας και πρέπει να ξεκινήσουμε όσο πιο γρήγορα μπορούμε».

«Ωραία λοιπόν. Δώσε μας μερικές ώρες καιρό να ετοιμαστούμε, Λιακατά και συναντιόμαστε ξανά εδώ για να κινήσουμε» είπε ο Μιχάλης με το στρογγυλό πρόσωπό του να λάμπει στη σκέψη πως έχει αναλάβει μια τόσο σημαντική αποστολή.

«Πριν χωρίσουμε θέλω να σας πω πως, αύριο το πρωί, έχω καλέσει όλους τους πολίτες για να τους ανακοινώσω τα μέτρα τα οποία πρέπει να πάρουμε για να προφυλαχτούμε από τυχόν επίθεση. Μετά θα τους πω και για την αποστολή σας. Για αυτό σας ζητώ να μην πείτε τίποτα και σε κανέναν μέχρι να φύγετε, γιατί πιστεύω πως θα υπάρξουν πολλοί που θα φέρουν αντίρρηση, στο να έρθουν μέσα στην πόλη μας και να εγκατασταθούν σε αυτήν, αρματολοί από αλλού...»

Ο Ραζηκότσικας λέγοντας αυτά τα λόγια κοίταζε κατάματα τους πολεμιστές που είχε μπροστά του για να τους κάνει να καταλάβουν τη σοβαρότητα της κατάστασης. Όταν ικανοποιήθηκε με αυτό που είδε μέσα σε αυτά, τους έδιωξε για να πάνε να ετοιμαστούν.

Είχε αρχίσει να πέφτει το σκοτάδι στην πολιτεία, όταν συναντήθηκαν οι τέσσερις άντρες στο σημείο που είχαν συμφωνήσει. Όλοι είχαν ετοιμαστεί για τον δρόμο. Είχαν ξυρίσει το μπροστινό μέρος του κεφαλιού τους και φορούσαν και οι τέσσερις το κόκκινο κοφτό φέσι τους. Τα μαλλιά τους, που στο υπόλοιπο κεφάλι τους ήταν μακριά, τα είχαν δέσει πίσω, στη βάση του αυχένα. Είχαν φορέσει τις καθαρές φουστανέλες τους και από πάνω μια πουκαμίσα, η οποία ήταν σφιχτή στη μέση. Η στολή συμπληρώνονταν από το βρακί και τα τσαρούχια τους αλλά και από τον οπλισμό τους, που τους χαρακτήριζε.

Και οι τέσσερις είχαν από ένα ζευγάρι κουμπούρες ζωσμένες στο σελάχι τους και το γιαταγάνι τους που ήταν στερεωμένο στην αριστερή πλευρά του σώματος τους. Το καριοφίλι το είχαν περασμένο στην πλάτη για καλύτερη κατανομή του βάρους του και ευκολότερη μεταφορά. Ο οπλισμός τους συμπληρώνονταν από τις παλάσκες[4], το μεδουλάρι[5]και το χαρμπίλι[6]. Σε διάφορα σημεία τους σώματος είχαν διάφορες μυστικές τσέπες όπου έκρυβαν κυρίως μαχαίρια διαφόρων μεγεθών, για κάθε περίσταση. Ο Λιακατάς δεν είχε πάρει το καριοφίλι του μαζί και στην πλάτη του είχε στερεωμένη τη μεγάλη του πάλα.

Μόλις οι τέσσερις άντρες συγκεντρώθηκαν και αντάλλαξαν τους καθιερωμένους χαιρετισμούς, ο Λιακατάς μπήκε επικεφαλής τους και βγήκαν από την πολιτεία με γρήγορο βηματισμό.

---

4 Παλάσκα: Θήκη για τα βόλια των κουμπουριών και των καριοφιλιών.
5 Μεδουλάρι: Μπουκαλάκι που περιείχε λίπος ζώου για να καθαρίζουν και να γυαλίζουν τα όπλα.
6 Χαρμπίλι: Κοφτερό εργαλείο που είχε την μορφή μαχαιριού αλλά χρησίμευε σε πολλές δουλειές.

Ο Ραζηκότσικας είχε βάλει ήδη τελάληδες να τριγυ-
ρίζουν σε όλη την πολιτεία για να καλέσουν τον κόσμο
στη συγκέντρωση. Ο αρχηγός ήθελε να δώσει στον λαό
να καταλάβει, πως αν θέλουν να παραμείνουν ελεύθεροι,
πρέπει όλοι να συνεισφέρουν στην πόλη τους, με τον ένα
ή με τον άλλο τρόπο. Σε αυτά έτρεχε το μυαλό του Ραζη-
κότσικα αλλά και στον Λιακατά και τους συντρόφους του
που έστειλε να βρουν τον Μακρή. Αναρωτιόταν αν ήταν
λάθος κίνηση αυτή. Οι αρματολοί του Μακρή μπορεί να
δημιουργούσαν προβλήματα στους Μεσολογγίτες αλλά
έπρεπε να το διακινδυνεύσει. Άλλη λύση δεν υπήρχε. Η
δύναμη των πολεμιστών της πόλης ήταν πολύ μικρή και
οποιαδήποτε βοήθεια είχαν θα ήταν πολύτιμη. Με αυτές
τις σκέψεις να κλωθογυρίζουν στο μυαλό του, ο αρχηγός
τράβηξε για το σπίτι του.

Είχε σκοτεινιάσει πια για τα καλά και οι τέσσερις
άντρες είχαν απομακρυνθεί πολύ από τα όρια της πολιτεί-
ας. Ο Λιακατάς τους είχε δείξει μια επιστολή που του είχε
δώσει ο Ραζηκότσικας, με την εντολή να τη δείξει αμέσως
στον Μακρή, όταν τον συναντούσαν. Ο Ραζηκότσικας,
είχε πει κιόλας στον Λιακατά, να είναι πολύ προσεκτικοί
στις κινήσεις τους, γιατί οι άντρες του Μακρή μπορεί να
μην είναι και πολύ φιλικοί απέναντί τους. Ο Λιακατάς με-
τέφερε τα λόγια του αρχηγού τους και απορία ζωγραφί-
στηκε στα πρόσωπα των τριών αντρών.

«Και γιατί μωρέ, Γρηγόρη, να μην είναι φιλικοί;» ρώτησε ο Γιάννος. «Τους κάναμε κανένα κακό; Ίσα ίσα...»

«Δεν τους κάναμε τίποτα, Γιάννο, αλλά όλοι είναι καχύποπτοι απέναντι σε όλους. Οι αρματολοί δε φοβούνται μόνο τους Τούρκους αλλά και πολλούς από τους Έλληνες, μην τυχόν και προδώσουν τη θέση τους. Για αυτό πρέπει να έχουμε τα μάτια μας ανοιχτά».

«Και γιατί οι Έλληνες να προδώσουν τους άλλους Έλληνες; Αυτούς που σήκωσαν το μπαϊράκι τους και έφυγαν στα βουνά;»

«Αχ μωρέ, Γιάννο, δεν καταλαβαίνεις τίποτα εσύ. Γιατί πολλοί Έλληνες δε θέλουν να γίνει η Επανάσταση, να γιατί. Γιατί πολλοί έχουν άριστες σχέσεις με τους Τούρκους κοτζαμπάσηδες και εκμεταλλεύονται τους συμπατριώτες τους, το ίδιο με τους Τούρκους και πολλές φορές ακόμη χειρότερα...»

Ο Γιάννος άκουγε τα λόγια του Λιακατά με προσοχή και η δυσπιστία ήταν φανερή στο πρόσωπό του. Ο Μιχάλης και ο Αλέξης άκουγαν και αυτοί την κουβέντα των δύο συντρόφων τους και ο Αλέξης, που δεν μπορούσε να μιλήσει, εκδήλωσε τα συναισθήματα του.

Έβγαλε από τη θήκη το γιαταγάνι και έκανε νόημα στην ομάδα να σταματήσει. Η λάμα του γιαταγανιού έλαμπε στο χλωμό φως του φεγγαριού, που μόλις είχε βγει, υποσχόμενη θάνατο. Με το ελεύθερο χέρι του έδειξε τους συντρόφους του και μετά έδειξε προς την κατεύθυνση που ήταν το Βραχώρι. Επανάλαβε αυτή την κίνηση πολλές φορές, μέχρι που οι σύντροφοι τού είπαν πως κατάλαβαν. Μετά σήκωσε το γιαταγάνι και ακούμπησε τη λεπίδα στον λαιμό του, κάνοντας πως τον κόβει πέρα για πέρα.

«Καταλάβατε τι μας έδειξε ο Αλέξης;» ρώτησε ο Λιακατάς. «Όλοι όσοι συνεργάζονται με τους Τούρκους πρέπει να περάσουν από λεπίδι...»

Ο Αλέξης άκουσε τα λόγια του Λιακατά και άρχισε να βγάζει ένα υπόκωφο βρυχηθμό μέσα από το κουτσουρεμένο στόμα του και τα μάτια του είχαν γεμίσει αίμα.

«Δεν είναι όλοι οι Έλληνες σαν και εμάς, Γιάννο, όσο και να μην το χωράει το μυαλό σου. Πολλοί είναι αυτοί που δεν τους αρέσει αυτό που συμβαίνει».

Ο Γιάννος συνέχιζε να μην μπορεί να χωνέψει τα λόγια του Λιακατά και η συντροφιά ξεκίνησε πάλι. Ο Λιακατάς υπολόγιζε πως με τον ρυθμό που προχωρούσαν, αύριο το απόγευμα, θα έφταναν στο λημέρι του Μακρή.

Για αρκετή ώρα συνέχιζαν βουβά τον δρόμο τους, όταν ο Μιχάλης, που σκεφτόταν τις κουβέντες που τους είπε ο Ραζηκότσικας όταν χώρισαν, έσπασε τη σιωπή.

«Γρηγόρη, εγώ πάντως πιστεύω πως η κίνηση του Ραζηκότσικα, να μην ανακοινώσει τίποτα στους συμπολίτες μας για την αποστολή μας, μέχρι εμείς να φύγουμε, ήταν σοφή. Οι φήμες που κυκλοφορούν για τους άντρες του Μακρή δεν είναι και οι καλύτερες και δικαιολογημένα ο λαός μπορεί να αντιδρούσε σε αυτό το σχέδιο και να μην τους ήθελε στην πόλη. Αλλά από την άλλη, το Μεσολόγγι χρειάζεται στρατιωτική ενίσχυση και δεν μπορεί να γίνει αλλιώς. Καλά κάνει ο Ραζηκότσικας».

«Δύσκολη η απόφασή του και σε πολύ κρίσιμη

χρονική περίοδο, Μιχαλιό. Ο χρόνος θα δείξει αν έπραξε λανθασμένα ή όχι. Αν θέλετε όμως και τη δική μου γνώμη θα σας την πω. Έτσι και αλλιώς δεν μπορούμε να κάνουμε κάτι άλλο για να δυναμώσουμε τη φρουρά της πόλης, οπότε με βρίσκει και εμένα σύμφωνο η απόφασή του».

Μετά από αυτές τις κουβέντες, η συντροφιά, βυθίστηκε και πάλι στη σιωπή συνεχίζοντας τον δρόμο της. Προς το ξημέρωμα αποφάσισαν να σταματήσουν για να ξαποστάσουν και να φάνε κάτι. Έφαγαν, ξεκουράστηκαν και μετά σηκώθηκαν φρέσκοι και ξεκούραστοι ακολουθώντας τον δρόμο που τους έδειχνε ο Λιακατάς.

Ο ήλιος είχε αρχίσει να κατηφορίζει στον ουρανό και οι τέσσερις σύντροφοι συνέχιζαν την πορεία τους. Ο Λιακατάς είχε πέσει έξω στους υπολογισμούς του και ακόμη κανένα σημάδι από το λημέρι του Μακρή δεν είχε φανεί. Δεν άργησε να έρθει και πάλι η νύχτα και ο Λιακατάς διέταξε τους συντρόφους του να σταματήσουν για να ξεκουραστούν λιγάκι αλλά και για να προσανατολιστεί καλύτερα.

Στην πολιτεία του Μεσολογγίου η συνέλευση είχε λήξει πριν νυχτώσει. Ο λαός της πόλης άκουσε τις προτάσεις του Ραζηκότσικα και τις δέχτηκε πολύ καλύτερα από ότι περίμενε ακόμη και ο ίδιος. Υπήρξαν και μερικοί από αυτούς που διαφώνησαν αλλά αποτελούσαν μειοψηφία. Αυτούς που είχαν διαφωνήσει, είχε προσπαθήσει να λογικέψει ο Ραζηκότσικας με διάφορα επιχειρήματα, τα οποία, τώρα που τα πράγματα είχαν ηρεμήσει, σκεφτόταν ο αρχηγός.

«Θα χάσουμε όλο μας το βιός από τους λύκους που εσύ έστειλες να φέρουν στην πόλη μας, Ραζηκότσικα. Καλά καλά δεν έχουμε να φάμε εμείς πώς θα θρέψουμε και τους άλλους που θα έρθουν;»

Ο Ραζηκότσικας έφερε ξανά στο μυαλό του την ερώτηση του Μεσολογγίτη αλλά και τις άλλες που ακολούθησαν.

Αναβρασμός επικράτησε στον λαό, με το άκουσμα αυτής της ερώτησης. Μερικοί επικρότησαν τη σκέψη του συμπολίτη τους και μερικοί άλλοι τη στόλιζαν και με άλλες δικές τους ερωτήσεις. Ο Ραζηκότσικας προσπάθησε να απαντήσει στην ερώτηση, αλλά τα λόγια του χάθηκαν στις φωνές που ακούγονταν. Μέχρι που γέρο Καψάλης ξεχώρισε από το πλήθος και πήγε και στάθηκε δίπλα στον Ραζηκότσικα, υποστηρίζοντας με την παρουσία του, τον αρχηγό. Ο Καψάλης χωρίς να περιμένει να σταματήσει η βοή, άρχισε να μιλάει και σιγά σιγά οι φωνές και οι λογομαχίες ελαττώθηκαν, μέχρι που σταμάτησαν τελείως.

Ο Ραζηκότσικας έφερε στον νου του την ομιλία του Καψάλη και ένα χαμόγελο εμφανίστηκε στα χείλη του.

«Συμπολίτες μου, οι περισσότεροι από εσάς, καταλάβατε πως η μεγάλη ώρα για την πατρίδα μας και για την πόλη μας, έχει φτάσει. Ο πόλεμος έφτασε και στο δικό μας κατώφλι, χτύπησε την πόρτα μας, και εμείς ανταποκριθήκαμε στο κάλεσμά του καταλαμβάνοντας το διοικητήριο και παίρνοντας τον έλεγχο της πόλης στα χέρια μας. Μετά βάλαμε, όλοι μαζί, αν δε με απατά η γέρικη μνήμη μου, γενικό αρχηγό του Μεσολογγίου τον Ραζηκότσικα, έναν άνθρωπο που οι περισσότεροι από εσάς γνωρίζετε προσωπικά και σέβεστε και τώρα αμφισβητείτε τις αποφάσεις του;»

Όλοι οι Μεσολογγίτες κρεμόταν από τα χείλη του γέροντα που μιλούσε και τα μάτια του έμοιαζαν να κοιτάζουν όλους μαζί και τον καθένα ξεχωριστά. Αυτός για να δώσει βάρος στην ερώτησή του σταμάτησε για μια στιγμή και μετά συνέχισε.

«Οι καιροί που ζούμε είναι δύσκολοι και σε τέτοιους καιρούς πρέπει να παίρνονται θαρραλέες αποφάσεις. Αυτό έκανε και ο Ραζηκότσικας. Πήρε μια τολμηρή απόφαση και έστειλε δικούς του ανθρώπους να καλέσουν μέσα στην πολιτεία τους οπλαρχηγούς που περιφέρονται χωρίς κάποιο σκοπό έξω από αυτήν, σκοτώνοντας όσους Τούρκους πέσουν στα νύχια τους. Ο Ραζηκότσικας, που μερικοί από εσάς κατηγορούν, έχει σκοπό να ενώσει όλους τους Έλληνες, είτε αυτοί είναι Σουλιώτες, είτε Ρουμελιώτες, είτε Μοραΐτες, για να πετύχει τον κοινό μας σκοπό, αλλά για να το κάνει αυτό χρειάζεται τη δική σας βοήθεια».

Ο Καψάλης σταμάτησε για να πάρει μια ανάσα και τότε ο Μεσολογγίτης βρήκε την ευκαιρία και ύψωσε πάλι τη φωνή του.

«Καλά είναι όλα αυτά που λες γερό Καψάλη, αλλά δεν απαντάς στην ερώτησή μου».

Ο Καψάλης στραβοκοίταξε τον Μεσολογγίτη που φώναζε και έδωσε την απάντησή του.

«Εσύ που σπέρνεις κατηγορίες, γνωρίζεις πολύ καλά πως η πόλη μας είναι η πύλη που ενώνει τον Μοριά με την Ρούμελη και ο Τούρκος θα προσπαθήσει με κάθε τρόπο να την πάρει πίσω. Εσύ μπορείς να μου απαντήσεις πώς θα αντιμετωπίσουμε το τουρκικό ασκέρι[7] όταν θα στρατοπεδεύσει μπροστά μας, αποτελούμενο από χιλιάδες πολεμιστές. Πώς θα ανακόψουμε την ορμή τους όταν η δύναμη της πόλης μας είναι τόσο μικρή; Εσύ που γυρεύεις απαντήσεις, απάντησε σε αυτή την ερώτηση, αν μπορείς».

Ο Μεσολογγίτης, στον οποίο απευθύνθηκε ο Καψάλης, κατάλαβε πως ο γέροντας είχε δίκιο και χώθηκε μέσα στο πλήθος με σκυμμένο το κεφάλι.

Μετά από αυτήν την παρέμβαση, τον λόγο ξαναπήρε ο Ραζηκότσικας.

«Χρήστο Καψάλη, δεν περίμενα κάτι λιγότερο από σένα. Αγαπάς το Μεσολόγγι και τους πολίτες του, σαν τα ίδια σου τα παιδιά, και θα έδινες και τη στερνή σου ανάσα για να το δεις ελεύθερο. Σε ευχαριστώ για τη δημόσια στήριξή σου».

Το σύνολο του πλήθους επιδοκίμασε τα λόγια του Ραζηκότσικα και μόνο μερικοί εξακολουθούσαν να κουνούν απογοητευμένοι τα κεφάλια τους.

«Όμως δεν φτάνουν μόνο τα όπλα και οι πολεμιστές για να υπερασπίσουμε το Μεσολόγγι, πρέπει να κάνουν και οι υπόλοιποι το χρέος τους, γέροι, γυναίκες και παιδιά.»

7 Ασκέρι: στρατιά

Το πλήθος φάνηκε να αναστατώνεται από τα λόγια του και αμέσως ο αρχηγός έσπευσε να τους πει τι είχε στο νου του.

«Πρέπει να δουλέψουμε όλοι μαζί, ενωμένοι, για να χτίσουμε ένα τείχος που θα αποτελέσει τη γραμμή της άμυνάς μας. Χωρίς αυτό είμαστε εκτεθειμένοι σε οποιαδήποτε επίθεση και τρομερά ευάλωτοι. Από αύριο τα χαράματα πρέπει να ξεκινήσουμε τις εργασίες και να διαθέσουμε τα χέρια μας και τα γρόσια μας ώστε να γίνει η πόλη μας πιο ασφαλής. Δε θα υποχρεωθεί κανείς να βοηθήσει, αλλά όποιος έχει καταλάβει τη σοβαρότητα των πραγμάτων, θα το κάνει από μόνος του, χωρίς απειλές και εξαναγκασμό. Το μόνο που ζητάω από εσάς είναι το φιλότιμό σας και τα χέρια σας...»

Το μεγαλύτερο μέρος των πολιτών επιδοκίμασε, με κραυγές, τα λόγια του Ραζηκότσικα, δίνοντας την απάντηση που ζητούσε ο αρχηγός.

Τώρα ο Ραζηκότσικας σκεφτόταν όλα αυτά που είχαν συμβεί και ένα χαμόγελο είχε χαραχθεί στα χείλη του. Ο αρχηγός του Μεσολογγίου σπάνια χαμογελούσε, αλλά όταν συνέβαινε αυτό, το πρόσωπό του ξαστέρωνε κι μαρτυρούσε την πραγματική του ηλικία, που ήταν κάτω από τριάντα χρονών.

Όταν τελείωσε η συγκέντρωση ο Καψάλης πλησίασε τον Ραζηκότσικα και τον τράβηξε παράμερα.

«Καπετάν Θανάση, σε θυμάμαι από τότε που ήσουν μικρό παιδί και έπαιζες στους μαχαλάδες με τα άλλα Μεσολογγιτόπουλα. Πάντα εσένα επέλεγαν για αρχηγό τους και πάντα εσύ ήσουν αυτός που τα κατάφερνε σε όλα τα δύσκολα. Τώρα που ήρθε η ώρα της πατρίδας μας, δύσκολο έργο έχει πέσει στην πλάτη σου. Θα μπορέσεις να το σηκώσεις Θανάση; Είσαι μικρός ακόμη για τέτοια βάρη».

«Καψάλη, έχεις σταθεί σε μένα από τα παιδικά μου χρόνια και με ξέρεις καλύτερα ακόμη και από τους γονείς μου και για αυτό δεν μπορώ να σου πω ψέματα. Δεν μπορώ να σου κρύψω πως φοβάμαι. Φοβάμαι μήπως δεν σταθώ άξιος των περιστάσεων και με τις ενέργειές μου σπείρω την καταστροφή και τη διχόνοια μέσα στο Μεσολόγγι. Αλλά κάνω ό,τι λέει η καρδιά μου και ό,τι πιστεύω πως είναι καλύτερο για εμάς και τον τόπο μας».

«Μιλάς σεμνά και συγκρατημένα, Θανάση. Εγώ σου λέω πως ό,τι αποφάσεις έχεις πάρει μέχρι τώρα είναι σωστές».

«Είμαι τυχερός που έχω δίπλα μου γενναίους άντρες, πιο γενναίους από μένα και σ' αυτούς στηρίζω ένα μέρος της δύναμης και της αντοχής μου. Και όσον αφορά για αυτό που έγινε στο διοικητήριο».

«Μη σκέφτεσαι τα περασμένα, Θανάση» τον διέκοψε ο Καψάλης, «μόνο κακό μπορούν να σου κάνουν».

«Λυπάμαι πολύ αλλά δεν μπορούσα να τους συγκρατήσω. Διψούσαν για αίμα».

Ο Ραζηκότσικας είπε αυτά τα λόγια ψιθυριστά και έσκυψε το κεφάλι.

«Μη λυπάσαι για αυτό, γιατί εσύ έκανες το χρέος σου. Βγαλ' το από το μυαλό σου και συνέχισε. Θα γίνουν πολύ μεγαλύτερες σφαγές σ' αυτόν τον τόπο και εμείς πρέπει να συνηθίσουμε στην ιδέα».

Μετά από αυτά τα λόγια του Καψάλη, ο Ραζηκότσικας, αναθάρρησε κάπως. Τότε ο γέροντας τον καληνύχτισε και με βήμα που δε θύμιζε με κανέναν τρόπο την προχωρημένη ηλικία του, έφυγε για το σπίτι του.

Τώρα ο Ραζηκότσικας βρισκόταν ξαπλωμένος στο κρεβάτι, που μοιραζόταν με τη γυναίκα του και ο Μορφέας είχε μπει στην κάμαρή τους, τυλίγοντας στην αγκαλιά του τη γυναίκα του και καθώς τύλιγε και τον ίδιο, ξέφτια από τη φωνή του γέρο Καψάλη στριφογυρνούσαν στα αυτιά του, σχηματίζοντας λέξεις, μέχρι που η έννοιά τους αποκτούσε μεγάλη βαρύτητα καθώς επαναλαμβανόταν μέσα στο όνειρό του.

«Θα γίνουν πολύ μεγαλύτερες σφαγές σε αυτόν τον τόπο, πολύ μεγαλύτερες σφαγές, πολύ μεγαλύτερες...»

Είχε νυχτώσει για τα καλά, όταν οι τέσσερις σύντροφοι αντίκρισαν, μακριά ακόμη, αλλά ορατή, μια φωτιά. Ο Λιακατάς ήταν ο πρώτος που είδε τις φλόγες της, λίγη ώρα αφότου είχαν ξεκινήσει ξανά και έκανε νόημα στους συντρόφους του. Με μιας όλοι άρχισαν να προχωρούν σκυφτά και σταμάτησαν να ανταλλάξουν και τις λιγοστές κουβέντες που έλεγαν μέχρι εκείνη την ώρα. Όλοι έδεσαν τα άρματα τους πάνω τους για να μην χτυπούν και κάνουν θόρυβο. Συνέχισαν έτσι να προχωρούν, με χίλιες προφυλάξεις, όταν αντίκρισαν και άλλες φωτιές. Τότε ο Λιακατάς τους έκανε νόημα να σταματήσουν και να μαζευτούν τριγύρω του.

«Παλικάρια μου, αυτό εδώ μπροστά μας είναι το στρατόπεδο του Μακρή. Αποκλείεται να κάνω λάθος. Πρέπει να παρουσιαστώ αμέσως στον οπλαρχηγό. Δεν υπάρχει καιρός για χάσιμο».

Οι σύντροφοί του έβλεπαν στα μάτια τον Λιακατά, περιμένοντας να τους δώσει οδηγίες.

«Ακούστε τι θα γίνει» συνέχισε αυτός «θα προχωρήσω εγώ μόνος μου και εσείς θα περιμένετε εδώ. Μόλις δω κάποιο φρουρό, θα του κάνω νόημα και θα παρουσιαστώ και τότε θα σας φωνάξω».

Οι τρεις άντρες συμφώνησαν με ένα κούνημα του κεφαλιού τους και κάθισαν κάτω.

Ο Λιακατάς άρχισε να προχωράει, σχεδόν στα τέσσερα από το σκύψιμο και δεν είχε απομακρυνθεί πολύ από τους συντρόφους του, όταν είδε μια αχνή λάμψη μέσα στο σκοτάδι της νύχτας, αρκετά έξω από τον κύκλο που σχημάτιζαν οι φωτιές. Ο Λιακατάς κοκάλωσε και μετά από μερικά δευτερόλεπτα ξαναφάνηκε η ίδια λάμψη και μαζί με αυτή, φάνηκε και το πρόσωπο ενός φρουρού, που τραβούσε δυνατές ρουφηξιές από το τσιμπούκι του. Ο Λιακατάς χαλάρωσε κάπως και έβαλε δύο δάχτυλα στο στόμα. Δύο κοφτά και ένα μακρόσυρτο σφύριγμα, βγήκαν από τα χείλη του, διαπεραστικά αλλά όχι πολύ δυνατά. Αμέσως η λάμψη του τσιμπουκιού εξαφανίστηκε και ακούστηκε από τη μεριά του φρουρού ένα κοφτό και δύο μακρόσυρτα σφυρίγματα, το αντίθετο από αυτό που σφύριξε ο Λιακατάς, σημάδι πως τον αναγνώρισε σαν Έλληνα.

Ο Λιακατάς άρχισε να σηκώνεται αργά από το έδαφος, με τα χέρια υψωμένα. Ήξερε, πως παρόλο που ο φρουρός του είχε δώσει σημάδι αναγνώρισης, δε θα έπαυε να είναι καχύποπτος. Μόλις όρθωσε πλήρως το κορμί του αντίκρισε δύο κάννες καριοφιλιών να τον σημαδεύουν και να έρχονται γρήγορα καταπάνω του. Ο Λιακατάς όμως κράτησε την ψυχραιμία του και παρέμεινε ακίνητος μη δίνοντας τους τη δικαιολογία να τον πυροβολήσουν, πριν αρχίσουν καν τις ερωτήσεις.

«Ποιος είσαι;» είπε ο ένας από τους φρουρούς με το που τα καριοφίλια τους ακούμπησαν το στήθος του Λιακατά και σταμάτησαν. «Μίλα αλλιώς το καριοφίλι μου σε στέλνει στον άλλο κόσμο».

«Αδέρφια μου μη ρίξετε» είπε ο Λιακατάς χωρίς να κατεβάσει τα χέρια του. «Το όνομά μου είναι Γρηγόρης Λιακατάς. Έρχομαι από το Μεσολόγγι που επαναστάτησε, με τρεις ακόμη συντρόφους μου, για να ζητήσουμε βοήθεια από εσάς και τον καπετάνιο σας».

«Και γιατί είσαι μόνος; Πού είναι οι άλλοι τρεις που λες;»

«Περιμένουν πιο πίσω για να τους φωνάξω και να έρθουν. Δε θέλαμε να εμφανιστούμε τέσσερις οπλισμένοι άντρες μέσα στη νύχτα».

«Για φώναξε τους να δούμε τη φάτσα τους».

Ο Λιακατάς φώναξε τους συντρόφους του και αυτοί πλησίασαν γρήγορα. Μόλις είδαν τα καριοφίλια που σημάδευαν το στήθος του αρχηγού τους, σταμάτησαν απότομα και τα χέρια τους πήγαν προς τα δικά τους όπλα.

«Σταθείτε ακίνητοι» είπε ένας από τους φρουρούς μόλις είδε την κίνηση των Μεσολογγιτών «αλλιώς τα βόλια μου θα γευτούν τη σάρκα αυτού εδώ. Από το Μεσολόγγι είπες πως έρχεστε; Που επαναστάτησε κιόλας; Από πότε μια φωλιά που θρέφει τις τούρκικες φάρες έχει βγάλει δόντια και δαγκώνει τον αφέντη της;»

Το αίμα του Λιακατά, μόλις άκουσε αυτά τα λόγια, ανέβηκε με ορμή στο κεφάλι του, βάζοντας φωτιά στα νεύρα του.

«Πρόσεξε τα λόγια σου φρουρέ, γιατί μπορεί το κεφάλι σου να χάσει τη θέση του αμολώντας τέτοιες απερίσκεπτες κουβέντες. Κουβαλάω μαζί μου τη βούλα του Ραζηκότσικα και καλά θα κάνεις να αφήσεις τους χλευασμούς και να με παρουσιάσεις αμέσως στον καπετάνιο σου, τον Μακρή. Του φέρνω πολύ σημαντικό μήνυμα. Ειδοποίησέ τον γρήγορα και μην παίζεις με την υπομονή μου».

Ο φρουρός σάστισε από τα λόγια του Λιακατά και έριξε ένα πλάγιο βλέμμα στον συνάδερφό του για να τον δει, αλλά αυτός σημάδευε με τον καριοφίλι του τον άγνωστο άντρα και έβλεπε μπροστά. Ο σκοπός δεν είχε ακούσει ποτέ κανέναν που να τον σημαδεύουν δύο όπλα, να μιλάει έτσι. Αποφάσισε τότε να τον παρουσιάσει στον Μακρή. Με το κεφάλι του σπασμένο. Έτσι έκανε πως κατεβάζει το καριοφίλι του και έκανε ένα βήμα προς το μέρος του αγνώστου.

Ο Λιακατάς είδε πως ο άλλος φρουρός δεν είχε κατεβάσει ούτε πόντο το δικό του όπλο και έσφιξε όλους τους μύες του κορμιού του περιμένοντας τα πάντα.

Τότε, ο σκοπός που μιλούσε, σήκωσε απότομα το καριοφίλι του, γυρίζοντας το ταυτόχρονα ανάποδα με το κοντάκι να κινείται προς το κεφάλι του Λιακατά. Ήταν γρήγορος, αλλά για κακή του τύχη ο άγνωστος, ήταν γρηγορότερος.

Ο Λιακατάς έκανε στο πλάι, αποφεύγοντας το χτύπημα, και ο σκοπός παρασυρμένος από τη δύναμή του, τινάχτηκε προς τα εμπρός, αφήνοντας τα νώτα του ακάλυπτα. Και ο Λιακατάς χτύπησε σαν φίδι. Γράπωσε τον σβέρκο του αντιπάλου του και ο βραχίονας του ελεύθερου χεριού του, ήρθε και κόντραρε πάνω στον ακάλυπτο και ευαίσθητο λαιμό του σκοπού. Πριν προλάβει ο Λιακατάς να σφίξει τη λαβή του και να παραλύσει τον σκοπό, ένας πυροβολισμός έσκισε τη σιγαλιά της νύχτας. Φλόγες πετάχτηκαν από το καριοφίλι του δεύτερου σκοπού, αλλά τα βόλια που προοριζόταν για το στήθος του Λιακατά, δε βρήκαν τον στόχο τους, καθώς ο Γιάννος όρμησε στον σκοπό και κοπάνησε την κάννη από το καριοφίλι του, στρέφοντας το προς τον ουρανό. Δευτερόλεπτα μετά τον πυροβολισμό, μια κραυγή ακούστηκε στο στρατόπεδο.

«Συναγερμός» σκέφτηκε ο Λιακατάς, καθώς έσφιγγε τη λαβή του ακινητοποιώντας τον σκοπό, και δεν είχε άδικο.

Σε λίγα δευτερόλεπτα βρέθηκαν όλοι περικυκλωμένοι από αγριεμένες φιγούρες που κράδαιναν όπλα.

Ο Λιακατάς έσφιγγε τη λαβή του, πνίγοντας τον σκοπό και οι σύντροφοί του είχαν ακινητοποιήσει τον άλλο. Για μια στιγμή δεν κουνιόταν κανείς και τότε ο Λιακατάς ανέλαβε και πάλι την πρωτοβουλία.

Με μια γρήγορη κίνηση των χεριών του, ελευθέρωσε τον σκοπό από τη λαβή και τον έσπρωξε προς το μέρος των αντρών που τους σημάδευαν. Αμέσως μετά σήκωσε τα χέρια του, σαν ένδειξη παράδοσης.

«Θέλω μόνο να μιλήσω στον αρχηγό σας. Τον Δημήτρη Μακρή. Έρχομαι από το Μεσολόγγι και είμαι Έλληνας σαν και εσάς»

Η ατμόσφαιρα ήταν έτοιμη να εκραγεί και τα πράγματα να ξεφύγουν από κάθε έλεγχο, όταν ακούστηκε ένας βαθύς κρότος που τους έκανε όλους να αναπηδήσουν.

Ο Λιακατάς κατάλαβε ότι ήταν πυροβολισμός, αλλά αναρωτήθηκε, τι είδους όπλο έβγαζε τέτοιο ήχο;

Η απορία του λύθηκε σχεδόν αμέσως, καθώς ο κύκλος των αρματολών που τους έζωνε, άνοιξε σε ένα σημείο και εμφανίστηκε ένας ψηλός άντρας με μια λευκή φουστανέλα και ένα σελάχι στο χρώμα της σελήνης. Το μουστάκι του ήταν μακρύ και περιποιημένο και δε φαινόταν αγουροξυπνημένος, σαν τους υπόλοιπους. Στα χέρια του κρατούσε ένα καριοφίλι που οι Μεσολογγίτες όμοιο του δεν είχαν ξαναδεί.

Μακρύτερη κάννη από τα υπόλοιπα και με πολύ μεγαλύτερη διάμετρο. Το κοντάκι του ήταν ντυμένο με ασήμι και κατά μήκος της κατάμαυρης κάννης του, υπήρχαν στολίδια με ασημένια δεσίματα, τα οποία τραβούσαν το φως της σελήνης εκπέμποντας μια απόκοσμη φωτιά.

Ο Λιακατάς, μόλις αντίκρισε τον άντρα, κατέβασε τα χέρια του και τον κοίταξε. Κατάλαβε ποιον είχε μπροστά του καθώς είχε ακούσει τις φήμες για την ασημένια φωτιά που κρατούσε στα χέρια του ο οπλαρχηγός Δημήτρης Μακρής.

Η μέρα δεν είχε χαράξει ακόμη στην πολιτεία του Μεσολογγίου και όμως στους δρόμους επικρατούσε αναταραχή. Άνθρωποι όλων των ηλικιών είχαν σηκωθεί από τα στρώματά τους για να βάλουν σε εφαρμογή το σχέδιο του αρχηγού τους. Άλλοι κουβαλούσαν σκαπτικά εργαλεία, άλλοι ξύλα και δοκάρια και άλλοι τσουβάλια και τενεκέδες για να κουβαλούν χώμα να στεριώσουν το τείχος.

Ο Ραζηκότσικας είχε μπει επικεφαλής στον λαό. Κουβαλούσε και αυτός στον ώμο του μια αξίνα και τους οδηγούσε στο σημείο όπου θα άρχιζαν το τείχος.

Το σχέδιό του ήταν, στην αρχή να σκάψουν μια τάφρο και έπειτα να σηκώσουν πίσω από αυτήν ένα μικρό ανάχωμα, για να μπορούν να αμυνθούν σε περίπτωση επίθεσης. Ο Ραζηκότσικας δεν αεροβατούσε. Ήξερε πως η προστασία που θα πρόσφερε το τείχος ήταν μηδαμινή, αλλά προτιμούσε να υπάρχει κάτι που θα εμπόδιζε, έστω και λίγο, οποιονδήποτε εχθρό, παρά να μην υπάρχει τίποτα.

Τώρα ο Ραζηκότσικας έφτασε στο σημείο όπου θα άρχιζε το σκάψιμο της τάφρου και σταμάτησε. Κατέβασε την αξίνα από τον ώμο του και την ακούμπησε ανάμεσα στα πόδια του. Ο λαός σταμάτησε και αυτός παρακολουθώντας τον.

«Συμπολίτες μου, από αυτό το σημείο θ' αρχίσουμε το έργο μας. Θ' αρχίσουμε να σκάβουμε πρώτα για την τάφρο και ταυτόχρονα θα φτιάχνουμε και το τείχος. Αλλά ας αφήσουμε τις κουβέντες τώρα και ας ριχτούμε στη δουλειά».

Ο Ραζηκότσικας μόλις είπε αυτά τα λόγια, σήκωσε από τη γη την αξίνα και άρχισε να ξεκολλάει ολόκληρα κομμάτια από το σώμα της γης, οριοθετώντας την τάφρο. Οι Μεσολογγίτες, βλέποντας τον αρχηγό τους να μοχθεί, βιάστηκαν να πάρουν μέρος στη δουλειά που τους περίμενε.

Ο Λιακατάς και οι σύντροφοί του βάδιζαν, μέσω συνοδείας, προς το κέντρο του στρατοπέδου. Μπροστά πήγαινε ο Μακρής, με το ασημωμένο τουφέκι στον ώμο. Οι Μεσολογγίτες ακολουθούσαν και έφτασαν σε ένα σημείο όπου έκαιγαν μερικές φωτιές και γύρω από αυτές είδαν κάτι που έκανε το αίμα στις φλέβες τους να κυλίσει πιο γρήγορα.

Από καμιά δεκαριά παλούκια, που ήταν μπηγμένα στο έδαφος σε ημικυκλική διάταξη, ξεφύτρωνε στην πάνω άκρη τους και από ένα κεφάλι. Στο φως από τις φωτιές, οι Μεσολογγίτες, είδαν τα κατακρεουργημένα πρόσωπα. Οι μύτες και τα αυτιά έλειπαν από όλα τα κεφάλια και από μερικά έλειπαν και τα χείλη, σαν να είχαν ξεριζωθεί με μανία, φανερώνοντας ούλα και οδοντοστοιχίες κατάμαυρες από το αίμα. Τα μάτια ήταν βγαλμένα και από τις κόγχες τους είχαν χαραχθεί αιμάτινα αυλάκια, που θύμιζαν μια ασταμάτητη ροή δακρύων.

Ο Λιακατάς, ήξερε με μια παγερή βεβαιότητα, πως τα μέρη του προσώπου τους είχαν κοπεί από αυτό, πολύ προτού κοπεί το κεφάλι τους και αφήσουν την τελευταία τους πνοή.

Ο Μακρής, παρόλο που βάδιζε μπροστά, έριχνε και μερικές ματιές προς τα πίσω, και το βλέμμα του Λιακατά προς τα κεφάλια, δεν του διέφυγε.

«Θα άκουσες φαντάζομαι για τους φοροεισπράκτορες του Σουλτάνου» είπε ο Μακρής στον Λιακατά καθώς προχωρούσαν.

Ο Λιακατάς απομάκρυνε το βλέμμα του από τα λείψανα. Κοίταξε τον οπλαρχηγό και κούνησε καταφατικά το κεφάλι του.

«Αυτό που κοιτάς είναι ό,τι απόμεινε από αυτούς. Τα σώματά τους τα δώσαμε τροφή στα αγρίμια και στα σκυλιά. Μερικές φορές μου είναι και εμένα πολύ δύσκολο να κρατήσω τα παλικάρια μου για να μην παρεκτραπούν. Αλλά σ' αυτή την περίπτωση, ό,τι έπαθαν αυτοί, το άξιζαν»

Ο Λιακατάς προτίμησε να μη μιλήσει και απομάκρυνε το βλέμμα του από το πρόσωπο το Μακρή. Μετά από λίγο ο οπλαρχηγός σταμάτησε και έδειξε μερικές πέτρες στους Μεσολογγίτες.

«Καθίστε εδώ παλικάρια μου και πείτε τι σας φέρνει μέσα στη νυχτιά στο στρατόπεδό μου; Άκουσα το όνομα μου στη συμπλοκή που είχατε με τους φρουρούς και είμαι περίεργος να μάθω από πού με γνωρίζετε, γιατί εγώ δε γνωρίζω κανέναν σας»

Ο Λιακατάς, που η υπερδιέγερσή του δεν τον άφηνε να ηρεμήσει, μπήκε αμέσως στο ψητό.

«Καπετάν Μακρή, είμαστε Μεσολογγίτες και ήρθαμε να σε βρούμε με έναν και μοναδικό σκοπό. Ήρθαμε για να ζητήσουμε τη βοήθειά σου γιατί το Μεσολόγγι επαναστάτησε και δεν έχει άντρες να κρατήσουν την άμυνα σε περίπτωση τουρκικής αντεπίθεσης. Φέρνω και ένα γράμμα από τον αρχηγό της πόλης με την εντολή να το παραδώσω σε εσένα προσωπικά».

Ο Λιακατάς έχωσε το χέρι του στο σελάχι του, έβγαλε ένα βουλωμένο γράμμα και το έδωσε στον Μακρή. Εκείνος το πήρε και το κράτησε στα χέρια του χωρίς να σπάσει τη βούλα. Έμεινε για λίγο σιωπηλός κοιτώντας μια το γράμμα και μια τους Μεσολογγίτες.

«Μου λες νέα που φέρνουν χαρά στην καρδιά μου» είπε «αλλά γιατί ήρθες σε μένα να ζητήσεις βοήθεια;»

Ο Λιακατάς, που είχε σκεφτεί πως ο Μακρής θα του έκανε αυτήν την ερώτηση, απάντησε αμέσως.

«Είσαι ο πιο φημισμένος από τους καπετάνιους που κυκλοφορούν στην περιοχή και οι φήμες για το ασημένιο σου τουφέκι έχουν φτάσει πολύ μακριά. Ζητάμε βοήθεια κατευθείαν από σένα, γιατί αν δεχτείς εσύ, το παράδειγμά σου θα ακολουθήσουν και άλλοι καπεταναίοι με τους αρματολούς τους. Και δε σου κρύβω πως το Μεσολόγγι χρειάζεται κάθε αρματολό μαζί του αυτήν τη στιγμή»

Ο Μακρής δεν απάντησε. Έσπασε τη βούλα του γράμματος και έβγαλε μέσα από τον φάκελο μια πυκνογραμμένη σελίδα. Συλλογισμένος άρχισε να διαβάζει.

Όση ώρα διάβαζε ο Μακρής, ο Λιακατάς, παρατηρούσε τους αρματολούς που ήταν τριγύρω τους και μια απελπισία τον κυρίευσε. Πενταβρώμικοι πολεμιστές με σκισμένες και ματωμένες φορεσιές, ολόιδια κουρέλια, κρεμιόταν πάνω στα αποστεωμένα τους κορμιά. Οι περισσότεροι ήταν οπλισμένοι με τσεκούρια, αυτοσχέδια ρόπαλα και διάφορα άλλα αγροτικά εργαλεία που τα είχαν μετατρέψει σε φονικά όργανα. Ελάχιστοι από αυτούς κρατούσαν κάποιο πυροβόλο όπλο. Τα μάτια τους ήταν χωμένα βαθιά μέσα στο κεφάλι τους και τα σαγόνια τους πετούσαν προς τα έξω, λες και η εξέλιξη τους ανθρώπου σε αυτούς πήγαινε αντίστροφα και γυρνούσανε προς την πιθηκοειδή μορφή. Και οι τρεις σύντροφοι του Λιακατά έβλεπαν τους αρματολούς του Μακρή με την ίδια απαισιοδοξία ζωγραφισμένη στο πρόσωπο τους.

Εκείνη τη στιγμή ο Μακρής τελείωσε την ανάγνωση του γράμματος.

«Φαίνεται πως το Μεσολόγγι μας χρειάζεται» ομολόγησε.

«Χρειάζεται και εσένα και οποιονδήποτε άλλο καπετάνιε» απάντησε ο Μιχάλης που, μέχρι εκείνη την ώρα δεν είχε βγάλει μιλιά.

«Δεν ξέρω τι σου έγραψε ο Ραζηκότσικας στο γράμμα αλλά η ουσία είναι μια» συμπλήρωσε και ο Γιάννος παίρνοντας θάρρος «το Μεσολόγγι χρειάζεται κάθε ετοιμοπόλεμο άντρα».

«Εγώ την απόφασή μου την έχω ήδη πάρει. Δώστε μου μόνο λίγο χρόνο να μιλήσω και στα πρωτοπαλίκαρα μου και να τους πω ποιος ακριβώς είναι ο σκοπός σας και αν συμφωνήσουν και αυτοί, σε μερικές ώρες θα είμαστε έτοιμοι να αναχωρήσουμε για το Μεσολόγγι».

Ο Μακρής απομακρύνθηκε από τους νυχτερινούς επισκέπτες, φώναξε κοντά του μερικούς συντρόφους του και χάθηκαν πίσω από κάτι δέντρα. Μετά από λίγο, ένας από αυτούς, εμφανίστηκε κρατώντας μερικά κομμάτια ψωμί και κρέας και τα έριξε ανάμεσα στα πόδια των Μεσολογγιτών.

Ο Λιακατάς, ενθουσιασμένος από τη γρήγορη απόφαση του Μακρή, δεν είχε νου να φάει και ο Γιάννος τον πίεζε με το ζόρι.

«Φάε λίγο, Γρηγόρη, έχεις μια ολόκληρη μέρα να βάλεις κάτι στο στόμα σου. Φάε για να έχεις δυνάμεις για τον δρόμο της επιστροφής».

Ο Λιακατάς αγνοούσε όμως τον σύντροφό του και

αυτός κράτησε μερικά κομμάτια κρέας και λίγο ψωμί για να του τα δώσει αργότερα.

Όση ώρα οι άλλοι έτρωγαν, ο Λιακατάς, μονολογούσε χαρούμενος, γιατί όπως φαινόταν είχαν πετύχει την αποστολή τους.

«Ο Μακρής, αδέρφια μου, θα μας συνδράμει, και όταν αυτό μαθευτεί, είμαι σίγουρος πως και άλλοι καπεταναίοι θα έρθουν στο Μεσολόγγι» είπε.

«Γρηγόρη, είδες τα μπηγμένα σε πασσάλους κεφάλια;» είπε ο Γιάννος στραβοκαταπίνοντας μια μπουκιά ψωμί μαζί με ξερό κρέας. «Είδες την κατάσταση αυτών των επαναστατών; Δεν είναι τίποτα άλλο παρά ένα τσούρμο πλιατσικολόγων. Νομίζω πως ο Ραζηκότσικας, τελικά, έκανε λάθος που μας έστειλε να ζητήσουμε τη βοήθεια αυτών των ανθρώπων»

Ο Μιχάλης και ο Αλέξης, που καθόταν δίπλα του, συμφώνησαν με ένα κούνημα του κεφαλιού τους, καθώς το στόμα τους ήταν μπουκωμένο. Ο Γιάννος κρατούσε στα χέρια του κρέας αλλά είχε σταματήσει να τρώει και κοίταζε τον Λιακατά. Και αυτός δε μίλησε για λίγο γιατί ήξερε πως ο Γιάννος είχε, κατά βάθος, δίκιο.

«Ναι έτσι όπως τα λες είναι, Γιάννο» είπε τελικά «αλλά ξέρεις πολύ καλά πως τους χρειαζόμαστε όλους. Κατάλαβα από την πρώτη στιγμή που είδα τα κεφάλια με τι ανθρώπους έχουμε να κάνουμε αλλά χρειαζόμαστε αυτούς τους πολεμιστές. Το Μεσολόγγι τους χρειάζεται».

Οι Μεσολογγίτες δε μίλησαν και συνέχισαν το φαγητό τους με λιγότερη όρεξη από πριν. Όταν εμφανίστηκε ο Μακρής, πετάχτηκαν όλοι πάνω για να ακούσουν την τελική απόφασή του.

«Μερικοί από τα πρωτοπαλίκαρά μου διαφωνούν στην απόφασή μου να πάμε και να κλειστούμε σε μια πόλη, σαν να είμαστε ποντικοί. Προτιμούν να αλωνίζουν στις ερημιές, ελεύθεροι, χωρίς περιορισμούς, αλλά κατάφερα να τους πείσω. Έπρεπε να τους διαβάσω το γράμμα που έφερες μαζί σου για να τους αλλάξω γνώμη. Ο καπετάνιος σας είναι άνθρωπος με μεγάλη πειθώ...»

Μετά από αυτά τα λόγια, ο Μακρής, γύρισε στους άντρες του και άρχισε να τους δίνει κοφτές διαταγές και αυτοί άρχισαν να μαζεύουν τα πράγματά τους και να ετοιμάζονται για την αποχώρηση τους από το στρατόπεδο.

Σε λιγότερο από μια ώρα, το αρματολίκι του Μακρή ήταν έτοιμο για αναχώρηση και ο Λιακατάς με τους συντρόφους του είχε πάρει ήδη θέση στην αρχή της ομάδας των αντρών που περίμενε τη διαταγή για να ξεκινήσει.

Τα παλούκια με τα κομμένα κεφάλια παρέμειναν στη θέση τους, έπειτα από διαταγή του Μακρή. Η διαταγή του αυτή έγινε δεκτή με χλιαρές αποδοκιμασίες από ένα μέρος των αρματολών. Η δύναμη που ασκούσε πάνω τους όμως ο καπετάνιος τους ήταν πολύ μεγάλη για να παρακούσουν οποιαδήποτε διαταγή του. Έτσι τα μακάβρια τρόπαια, έμειναν σε εκείνη την περιοχή, σημαδεύοντας για πάντα το πέρασμα του καπετάνιου του Ζυγού από εκείνα τα μέρη.

Δύο μέρες είχαν περάσει από τότε που οι Μεσολογγίτες είχαν αρχίσει την κατασκευή των οχυρώσεων και ο Ραζηκότσικας ήταν ευχαριστημένος γιατί η δουλειά προχωρούσε πολύ γρήγορα. Όλοι οι κάτοικοι της πολιτείας δούλευαν χωρίς σταματημό. Μικρά παιδιά, γυναίκες και γέροι έδιναν τη βοήθειά τους για να υλοποιηθεί το σχέδιο. Κανείς δεν έμεινε αμέτοχος.

Τώρα είχε μεσημεριάσει και ο Ραζηκότσικας διέταξε να σταματήσουν για λίγο οι εργασίες για να φάνε κάτι και να ξαποστάσουν. Σ' αυτό το κενό, ο Ραζηκότσικας, μάζεψε τους επικεφαλείς των εργασιών για να συζητήσουν για το σχέδιό τους.

«Καπετάν Θανάση, η δουλειά προχωράει πολύ πιο γρήγορα από ό,τι περιμέναμε» έλεγε ο αδερφός του Ραζηκότσικα. «Με τον προχθεσινό σου λόγο, έδωσες στους συμπολίτες μας να καταλάβουν, πως τα αμυντικά έργα που κάνουμε είναι ζωτικής σημασίας για το Μεσολόγγι».

«Θανάση για να πούμε και κάτι διαφορετικό» είπε ο γερό Καψάλης όταν οι κουβέντες για τις οχυρώσεις σταμάτησαν «δεν έπρεπε να γυρίσει η ομάδα που έστειλες να βρει τον Μακρή και να του δώσει το κάλεσμα σου;»

«Υπολογίζω πως, αν όλα πήγαν καλά, μέχρι το απόγευμα της σημερινής ημέρας, να είναι εδώ ο Λιακατάς και οι σύντροφοί του» απάντησε ο Ραζηκότσικας. Ο Καψάλης κούνησε το λευκό κεφάλι του και έστρεψε ξανά τη συζήτηση στη δουλειά που είχαν μπροστά τους.

Και καθώς η κουβέντα συνεχίζονταν, ο Λιακατάς μαζί με τον Μακρή και τους αρματολούς του, απείχαν μερικές ώρες δρόμο από την πόλη.

Μετά από ανάπαυση μιας ώρας, ο Ραζηκότσικας, έδωσε το σύνθημα να σηκωθούν όλοι και να συνεχίσουν τη δουλειά. Ο αρχηγός άρχισε να επιθεωρεί τα έργα, όταν πρόσεξε πως μια ομάδα Μεσολογγιτών κωλυσιεργούσε και δεν έκανε σωστή δουλειά.

«Μαστρομήτρο, πώς ρίχνεις έτσι τη λάσπη; Νομίζεις πως θα κολλήσουν οι πέτρες μεταξύ τους αν τις πετάς έτσι;»

Ο Μήτρος, κατάμαυρος από τον ήλιο και τη σκόνη που κολλούσε πάνω του, στράφηκε απότομα και άδειασε τον τενεκέ με τη λάσπη που κρατούσε μπροστά στα πόδια του αρχηγού.

«Μωρέ Ραζηκότσικα, τι είναι αυτά που μας βάζεις και κάνουμε; Λες και θα ορμήσει κανένας εχθρός στο Μεσολόγγι και εσύ θέλεις να το κάνεις φρούριο. Πανάθεμά σε...»

Ο Ραζηκότσικας δεν απάντησε αμέσως στον Μήτρο. Έσκυψε και άρχισε να μαζεύει ξανά τη λάσπη μέσα στον τενεκέ και όταν ολοκλήρωσε τη δουλειά, τον σήκωσε στον ώμο του και πήγε και στάθηκε στο σημείο που ψευτοέχτιζε ο Μήτρος. Ο αρχηγός άρχισε να καλαφατίζει με μαστοριά τις πέτρες με τη λάσπη και να στεριώνει καλύτερα εκείνο το κομμάτι του τοίχου.

«Θα έρθει η ώρα που θα με ευγνωμονείς, που υπάρχει έστω και αυτό το τείχος για να προφυλάξεις το κορμί σου»

«Εγώ δεν συνεχίζω άλλο» φώναξε ο Μήτρος για να τον ακούσουν και οι διπλανοί του. «Δε θα με ξεπατώσει εμένα ο άρχοντας, ο Ραζηκότσικας. Έχω και άλλες δουλειές να κάνω για να θρέψω την οικογένειά μου».

«Η οικογένειά σου θα είναι νεκρή πριν ακόμη εσύ

καταλάβεις τι έγινε, άμυαλε. Και δεν υποχρέωσα κανέναν να έρθει με το ζόρι στα έργα».

Το πρόσωπο του Ραζηκότσικα πρήστηκε από τη φωνή και μια φλέβα πετάχτηκε στο κέντρο του μετώπου του. Χοντρή και καθαρή σαν σκουλήκι κάτω από το δέρμα. «Σήκω και φύγε, αν θες και πήγαινε να ταΐσεις τη φαμίλια σου. Αλλά αν είναι να το κάνεις αυτό κάνε το τώρα γιατί δε θα ανεχτώ άλλο τη μουρμούρα σου».

Ο Μήτρος, δεν χαμπάριασε από τα λόγια του Ραζηκότσικα και με γρήγορες κινήσεις μάζεψε τα λιγοστά του πράγματα και έφυγε μουρμουρίζοντας.

«Όποιος άλλος θέλει να τον ακολουθήσει ας το κάνει τώρα» είπε ο αρχηγός σε αυτούς που είχαν σταματήσει τη δουλειά τους και κοίταζαν τον άντρα που έφευγε.

«Δεν υποχρέωσα κανέναν να έρθει με το ζόρι και δε θα κρατήσω κανέναν εδώ χωρίς να το θέλει. Πιστεύω όμως πως είστε ποιο έξυπνοι από τον Μήτρο που κοιτάζει πάντα το τομάρι του».

Ο Ραζηκότσικας δεν περίμενε να δει τι θα κάνουν οι άνθρωποι που δούλευαν γύρω του, παρά γύρισε στη δουλειά που είχε αφήσει στη μέση ο άλλος και τη συνέχισε. Σε λίγο όλα τα κεφάλια είχαν σκύψει ξανά και συνέχιζαν τις δουλειές τους.

Με τις εργασίες να συνεχίζονται πυρετωδώς, έφτασε το απόγευμα και ο Λιακατάς μπήκε στην πολιτεία, φανερά κουρασμένος, αλλά με τη χαρά ζωγραφισμένη στο πρόσωπό του. Ο Ραζηκότσικας τον είδε και με ένα σάλτο βγήκε από την τάφρο, η οποία είχε βαθύνει αρκετά, για να τον προϋπαντήσει.

«Τα μάτια σου και το πρόσωπό σου Γρηγόρη μου λένε πως φέρνεις καλά νέα πριν ακόμη ανοίξεις το στόμα σου και μου τα πεις και με αυτό».

«Καπετάν Θανάση, βλέπω πως τους έχεις στρώσει όλους στη δουλειά» είπε χαμογελώντας ο Λιακατάς. «Και το μάτι σου κόβει πιο πολύ από ότι φαίνεται» συμπλήρωσε.

«Γιατί σε βλέπω μόνο σου όμως, Γρηγόρη;»

«Προπορεύτηκα των αντρών γιατί ανυπομονούσα να σου φέρω τα νέα. Έρχονται ετοιμοπόλεμοι άντρες στο Μεσολόγγι αρχηγέ. Και τους συνοδεύει ένας σπουδαίος αρχηγός. Όμως είναι αιμοβόροι και άγριοι. Μόνο ο Μακρής τους κάνει κουμάντο».

Ο Ραζηκότσικας κοίταξε τον Λιακατά και αυτός άρχισε να του διηγείται το θέαμα που είχε αντικρίσει με τα κομμένα κεφάλια των φοροεισπρακτόρων αλλά και τη θλιβερή εικόνα που παρουσίαζαν οι αρματολοί. Όταν τελείωσε ο Ραζηκότσικας κούνησε το κεφάλι, σαν να ήξερε για αυτά που του έλεγε ο Λιακατάς και απλά περίμενε κάποιον να του τα επιβεβαιώσει.

«Δεν μπορούμε να κάνουμε κάτι για αυτό, Γρηγόρη» είπε τελικά. «Τους χρειαζόμαστε, όπως πολύ καλά ξέρεις, και θα προσπαθήσουμε να συνυπάρξουμε μαζί τους γιατί πολεμάμε όλοι για έναν κοινό σκοπό. Μην ανησυχείς. Από τη στιγμή που θα μπουν μέσα στο Μεσολόγγι θα ενωθούμε όλοι κάτω από αυτόν τον σκοπό».

«Μακάρι καπετάνιο, μακάρι».

«Για πες μου τώρα λίγο, Γρηγόρη. Πώς σου φάνηκε ο Καπετάν Μακρής;»

Ο Λιακατάς σκέφτηκε αρκετή ώρα την ερώτηση του Ραζηκότσικα πριν απαντήσει.

«Τι να σου πω καπετάνιε; Δεν είναι άνθρωπος που μπορείς να τον καταλάβεις εύκολα. Οι άντρες του τον υπακούουν τυφλά. Φαίνεται ατρόμητος και δίκαιος στην κρίση του αλλά από εκεί και πέρα δεν μπόρεσα να βγάλω κανένα άλλο συμπέρασμα».

«Εντάξει, Γρηγόρη. Όσα μου είπες φτάνουν για αρχή».

Εκείνη την ώρα φάνηκε στη στροφή, λίγο πριν την είσοδο της πόλης, το αρματολίκι του Μακρή. Μπροστά πήγαινε ο καπετάνιος, καβάλα στο άλογο του, που η ράχη του έφτανε στο ύψος των ώμων ενός ψηλού άντρα. Το ασημοχυμένο τουφέκι του το είχε κρεμάσει στους ώμους κι εκείνο λαμπύριζε στις ακτίνες του ήλιου. Πίσω ακριβώς από τον καπετάνιο ακολουθούσαν οι τρεις σύντροφοι του Λιακατά, πεζοί και πίσω από αυτούς ερχόταν το τσούρμο του καπετάν Μακρή.

Ένας ένας οι Μεσολογγίτες που δούλευαν για να φτιάξουν τα οχυρώματα, σταματούσαν και σήκωναν το κεφάλι τους για να αντικρίσουν τη στρατιά που έμπαινε στην πόλη.

Ο Λιακατάς είχε αντικρίσει για πρώτη φορά τους αρματολούς του Μακρή, στο λιγοστό φως από τις φωτιές που ήταν αναμμένες στο στρατόπεδό τους και είχε προετοιμαστεί για την εικόνα που θα αντίκριζε κάτω από το φως του ήλιου. Οι Μεσολογγίτες όμως τα έχασαν με τη θλιβερότητα της κατάστασής τους.

Οι στολές και οι φουστανέλες κρέμονταν σαν σακιά πάνω στα κορμιά τους. Κοκαλωμένες από τη βρωμιά και το αίμα που τις είχε ποτίσει, φαίνονταν σαν ένα υλικό χωρίς πτυχώσεις και ελαστικότητα. Οι βρυκολακοειδείς όψεις τους, αποτέλεσμα της μακρόχρονης απουσίας τους στα βουνά και των κακουχιών και ελλείψεων που υπέστησαν εκεί, συμπλήρωναν την όλη εφιαλτική εικόνα, κάνοντας αυτή τη μικρή στρατιά να μοιάζει, όχι με στρατιωτικό σώμα, αλλά με σώμα κολασμένων, που ήρθε στη γη για να κάψει, να λεηλατήσει και να καταστρέψει.

Και ενώ τα βλέμματα των Μεσολογγιτών γινόταν όλο και πιο καχύποπτα, ο Ραζηκότσικας, προχώρησε προς τον καβαλάρη και σταμάτησε μπροστά του. Αυτός, τον κοίταξε για μια στιγμή και μετά, με ένα πήδημα, βρέθηκε κάτω από τη σέλα και στάθηκε μπροστά στον Ραζηκότσικα.

«Καλώς ήρθες στο Μεσολόγγι, καπετάν Μακρή. Δε γνωριζόμαστε αλλά έχω ακούσει πολλά για σένα. Είμαι ο Θανάσης Ραζηκότσικας, ο αρχηγός των ντόπιων».

«Ραζηκότσικα χαίρομαι πολύ που σε γνωρίζω και χαίρομαι ακόμη περισσότερο που το Μεσολόγγι ξεσηκώθηκε και έδιωξε τους άπιστους από τα χώματά του».

Ο Μακρής είπε αυτά τα λόγια φωναχτά και πριν συνεχίσει έφερε το βλέμμα του γύρω γύρω κοιτώντας τους άντρες του και τους Μεσολογγίτες.

«Πήρα την απόφαση μαζί με τους άντρες μου να έρθουμε εδώ και να σας συνδράμομε αλλά πρώτα θέλω να μου εξηγήσεις τι σχέδια έχεις στο μυαλό σου, για να είμαι ενήμερος αλλά και για να ενημερώσω τους άντρες μου, γιατί δεν σου κρύβω πως αρκετοί από αυτούς δεν ήθελαν να έρθουν και να κλειστούν εδώ μέσα. Προτιμούν να τριγυρίζουν ελεύθεροι».

«Θα σ' ενημερώσω όπως ακριβώς θες, καπετάν Μακρή, χωρίς να σου κρύψω τίποτα. Αλλά τώρα δεν είναι ώρα για τέτοια. Τώρα είναι ώρα για φαΐ και ξεκούραση, τόσο δρόμο έχετε κάνει.»

Ο Ραζηκότσικας γύρισε σε μερικούς συμπολίτες του και τους είπε να φέρουν τρόφιμα για να μοιράσουν στους αρματολούς του καπετάν Μακρή. Η εντολή αυτήν έγινε δεκτή με ενθουσιασμό και με μπαταριές στον αέρα από τη μεριά των αρματολών. Μετά από λίγη ώρα όλοι είχαν πέσει στο φαγητό και ακουγόταν μόνο βαθιά μουγκρητά ικανοποίησης.

Όταν η νύχτα είχε πέσει, ο Ραζηκότσικας συναντήθηκε με τον Μακρή, στο διοικητήριο της πόλης.

«Καπετάν Μακρή, πώς φάνηκε στους άντρες σου ο χώρος που σας δώσαμε για να εγκατασταθείτε; Έμειναν ευχαριστημένοι;»

«Αυτοί, Ραζηκότσικα, είναι αγρίμια και σαν αγρίμια συμπεριφέρονται. Ακόμη και εγώ μερικές φορές δεν μπορώ να τους λογικέψω. Όσον αφορά τον χώρο τώρα. Και μόνο που είδαν πως υπάρχουν τέσσερις τοίχοι για να κόβουν τον αέρα, το καταευχαριστήθηκαν».

«Χαίρομαι που το ακούω καπετάνιε. Τώρα θέλω να σου πω τα σχέδιά μου για την πόλη».

Ο Ραζηκότσικας τράβηξε κοντά του ένα σκαμνί και κάθισε. Απέναντι του κάθισε και ο Μακρής περιμένοντας να ακούσει.

«Γνωρίζεις φαντάζομαι τον λόγο που σε κάλεσα εδώ, έτσι δεν είναι;»

«Κάτι μου είπε ο ψηλός μορφονιός που έστειλες για να με βρει».

«Το Μεσολόγγι, Μακρή, πάντα αποτελούσε πρωταρχικό στόχο στις ορέξεις των Τούρκων, αυτό φάνηκε και το 1770. Αυτό βέβαια δεν το πρόφτασα ούτε εγώ ούτε και εσύ, αλλά έγινε. Τώρα που η Επανάσταση εξαπλώνεται, ο Σουλτάνος δε θα κάτσει με σταυρωμένα χέρια, άλλωστε δεν το έκανε ποτέ αυτό, αλλά θα αντιδράσει και όταν το κάνει το χτύπημα θα είναι ανελέητο. Εγώ σκεπτόμενος πώς θα αποφύγουμε μια παρόμοια με το 1770 καταστροφή, έριξα την ιδέα να καλέσουμε, μέσα στο Μεσολόγγι, οπλαρχηγούς με τους άντρες τους για να δυναμώσουμε την άμυνά μας. Και ο πρώτος που αποφασίσαμε να καλέσουμε ήσουν εσύ».

Ο Μακρής άκουσε τα λόγια του Ραζηκότσικα και έγνεψε καταφατικά.

«Η θέση της πόλης είναι αυτή που την κάνει τόσο ποθητή στους Τούρκους. Υποτάσσοντας το Μεσολόγγι, η είσοδος για τον Μοριά, όπου μαίνεται η Επανάσταση, είναι ελεύθερη» είπε.

«Αποφασίσαμε να καλέσουμε εσένα πρώτα γιατί είχαμε πληροφορίες πως ήσουν πολύ κοντά αλλά κυρίως γιατί η φήμη σου είναι ήδη πολύ μεγάλη. Πιστεύω πως, όταν μαθευτεί ότι εσύ είσαι μέσα στην πόλη, μαζί μας, το παράδειγμά σου θα ακολουθήσουν και άλλοι οπλαρχηγοί» είπε ο Ραζηκότσικας.

«Καπετάν Ραζηκότσικα, νομίζω πως δίκαια σε διάλεξαν οι συμπολίτες σου για αρχηγό τους. Κι εγώ πιστεύω πως για να κερδίσουμε αυτόν τον Αγώνα πρέπει να συσπειρωθούμε όλοι μαζί. Ένας ένας και διασκορπισμένοι δεν μπορούμε να κάνουμε τίποτα, αλλά όλοι μαζί, ίσως καταφέρουμε κάτι»

«Ευχαριστώ, από καρδιάς, για τα καλά σου λόγια, Μακρή».

«Μη με ευχαριστείς, Ραζηκότσικα. Σκέφτηκα πολύ πριν πάρω την απόφαση να έρθω εδώ. Ήρθα γιατί πιστεύω, όπως κι εσύ, ότι πρέπει να αντιμετωπίσουμε τον Σουλτάνο ενωμένοι. Πιστεύω με όλη μου την καρδιά σ' αυτό. Και για αυτό πριν ξεκινήσουμε για εδώ, φρόντισα να στείλω επιστολές και σε άλλους ξεσηκωμένους οπλαρχηγούς της Ρούμελης για να τους πω να κινήσουν κατά το Μεσολόγγι».

Ο Ραζηκότσικας δεν μπόρεσε να κρύψει τη χαρά και την ικανοποίησή του από την κίνηση του Μακρή. Μετά άρχισε να αναλύει στον Μακρή το σχέδιό του, σχετικά με τα οχυρωματικά έργα που γίνονταν. Ο Μακρής άκουγε συλλογισμένος και έκρινε πως ήταν η πιο σωστή κίνηση που μπορούσε να γίνει τη δεδομένη χρονική στιγμή, που οι εχθροπραξίες δεν είχαν φτάσει ακόμη στην πολιτεία.

Αργά τη νύχτα, οι δύο καπεταναίοι, αποχαιρετίστηκαν, τραβώντας ο καθένας τον δρόμο του, για να πάει να ξεκουραστεί.

Οι μέρες περνούσαν και στην πολιτεία τα οχυρωματικά έργα προχωρούσαν σύμφωνα με τα σχέδια. Στην πόλη, όπως είχε μαντέψει ο Ραζηκότσικας, άρχισαν να φτάνουν οπλαρχηγοί από διάφορες περιοχές της Ρούμελης, οι οποίοι είχαν λάβει την επιστολή του Μακρή. Κάθε μέρα που περνούσε εμφανίζονταν και ένας καινούριος καπετάνιος, με τους άντρες του και οι Μεσολογγίτες τους υποδέχονταν με κρύα καρδιά. Έμπαιναν στην πόλη στολισμένοι, με όλα τους τα τσαπράζια και τα φλουριά, αρματωμένοι μέχρι τα δόντια και δεν ήταν λίγες οι φορές που δημιουργήθηκαν τσακωμοί μεταξύ των παλικαριών των καπεταναίων, για ασήμαντες αφορμές, καθώς η περηφάνια ήταν το κυρίαρχο στοιχείο που χαρακτήριζε αυτούς τους πολεμιστές. Έτσι οι μέρες κυλούσαν μέσα σε ένα κλίμα, που οι τόσοι μαζεμένοι αρματολοί και καπεταναίοι, το έκαναν πολεμικό.

Αρκετές μέρες μετά την άφιξη των οπλαρχηγών στο Μεσολόγγι και ενώ οι εργασίες συνεχίζονταν με πολύ γρήγορους ρυθμούς και ένα μεγάλο κομμάτι του τείχους αλλά και της τάφρου είχε ολοκληρωθεί, ένας από τους πολίτες που βρισκόταν στην κορυφή του τείχους και πάλευε με έναν τενεκέ λάσπη και μερικές πέτρες, είδε, αρκετά μακριά από την πόλη, μια μεγάλη ομάδα ανθρώπων να αχνοφαίνονται και άκουσε κάτι παράξενους ήχους που συνόδευαν αυτήν την ομάδα. Παραξενευμένος ο Μεσολογγίτης κατέβηκε από το τείχος και φώναξε κοντά του ένα μικρό αγόρι που κουβαλούσε πέτρες.

«Ει εσύ. Για έλα λίγο εδώ...»

Το αγόρι άφησε κάτω το φορτίο του και κίνησε κατά το μέρος του.

«Σφήκα; Εσύ είσαι βρε άτιμε;» είπε ο άντρας μόλις είδε καλύτερα τον μικρό.

«Μπορείτε να σταματήσετε να με φωνάζετε έτσι όλοι σας; Έχω και όνομα ξέρεις...» είπε ο Σφήκας, κοιτώντας στα μάτια τον άντρα που τον φώναξε.

«Καλά ντε μη θυμώνεις» εκείνος γελώντας, αλλά μετά σοβάρεψε. «Τρέξε να βρεις τον Ραζηκότσικα και να τον φέρεις εδώ, όσο πιο γρήγορα μπορείς. Πες του πως τον θέλει ο Γιώργης για κάτι πολύ βιαστικό».

«Ακούς κάτι;» ρώτησε ο Σφήκας τον Γιώργη.

«Επειδή όχι μόνο ακούω κάτι άλλα είδα και κάτι τσακίσου τώρα να τον βρεις και μη χασομεράς άλλο. Κατάλαβες;»

Ο Σφήκας κούνησε καταφατικά το κεφάλι και έφυγε τρέχοντας, για να εκπληρώσει το θέλημα του Γιώργη.

Μετά από λίγο και ενώ ο ήχος που ακούγονταν είχε δυναμώσει, φάνηκε ο Ραζηκότσικας να έρχεται τρέχοντας με τον Σφήκα να τον ακολουθεί λαχανιασμένος.

«Γιώργη, τι στάθηκε και με θέλεις επειγόντως; Και τι αγναντεύεις εκεί πάνω στο τείχος;»

Ο Γιώργης, όταν έστειλε τον Σφήκα να βρει τον Ραζηκότσικα, ξανανέβηκε στο τείχος και αφού έβαλε το χέρι του πάνω από τα μάτια για να του κόβει τον ήλιο, παρατηρούσε την ομάδα που πλησίαζε.

«Καπετάνιε, σιώπα για λίγο και τέντωσε τα αυτιά σου για να ακούσεις...»

Μπερδεμένος ο Ραζηκότσικας αφουγκράστηκε και μόλις σταμάτησε το αίμα να βουίζει στα αυτιά του από το τρέξιμο, άκουσε έναν ρυθμικό ήχο να έρχεται έξω από την πόλη.

«Τουμπερλέκια» σκέφτηκε «και όχι ένα αλλά πολλά μαζί...»

«Τι βλέπεις ορέ Γιώργη από εκεί πάνω;» φώναξε τελικά.

«Ανέβα και εσύ πάνω, καπετάνιε, για να το δεις με τα μάτια σου».

Ο Ραζηκότσικας πάτησε σε ένα σωρό από πέτρες και σε ελάχιστο χρόνο βρέθηκε στην κορυφή του τείχους, δίπλα στον Γιώργη. Το βλέμμα του πλανήθηκε κατά μήκος του τείχους και είδε και τους άλλους Μεσολογγίτες που δούλευαν πάνω σε αυτό. Όλοι είχαν σταματήσει τις δουλειές που έκαναν και κοίταζαν προς μια συγκεκριμένη κατεύθυνση. Τότε έστρεψε και αυτός το βλέμμα του προς τα εκεί και είδε μια μεγάλη ομάδα ανθρώπων να προχωρούν με τάξη προς το Μεσολόγγι. Ο βηματισμός τους καθοριζόταν από τον ρυθμό που έδιναν τα τουμπερλέκια, που συνόδευαν την ομάδα και ένα μικρό σώμα προπορευόταν, κρατώντας στα χέρια τους υψωμένα λάβαρα που κυμάτιζαν στο αεράκι. Επικεφαλής της ομάδας ήταν ένας άντρας που ίππευε ένα πανύψηλο άτι και έδειχνε στη συνοδεία του, την είσοδο της πόλης.

Μετά από λίγη ώρα έφτασαν στην είσοδο και με μια κοφτή διαταγή του επικεφαλής τους, σταμάτησαν απότομα. Το ίδιο απότομα με τους άντρες σταμάτησε και ο ήχος των τυμπάνων. Αμέσως μετά οι Μεσολογγίτες άκουσαν τα λόγια που βγήκαν από τα χείλη του άντρα που ήταν καβάλα στο άλογο.

«Ονομάζομαι Αλέξανδρος Μαυροκορδάτος και είμαι επίσημα κυβερνήτης της Ρούμελης. Ποιος από εσάς είναι ο αρχηγός; Έχω να κάνω κουβέντες μαζί του».

Ο Ραζηκότσικας κατέβηκε από το τείχος, από την εξωτερική μεριά, δρασκέλισε τη φρεσκοανοιγμένη τάφρο και στάθηκε δίπλα στο άλογο του Μαυροκορδάτου.

«Εγώ είμαι αυτός που εκπροσωπεί όλους αυτούς τους ανθρώπους, που βλέπεις. Το όνομά μου είναι Θανάσης Ραζηκότσικας. Σε καλωσορίζω στο Μεσολόγγι, κυβερνήτη της Ρούμελης και σε προσκαλώ να περάσεις τις πύλες και εσύ και οι άντρες που σε ακολουθούν. Όχι όμως από εδώ γιατί είναι η τάφρος. Επέτρεψε μου να σου δείξω τον δρόμο».

Ο Ραζηκότσικας έκανε τότε να πιάσει τα χαλινάρια του αλόγου για να οδηγήσει τον Μαυροκορδάτο αλλά αυτός τα τράβηξε απότομα, χώνοντας τα βαθιά μέσα στο στόμα του αλόγου που, ξαφνιασμένο από τον πόνο, χλιμίντρισε και σηκώθηκε στα πίσω πόδια. Ο Μαυροκορδάτος ξαφνιάστηκε από τη συμπεριφορά του αλόγου και με δυσκολία κρατήθηκε στη σέλα. Όταν το άλογο ηρέμησε και έκατσε στα τέσσερα, ο αναβάτης του κοίταξε με έντονη δυσαρέσκεια τον Ραζηκότσικα. Ο Ραζηκότσικας δεν φάνηκε να σαστίζει από αυτό το απροκάλυπτα εχθρικό βλέμμα, παρά μόνο έδειξε με ένα νεύμα του χεριού του την πύλη που βρισκόταν παρακάτω. Ο Μαυροκορδάτος κλώτσησε άγρια το άλογο και το έστρεψε προς τα εκεί, περνώντας σαν τον άνεμο μέσα στην πόλη. Από πίσω του άρχισαν να μπαίνουν και οι ακόλουθοί του.

Ο Ραζηκότσικας πήδηξε πάνω από την τάφρο και άρχισε να σκαρφαλώνει στο τείχος ενώ όλοι οι Μεσολογγίτες είχαν στραφεί προς τα μέσα και έβλεπαν τον ερχομό του κυβερνήτη.

Ο Μαυροκορδάτος, μόλις ένιωσε πως όλα τα βλέμματα είναι στραμμένα πάνω του, ξεπέζεψε και τα μάτια του καρφώθηκαν στο τείχος που έχτιζαν οι Μεσολογγίτες. Μετά από παρατήρηση δευτερολέπτων, το ένα του φρύδι υψώθηκε με καταφρόνια. Την αντίδραση αυτή την πρόσεξε ο Ραζηκότσικας, που μόλις είχε κατέβει ξανά από το τείχος και πλησίασε τον κυβερνήτη.

«Καπετάν Ραζηκότσικα» άρχισε αμέσως ο Μαυροκορδάτος «πριν τρόμαξες το άλογό μου και κινδύνεψα να πέσω και να γελοιοποιηθώ. Δε θα σε ρωτήσω γιατί το έκανες αλλά θα σου τονίσω πως δεν πρέπει να συμπεριφέρεσαι έτσι σε έναν πρίγκιπα».

Ο Ραζηκότσικας άκουσε τα λόγια του άντρα που στεκόταν μπροστά του και με δυσκολία έπνιξε το γέλιο του. Ο Μαυροκορδάτος κατάλαβε τη σκέψη του Ραζηκότσικα και κοκκίνισε από το κακό του.

«Ραζηκότσικα, δεν ξέρω ποια είναι η θέση σου σ' αυτή την πόλη, αλλά απαιτώ από εσένα και από όλους τους άλλους, τον ανάλογο σεβασμό».

Ο Ραζηκότσικας παρατηρούσε τον κοντό άντρα που στεκόταν ακριβώς μπροστά του προσπαθώντας να του επιβληθεί. Και όταν αυτός σταμάτησε να μιλάει, άρχισε ο Ραζηκότσικας.

«Κυβερνήτα, δεν ξέρω αν σε έφερε καλός ή κακός άνεμος στο Μεσολόγγι, αλλά μη νομίζεις, επειδή μοστράρεις τη φράγκικη στολή του αρχιστράτηγου, ότι θα έχεις και τον απαιτούμενο σεβασμό από τους άντρες που βρίσκονται μέσα στην πόλη. Πρέπει να κερδίσεις τον σεβασμό τους και όχι να το απαιτήσεις. Και για να έχουμε και καλό ρώτημα, ποιος λόγος είναι αυτός που σε έφερε στο Μεσολόγγι;»

«Πρίγκιπά μου» πετάχτηκε ένας από τη συνοδεία του Μαυροκορδάτου αμέσως μόλις τελείωσε με την ερώτηση του ο Ραζηκότσικας «δεν μπορείς εσύ να συνεννοηθείς με αγράμματους χωρικούς, δε βλέπεις πως σε κοιτάζουν;»

Ο Μαυροκορδάτος γύρισε απότομα και με το βλέμμα του κατακεραύνωσε τον υποτακτικό του που είπε αυτά τα λόγια. Μετά γύρισε προς τον Ραζηκότσικα.

«Ακόμη δεν μπήκαμε στο Μεσολόγγι και δεν προλάβαμε να γνωριστούμε και αρχίσαμε τις διαφωνίες. Δεν είναι ώρα για αυτά. Παλικάρια είμαστε όλοι, και όλοι θέλουμε το καλό και την ελευθερία της πατρίδας μας» είπε ο Μαυροκορδάτος.

Ο Ραζηκότσικας πρόσεξε την εύκολη αλλαγή διάθεσης από τον κυβερνήτη, αλλά προτίμησε να μη κάνει σχόλια καθώς εκείνη την ώρα, ο Μαυροκορδάτος, του έτεινε το χέρι σαν ένδειξη πως δεν κρατάει κακία. Ο Ραζηκότσικας το έσφιξε και αμέσως ο Μαυροκορδάτος άρχισε να τον ρωτάει για την κατάσταση στην οποία βρίσκεται η πόλη. Ο Ραζηκότσικας είπε με λίγα λόγια για την κατάληψη του τουρκικού διοικητηρίου και για τις προσπάθειες που έκαναν τώρα για την οχύρωση της πόλης.

«Και νομίζεις, καπετάν Θανάση, πως αυτός ο λασπότοιχος» είπε ο Μαυροκορδάτος δείχνοντας ταυτόχρονα προς το τείχος «θα προστατέψει το Μεσολόγγι από τον στρατό του Σουλτάνου, όταν αυτός χιμήξει προς τα εδώ;»

«Δε νομίζω τίποτα, κυβερνήτη. Αυτό που νομίζω είναι πως αυτό που κάνουμε τώρα, είναι προτιμότερο από το να μην κάνουμε τίποτα».

«Καλά ορέ, μη νευριάζεις. Ό,τι νομίζεις εσύ καλύτερο κάνε» είπε ο Μαυροκορδάτος και ο Ραζηκότσικας πρόσεξε τη λεπτή ειρωνεία που χρωμάτιζε τη φωνή του «θα μου δείξεις τώρα τι έχετε φτιάξει μέχρι στιγμής;»

Ο Ραζηκότσικας άρχισε να προχωράει και να εξηγεί ταυτόχρονα στον κυβερνήτη για την τάφρο και για το τείχος και αυτός κουνούσε το κεφάλι του ακούγοντας τα λόγια του αρχηγού. Στο τέλος του ζήτησε αν θα του παραχωρούσε η πολιτεία ένα μέρος για να μείνει αυτός και η συνοδεία του.

«Σφήκα. Ε, Σφήκα, που είσαι μωρέ;» φώναξε ο Ρα-

ζηκότσικας γυρίζοντας προς τη μεριά όπου στεκόταν με-
ρικά παιδιά και τους κοιτούσαν.

Από το τσούρμο ξεπετάχτηκε ο Σφήκας και έτρεξε
προς τον Ραζηκότσικα.

«Να 'με αρχηγέ. Τι με θες;»

«Δείξε μωρέ στον κυβερνήτη και τους άντρες του τα
Γυφτογιαννέικα. Και πες στον Τάσο τον Γυφτογιάννη να τους
παραχωρήσει ένα μέρος για να μείνουν. Τόσο χώρο έχει....»

«Αμέσως καπετάνιε» απάντησε ο Σφήκας και στρά-
φηκε προς το Μαυροκορδάτο.

«Φραγκοντυμένε, ακολούθα με» είπε.

Ο Μαυροκορδάτος δεν πίστευε στα αυτιά του από
το θράσος και την αγένεια του αγοριού. Παρόλα αυτά κα-
τάπιε την προσβολή και ακολούθησε τον μικρό, που ήδη
είχε εξαφανιστεί στη γωνιά. Πίσω από τον αρχηγό τους
έτρεξαν και οι ακόλουθοί του κουβαλώντας τα τουμπερ-
λέκια και τα λάβαρα, που είχε φέρει ο Μαυροκορδάτος
μαζί του από το εξωτερικό, για να κάνει εντύπωση.

Ο Ραζηκότσικας έβλεπε τους άντρες που απομα-
κρύνονταν και σκεφτόταν την ερώτηση που έκανε στον
κυβερνήτη και αυτός τόσο επιδέξια δεν την απάντησε
στρέφοντας αλλού τη συζήτηση. Προσπαθώντας να σκε-
φτεί μια πιθανή απάντηση για το τι ήθελε ο Μαυροκορδά-
τος στην πόλη τους, τράβηξε προς το τείχος και άρχισε να
καλαφατίζει τις πέτρες.

Ακολουθώντας τον οι συμπολίτες του, έσκυψαν
ξανά τα κεφάλια και αφοσιώθηκαν στις δουλειές τους,
ενώ η σκόνη από τα πόδια των αντρών του Μαυροκορδά-
του είχε αρχίσει να κατακάθεται.

ΠΡΩΤΗ ΠΟΛΙΟΡΚΙΑ 1822

Έ νας χρόνος κόντευε να περάσει από την επανάσταση της πόλης και οι μέρες κυλούσαν ήρεμα στο Μεσολόγγι. Καμιά επιθετική κίνηση δεν είχε γίνει εναντίον του, οι κάτοικοι είχαν εφησυχάσει και η ζωή τους είχε ξαναβρεί τους κανονικούς της ρυθμούς.

Μόνο ο Ραζηκότσικας, όλο αυτόν τον καιρό, ήταν ανήσυχος. Η τωρινή νηνεμία έκρυβε μεγάλη καταιγίδα και ο αρχηγός το ήξερε αυτό. Μάταια είχε προσπαθήσει να κρατήσει μέσα στην πόλη τους οπλαρχηγούς που είχαν έρθει πριν, έτοιμοι για πόλεμο. Σχεδόν όλοι είχαν φύγει από την πολιτεία αναζητώντας αλλού μάχες και δόξα. Μόνο ο Δημήτρης Μακρής είχε παραμείνει, αυτός και τα παλικάρια του. Μέχρι και ο Μαυροκορδάτος που είχε φτάσει στην πόλη, γεμάτος σχέδια για τη διακυβέρνηση της Ρούμελης, είχε φύγει από αυτή βλέποντας πως τίποτα το σημαντικό δε θα μπορούσε να συμβεί εκεί.

Η ώρα της καταιγίδας όμως πλησίαζε.

Ο Ραζηκότσικας είχε πάει από νωρίς στο διοικητή-
ριο και περίμενε τον Μακρή.

Φήμες είχαν φτάσει στα αυτιά του αρχηγού για
μια μεγάλη τουρκική στρατιά που είχε κάμψει την αντί-
σταση του Σουλίου και, χωρίς να υπάρχει κανένα εμπό-
διο τώρα στον δρόμο της, τραβούσε κατευθείαν για το
Μεσολόγγι. Θορυβημένος ο αρχηγός είχε ειδοποιήσει
τον Μακρή να έρθει να τον συναντήσει, για να συζητή-
σουν τι επρόκειτο να κάνουν.

Λίγο αργότερα και ενώ ο Μακρής δεν είχε φανεί ακό-
μη, δυνατές φωνές ακούστηκαν έξω από το διοικητήριο
και ο Ραζηκότσικας πετάχτηκε έξω για να δει τι συμβαίνει.

«Ραζηκότσικα, μαθαίνω πως ακόμη είσαι αρχηγός
αυτής της πόλης. Φαίνεται πως οι πολίτες της εμπιστεύ-
ονται την κρίση σου ακόμη και μετά τις περσινές σου
άσκοπες ενέργειες».

Ο Ραζηκότσικας άκουσε τα λόγια και δεν πίστευε
στα αυτιά του αλλά ούτε και στα μάτια του, για αυτόν
που τα είπε. Ο Αλέξανδρος Μαυροκορδάτος στεκόταν για
άλλη μια φορά, εντελώς αναπάντεχα, μπροστά του. Φα-
νερά αδυνατισμένος και μαυρισμένος από ό,τι ήταν την
προηγούμενη χρονιά.

«Κυβερνήτα, άλλον περίμενα και άλλος ήρθε. Γιατί
αυτή η, τόσο ξαφνική, επίσκεψη;» ρώτησε ο Ραζηκότσι-
κας αγνοώντας τα περιφρονητικά λόγια του πολιτικού.

«Βλέπεις πόσο έξω έπεσες με το χτίσιμο αυτού του
τοιχίου, που οποιοσδήποτε δυνατός άντρας μπορεί με μια

δρασκελιά να το πηδήσει;» συνέχισε ο κυβερνήτης σαν να μην έχει ακούσει τα λόγια του Ραζηκότσικα.

«Ο εχθρός πια δεν ενδιαφέρεται για μικρές και ασήμαντες πόλεις, όπως το Μεσολόγγι. Έχει βάλει πλώρη για την καρδιά της Επανάστασης και εκεί βαδίζει τώρα ο στρατός του Κιουταχή. Αν περάσει από εδώ η πόλη σας θα σβηστεί από προσώπου γης σε μερικές ημέρες. Για αυτό τον λόγο είμαι εγώ εδώ τώρα, για να συγκεντρώσουμε όσο πιο πολλές δυνάμεις μπορούμε, και να χτυπήσουμε τον εχθρό εκεί που δεν το περιμένει».

«Μαυροκορδάτε, έρχεσαι εδώ για δεύτερη φορά και μιλάς με αναίδεια. Δε με πειράζει που μιλάς με αυτόν τον τρόπο για μένα αλλά με πειράζει που μιλάς έτσι για το Μεσολόγγι. Πες μου ξεκάθαρα τι ήρθες να κάνεις εδώ και τι ζητάς;»

«Ραζηκότσικα, πήρε μήπως τίποτα το αυτάκι σου για τη στρατιά του Ομέρ Βρυώνη που βαδίζει προς τα εδώ, ή όχι;»

Ο Ραζηκότσικας ήξερε για τον Ομέρ Βρυώνη. Είχε καταλάβει τη δύναμη της στρατιάς του μόλις έμαθε πως οι Σουλιώτες, που δεν είχαν υποταχθεί ποτέ σε κανέναν, ζήτησαν τη βοήθεια της ελληνικής κυβέρνησης για να τον αντιμετωπίσουν, αλλά και πάλι ήταν αργά για αυτούς καθώς αναγκάστηκαν να εγκαταλείψουν τα εδάφη τους.

«Κάτι έχω ακούσει» είπε τελικά ο Ραζηκότσικας.

«Αφού κάτι έχεις ακούσει, άσε έμενα να σου εξηγήσω γιατί δε μου ακούγεσαι και πολύ σίγουρος» είπε ο Μαυροκορδάτος και αφού πήρε μια βαθιά ανάσα, συνέχισε.

«Ο Σουλτάνος διέταξε έναν από τους πιο ικανούς στρατηγούς του, τον Ρεσίτ Πασά, τον επονομαζόμενο και Κιουταχή, να μαζέψει όσο πιο πολύ στρατό μπορεί και να κινήσει προς τα εδώ για να πνίξει στο αίμα την Επανάσταση. Αυτός κατάφερε να συγκεντρώσει δέκα χιλιάδες ετοιμοπόλεμους άντρες που κατάφεραν να ξεριζώσουν τους Σουλιώτες και τώρα ο δρόμος είναι ανοιχτός μπροστά τους...»

Ο Ραζηκότσικας ένιωσε μια ζάλη μόλις άκουσε τον αριθμό του εχθρού.

«Είσαι σίγουρος για τον αριθμό των στρατιωτών του κυβερνήτα;» ρώτησε.

«Δέκα χιλιάδες μαχητές, που αυτοί τη στιγμή καίνε τα πάντα στο διάβα τους και σκοτώνουν ακόμη και τα ζωντανά των συμπατριωτών μας, που βρίσκουν μπροστά τους. Δέκα χιλιάδες χωρίς τους σκλάβους και τους βοηθητικούς που σέρνουν μαζί τους» απάντησε ο Μαυροκορδάτος.

Ο Ραζηκότσικας άκουσε ξανά τον αριθμό και έκανε νόημα στον Μαυροκορδάτο να συνεχίσει.

«Εγώ, αφού πήρα το μήνυμα από το Σούλι, με δική μου πρωτοβουλία, άρχισα να μαζεύω στρατό για να τον αντιμετωπίσω και να του κόψω την προέλαση. Και η απάντηση στην ερώτηση που μου έκανες πριν λίγο γιατί είμαι εδώ, είναι αυτή: Είμαι εδώ για να ζητήσω τη βοήθειά σας. Θέλω να εντάξω στη δύναμή μου κι εσένα μαζί με τους Μεσολογγίτες που διοικείς. Και να εκστρατεύσουμε άμεσα για να συντρίψουμε τον Κιουταχή που συνεχίζει ανενόχλητος...»

Ο Ραζηκότσικας άκουσε τα λόγια αλλά και την επιθυμία του Μαυροκορδάτου και απέμεινε συλλογισμένος.

«Πόσο στρατό έχεις συγκεντρώσει κυβερνήτα;» ρώτησε τελικά.

Ο Μαυροκορδάτος κόμπιασε για πρώτη φορά.

«Λίγοι είναι, αλλά ο καθένας δικός μου κάνει για δέκα άπιστους» είπε.

«Δεν απαντάς στην ερώτηση μου κυβερνήτα;»

«Είναι τρεις χιλιάδες» είπε τελικά ο Μαυροκορδά- τος λέγοντας την τελευταία συλλαβή τόσο σιγανά που σχεδόν δεν ακούστηκε.

Ο Ραζηκότσικας μόλις άκουσε τον αριθμό έσμιξε τα φρύδια του. Σκέφτηκε για λίγο την απάντηση που θα του έδινε και μετά είπε. «Κυβερνήτη, οι πολεμιστές που έχει το Μεσολόγγι, είναι πολύ λίγοι, ειδικά τώρα που οι οπλαρχη- γοί έχουν φύγει, γι' αυτό δεν μπορούν να σου προσφέρουν καμία βοήθεια. Ό,τι και να γίνει, αυτοί που διοικώ και δι- ατάζω, δε θα φύγουν για κανέναν λόγο από το Μεσολόγ- γι. Δεν πρόκειται να αφήσω εντελώς ανυπεράσπιστη την πόλη, σε περίπτωση οποιασδήποτε επίθεσης».

Ο Μαυροκορδάτος άκουσε την κάθετη άρνηση του Ραζηκότσικα και ένιωσε τα νεύρα του να χοροπηδούν μέσα στο κεφάλι του. Κάνοντας υπεράνθρωπη προσπά- θεια κατάφερε να συγκρατηθεί.

Εκείνη τη στιγμή κατέφθασε τρέχοντας ο Λιακα- τάς, τράβηξε τον Ραζηκότσικα από το μανίκι και, αφού τον πήγε παραπέρα, άρχισε να του ψιθυρίζει στο αυτί. Ο Ραζηκότσικας άκουγε και αφού στο τέλος κούνησε με κα- τανόηση το κεφάλι του, πήγε προς τον Μαυροκορδάτο.

«Καπετάν Ραζηκότσικα, βάλε μυαλό και σκέψου

καλύτερα το καλό της πόλης σου. Αν η φρουρά σου στελεχώσει τον στρατό μου, θα πάμε και θα χτυπήσουμε τον Κιουταχή στη βάση του και έτσι στο Μεσολόγγι δε θα φτάσει ούτε ένας Τούρκος. Χώρια που εσύ θα γυρίσεις πίσω νικητής, φορτωμένος με λάφυρα και δόξα, επειδή θα έχεις σώσει την πόλη σου. Σκέψου το καλύτερα και κάνε το καθήκον σου τώρα που σε καλεί η πατρίδα».

«Μάταια προσπαθείς να μου αλλάξεις γνώμη, κυβερνήτη. Έχω ακούσει και εγώ τις φήμες για τον στρατό του Κιουταχή και αν αληθεύουν έστω και οι μισές από αυτές, δεν υπάρχει καμιά περίπτωση να τον νικήσεις σε μια κατά μέτωπο μάχη. Και αν κρίνω τον στρατό σου από την περιγραφή που μου έκανε, μόλις τώρα, ο συμπολεμιστής μου, στο λέω ξεκάθαρα. Τους οδηγείς στον όλεθρο».

Ο Μαυροκορδάτος φούντωσε από το κακό του. Το πρόσωπό του είχε πάρει μια κοκκινωπή απόχρωση που ολοένα βάθαινε.

«Δε θα μου πει ένας δειλός αρχηγίσκος πώς θα πολεμήσω. Άλλωστε έχω μαζί μου και τον στρατηγό Νόρμαν, ο οποίος βασιζόμενος στις οδηγίες μου αλλά και στη δική του πολύ μεγάλη εμπειρία στις μάχες, η νίκη θα είναι σίγουρα δική μας».

Εκείνη την ώρα έφτασε στο διοικητήριο ο Μακρής και ακούγοντας τη λογομαχία των δύο αντρών, αποφάσισε να παρέμβει.

«Για σταθείτε μισό λεπτό» φώναξε κοιτώντας τον Μαυροκορδάτο περισσότερο από όσο έπρεπε «από πότε ένας πολιτικάντης σαν και του λόγου σου, αναλαμβάνει στρατιωτικές επιχειρήσεις;»

Ο Μαυροκορδάτος, που είχε στρέψει όλη του την προσοχή στον Ραζηκότσικα, γύρισε απότομα προς μέρος του Μακρή.

«Και ποιος είσαι εσύ που με ρωτάς;» είπε.

«Με είχες γνωρίσει και πριν από ένα χρόνο, αλλά δε με θυμάσαι. Ο Μακρής είμαι, ο οπλαρχηγός του Ζυγού».

Τα μάτια του Μαυροκορδάτου στένεψαν στο άκουσμα του ονόματος και στη θύμησή του. «Α! ο τσοπάνης που έχει πάρει τα βουνά και κήρυξε τη δικιά του επανάσταση...» είπε.

Ο Μακρής, που ποτέ ξανά δεν τον είχαν προσβάλλει έτσι ανοιχτά, ένιωσε τις φλέβες του λαιμού του να φουσκώνουν και το αίμα να ανεβαίνει με ορμή στο κεφάλι του, θολώνοντάς τον.

Ο Ραζηκότσικας άκουσε την ανάσα του Μακρή να βαραίνει, κατάλαβε πως ο Μαυροκορδάτος πέρασε τα όρια και πήρε αμέσως τον λόγο.

«Πρόσεξε πως μιλάς κυβερνήτα. Δεν είσαι στα λημέρια σου τώρα».

Ο Μαυροκορδάτος κατάλαβε αμέσως πως πρόσβαλε τον καπετάνιο και δε δίστασε στιγμή να αλλάξει στάση.

«Ζητώ συγγνώμη για τα λόγια μου καπετάν Μακρή» άρχισε να λέει κοιτώντας στα μάτια τον καπετάνιο «αλλά χάνω τα λογικά μου όταν κινδυνεύει η πατρίδα μου και προσπαθώ να τη βοηθήσω αλλά κανείς δε στέκεται δίπλα μου. Αν θέλεις τα διαπιστευτήριά μου για τις στρατιωτικές μου γνώσεις θα στα δώσω αμέσως. Τα χρόνια που πέρασα στα ξένα σπούδασα την τέχνη του πολέμου.

Και τώρα θεωρώ πως είμαι έτοιμος να εφαρμόσω και στην πράξη αυτά που έμαθα στη θεωρία...»

Ο Μακρής ρουθούνισε περιφρονητικά μόλις άκουσε τα λόγια του Μαυροκορδάτου και ο Ραζηκότσικας δεν πίστευε στα αυτιά του. Δεν μπορούσε να φανταστεί, πως ο αρχηγός αυτής της στρατιάς που είχε έρθει στο Μεσολόγγι, ήταν τόσο ανίδεος για τον πόλεμο που γινόταν στην Ελλάδα.

Ο Μαυροκορδάτος είδε τους δύο άντρες που δε μιλούσαν παρά μόνο τον κοίταζαν και νομίζοντας πως τους είχε εντυπωσιάσει, συνέχισε γεμάτος ελπίδα.

«Τι έχετε να πείτε τώρα για αυτό; Θα μου δώσετε τους άντρες που ζητάω;»

«Μαυροκορδάτε» άρχισε ο Μακρής «σε περίπτωση που δεν το έχεις καταλάβει, εγώ θα στο ξαναπώ. Οδηγείς τους άντρες σου σαν πρόβατα στον χασάπη. Δεν ξέρω τι έχετε πει με τον Ραζηκότσικα, αλλά εγώ δεν πρόκειται να θυσιάσω ούτε έναν άντρα μου για τη δικιά σου εκστρατεία...»

Ο Μακρής, αφού είπε ό,τι είχε να πει, δεν κάθισε να ακούσει την απάντηση του Μαυροκορδάτου. Βγήκε με μεγάλες δρασκελιές από το διοικητήριο, βροντώντας τη διπλή πόρτα.

Ο Μαυροκορδάτος δεν ταράχτηκε από τη στάση του Μακρή, παρά μόνο πλησίασε τον Ραζηκότσικα ακόμη πιο πολύ.

«Καπετάν Θανάση, ας ξεχάσουμε αυτό που έγινε μόλις τώρα. Εσύ που είσαι σπουδαγμένος, καταλαβαίνεις τη θέση και τις ευθύνες που έχουμε απέναντι στον λαό μας. Ένωσε τους άντρες σου μαζί με τους δικούς μου και θα βγούμε και οι δύο κερδισμένοι».

Αφού είπε και αυτά τα λόγια, ο Μαυροκορδάτος κάρφωσε τα σκούρα μάτια του σε αυτά του Ραζηκότσικα, περιμένοντας την απάντηση του.

«Στο είπα και πριν κυβερνήτη. Δεν μπορώ να ρισκάρω την επιβίωση των λιγοστών αντρών που έχω στη διάθεσή μου για να πάρω μέρος σε μια εκστρατεία, που το αποτέλεσμά της είναι θολό. Οι άντρες μου υπερασπίζονται το Μεσολόγγι και σε περίπτωση που αυτοί χαθούν, η πόλη θα μείνει εντελώς απροστάτευτη. Ποιος θα έρθει να την υπερασπιστεί όταν θα ορμήσουν οι Τούρκοι να την κάψουν; Δεν μπορώ να σε βοηθήσω κυβερνήτη, τσάμπα ήρθες στο Μεσολόγγι».

Το πρόσωπο του Μαυροκορδάτου σκλήρυνε, τα χαρακτηριστικά του άλλαξαν και το κόκκινο χρώμα που είχε αρχίσει να υποχωρεί, έκανε ξανά την εμφάνιση στο πρόσωπο του.

«Πολύ καλά λοιπόν, αφού δε θέλεις να με βοηθήσεις ούτε και εσύ, κακό του κεφαλιού σου. Μην περιμένεις να σου δώσω και εγώ βοήθεια αν κάποια στιγμή τη χρειαστείς».

Ο Μαυροκορδάτος περισσότερο έφτυσε αυτά τα λόγια παρά τα είπε. Γύρισε να φύγει και όταν τραβούσε την πόρτα, η φωνή του Ραζηκότσικα, έφτασε ξανά στα αυτιά του.

«Κυβερνήτη, λένε πως ο Κιουταχής έχει μαζί του και καβαλαρία[8]. Έχεις σκεφτεί πως θα ανακόψεις την επίθεση τους;»

Ο Μαυροκορδάτος δε γύρισε καν να κοιτάξει τον Ραζηκότσικα. Άνοιξε την πόρτα και πετάχτηκε έξω στον

8 Καβαλαρία: ιππικό

δρόμο κάνοντας νόημα στη συνοδεία του, που περίμενε εκεί, να τον ακολουθήσει. Το αίμα του έβραζε από την άρνηση που είχε εισπράξει. Κυρίως όμως έβραζε από την περιφρόνηση που είδε στα μάτια και των δύο καπεταναίων, όταν τους μιλούσε για τις στρατιωτικές του γνώσεις. Είχε ακούσει τα τελευταία λόγια του Ραζηκότσικα αλλά δεν τα πίστεψε. Αν και δεν είχε μελετήσει σε βάθος τον στρατό του Κιουταχή, πίστευε πως θα τον κέρδιζε εύκολα, παρά το μεγάλο του μέγεθος.

Ο κυβερνήτης αποφάσισε να πάρει τον στρατό του και να φύγει μακριά από αυτή την πόλη, που ήδη τη σκεφτόταν σαν πόλη των δειλών και με αλύγιστο βήμα πήγε να συναντήσει τον στρατηγό Νόρμαν, και τους άλλους επικεφαλείς του στρατού του.

Βόρεια του Μεσολογγίου, κοντά στην πόλη της Άρτας, μια ισχυρή τουρκική δύναμη είχε στρατοπεδεύσει και περίμενε, χωρίς να βιάζεται, την κίνηση του Μαυροκορδάτου. Ο επικεφαλής της στρατιάς, Ρεσίτ Μεχμέτ ή αλλιώς Κιουταχής, είχε ξεκινήσει αυτή την εκστρατεία με στόχο να υποδουλώσει ξανά όσες περιοχές είχαν ελευθερωθεί από τους επαναστάτες και να υποτάξει τον άγριο και πολεμοχαρή λαό των Σουλιωτών, που δεν έδινε λογαριασμό σε κανέναν, παρά μόνο στο τουφέκι του. Χωρίς να συναντήσει καμία σοβαρή αντίσταση, έφτασε στο Σούλι και άρχισε να το πολιορκεί τόσο στενά, που οι κάτοικοι, μην αντέχοντας άλλο την πείνα, άρχισαν να το εγκαταλείπουν, ζητώντας καταφύγιο σε άλλες πόλεις που είχαν ελευθερωθεί από τους Τούρκους. Μετά από την επιτυχία του πρώτου του στόχου, ο Κιουταχής, έστειλε κατασκόπους για να μάθει ποια θα είναι η αντίδραση των Ελλήνων και όταν εκείνοι έμαθαν και γύρισαν να τον ενημερώσουν, αυτός δεν πίστευε στα αυτιά του όταν έμαθε πως εναντίον του βάδιζε μια στρατιά αποτελούμενη κατά κύριο λόγο από Φιλέλληνες. Καθώς περνούσαν οι μέρες, οι πληροφοριοδότες του Κιουταχή, του έλεγαν πως στην κύρια στρατιά είχαν προσχωρήσει και αρκετοί αρματολοί, που κατάφερνε και τους έπειθε ο αρχηγός των Ελλήνων για να τον ακολουθήσουν. Τα τελευταία νέα που έμαθε ο Κιουταχής, ήταν πως αυτή η στρατιά είχε αναχωρήσει πριν μερικές ημέρες από το Μεσολόγγι χωρίς να ενισχυθεί καθόλου από αυτό. Ο Κιουταχής, μόλις το έμαθε, στρατοπέδευσε και περίμενε τον ερχομό των Ελλήνων.

Στο διοικητήριο του Μεσολογγίου, οι φωνές διαπερνούσαν τους τοίχους, φτάνοντας στα αυτιά των περαστικών.

«Ραζηκότσικα, έπρεπε να μας ρωτήσεις πριν πάρεις την απόφαση να διώξεις έτσι από την πόλη μας τον διοικητή της Ρούμελης, χωρίς να του δώσεις την παραμικρή βοήθεια. Είμαστε και εμείς εδώ ξέρεις» είπε ο Αναστάσιος Παλαμάς, ένας από του επιφανείς της πολιτείας.

Ορισμένοι από τους άντρες που ήταν μαζεμένοι, έσπευσαν να επιδοκιμάσουν τη γνώμη του Παλαμά, ενώ οι περισσότεροι παρέμειναν βουβοί κοιτάζοντας τον αρχηγό τους.

«Συντοπίτες μου Μεσολογγίτες, δεν έχετε γνωρίσει προσωπικά αυτόν τον άντρα που ζητάει τη βοήθειά μας. Εγώ τον έχω γνωρίσει και σας βεβαιώνω πως πρόκειται για έναν άνθρωπο που δεν έχει ιδέα τι πάει ν' αντιμετωπίσει. Αν πίστευα πως υπάρχει έστω και μια ελπίδα να κερδηθεί ο αγώνας που έχει ξεκινήσει, εγώ πρώτος θα έμπαινα επικεφαλής στη στρατιά του και ας μη με ακολουθούσε κανένας άλλος. Αλλά ακούστε με και πιστέψτε σ' αυτό, πως δεν υπάρχει καμιά ελπίδα για τον στρατό του. Θλίβομαι τρομερά και μόνο που το λέω, γιατί πολλοί γενναίοι άντρες θα πεθάνουν τσάμπα για έναν πολιτικάντη που ονειρεύεται πως είναι στρατηγός».

Σιωπή ακολούθησε τα λόγια του Ραζηκότσικα. Όλοι σκεφτόταν τα λόγια που μόλις άκουσαν. Κάποιος από τους άντρες, ρώτησε τον Ραζηκότσικα γιατί θεωρούσε τόσο σίγουρη την ήττα του Μαυροκορδάτου.

«Γιατί Μήτρο, πέρα από το πολύ μεγάλο μέγεθος

του στρατού του Κιουταχή και την οργάνωση που έχει, έχει μαζί του και καβαλαρία. Που όπως ξέρετε όλοι πολύ καλά, δεν αντιμετωπίζετε σε μια κατά μέτωπο επίθεση».

Παγωμάρα έπεσε στους άντρες μόλις άκουσαν τα λόγια του Ραζηκότσικα.

«Καλά δεν το γνωρίζει αυτό ο Μαυροκορδάτος;» είπε ο Γιαννάκης Ραζηκότσικας.

«Σίγουρα θα έχει κάποιο σχέδιο για την αναχαίτιση του» συμπλήρωσε.

«Δεν φάνηκε να το γνωρίζει, αδερφέ μου. Όταν του το είπα, δεν το άκουσε καν, παρά μόνο συνέχισε τον δρόμο του. Δεν καταδέχτηκε ούτε ένα βλέμμα να μου ρίξει, μετά τη δική μου άρνηση. Να με συμπαθάτε φίλοι μου, που δε σκέφτηκα να ρωτήσω και τη γνώμη σας, αλλά νομίζω πως δεν χρειαζόταν καν».

«Συγχώρα με, φίλε μου, που έστω για μια στιγμή, θύμωσα και δεν εμπιστεύτηκα την κρίση σου» είπε ο Παλαμάς και ο Ραζηκότσικας κούνησε το κεφάλι του, δεχόμενος τη συγνώμη του, και σηκώθηκε από τη θέση του.

Τον μιμήθηκαν και οι υπόλοιποι άντρες, που σηκώθηκαν σιωπηλοί και απομακρύνθηκαν από το διοικητήριο.

Μερικές μέρες μετά την αποχώρησή του από το Με-
σολόγγι, ο στρατός του Μαυροκορδάτου, στρατοπέδευσε
κοντά σε μια πεδιάδα που είχε την ονομασία Πέτα. Οι κα-
τάσκοποι του κυβερνήτη, τον είχαν πληροφορήσει πως
ο στρατός του Κιουταχή βρισκόταν εκεί κοντά και αυτός
ανυπόμονος για τη σύγκρουση, οδήγησε το στράτευμα
στο μέρος που είχε σχεδιάσει να γίνει η σύγκρουση. Ο
Μαυροκορδάτος ρώτησε τους κατασκόπους αν είχαν δι-
ακρίνει και ιππικό, στον στρατό του Κιουταχή και αυτοί
του απάντησαν αρνητικά. Τότε αυτός χάρηκε και κάλεσε
πολεμικό συμβούλιο, για να συζητήσει, με τους υπαρχη-
γούς του τα σχέδια της μάχης.

Ενώ ο Μαυροκορδάτος βρισκόταν στη σκηνή του και
μελετούσε τους χάρτες της περιοχής, στο στρατόπεδό του
άρχισε να επικρατεί μια αναταραχή από ένα μεγάλο σώμα
αρματολών που έμπαινε μέσα σε αυτό. Σε λίγα λεπτά η ανα-
ταραχή αντικαταστάθηκε από κραυγές θριάμβου και χαρ-
μόσυνες μπαταρίες που ξεσήκωναν όλη την περιοχή στο
πόδι. Ο Μαυροκορδάτος άκουσε όλη αυτήν τη φασαρία και
πετάχτηκε έξω από τη σκηνή του για να δει τι συμβαίνει.

«Προς τι όλος αυτός ο θόρυβος;» ρώτησε ο κυβερ-
νήτης τον πρώτο στρατιώτη που συνάντησε μπροστά του.

«Δεν τα έμαθες πρίγκιπά μου;»

«Σαν τι να μάθω, μωρέ; Μίλα που να σε πάρει».

Ο στρατιώτης δεν τα έχασε μπροστά στα νεύρα
του κυβερνήτη του αλλά άρχισε με μια φωνή γεμάτη
έξαψη να του λέει.

«Τον βλέπεις εκείνο τον μαυριδερό, με το ψηλό

άλογο και την άσπρη φλοκάτη, που έχει ριγμένη στους ώμους του πρίγκιπα; Που το τσεκούρι του ξεχωρίζει πίσω στην πλάτη του;»

Ο Μαυροκορδάτος σάρωσε την περιοχή με το βλέμμα του και είδε έναν άντρα να κάθεται πάνω σε ένα άλογο περιτριγυρισμένο από πολλούς αρματολούς. Ο κυβερνήτης πρόσεξε πως ο άντρας αυτός φαινόταν να κρατιέται με το ζόρι στη σέλα και ήταν τόσο λεπτός, που νόμιζες, πως αν σηκωνόταν αέρας, θα τον σήκωνε και θα τον έπαιρνε μακριά. Τέλος, γύρισε τα μάτια του στον στρατιώτη.

«Ναι τον είδα. Τι τρέχει με αυτόν;»

«Και δεν τον αναγνώρισες πρίγκιπά μου;»

Ξαφνικά ο Μαυροκορδάτος αγρίεψε από τα μισόλογα του στρατιώτη.

«Τι ν' αναγνωρίσω μωρέ; Ποιος είναι αυτός ο κερατάς που τον βλέπουν όλοι σαν θεό; Μίλα που να σε πάρει ο διάολος».

«Ο στρατιώτης λούφαξε, σαν να τρόμαξε και είπε. «Είναι ο μεγαλύτερος οπλαρχηγός της Ρούμελης, πρίγκιπά μου, ο Γιώργος ο Καραϊσκάκης. Έχει έρθει εδώ να μας βοηθήσει στον αγώνα μας με τον Κιουταχή».

Ο Μαυροκορδάτος δεν πίστευε στα αυτιά του. Αυτός ο κατάμαυρος άντρας, που με το ζόρι κρατιέται πάνω στο άλογο, είναι ο Καραϊσκάκης; Με μια σπρωξιά ο κυβερνήτης έβγαλε από τον δρόμο του τον στρατιώτη και πήγε να ανταμώσει τον οπλαρχηγό.

Μετά από αρκετή προσπάθεια, βρίζοντας, κλοτσώντας και εκτοξεύοντας απειλές, ο Μαυροκορδάτος κατάφερε να ανοίξει τον κύκλο που είχαν σχηματίσει γύρω του οι αρματολοί και να βρεθεί μπροστά από το άλογο του Ρουμελιώτη οπλαρχηγού.

«Ποιος στον μπούτσο είναι αυτός ο φραγκοφορεμένος που ήρθε και στάθηκε έτσι μπροστά μου;» είπε ο Καραϊσκάκης με φωνή βραχνή, όλο φλέματα.

Ο οπλαρχηγός απευθύνθηκε σε έναν από τη σωματοφυλακή του και ο Μαυροκορδάτος δεν άκουσε την απορία του. Παρά μόνο είχε μείνει εκεί κοιτάζοντας τον έφιππο άντρα.

Ο αρματολός, που ρώτησε ο Καραϊσκάκης, δεν ήξερε τι να του απαντήσει και έτσι αυτός στράφηκε στον κυβερνήτη.

«Θα μου πεις ποιου διαβόλου γέννημα είσαι και στέκεσαι έτσι μπροστά μου και με βλέπεις; Λες και είμαι κανένα γαμημένο σφαχτάρι κρεμασμένο από το τσιγκέλι».

Ο Μαυροκορδάτος άκουσε τα λόγια του Καραϊσκάκη αλλά αν προσβλήθηκε, δεν το έδειξε.

«Καλώς όρισες στο ταπεινό μου στρατόπεδο» είπε «γενναίε των γενναίων. Στρατηγέ της Ρούμελης και της Ελλάδας όλης».

Ο Καραϊσκάκης ύψωσε τα φρύδια του με απορία ακούγοντας τους επαίνους αυτούς από κάποιον ξένο και μάλιστα φραγκοφορεμένο.

«Ποιος είσαι μωρέ;» είπε τελικά.

«Είμαι ο Αλέξανδρος Μαυροκορδάτος, στρατηγέ, ο διοικητής αυτού του στρατοπέδου και κυβερνήτης όλης της Ρούμελης».

Ο Καραϊσκάκης δε φάνηκε να εντυπωσιάζεται από τους τίτλους που του απάγγειλε αυτός ο ξένος που βρισκόταν μπροστά στο άλογό του. Ξεκαβαλίκεψε αργά και στάθηκε μπροστά του.

«Ώστε εσύ είσαι ο Μαυροκορδάτος, που συνέχεια ακούω αλλά ποτέ δε βλέπω; Πώς σου φαίνονται οι εκστρατείες σ' αυτές τις ερημιές;»

«Μεγάλε στρατηγέ η φήμη σου προηγείται της παρουσίας σου» συνέχισε τα καλοπιάσματα ο Μαυροκορδάτος «άσε με να σε οδηγήσω στη σκηνή μου και να σου εξηγήσω το σχέδιό μου για την αντιμετώπιση του Κιουταχή. Χαίρομαι πολύ που ήρθες για να ενισχύσεις το στράτευμά μου».

Μόλις ο Μαυροκορδάτος είπε αυτά τα λόγια, γύρισε και κίνησε για τη σκηνή του, χωρίς να περιμένει. Ο Καραϊσκάκης στάθηκε για μια στιγμή αναποφάσιστος και μετά έκανε νόημα σε ένα από τα πρωτοπαλίκαρά του και κίνησαν και οι δύο πίσω από τον μικρόσωμο φραγκοφορεμένο διοικητή.

Μόλις έφτασαν, ο φρουρός που στεκόταν από έξω, παραμέρισε την υφασμάτινη πόρτα, κάνοντας τους νόημα να μπουν στο εσωτερικό της σκηνής. Ο Καραϊσκάκης και το πρωτοπαλίκαρό του, ο Μανώλης, μπήκαν μέσα και μισοέκλεισαν τα μάτια τους για να συνηθίσουν στη σκοτεινιά του χώρου. Μόλις τα μάτια τους προσαρμόστηκαν, κοίταξαν τριγύρω τους και έμειναν άναυδοι από την πολυτέλεια της σκηνής.

Στο κέντρο της δέσποζε ένα μεγάλο ξύλινο τραπέζι, που φωτίζονταν από μερικά κηροπήγια και στη μία άκρη του ξεχώριζε μια ξύλινη γαβάθα γεμάτη με φρούτα. Δίπλα στη γαβάθα υπήρχε μια κανάτα γεμάτη, μάλλον, με νερό. Στη δεξιά άκρη της σκηνής, ήταν τοποθετημένο ένα κρεβάτι στρωμένο με πλούσια στρωσίδια και στην αριστερή, υπήρχε ένα ανθρώπινο ομοίωμα, σε φυσικές διαστάσεις, που φορούσε μια στολή, όμοια με αυτή του κυβερνήτη.

Τα τσαρούχια των δύο πολεμιστών είχαν βυθιστεί στο παχύ χαλί που κάλυπτε το χώμα και άφηνε εκτεθειμένες μόνο τις γωνίες της σκηνής. Το εσωτερικό της σκηνής θύμιζε, στον Καραϊσκάκη, παρόμοιες σκηνές Τούρκων πασάδων, που επισκεπτόταν μερικές φορές, όταν ήταν στην υπηρεσία του Αλή Πασά των Ιωαννίνων. Ο οπλαρχηγός όμως προτίμησε να μη σχολιάσει αυτή την ομοιότητα και έριξε τη ματιά του επάνω στον Μαυροκορδάτο, που εκείνη την ώρα γέμιζε από την κανάτα που βρισκόταν πάνω στο τραπέζι δύο ποτήρια με νερό.

«Έχετε κάνει πολύ δρόμο και είστε διψασμένοι και οι δύο» είπε ο Μαυροκορδάτος προτείνοντας τα ποτήρια «πιείτε για να ξεδιψάσετε και με τα μιλάμε...»

Οι δύο άντρες έπιασαν τα ποτήρια και τα άδειασαν μονορούφι. Μετά τα άφησαν κάτω και σκούπισαν τα μουστάκια τους. Μια στιγμή σιωπής έπεσε ανάμεσά τους και ο Καραϊσκάκης έσκυψε να παρατηρήσει τον χάρτη που, επίτηδες, είχε αφήσει ανοιχτό πάνω στο τραπέζι ο κυβερνήτης.

Ο Μαυροκορδάτος, που περίμενε να γίνει αυτό, έσκυψε πάνω από τον χάρτη και άρχισε να εξηγεί στον Καραϊσκάκη.

«Εδώ, στρατηγέ μου» είπε δείχνοντας με το δάχτυλο

ένα σημείο στον χάρτη «είναι η τοποθεσία που βρισκόμαστε εμείς τώρα. Σύμφωνα με τι τελευταίες πληροφορίες μου, ο στρατός του Κιουταχή, βρίσκεται σ' αυτό το σημείο».

Συνέχισε σέρνοντας το δάχτυλο πάνω στον χάρτη και δείχνοντας ένα άλλο σημείο.

«Ανάμεσά μας βρίσκεται η πεδιάδα που ονομάζεται Πέτα. Το σχέδιό μου είναι απλό. Θα προχωρήσω, αύριο κιόλας, και θα παραταχθώ για μάχη σε αυτή την πεδιάδα. Ο στρατός μου είναι έτοιμος ν' αντιμετωπίσει τα ασκέρια του Κιουταχή...»

Ο Καραϊσκάκης άκουσε τα λόγια του Μαυροκορδάτου και, για λίγο, παρέμεινε σκυμμένος πάνω από τον χάρτη. Μετά σήκωσε το κεφάλι του και κάρφωσε το πυρετώδες βλέμμα του στα μάτια του Μαυροκορδάτου.

«Αυτό το σχέδιο» ρώτησε «είναι δική σου επινόηση;»

«Το κυρίως πλάνο και η θέση μάχης είναι δικά μου αλλά έχει συμφωνήσει μαζί μου και ο στρατηγός Νόρμαν, που διοικεί κάτω από μένα».

«Βάλε, καλύτερα το κεφάλι και το δικό σου και του Νόρμαν αλλά και όλων των στρατιωτών σας στον τορβά και παραδώστε τα, από τώρα, στον Κιουταχή».

Ο Μαυροκορδάτος έσφιξε το πρόσωπο του ακούγοντας τα λόγια του Καραϊσκάκη.

«Γιατί το λες αυτό, στρατηγέ;» Η φωνή του τρεμούλιασε από την προσπάθεια που έκανε για να κρατήσει την ψυχραιμία του. Για δεύτερη φορά αμφισβητούνταν τα σχέδιά του.

«Δε θα σου πω εγώ γιατί είναι σκατά όλο το σχέδιό σου. Θα σου πει ο Μανώλης». είπε ο Καραϊσκάκης και έδωσε τον λόγο στο πρωτοπαλίκαρό του.

«Κυβερνήτη, με όλο τον σεβασμό που μπορώ να σου έχω, σου λέω πως το σχέδιο είναι τελείως λάθος. Και αυτό μπορεί να το καταλάβει ο καθένας που έχει πολεμήσει, έστω για λίγο, με τους Τούρκους».

Ένα άσχημο μείγμα οργής και απορίας ανέτειλε στο πρόσωπο του Μαυροκορδάτου καθώς ο Μανώλης συνέχιζε.

«Δεν μπορείς να αντιμετωπίσεις μια στρατιά σχεδόν τριπλάσια από τη δική σου σε μια κατά μέτωπο μάχη. Ακόμη κι ένα μωρό το καταλαβαίνει αυτό. Χώρια που ο Κιουταχής έχει και καβαλαρία μαζί του. Με αυτούς τους διαβόλους πώς θα τα βάλεις;»

Η τελευταία πρόταση του Μανώλη αιωρούνταν ακόμη αναπάντητη όταν ο Μαυροκορδάτος στράφηκε στον Καραϊσκάκη.

«Τι είναι αυτά που λέει ο υπαρχηγός σου, στρατηγέ; Έχει δει τον δικό μου στρατό για να ξέρει; Έχει δει τους Ευρωπαίους που έχω μαζί μου, οι οποίοι και από πόλεμο ξέρουν και είναι έτοιμοι να δώσουν και τη ζωή τους για ένα κομμάτι γης που μέχρι πριν λίγα χρόνια δεν ήξεραν καν πως λέγεται. Κάτι για το οποίο, όπως καταλαβαίνω, δεν είστε έτοιμοι να το κάνετε εσείς...»

Τα λόγια βγήκαν σφυριχτά από το στόμα του, όλο φαρμάκι και μίσος και ο Καραϊσκάκης αγρίεψε.

«Πρόσεξε πως μιλάς, κυβερνήτη της δεκάρας. Πρόσεξε τα λόγια σου γιατί εγώ δεν καταλαβαίνω από αυτά. Τη μια στιγμή το κεφάλι σου βρίσκεται πάνω στους ώμους σου και την άλλη το παίρνω εγώ και το πετάω στα χωράφια να το φάνε οι καλιακούδες και δε δίνω λογαριασμό σε κανέναν. Ό,τι είπε ο Μανώλης ισχύει. Άνοιξε τα κωλοαυτιά σου και άκουσέ τον, αν θέλεις να διεκδικήσεις τη νίκη σε αυτήν τη μάχη».

«Πρόσεξε ποιον απειλείς, γύφτο» ξέσπασε ο Μαυροκορδάτος. «Δε θα μου πει εμένα ένας αγράμματος πώς να πολεμήσω. Έχω σπουδάσει την τέχνη του πολέμου και ξέρω τι να κάνω σε κάθε περίσταση».

«Να τις χέσω τις σπουδές σου και τα χαρτιά σου. Αυτά δε μετράν την ώρα που χιμάει ο άπιστος να σου πιει το αίμα. Θα έφευγα εδώ και τώρα αν ήξερα πως είσαι ηγέτης σε έναν ανάξιο στρατό. Αλλά επειδή οι στρατιώτες σου είναι γενναίοι, αν και δεν ξέρουν τον πόλεμο που επικρατεί εδώ, θα κάνω μια ακόμη προσπάθεια για να σε συνετίσω και να μην τους στείλεις όλους αυτούς στην κόλαση, επειδή θέλεις εσύ να κερδίσεις δάφνες και φήμη» είπε ο Καραϊσκάκης κάνοντας φανερή προσπάθεια να ελέγξει τα νεύρα του.

Ο Μαυροκορδάτος, βλέποντας τον οπλαρχηγό να προσπαθεί να χαλιναγωγήσει τον εαυτό του, έκανε και αυτός μια προσπάθεια να ηρεμήσει και ρώτησε τον Καραϊσκάκη να του πει τη γνώμη του.

«Πρέπει να οδηγήσεις τον στρατό του Κιουταχή πάνω στα βουνά και όχι να τον αντιμετωπίσεις στην πεδιάδα, όπου έχει αυτός το πλεονέκτημα λόγω μεγέθους. Πρέπει να ξεκινήσεις έναν πόλεμο φθοράς με νυχτερινά ξαφνικά γιουρούσια όπου οι δικοί σου θα σπέρνουν τον πανικό στους άντρες του. Και μετά από καιρό, όταν οι Τούρκοι στρατιώτες θα νομίζουν πως κυνηγάνε φαντάσματα, θα τους επιτεθείτε μια και καλή για να τους ξεκάνετε. Ξέχνα τη μάχη στα ανοιχτά. Ξέχνα την αλλιώς είσαι χαμένος».

Ο Μαυροκορδάτος άκουγε τα λόγια του Καραϊσκάκη βηματίζοντας πάνω κάτω στη σκηνή του. Την απόφασή του την είχε πάρει αυτός πριν καιρό και δε θα του άλλαζε κανείς τη γνώμη.

«Μπορεί εσύ, Καραϊσκάκη, να διοικείς ένα μάτσο δειλούς αρματολούς και να αποφεύγεις τον κατά μέτωπο πόλεμο, αλλά ο δικός μου στρατός είναι οργανωμένος και έχει τα στήθια του να παρατάξει απέναντι στον εχθρό, σαν μαρμάρινα ταμπούρια. Δεν έχουμε να φοβηθούμε τίποτα. Η μάχη θα γίνει εκεί που διάλεξα εγώ».

Ο τόνος της φωνής του Μαυροκορδάτου ανέβαινε συνέχεια θυμίζοντας θύελλα που φτάνει στο απόγειό της.

«Τον κακό σου τον καιρό, κακορίζικε» είπε ο Καραϊσκάκης. «Παίρνεις στον λαιμό σου τόσα άτομα. Εγώ δεν πρόκειται να θυσιάσω ούτε έναν άντρα μου, αφήνοντάς τον να πολεμήσει εδώ».

«Δε θέλω κανέναν από τους δειλούς που σε γυροφέρνουν» σφύριξε ο Μαυροκορδάτος. « Μάζεψέ τους όλους και φύγετε από εδώ...»

Ο Μανώλης, που βρισκόταν πιο κοντά στον κυβερνήτη, πήγε να κινηθεί απειλητικά εναντίον του αλλά ο Καραϊσκάκης τον συγκράτησε.

«Πάμε να φύγουμε, Μανώλη. Δεν αξίζει να ασχολείσαι με έναν άνθρωπο που είναι ήδη νεκρός και απλά δεν το ξέρει...»

Ο Μανώλης κοίταξε τον Μαυροκορδάτο, που στε-
κόταν ασάλευτος μπροστά τους και μετά γύρισε και ακο-
λούθησε τον αρχηγό του, που είχε βγει ήδη από τη σκηνή.

«Καπετάνιε, τι κάνουμε τώρα;» ρώτησε τον Καραϊ-
σκάκη ο Μανώλης.

«Μάζεψε τους άντρες μας Μανωλιό, δεν πρόκειται
να σπαταλήσω άλλο τον χρόνο μου για αυτόν τον σκυλο-
γεννημένο...»

Λέγοντας αυτά τα λόγια ο Καραϊσκάκης ανέβηκε στο
άλογο, το χτύπησε άγρια με το καμτσίκι, χύθηκε με ορμή
προς τα εμπρός και εξαφανίστηκε από το στρατόπεδο.

Σε λίγη ώρα, το σώμα του Καραϊσκάκη είχε φύγει
και στο στρατόπεδο του Μαυροκορδάτου επικράτησε
μια παγωμάρα. Μόλις μαθεύτηκε ο τσακωμός του αρ-
χηγού τους με τον γιο της καλόγριας, η ψυχολογία πολ-
λών Ελλήνων που ήρθαν να πολεμήσουν στο πλευρό του
Μαυροκορδάτου, έπεσε κατακόρυφα. Μόνο οι Φιλέλλη-
νες διατηρούσαν το ηθικό τους ακμαίο και εξασκούνταν
κάτω από το φως του μεσημεριανού ήλιου, σε επιθετικές
και αμυντικές κινήσεις, μέχρι που η μέρα τελείωσε και πα-
ραχώρησε τη θέση της στη νύχτα.

Με το που έφυγε ο Καραϊσκάκης από το στρατό-
πεδο, στη σκηνή του Μαυροκορδάτου, μαζεύτηκαν οι
αξιωματικοί του, για να αρχίσουν το συμβούλιο. Κανένας
τους δεν τόλμησε να τον ρωτήσει για τα αίτια που οδήγη-
σαν τον οπλαρχηγό να αποχωρήσει με αυτόν τον τρόπο
από το στρατόπεδό τους αλλά ούτε και ο Μαυροκορδά-
τος ήταν πρόθυμος να τους εξηγήσει. Τελικά, μετά από

άκαρπες συζητήσεις περί περαιτέρω ενδυνάμωσης του στρατού τους για την επικείμενη μάχη, ο Μαυροκορδάτος κατέληξε σε ένα σχέδιο που το ανακοίνωσε πρώτα στον στρατηγό Νόρμαν και αυτός ανέλαβε να το διαδώσει και στους υπόλοιπους αξιωματικούς. Μετά από αυτό διαλύθηκε το συμβούλιο και όλοι πήγαν στις σκηνές τους για να ξεκουραστούν. Ξημέρωνε πρώτη Ιουλίου.

Στο Μεσολόγγι, ο Ραζηκότσικας, δεν μπορούσε να συγκρατήσει την οργή του απέναντι στα σχέδια του Μαυροκορδάτου. Είχαν περάσει μερικές ημέρες από την αναχώρηση του Πρίγκιπα από την πόλη και μόλις πριν λίγο, ο Ραζηκότσικας έμαθε το ακριβές σχέδιό του. Τώρα ο αρχηγός της πόλης είχε στείλει τον Σφήκα να φωνάξει στο σπίτι του, τον Λιακατά και τον Μακρή, για να τους πει τα γεγονότα.

Μετά από λίγο, οι δύο άντρες, έφτασαν στο σπίτι του αρχηγού και τον είδαν να κάθεται, στην πέτρα της αυλής του, καπνίζοντας το τσιμπούκι του. Οι δύο άντρες μπήκαν μέσα και πίσω τους ξεγλίστρησε και ο Σφήκας μπαίνοντας και αυτός στην αυλή.

«Τι τρέχει καπετάνιε;» ρώτησε ο Λιακατάς. «Γιατί μας κάλεσες επειγόντως στο σπίτι σου;»

Χωρίς καν να χαιρετιστούν οι καπεταναίοι, άρχισαν να μιλούν.

«Ο αναθεματισμένος ο Μαυροκορδάτος έστειλε στο στόμα του λύκου όλο τον στρατό του. Αυτό έγινε Λιακατά»

«Τι εννοείς καπετάνιε;»

«Μόλις έμαθα πού σχεδιάζει να χτυπήσει ο μεγάλος Πρίγκιπας τον Κιουταχή. Και δε μου προκαλεί καμία έκπληξη, παρά μόνο αγανάκτηση και οργή».

Ο Λιακατάς πρώτη φορά έβλεπε τόσο εκτός εαυτού τον Ραζηκότσικα και έκανε νόημα στον Σφήκα να καθίσει σε μια γωνιά.

«Πες μας, πού έχει στήσει το καρτέρι του ο Πρίγκιπας;»

«Στην πεδιάδα του Πέτα» απάντησε ο Ραζηκότσικας και οι δύο άντρες τον κοίταξαν και προσπάθησαν να καταλάβουν αν αστειεύεται ή αν μιλάει σοβαρά.

«Ραζηκότσικα, μάλλον κάποιο λάθος κάνεις» είπε ο Λιακατάς. «Δεν μπορεί να ετοιμάζει μάχη εκεί. Έχω περάσει από αυτό το μέρος και δεν έχει ούτε ένα πετραδάκι που να μπορείς να κρυφτείς από πίσω και να κάνεις ταμπούρι. Σ' αυτή την τεράστια πεδιάδα μόνο ένας πολύ μεγάλος και καλά οργανωμένος στρατός, μπορεί να ανταπεξέλθει σε μάχη. Δεν μπορεί ο Μαυροκορδάτος να είναι τόσο άμυαλος ώστε να νομίζει πως μπορεί να κερδίσει σε μια κατά μέτωπο μάχη τις ορδές του Κιουταχή».

«Και όμως είναι!» είπε ο Μακρής, σπάζοντας για πρώτη φορά τη σιωπή του. «Το κατάλαβα από την πρώτη στιγμή που τον είδα, πως αυτός ο άντρας δεν έχει καμιά απολύτως ιδέα για τον πόλεμο που διεξάγεται αυτήν τη στιγμή στην Ελλάδα. Νομίζει πως, αν παρασύρει τον Κιουταχή σε μια ανοιχτή μάχη, θα την κερδίσει κιόλας. Λες κι εμείς που τόσο καιρό πολεμάμε μεσ' τη νύχτα, με γιουρούσια και κλεφτοπόλεμο, δεν ξέρουμε ότι δεν μπορούμε να τους αντιμετωπίσουμε στα ίσια».

«Πώς έμαθες όμως για τα σχέδιά του αρχηγέ;» ρώτησε ο Λιακατάς.

«Πριν λίγη ώρα, έφτασε σπίτι μου, ξέπνοος από την τρεχάλα που έριξε, ο Κωνσταντής, ο γιος του τσαρουχά. Είχε πάει έξω από το Μεσολόγγι για δουλειές δικές του και όταν γύρισε, συνάντησε στον δρόμο τον Καραϊσκάκη και τους αρματολούς του. Από αυτούς έμαθε πως, ο γιος της καλόγριας, είχε μαζέψει όσους περισσότερους άντρες μπορούσε για να πάει να βοηθήσει τον πρίγκιπα, αλλά μόλις έμαθε την τρέλα που σκόπευε να κάνει εκείνος, τα μάζεψε κι έφυγε».

Σιωπή απλώθηκε ανάμεσα στους τρεις άντρες μόλις ο Ραζηκότσικας τελείωσε. Αναλογίστηκαν την κίνηση του Καραϊσκάκη καθώς γνώριζαν το ήθος και την ανδρεία αυτού του καπετάνιου.

«Ο Καραϊσκάκης» άρχισε να λέει ο Μακρής «δεν είναι δειλός και αγαπάει την πατρίδα περισσότερο από τον καθένα μας. Για να φύγει έτσι αυτός τότε σίγουρα δεν υπάρχει καμιά ελπίδα».

«Το θέμα τώρα είναι τι θα κάνουμε εμείς» είπε ο Ραζηκότσικας. «Έχω σκεφτεί κάτι αλλά θέλω πρώτα να το πω σε εσάς».

«Τι έχεις σκεφτεί καπετάνιε;» ρώτησε με έξαψη ο Λιακατάς.

«Θέλω να κάνουμε οχυρώσεις και στα νησάκια της λιμνοθάλασσας που μας περιβάλλει. Την Κλείσοβα, το Βασιλάδι και τον Ντολμά. Μπορεί και τα τρία να μην είναι τίποτα παραπάνω από μια λωρίδα γης, αλλά για μας είναι ζωτικής σημασίας, καθώς, αν ελέγχουμε αυτά, ελέγχουμε τη λιμνοθάλασσα». Ο Ραζηκότσικας τελείωσε τον λόγο του και κοίταξε τους άλλους δύο για να διακρίνει κάποια δυσαρέσκεια στο βλέμμα τους. Όμως δε διέκρινε την παραμικρή.

«Βρίσκω πολύ καλή την ιδέα σου, Ραζηκότσικα» είπε ο Μακρής. «Έχεις δίκιο, τα νησάκια πρέπει να τα οχυρώσουμε το συντομότερο δυνατό».

«Εμένα ούτε που μου είχε περάσει από το μυαλό ποτέ αυτό, αλλά και εγώ βρίσκω την ιδέα πολύ καλή» συμπλήρωσε και ο Λιακατάς.

«Χαίρομαι που συμφωνείτε και οι δύο σας. Ας προσπαθήσουμε να ξεχάσουμε τώρα τις ενέργειες του

Μαυροκορδάτου. Πάμε να ειδοποιήσουμε και τους άλλους οπλαρχηγούς για το καινούριο σχέδιο και να ριχτούμε στη δουλειά».

«Καπετάνιε, καπετάνιε περίμενε, θέλω και εγώ να μου δώσεις καριοφίλι και πάλα και να έρθω να πολεμήσω δίπλα σου» πετάχτηκε ο Σφήκας από τη γωνιά.

«Ορέ, Σφήκα. Εδώ ήσουν τόση ώρα και δεν σε πρόσεξα καθόλου; Αν σου δώσω καριοφίλι δε θα μπορείς να το σηκώσεις καημένε μου και αν πάρεις πάλι την πάλα, το χέρι σου γρήγορα θα φουσκαλιάσει από το βάρος της. Δεν είναι για σένα ακόμη αυτά τα παιχνίδια. Περίμενε να μεγαλώσεις λίγο ακόμη και βλέπουμε...»

Ο Σφήκας έσκυψε το κεφάλι ντροπιασμένος, καθώς ο Μακρής με τον Λιακατά γέλασαν καλόκαρδα. Ο Μακρής πλησίασε τότε τον μικρό και έβγαλε από το σελάχι του ένα μικρό μαχαίρι με κοκάλινη λαβή. Το κράτησε για μια στιγμή κοιτώντας το και μετά το πρότεινε στον νεαρό.

«Παρ' το αγόρι μου. Κάποτε στόλιζε τη μέση ενός Τούρκου Μπέη. Τώρα είναι δική σου».

Ο Σφήκας σήκωσε τα μάτια και κοίταξε τον Μακρή για να δει αν τον κοροϊδεύει. Μόλις κατάλαβε ότι δεν συμβαίνει κάτι τέτοιο, άπλωσε το χέρι του και έσφιξε το μαχαίρι. Τα μάτια του έλαμψαν άγρια καθώς το έχωνε στο κουρέλι που κρεμόταν γύρω από τη μέση του.

«Φχαριστώ, καπετάνιε» κατάφερε να ψελλίσει «θα το τιμήσω».

«Είμαι σίγουρος παιδί μου, είμαι σίγουρος» είπε ο Μακρής και οι τρεις άντρες μαζί με τον μικρό βγήκαν από το σπίτι και χάθηκαν στα σοκάκια της πόλης.

Από το στρατόπεδο του Μαυροκορδάτου, τη νύχτα μετά το πολεμικό συμβούλιο, μια άμαξα αναχώρησε με γρήγορο καλπασμό.

Το πρωί, ο Νόρμαν, διέταξε προσκλητήριο για τους αξιωματικούς και τους είπε για το σχέδιο του Μαυροκορδάτου και για τη νυχτερινή φυγή του από το στρατόπεδο, ώστε να προλάβει να το υλοποιήσει. Οι αξιωματικοί φάνηκε να μην καταλαβαίνουν και ο Νόρμαν αναγκάστηκε να τους εξηγήσει, για δεύτερη φορά, πως ο αρχηγός τους, ο Μαυροκορδάτος, αναγκάστηκε να φύγει τη νύχτα από το στρατόπεδο για να πάει να βρει διάφορα σώματα επαναστατών, που τριγυρνούσαν άσκοπα και να τους πείσει να έρθουν να πολεμήσουν μαζί τους, ώστε να μεγαλώσει η δύναμή τους. Στο πόδι του είχε αφήσει αυτόν τον ίδιο, με την εντολή να κατευθύνει το σώμα στην πεδιάδα του Πέτα και να σχηματίσει παράταξη μάχης.

Μετά το αρχικό μούδιασμα, που ένιωσαν όλοι οι αξιωματικοί, για αυτή την ξαφνική φυγή, άρχισαν πάλι να αισιοδοξούν και γρήγορα άρχισαν να ακολουθούν τις οδηγίες του Νόρμαν. Ολόκληρο το σώμα του στρατού ετοιμάστηκε και ξεκίνησαν την πορεία τους για την πεδιάδα του Πέτα.

Ήταν απόγευμα της 3ης Ιουλίου του 1822 όταν ο στρατός του Μαυροκορδάτου, έφτασε στην πεδιάδα. Στον δρόμο μέχρι να φτάσουν μέχρι εκεί, πολλοί από τους αρματολούς που είχε συγκεντρώσει ο Μαυροκορδάτος, λιποτάκτησαν. Κυρίως γιατί θεώρησαν πως ο αρχηγός τους τούς είχε εγκαταλείψει, αλλά και επειδή στον δρόμο, συνάντησαν πάρα πολλούς ντόπιους, οι οποίοι είχαν εγκαταλείψει τον τόπο τους, μπροστά στον φόβο του ερχομού του Κιουταχή. Αυτοί έσπειραν τρομερές φήμες για τον στρατό του Κιουταχή και ένα σύννεφο φόβου είχε σκιάσει τις καρδιές αντρών του Νόρμαν. Μάταια ο Γερμανός[9] στρατηγός προσπαθούσε να διατηρήσει ακμαίο το ηθικό τους. Ακόμη και οι Φιλέλληνες είχαν κλονιστεί από το κλίμα τρομοκρατίας που είχε εξαπλωθεί πάνω από τα κεφάλια τους και προσπαθούσαν και αυτοί να ανταπεξέλθουν στην πίεση.

Με αυτή την ψυχολογία, το αναμεμειγμένο στρατιωτικό σώμα που συγκέντρωσε ο Μαυροκορδάτος και κατέληξε να διοικεί ο Νόρμαν, στρατοπέδευσε στο Πέτα.

---

9 Ο στρατηγός Νόρμαν ήταν γερμανικής καταγωγής.

Οι κατάσκοποι του Κιουταχή, μόλις βράδιασε, είδαν τις φωτιές από το στρατόπεδο των Ελλήνων και πλησίασαν προσεκτικά για να πάρουν όσες περισσότερες πληροφορίες μπορούσαν. Με τη βοήθεια του σκότους, περιπλανήθηκαν αθόρυβα στο στρατόπεδο και αφού είδαν ό,τι μπόρεσαν να δουν, έφυγαν για τα άλογα τους. Σε λιγότερο από δύο ώρες, ο Κιουταχής είχε πληροφορηθεί για το μέγεθος του στρατού που τον περίμενε, για την ακριβή τοποθεσία που στρατοπέδευσε καθώς και για άλλα πολλά που τον ενδιέφεραν. Αφού αντάμειψε πλουσιοπάροχα τους κατασκόπους, έδωσε εντολή να σημάνουν γενικό συναγερμό στο στρατόπεδο και κάλεσε στη σκηνή του τους αξιωματικούς του.

Μετά από ελάχιστα λεπτά μαζεύτηκαν μέσα στη σκηνή όλοι οι αξιωματικοί του. Τουρκαλβανοί και Τούρκοι, με πλούσιες φορεσιές και μεταξωτά σαλβάρια, στεκόταν περήφανοι σχηματίζοντας έναν κύκλο γύρω από τον αρχηγό τους, που βημάτιζε πάνω κάτω στη σκηνή. Παρά την προχωρημένη ώρα, κανείς τους δε φαινόταν αγουροξυπνημένος.

Ο Κιουταχής φορούσε μια απλή στολή και μοναδικό όπλο που φαινόταν ήταν ένα μαχαίρι με πετροστόλιστη λαβή που ξεφύτρωνε από τη μέση της στολής του. Από το πρόσωπό του ξεφύτρωνε πλούσια γενειάδα η οποία ήταν προσεκτικά ψαλιδισμένη. Τα χαρακτηριστικά του στρατηγού έδειχναν άνθρωπο σκληρό αλλά και ρωμαλέο. Τα μάτια του γυάλιζαν στο φως των κεριών, και όταν συγκεντρώθηκαν όλοι οι αξιωματικοί, άρχισε να μιλάει χωρίς να σταματήσει τον βηματισμό του.

«Απόψε κιόλας ξεκινάμε για την πεδιάδα που βρίσκεται τέσσερις ώρες μακριά από εδώ. Ονομάζεται Πέτα στα γκιαούρικα και εκεί έχουν στρατοπεδεύσει οι ρέμπελοι. Μάλλον μας περιμένουν κιόλας εκεί γιατί οι κατάσκοποί μου τους είδαν να στήνουν παράταξη μάχης. Δε θα τους δώσουμε καθόλου χρόνο ν' αντιδράσουν, θα ξεκινήσουμε τώρα αμέσως από εδώ, θα φτάσουμε το ξημέρωμα εκεί και θα τους χτυπήσουμε αμείλικτα».

«Με όλο τον σεβασμό, στρατηγέ μου» είπε ένας από τα ρετζάλια[10] του «πώς είναι ο στρατός τους; Έχουν ιππικό; Είναι οργανωμένοι ή αποτελείται από πολεμιστές σαν και αυτούς που μας αντιστάθηκαν μέχρι να φτάσουμε ως εδώ;»

Ο Κιουταχής άκουσε τις ερωτήσεις του αξιωματικού του και έβαλε τα γέλια.

«Δεν είναι τίποτα παραπάνω από μια χούφτα πεινασμένους κλέφτες που έχουν μαζί τους και μερικούς Ευρωπαίους, που ήρθαν γεμάτοι δήθεν αγνά συναισθήματα για την άτιμη αποστασία των Γραικών, αλλά το μυαλό τους είναι πως θα κλέψουν και θα φάνε και αυτοί από την πίτα που υπάρχει μπροστά τους».

Τα λόγια του Κιουταχή είχαν κεντρίσει την περιέργεια των αξιωματικών του και τώρα τον άκουγαν με ακόμη μεγαλύτερη προσοχή από πριν.

«Και για να απαντήσω στην ερώτησή σου, Κιαμήλ, σου λέω πως δεν έχουν ούτε ιππικό αλλά ούτε και ο αριθμός τους είναι μεγάλος. Σύμφωνα με τις εκτιμήσεις των κατασκόπων μου, ο δικός μου στρατός είναι τουλάχιστον τριπλάσιος. Και, το πιο σημαντικό, δεν ξέρω ποιος τους διατάζει, αλλά ο τόπος που στρατοπέδευσαν είναι ό,τι χειρότερο για αυτούς».

10 Ρετζάλια: Αξιωματικοί

«Πώς είναι ακριβώς αυτή η πεδιάδα, του Πέτα, στρατηγέ μου;» ρώτησε ένας αρκετά νεαρός αξιωματικός.

Ο Κιουταχής κοίταξε τον νεαρό, μόνο για μια στιγμή, όση ακριβώς χρειάστηκε για να θυμηθεί το όνομα του και μετά άρχισε να του εξηγεί.

«Σεντήρ, αυτή η πεδιάδα που ρωτάς βρίσκεται ακριβώς εδώ» είπε ο Κιουταχής και έδειξε με το δάχτυλο του ένα σημείο σε έναν χάρτη, που βρισκόταν τοποθετημένος σε ένα χαμηλό σοφρά[11].

Όλα τα ρετζάλια μαζεύτηκαν από γύρω του και έσκυψαν να δουν τον χάρτη.

«Πίσω και δεξιά τους, βρίσκονται βουνά. Από τη μεριά που θα μπούμε εμείς στην πεδιάδα υπάρχει ένα μεγάλο ξέφωτο όπου θα τοποθετήσουμε το ιππικό, για να φαίνεται ώστε να τους διαλύσουμε την ψυχολογία. Η πεδιάδα προσφέρεται για να ξεδιπλωθεί ολόκληρος ο στρατός μας, αν χρειαστεί, και να τους περικυκλώσουμε, ώστε να μη μείνει κανένας γκιαούρης ζωντανός».

Τις τελευταίες κουβέντες του, ο Κιουταχής τις τόνισε πιέζοντας με το δάχτυλο τον χάρτη, λιώνοντας από τώρα στο μυαλό του τους εχθρούς. Τα ρετζάλια απομακρύνθηκαν από γύρω του νιώθοντας την ένταση του αρχηγού τους.

«Φύγετε τώρα όλοι από εδώ» διέταξε ο Κιουταχής. «Φύγετε και ετοιμάστε αμέσως όλους τους άντρες σας. Θέλω σε μια ώρα να έχουμε φύγει από αυτόν τον βρωμερό τόπο και να πάμε να κλαδέψουμε μερικά γκιαούρικα κεφάλια».

11 Σοφράς: Χαμηλό ξύλινο τραπέζι

Τα ρετζάλια έκαναν μεταβολή και εξαφανίστηκαν από τη σκηνή του αρχηγού τους για να οργανώσουν την αποχώρηση.

Με τη σελήνη να κρέμεται, σαν το γυαλιστερό δρεπάνι του Χάροντα, στον ουρανό, ο τούρκικος στρατός ξεκίνησε για το Πέτα.

Είχε αρχίσει να ροδίζει η ανατολή, όταν η εμπρο-σθοφυλακή του στρατού του Κιουταχή, έκανε την εμφά-νισή της στην αρχή της πεδιάδας.

Οι συναγερμοί αντήχησαν στο στρατόπεδο των Ελ-λήνων και οι αξιωματικοί ούρλιαξαν διαταγές για να σχη-ματιστεί παράταξη μάχης από τους στρατιώτες. Οι περισ-σότεροι, αγουροξυπνημένοι καθώς ήταν, πανικοβλήθηκαν και ο πανικός τους άρχισε να μεταφέρεται και στους ψυ-χραιμότερους, δημιουργώντας εκρηκτική ατμόσφαιρα. Οι παρατηρητές, που είχε τοποθετήσει ο Νόρμαν στα υψώ-ματα, έβλεπαν τον τούρκικο στρατό να μπαίνει χωρίς στα-ματημό στην πεδιάδα και οι καρδιές τους βούλιαξαν στα στήθια τους. Μετά από αρκετή ώρα, και όταν ο στρατός του Κιουταχή είχε μπει όλος στην πεδιάδα, οι παρατηρη-τές γκρεμοτσακίστηκαν από τη θέση τους και έτρεξαν στη σκηνή του Νόρμαν, για να του δώσουν την αναφορά τους.

Μέσα στη σκηνή επικρατούσε το χάος. Ο στρατηγός ούρλιαζε διαταγές σε μερικούς αξιωματικούς και αυτοί με τη σειρά τους τις μετέφεραν στους υπαξιωματικούς ουρ-λιάζοντας. Οι υπαξιωματικοί μπαινόβγαιναν στη σκηνή ουρλιάζοντας στους στρατιώτες.

Το τέρας του πανικού χάιδευε με τα παγερά πλοκά-μια του τη στρατιά του Μαυροκορδάτου.

Οι παρατηρητές δεν έχασαν τον χρόνο τους παρα-κολουθώντας τις σκηνές. Παρουσιάστηκαν αμέσως στον Νόρμαν και αυτός σταμάτησε να ουρλιάζει και τους διέ-ταξε να του δώσουν την αναφορά τους.

«Στρατηγέ, ο εχθρός έκανε την εμφάνισή του στην

πεδιάδα ακριβώς με την ανατολή του ηλίου και πριν μερικά λεπτά ολοκληρώθηκε η εμφάνιση ολόκληρου του στρατού. Σύμφωνα με τους υπολογισμούς μου είναι γύρω στις οχτώ χιλιάδες μάχιμοι πολεμιστές, χωρίς τους βοηθητικούς που σέρνουν μαζί τους. Ιππικό δεν εμφανίστηκε πουθενά στην παράταξη τους αλλά διαθέτουν πυροβολικό».

Ο Νόρμαν άκουγε σκυθρωπός την αναφορά του κατασκόπου και φάνηκε μόνο να αναθαρρεί όταν άκουσε πως δεν υπάρχει αντίπαλο ιππικό. Σκέφτηκε για λίγο την κατάσταση και μετά άρχισε να ξαναδίνει καινούριες εντολές για τις θέσεις μάχης.

Οι δύο παρατηρητές κίνησαν να φύγουν για να πάνε και αυτοί στη θέση τους, όταν στην είσοδο της σκηνής εμφανίστηκε ένας ψηλός, μπαρουτοκαπνισμένος πολεμιστής. Το μακρύ μουστάκι του, που στόλιζε το υπόλοιπο ξυρισμένο πρόσωπο, αλλά και η στολή του, έδειχναν πως άνηκε στο σώμα των Σουλιωτών, που είχε ακολουθήσει τον Μαυροκορδάτο. Αυτός ήταν ο αρχηγός τους, ο Μάρκος Μπότσαρης, ο οποίος δεν ψιμιζύταν για τη λιποψυχία του, αν και τα λόγια που είπε έδειχναν ακριβώς το αντίθετο.

«Στρατηγέ, πάμε χαμένοι. Ο Μαυροκορδάτος μας οδήγησε στον χαμό μας. Μόλις έκανε την εμφάνισή του το ιππικό του εχθρού».

Τα λόγια του Μπότσαρη προκάλεσαν βουβαμάρα στη σκηνή. Ο Νόρμαν πάγωσε με το χέρι τεντωμένο και με την επόμενη διαταγή να έχει κολλήσει στη γλώσσα του. Οι δύο παρατηρητές, έκριναν πως έφυγαν πολύ βιαστικά από το πόστο τους και οι υπόλοιποι αξιωματικοί πάγωσαν στις θέσεις τους. Ο Μπότσαρης στεκόταν στην είσοδο της σκηνής και η επιβλητική του κορμοστασιά δέσποζε στον χώρο. Φαινόταν ψύχραιμος και έτοιμος να εκτελέσει οποιαδήποτε διαταγή έπαιρνε από τον στρατηγό.

Κάποια στιγμή, ο Νόρμαν, κατέβασε το χέρι προσπαθώντας να ανακτήσει την αυτοκυριαρχία του. Ο Μπότσαρης τον πλησίασε και ο στρατηγός φάνηκε να συνέρχεται.

«Τι κάνουμε τώρα στρατηγέ;» ρώτησε ο Σουλιώτης. «Οι άντρες είναι έτοιμοι και περιμένουν τις διαταγές σου».

Ο Νόρμαν, που γνώριζε πολύ καλά τους θανάσιμους κινδύνους που εμπεριείχε η συμμετοχή του στην Ελληνική Επανάσταση, πήρε την απόφασή του.

«Είμαστε όλοι εδώ, τόσοι πολλοί άνθρωποι, τόσο διαφορετικοί μεταξύ μας και από διαφορετικά μέρη της γης. Ακόμη και με όλες αυτές τις διαφορές μας όμως, είμαστε όλοι εδώ για έναν κοινό σκοπό, να δώσουμε σε αυτό το κομμάτι γης την αξία που είχε και που έχει χάσει τόσα χρόνια τώρα. Είμαστε όλοι εδώ για να ξαναφέρουμε την ελευθερία σ' αυτούς που πρώτοι από όλους τη εξύμνησαν και την έβαλαν στο ψηλότερο σκαλί των αρετών. Είμαστε όλοι εδώ για να ελευθερώσουμε αυτούς που μας δίδαξαν τη δημοκρατία και τον πολιτισμό και εγώ, αν χρειαστεί, θα είμαι από τους πρώτους που θα δώσουν τη ζωή τους για αυτόν τον κοινό σκοπό».

Τελειώνοντας ο Νόρμαν, έδεσε με μια κοφτή κίνηση το σπαθί γύρω από τη μέση του και πετάχτηκε έξω από τη σκηνή.

Ο Μπότσαρης και οι υπόλοιποι αξιωματικοί τον ακολούθησαν σφίγγοντας γερά τα όπλα τους.

Ο ήλιος είχε ξεκινήσει το συνηθισμένο του δρομολόγιο και τα δύο αντίπαλα στρατεύματα είχαν πάρει τις θέσεις τους κάτω από τις λαμπερές του ακτίνες.

Ο στρατός των Ελλήνων, αποτελούμενος από τρεις χιλιάδες πολεμιστές, είχε χωριστεί σε τρία τμήματα. Το σώμα των Φιλελλήνων, έπιασε την αριστερή μεριά της πεδιάδας και χωρίστηκε σε ομάδες των δέκα αντρών. Στο κέντρο, παρατάχτηκαν όσοι βρίσκονταν στον λόχο του στρατηγού Νόρμαν, που αποτελούνταν κατά κύριο λόγο από Έλληνες και από μερικούς Φιλέλληνες και στο δεξί άκρο, παρατάχτηκε ο Μπότσαρης με τους άγριους Σουλιώτες του καθώς και μερικοί άλλοι οπλαρχηγοί.

Ο στρατός του Κιουταχή είχε σχηματίσει ανοιχτή παράταξη, με το ιππικό να έχει στηθεί στη δεξιά μεριά.. Οι Τούρκοι ιππείς συγκρατούσαν με το ζόρι τα άλογα που ένιωθαν την ένταση στην ατμόσφαιρα και κόντευαν να τρελαθούν.

Η ώρα περνούσε και η ένταση και η αδρεναλίνη στο στρατόπεδο των Ελλήνων ανέβαινε κατακόρυφα. Η αγωνία έκανε τους πολεμιστές να τρέμουν και οι φυσικές τους ανάγκες, απόρροια της έντασης και του άγχους, τους τρέλαιναν. Συχνά κάποιος εγκατέλειπε τη θέση του και χωνόταν τρέχοντας στους θάμνους για να ξελαφρώσει. Και όσο περνούσε η ώρα τόσο μεγάλωνε η ανυπομονησία.

Ο Κιουταχής, γνωρίζοντας πολύ καλά το παιχνίδι της ψυχολογίας, είχε διατάξει τον στρατό του να αναπτυχθεί ολόκληρος αλλά να μην κάνει καμία κίνηση. Έτσι η ώρα περνούσε και το ηθικό των Ελλήνων, λύγιζε κάτω από το βάρος της συνειδητοποίησης, του μεγέθους του στρατού που απλωνόταν μπροστά του. Τα νεύρα τους είχαν γίνει κουρέλια και από τα χείλη τους άρχισαν να εκτοξεύονται τρομερές βρισιές εναντίον των εχθρών. Αλλά και πάλι η ανταπόκριση του τουρκικού στρατού στις προσβολές, ήταν μηδενική.

Και ενώ οι αξιωματικοί των Ελλήνων δεν μπορούσαν να κάνουν τίποτα πια για να συγκρατήσουν τους άντρες τους, κίνηση φάνηκε στο αντίπαλο στρατόπεδο.

Οι άντρες το Κιουταχή, που είχαν σχηματίσει πυκνή παράταξη, άρχισαν να ανοίγουν διαδρόμους στις σειρές τους και δούλοι έφεραν σπρώχνοντας, κανόνια, τα οποία τοποθέτησαν στην πρώτη γραμμή.

Οι βρισιές και τα ουρλιαχτά των Ελλήνων κορυφώθηκαν και σταμάτησαν απότομα, όταν τα εχθρικά κανόνια βρόντηξαν όλα μαζί και οι μπάλες τους έπεσαν σφυρίζοντας ανάμεσα στους Έλληνες, κομματιάζοντάς τους.

Το σύνθημα για τη μάχη είχε δοθεί και ενώ ο Νόρμαν και οι υπόλοιποι αξιωματικοί προσπαθούσαν να μαζέψουν τους άντρες τους, μια ακόμη ομοβροντία πρόσφερε απλόχερα τον θάνατο στις γραμμές τους. Αμέσως μετά, οι σάλπιγγες του Κιουταχή ήχησαν και το ιππικό άρχισε την προέλασή του.

Οι Τούρκοι ιππείς έπεσαν πάνω στους στρατιώτες του Μαυροκορδάτου, όπως το δρεπάνι του γεωργού πέφτει και θερίζει τα ώριμα στάχυα. Η πλευρά των Φιλελλήνων, που δέχτηκε και τον κύριο όγκο του ιππικού, προσπάθησε να κρατήσει τη θέση της με κάθε κόστος. Ταυτόχρονα, ο Κιουταχής, έστειλε και ένα μεγάλο μέρος του πεζικού του να χτυπήσει και τα άλλα δύο σώματα των επαναστατών. Η μάχη που ακολούθησε ήταν άγρια και φονική.

Το σώμα του στρατηγού Νόρμαν, με τον ίδιο επικεφαλής, επιτέθηκε στους προπορευόμενους εχθρούς με τέτοια άγρια οργή, που η πεδιάδα άρχισε να στρώνεται με τούρκικα κουφάρια. Ο Νόρμαν, κρατώντας από ένα σπαθί σε κάθε χέρι, θέριζε τους επιτιθέμενους, δίνοντας το παράδειγμα στους άντρες του.

Το σώμα των Φιλελλήνων, ενώ αποδεκατιζόταν από τους ιππείς, δεν είχε σπάσει. Οι πολεμιστές, δείχνοντας τρομερή περιφρόνηση για τον θάνατο, ρίχνονταν πάνω στους καβαλάρηδες, προσπαθώντας να τους γκρεμίσουν κάτω.

Ο Μάρκος Μπότσαρης, από τη δεξιά μεριά της παράταξης, σκορπούσε τον θάνατο στους Τούρκους. Επικεφαλής ο ίδιος, των Σουλιωτών, δε χάριζε πιθαμή γης στους επιτιθέμενους.

Ο Κιουταχής, μαζί με τους συμβούλους του, παρακολουθούσε τη μάχη από μακριά, τοποθετώντας στο μάτι του το κανοκιάλι, για να εκτιμήσει καλύτερα την κατάσταση. Είδε ο Τούρκος στρατηγός, πως μετά το πρώτο κύμα επίθεσης η μάχη είναι αμφίρροπη και πως έδαφος κερδίζει μόνο το ιππικό του και διέταξε και τα υπόλοιπα σώματα του στρατού του να επιτεθούν. Με μια κραυγή, που ακούστηκε πολύ πιο μακριά από το Πέτα, ο υπόλοιπος στρατός επιτέθηκε και η πλάστιγγα άρχισε να γέρνει προς το μέρος τους.

Το σώμα των Φιλελλήνων είχε σχεδόν διαλυθεί κάτω από την τρομακτική πίεση του ιππικού. Ο Νόρμαν προσπαθούσε να υποχωρήσει με τάξη ώστε να μην τραπεί σε άτακτη φυγή.

Μόνο οι Σουλιώτες κρατούσαν ακόμη τη γραμμή τους. Γύρω τους είχε γεμίσει ο τόπος τουρκικά κουφάρια και αυτοί οι ίδιοι ήταν βουτηγμένοι στο αίμα. Ο αρχηγός τους, ο Μάρκος Μπότσαρης, έμοιαζε λες και είχε γεννηθεί για να ζει κάτι τέτοιες στιγμές καθώς σκότωνε με τόσο μεγάλη άνεση και ταχύτητα που δεν την έπιανε ανθρώπινο μάτι. Εκείνη τη μέρα, οι Σουλιώτες είδαν τον αρχηγό τους να έχει καταληφθεί από έναν δαίμονα της κόλασης και το ίδιο είδαν και οι Τούρκοι και για αυτό φρόντιζαν να μη πλησιάζουν τον θηριώδη Σουλιώτη.

Η πλευρά όμως των Φιλελλήνων κατέρρευσε, κάτω από την ασφυκτική πίεση των εχθρών και το ιππικό άρχισε να κάνει την κυκλωτική του κίνηση για να παγιδευτούν όλοι οι επαναστάτες μέσα στην τανάλια του, που άρχισε να σφίγγει όλο και πιο πολύ.

Ο Νόρμαν αντιλήφθηκε την κατάρρευση του δεξιού τμήματος και κατάλαβε το σχέδιο του εχθρού. Διέταξε γενική υποχώρηση και άρχισε να αμύνεται όταν ένα βόλι τον βρήκε στο στήθος και ο στρατηγός έπεσε.

Αυτό ήταν η αρχή του τέλους για τους επαναστάτες.

Οι Τούρκοι μούγκρισαν όταν είδαν τον επικεφαλή της παράταξης να σωριάζεται με το αίμα να αναβλύζει από το στήθος του. Με μια σαρωτική κίνηση όρμησαν όλοι μαζί για να πάρουν το σώμα του και να το χλευάσουν.

Η σωματοφυλακή του στρατηγού, μόλις είδε τον αρχηγό τους να πέφτει, σχημάτισε ένα τοίχος μπροστά του και δύο από αυτούς, σήκωσαν το σώμα του και το μετέφεραν μακριά από τη μάχη. Η σωματοφυλακή του στρατηγού κατάφερε να κρατήσει τη θέση της για μερικά λεπτά, όσα χρειάστηκαν για να βγει από τη μάχη ο αρχηγός τους και μετά σαρώθηκαν και αυτοί.

Τότε η υποχώρηση των επαναστατών γενικεύτηκε σε άτακτη φυγή και η σφαγή που ακολούθησε δεν είχε προηγούμενο.

Ο Μπότσαρης, μόλις είδε τον Νόρμαν να πέφτει και τις γραμμές τους να καταρρέουν, διέταξε τους Σουλιώτες να υποχωρήσουν με τάξη και να καταφύγουν στα βουνά. Τα μάτια του Σουλιώτη πολύ λίγοι ήταν εκείνοι που τα αντίκρισαν εκείνη τη μέρα και δεν απομάκρυναν γρήγορα το βλέμμα τους. Ο αρχηγός των Σουλιωτών δεν είχε αποχωρήσει έτσι από καμιά μάχη αλλά δεν ήθελε να πάρει στον λαιμό του τους άντρες του.

Στο πεδίο της μάχης η σφαγή συνεχιζόταν και ο Κιουταχής, αφού παρακολούθησε την επικράτηση των αντρών του, έδωσε συγχαρητήρια στους συμβούλους του και αποχώρησε για τη σκηνή του με τη γεύση ενός ακόμη θριάμβου έντονη στα χείλη του.

Η μέρα είχε θαμπώσει, λες και ο ήλιος είχε σκοτεινιάσει από τη φρίκη που κυριαρχούσε στην πεδιάδα. Οι κραυγές των πληγωμένων είχαν σταματήσει καθώς ο Κιουταχής είχε διατάξει μια μεγάλη ομάδα αντρών του να περιπολήσει ολόκληρη την πεδιάδα και να σκοτώσει οποιονδήποτε επαναστάτη έβρισκε τραυματισμένο. Το αίμα είχε λερώσει κάθε πιθαμή γης και από μακριά έμοιαζε λες και ένα κόκκινο χαλί είχε στρωθεί στην καταπράσινη βλάστηση. Τα όρνια έκαναν ήδη κύκλους στον γαλανό ουρανό μυρίζοντας την μπόχα του αίματος αναλογιζόμενα το τσιμπούσι που τα περίμενε.

Από τη μάχη, λίγοι από του Έλληνες γλύτωσαν και ακόμη λιγότεροι Φιλέλληνες. Το σώμα των Σουλιωτών κατάφερε να ξεφύγει στα βουνά και να γλιτώσει ενώ ο ετοιμοθάνατος Νόρμαν μεταφέρθηκε από τους άντρες του στο Μεσολόγγι. Και τα απομεινάρια του στρατού του Μαυροκορδάτου κατέφυγαν και αυτά εκεί φέρνοντας την είδηση της συντριβής.

Ο δρόμος είχε ανοίξει για τον Κιουταχή και το στρατό του.

Μέσα στο Μεσολόγγι πρόχειρα ιατρεία είχαν στηθεί για να περιθάλψουν τους τραυματίες της μάχης. Ο Ραζηκότσικας τριγύριζε ανάμεσα στους τραυματίες και άκουγε τις διηγήσεις τους για τη μάχη προσπαθώντας και ο ίδιος να φροντίσει όποιον μπορούσε.

Μετά από μερικές μέρες, στην πόλη έφτασε και ο Μαυροκορδάτος. Ο κυβερνήτης είχε μάθει τα νέα για τη στρατιά του από την πρώτη στιγμή αλλά δεν τολμούσε να εμφανιστεί αμέσως φοβούμενος τις κατηγορίες που θα αντιμετώπιζε. Τελικά και μετά από πίεση των συμβούλων του ξεκίνησε για την πόλη και μόλις έφτασε είδε στα πρόσωπα όλων την ίδια βουβή κατηγορία. Αγνοώντας τα δεκάδες μάτια που έμοιαζαν σαν να του μιλούσαν, ο Μαυροκορδάτος, ρώτησε που βρισκόταν ο Νόρμαν και έτρεξε αμέσως προς τα εκεί. Φτάνοντας στο χαμηλό σπίτι, ο κυβερνήτης, άνοιξε φουριόζος την πόρτα και μπήκε χωρίς να χτυπήσει καν.

Το δωμάτιο όπου κειτόταν ο στρατηγός, ήταν χαμηλοτάβανο και χτισμένο από φαρδιές πουτιαμόπετρες που πρόσφεραν αφάνταστη δροσιά μέσα στην κάψα του καλοκαιριού. Στο κέντρο του δωματίου υπήρχε ένα κρεβάτι και πάνω σε αυτό ήταν ξαπλωμένος ο στρατηγός. Το σώμα του έμοιαζε να έχει μικρύνει μετά τον τραυματισμό του και η περιοχή των ματιών του είχε βουλιάξει προς τα μέσα. Μπλαβιά σύννεφα έστεκαν στα μάγουλά του και το σεντόνι με το οποίο ήταν σκεπασμένος ίσα που ανεβοκατέβαινε ακολουθώντας τη ρηχή του ανάσα.

Ο Μαυροκορδάτος πλησίασε το κρεβάτι και μόλις ο γιατρός πήγε να του μιλήσει, τον πρόλαβε ο κυβερνήτης.

«Ποια είναι η κατάσταση του στρατηγού μου γιατρέ; Δεν μπορώ να το πιστέψω πως χτυπήθηκε».

Ο γιατρός, που κατάλαβε αμέσως ποιος είναι αυτός ο κοντός άντρας, κράτησε για μια στιγμή την ανάσα του και μετά μίλησε.

«Λυπάμαι πολύ που θα σας το πω, αλλά του απομένουν μόνο μερικές ώρες. Το τραύμα του είναι θανάσιμο και απορώ ακόμη πως καταφέρνει και κρατιέται στη ζωή. Κανονικά έπρεπε να είχε πεθάνει επιτόπου».

«Τι είναι αυτά που μου λες μωρέ;» φώναξε ο κυβερνήτης. «Που έχεις μάθει εσύ την ιατρική τέχνη και τολμάς και λες τέτοια λόγια; Ο στρατηγός δεν πρέπει να πεθάνει!»

«Μη χάνετε την ψυχραιμία σας, κυβερνήτη. Ονομάζομαι Μάγερ, Ιάκωβος Μάγερ για την ακρίβεια. Κατάγομαι από την Ελβετία, κοινώς Σβιτσερία για εσάς τους Έλληνες».

Ο Μαυροκορδάτος σταμάτησε την επίθεση του και σκέφτηκε τα λόγια του άντρα που στεκόταν απέναντί του καταλήγοντας στο συμπέρασμα πως, αφού ήταν ξένος, είχε δίκιο. Στράφηκε πάλι προς τον χλωμό Νόρμαν, που είχε ξυπνήσει από τον λήθαργο, και είδε πως ο στρατηγός τον κοίταζε.

Το χέρι του Μαυροκορδάτου απλώθηκε και έπιασε τις παλάμες του στρατηγού. Ήταν κρύες αφού η ζωή στράγγιζε από μέσα του.

«Στρατηγέ μου, φαίνεται πως η μοίρα δε θέλησε να συνεχίσουμε μαζί τον αγώνα για την απελευθέρωση της πατρίδας. Λυπάμαι πολύ για ότι συμβαίνει» είπε ο Μαυροκορδάτος με αληθινή λύπη στη φωνή του.

Ο Νόρμαν συνέχισε να τον κοιτάζει με καθάριο βλέμμα, χωρίς καμία κατηγορία. Το στήθος του στρατηγού άρχισε να ανεβοκατεβαίνει απότομα, το σεντόνι τραβήχτηκε και οι λευκοί επίδεσμοι που κάλυπταν την πληγή του, άρχισαν να σκουραίνουν από το κέντρο προς τα έξω. Το στόμα του ανοιγόκλεινε, καθώς πάσχιζε να μαζέψει όσο περισσότερο αέρα μπορούσε στα πνευμόνια του, για να μιλήσει. Αίμα κύλισε από τη γωνιά των χειλιών του και καθώς ο Μαυροκορδάτος άνοιξε το στόμα του για να πει στον Νόρμαν να σταματήσει την προσπάθεια, ακούστηκαν τα τελευταία λόγια του Γερμανού.

«Κυβερνήτη μου, εκεί πίσω στο Πέτα, χάσαμε τα πάντα εκτός από την τιμή μας...»

Μετά από αυτά τα λόγια, αίμα ξεχύθηκε από το στόμα του στρατηγού και το στήθος του σταμάτησε να ανεβοκατεβαίνει ξέφρενα. Ακολούθησε έναν πολύ πιο σιγανό ρυθμό που επιβραδυνόταν όσο περνούσαν τα λεπτά, μέχρι που στο τέλος σταμάτησε τελείως. Τα μάτια του Γερμανού στρατηγού Καρόλου Νόρμαν, θάμπωσαν καθώς η ζωή εγκατέλειψε το σώμα του. Ο Μάγερ του έκλεισε τα μάτια και βγήκε από το σπίτι χωρίς να βγάλει μιλιά. Ο Μαυροκορδάτος έμεινε εκεί με σκυμμένο το κεφάλι, αναλογιζόμενος τι ενέργειες θα έκανε από εδώ και πέρα.

Μετά την καταστροφή των ενωμένων επαναστα-
τών στο Πέτα, ο Κιουταχής άφησε ελεύθερο το ασκέρι
του να λεηλατήσει τις τριγύρω περιοχές και να σπείρει
τον τρόμο και τον πανικό στους γκιαούρηδες που τόλμη-
σαν να σηκώσουν κεφάλι.

Εν τω μεταξύ, ο Σουλτάνος, είχε μάθει την επιτυχία
του Κιουταχή στο Πέτα, και θέλοντας να σιγουρέψει και
τη νίκη του εναντίον της ψαρούπολης του Μεσολογγίου,
διέταξε ακόμη έναν πασά που λυμαινόταν της περιοχής
να μαζέψει τα ασκέρια και να συνδράμει τον Κιουταχή.
Και αυτός πασάς ήταν ο Ομέρ Βρυώνης, ο ξακουστός για
την πονηριά του και τη μεγάλη του διπλωματία. Ξεκίνη-
σε και αυτός από τα Γιάννενα, με ασκέρι οχτώ χιλιάδων
Τουρκαλβανών και αντάμωσε με τον Κιουταχή λίγο έξω
από το Μεσολόγγι. Έτσι οι δύο ενωμένοι στρατοί του
Σουλτάνου, με τη δύναμή τους να φτάνει τους δεκαεφτά
χιλιάδες πολεμιστές, άρχισε να βαδίζει εναντίον την πό-
λης για να σβήσουν κάθε ίχνος της από τη γη.

Ο Οκτώβρης ήταν στα τελειώματά του, όταν μπροστά από τα τείχη της πολιτείας έκανε την εμφάνισή της η εμπροσθοφυλακή του ενωμένου στρατού των δύο στρατηγών.

Κατά το χρονικό διάστημα από την καταστροφή στο Πέτα και την άφιξη των δύο Τούρκων στρατηγών στο Μεσολόγγι, μέσα στην πόλη είχαν συρρεύσει ξανά αρκετοί οπλαρχηγοί από τις τριγύρω περιοχές. Σημαντικότερος ανάμεσα τους ήταν ο Σουλιώτης Μάρκος Μπότσαρης, που μετά το Πέτα, είχε έρθει με τους άντρες και είχε εγκατασταθεί στην πόλη.

Ο Ραζηκότσικας, αμέσως μετά τα γεγονότα του Πέτα, ήξερε πως ήταν θέμα χρόνου να πολιορκηθεί και το Μεσολόγγι και για αυτό προσπάθησε με κάθε τρόπο να μαζέψει δυνάμεις για να τους αντιμετωπίσει. Αρκετοί, για άλλη μια φορά, ανταποκρίθηκαν στο κάλεσμά του και θα ερχόταν ακόμη περισσότεροι αλλά τώρα ο εχθρός είχε φτάσει και η κατάσταση του Μεσολογγίου ήταν απελπιστική.

Οι επιζήσαντες της διαλυμένης στρατιάς του Μαυροκορδάτου ενωματώθηκαν στη φρουρά της πόλης, η οποία χάρις στην ευστροφία του αρχηγού της είχε παραμείνει αλώβητη, αλλά και πάλι δεν είχε να αντιπαρατάξει τίποτα σπουδαίο σε σύγκριση με τη μεγάλη δύναμη που έφτασε έξω από τα τείχη.. Η δύναμη της φρουράς έφτανε με το ζόρι τους χίλιους άντρες και το πυροβολικό τους ήταν σχεδόν ανύπαρκτο, καθώς οι Μεσολογγίτες είχαν μόνο δεκατέσσερα κανόνια στη διάθεσή τους. Ο χώρος που έπρεπε να φυλαχτεί ήταν δυσανάλογα μεγάλος σε σχέση με τη μικρή τους δύναμη. Τα πράγματα είχαν αρχίσει να σκουραίνουν για τα καλά και για άλλη μια φορά οι καπεταναίοι είχαν μαζευτεί στο διοικητήριο για να αποφασίσουν.

«Είμαστε πάρα πολύ λίγοι για να αντισταθούμε στην επίθεση των πασάδων. Δεν μπορούμε να επανδρώσουμε όλο το τείχος και με μια συντονισμένη επίθεση μπορούν εύκολα να μας ξεκάνουν» έλεγε ο αδερφός του Ραζηκότσικα.

Στην αίθουσα είχαν συγκεντρωθεί ο Θανάσης Ραζηκότσικας και ο αδερφός του, ο Γρηγόρης Λιακατάς, ο Μάρκος Μπότσαρης, ο Δημήτρης Μακρής, ο Αναστάσιος Παπαλουκάς και ο Αλέξανδρος Μαυροκορδάτος. Όλοι αυτοί οι άντρες, πριν τη σύναξη, βρισκόταν στα τείχη και παρακολουθούσαν τον ατελείωτο τουρκικό στρατό να στήνει τις σκηνές του έξω από την πόλη τους.

«Η δύναμη των δύο πασάδων ξεπερνάει τις δεκαπέντε χιλιάδες» είπε ο Μαυροκορδάτος. «Έχω δει και άλλες φορές τόσο μεγάλες στρατιές και για αυτό μπορώ να τις υπολογίσω με το μάτι».

«Κυβερνήτα, μάλλον έχεις δίκιο» είπε ο Ραζηκότσικας. «Παρόλα αυτά όμως εμείς κάτι πρέπει να κάνουμε. Δεν μπορούμε να μείνουμε άπραγοι».

«Έχει δίκιο ο Θανάσης, δεν μπορούμε να μείνουμε άπραγοι» άρχισε να λέει ο Μπότσαρης και η καλλιεργημένη φωνή του ερχόταν σε έντονη αντίθεση με το παρουσιαστικό του. «Αυτό που προτείνω εγώ για αρχή, είναι να προσπαθήσουμε να καθυστερήσουμε την επίθεσή τους με οποιονδήποτε τρόπο μπορούμε, και ταυτόχρονα να ζητήσουμε βοήθεια από τους αρματολούς που βρίσκονται έξω από το Μεσολόγγι αλλά και από τους ναυτικούς μας...»

Οι παρευρισκόμενοι άρχισαν να συλλογίζονται την ιδέα του Σουλιώτη όταν έξω από το διοικητήριο ακούστηκαν ποδοβολητά. Την επόμενη στιγμή η αυλόπορτα έτριξε και πριν προλάβουν να βγουν έξω οι καπεταναίοι, άνοιξε και η ξύλινη πόρτα που οδηγούσε στον εσωτερικό χώρο. Στη φέτα που δημιουργήθηκε όταν άνοιξε η πόρτα στεκόταν ένας κοντός και μαυριδερός φουστανελάς.

«Τι είναι ορέ, Πεταλούδη;» είπε ο Μακρής «Γιατί έρχεσαι έτσι ακάλεστος;»

Ο Πεταλούδης ήταν ένας Ρουμελιώτης οπλαρχηγός που είχε στις διαταγές του ένα μικρό σώμα αντρών. Αυτόν και τους άντρες του τους είχε βάλει ο Ραζηκότσικας να περιπολούν στην ακρογιαλιά και να του αναφέρουν αν έβλεπαν τίποτα ασυνήθιστο.

«Παλικάρια μου η πολιορκία που μας περιμένει θα είναι πολύ πιο δύσκολη από ό,τι έχετε ζήσει μέχρι τώρα» άρχισε να λέει αυτός και όταν δεν τον διέκοψε κανείς, συνέχισε. «Μόλις φάνηκαν από τη μεριά της θάλασσας τουρκικά πολεμικά και μας αποκλείουν και από εκείνη τη μεριά».

Όλοι οι οπλαρχηγοί τσιτώθηκαν ακούγοντας τα λόγια του Πεταλούδη. Πρώτος βλαστήμησε ο Παπαλουκάς.

«Να χέσω τον κερατά τον Μωάμεθ τους. Θέλουν να μας κάνουν να γίνουμε πουλιά και να φύγουμε πετώντας από το Μεσολόγγι...»

Όλοι οι υπόλοιποι σώπασαν, αφού δεν είχαν τίποτα να πουν. Επεξεργαζόταν την καινούρια πληροφορία, όταν ο Μαυροκορδάτος πήρε τον λόγο.

Ο κυβερνήτης, μετά την ντροπή που πήρε από την πανωλεθρία του στρατού του στο Πέτα αλλά και από τη δική του ατιμωτική απουσία από τη μάχη, προσπαθούσε με κάθε τρόπο να εξιλεωθεί στα μάτια των οπλαρχηγών, αλλά αυτοί τον περιφρονούσαν.

«Θ' αναλάβω να στείλω, εγώ ο ίδιος προσωπικά, επιστολές στους αδερφούς μας στον Μοριά και στα νησιά για να μας στείλουν επειγόντως βοήθεια. Αλλά, όπως είπε, πολύ σωστά ο Μπότσαρης, πρέπει να προσπαθήσουμε να κερδίσουμε χρόνο...»

Όλοι στράφηκαν και τον κοίταξαν και πρώτος από όλους μίλησε ο Ραζηκότσικας.

«Κυβερνήτα, μπορεί τα χνώτα μας να μην ταιριάζουν, αλλά σε αυτήν τη δύσκολη ώρα πρέπει να συνασπιστούμε για να παραμείνουμε ζωντανοί. Εγώ ο ίδιος σου λέω πως, αν μπορείς να κάνεις αυτό που υπόσχεσαι, να το κάνεις αμέσως τώρα, χωρίς καθυστερήσεις. Κάθε λεπτό που περνάει είναι πολύτιμο».

Ο Μαυροκορδάτος, ακούγοντας τα λόγια του Ραζηκότσικα, φούσκωσε το στήθος του. «Δεν είναι τίποτα σπουδαίο αυτό για μένα, καπετάν Θανάση» είπε. «Έπρεπε να μου το έχεις ζητήσει πιο νωρίς».

Ο Γιαννάκης Ραζηκότσικας πετάχτηκε τότε στρέφοντας τη συζήτηση αλλού.

«Τώρα βρήκαμε τον τρόπο για να καλέσουμε ενισχύσεις. Αν βέβαια ισχύουν όσα ισχυρίζεται ο Μαυροκορδάτος, μπορεί να μου πει κάποιος πώς θα καταφέρουμε να κάνουμε τους άπιστους να μη μας επιτεθούν;»

Ο Μαυροκορδάτος πήγε αμέσως να υπερασπιστεί τον εαυτό του, γιατί τα λεγόμενα του τέθηκαν υπό αμφισβήτηση, αλλά ο Μάρκος Μπότσαρης σηκώθηκε από τη θέση του, έκλεισε τον χώρο στον κυβερνήτη με το σώμα του, κάνοντας τον να καταπιεί τη γλώσσα του. «Κάτι έχω και για αυτό στο μυαλό μου» είπε ο Σουλιώτης «γι' αυτό το πρότεινα πριν από λίγο».

«Κάνε την πρόταση ορέ Μάρκο» είπε ο Μακρής. «Τι περιμένεις;»

«Πρέπει, για αρχή, να μην καταλάβουν οι πασάδες πως η δύναμή μας είναι πολύ μικρή. Αν το καταλάβουν αυτό πάμε χαμένοι. Αυτοί δεν ξέρουν πόσοι είμαστε εδώ μέσα και τώρα που εμείς κάνουμε αυτήν την κουβέντα, σίγουρα έχουν στήσει και αυτοί συμβούλιο και αναρωτιούνται το ίδιο πράγμα».

«Πώς θα το καταφέρουμε αυτό, ορέ Μάρκο;» απόρησε ο Παπαλουκάς.

«Μη νοιάζεστε και το έχω σκεφτεί. Θα κάνουμε μερικές μικρές ομάδες είκοσι πολεμιστών, οι οποίοι θα μαζεύονται στη μια μεριά του τείχους και θα ρίχνουν απανωτές μπαταριές. Μετά θα τρέχουν γρήγορα στο επόμενο σημείο του τείχους και θα ξαναρχίζουν από εκεί το ίδιο. Αυτό θα γίνεται σ' όλη τη γραμμή άμυνας, και έτσι, ίσως νομίσουν οι άπιστοι πως όλο το τείχος φυλάγεται γερά. Επίσης μερικές άλλες ομάδες θα περιπολούν όλη μέρα στο τείχος, πάνω κάτω, για να τους βλέπουν οι Τούρκοι και να ενισχύεται αυτήν η εντύπωση»

Οι άντρες που ήταν μαζεμένοι έμειναν με ανοιχτό

το στόμα στις προτάσεις του Μπότσαρη. Αυτός βλέποντας τους, χαμογέλασε, και συνέχισε.

«Δεν κερδίζονται όλοι οι πόλεμοι μόνο με τη γενναιότητα παλικάρια. Έρχονται μερικές στιγμές που η πονηριά μετράει περισσότερο και από τον πιο γενναίο στρατό».

Ο Λιακατάς άρχισε να γελάει όταν άκουσε τα λόγια του Μπότσαρη. Όλοι στράφηκαν και τον κοίταζαν καθώς από το στήθος του Γρηγόρη ξεπηδούσε ένας χείμαρρος ορμητικού γέλιου.

«Τι είναι ορέ Λιακατά, τσακάλι. Τι σκέφτεσαι και γελάς έτσι; Πες και σε εμάς;» ρώτησε ο Μακρής τον οπλαρχηγό που τρανταζόταν από τα γέλια.

«Αδέρφια μου, συγχωρήστε με για αυτό αλλά δεν μπορούσα να κρατηθώ. Σκέφτηκα πως οι Τούρκοι που βρίσκονται έξω από το Μεσολόγγι, προσπαθούν να μοιάσουν στην πειθαρχία και στην πολεμική τακτική τους μεγάλους ευρωπαϊκούς στρατούς».

«Ναι αυτό προσπαθούν» είπε ο Μαυροκορδάτος «αλλά δεν τους φτάνουν ούτε στο μικρό τους δαχτυλάκι. Δεν μπορώ να καταλάβω όμως που είναι το αστείο».

Ο Λιακατάς σταμάτησε να γελάει και κοίταξε τον Μαυροκορδάτο.

«Κυβερνήτη, όταν είχες πρωτοέρθει εδώ, πριν έναν χρόνο, δεν κουβαλούσες μαζί σου, ευρωπαϊκά τουμπελέκια, σημαίες και όπλα;»

Ο Μαυροκορδάτος κούνησε καταφατικά το κεφάλι του και ο Λιακατάς συνέχισε.

«Θα πάμε να βγάλουμε αυτά τα σύνεργα από την

καλύβα που τα είχαμε σωριάσει και θα δώσουμε τα του-
μπελέκια στα παιδιά για να τα κουβαλάνε όλη μέρα μαζί
τους και να τα βροντάνε για να νομίζουν οι άπιστοι πως
εκπαιδεύεται τακτικός στρατός μέσα στην πόλη. Θα δώ-
σουμε και τις ξιφολόγχες να τις πηγαινοφέρνουν στο τοί-
χος για να μεγαλώσει αυτή η εντύπωση».

Τα μάτια του Μπότσαρη έλαμψαν άγρια μόλις
άκουσε τα λόγια του Λιακατά.

«Αυτό ακριβώς εννοώ παλικάρια. Ο καπετάν Λια-
κατάς μπήκε αμέσως στο νόημα. Πρέπει με κάθε κόστος
να ξεγελάσουμε τον άπιστο μέχρι να μας συνδράμουν τα
αδέρφια μας, αλλιώς θα ριχτεί και θα μας αφανίσει».

Ο Ραζηκότσικας σκεφτόταν τις ιδέες του Μπότσα-
ρη και του Λιακατά, ζυγίζοντάς τες, και στο τέλος πήρε
την απόφασή του.

«Παλικάρια μου, δε μας μένει τίποτα άλλο να κάνου-
με πέρα από το να προχωρήσουμε σε αυτή την παραπλάνη-
ση του εχθρού. Ας στείλει τις επιστολές του ο κυβερνήτης
όσο πιο γρήγορα μπορεί και ας οργανώσουμε εμείς αυτά
τα σχέδια που πρότεινε ο Μπότσαρης και ο Λιακατάς».

«Καλά όλα αυτά που λέτε» είπε ο Μακρής «αλλά αν
τελικά οι πασάδες κάνουν την κίνησή τους και μας επι-
τεθούν, οι απάτες μας θα αποκαλυφθούν και δε θα μας
ωφελήσουν σε τίποτα».

«Αυτό που λες άφησέ το να το σκεφτώ εγώ, καπε-
τάν Μακρή» είπε ο Μπότσαρης. «Κάτι έχω στο νου μου
αλλά δεν μπορώ να σας πω περισσότερες λεπτομέρειες...»

Όλοι οι άντρες κοίταξαν τον Σουλιώτη με βλέμματα

γεμάτα απορία. Αυτός όμως σηκώθηκε από τη θέση που είχε ξανακαθίσει και τράβηξε για την πόρτα. «Δώστε μου μόνο δύο μέρες καιρό καπεταναίοι. Μετά μπορώ να σας πω τι έχω στο μυαλό μου» είπε και άνοιξε την πόρτα για να βγει στην αυλή του διοικητηρίου.

Ο Ραζηκότσικας, που είχε ακούσει τις ανδραγαθίες του Σουλιώτη αρχηγού, ήξερε ότι μπορούσε να τον εμπιστευτεί. Έτσι διέλυσε τη συνέλευση και τράβηξε ο καθένας για το πόστο που του είχε οριστεί.

Από την επόμενη κιόλας ημέρα οι δρόμοι της πολιτείας αντηχούσαν από τα τουμπελέκια, που είχαν δώσει οι πολεμιστές στα παιδιά. Τα είχαν συμβουλέψει να τριγυρίζουν κοντά στο τείχος και να τα βροντάνε με έναν συγκεκριμένο ρυθμό. Ανά τακτά χρονικά διαστήματα, μπαταριές ακουγόταν από πολλά και διαφορετικά σημεία του τείχους ενώ περίπολοι πηγαινοερχόταν ολόκληρη την ημέρα, ορατοί από οποιονδήποτε εξωτερικό παρατηρητή.

Οι Τούρκοι δεν είχαν δείξει ακόμη κανένα επιθετικό σημάδι. Μονάχα μερικά σώματα εκπαιδεύονταν και έκαναν ψεύτικα γιουρούσια προς την απέναντι μεριά του κάστρου. Οι δούλοι όμως, που ακολουθούσαν τον στρατό, δεν είχαν ακόμη τελειώσει με το στήσιμο των κανονιών, με το οποίο είχαν αρχίσει να ασχολούνται, με το που έφτασε ολόκληρος ο στρατός τους στην πόλη. Πάρα πολλά από τα κανόνια τους είχαν στηθεί και όλα είχαν στραμμένες τις μπούκες τους προς τα τείχη της πόλης. Τώρα οι δούλοι κατασκεύαζαν τεχνητά υψώματα όπου τοποθέτησαν και εκεί πάνω κανόνια και δεν άργησαν να στείλουν τις πυρωμένες μπάλες τους κατευθείαν μέσα στην πόλη και πάνω στα τείχη τους.

Οι κλεισμένοι σάστισαν από τη βροχή των βλημάτων, που άρχισαν να πέφτουν μέσα στην πόλη τους. Μη έχοντας αντιμετωπίσει άλλη φορά τέτοιου είδους επίθεση, δεν ήξεραν πώς να αντιδράσουν και άρχισαν να τρέχουν πάνω κάτω στο τείχος για να επισκευάσουν τις ζημιές που έκαναν τα βλήματα.

Με αυτό τον τρόπο κύλισαν δύο μέρες και το μεσημέρι της τρίτης μέρας, τα κανόνια σταμάτησαν το μονότονο τραγούδι τους. Η φρουρά της πόλης άρχισε να ξεπροβάλλει σιγά σιγά τα κεφάλια της πάνω από το τείχος για να αντικρίσει το τουρκικό ασκέρι και ο Ραζηκότσικας στεκόταν μαζί με τον Λιακατά και εκτιμούσαν τις ζημιές που είχε υποστεί το τείχος, αλλά και ορισμένα σπίτια της πολιτείας που βρισκόταν κοντά σε αυτό, από τον συνεχή κανονιοβολισμό.

«Ραζηκότσικα, νομίζω πως το τείχος που χτίσαμε είναι αρκετά γερό για ν' αντέξει και σε άλλες τέτοιες επιθέσεις. Ευτυχώς που το έχουμε και κρυβόμαστε από πίσω του»

«Γρηγόρη, άσε το τείχος τώρα. Δύο ολάκερες μέρες δεν αντικρίσαμε το πρόσωπο του εχθρού παρά μόνο βλέπουμε τις μπάλες που μας στέλνει. Θαρρώ πως, πριν γίνει κάποια άλλη κίνηση από μέρους τους, θα πέσουμε σε συζητήσεις».

«Γιατί το λες αυτό καπετάνιε;»

«Μας δείχνουν από πολύ νωρίς τη μεγάλη τους δύναμη, Γρηγόρη, λες και εμείς δε βλέπουμε το μέγεθος του ασκεριού τους. Το κάνουν όμως αυτό για να μας τσακίσουν το ηθικό και να πέσουμε σε μουτακερέδες[12] μαζί τους. Θα δεις Γρηγόρη, πως αργά ή γρήγορα θα φανούν οι απεσταλμένοι τους, γεμάτοι με χαμόγελα και υποσχέσεις».

Ο Λιακατάς δεν είπε τίποτα για να σχολιάσει την άποψη του αρχηγού του, παρά μόνο σήκωσε δύο δοκάρια από τη γη και τράβηξε προς μια μεριά του τείχους, όπου οι μπάλες του εχθρού είχαν κάνει μεγάλες ζημιές, και άρχισε να βοηθάει στο κλείσιμο των τρυπών.

Η υπόλοιπη μέρα πέρασε χωρίς καμιά άλλη ενόχληση από του πολιορκητές και οι πολιορκημένοι ασχολήθηκαν με το καλαφάτισμα και τις επισκευές του τείχους. Μόλις όμως ξημέρωσε η επόμενη, οι σκοποί που ήταν τοποθετημένοι στην πύλη της πόλης, είδαν να πλησιάζουν δύο άντρες, κρατώντας ένα κοντάρι με μια λευκή σημαία. Οι σκοποί σήμαναν συναγερμό και όλη η φρουρά τέθηκε σε επιφυλακή, ενώ ένας αρματολός έτρεξε να ειδοποιήσει τους οπλαρχηγούς.

Στο μεταξύ οι δύο άντρες είχαν πλησιάσει σε απόσταση βολής, κουνώντας συνεχώς το κοντάρι με το λευκό πανί και αφού σιγουρεύτηκαν πως τους είχαν δει από την πόλη, σταμάτησαν εκεί, περιμένοντας.

Ο πρώτος από τους καπεταναίους που έφτασε στην πύλη ήταν ο Ραζηκότσικας. Έριξε μια ματιά τους δυο άντρες, είδε τη σημαία που κράδαιναν και έδωσε εντολή να ανοίξουν την πύλη. Μόλις οι δύο ξένοι είδαν την πύλη να ανοίγει, άρχισαν ξανά να προχωρούν και σε λίγα λεπτά την είχαν περάσει και βρέθηκαν μέσα στην πόλη όπου ένιωσαν το εχθρικό βλέμμα δεκάδων αντρών να τους καρφώνει.

---

12 Μουτακερέδες: Συμφωνίες.

Από την εμφάνισή τους, ο Ραζηκότσικας, κατάλαβε πως δεν είχε να κάνουν με δύο απλούς στρατιώτες των πασάδων, αλλά με έναν μπέη και τον ακόλουθό του.

Ο ψηλότερος από τους δύο φορούσε στο κεφάλι του ένα πράσινο σαλβάρι, που στο κέντρο του, πάνω ακριβώς από το μέτωπο, ήταν κεντημένη με χρυσή κλωστή η ημισέληνος, το έμβλημα της αυτοκρατορίας. Το γένι του ήταν πλούσιο και περιποιημένο και η ματιά του πρόδιδε άνθρωπο έξυπνο και δραστήριο. Η υπόλοιπη στολή του αστραφτοκοπούσε και από πάνω της κρεμόταν ελάχιστα όπλα, με ένα τεράστιο γιαταγάνι να ξεχωρίζει, τοποθετημένο κατά παράδοξο τρόπο στη δεξιά μεριά του σώματος.

Ο Ραζηκότσικας παρατηρώντας τον υπέθεσε πως ήταν αριστερόχειρας και για αυτό το γιαταγάνι κρεμόταν στα δεξιά του.

Πίσω ακριβώς από τον αρχοντοντυμένο, φαινόταν ο ακόλουθός του ο οποίος προχωρούσε τόσο σκυφτά που λίγο ακόμη και θα φαινόταν σαν το σαλιγκάρι που προσπαθεί να μπει μέσα στο κουκούλι του.

Μόλις οι δύο άντρες σταμάτησαν, ο επικεφαλής σήκωσε το χέρι και χαιρέτησε το πλήθος των πολεμιστών που τους παρακολουθούσε. Κανένας δεν του ανταπέδωσε τον χαιρετισμό παρά μόνο ο Ραζηκότσικας, ο οποίος, επειδή δεν ήθελε ο ίδιος να ξεκινήσει την κουβέντα, κατέβασε το χέρι του και τους κοίταζε. Πριν περάσουν μερικά δευτερόλεπτα, ο συνοδός του μπέη, πέρασε δίπλα του και άνοιξε την κουβέντα.

«Ονομάζομαι Γιάννης Ζούκας και είμαι από τα Γιάννενα. Ο Ομέρ Βρυώνης έχει αιχμαλωτίσει την οικογένειά μου, αναγκάζοντας εμένα να τον ακολουθώ στις εκστρατείες του για να του κάνω τον διερμηνέα. Είμαι έμπορος και μιλάω καλά και τις δύο γλώσσες».

Ο Λιακατάς μόλις είχε φτάσει και άκουσε τα λόγια του Ζούκα.

«Και νομίζεις πως αυτό που λες είναι δικαιολογία για να υπηρετείς τους απίστους;» ρώτησε ο Λιακατάς και πρόσεξε το βλέμμα του Ραζηκότσικα που τον κατακεραύνωνε.

Ο Ζούκας, έσκυψε το κεφάλι και κύρτωσε το σώμα ακόμη πιο πολύ, ενώ ένιωθε τα βαριά βλέμματα των αρματολών καυτά στο κορμί του.

«Εγώ δεν είμαι σαν εσάς» άρχισε να λέει με κομπιαστή φωνή «δεν είμαι ούτε γενναίος, ούτε πολεμιστής. Έμπορος είμαι και αυτή τη στιγμή, η οικογένειά μου είναι στα νύχια του Βρυώνη και τρέμω για αυτούς. Ντρέπομαι πολύ, αλλά φοβάμαι ακόμη πιο πολύ για το τι μπορούν να πάθουν, αν παρακούσω τις εντολές του».

«Δεν ήρθες μέχρι εδώ για να μας πεις ποιος είσαι» είπε ο Ραζηκότσικας. «Ο καθένας έχει κάνει τις επιλογές του ανάλογα με το συμφέρον του. Για εμάς το συμφέρον είναι η πατρίδα και η ελευθερία, για κάποιους άλλους είναι η οικογένεια και για κάποιους άλλους είναι το κέρδος. Αυτό εμάς δε μας αφορά. Αυτό που μας αφορά είναι να μας πεις ποιος είναι ο σκοπός της επίσκεψής σας...»

Ο Ζούκας σήκωσε το κεφάλι του και αντίκρισε τα φωτεινά ματιά του άντρα που είχε μιλήσει και ένιωσε να παίρνει θάρρος από τα λόγια του. Είχε έρθει εδώ προε-

τοιμασμένος για να δεχθεί τα χειρότερα λόγια αλλά από
ό,τι φαινόταν ο Θεός τον είχε λυπηθεί. Ξανακοίταξε βαθιά
μέσα στα μάτια του ψηλόκορμου πολεμιστή για να δια-
κρίνει και το παραμικρό ίχνος απέχθειας και το μόνο που
αντίκρισε ήταν λύπη και κατανόηση. Ανακτώντας τότε
την αυτοκυριαρχία του, στράφηκε στον Τούρκο που συ-
νόδευε, και μίλησε στη γλώσσα του. Ο μπέης άκουσε και
μετά απάντησε στον μικρόσωμο έμπορο και αυτός μετέ-
φρασε στον Ραζηκότσικα.

«Η απάντηση στην ερώτηση που μου έκανες εί-
ναι γραμμένη σε ένα χαρτί που κουβαλάει ο αφέντης μου
πάνω του. Είναι ένα γράμμα από τον Μεχμέτ Ρεσίτ πασά
και τον Ομέρ Βρυώνη, προς τους αρχηγούς της πολιτείας».

Ο Ραζηκότσικας ζήτησε από τον μπέη να του δώσει
το γράμμα και ο Ζούκας μετέφρασε τα λόγια του. Ο μπέης
άκουσε και έχωσε το χέρι στη ζώνη του και όταν το έβγα-
λε κρατούσε ένα διπλωμένο χαρτί. Τέντωσε το χέρι του
και το πρότεινε στον Ραζηκότσικα.

Εκείνη την ώρα που γινόταν η συναλλαγή, έφτασε
στην είσοδο της πόλης, ο Μάρκος Μπότσαρης μαζί με τον
Μακρή, ακολουθούμενοι και οι δύο από τον γέρο Καψάλη.

Ο Ραζηκότσικας μόλις είχε πάρει το γράμμα και
επεξεργαζόταν την κέρινη σφραγίδα που το σφράγιζε.
Τελικά έσπασε το κερί και ξεδίπλωσε το φύλλο χαρτιού
που ήταν πυκνογραμμένο στην ελληνική γλώσσα και στο
τέλος δέσποζαν δύο υπογραφές. Ο αρχηγός άρχισε να το
διαβάζει από μέσα του.

«Έλληνες που βρίσκεστε κλεισμένοι στην πόλη του

Μεσολογγίου, μετά από πολύ σκέψη, αποφασίσαμε να προτείνουμε την παράδοση της πόλης σας μέσω συμβιβασμού. Εμείς οι δύο πασάδες, δε θέλουμε να καταστρέψουμε την πόλη σας και για αυτό σας προτείνουμε μια ειρηνική λύση. Παραδώστε τα άρματά σας και τα κλειδιά της και δε θα βρεθείτε ατιμασμένοι και σκοτωμένοι. Παραδοθείτε σε εμάς, όπως τόσοι άλλοι συμπατριώτες σας και θα σας φερθούμε με ευγένεια. Σκεφτείτε καλά την πρότασή μας, Μεσολογγίτες, γιατί, δεύτερη, δε θα υπάρξει»

Ρεσίτ Μεχμέτ.

Ομέρ Βρυώνης.

Ο Ραζηκότσικας, καθώς διάβαζε το γράμμα, ένιωθε το αίμα του να ανεβαίνει με ορμή στο κεφάλι του, θολώνοντας την κρίση του. Άρχισε να χάνει τον ειρμό της σκέψης του καθώς ένα μόνο πράγμα στριφογυρνούσε μέσα στο μυαλό του.

«Πώς μπορούσαν οι άπιστοι να ζητάνε τα κλειδιά της πόλης με τόση αναίδεια; Τόσο σίγουροι ήταν για την κατάκτηση της;»

Ο αρχηγός άρχισε να παίρνει βαθιές αναπνοές για να τιθασεύσει την οργή που γεννιόταν στο μυαλό του και στράφηκε προς τους αρματολούς και τους καπεταναίους που είχαν μαζευτεί γύρω του.

«Θέλετε να μάθετε τι λέει αυτό το γράμμα;» φώναξε.

Από τους συναγμένους επαναστάτες ακούστηκε ένα καταφατικό μουγκρητό.

«Δε θα σας το διαβάσω όλο, γιατί αυτοί οι δύο μπορεί να μην φύγουν από εδώ ζωντανοί. Θα σας πω μόνο πως, αν θέλουμε να ζήσουμε, πρέπει να παραδώσουμε τα άρματά μας μαζί με τα κλειδιά της πόλης και να προσκυνήσουμε τους πασάδες».

Πριν τελειώσει ακόμη ο Ραζηκότσικας τα λόγια του, κραυγές αποδοκιμασίας, ακούστηκαν από τους οπλαρχηγούς και τους αρματολούς. Πολλοί από αυτούς, τράβηξαν τα γιαταγάνια τους και άρχισαν να φοβερίζουν τον μπέη και τον Ζούκα με αυτά. Ο ψηλός Τούρκος τους κοίταζε άφοβα ενώ ο Ζούκας είχε ζαρώσει από τον φόβο του.

Ο μόνος από τους οπλαρχηγούς που δεν έδειχνε τα συναισθήματά του ήταν ο Μπότσαρης, ο οποίος, κοίταζε σκεφτικά τον μπέη.

Οι φοβέρες και τα ουρλιαχτά συνεχιζόταν και ο Παπαλουκάς τράβηξε την κουμπούρα του και έριξε στο αέρα.

«Ποτέ δε θα γίνει αυτό όσο ζω εγώ και τα παλικάρια μου» φώναξε ο οπλαρχηγός και οι άντρες του ακολούθησαν το παράδειγμά του πυροβολώντας στον αέρα.

Η ατμόσφαιρα είχε βαρύνει πολύ μετά και τα λόγια του Παπαλουκά και τα μάτια των αρματολών είχα γεμίσει αίμα βλέποντας τους δύο αγγελιοφόρους μπροστά τους.

Και τότε ο Μπότσαρης έσπασε τη συλλογισμένη σιωπή του.

«Εγώ λέω να σκεφτούμε την πρότασή τους» είπε ο Σουλιώτης απευθυνόμενος, τόσο στους οπλαρχηγούς όσο και στους αγγελιοφόρους, κοιτάζοντας τον Ραζηκότσικα ίσια στα μάτια, καθώς μιλούσε. Ο Ραζηκότσικας, σάστισε για δευτερόλεπτα αλλά μόλις είδε τη ματιά του Σουλιώτη, μπήκε αμέσως στο νόημα.

Όλοι οι άλλοι είχαν βουβαθεί. Αναρωτιόταν μήπως

Í

τους γέλασαν τα αυτιά τους και μπέρδεψαν τις κουβέντες του Σουλιώτη. Η προσοχή στράφηκε όλη πάνω στον Μπότσαρη και δεν ήταν λίγοι εκείνοι, που το βλέμμα τους παρέμεινε ίδιο με το βλέμμα που είχαν όταν κοίταζαν τους αγγελιοφόρους.

Ο Ραζηκότσικας βιάστηκε τότε να μιλήσει, όταν είδε πως κανένας από τους υπόλοιπους δεν κατάλαβε το σκεφτικό του Μπότσαρη.

«Ίσως έχει δίκιο ο Μπότσαρης παλικάρια μου. Τώρα που το σκέφτομαι καλύτερα, ίσως μας κάνει καλό να συζητήσουμε την πρόταση των δύο βεζίρηδων και να πράξουμε περισσότερο με μυαλό και σύνεση, παρά παρορμητικά σύμφωνα με τις υποδείξεις τις καρδιάς μας, και να τα καταστρέψουμε όλα».

Ο Ραζηκότσικας είπε αυτά τα λόγια με την πλάτη γυρισμένη στους αγγελιοφόρους και έπαιξε το μάτι στους επικεφαλείς οπλαρχηγούς. Αυτοί μόλις είδαν το νόημα του αρχηγού, κατάλαβαν και χαλάρωσαν.

«Γυρίστε πίσω και πείτε στους πασάδες σας, πως οι καπετάνιοι του Μεσολογγίου θα σκεφτούν την πρότασή σας και θα σας έχουν μια απάντηση αύριο».

Ο Ραζηκότσικας απευθύνθηκε κατευθείαν στον αρχοντόκορμο Τούρκο και ο Ζούκας έκανε το χρέος του, μεταφράζοντας τα λόγια. Ο μπέης άκουσε τον Ζούκα και το βλέμμα του άστραψε. Είπε έναν χαιρετισμό στους καπετάνιους και γύρισε να φύγει με το κορμί του αλύγιστο και τον Ζούκα να τον ακολουθεί κατά πόδας.

Τότε στα αυτιά του διερμηνέα έφτασε μια φωνή

που έσταζε φαρμάκι και ο μικρόσωμος Γιαννιώτης σφί-
χτηκε, σαν να είχε φάει βόλι, μόλις την άκουσε.

«Κοιτάξτε, ορέ παιδιά, πως τον ακολουθεί, ο δειλός.
Όπως ακολουθούν τα σκυλιά τ' αφεντικά τους. Άραγε θα
του πετάει και κόκαλα για να τρέξει να τα πιάσει;»

Τρανταχτά γέλια ακολούθησαν αυτή τη φωνή και ο
Ζούκας έκλεισε τα αυτιά του, ευχόμενος να ήταν κουφός.

Όταν οι δύο αγγελιοφόροι δρασκέλισαν την πύλη,
δυσάρεστη σιωπή έπεσε ανάμεσα στους κλεισμένους. Όλα
τα βλέμματα είχαν καρφωθεί πάνω στον Σουλιώτη ζητώ-
ντας εξηγήσεις και αυτός δεν άργησε να τους τις δώσει.

«Καλύτερη τύχη δε θα μπορούσαμε να έχουμε αδέρ-
φια μου. Φαίνεται πως οι πασάδες δε θέλουν να ριψοκιν-
δυνεύσουν να χάσουν στρατό και ίσως να έπιασαν τόπο
και τα κόλπα μας, αλλά το θέμα είναι ένα τώρα. Πρέπει να
παζαρέψουμε, με προσοχή, τη δήθεν παράδοσή μας για να
κερδίσουμε χρόνο και όταν θα έρθουν οι ενισχύσεις, τότε
να τους πολεμήσουμε στα ανοιχτά».

Οι περισσότεροι από τους αρματολούς δεν είχαν
καταλάβει για ποιον σκοπό ο Μπότσαρης είχε πει αυτό
το πράγμα στους αγγελιοφόρους και τώρα που ο σκοπός
του εξηγήθηκε στα φανερά, το κατάλαβαν και ξέσπασαν
ενθουσιασμένοι.

«Και πάνω που νομίζαμε πως θα μας προδώσεις,
καπετάνιε» έλεγε ένας αρματολός «αλλά ο δικός σου ο
νους, τρέχει και χώνεται σε χίλιες μεριές, που ο δικός μου
δε θα πήγαινε ποτέ».

Οι αρματολοί χτυπούσαν τον Μπότσαρη στην πλά-
τη επιδοκιμάζοντας την πονηριά και την ευστροφία του.

«Προφανώς οι δύο πασάδες δε θέλουν να καταστρέψουν την πόλη για να τη χρησιμοποιήσουν σαν βάση για τον στρατό τους» είπε ο Ραζηκότσικας «μπορεί να έπιασαν και τα τεχνάσματά μας, όπως είπε και ο Μπότσαρης, ποιος ξέρει. Αυτό όμως τώρα δίνει σε εμάς το πλεονέκτημα που θέλουμε, καθώς ο χειμώνας πλησιάζει. Θα ροκανίσουμε τον χρόνο όσο περισσότερο μπορούμε και ό,τι γίνει».

«Απ' ό,τι γνωρίζω, ο Μαυροκορδάτος έστειλε κιόλας επιστολές για να μας συνδράμουν οι ναυτικοί. Ας μην καθόμαστε και εμείς με σταυρωμένα χέρια, ας στείλουμε και εμείς γράμματα σε δικούς μας αρματολούς» είπε ο Λιακατάς.

«Πάλι καλά που αξιώθηκε να κάνει και κάτι σωστό ο Πρίτζιπας» πετάχτηκε ένας από τους αρματολούς και όλοι ξέσπασαν σε γέλια. Και ενώ οι καπεταναίοι έφευγαν με τους άντρες τους, ο Ραζηκότσικας παρατηρούσε τον ψηλό ξανθομάλλη Σουλιώτη, που με τις ενέργειές του, μέχρι στιγμής, έδινε ελπίδα στο Μεσολόγγι.

«Τέτοιους άντρες χρειάζεται η Επανάσταση για να πετύχει» συλλογιζόταν ο αρχηγός, χωρίς να ξέρει πως η μοίρα που ήταν δεμένη με τη ζωή του Σουλιώτη αρχηγού, είχε ήδη αρχίσει να μετράει αντίστροφα.

Την επόμενη κιόλας ημέρα οι κλεισμένοι, έστειλαν στο στρατόπεδο των πασάδων, τον Μάρκο Μπότσαρη και έναν ακόμη Μεσολογγίτη. Ο Μπότσαρης προσφέρθηκε ο ίδιος να πάει, γιατί γνώριζε έναν από τους επικεφαλείς της στρατιάς του Ομέρ Βρυώνη, τον αρβανίτη, Άγο Βασιάρη. Την προηγούμενη νύχτα είχαν φύγει, από το Μεσολόγγι, αγγελιοφόροι των κλεισμένων με σκοπό να συναντήσουν τα διάσπαρτα σώματα των Ελλήνων επαναστατών και να τους ενημερώσουν για την κατάσταση στην πόλη τους, ζητώντας ταυτόχρονα τη βοήθειά τους.

Ο Μπότσαρης, εν τω μεταξύ, έφτασε στο στρατόπεδο των Τούρκων, κρατώντας λευκή σημαία. Από εκεί τον παρέλαβαν μερικοί αξιωματικοί και τον οδήγησαν στο κέντρο του στρατοπέδου, σε μια τεράστια σκηνή, όπου τον περίμεναν οι δύο πασάδες.

Ο Μπότσαρης μπήκε στη σκηνή και αφού χαιρέτησε τους πασάδες, ρώτησε έναν από τους αξιωματικούς που τον συνόδευαν αν ήταν ακόμη επικεφαλής του σώματος των αρβανιτών, ο Άγος Βασιάρης. Με τη βοήθεια του Μεσολογγίτη, που ήξερε πολύ καλά την τουρκική γλώσσα, ο αξιωματικός κατάλαβε τι τον ρώτησε ο Σουλιώτης και έγνεψε καταφατικά. Τότε ο Μπότσαρης ζήτησε από τον αξιωματικό να καλέσει τον Βασιάρη στη σκηνή. Ο αξιωματικός πήρε την άδεια του Βρυώνη και έφυγε για να φωνάξει τον Βασιάρη που έφτασε στη σκηνή μερικά λεπτά αργότερα.

«Ορέ Ρωμιόπουλο, είχες δεν είχες έφτασες μέχρι τη σκηνή του πολυχρονεμένου μας αφέντη. Ελπίζω καλός να είναι ο άνεμος που σ' έφερε μέχρι εδώ» είπε σε όχι πολύ καλά ελληνικά ο Βασιάρης.

«Έρχομαι με καλό και ειρηνικό σκοπό, μωρέ Άγο. Η μοίρα μάς έχει βάλει αντιμέτωπους για να χαλαστούμε αλλά εγώ λέω πως είναι κρίμα τέτοια παλικάρια να χάνουν τις ζωές τους άδικα».

«Μωρέ Μάρκο, μπας και δεν είσαι εσύ, ορέ; Εγώ αλλιώς σε ήξερα. Εσύ χιμούσες στο ασκέρι μου, σαν τον αετό, χωρίς να λογαριάζεις καν τη ζωή σου πριν μερικά χρόνια. Τι στάθηκε και έχεις αλλάξει έτσι;»

«Μεγάλωσα και η λογική τρύπωσε μέσα στο μυαλό μου, Άγο Βασιάρη. Κατάλαβα πως με τους σκοτωμούς δε γίνεται τίποτα και πως μόνο με τις κουβέντες θα βγάλουμε άκρη».

«Μπρε μπρε. Αν μου το 'λεγε αυτό άλλος και δεν το έβλεπα με τα ίδια μου τα μάτια δε θα το πίστευα» είπε ο Βασιάρης και στράφηκε προς τους πασάδες. «Αφέντη Βρυώνη και αφέντη Ρεσίτ, ο άνθρωπος που έχετε μπροστά σας τηρεί τα λόγια του και την μπέσα. Αφού θα μιλήσετε απευθείας μ' αυτόν, να ξέρετε πως ότι συμφωνήσετε θα γίνει».

Ο Μπότσαρης, που γνώριζε λίγα τούρκικα, κατάλαβε το νόημα των λόγων του Βασιάρη και τον ευχαρίστησε στη γλώσσα του.

Έτσι ξεκίνησαν οι διαπραγματεύσεις για την παράδοση του Μεσολογγίου.

Τρεις μέρες είχαν περάσει με άκαρπες συνομιλίες μεταξύ του Μπότσαρη και των πασάδων και αυτοί είχαν αρχίσει να χάνουν την υπομονή τους. Ο Μπότσαρης, παίζοντας πολύ καλά το παιχνίδι του, τους ζητούσε πάρα πολλά ως αντάλλαγμα, για την παράδοση της πόλης. Ο Γιάννης Ζούκας είχε αναλάβει τον ρόλο του διερμηνέα σε αυτές τις συναντήσεις και τώρα μετέφερε τα λόγια του Κιουταχή και του Βρυώνη στον Μπότσαρη.

«Οι πασάδες νομίζουν πως τους κοροϊδεύεις και τους τρως τον χρόνο τους. Ζητάς πάρα πολλά για την παράδοση αυτού του χωριού».

«Καταρχήν, πες στους πασάδες σου» άρχισε να λέει ο Μπότσαρης, τονίζοντας ιδιαίτερα το σου και κοιτάζοντας στα μάτια τον Ζούκα, που ένιωσε την αποστροφή του Σουλιώτη για το πρόσωπό του «πως αυτά που λέω δεν είναι δικά μου λόγια. Οι Μεσολογγίτες έχουν πολύ σκληρά και χοντρά κεφάλια για να καταλάβουν ποιο είναι το συμφέρον τους. Είδα και έπαθα να τους καταφέρω να πέσουν έστω σε συνομιλίες μαζί τους. Πες στους να μου δώσουν λίγο χρόνο ακόμη και θα τα καταφέρω».

Ο Ζούκας μετέφερε τα λόγια του Σουλιώτη και αφού οι δύο πασάδες λογομάχησαν έντονα, μίλησε ο Βρυώνης στον Ζούκα και αυτός μετέφρασε στον Μπότσαρη.

«Ο Ρεσίτ θέλει να κάνουμε γιουρούσι και να πατήσουμε την πολιτεία. Εγώ όμως, πιστεύοντας στα λόγια του Βασιάρη, για την ειλικρίνειά σου, θα σου δώσω τρεις μέρες καιρό ακόμη για να καταφέρεις να τους πείσεις. Αν δεν το καταφέρεις, το μεσημέρι κιόλας της τέταρτης μέρας, θα χιμήξουμε στην πόλη και ας βοηθήσουν τους Μεσολογγίτες τα πουλιά. Γιατί μόνο πετώντας θα μπορέσουν να βγουν ζωντανοί από την πόλη τους».

Ο Μπότσαρης άκουσε τη μετάφραση των λόγων του Βρυώνη και η καρδιά του κόντεψε να σκάσει από την αλαζονεία του πασά. Το πρόσωπό του όμως έμεινε ανέκφραστο και κατάφερε κιόλας να χαμογελάσει και στους δύο, ευχαριστώντας τους στη γλώσσα τους και λέγοντάς τους, πως τρεις μέρες είναι αρκετός καιρός για να καταφέρει να τους πείσει. Μετά ο Σουλιώτης γύρισε στο Μεσολόγγι, που τον περίμεναν με αγωνία...

«Πολύ καλά τα κατάφερες, ορέ Μάρκο» είπε ο Ραζηκότσικας μόλις τους αφηγήθηκε ο Μπότσαρης για την καινούρια προθεσμία που πήραν «αν δεν έχει έρθει σε τρεις μέρες η βοήθεια που περιμένουμε, πάει να πει πως δε θα έρθει ποτέ».

«Θέλει προσοχή όμως συμπολεμιστές μου» είπε ο Μπότσαρης. «Ο Κιουταχής είναι φίδι. Μυρίστηκε πως κάτι δεν πάει καλά και δεν ήθελε να μου δώσει τις τρεις μέρες. Δεν ξέρω πώς κατάφερε να τον πείσει ο Βρυώνης».

«Σημασία τώρα έχει αυτή η προθεσμία, Μάρκο. Αλλά για καλό και για κακό θα διατάξω να διπλασιαστούν οι βάρδιες στο τείχος, για να είμαστε έτοιμοι».

«Πολύ καλά θα κάνεις, Ραζηκότσικα. Με φόβισε λίγο ο Κιουταχής» είπε ο Μπότσαρης και μετά βάλθηκαν όλοι οι καπετάνιοι να συζητάνε για την περίπτωση που ερχόταν βοήθεια, πώς θα αντιμετώπιζαν έπειτα τους πασάδες.

Είχαν περάσει οι δύο μέρες από την καινούρια προθεσμία που είχε πάρει ο Μπότσαρης, όταν από τη μεριά της θάλασσας, φάνηκε, ένας μικρός στόλος από πλοία. Χωρίς καμιά προειδοποίηση, δύο μπουρλότα[13] ανοίχτηκαν από τον στολίσκο των καραβιών και επιτέθηκαν εναντίον των τούρκικων καραβιών. Το πρώτο δε βρήκε τον στόχο του και οι μπουρλοτιέρηδες πήδηξαν στη σκαμπαβία[14] και απομακρύνθηκαν. Το δεύτερο όμως, έπιασε καλύτερα τον καιρό και κόλλησε πάνω στο μεγαλύτερο από τα τρία καράβια του Γιουσούφ πασά, που είχαν αγκυροβολήσει έξω από την πολιτεία. Μεμιάς οι μπουρλοτιέρηδες, βύθισαν τις σιδερένιες αρπάγες του μπουρλότου μέσα στο μαλακό ξύλο της ναυαρχίδας και έβαλαν φωτιά στο μπαρούτι και στην πίσσα, πριν πηδήξουν στη σκαμπαβία. Μέχρι να καταλάβουν οι Τούρκοι ναύτες τι συμβαίνει, η φωτιά είχε φτάσει στο κατάστρωμα του πλοίου. Σε μερικά λεπτά ολόκληρο το πλοίο είχε παραδοθεί στις ορέξεις της φωτιάς και το πλήρωμα πηδούσε στη θάλασσα για να σωθεί.

Ο στολίσκος των καραβιών, βλέποντας την επιτυχία του μπουρλότου και το σάστισμα των Τούρκων, δεν έχασε καθόλου καιρό. Έπιασε την ακτή και άντρες άρχισαν να αποβιβάζονται με κραυγές και ουρλιαχτά.

Οι κλεισμένοι, είδαν από το τείχος το κάψιμο της ναυαρχίδας και την αποβίβαση των αντρών και άρχισαν να χαλούν τον κόσμο από τις φωνές και τις μπαταριές.

13 Μπουρλότα: Μικρά πλεούμενα, ειδικά κατασκευασμένα να κολλούν πάνω στα αντίπαλα μεγάλα καράβια και να τα πυρπολούν.
14 Σκαμπαβία: Βάρκα η οποία ήταν δεμένη μαζί με το μπουρλότο και χρησίμευε στην περίπτωση διαφυγής των μπουρλοτιέρηδων.

Πολλοί από αυτούς έτρεξαν στην παραλία για να προϋπαντήσουν τους νεοφερμένους. Από τα πλοία που είχαν δέσει, κατέβαιναν συνεχώς αρματολοί, παραπατώντας και αδειάζοντας τα στομάχια τους, καθώς οι περισσότεροι από αυτούς δεν ήταν μαθημένοι στη θάλασσα.

Ο Ραζηκότσικας, ο Μακρής, ο Λιακατάς και ο Μπότσαρης, είχαν κατέβει και αυτοί στην ακρογιαλιά και βοηθούσαν στο ξεφόρτωμα των πολεμοφοδίων και των τροφίμων που είχαν φέρει τα καράβια, πασίχαροι από τη μεγάλη ανταπόκριση που είχε το κάλεσμα, αλλά και από το ξεγέλασμα που είχαν κάνει στους Τούρκους.

Ο Μπότσαρης, βλέποντας το ανθρωπομάνι στην ακτή, υπολόγισε πως ήρθαν να πολεμήσουν μαζί τους, τουλάχιστον δύο χιλιάδες πολεμιστές, οι οποίοι σε συνδυασμό με τα τρόφιμα και τα πολεμοφόδια που ξεφορτωνόταν εκείνη τη στιγμή, αλλά και τους άντρες που υπήρχαν στο Μεσολόγγι, η συνολική τους δύναμη θα ξεπερνούσε τους τρεισήμισι χιλιάδες πολεμιστές.

«Ας κόπιαζαν τώρα οι πασάδες να πάρουν το Μεσολόγγι. Η αλαζονεία θα έσβηνε από το πρόσωπό τους...» σκεφτόταν ο Μπότσαρης και ένα χαμόγελο στόλιζε τα χείλη του.

Το μεσημέρι κιόλας, της ίδιας ημέρας, φάνηκε από το τουρκικό στρατόπεδο η λευκή σημαία να έρχεται προς το μέρος τους. Ο Ζούκας την κρατούσε και ο μπέης βάδιζε με νευρικό βήμα μπροστά του. Τους δύο άντρες τους υποδέχτηκε ο Ραζηκότσικας με τον Μακρή.

«Καλώς τον αρχοντότουρκο. Άλλαξε τίποτα στη συμφωνία μας και έρχεσαι έτσι φουριόζος;» ρώτησε ο Ραζηκότσικας και ο Μακρής δεν μπόρεσε να κρύψει ένα χαμόγελο.

Ο μπέης άκουσε τη μετάφραση των λόγων του Ραζηκότσικα και λύσσαξε από την ειρωνεία του γκιαούρη. Άνοιξε το στόμα του και ένας χείμαρρος τουρκικών βγήκε μέσα από αυτό. Ο Ζούκας άρχισε να μεταφράζει όλο και πιο γρήγορα για να προλάβει τον μπέη.

«Φέρεστε άνανδρα και με τρόπο που δεν αρμόζει σε συμπεριφορά πολεμιστών. Μας είχατε δώσει τον λόγο σας πως θα γινόταν συμβιβασμός για την παράδοση της πόλης αλλά εσείς τον πατήσατε. Επιτεθήκατε στον στόλο μας και ενισχυθήκατε κιόλας από άντρες».

Το πρόσωπο του μπέη είχε γίνει κατακόκκινο από τον θυμό και μια φλέβα χτυπούσε στον ρυθμό της καρδιάς του, στο μέτωπο. Ο Ραζηκότσικας με τον Μακρή, έδειχναν να διασκεδάζουν με τον θυμό του μπέη και αυτό τον εξαγρίωνε ακόμη περισσότερο.

«Οι αφέντες μου ζητούν να μάθουν γιατί το κάνατε αυτό» ολοκλήρωσε τελικά.

Ο Ραζηκότσικας ξαφνικά έπαψε να χαμογελάει. «Γιατί αυτή η πολιτεία δεν πρόκειται να παραδοθεί ποτέ στα χέρια σας σκυλιά.» απάντησε. «Όσο ζει ακόμη και ένας Μεσολογγίτης θα συνεχίσει να σας πολεμά...»

Ο μπέης χλόμιασε ακούγοντας τον τόνο της φωνής του Ραζηκότσικα και η χλομάδα του έγινε ακόμη πιο έντονη όταν ο Ζούκας έκανε τη μετάφραση.

«Θα μετανιώσετε πικρά για αυτήν σας την απόφαση, γκιαούρηδες» μετάφρασε ο Ζούκας τα λόγια που έφτυσε ο μπέης καθώς γύριζε να φύγει. «Σε μερικές μέρες δε θα υπάρχει πέτρα πάνω στην πέτρα στην πόλη σας...»

Ο Μακρής τότε πετάχτηκε μπροστά στον μπέη κλείνοντάς του τον δρόμο. Ο Ζούκας έβγαλε μια φωνή και έμεινε ακίνητος στη θέση του. Ο μπέης σταμάτησε και το χέρι του πήγε στη λαβή του γιαταγανιού του περιμένοντας την επίθεση του Μακρή. Ο Μακρής όμως δεν έκανε καμιά επιθετική κίνηση, παρά μόνο στάθηκε μπροστά του, με το βλέμμα του να τσακίζει ατσάλι.

«Φύγε τώρα ζωντανός» είπε ο οπλαρχηγός με φωνή που μόλις ακούστηκε «φύγε και πήγαινε πες στους πασάδες σου πως αν θέλουν να μπουν στο Μεσολόγγι, να έρθουν και να ξεκρεμάσουν τα κλειδιά της πόλης από τις μπούκες των κανονιών μας».

Ο Μακρής, τελειώνοντας τα λόγια του, έδωσε μια κλοτσιά στην κοιλιά του Ζούκα, σφυρίζοντάς του άγρια, μέσα από τα δόντια του, να μεταφράσει τα λόγια του.

Ο Ζούκας κουλουριάστηκε από τον πόνο, αλλά μετέφρασε τα λόγια του Μακρή και ο μπέης τον άρπαξε από το λαιμό για να τον κάνει να το βουλώσει και τον έσυρε μαζί του.

Ο Μακρής, βλέποντας το θέαμα, έβαλε τα γέλια και άρχισε να χλευάζει ξανά και ξανά τον Ζούκα, αποκαλώντας τον προδότη της φυλής του και παρατρεχάμενο των απίστων, μέχρι που εκείνος έκλεισε τα αυτιά του για να μην ακούει άλλο τη φωνή του ψηλού καπετάνιου. Οι δύο τους απομακρύνθηκαν από την πύλη του Μεσολογγίου και οι καπεταναίοι την έκλεισαν και την αμπάρωσαν.

«Κάτι μου λέει καπετάν Μακρή, πως οι πασάδες -
να είναι πολλά τα έτη τους - θα προσβληθούν πολύ από
τη στάση μας» είπε ο Ραζηκότσικας, χωρίς να προσπαθεί
να κρύψει το χαμόγελο που εμφανίστηκε στα χείλη του.

Με αυτά τα λόγια, οι δύο καπεταναίοι, έφυγαν από
την πύλη και πήγαν να ενημερώσουν και τους άλλους
οπλαρχηγούς για την επίσκεψη του μπέη, ενώ από την
πόλη ακουγόταν ακόμη φωνές και μπαταριές από τους
νεοεισερχόμενους σε αυτήν, αρματολούς.

Με το ξημέρωμα της επόμενης μέρας, οι Τούρκοι, άρχισαν να δείχνουν τα δόντια τους. Τα κανόνια τους, άρχισαν να βροντούν ξανά κατά της πόλης και ο στρατός των δύο πασάδων άρχισε να συγκεντρώνεται για την επίθεση.

Οι υπερασπιστές της πολιτείας είχαν πιάσει τα πόστα που τους είχαν ανατεθεί και περίμεναν. Η ώρα κυλούσε βασανιστικά αργά και η ανυπομονησία των αρματολών και των Μεσολογγιτών κορυφώνονταν. Χοντρές βλαστήμιες έβγαιναν από τα χείλη τους, καθώς και προκλήσεις εναντίον των Τούρκων και της θρησκείας τους.

Μακριά από το τείχος και την εμβέλεια των όπλων των κλεισμένων, είχε στηθεί μια σκηνή για τον Κιουταχή και τον Ομέρ Βρυώνη και τώρα, οι δύο πασάδες, μαζί με τους συμβούλους τους, προσπαθούσαν να εκτιμήσουν την κατάσταση.

Ο Ραζηκότσικας, στεκόταν σε μια μεριά του τείχους ώστε να βλέπει καθαρά το αντίπαλο στρατόπεδο, χωρίς να εκθέτει τον εαυτό του. Έβλεπε πως σύντομα οι Τούρκοι θα έκαναν την κίνησή τους. Ολοένα και περισσότεροι στρατιώτες ερχόταν από τα μετόπισθεν και ενίσχυαν την εμπροσθοφυλακή, που βρισκόταν ακριβώς έξω από την απόσταση βολής των ελληνικών καριοφιλιών. Ο Ραζηκότσικας παρατηρούσε την εμπροσθοφυλακή του τουρκικού στρατού και όσο και αν προσπαθούσε, δεν έβρισκε κανένα ψεγάδι πάνω τους. Όλοι οι Τούρκοι πολεμιστές ήταν ψηλοί και αρματωμένοι από πάνω μέχρι κάτω. Τα πρόσωπά τους, κοίταζαν την πόλη χωρίς να δείχνουν τον παραμικρό φόβο για την επερχόμενη σύγκρουση. Η σκέψη του αρχηγού έτρεχε στους δικούς τους πολεμιστές, που οι περισσότεροι, δεν είχαν αξιόλογο οπλισμό και πολεμούσαν με μαχαίρια και ρόπαλα.

«Τουλάχιστον οι καρδιές τους είναι γεμάτες με θάρρος μετά και τον ερχομό των καινούριων αντρών» σκεφτόταν ο αρχηγός ενώ το στομάχι του ήταν σφιγμένο από την ένταση.

Ξαφνικά, ένας βαθύς ήχος από σάλπιγγα έβγαλε τον Ραζηκότσικα από τις σκέψεις του.

«Άρχισε» πρόλαβε να σκεφτεί πριν ο ήχος της σάλπιγγας καλυφθεί από ποδοβολητό αλόγου.

Μπροστά από το συναγμένο τούρκικο ασκέρι, πέρασε ένας καβαλάρης βαστώντας μια σημαία του τουρκαλβανικού σώματος του στρατού. Μόλις ο καβαλάρης σταμάτησε μπροστά στο σώμα του, επικράτησε ησυχία την οποία έσπασε ο αρχηγός των Τουρκαλβανών.

«Μάρκο Μπότσαρη, άτιμε, που διαπραγματεύεσαι με διχαλωτή γλώσσα. Κάποτε η σουλιώτικη φάρα είχε μπέσα, αλλά ψαίνεται πως, με τον ξεριζωμό από τα μέρη σας, εκτός από τον τόπο σας, χάσατε και την τιμή σας. Βγες πάνω στο τείχος αν είσαι άντρας, ορέ σκύλε Σουλιώτη».

Ο Αγος Βασιάρης, ντροπιασμένος από την κοροϊδία που του πρόσφερε ο Μπότσαρης, προσπάθησε να τον παρασύρει να ανέβει έστω και λίγο πάνω στο τείχος, για να τον πυροβολήσουν οι άντρες που είχε βάλει ειδικά για αυτόν τον σκοπό.

Μέσα από το τείχος ξέσπασαν γέλια τρανταχτά, και μόλις καταλάγιασαν, η φωνή του Μπότσαρη ακούστηκε.

«Άπιστε Τουρκαλβανέ, μας ξεγέλασες μια φορά στο Σούλι αλλά τώρα ήρθε η σειρά μας. Αν θέλετε τον τόπο μας ελάτε να τον πάρετε και θα δοκιμάσετε απλόχερα τη μεσολογγίτικη φιλοξενία»

Καινούρια γέλια και βρισιές ξεπήδησαν πίσω από τείχος και τρύπησαν τα αυτιά του Βασιάρη, που ένιωσε πως δεν μπορούσε να κρατήσει άλλο τους στρατιώτες του.

«Ορέ σκύλε Μπότσαρη» ούρλιαξε για να ακουστεί πάνω από τον τεράστιο ανασασμό της στρατιάς που βρισκόταν πίσω του «αν σε πιάσω σήμερα ζωντανό, θα σε βάλω στη σούβλα για να σε ψήσω ζωντανό και να σε δώσω τροφή στα σκυλιά μου»

«Εγώ πάλι, αν σε πιάσω, θα βάλω στη σούβλα δύο κριάρια και θα σε ταΐσω ώσπου να χορτάσεις, για να ξεπληρώσω το καλό που μου έκανες, μπουνταλά Βασιάρη» είπε ο Μπότσαρης και ξεκρέμασε το καριοφίλι από τον ώμο του.

Ο Βασιάρης, άφριζε από το κακό του για την πίστη που είχε δώσει στα λόγια του Σουλιώτη. Τώρα δεν κρατήθηκε άλλο, πήδηξε στο άλογό του και διέταξε γενική επίθεση του σώματός του.

Ακριβώς την ίδια στιγμή, και οι υπόλοιποι αξιωματικοί του τουρκικού στρατού, διέταξαν και αυτοί το ίδιο και η εμπροσθοφυλακή, με ένα συντονισμένο μουγκρητό, επιτέθηκε στην πόλη. Οι σάλπιγγες ούρλιαξαν και το ουρλιαχτό τους ενώθηκε με αυτό της επίθεσης.

Πίσω από το τείχος, οι οπλαρχηγοί των αρματολών και των Μεσολογγιτών, παρακολουθούσαν, ουρλιάζοντας και αυτοί τις διαταγές τους για να ακουστούν πάνω από τον αχό της επίθεσης.

Ο Ραζηκότσικας, έδωσε εντολή να ανοίξουν πυρ τα δικά του παλικάρια. Μια ομοβροντία ακούστηκε από τη μεριά του τείχους που είχε πάρει στην ευθύνη του, και η πρώτη σειρά από τους επιτιθέμενους, σωριάστηκε στη γη.

Μετά από κλάσματα δευτερολέπτου, ακούστηκαν ομοβροντίες από όλο το μήκος του τείχους, και οι κραυγές αυτών που πέθαιναν ενώθηκαν με αυτών που είχαν πληγωθεί. Αυτό όμως, δεν έκοψε καθόλου την ορμή των Τούρκων. Στο πίσω μέρος της παράταξής τους, στεκόταν τα ρετζάλια, σπρώχνοντας συνεχώς στρατιώτες στην πρώτη γραμμή.

Τα καριοφίλια των υπερασπιστών της πόλης είχαν πάρει φωτιά, μετά την πρώτη ομοβροντία. Γέμιζαν και πυροβολούσαν με τέτοια ταχύτητα αποδεκατίζοντας τους Τούρκους, ενώ το τείχος τους πρόσφερε απόλυτη κάλυψη από τα πυρά τους. Μετά από ελάχιστη ώρα, από την αρχή της επίθεσης, ο χώρος από την εξωτερική μεριά του τείχους, είχε γεμίσει Τουρκικά πτώματα. Οι κραυγές των πληγωμένων προκαλούσαν φρίκη στους συμπολεμιστές τους, κάνοντάς τους να χάνουν το θάρρος τους, ενώ οι Έλληνες παίρνοντας θάρρος, συνέχιζαν ασταμάτητα το τουφεκίδι, προκαλώντας τρομερή φθορά στους αντιπάλους.

Ο Κιουταχής και ο Βρυώνης, βλέποντας τον στρατό του να σφάζεται, χωρίς να έχει καταφέρει να αποκτήσει πιθαμή γης, διέταξαν μαζική υποχώρηση και αναδίπλωση του στρατού τους στη προηγούμενη θέση του.

Οι Έλληνες, βλέποντας τους Τούρκους να υποχωρούν, ξέσπασαν σε ουρλιαχτά και γιουχαΐσματα. Πολλοί από αυτούς μεθυσμένοι από τη ζάλη του πολέμου, συνέχιζαν να πυροβολούν τα πτώματα που είχαν συσσωρευτεί έξω από το τείχος, ενώ κάποιοι άλλοι καθάριζαν τα καριοφίλια και τις κουμπούρες τους, για τη συνέχεια. Κανείς δεν πίστευε πως η μάχη θα τελείωνε με αυτήν τη μικρή γεύση που τους είχε δώσει. Το μεδουλάρι πήγαινε από χέρι σε χέρι των αρματολών για να καθαρίσουν το όπλο τους. Από ολόκληρο το εσωτερικό του τείχους, ακουγόταν βρισιές και προκλήσεις εναντίον των Τούρκων, ενώ από το εξωτερικό ακουγόταν οι κραυγές των πληγωμένων.

Μετά το πρώτο κύμα της επίθεσης, ο Ραζηκότσικας είχε αφήσει το πόστο του για να πάει στο πόστο του Μακρή. Από κοντά στον αρχηγό, εμφανίστηκε και ο Λιακατάς, με το πρόσωπο κατάμαυρο και τα μάτια του ερεθισμένα από την υπερβολική χρήση του καριοφιλιού. Ούτε μια χούφτα νερό δεν είχε προλάβει να ρίξει στα μούτρα του.

«Δείξαμε από νωρίς τα δόντια μας στους άπιστους, Μακρή» είπε ο Ραζηκότσικας με μια φωνή που δε θύμιζε σε τίποτα τη δική του, καθώς είχε βραχνιάσει από την ένταση της σύγκρουσης.

«Οι πασάδες νόμιζαν πως θα έστελναν απλά τον στρατό τους να πηδήξει από το τείχος και να μας σφάξει, ενώ εμείς θα ικετεύαμε για έλεος. Το μόνο που κατάφεραν ήταν να στείλουν τον στρατό τους, σαν τα μοσχάρια στον χασάπη» συμπλήρωσε ο Μακρής και οι τρεις άντρες κούνησαν τα κεφάλια τους.

«Είναι πολύ νωρίς ακόμη» συνέχισε ο Λιακατάς «για να μπορέσουμε να βγάλουμε συμπεράσματα. Το μόνο που μπορώ να πω με σιγουριά είναι πως οι Τούρκοι ή πολύ γενναίοι είναι ή πολύ ανόητοι, γιατί ορμούσαν πάνω στα καριοφίλια μας, χωρίς να φαίνεται πως τους νοιάζει η ζωή τους».

«Τίποτα από τα δύο δεν είναι Γρηγόρη» είπε ο Ραζηκότσικας «Άνθρωποι είναι, που τους μαστιγώνουν για να επιτεθούν και να κατακτήσουν έναν τόπο, που αυτοί οι ίδιοι, πέρα από το πλιάτσικο, δε θα έχουν κανένα δικαίωμα πάνω σε αυτόν. Δεν είναι ελεύθεροι, είναι σκλάβοι, όπως ήμασταν και εμείς».

Ο Μακρής συμφώνησε με τα λόγια του Ραζηκότσικα και πριν προλάβουν να ανταλλάξουν άλλη κουβέντα, οι σάλπιγγες των Τούρκων ήχησαν και όλοι έτρεξαν στα πόστα τους.

Ολόκληρη εκείνη την ημέρα, ο στρατός των Τούρκων και των Τουρκαλβανών, έκανε διαδοχικές επιθέσεις στο Μεσολόγγι χωρίς να καταφέρει τίποτα το ουσιαστικό, παρά μόνο να έχει δεκάδες νεκρούς και πάρα πολλούς πληγωμένους. Όταν ήρθε το απόγευμα και ο ήλιος κρύφτηκε πίσω από τα βουνά, οι δύο πασάδες, μάζεψαν τον στρατό τους σταματώντας τελείως τις επιθέσεις τους.

Οι Έλληνες, κατάλαβαν, πως η μάχη για σήμερα είχε τελειώσει και χαλάρωσαν, αφήνοντας το κορμί τους να ξεκουραστεί. Ο Ραζηκότσικας μαζί με τον Μακρή και τον Μπότσαρη, τριγυρνούσαν από πόστο σε πόστο, για να δουν την κατάσταση των αντρών τους, και δεν άργησαν να έρθουν αντιμέτωποι με ένα σημαντικό πρόβλημα της άμυνας.

Την ώρα που βρισκόταν στο πόστο του Λιακατά, ο αρχηγός ρώτησε τον Γρηγόρη πού είναι το καριοφίλι του. Αυτός έσκυψε το κεφάλι του πριν απαντήσει.

«Καπετάνιε, έμεινα χωρίς καριοφίλι. Το πίεσα πολύ πάνω στη μάχη και αυτό με πρόδωσε. Έσπασε η κάννη του και, αλίμονο, δε ξανακολλάει».

Ο Ραζηκότσικας διέταξε τότε να γίνει έλεγχος σε όλη τη φρουρά για να δουν σε τι κατάσταση βρισκόταν ο οπλισμός τους.

Όταν είχε νυχτώσει πια για τα καλά και ολοκληρώθηκε ο έλεγχος, οι οπλαρχηγοί, κατάλαβαν το μέγεθος του προβλήματος. Πάρα πολλοί από τους άντρες τους είχαν ξεμείνει από πυροβόλα όπλα, λόγω της κακής κατάστασης στην οποία βρισκόταν πριν και δεν μπορούσαν να τα αντικαταστήσουν καθώς δεν υπήρχαν άλλα. Έτσι η δύναμη κρούσης τους μειωνόταν αισθητά. Μετά από πολλές σκέψεις και προτάσεις το πρόβλημα κατάφερε να λύσει ο Μπότσαρης.

«Δεν ξέρω αν θα συμφωνήσετε αλλά εγώ προτείνω, τώρα που έπεσε η νύχτα, να στείλουμε έξω από το τείχος μερικούς αρματολούς, για να σκυλέψουν τους νεκρούς Τούρκους. Έτσι και αλλιώς αυτοί τα άρματα δε τα χρειάζονται πια».

Όλοι οι συναγμένοι οπλαρχηγοί κοιτάχτηκαν για μια στιγμή και μετά συμφώνησαν δια βοής με την ιδέα του Σουλιώτη. Γρήγορα βρήκαν μερικούς αρματολούς, που ήταν πρόθυμοι να ρισκάρουν και να περάσουν έξω από το τείχος και αφού τους εφοδίασαν με κουλούρες σκοινί, πήδηξαν το τείχος, και σαν σκιές, μουλωχτά και αθόρυβα, άρχισαν να σέρνονται ανάμεσα στους πεθαμένους, ξαρματώνοντάς τους.

Στο στρατόπεδο των Τούρκων επικρατούσε αναβρασμός. Πρόχειρα ιατρεία είχαν στηθεί για να περιθάλψουν τους λαβωμένους της μάχης που φαινόταν ατελείωτοι. Με τα πτώματα των συντρόφων τους θα ασχολούνταν αργότερα, κατά τη διάρκεια της νύχτας. Και έτσι, οι αρματολοί, συνέχιζαν ανενόχλητοι τη δουλειά τους. Μάζευαν πρώτα τα καριοφίλια και τα έδεναν όλα μαζί με το σκοινί που είχαν μαζί τους. Έπειτα, οι σύντροφοί τους, που βρισκόταν μέσα στην πόλη, τραβούσαν το άλλο άκρο του σκοινιού που είχαν κρατήσει μέσα από το τείχος, μπάζοντας τον οπλισμό μέσα. Μετά τα καριοφίλια, είχαν σειρά οι κουμπούρες, τα γιαταγάνια και άλλα είδη οπλισμού των Τούρκων.

Οι αρματολοί που έκαναν αυτή τη δουλειά, ήρθαν αρκετές φορές πρόσωπο με πρόσωπο με βαριά λαβωμένους Τούρκους, και για να μην προδοθούν, τους έκλειναν το στόμα και τους έκοβαν το λαρύγγι, ενώ οι λαβωμένοι προσπαθούσαν να παρακαλέσουν για τη ζωή τους, μόλις ένιωθαν τα δόντια των χατζαριών να τους πριονίζουν τον λαιμό.

Μέχρι να περάσει μια ώρα, η δουλειά των καπεταναίων είχε γίνει. Οι αρματολοί κατάφεραν να μεταφέρουν μεγάλο μέρος των αρμάτων των νεκρών μέσα στην πόλη, και ένα σημαντικό κομμάτι της φρουράς ξαναοπλίστηκε. Και δεν ήταν μόνο τα καριοφίλια το όφελος. Μαχαίρια, παλάσκες, γιαταγάνια, πολλά από τα οποία ήταν σφυρηλατημένα στην Δαμασκό και προκαλούσαν τον θαυμασμό των αρματολών, καθώς και τσεκούρια και άλλα είδη για τον πόλεμο που χρησιμοποιούσαν οι στρατιώτες του Σουλτάνου. Και όταν η νύχτα προχώρησε για τα καλά, βγήκαν από το στρατόπεδό τους, οι σκλάβοι, για να μα-

ζέψουν τα πτώματα. Μόλις αυτοί αντίκρισαν τους απο-
γυμνωμένους από άρματα νεκρούς, έβαλαν τις φωνές. Οι
Τούρκοι μαζί με τους Τουρκαλβανούς βγήκαν τότε από
το στρατόπεδο και πλησίασαν προσεκτικά τους νεκρούς.
Μετά από λίγο, οι υπερασπιστές της πόλης, άκουσαν τις
βλαστήμιες και τις κατάρες τους. Τότε, στη μέση της νύ-
χτας, ολόκληρη η φρουρά ξέσπασε σε γέλια και κοροϊδίες
για το πάθημά τους. Ένας αρματολός, που γνώριζε καλά
την τουρκική, ανέβηκε πάνω στο τείχος και καθώς ήταν
στεφανωμένος στο φεγγαρόφωτο, πρότεινε το καριοφί-
λι του ρίχνοντας μια μπαταριά στον αέρα.

«Με αυτό το καριοφίλι» φώναξε «που τώρα έγινε
δικό μου, θα σκοτώσω και εσάς, όπως σκότωσα και τον
πραγματικό του αφέντη».

Τα βόλια από τις τούρκικες κουμπούρες έσκισαν
τον νυχτερινό ουρανό ψάχνοντας για το σώμα του αρμα-
τολού που είχε ήδη πηδήξει κάτω. Τα γέλια και οι κοροϊδί-
ες συνεχίστηκαν μέχρι το πρωί και όταν πια οι αρματολοί
απόκαμαν, τράβηξε ο καθένας να ξεκουραστεί, αφήνο-
ντας άλλον στο πόδι του.

Μόλις ξημέρωσε για τα καλά, οι δύο πασάδες, έμα-
θαν για το πλιάτσικο των νεκρών, και σκύλιασαν από το
κακό τους. Κάλεσαν σε συμβούλιο όλα τα ρετζάλια τους
για να κάνουν σχέδιο ώστε να πατήσουν με κάθε κόστος
αυτή την πολιτεία, που στεκόταν εμπόδιο στον δρόμο
τους. Οι μέρες όμως περνούσαν και οι πασάδες δεν μπο-
ρούσαν να καταλήξουν σε κάποια απόφαση. Το πυροβο-
λικό του Βρυώνη, βομβάρδιζε σε καθημερινή βάση την

πολιτεία, αλλά μέσα από αυτήν ακουγόταν γέλια και τραγούδια στα κενά που άφηναν οι βόμβες πριν σκάσουν και οι κανονιέρηδες του Βρυώνη έσκαγαν από το κακό τους.

Μέσα στην πολιτεία, κάθε μέρα που περνούσε, κατέφταναν καινούρια επαναστατικά σώματα με νέους οπλαρχηγούς και η φρουρά δυνάμωνε ακόμα πιο πολύ. Υπήρχαν μέρες που ορισμένοι αρματολοί επιχειρούσαν αιφνιδιαστικά γιουρούσια στο στρατόπεδο των Τούρκων, σπέρνοντας τον θάνατο και τον πανικό.

Με αυτού του είδους τον πόλεμο αλλά και με τις συνεχείς αποτυχημένες απόπειρες των δύο πασάδων να πατήσουν το τείχος και να ισοπεδώσουν την πολιτεία, ο καιρός περνούσε και ο ερχομός του χειμώνα έκανε ακόμα πιο δύσκολα τα πράγματα για τους πολιορκητές, που το μόνο που έκαναν πια για να θυμίζουν τους κλεισμένους πως βρίσκονται ακόμη εκεί, ήταν να ρίχνουν που και που καμιά βόμβα από τα κανόνια τους.

Με αυτά τα γεγονότα, ο Δεκέμβρης του 1822, κόντευε να φτάσει στα μισά του.

Ο σκοπός στεκόταν όρθιος στο κέντρο της πάσαρας[15], τυλιγμένος ολόκληρος με την κάπα του, καθώς το υπερβολικό κρύο σε συνδυασμό με την υγρασία, τρυπούσε τη σάρκα και έλιωνε τα κόκαλα. Ο σκοπός είχε βγάλει το κοντάρι, με το οποίο έσπρωχνε τη μικρή βάρκα, από το νερό και την είχε τοποθετήσει πίσω από μια συστάδα με καλαμιές, ώστε να μην είναι ορατή στο αυλάκι της νερομάνας, που σχηματιζόταν στη λιμνοθάλασσα. Φύλαγε μια είσοδο, που υπήρχε για το Μεσολόγγι μέσα από τη λιμνοθάλασσα και, καθώς βλαστημούσε για το τσουχτερό κρύο αλλά και για τη γκαντεμιά του να του τύχει πάλι αυτού το χειρότερο πόστο για σκοπιά, άκουσε τον αμυδρό παφλασμό που κάνουν τα κουπιά όταν χτυπάνε στο νερό και τέθηκε σε επιφυλακή. Ξαφνικά ξέχασε το κρύο, καθώς διέκρινε μια βάρκα να πλησιάζει γρήγορα, με έναν άντρα να στέκεται στο μέσον της και να ανεβοκατεβάζει γρήγορα ένα αυτοσχέδιο κουπί αδιαφορώντας για τον θόρυβο που έκανε. Ο σκοπός πέταξε από πάνω του την κάπα και σήκωσε το καριοφίλι του, στερεώνοντάς το στον ώμο. Σημάδεψε τον εισβολέα, που δεν τον είχε δει, αλλά πριν τραβήξει τη σκανδάλη, κάτι τον σταμάτησε.

«Ποιος είναι εκεί;» φώναξε.

Ο εισβολέας πάγωσε στη θέση του με το κουπί να στάζει έξω από το νερό. Με μια κίνηση πέταξε το κουπί στη λιμνοθάλασσα και σήκωσε τα χέρια του, δείχνοντας πως δεν είναι οπλισμένος. Ο σκοπός ερίξε το κοντάρι ξανά στο νερό, έδωσε μια στο βυθό της λιμνοθάλασσας και η πάσαρα βγήκε ορμητικά πίσω από τα καλάμια, κόβοντας τον δρόμο του εισβολέα.

15 Πάσαρα: μικρή βάρκα χωρίς καρίνα.

«Μη για τον Θεό, μην ρίξεις. Χριστιανός είμαι και εγώ και φέρνω μαντάτα για τους αρχηγούς σου» είπε ο άγνωστος βλέποντας τον σκοπό να έχει στραμμένο το καριοφίλι καταπάνω του.

Εκείνος δε χαλάρωσε την προσοχή του, αν και η φωνή του αγνώστου κάτι του θύμιζε, καθώς τον άκουγε να μιλάει.

«Είμαι ο Γιάννης Ζούκας, ο διερμηνέας του Βρυώνη. Δεν ξέρω αν με είχες δει τότε που ήρθα μέσα στο Μεσολόγγι μαζί με τον Ζαρίφ Μπέη για να κάνω τον διερμηνέα, όμως τώρα έρχομαι κρυφά και με κίνδυνο της δικής μου ζωής αλλά και της οικογένειάς μου, για να πω στους αρχηγούς σου ένα μεγάλο μυστικό»

Ο σκοπός, μόλις άκουσε το όνομά του, κατάλαβε αμέσως ποιος ήταν, γιατί την ημέρα των διαπραγματεύσεων, βρισκόταν και αυτός κοντά στον Ραζηκότσικα που μιλούσε με τον μπέη και θυμόταν τον μικροκαμωμένο που μιλούσε και τις δύο γλώσσες. Θυμόταν επίσης πως ήταν Έλληνας, που ήταν στη δούλεψη του Βρυώνη.

«Και τι θέλει εδώ, τέτοια ώρα, ένας προδότης της φυλής του;» ρώτησε ο σκοπός χωρίς να κατεβάσει ούτε πόντο το καριοφίλι του.

«Θα καταπιώ τις προσβολές σου αρκεί να με οδηγήσεις σε κάποιον που κάνει κουμάντο. Ο Κιουταχής και ο Βρυώνης ετοιμάζουν κρυφή επίθεση για να σας πιάσουν απροετοίμαστους και να πατήσουν την πόλη. Πήγαινέ με γρήγορα στον αρχηγό σου και θα του κάνεις μεγάλη χάρη»

Ο σκοπός άρχισε να ανησυχεί από την επιμονή του άντρα, και όταν η βάρκα του γύρισε και το φεγγαρόφωτο φώτισε το πρόσωπο του Ζούκα, αποφάσισε πως έπρεπε να τον μεταφέρει αμέσως στον Ραζηκότσικα και στους άλλους οπλαρχηγούς.

«Δέσε τη βάρκα σου στα καλάμια γρήγορα και πήδα στη δικιά μου» είπε ο σκοπός. «Η έκφρασή σου κατάφερε να κάνει ό,τι δεν κατάφεραν τα λόγια σου».

Ο Ζούκας έδεσε την πάσαρα και πήδηξε στην πάσαρα του σκοπού και αυτός έριξε όλη του τη δύναμη πάνω στο κοντάρι και η μικρή βάρκα άρχισε να σκίζει γοργά τα νερά, μεταφέροντας τους δύο άντρες και το πολύτιμο μήνυμα στο Μεσολόγγι.

«Ηρέμησε και ξαναπές μου, τι σχεδιάζει ο Βρυώ-νης;» ρώτησε για δεύτερη φορά ο Ραζηκότσικας τον μι-κροκαμωμένο άντρα που έτρεμε μπροστά του. Ο αρχηγός είχε δώσε μια κούπα με ζεστό γάλα στον Ζούκα για να συ-νέλθει και αυτός, αφού ήπιε μια γουλιά, άρχισε να διηγεί-ται, ξανά από την αρχή, τα σχέδια των πασάδων.

«Πριν πέντε ημέρες, οι πασάδες μαζί με τα μεγαλύ-τερα ρετζάλια τους, συνάχτηκαν στη σκηνή του άρχοντα, του Βρυώνη. Εγώ βρισκόμουν στη σκηνή για να μετα-φράσω κάτι γράμματα Ελλήνων κατασκόπων που είχαν πέσει στα χέρια του Βρυώνη. Πριν ακόμη τελειώσω τη με-τάφραση άρχισαν να μαζεύονται στη σκηνή, ο Κιουταχής με τα ρετζάλια του και ο Βρυώνης με διέταξε να καθίσω σε μια γωνιά για να συνεχίσω. Έκανα ότι μου είπε, αλλά ο Κιουταχής μου έριξε μια άγρια ματιά και είπε στον Βρυώ-νη πως δεν έπρεπε να μιλήσουν μπροστά μου γιατί είμαι γκιαούρ και θα τους προδώσω στους δικούς μου».

«Βρε τον κερατά τον Κιουτάγια, δεν εμπιστεύεται κανέναν» είπε ο Λιακατάς, διακόπτοντας την αφήγηση του Ζούκα. «Τελικά, πώς σ' άφησαν να μείνεις;» συνέ-χισε ο Λιακατάς.

«Με το δίκιο του δεν εμπιστεύεται κανέναν, ο Κιου-ταχής. Δεν έφτασε να γίνει στρατηγός του Σουλτάνου εμπι-στευόμενος τους γύρω του» είπε ο Ζούκας και ο Ραζηκότσι-κας του έκανε ένα ανυπόμονο νεύμα για να συνεχίσει.

«Ο Βρυώνης τότε καθησύχασε τον Κιουταχή λέγο-ντάς του πως κρατούσε όλη μου την οικογένεια και πως, αν μου ξέφευγε κουβέντα για αυτά που θα άκουγα, θα τους παλούκωνε όλους μπροστά μου. Ο Κιουταχής, τότε, φάνηκε να ησυχάζει και εγώ στράφηκα να μαζέψω τα γράμματα και να πάω στη γωνιά να συνεχίσω και αυτοί, άναψαν τους ναργιλέδες τους και άρχισαν την κουβέντα».

Ο Ζούκας έκανε μια μικρή παύση και κοίταξε τους οπλαρχηγούς που τον έβλεπαν μέσα στα μάτια. Ήθελε να έχει την αμέριστη προσοχή τους, γιατί τώρα θα τους έλεγε τον λόγο για τον οποίο διακινδύνευε τη ζωή της οικογένειάς του. Όταν κατάλαβε πως όλοι κρεμόταν από τα χείλη του, ξανάρχισε την κουβέντα.

«Ο Κιουταχής, στην αρχή έλεγε, πως η κατάσταση στο ασκέρι του έχει γίνει ανυπόφορη. Ο χειμώνας τους θέριζε και τα τρόφιμα τελείωναν. Οι βροχές, που έπεφταν τον τελευταίο καιρό, είχαν κάνει το στρατόπεδο έναν απέραντο βούρκο και οι στρατιώτες του δύσκολα υπάκουαν τις εντολές των ανωτέρων τους. Ο Ομέρ Βρυώνης, άκουσε προσεκτικά τον Κιουταχή, και συμφώνησε με τα λεγόμενά του. Για να μην σας τα πολυλογώ, το συμπέρασμα που κατέληξαν οι δύο πασάδες ήταν πως αντιμετώπιζαν μεγάλο πρόβλημα με τον χειμώνα καθώς σάρωνε τις στρατιές τους που, ένα μεγάλο μέρος τους, είχε φτάσει στα όρια. Λύση δεν έβρισκαν για αρκετή ώρα, μέχρι που ένας αξιωματικός, με διαφορετική στολή από όλους τους υπόλοιπους, πρότεινε να κάνουν ένα μεγάλο γιουρούσι την 25η Δεκεμβρίου».

Ο Ζούκας σταμάτησε να μιλάει καθώς τα μάτια όλων των καπεταναίων είχαν γουρλώσει.

«Βρε τους άτιμους» ψέλλισε ο Ραζηκότσικας. «Τα Χριστούγεννα, που θα είμαστε όλοι στις εκκλησίες για να γιορτάσουμε τη γέννηση του Χριστού...»

«Ποιος είναι αυτός ο κερατάς που τους έβαλε αυτή την ιδέα;» ρώτησε ο Λιακατάς. «Είπες πως φορούσε διαφορετική στολή;»

Πριν προλάβει να μιλήσει ο Ζούκας, ο Μπότσαρης, πήρε τον λόγο.

«Μήπως φορούσε και ένα καπέλο με φτερά;» ρώτησε κοιτώντας τον Γιαννιώτη έμπορο.

«Δεν το φορούσε αλλά το κρατούσε στο χέρι του, δίπλα στο μακρύ αλλά ίσιο σπαθί του» απάντησε ο Ζούκας, κοιτώντας τον Μπότσαρη.

«Ευρωπαϊκό τσογλάνι είναι παλικάρια. Υπηρετεί τις λίρες του Σουλτάνου, μισθοφόρος».

Όλοι οι οπλαρχηγοί δεν είπαν τίποτα και ο Ζούκας συνέχισε.

«Ο Κιουταχής και ο Βρυώνης συμφώνησαν με την ιδέα αυτού του άντρα. Μάλιστα ο Κιουταχής είπε πως με αυτόν τον τρόπο θα μπορούσε να κουμαντάρει τα στρατεύματά του πέντε μέρες ακόμη, πριν τα ρίξει πάνω σε εμάς για να μας αφανίσουν. Πιστεύει πως το τείχος δε θα φυλάγεται καλά το βράδυ των Χριστουγέννων, για τον λόγο που είπε και ο Ραζηκότσικας. Και μάλλον έχει δίκιο...»

Ο Ζούκας τελείωσε την αφήγηση και σιωπή απλώθηκε ανάμεσα στους οπλαρχηγούς.

«Ώστε έτσι ο σκύλος, θέλει να μας πιάσει στον ύπνο και να μας πετσοκόψει, αλλά δε θα του γίνει το χατίρι του άπιστου» είπε ο Λιακατάς με τη φωνή του γεμάτη φονικό.

Ο Μακρής, όση ώρα κράτησε η διήγηση του Ζούκα, δεν είχε βγάλει μιλιά, παρά μόνο άκουγε και κοιτούσε τον μικρόσωμο έμπορο. Τώρα που σταμάτησε να μιλάει ο Λιακατάς, άρχισε αυτός.

«Εσύ, ορέ Ζούκα, τόσον καιρό τρως από τον Βρυώνη. Πώς αποφάσισες τώρα να δαγκώσεις το χέρι που σε ταΐζει;» ρώτησε με φωνή που έσταζε καχυποψία.

Ο Ζούκας, που περίμενε αυτή την αντιμετώπιση από τους καπεταναίους, απάντησε ήρεμα.

«Καπετάνιε, από την πρώτη στιγμή που με είδες, ξέρω πως δε με συμπάθησες. Ένιωσα την καταφρόνια στο βλέμμα σου και οι βρισιές και οι κουβέντες που άκουσα από τα παλικάρια σου, όταν πρωτόρθα στο Μεσολόγγι μαζί με τον μπέη, με κατατρέχουν κάθε βράδυ στα όνειρά μου. Όπως σας έχω ξαναπεί, εγώ δεν είμαι σαν και εσάς ήρωας και πολεμιστής, ούτε σπαθί μπορώ να πιάσω, ούτε καριοφίλι και στον βρόντο των κανονιών τα γόνατά μου λύνονται. Το μόνο που μπορώ να κάνω, είναι να σας μεταφέρω αυτή την πληροφορία με κίνδυνο της ζωής της οικογένειάς μου, που τόσο πολύ αγαπώ. Για αυτό δεν έπαιξα τη ζωή τους στα ζάρια για να έρθω εδώ και να σας πω κάτι το οποίο δε θα πιστέψετε. Τα λόγια μου είναι αληθινά πέρα για πέρα. Από και ύστερα είναι δικός σας θέμα για το τι θα κάνετε για να προστατέψετε την πόλη σας. Εγώ το χρέος μου το έκανα».

Ο Μακρής άκουσε τα λόγια του Ζούκα αλλά συνέχισε να τον κοιτάζει έντονα. Ο Ζούκας ανταπέδιδε σταθερά το βλέμμα και ο Μακρής, τράβηξε πρώτος το δικό του και το κάρφωσε στα μάτια του Ραζηκότσικα.

«Τι λες, Θανάση,» είπε «λέει την αλήθεια αυτός εδώ;»

«Νομίζω πως τον κρίνεις πολύ αυστηρά, καπετάν Μακρή. Κανένας από εμάς εδώ, δεν περνάει το δράμα που περνάει αυτός εδώ ο άνθρωπος. Ο Γιάννης Ζούκας, με την πράξη του, δείχνει πως είναι πιο γενναίος από πολλούς άλλους καθώς ρισκάρει, όχι μόνο τη ζωή του, αλλά και τη ζωή των αγαπημένων του, για να αποκαλύψει σ' εμάς την αλήθεια. Σ' εμάς που δεν του είμαστε τίποτα. Ούτε φίλοι του είμαστε, ούτε συμπολίτης μας είναι, ούτε του φερθήκαμε με τον καλύτερο τρόπο όταν ήρθε σαν διερμηνέας, αναγκασμένος να κάνει αυτό που του λένε. Πιστεύω πως λέει όλη την αλήθεια και θα είναι μεγάλη αποκοτιά από το μέρος μας, να μη πάρουμε στα σοβαρά αυτά που μας αποκάλυψε».

Ο Ζούκας άκουσε τα λόγια του Ραζηκότσικα και ένα χαμόγελο φώτισε το γεμάτο αγωνία πρόσωπο..

«Είσαι σπουδαίος άνθρωπος καπετάν Ραζηκότσικα» είπε «και είναι πολύ τυχεροί που σε έχουν στο πλευρό τους οι Έλληνες που βρίσκονται μέσα στην πόλη. Αυτά που είχα να σας πω τα είπα. Τώρα πρέπει να φύγω γιατί, ήδη λείπω πολύ ώρα και αλίμονό μου, αν καταλάβουν την απουσία μου». Ο Ζούκας, λέγοντας αυτά τα λόγια, έπιασε το μπράτσο του σκοπού που τον είχε φέρει μέχρι εδώ, και τον τράβηξε προς την πόρτα.

«Γιώργη, πήγαινέ τον γρήγορα εκεί που άφησε την πάσαρα, μπας και προλάβει να γυρίσει χωρίς να τον πάρουν χαμπάρι» είπε ο Ραζηκότσικας και όλοι οι συναγμένοι οπλαρχηγοί ξεπροβόδισαν τον Ζούκα.

Μόλις ο σκοπός χάθηκε μέσα στη νυχτιά, μαζί με τον Γιάννη Ζούκα, ζωηρές ομιλίες άρχισαν στο διοικητήριο.

«Τι κάνουμε τώρα, όρε παλικάρια;» ρωτούσε ο Λιακατάς. «Ο μήνας ξημερώνει είκοσι. Σύμφωνα με τα λεγόμενα του Ζούκα, σε πέντε μέρες θα κάνουν την κίνηση οι πασάδες».

Όλοι γύρισαν να κοιτάξουν τον Ραζηκότσικα, αλλά μια φωνή που ακούστηκε από το πλάι, τους τράβηξε την προσοχή.

«Το καλύτερο που έχουμε να κάνουμε για αρχή, είναι να ειδοποιήσουμε τον δεσπότη να κλειδώσει όλες τις εκκλησίες της πόλης εκείνη τη βραδιά. Μετά να ενημερώσουμε όλους τους άντρες, που μπορούν να πολεμήσουν, να ετοιμαστούν και να πιάσουν πόστα στο τείχος».

Ο γερό Καψάλης έστεκε ακουμπισμένος σε μια ροζιασμένη μαγκούρα και κοίταζε όλους τους οπλαρχηγούς στα μάτια, καθώς έλεγε αυτά τα λόγια.

«Ο Χρήστος Καψάλης έχει δίκιο και στα δύο πράγματα που είπε» άρχισε να λέει ο Μακρής «αλλά πρέπει πρώτα ο Ραζηκότσικας, να ενημερώσει τον κόσμο για το τι ακριβώς συμβαίνει για να μη δημιουργηθούν φασαρίες. Επίσης αυτό πρέπει να γίνει λίγο πριν τα Χριστούγεννα, για να μην υπάρξει κάποιος προδότης και σφυρίξει στους πασάδες, πως γνωρίζουμε και αυτοί ακυρώσουν την επίθεση. Σκεφτείτε το αυτό γιατί είναι πολύ σημαντικό. Θεωρητικά, εμείς δεν ξέρουμε τίποτα για το γιουρούσι, έτσι αν αληθεύουν τα λόγια του έμπορου και μας επιτεθούν, θα μας βρουν έτοιμους, και επειδή δε θα το περιμένουν, θα τους θερίσουμε...»

Όλοι οι οπλαρχηγοί συμφώνησαν με τα λόγια του

Μακρή και άρχισαν να καταστρώνουν το σχέδιο άμυνας που θα ακολουθούσαν. Ο Ραζηκότσικας είπε να αφήσουν πάνω του την ενημέρωση των πολιτών και, όλοι μαζί άρχισαν να προτείνουν τις απόψεις τους για το πώς θα μπορούσαν να προτάξουν καλύτερη άμυνα.

Οι μέρες πέρασαν και ήρθε η νύχτα των Χριστουγέννων. Σύσσωμη η φρουρά του Μεσολογγίου είχε πιάσει από νωρίς τα πόστα στο τείχος και χωρίς να κάνουν τον παραμικρό θόρυβο, περίμεναν να δουν αν τα λόγια του έμπορου, θα έβγαιναν αληθινά.

Όλες οι εκκλησίες της πόλης είχαν κλειδωθεί και ο ίδιος ο Ραζηκότσικας τις είχε επιθεωρήσει. Οι ανήμποροι, τα γυναικόπαιδα και τα μικρά παιδιά, που δεν μπορούσαν να βαστάξουν όπλο, είχαν κλειδωθεί στα σπίτια τους και περίμεναν με θανατερή αγωνία την εξέλιξη της βραδιάς. Μερικές από τις γυναίκες είχαν αρνηθεί να παραμείνουν κλειδαμπαρωμένες και βρισκόταν και αυτές κοντά στους πολεμιστές, έτοιμες να προσφέρουν οποιαδήποτε βοήθεια.

Η ώρα περνούσε και καμιά κίνηση δε διακρίνονταν στο αντίπαλο στρατόπεδο. Όλα έμοιαζαν να κοιμούνται κάτω από το φοβερό κρύο και τα νεύρα των πολεμιστών άρχισαν να τεντώνονται επικίνδυνα. Οι οπλαρχηγοί με ψίθυρους προσπαθούσαν να ηρεμήσουν τα παλικάρια τους, όταν ένας από αυτούς, που παρατηρούσε το τουρκικό στρατόπεδο, σφύριξε σιγανά και όλοι σώπασαν μεμιάς. Ο αρματολός, βγήκε από τις σκιές που τον κάλυπταν και κάτω από το ψυχρό φως του φεγγαριού, έδωσε με νοήματα στους συμπολεμιστές του να καταλάβουν πως είδε κίνηση έξω από το τείχος. Από τα άλλα σημεία της άμυνας άρχισε να ακούγεται μια αθόρυβη αναμπουμπούλα, που σήμαινε πως αυτή την κίνηση την είχαν διακρίνει και άλλοι σκοποί.

Και έξω από το τείχος, άρχισε να ακούγεται φασαρία

από πολλούς ανθρώπους, που προσπαθούσαν να παραταχτούν, υπακούοντας σε κοφτές χαμηλόφωνες διαταγές.

Οι υπερασπιστές τότε κατάλαβαν πως τα λόγια του Ζούκα ήταν αληθινά και έσφιξαν τα όπλα τους, περιμένοντας την επίθεση.

Ο Ραζηκότσικας, είχε διατάξει τη φρουρά να περιμένει να πλησιάσουν πρώτα σε απόσταση αναπνοής από το τείχος οι Τούρκοι και μετά να αρχίσουν να πυροβολούν χωρίς σταματημό. Τώρα αυτοί, υπακούοντας στις διαταγές, σήκωσαν τον λύκο των καριοφιλιών και περίμεναν με κομμένη την ανάσα.

Η ώρα περνούσε και η φασαρία που ακουγόταν έξω από το τείχος, άρχισε να δυναμώνει δημιουργώντας έναν πολεμικό βρυχηθμό. Τότε ένας Τούρκος μπέης, έδωσε το σύνθημα της γενικής επίθεσης και τα ενωμένα ασκέρια του Κιουταχή και του Βρυώνη, επιτέθηκαν εναντίον του Μεσολογγίου.

Οι κλεισμένοι περίμεναν το σύνθημα των αρχηγών τους και όταν οι Τούρκοι μαζί με τους Τουρκαλβανούς πλησίασαν το τείχος, τους το έδωσαν.

Τα καριοφίλια των αρματολών ξεπρόβαλαν από τις τρύπες του τείχους και βρόντηξαν όλα μαζί, προκαλώντας δυσάρεστη έκπληξη στους επιτιθέμενους, οι οποίοι, από το πρώτο κιόλας λεπτό της επίθεσης, κοντοστάθηκαν συγχυσμένοι. Οι πασάδες τους, τους είχαν υποσχεθεί πως, οι γκιαούρηδες θα βρίσκονταν στην εκκλησία για να γιορτάσουν και αυτοί θα καβαλούσαν ανενόχλητοι το τείχος για να κουρσέψουν τη γκιαουροπολιτεία.

Όμως κάτι τέτοιο δε συνέβαινε.

Πριν προλάβουν να σκεφτούν περισσότερα πράγματα, πέθαναν κάτω από το ασίγαστο πυρ που είχαν ανοίξει οι κλεισμένοι.

Από τα μετόπισθεν των Τούρκων, οι αξιωματικοί, έστελναν καινούριες φουρνιές στρατιωτών, διψασμένων για αίμα και πλιάτσικο και αυτοί ακολουθούσαν τη μοίρα της εμπροσθοφυλακής.

Οι δύο πασάδες, που προσπαθούσαν να παρακολουθήσουν την επίθεση από ασφαλή απόσταση, κατάλαβαν από την πρώτην μπαταριά πως το σχέδιό τους προδόθηκε. Φρύαξαν τότε από το κακό τους και, ουρλιάζοντας, άρχισαν να δίνουν καινούριες διαταγές στα ρετζάλια τους.

Ο Ομέρ Βρυώνης διέταξε το πυροβολικό του να αρχίσει και αυτό την επίθεση, συντονίζοντάς το να στοχεύει κατευθείαν πάνω σε ένα σημείο του τείχους, για να δημιουργηθεί ρήγμα, και να εισχωρήσουν οι άντρες τους από εκεί.

Ο Κιουταχής, διέταξε μαζική επίθεση όλων των στρατιωτών του και οι υπερασπιστές της πόλης, σάστισαν καθώς προσπαθούσαν να διακρίνουν μέσα στη νύχτα και έβλεπαν έναν τρομερό όγκο εχθρών να κινούνται εναντίον τους, αλλά δεν πρόδωσαν τις θέσεις τους. Τα καριοφίλια τους είχαν πάρει φωτιά και οι επιτιθέμενοι άφηναν αμέτρητα κουφάρια πίσω τους, καθώς η προέλαση συνεχίζονταν.

Ο σφοδρός κανονιοβολισμός του τείχους συνεχίζονταν και ρήγματα άρχισαν να κάνουν την εμφάνιση, ενώ καθώς η μέρα χάραζε, ο Ραζηκότσικας πηγαινοερχόταν ανάμεσα στους άντρες του προσπαθώντας να ανυψώσει το ηθικό τους με κάθε τρόπο.

«Βαστάτε γερά παλικάρια μου και στο τέλος αυτής της μέρας θα βλέπουμε τους κώλους των απίστων, γυρισμένους προς το τείχος μας να τρέχουν να σωθούν, μακριά από εμάς» φώναζε ο αρχηγός και μουγκρητά και κραυγές ακουγόταν από τους αρματολούς πριν τα σκεπάσει ο σάλαγος της μάχης.

Σε όλο το μήκος του τείχους η μάχη φούντωνε. Ο Κιουταχής και ο Βρυώνης έστελναν αμέτρητες δυνάμεις για να σκαρφαλώσουν και να γκρεμίσουν το τείχος, αλλά όλες οι επιθέσεις τους τσακίζονταν, σαν τα κύματα στον κυματοθραύστη, από τη φωτιά που εξαπέλυε η φρουρά της πόλης.

Είχαν περάσει δύο τρεις ώρες από την αρχή της επίθεσης και τα χέρια των αρματολών έτρεμαν από την υπερπροσπάθεια που κατέβαλαν. Έξω από το τείχος είχε γεμίσει τούρκικα κουφάρια που τα φώτιζαν οι ακτίνες ενός αρρωστιάρη δεκεμβριανού ήλιου. Ο αέρας βρομούσε αίμα και μπαρούτι, αναμειγμένο με άλλα υγρά από τα κουφάρια και η χιλιοστή οχτακοσιοστή εικοστή δεύτερη γέννηση του Θεανθρώπου, ξημέρωνε αιματοβαμμένη.

Οι αρματολοί ήταν στις θέσεις τους και χτυπούσαν τον εχθρό με τον ίδιο ρυθμό που τον χτυπούσαν και στην αρχή, αλλά τώρα τα μάτια τους έτσουζαν και δεν έβλεπαν καλά. Τα χείλη και ο λαιμός τους είχαν στεγνώσει και σκάσει. Ο κάθε καπετάνιος έβαλε ένα από τα παλικάρια του να τριγυρίζει στα πόστα τους δίνοντας στους άντρες από μια χούφτα νερό, αλλά ούτε αυτό έφτανε πια. Το πρόσωπο του Ραζηκότσικα είχε γίνει κατάμαυρο από την κάπνα του καριοφιλιού, αλλά τα μάτια του έλαμπαν από τη διέγερση. Έξω από το τείχος, στο πόστο του Ραζηκότσικα, είχαν συσσωρευτεί τόσα πολλά εχθρικά κουφάρια, που οι επιτιθέμενοι σκαρφάλωναν πάνω σε αυτά και πυροβολούσαν τους κλεισμένους.

Ο Κιουταχής, που δεν είχε αφήσει λεπτό το πεδίο της μάχης, αντίθετα είχε πλησιάσει επικίνδυνα στο τείχος, πρόσεξε τη σκάλα πτωμάτων που είχε δημιουργηθεί σε ένα σημείο και διέταξε ένα μεγάλο κομμάτι του στρατού του να επιτεθεί σε αυτή τη μεριά για να εκμεταλλευτεί τη σάρκινη σκάλα που είχε δημιουργηθεί από τα πτώματα των ίδιων των στρατιωτών του.

Ο Ραζηκότσικας, καταλαβαίνοντας τον κίνδυνο, έστειλε σήμα βοήθειας στους διπλανούς του οπλαρχηγούς και μίλησε γρήγορα στους άντρες του.

«Παλικάρια μου, ετοιμαστείτε σε λίγο για μάχη σώμα με σώμα. Οι Τούρκοι κάνουν γιουρούσι στη μεριά μας και θα ανέβουν εύκολα στο τείχος, πατώντας πάνω στα πτώματα των συμπολεμιστών τους που εμείς σωριάσαμε εκεί. Ας τους δώσουμε να καταλάβουν το λάθος που έκαναν να πολιορκήσουν το Μεσολόγγι...»

Οι άντρες του Ραζηκότσικα απάντησαν στον αρχηγό τους με μουγκρητά διπλασιάζοντας τις προσπάθειές τους. Στο πόστο δίπλα από τον Ραζηκότσικα, πολεμούσε ο Λιακατάς και μόλις έλαβε την ειδοποίηση του αρχηγού του, έσπευσε να τον βοηθήσει.

Ο κύριος όγκος των Τούρκων άρχισε να σκαρφαλώνει πάνω στους νεκρούς συντρόφους του, μέσα σε καταιγισμό από βόλια. Μετά από συνεννόηση των δύο πασάδων, ο Βρυώνης είχε στρέψει τις μπούκες των κανονιών του προς εκείνη τη μεριά του τείχους και τώρα τα πυρά τους περνούσαν πάνω από αυτό και έσκαγαν στην πλάτη των αρματολών, προκαλώντας πανδαιμόνιο.

Οι άντρες του Ραζηκότσικα γέμιζαν και πυροβολούσαν με ακόμη μεγαλύτερη ταχύτητα από πριν και αν και κάθε βόλι τους σήμαινε θάνατο, οι εχθροί που σκαρφάλωναν στα πτώματα και από εκεί στο τείχος, ολοένα και πλήθαιναν αντί να λιγοστεύουν. Ξαφνικά, το τείχος πάνω από τα κεφάλια των αρματολών, γέμισε εχθρούς, οι οποίοι άρχισαν να πηδούν μέσα στην πόλη.

Τότε έφτασε στο πόστο του Ραζηκότσικα ο Λιακατάς.

Χωρίς να σταματήσει την προέλαση, ο ξανθομάλλης οπλαρχηγός, έβγαλε από το σελάχι του τις δίδυμες κουμπούρες του και τις άδειασε στο πρόσωπο δύο Τούρκων που είχαν πηδήξει πρώτοι μέσα στην πόλη. Χωρίς να έχει χρόνο να τις ξαναγεμίσει, τις πέταξε στην άκρη, και τράβηξε από την πλάτη του τη φαρδιά του πάλα, ορμώντας στον τρίτο που είχε πηδήξει μέσα. Η πάλα κατέβηκε αστράφτοντας και χώθηκε λοξά στον ώμο του Τούρκου, διαλύοντας το κλειδοκόκαλο και ξεκολλώντας το σχεδόν μέχρι κάτω. Ο Τούρκος έπεσε ουρλιάζοντας και ο Λιακατάς τράβηξε απότομα την πάλα από το σώμα του, την κρέμασε στην πλάτη του και άρχισε να σκαρφαλώνει στο τείχος. Εκείνη ακριβώς τη στιγμή, ένας Τούρκος μπαϊρακτάρης[16] κάρφωσε το μπαϊράκι[17] του, με την ημισέληνο να κυματίζει, στην πάνω μεριά του τείχους. Μια

16 Μπαϊρακτάρης: σημαιοφόρος
17 Μπαϊράκι: σημαία

βοή ακούστηκε από το στρατόπεδο των Τούρκων, βλέπο-
ντας τη σημαία τους να κυματίζει πάνω στο τείχος και το
ηθικό τους έφτασε στα ουράνια. Άρχισαν να τρέχουν και
να σκαρφαλώνουν με μεγαλύτερη ορμή, για να είναι από
τους πρώτους που θα μπουν στην πόλη. Ο Κιουταχής είδε
τη σημαία να κυματίζει και σκέφτηκε πως μια ακόμη νίκη
πλησίαζε για τον στρατό του.

Κανείς όμως δεν είδε τον φουστανελά που έστεκε
στην κορυφή του τείχους, μόνος, απέναντι από τους εχθρούς
και τη σημαία τους, με μάτια κατακόκκινα και φλογισμένα.

Ο Ραζηκότσικας, είδε τον Λιακατά να έχει ξεκάνει
τρεις από τους Τούρκους, πριν προλάβει αυτός να ανοι-
γοκλείσει τα βλέφαρα του, τον είδε να στέκει μόνος πάνω
στο τείχος παρακολουθώντας τη σημαία που ξεδίπλωνε
και έβγαλε μια κραυγή, καθώς άρχισε και αυτός να σκαρ-
φαλώνει στο τείχος ακολουθούμενος από τους άντρες του.

Όλοι τράβηξαν τα γιαταγάνια και τις πάλες τους και,
για όσο κρατάει ένα ανθρώπινο καρδιοχτύπι, αναμετρήθη-
καν με τον εχθρό με τα μάτια. Έπειτα ξέσπασε η κόλαση.

Ο Ραζηκότσικας όρμησε με τους άντρες του πάνω
στους Τούρκους που είχαν σκαρφαλώσει στο τείχος και
άρχισαν να τους πετσοκόβουν.

Σε μάχη σώμα με σώμα τα πυροβόλα όπλα λίγη
χρησιμότητα είχαν. Οι Τούρκοι πρόλαβαν και έριξαν μια
βολή, πριν οι Έλληνες πέσουν πάνω τους σαν τους λύ-
κους. Δύο τρεις άντρες του Ραζηκότσικα σωριάστηκαν
από τα βόλια αλλά οι υπόλοιποι άρχισαν να κατασφάζουν
τους αντιπάλους τους.

Ο Λιακατάς, είχε βάλει στόχο τον μπαϊρακτάρη και τη σημαία του και άνοιγε δρόμο ανάμεσα στους εχθρούς, στριφογυρίζοντας την πάλα του, θερίζοντας όποιον έμπαινε μπροστά του.

Ενώ η μάχη γύρω του φούντωνε ολοένα και περισσότερο, αυτός έφτασε στον μπαϊρακτάρη, και έπεσε πάνω του. Ο Τούρκος δεν αιφνιδιάστηκε από την επίθεση. Απέκρουσε την πάλα του Λιακατά με το γιαταγάνι του και με το άλλο του χέρι τράβηξε την κουμπούρα από τη ζώνη του, χαμογελώντας στον Έλληνα οπλαρχηγό.

Ο Λιακατάς, βλέποντας τον κίνδυνο που διέτρεχε, χρησιμοποίησε την απόκοσμη γρηγοράδα του, που και άλλες φορές στο παρελθόν τον είχε σώσει. Αντί να απομακρυνθεί από τον μπαϊρακτάρη, δίνοντάς του την ευκαιρία να τραβήξει τη σκανδάλη, έπεσε πάνω του και κυλίστηκαν και οι δύο χάμω. Η κουμπούρα έφυγε από το χέρι του Τούρκου και ο Λιακατάς έσφιξε το λαιμό του για να τον πνίξει αλλά αυτός δεν ήταν εύκολος αντίπαλος. Με το κεφάλι του χτύπησε τον Λιακατά στο μεσόφρυδο, ελευθερώθηκε από τη λαβή του και σηκώθηκε όρθιος πρώτος. Ο Λιακατάς πετάχτηκε και αυτός όρθιος, με το αίμα να τρέχει από το μέτωπο και βρέθηκε δίπλα στη σημαία που είχε καρφώσει ο Τούρκος, την ώρα που αυτός έσκυβε να πιάσει την κουμπούρα του. Ο Λιακατάς δεν έχασε χρόνο. Άρπαξε το κοντάρι της σημαίας και με ένα τράβηγμα το ξεκόλλησε από το τείχος. Με ένα άλμα βρέθηκε δίπλα στον μπαϊρακτάρη, που εκείνη τη στιγμή ανασηκωνόταν με την κουμπούρα στο χέρι και του κάρφωσε στην πλάτη το κοντάρι, βγάζοντας ένα ουρλιαχτό άγριου ζώου. Ο μπαϊρακτάρης κατέρρευσε με το κοντάρι της σημαίας να εξέχει από την πλάτη του και ο Λιακατάς τον κλώτσησε, στέλνοντας τον κάτω από το τείχος, μέσα στην αγκαλιά των συντρόφων του που συνέχιζαν να σκαρφαλώνουν.

Όταν ο Λιακατάς κλώτσησε τον μπαϊρακτάρη γκρεμίζοντας τον από το τείχος, η προέλαση των Τούρκων σταμάτησε για μια στιγμή και μετά κόπηκε εντελώς. Φόβος φώλιασε στις καρδιές τους και πριν προλάβουν να κάνουν κάποια κίνηση, οι αρματολοί, με μπροστάρη τον Λιακατά, έπεσαν πάνω τους και άρχισαν να τους λιανίζουν. Ακριβώς εκείνη τη στιγμή ήρθαν ενισχύσεις και από τα άλλα πόστα και εκεί που πριν μερικές στιγμές η νίκη των Τούρκων φαινόταν σίγουρη, τώρα η πλάστιγγα έγερνε προς τη μεριά των Ελλήνων.

Με φοβερά ουρλιαχτά οι αρματολοί κατακρεουργούσαν τους εχθρούς τους, που βρισκόταν πάνω στο τείχος, διαλύοντας την ψυχολογία τους. Όσα τούρκικα κουφάρια έμεναν πάνω στο τείχος, ένας αιμοβόρος αρματολός τα αποκεφάλιζε και τα πετούσε κατευθείαν στην αγκαλιά των συντρόφων τους που βρισκόταν από έξω, ενισχύοντας το θέατρο του τρόμου. Μέσα από αυτή την πίεση, η επίθεσή τους δεν άργησε να ανατραπεί και να αρχίσει μια πανικόβλητη υποχώρηση. με τυφλά μάτια. Η εμπροσθοφυλακή τους, που δέχονταν τα περισσότερα πλήγματα, γύρισε και τράπηκε σε φυγή, μην υπολογίζοντας ούτε τους τραυματίες που άφηναν πίσω τους αλλά ούτε και τις διαταγές των αξιωματικών τους. Οι αρματολοί, έχοντας χάσει πια τα λογικά τους από την τρέλα της μάχης, ξεχύθηκαν στο κατόπι των εχθρών τους που υποχωρούσαν πανικό- βλητοι και όποιον προλάβαιναν τον σκότωναν επιτόπου. Μήτε οι διαταγές των καπεταναίων τους δεν μπορούσαν να τους κάνουν καλά, μήτε ο φόβος για το αντίπαλο στρα- τόπεδο στο οποίο εισχωρούσαν. Ο φόνος κόχλαζε στο αίμα τους και προσπαθούσαν να τον τιθασεύσουν σκοτώνο- ντας όσους πιο πολλούς μπορούσαν.

Ο Κιουταχής με τον Βρυώνη είδαν την άτακτη υπο- χώρηση των στρατευμάτων τους, είδαν και τους αιμα- τοβαμμένους αρματολούς να ξεχύνονται και να δολοφο- νούν πισώπλατα τους πανικόβλητους στρατιώτες τους και διέταξαν γενική υποχώρηση.

Ο υπόλοιπος στρατός τους, βλέποντας την πανω- λεθρία που πάθαιναν οι δικοί τους, άρχισε να υποχωρεί άτακτα. Απλά έστρεψαν τα νώτα τους στον εχθρό και τράπηκαν σε φυγή.

Οι αρματολοί, μεθυσμένοι από το αίμα και τρελοί από τους θανάτους που προκαλούσαν, συνέχισαν το κυ- νηγητό τους για αρκετή ώρα και όταν πια χόρτασαν αίμα και τρόμο, άρχισαν να επιστρέφουν στην πόλη και οι ιαχές θριάμβου που έβγαζαν ακουγόταν σε όλο το Μεσολόγγι.

Ο Ραζηκότσικας στεκόταν στην πύλη της πόλης και όταν και ο τελευταίος από τους αρματολούς μπήκε μέσα, έκλεισε την πύλη και τη σφράγισε. Γύρισε τότε προς τα μέσα και αντίκρισε τους άντρες που στεκόταν μπροστά του και γύρω του. Μέσα σε μια στιγμή ο Ραζηκότσικας είδε άντρες να αγκαλιάζονται χαρούμενοι για τη νίκη τους. Παρακάτω είδε άλλους να στραγγίζουν από τη φουστανέλα τους το αίμα που έχυσαν και να ρίχνουν χούφτες νερό στο πρόσωπό τους. Μέχρι να πλύνουν το πρόσωπο από την μπαρούτι και από τα αίματα, οι αρματολοί δεν έμοιαζαν με ανθρώπους αλλά με δαίμονες που ξεπήδησαν από τα βάθη της κόλασης και η δουλειά τους ήταν να σφάζουν ανθρώπους. Τα πρόσωπά τους είχαν αγριέψει τόσο πολύ που φοβόσουν να τα αντικρίσεις κατάματα. Μόνο όταν έπλυναν τα αίματα άρχισαν να μοιάζουν πάλι με ανθρώπινα, έλλογα, πλάσματα.

Σε όλο το μήκος τους τείχους, οι πολεμιστές έριχναν μπαταριές στον αέρα και ούρλιαζαν προσβολές κατά των εχθρών. Ο Ραζηκότσικας σήκωσε και αυτός τις κουμπούρες του και τις άδειασε χαρμόσυνα στον δεκεμβριανό ουρανό, παίρνοντας και αυτός μέρος στη γιορτή.

Όταν ο αρχηγός άρχισε να ηρεμεί από την αδρεναλίνη της σύγκρουσης, έβαλε μερικούς άντρες να μαζέψουν τα πτώματα των αρματολών που είχαν σκοτωθεί. Όσοι από τους νεκρούς είχαν οικογένειες μέσα στην πόλη, τα σώματα τους παραδόθηκαν σε αυτές και όσοι δεν είχαν, ανέλαβαν συμπολεμιστές τους να τους θάψουν. Το ίδιο έκαναν και οι άλλοι καπεταναίοι, αποτείνοντας έτσι τον ύστατο χαιρετισμό σε αυτούς που έδωσαν τη ζωή τους για τη μεγάλη νίκη.

Τα λάφυρα που απέκτησαν οι αρματολοί ήταν αμέτρητα. Οι Τούρκοι που υποχωρούσαν είχαν πετάξει τον οπλισμό τους και οι αρματολοί τον είχαν μεταφέρει μέσα στην πόλη, σωριάζοντας τα όπλα σε μεγάλους σωρούς και ο καθένας πήγαινε και έπαιρνε ό,τι ήθελε.

Στο τουρκικό στρατόπεδο, ο πανικός από τη σφαγή που είχαν υποστεί, δεν έλεγε να καταλαγιάσει. Οι στρατιώτες των δύο πασάδων έτρεμαν ακόμη από τη σύγκρουση και η ψυχολογία τους είχε διαλυθεί. Διαμάχες ακούγονταν σε διάφορα μέρη για την κοροϊδία που τους πρόσφεραν οι αρχηγοί τους. Κανείς δεν ήξερε πως το σχέδιο των αρχηγών τους είχε προδοθεί και οι Έλληνες τους περίμεναν με το δάχτυλο στη σκανδάλη. Έτσι όλοι κατηγορούσαν τους αρχηγούς. Οι απώλειες που αριθμούσαν τα ενωμένα ασκέρια ήταν μεγάλες. Εκατοντάδες ήταν οι νεκροί και διπλάσιοι οι τραυματίες που είχαν μεταφερθεί κακήν κακώς στα πρόχειρα ιατρεία ενώ οι περισσότεροι από αυτούς απλώς εγκαταλείφθηκαν στη μοίρα τους.

Η πίστη τότε των στρατιωτών του Σουλτάνου προς τους διοικητές τους, άρχισε να κλονίζεται.

Είχε αρχίσει να νυχτώνει και στην πόλη του Μεσολογγίου τα πανηγύρια για τη νίκη, είχαν κοπάσει. Οι πληγωμένοι φρόντιζαν τις πληγές τους και οι συγγενείς των νεκρών, θρηνούσαν αλλά ήταν περήφανοι.. Ο Ραζηκότσικας μαζί με τους υπόλοιπους καπεταναίους, όρισαν τους σκοπούς της νύχτας και τους τόνισαν να επαγρυπνούν, σε περίπτωση που οι Τούρκοι ξαναδοκίμαζαν να επιτεθούν. Έπειτα πήγαν στα σπίτια τους να ξεκουραστούν.

Ο Ραζηκότσικας, αφού έδωσε συγχαρητήρια, για ακόμη μια φορά, στους καπεταναίους τους καληνύχτισε και μαζί με τον Λιακατά προχώρησαν για τα σπίτια τους. Οι δύο άντρες προχωρούσαν αμίλητοι, σκεπτόμενοι την πρωινή μάχη και τη μεγάλη τους νίκη. Ο αρχηγός ξαναέφερνε στο μυαλό του τη στιγμή που ο Λιακατάς όρμησε μόνος τους πάνω στο τείχος, γεμίζοντας τις καρδιές των συμπολεμιστών του με θάρρος.

« Δε φοβήθηκες, Γρηγόρη;» τον ρώτησε σταματώντας και κοιτάζοντάς τον κατάματα.

«Τι να φοβηθώ, καπετάν Θανάση;»

«Να τη στιγμή που όρμησες μόνος σου πάνω στους εχθρούς που γέμιζαν το τείχος. Όταν τους είδες απέναντι, όλους μαζί έτοιμοι να σε ξεκάνουν, δε φοβήθηκες;»

Ο Λιακατάς άκουσε τα λόγια του Ραζηκότσικα και σκέφτηκε αρκετή ώρα πριν απαντήσει.

«Φοβήθηκα πιο πολύ από όσο μπορείς να φανταστείς καπετάνιε. Και αυτός ο φόβος μ' έσπρωχνε να πηδήξω πάλι κάτω από το τείχος και να βρεθώ ανάμεσα σας».

«Τι ήταν αυτό που σε κράτησε όμως, Γρηγόρη; Τι

ήταν αυτό που ήταν δυνατότερο από τον φόβο που ένιω-
θες εκείνη τη στιγμή;»

Αυτή την ερώτηση ο Λιακατάς δεν τη σκέφτηκε
καθόλου.

«Η ντροπή καπετάνιε» απάντησε. «Η ντροπή που
θα αισθανόμουν αν ξαναπηδούσα μέσα στην ασφάλεια
του τείχους. Δε θα μπορούσα να συνεχίσω γνωρίζοντας
πως, την κρίσιμη στιγμή, δείλιασα και πισωπάτησα. Κα-
λύτερα να πέθαινα».

Ο Ραζηκότσικας άκουσε την απάντηση του Λια-
κατά και κούνησε το κεφάλι του σαν να καταλάβαινε τι
ακριβώς εννοούσε.

« Κι εμένα η ντροπή μ' έκανε να πηδήξω πάνω στο
τείχος και να σταθώ στο πλάι σου. Και φαντάζομαι και
οι υπόλοιποι που με ακολούθησαν, αισθάνθηκαν ακριβώς
το ίδιο. Ντροπή προς τον συμπολεμιστή τους, να τον αφή-
σουν μόνο του την ώρα της μάχης».

Ο Λιακατάς συμφώνησε με ένα καταφατικό νεύμα
του κεφαλιού του και συνέχιων να προχωρούν στον σκο-
τεινό δρόμο. Καθώς απομακρύνονταν από το τείχος, εξα-
σθενούσαν και οι κραυγές των πληγωμένων που κείτονταν
έξω από αυτό και οι δικοί τους δεν τους είχαν μαζέψει ακό-
μη. Τη σιωπή που τους είχε κυκλώσει, έσπασε ο Λιακατάς.

«Θα προτιμούσα να πεθάνω εκείνη τη στιγμή, παρά
να με νικήσει ο φόβος και να οπισθοχωρήσω. Δε θα μπο-
ρούσα να αντικρίσω ξανά κανέναν στα μάτια».

Ο Ραζηκότσικας δεν είπε τίποτα παρά μόνο κοίταξε
τον Λιακατά και συνέχισε να προχωράει. Ήξερε πως η αυ-

τοθυσία, ορισμένων από τους άντρες, θα έδινε το παράδειγμα και στους άλλους και θα ήταν η κινητήρια δύναμη που θα κρατούσε ζωντανό το Μεσολόγγι.

Μετά από ακόμη λίγο σιωπηλό περπάτημα, οι δύο άντρες έφτασαν στα σπίτια τους και καληνύχτισε ο ένας τον άλλον.

Ο Ραζηκότσικας έσπρωξε την αυλόπορτα του σπιτιού του και μπήκε στην αυλή. Η γυναίκα του τον περίμενε όρθια στην παραστάδα της πόρτας, και όταν τον είδε, έτρεξε και έπεσε στην αγκαλιά του.

«Θανάση μου, γύρισες επιτέλους...» του είπε, φιλώντας τον ταυτόχρονα σε όλο του το πρόσωπο. «Μόλις λάκισαν οι άπιστοι, εγώ γύρισα εδώ για να σε περιμένω, αλλά εσύ άργησες πάρα πολύ...»

Η γυναίκα του Ραζηκότσικα, κατά τη διάρκεια της μάχης, βρισκόταν μαζί με άλλες γυναίκες εκεί, κοντά στο τείχος και βοηθούσαν τους πολεμιστές.

Ο Ραζηκότσικας δεν είπε τίποτα, παρά μόνο αφέθηκε στην αγκαλιά της, καθώς όλη η κούραση και η ένταση της προηγούμενης νύχτας και της ημέρας που μόλις είχε περάσει, βγήκαν στην επιφάνεια με γοργό ρυθμό.

«Έλα μέσα, Θανάση, ν' αλλάξεις αυτή τη φουστανέλα, που είναι γεμάτη αίματα».

«Μη σε νοιάζει, καλή μου. Δεν είναι δικό μου αίμα. Των απίστων είναι» απάντησε ο αρχηγός και άφησε τη γυναίκα του να τον οδηγήσει στο εσωτερικό του σπιτιού τους.

Με το που ξημέρωσε η καινούρια ημέρα και ο ήλιος φώτισε τον τόπο, φωνές χαράς άρχισαν να ακούγονται σε όλο το Μεσολόγγι. Οι περισσότερες από τις φωνές, ερχόταν από τη μεριά του τείχους και οι Μεσολογγίτες, αγουροξυπνημένοι, άνοιγαν τις πόρτες των σπιτιών τους για να δουν τι συμβαίνει.

Ο Ραζηκότσικας, άκουσε μέσα στον ύπνο του τις φωνές και πετάχτηκε γρήγορα έξω στον δρόμο για να μάθει τι συμβαίνει.

«Καπετάν Θανάση, σωθήκαμε» του φώναξε ο Λιακατάς καθώς ερχόταν τρέχοντας προς μέρος του.

Ο Ραζηκότσικας σάστισε, μόλις άκουσε αυτά τα λόγια από το στόμα του Λιακατά και κατάλαβε πως κάτι σημαντικό συνέβη κατά τη διάρκεια της νύχτας.

«Τι είναι Γρηγόρη;» ρώτησε. «Γιατί τρέχεις και φωνάζεις έτσι;»

«Καπετάνιε, οι Τούρκοι δεν είναι πια εδώ. Τα μάζεψαν και έφυγαν» απάντησε χωρίς περιστροφές ο Λιακατάς.

«Γρηγόρη, πάρε μια ανάσα πρώτα για να ηρεμήσεις και μετά μου λες τι συμβαίνει» είπε ο Ραζηκότσικας.

Ο Λιακατάς ακούμπησε τις φαρδιές παλάμες στα γόνατά του, έσκυψε και άρχισε να ρουφάει αέρα με μεγάλες, θορυβώδεις αναπνοές. Μετά από λίγο, με την αναπνοή του να έχει επανέλθει στους κανονικούς ρυθμούς, άρχισε να μιλά.

«Καπετάνιε, χθες το βράδυ που αποχαιρετιστήκαμε για να πάμε και οι δύο στα σπίτια μας να ξεκουραστούμε, εγώ, λόγω της υπερέντασης της ημέρας, δεν είχα ύπνο στην αρχή. Αφού προσπάθησα για πολύ ώρα να κοιμηθώ, τα κατάφερα και κοιμήθηκα λιγάκι αλλά ξύπνησα πολύ πριν χαράξει η αυγή. Αφού δεν είχα τι να κάνω, καθώς ύπνος δεν υπήρχε περίπτωση να μου κολλήσει, αποφάσισα να κάνω μια βόλτα μέχρι το τείχος, για να δω πως ήταν τα πράγματα εκεί. Έφυγα από το σπίτι, και καθώς πλησίαζα στο τείχος, άκουσα μεγάλη αναμπουμπούλα και φασαρία. Τρόμαξα καθώς σκέφτηκα πως οι Τούρκοι ετοιμάζονται για καινούριο γιουρούσι τα ξημερώματα και έτρεξα για να δω τι κάνουν τα καραούλια[18], που είχες βάλει σκοπούς στο τείχος»

Ο Λιακατάς τα είχε πει όλα αυτά με μια ανάσα και τώρα που αυτή του σώθηκε σταμάτησε για να πάρει ακόμη μια για να συνεχίσει, ενώ ο Ραζηκότσικας τον παρακολουθούσε χωρίς να τον διακόπτει.

«Λοιπόν, όταν έφτασα εκεί, καπετάνιε, είδα όλους τους σκοπούς να είναι σκαρφαλωμένοι πάνω στο τείχος και να βλέπουν έξω, χωρίς να παίρνουν καμιά προφύλαξη. Παραξενεύτηκα τότε και ανέβηκα και εγώ να δω τι τηρούσαν. Έκανα χώρο πάνω στο τείχος και στο σκοτάδι που επικρατούσε ακόμη, διέκρινα μια μεγάλη ομάδα από πυρσούς να απομακρύνονται από το Μεσολόγγι. Με το που πέρασαν μερικά λεπτά και άρχισε να φέγγει ο Θεός τη μέρα, είδα ένα πολύ μεγάλο σώμα από τον στρατό των πασάδων, να αποχωρεί από το μέρος που είχε στρατοπεδεύσει. Έριξα τη ματιά μου σ' ολόκληρο το τουρκικό στρατόπεδο και αντίκρισα παντού ετοιμασίες των στρατιωτών και των σκλάβων τους για αποχώρηση. Και τώρα που μιλάμε και η τελευταία κολώνα[19] του Βρυώνη και του Κιουταχή, αναχωρεί από το Μεσολόγγι. Σωθήκαμε καπετάνιε, σωθήκαμε!»

Ο Ραζηκότσικας άκουσε τον μονόλογο του Λιακατά και δεν πίστευε στα αυτιά του, τα καλά νέα που άκουγε. Δεν μπορούσε να πιστέψει πως τα βάσανα είχαν τελειώσει τόσο γρήγορα.

«Τι καθόμαστε, μωρέ Γρηγόρη, πάμε να μηνύσουμε

---

18 Καραούλια: σκοποί
19 Κολώνα: μεγάλο κομμάτι στρατού.

και τους άλλους καπεταναίους για τα χαρμόσυνα νέα και μετά να γιορτάσουμε, μωρέ, τα Χριστούγεννα που δε μας βρήκαν στις εκκλησίες αλλά στον πόλεμο. Χαλάλι τους όμως γιατί χαλάσαμε τα σχέδια του Τούρκου και από ό,τι φαίνεται τους διώξαμε και από το Μεσολόγγι...»

Με αυτά τα λόγια, ο Ραζηκότσικας, τράβηξε το μανίκι της πουκαμίσας του Λιακατά, και έφυγαν για να βρουν τους άλλους καπεταναίους. Μετά όλοι μαζί, καπεταναίοι και άντρες και σύσσωμος ο λαός της πόλης, κατέληξαν στο τείχος για να δουν τη φυγή του εχθρού και μετά, όταν όλη η πεδιάδα άδειασε και δεν φαινόταν ίχνος Τούρκου, οι καπεταναίοι άνοιξαν την πύλη και όλοι ξεχύθηκαν έξω από το φρούριο.

Οι Τούρκοι, με την αποχώρηση τους, είχαν αφήσει πλήθος από πολεμικό υλικό καθώς και μερικά κανόνια, τα οποία είχαν κολλήσει τόσο βαθιά στη λάσπη της περιοχής, που δεν μπόρεσαν με τίποτα να τα ξεκολλήσουν και τα παράτησαν εκεί. Οι πολεμιστές, αντικρίζοντας τα λάφυρα και συγκεκριμένα τα κανόνια, έμπηξαν θριαμβευτικές κραυγές και άρχισαν να κουβαλούν μέσα στην πόλη, το παρατημένο πολεμικό υλικό.

Εκείνη τη μέρα της απελευθέρωσης, το Μεσολόγγι κάηκε από τους χορούς, το τουφεκίδι και τα τραγούδια των κλεισμένων. Οι οπλαρχηγοί που είχαν πρωτοστατήσει σε αυτή την πολιορκία, θεοποιήθηκαν από τους πολίτες του Μεσολογγίου και όλοι έλεγαν για το μεγάλο ρεζιλίκι που είχε πάθει η Τουρκιά, μπροστά στις πύλες αυτής της μικρής και ασήμαντης πόλης.

ΓΕΝΑΡΗΣ 1823 –
ΑΠΡΙΛΗΣ 1825

Μετά την απελευθέρωση της πόλης από την πρώτη πολιορκία, η ζωή κυλούσε ήρεμα στο Μεσολόγγι. Η πόλη, είχε αποκτήσει τη φήμη που της είχε δώσει η αντοχή της στην πολιορκία και διάφοροι επιφανείς άντρες, τόσο της Ελλάδας όσο και του εξωτερικού, άρχισαν να συρρέουν σε αυτή, με αποκορύφωμα τον ερχομό στο Μεσολόγγι του Άγγλου ποιητή Βύρωνα.

Ο Λόρδος Βύρων έφτασε στην πόλη στα μέσα του 1823 και ολόκληρη η πολιτεία συνάχτηκε στο λιμάνι για να δει από κοντά αυτόν, τον παγκοσμίως γνωστό, Άγγλο. Ο Χρήστος Καψάλης παραχώρησε, σ' αυτόν και στη συνοδεία του, ένα από τα σπίτια του για να μείνει κι εκείνος υποσχέθηκε πως θα βοηθήσει την Επανάσταση των Ελλήνων, με όποιον τρόπο μπορούσε.

Η αδύνατη κράση όμως του Λόρδου, σε συνδυασμό

με το υγρό κλίμα της λιμνοθάλασσας και την αμάθεια του σώματός του σε τέτοιες συνθήκες, δεν του επέτρεψαν να προσφέρει τίποτα στην Επανάσταση. Λίγους μόνο μήνες μετά την άφιξη του στην πόλη, ο ποιητής πέθανε, και το σώμα του στάλθηκε πίσω στην Αγγλία.

Ανάμεσα σ' εκείνα τα χρόνια, πέθανε και ενταφιάστηκε στο Μεσολόγγι ο Σουλιώτης οπλαρχηγός, Μάρκος Μπότσαρης, ο οποίος είχε παραπλανήσει τόσο έξυπνα τους Τούρκους στην πρώτη πολιορκία, γλυτώνοντας την πόλη από τα χειρότερα.

Ο Μπότσαρης, μετά το λύσιμο της πολιορκίας, είχε φύγει από την πόλη και με τους άντρες του καταδίωκε τα τούρκικα ασκέρια που λυμαίνονταν την περιοχή της Ρούμελης. Σε μια νυχτερινή επίθεση, εναντίον ενός τουρκικού στρατοπέδου, δέχτηκε ένα βόλι στο μάτι και ξεψύχησε στην αγκαλιά των συντρόφων του. Η σορός του άτυχου καπετάνιου μεταφέρθηκε στο Μεσολόγγι όπου θάφτηκε με μεγάλες τιμές, μετά από δημόσιο λαϊκό προσκύνημα.

Μετά τον θάνατο και τον ενταφιασμό του Μπότσαρη στην πολιτεία, έφτασε και ο άνθρωπος που έμελλε να παίξει τον καθοριστικότερο ρόλο στην καινούρια οχύρωση της πόλης. Ήταν ο Χιώτης οχυρωματοποιός, Μιχάλης Κοκκίνης.

Ο Κοκκίνης, είχε σπουδάσει στο εξωτερικό την τέχνη της οχυρωματικής και αποφάσισε να επιστρέψει στην Ελλάδα για να βοηθήσει την πατρίδα του στην Επανάσταση.

Κίνησε για την πατρίδα του, τη Χίο, αλλά δεν έφτασε ποτέ εκεί, καθώς στο νησί οι δυνάμεις του Σουλτάνου είχαν εξαλείψει κάθε ελληνικό στοιχείο, μετά από τετράμηνη επιχείρηση[20]. Έτσι ο Κοκκίνης κατέληξε στο Μεσολόγγι και πρότεινε στον Ραζηκότσικα και στους άλλους οπλαρχηγούς, να οχυρώσουν καλύτερα την πόλη, γιατί ο εχθρός θα συγκροτούσε ξανά τις δυνάμεις του και θα δοκίμαζε να την ξαναπάρει.

Ο Ραζηκότσικας, που ήταν σίγουρος πως κάτι τέτοιο θα ξαναγινόταν, συμφώνησε αμέσως με την ιδέα του Κοκκίνη και το τείχος ξαναχτίστηκε από την αρχή, με βάση τον σχεδιασμό του Χιώτη μηχανικού.

Έξω από αυτό άνοιξαν τάφρο, πολύ πιο μεγάλη και πιο βαθιά από την αρχική, η οποία διέσχιζε όλο το μήκος του τείχους και νερό από τη λιμνοθάλασσα κυλούσε ανάμεσά της, κάνοντας ακόμη δυσκολότερη τη διάβαση. Το τείχος που είχαν χτίσει οι Μεσολογγίτες, πριν την πρώτη πολιορκία, ξαναδημιουργήθηκε από την αρχή. Μπήκαν ακόμη πιο γερά θεμέλια και χτίστηκαν πυργώματα, που οι ντόπιοι τα έλεγαν ντάπιες ή προμαχώνες και πάνω σε αυτά τοποθετήθηκαν κανόνια. Ο Κοκκίνης έδωσε στους προμαχώνες ονόματα από εξέχουσες προσωπικότητες που, είτε βρίσκονταν μέσα στο Μεσολόγγι, είτε είχαν πεθάνει και θαφτεί εκεί, όπως ο Γερμανός στρατηγός Νόρμαν ή ο Άγγλος Λόρδος Βύρων και ο Σουλιώτης αρχηγός Μάρκος Μπότσαρης.

Όσο ο καιρός κυλούσε ειρηνικά για το Μεσολόγγι, επιτρέποντας στους κατοίκους να χτίσουν το τείχος και να ελπίζουν πως αυτό δε θα χρειαστεί, η Επανάσταση έβραζε στην υπόλοιπη Ελλάδα. Ο Σουλτάνος, μην μπορώντας τα τελευταία τέσσερα χρόνια να την καταπνίξει,

---

20 Αναφορά στην Σφαγή της Χίου που έλαβε χώρα στο νησί, στις 30 Μαρτίου 1822 και ολοκληρώθηκε τον Ιούλιο του ίδιου έτους.

αποφάσισε να ζητήσει βοήθεια από τον μεγάλο βεζίρη της Αιγύπτου, Μοχάμεντ Αλί. Ο Μοχάμεντ ανταποκρίθηκε στο κάλεσμα του και έστειλε τον γιο του, Ιμπραήμ πασά, να καταπνίξει την επανάσταση στον Μοριά.

Ο Ιμπραήμ ήταν ο πιο ξακουστός Αιγύπτιος στρατηγός. Είχε κάτω από τις εντολές του ασκέρι χιλιάδων υπηκόων, που ήταν οργανωμένο από εμπειροπόλεμους Ευρωπαίους αξιωματικούς. Οι αξιωματικοί του Ιμπραήμ, οργάνωναν και εκπαίδευαν τους Αιγυπτίους, σύμφωνα με τα ευρωπαϊκά πρότυπα. Έτσι ο στρατός του Αιγύπτιου πασά υπάκουε σε μια σιδερένια πειθαρχία που καμία σχέση δεν είχε με τους μέχρι τότε στρατούς των πασάδων.

Ο Ιμπραήμ, σάλπαρε από την Αίγυπτο, με τη διαταγή να πνίξει στο αίμα τον Μοριά και να περιμένει εκεί τον στρατό του άλλου στρατηγού της Τουρκιάς και όταν αυτός διέλυε την Επανάσταση στην Ρούμελη, να ενωθούν και οι δύο και να βαδίσουν εναντίον της Αθήνας για να δώσουν το τελειωτικό χτύπημα στους γκιαούρηδες.

Από τον βορρά κατέβαινε προς τη Ρούμελη ο παλιός γνώριμος των Μεσολογγιτών, ο Κιουταχής, με ασκέρι τριάντα χιλιάδων πολεμιστών. Στο διάβα του, ο Κιουταχής, έσπερνε τον τρόμο ερημώνοντας ολόκληρα χωριά και καταστρέφοντας οτιδήποτε μπορούσε να χρησιμοποιηθεί από τους Επαναστάτες εναντίον του. Επειδή όμως ο εμπειροπόλεμος πασάς γνώριζε τον άτιμο τρόπο πολέμου των γκιαούρηδων, με τα κρυφά τους γιουρούσια στη μέση της νυχτιάς και τις παγάνες που θα του έστηναν, αναγκάστηκε να αφήσει κομμάτια του στρατού του στα μετόπισθεν, για

να φυλάνε τα νώτα του. Έτσι η στρατιά του, καθώς κατη-
φόριζε για το Μεσολόγγι, ολοένα και μίκραινε σε δύναμη.
Αλλά και πάλι η αριθμητική υπεροχή του Κιουταχή ήταν
πολύ μεγάλη για να μπορέσουν να του αντισταθούν διά-
φορες ομάδες αρματολών, οι οποίες σκόρπισαν στο πέρα-
σμά του και μαζεύτηκαν μέσα στο Μεσολόγγι, φέρνοντας
την είδηση του στρατού που ερχόταν να τους πνίξει.

Το σχέδιο του Σουλτάνου, μέχρι στιγμής, δούλευε στην
εντέλεια. Ο Ιμπραήμ είχε αιματοκυλίσει τον Μοριά, καταπνί-
γοντας εκεί την Επανάσταση και ο Κιουταχής είχε καταφέ-
ρει να θέσει υπό έλεγχο σχεδόν όλη τη Ρούμελη και τώρα
βάδιζε προς το Μεσολόγγι, το μόνο μέρος της Ρούμελης που
παρέμενε ελεύθερο, κρύβοντας μέσα του επαναστάτες.

Έτσι, με τον Ιμπραήμ να αλωνίζει στον Μοριά και τη
φλόγα της Επανάστασης να καταπλακώνεται κάτω από
τις ορδές των Αιγυπτίων και των Τούρκων και να σβήνει
σιγά σιγά, ο Κιουταχής, έπειτα από σχεδόν τρία χρόνια,
έφτασε ξανά μπροστά στο κάστρο του Μεσολογγίου, τον
Απρίλη του 1825.

ΔΕΥΤΕΡΗ ΠΟΛΙΟΡΚΙΑ
ΑΠΡΙΛΙΟΣ 1825–
ΑΠΡΙΛΙΟΣ 1826

Στις 11 Απριλίου του 1825, η τουρκική εμπρο-
σθοφυλακή φάνηκε από τις ντάπιες του Με-
σολογγίου. Τα καραούλια, που βρίσκονταν πάνω σε αυτές,
έβαλαν τις φωνές σημαίνοντας γενικό συναγερμό σε όλο
το τείχος και από εκεί η είδηση μεταδόθηκε σε ολόκληρη
την πόλη και, σε ελάχιστη ώρα, όλος ο λαός του Μεσολογ-
γίου συνάχτηκε στο τείχος, για να αντικρίσει, για άλλη μια
φορά τους Τούρκους να ετοιμάζονται να τους μπλοκάρουν.

Μαζί με τον λαό, μαζεύτηκαν στις ντάπιες και οι κα-
πεταναίοι με τα παλικάρια τους. Οι αρματολοί έβλεπαν
την εμπροσθοφυλακή των Τούρκων να πλησιάζει στην
πόλη, τα μπαϊράκια τους να κυματίζουν στο πρωινό αε-
ράκι και αυτοί που τα κρατούσαν, να καβαλάνε τα άλογα,
πηγαίνοντας μπροστά.. Τότε όλοι οι Έλληνες, που παρα-

κολουθούσαν, ξέσπασαν σε κραυγές και βρισιές εναντίον των Τούρκων. Ορισμένοι από τους αρματολούς, άρχισαν να πυροβολούν τους μπαϊρακτάρηδες, αλλά η απόσταση που τους χώριζε ήταν πολύ μεγάλη και τα βόλια των αρματολών δεν έφταναν μέχρι εκεί. Ένας από τους αρματολούς, που είχε ζήσει και την πρώτη πολιορκία, φώναξε για να τον ακούσουν οι τριγύρω του.

«Μωρέ, δεν έβαλε μυαλό ο Κιουτάγιας με αυτά που έπαθε το '22. Πάλι τα ίδια και χειρότερα θα πάθει...»

Γύρω από τον αρματολό που είχε μιλήσει, ακούστηκαν γέλια και ξεφωνητά κοροϊδίας προς τους άπιστους.

Οι μπαϊρακτάρηδες, του Κιουταχή, έκαναν έναν κύκλο με τα άλογά τους, επιθεωρώντας την περιοχή και μετά γύρισαν την πλάτη τους στους κλεισμένους και κάλπασαν προς το τμήμα του στρατού, που έφτανε πρώτο, μέσα σε τυμπανοκρουσίες και σάλπιγγες που ηχούσαν πολεμικά εμβατήρια.

Ο Ραζηκότσικας παρακολουθούσε από την ντάπια της Λουνέτας τον ερχομό τους, μαζί με τον Λιακατά και μερικά άλλα παλικάρια του.

«Γρηγόρη, για άλλη μια φορά ο εχθρός έρχεται να μας πνίξει». είπε ο Ραζηκότσικας. «Και αν κρίνω από το μέγεθος της μπροστινέλας[21], το κύριο σώμα του Κιουταχή θα κοντεύει τις δεκαοχτώ χιλιάδες ασκέρι. Χωρίς να υπολογίζω τους σκλάβους που σέρνουν μαζί τους για να τους βοηθούν».

Ο Λιακατάς άκουσε τα λόγια του Ραζηκότσικα αλλά δεν έβγαλε μιλιά παρά μόνο κοίταζε το τουρκικό ασκέρι που ερχόταν, μαυρίζοντας την πεδιάδα μπροστά στο Μεσολόγγι.

21 Μπροστινέλα: εμπροσθοφυλακή

«Ξέρεις κάτι καπετάνιε» είπε τελικά «εγώ δεν πρό-
κειται να κάτσω και να τους βλέπω να έρχονται ανενό-
χλητοι και να ανιχνεύουν τον τόπο μας για να βρουν το
καλύτερο μέρος όπου θα στήσει ο Κιουτάγιας το τσαντίρι
του. Εγώ λέω να κάνουμε ένα γιουρούσι και να κλαδέ-
ψουμε μερικά κεφάλια».

Ένας μικροκαμωμένος αρματολός που στεκόταν
δίπλα στους δύο οπλαρχηγούς, ξεκρέμασε το καριοφίλι
του από τον ώμο και κουνώντας το στον αέρα, επικρότη-
σε την άποψη του Λιακατά.

«Έχει δίκιο, παιδιά, ο καπετάνιος. Ας ορμήσουμε
στους άπιστους για να τους δείξουμε ποιος κάνει κουμά-
ντο σ' αυτόν εδώ τον τόπο».

Μέσα σε ελάχιστα δευτερόλεπτα η ιδέα του Λιακα-
τά διαδόθηκε σε όλη τη Φρουρά και από παντού ακου-
γόταν βλαστήμιες και μπαταριές εναντίον του Μωάμεθ
και των πιστών του.

Οι καπεταναίοι, βλέποντας το κλίμα που επικρα-
τούσε, αποφάσισαν να γίνει ένα γιουρούσι στα γρήγορα,
χωρίς να κινδυνέψουν πολλές ζωές, για να τρομοκρατή-
σουν τους εχθρούς. Η συνεννόηση έγινε και ένα σώμα
τριακοσίων αρματολών, πετάχτηκε έξω από την πόλη,
στρώνοντας στο τουφεκίδι την εμπροσθοφυλακή των
Τούρκων. Αυτοί σάστισαν στην αρχή, και άρχισαν να υπο-
χωρούν από την ψιλή φωτιά των αρματολών και οι αρμα-
τολοί ξέσπασαν σε γέλια και κοροϊδίες.

« Τι λακάτε, ορέ κιοτήδες[22]; Έτσι εύκολα νομίζετε πως
θα πάρετε το Μεσολόγγι; Να χέσουμε τα γένια του Μωχα-

22 Κιοτήδες: δειλοί

μέτη σας» ούρλιαζαν προσβολές οι αρματολοί. Μερικοί από αυτούς δεν αρκούνταν στις χειρονομίες και σήκωναν κάθε τόσο τις φουστανέλες τους, δείχνοντας πότε τα αχαμνά και πότε τα οπίσθια τους, στους προελαύνοντες Τούρκους.

Οι στρατιώτες του Κιουταχή, μετά το πρώτο τους ξάφνιασμα, γύρισαν καρδιωμένοι και άρχισαν να πυροβολούν εναντίον του σώματος των γκιαούρηδων που τους έβριζε και τους πυροβολούσε. Οι Τούρκοι ήταν πολλοί περισσότεροι από τους αρματολούς και δεν άργησαν να πάρουν το πάνω χέρι σε αυτήν την πρώτη σύγκρουση.

Ο Λιακατάς, που είχε βγει και αυτός μαζί με το σώμα και πυροβολούσε εναντίον των Τούρκων, κατάλαβε πως ήταν ώρα να επιστρέψουν μέσα στο Μεσολόγγι, καθώς η δύναμη των Τούρκων, ολοένα και μεγάλωνε. Σηκώθηκε τότε όρθιος ο Έλληνας οπλαρχηγός, δίνοντας διαταγές στους άντρες να οπισθοχωρήσουν και να μπουν στην πόλη. Αυτοί, υπάκουσαν στις εντολές του, και άρχισαν να υποχωρούν με τάξη, συνεχίζοντας να πυροβολούν.

Εκείνη τη στιγμή και καθώς ο Λιακατάς ήταν όρθιος και εκτεθειμένος, ένα βόλι τούρκικο τον βρήκε στο κεφάλι και ο κυπαρισσόκορμος πολεμιστής, σωριάστηκε μεμιάς στο έδαφος.

Οι άντρες του, βλέποντας τον να σωριάζεται χτυπημένος, πανικοβλήθηκαν και αφού τον άρπαξαν στα χέρια, υποχώρησαν όπως όπως και μπήκαν στην πολιτεία, κουβαλώντας το αιμόφυρτο σώμα του. Οι άντρες που βρισκόταν μέσα από τα τείχη, μόλις μπήκε και ο τελευταίος αρματολός, έκλεισαν την πύλη και την αμπάρωσαν.

Ο Ραζηκότσικας, είδε τους αρματολούς, να κουβαλάνε στα χέρια τους τον Λιακατά και έτρεξε κοντά τους με την ψυχή στο στόμα. Οι αρματολοί άφησαν κάτω το σώμα του Λιακατά και ένας κύκλος σχηματίστηκε γύρω από αυτό. Το πρόσωπο του Λιακατά ήταν σκεπασμένο με αίματα. Κάποιος έφερε μια κανάτα νερό και ο Ραζηκότσικας έπεσε στα γόνατα δίπλα του παραμερίζοντας τα ματωμένα μαλλιά του. Με αργές κινήσεις, έχυσε νερό στην παλάμη του, και άρχισε να του πλένει ο πρόσωπο.

«Γρηγόρη, τι σου έμελε να πάθεις;» μονολογούσε ο αρχηγός. «Ήσουν άξιο παλικάρι και δεν σου άξιζε τέτοιος πρόωρος και ατιμωτικός θάνατος».

Ο Ραζηκότσικας συνέχισε τον μονόλογο του χωρίς να έχει σταματήσει λεπτό να ξεπλένει το πρόσωπο του Λιακατά.

Ο Λιακατάς, ένιωσε το κρύο νερό να τον βρέχει και άκουσε τα λόγια του Ραζηκότσικα. Προσπάθησε να ανασηκωθεί αλλά όλα γύρω του ήταν μαύρα.

Ο Ραζηκότσικας, είδε τον οπλαρχηγό να προσπαθεί να κουνηθεί και ένιωσε τη δύναμη του σώματός του.»

«Γρηγόρη; Είσαι ζωντανός!» ψιθύρισε έκπληκτος.

Ο Λιακατάς κούνησε τα χείλη του και ο Ραζηκότσικας τον βοήθησε να ανασηκώσει τον κορμό του και ακούμπησε την πλάτη του στον τοίχο. Μετά έκανε ένα βήμα πίσω και κοίταξε τον ξανθομάλλη οπλαρχηγό.

Από το αριστερό μάτι του Λιακατά, έτρεχε αίμα, κατηφορίζοντας μέχρι την άκρη του σαγονιού του, σαν ένα μακρύ και ατελείωτο δάκρυ και κατέληγε στάζοντας στη φέρμελη[23] του. Το άλλο γαλάζιο μάτι του, έβλεπε κατάματα τον Ραζηκότσικα με πλήρη επίγνωση.

«Καπετάνιε, καλά είμαι, δεν έχω τίποτα» είπε ο Λιακατάς με φωνή περισσότερο δυνατή από όσο έπρεπε. «Μόνο που δε βλέπω από το αριστερό μου μάτι. Πες μου, μου το έβγαλε η μπάλα του εχθρού;»

Ο Ραζηκότσικας δεν είπε τίποτα, παρά μόνο κοίταζε τον ψηλό πολεμιστή, που είχε σηκωθεί και αντίκριζε τους άντρες που είχαν μαζευτεί ολόγυρα του να τον κοιτάνε. Το θέαμα που παρουσίαζε ο Γρηγόρης Λιακατάς ήταν τρομερό, καθώς η δεξιά μεριά του προσώπου του ήταν χλωμή και πεντακάθαρη, με ένα φεγγοβόλο γαλάζιο μάτι να στριφογυρίζει αγριεμένο, ενώ στην αριστερή, δέσποζε μια μαύρη τρύπα στη θέση του ματιού, από την οποία πεταγόταν ιστός και κρεάτινες ίνες, ενώ ένα αιμάτινο ρυάκι έτρεχε με σταθερή ροή, αυλακώνοντας το μάγουλο και το σαγόνι.

Ο Λιακατάς αφού δεν πήρε απόκριση από τον Ραζηκότσικα, τράβηξε από το σελάχι του το πλατύ του χατζάρι και το έφερε μπροστά του, με τη ψιλιά πλευρά του χατζαριού να καθρεφτίζει το πρόσωπό του. Για λίγο ο οπλαρχηγός παρατήρησε τη σκοτεινή κόγχη που βρισκόταν στο πρόσωπό του και μετά έβαλε το χατζάρι στο σελάχι του.

«Θα μου το πληρώσουν ακριβά αυτό οι Τουρκαλάδες» είπε με οργή, βγάζοντας από το σελάχι του ένα καθαρό μαντήλι με το οποίο άρχισε να σκουπίζει το αίμα που έτρεχε από την άδεια κόγχη.

Ο Ραζηκότσικας, αφού είδε πως ο Λιακατάς είναι καλά, διέταξε να διπλασιαστούν τα καραούλια πάνω

23 Φέρμελη: γιλέκο

στις ντάπιες και όλη η Φρουρά να είναι σε ετοιμότητα για τυχόν επίθεση. Μετά αναχώρησε μαζί με τους άλλους οπλαρχηγούς για να σχηματίσουν συμβούλιο ώστε να αποφασίσουν με ποιον τρόπο θα αντιμετώπιζαν την καινούρια απειλή, ενώ ο λαός έμεινε μέχρι αργά πάνω στις ντάπιες, παρακολουθώντας την μπροστινέλα του Κιουταχή να απλώνεται και να προετοιμάζει το έδαφος για το κυρίως σώμα που ακολουθούσε.

Με το ξημέρωμα της άλλης μέρας φάνηκε και το κυρίως σώμα του τουρκικού στρατού.

Μπροστά πήγαιναν οι καβαλάρηδες, βαστώντας τα λάβαρα του Κιουταχή. Ένας από αυτούς, κρατούσε ένα κοντάρι, πιο ψηλό από τα άλλα, από το οποίο κρεμόταν δύο αλογοουρές, σημάδι του μεγάλου στρατιωτικού βαθμού του Κιουταχή. Πίσω από τους καβαλάρηδες ακολουθούσε η συνοδεία του στρατού, βαρώντας τα τουμπελέκια, σε έναν σταθερό ρυθμό και με βάση αυτόν τον ρυθμό βάδιζε το αναρίθμητο λεφούσι της Τουρκιάς, που άρχισε να γεμίζει την πεδιάδα μπροστά από το Μεσολόγγι. Προς το τέλος της στρατιάς, ερχόταν αραμπάδες που κουβαλούσαν τροφές, πολεμοφόδια και εργαλεία για πόλεμο με πολιορκία. Ακόμη πιο πίσω από αυτούς, ερχόταν βουβάλια που τραβούσαν κανόνια και αραμπάδες[24] γεμάτους με μπάλες κανονιών, βόμβες, γρανάτες[25] και μπαλαρμάδες[26].

Μια ολόκληρη μέρα έκανε ο στρατός του Κιουταχή να μαζευτεί όλος μπροστά στο Μεσολόγγι και όταν έπαιρνε το δειλινό, οι σκλάβοι, άρχισαν στο ψηλότερο σημείο της περιοχής, να στήνουν μια τεράστια σκηνή από καταπράσινο ύφασμα, στην οποία θα έμενε ο αφέντης τους.

Την επόμενη ημέρα και αφού το ασκέρι του Κιουταχή είχε στήσει το στρατόπεδό του, ο ίδιος ο Κιουταχής καβαλίκεψε το άλογό του και με συνοδεία μερικά από τα μεγαλύτερα ρετζάλια του, τριπόδισε κατά το τείχος του

---

24 αραμπάς: κάρο, άμαξα
25 γρανάτα: μικρή βόμβα που εκτοξευόταν με το χέρι. Προπομπός της χειροβομβίδας.
26 μπαλαρμάδες: δύο μπάλες κανονιών δεμένες μεταξύ τους με αλυσίδα.

Μεσολογγίου για να δει, με τα μάτια του, σε τι κατάσταση βρισκόταν οι οχυρώσεις της πολιτείας.

Οι κλεισμένοι είδαν από τις ντάπιες τους, μερικούς καβαλάρηδες να πλησιάζουν και να κάνουν βόλτες μπροστά από το τείχος, αλλά σε απόσταση λίγο μεγαλύτερη από αυτή που έφταναν τα καριοφίλια τους και άρχιζαν να τους βρίζουν και να τους προκαλούν.

Ο Κιουταχής και η συνοδεία του άκουγε τις κραυγές που έβγαιναν από τα στήθια αυτών που βρισκόταν πίσω από τα τείχη, αλλά δεν ίδρωσε το αυτί του. Συνέχισε να παρατηρεί με μεγάλη προσοχή την τάφρο, το τείχος και τις ντάπιες όπου οι κλεισμένοι είχαν στήσει τα λιγοστά τους κανόνια. Ο Κιουταχής είχε μάθει από το πάθημα του το '22 και δε σκεφτόταν πια να πάρει την πόλη με ρεσάλτο. Γνώριζε από πρώτο χέρι με τι εχθρούς είχε να πολεμήσει και αφού είδε και τις καινούριες οχυρώσεις της πολιτείας, που ήταν σαφώς καλύτερες από το γελαδομαντρί του '22, αποφάσισε να δοκιμάσει άλλη στρατηγική για την κυριαρχία της.

Με ένα απότομο τράβηγμα των γκεμιών του αλόγου του, έκανε στροφή προς το στρατόπεδο και έφυγε καλπάζοντας για εκεί, ακολουθούμενος από τα ρετζάλια του και από τις κραυγές και τα κοροϊδευτικά χάχανα των κλεισμένων.

Μέσα στο Μεσολόγγι επικρατούσε αναβρασμός. Η Φρουρά είχε δει τη δύναμη που είχε παραταχθεί έξω από την πολιτεία και μερικοί από αυτούς, άρχισαν να μετανιώνουν που αποφάσισαν να μείνουν μέσα στο Μεσολόγγι και να το υπερασπιστούν. Ο Ραζηκότσικας έτρεχε πάνω κάτω προσπαθώντας να γκαρδιώσει εκείνους που είχαν λιγοψυχήσει, μόνο και μόνο στη θέα του εχθρού. Μαζί του πήγαινε και ο Λιακατάς, ο οποίος έδενε γύρω από το κεφάλι του ένα πανί, καλύπτοντας τη σκοτεινή κόγχη του ματιού του που έχασκε.

«Ευτυχώς οι δειλοί είναι λίγοι, σε σχέση με αυτούς που θέλουν να πολεμήσουν και έτσι μπορώ να τους κάνω εύκολα ζάφτι[27]» σκεφτόταν ο Ραζηκότσικας, καθώς πήγαινε, με τον Λιακατά, να συναντήσει αυτούς που προκαλούσαν αναταραχή στους υπόλοιπους κλεισμένους.

Κοντά στο προαύλιο του Αγίου Σπυρίδωνα, είχαν μαζευτεί καμιά πενηνταριά Μεσολογγίτες και Ρουμελιώτες και εξέταζαν την κατάσταση, όταν έφτασε ο Ραζηκότσικας με τον Λιακατά.

«Τι κάθεστε εδώ μωρέ και τσαμπουνάτε; Γιατί δε βρίσκεστε στις ντάπιες να φυλάτε μαζί με τους υπόλοιπους;» είπε αμέσως ο Ραζηκότσικας, με το που έφτασε εκεί. Σιωπή απλώθηκε τότε στην ομάδα και αυτός συνέχισε. «Κάποιος μου είπε πως υπάρχουν μερικοί μέσα στην πόλη που δεν τους αρέσει η ιδέα της αντίστασης και πως κάνουν πισώπλατες κουβέντες να παραδοθούν. Και να που βρίσκω εδώ εσάς, έτσι ακριβώς όπως μου είπαν, να συνωμοτείτε. Είναι κάποιος από εσάς αρκετά γενναίος για να μου εξηγήσει τι ακριβώς συμβαίνει;»

27 Ζάφτι: κουμάντο

Η βαριές κουβέντες εκτοξεύθηκαν από τα χείλη του Ραζηκότσικα επίτηδες, ώστε να ανάψουν τα αίματα και να δει τις αληθινές προθέσεις αυτών των αντρών.

«Καπετάνιε, πολύ βαριά μιλάς χωρίς να ακούσεις και εμάς πρώτα» άρχισε να λέει ένας κοντός άντρας, κάνοντας ένα βήμα μπροστά για να ξεχωρίσει από το μπουλούκι. «Μπορεί εσύ και το σινάφι σου να μην έχετε μυαλό στο κεφάλι σας, αλλά εμείς αγαπάμε και τη ζωή μας και τις φαμελιές μας για να τις χαραμίσουμε έτσι απλά στον Τούρκο. Άνοιξε τα μάτια σου και δες τι υπάρχει έξω από το τείχος που έχεις στήσει και μετά έλα να μας μιλήσεις».

«Κιοτή» μούγκρισε ο Ραζηκότσικας «θα έπρεπε να ντρέπεσαι για τα λόγια που λες. Την ίδια κατάσταση αντιμετωπίσαμε και πριν τρία χρόνια και βγήκαμε νικητές. Θυμάσαι τότε πως έφυγαν κυνηγημένοι μέσα στη νυχτιά οι Τουρκαλάδες; Έτσι θα φύγουν και τώρα».

«Καπετάνιε, μην προσπαθείς να κρύψεις την αλήθεια. Τυφλός δεν είσαι, άρα βλέπεις πως η δύναμη που έφτασε έξω από το Μεσολόγγι δεν έχει καμιά σχέση με αυτήν του '22. Μήπως δεν είδες τον αριθμό των στρατιωτών που έφτασαν; Δεν είδες τα χοντρά κανόνια που κουβάλησε μαζί του ο Κιουτάγιας; Μία να ρίξουν όλα αυτά μαζί και θα αφανίσουν αυτό το ψευτοτείχος που έχεις ορθώσει» είπε ο ίδιος πάλι άντρας και ο Λιακατάς, μην μπορώντας να ακούει άλλο, πήρε τον λόγο.

«Καπετάν Ραζηκότσικα, δε βλέπεις πως ο φόβος έχει μπει στη καρδιά αυτών των ανθρώπων; Ό,τι και να κάνουμε εμείς δεν πρόκειται να τον ξεριζώσουμε από

εκεί. Και να σου πω την αλήθεια νομίζω πως τους κατα-
λαβαίνω λιγάκι. Νοιάζονται για το τομάρι τους γιατί μόνο
αυτό έχουν πάνω σε αυτήν τη γη και μέχρι τώρα στη ζωή
τους μόνο για αυτό νοιαζόταν, οπότε είναι δύσκολο να
τους λογικέψουμε. Ας μαζέψουμε λοιπόν τα υπάρχοντα
τους και ας τα πετάξουμε έξω από το τείχος και ας πάνε
να τα βρούνε με τους φίλους τους, τους Τούρκους».

Ο Ραζηκότσικας άκουσε τα λόγια του Λιακατά και
ξαναπήρε τον λόγο.

«Μου φαίνεται πως έχεις δίκιο, Γρηγόρη. Πάω να
φωνάξω μερικούς χειροδύναμους για να αδειάσουμε τα
σπίτια τους και μετά ξαναγυρίζουμε στα πόστα μας».

Το μπουλούκι των συγκεντρωμένων, μόλις άκουσε
τα λόγια του Ραζηκότσικα, άρχισε να φωνάζει και να δι-
αμαρτύρεται για αυτή τη συμπεριφορά. Τότε ο αρχηγός
σταμάτησε και γύρισε απότομα προς το μέρος τους, με τα
μάτια του να είναι γεμάτα ψυχρή φωτιά.

«Τι φωνάζετε και παραπονιέστε, δειλοί;» σφύριξε
μέσα από τα δόντια του ο αρχηγός και το μίσος που χρω-
μάτιζε τη φωνή του έκανε τους συγκεντρωμένους να πα-
γώσουν. «Σας κακοφαίνεται που θα σας πετάξουμε έξω
από την πόλη; Δε θέλουμε κιοτήδες μέσα στο Μεσολόγγι.
Γι' αυτό, είτε μαζέψτε τα από μόνοι σας και φύγετε, είτε
μαζευόμαστε εμείς και σας πετάμε έξω».

Ήταν τόσο μεγάλη η ένταση στη φωνή του καπετά-
νιου, που οι πιο πολλοί από τους συγκεντρωμένους, έσκυ-
ψαν τα κεφάλια τους και κλωτσούσαν τα πετραδάκια
που ακουμπούσαν στα τσαρούχια τους. Τελικά τον λόγο
ξαναπήρε ο άντρας που μιλούσε και πριν.

«Ραζηκότσικα, δεν ξέρω τι θα κάνουν οι άλλοι, αλλά εγώ δεν πρόκειται να μείνω εδώ και να προσφέρω τον λαιμό μου στα γιαταγάνια των Τούρκων που θα μπουν στην πόλη. Σήμερα κιόλας μαζεύω την οικογένειά μου και σας αφήνω όλους εδώ και ο Θεός ας είναι με το μέρος σας. Μόνο αυτός μπορεί να σας σώσει»

Ο Ραζηκότσικας κοίταζε τον συμπολίτη του χωρίς να πει τίποτα άλλο και αυτός, αφού του αντιγύρισε το βλέμμα για λίγο, στράφηκε και έφυγε. Μερικοί από τους συγκεντρωμένους τον ακολούθησαν, χωρίς να τολμούν να σηκώσουν το βλέμμα τους από το χώμα, αλλά οι περισσότεροι έμειναν στη θέση τους.

Ο Ραζηκότσικας έσυρε για μια στιγμή το βλέμμα του σε αυτούς που είχαν μείνει.

«Εσείς γιατί δε φεύγετε μαζί με τους κιοτήδες;» ρώτησε. «Στο διάβολο να πάτε όλοι σας» είπε ο αρχηγός και γύρισε την πλάτη του στους άντρες που στεκόταν με χαμηλωμένο βλέμμα και απομακρύνθηκε.

Ο Λιακατάς λυπήθηκε τους άντρες που είχαν μείνει και πριν ακολουθήσει τον Ραζηκότσικα, τους είπε πως «το να μείνουν στο Μεσολόγγι ήταν από μόνο του μια ηρωική απόφαση και όταν θα έφτανε η στιγμή, η πολιτεία θα χρειαζόταν και τον τελευταίο άντρα που θα βρισκόταν μέσα στην πόλη». Οι άντρες που είχαν μείνει, αναθάρρησαν ακούγοντας τα λόγια του Λιακατά, σήκωσαν το κεφάλι τους κοιτώντας κατάματα τον μονόφθαλμο οπλαρχηγό και όταν αυτός έφυγε, σκόρπισαν και αυτοί, τραβώντας άλλος για τις ντάπιες και άλλος για το σπίτι του.

Ο Λιακατάς άνοιξε το βήμα του για να προλάβει τον Ραζηκότσικα και τον πρόφτασε όταν αυτός συνάντησε τον Μακρή, που φύλαγε την ντάπια που του είχε οριστεί.

Ο Μακρής είχε δει από μακριά τον Ραζηκότσικα να έρχεται, χοροπηδώντας σχεδόν από τα νεύρα του και τώρα προσπαθούσε να τον ηρεμήσει.

«Καπετάν Θανάση, σε βλέπω να γυρνάς πάνω κάτω, σαν να πήρε φωτιά η φουστανέλα σου και όλο φυσάς και ξεφυσάς. Θα μου πεις και εμένα τι γίνεται για να ξέρω;»

«Μακρή, έχεις δει ποτέ κιοτήδες στη ζωή σου;» απάντησε ο Ραζηκότσικας με μια καινούρια ερώτηση.

«Τι ερώτηση είναι αυτήν τώρα;» απάντησε συνοφρυωμένος ο Μακρής. «Έχω δει πιο πολλούς κιοτήδες παρά γενναίους, στα όσα χρόνια έχω ζήσει μέχρι τώρα».

Ο Ραζηκότσικας άκουσε την απάντηση του Μακρή και φάνηκε να χαλαρώνει κάπως.

«Δηλαδή θες να μου πεις πως δε σου φαίνεται παράξενο να βλέπεις άντρες να δειλιάζουν μπροστά στον εχθρό;»

«Όχι καθόλου παράξενο δε μου φαίνεται, Ραζηκότσικα. Το έχω δει πάρα πολλές φορές και θα το δω ξανά.. Είμαι τόσο σίγουρος γι' αυτό, όσο σίγουρος είμαι πως αναπνέω. Θα μου πεις τώρα τι ακριβώς έγινε;»

Ο Ραζηκότσικας εξήγησε στον Μακρή για τους άντρες που ήθελαν να εγκαταλείψουν την πολιτεία, από τον φόβο τους και του είπε και για τα δικά του λόγια.

«Ορέ, Ραζηκότσικα, για αυτό σκας μωρέ; Εσύ πολύ καλά έκανες και τους μίλησες έτσι, αν σε άκουσαν καλώς, αλλιώς ας πάνε στην ευχή του Θεού. Για όλους τους υπό-

λοιπους μη σε νοιάζει, μόλις πήρα μαντάτα που αν αλη-
θεύουν, το ηθικό των αντρών μας θα φτάσει στα ύψη,
μόλις τα μάθουν».

«Τι είναι μωρέ, Μακρή;» ρώτησε ο Ραζηκότσικας.
«Τι έμαθες και το πρόσωπό σου λάμπει έτσι;»

«Έλαβα γράμμα από έναν από τους πιο γενναίους
οπλαρχηγούς, που έμαθε για το μπλοκάρισμα που μας
έκαναν οι Τούρκοι και έρχεται με τους άντρες του να μας
συνδράμει.»

«Για ποιον μιλάς, Μακρή;»

«Ραζηκότσικα, σε μερικές μέρες, έρχεται στο Μεσο-
λόγγι ο Κίτσος Τζαβέλας, μαζί με τους Σουλιώτες του. Και
ανάθεμά με αν ξέρω καλύτερο πολεμιστή από τον Τζαβέ-
λα τον ίδιο και από τους Σουλιώτες που τον ακολουθούν».

Στα χείλη του Ραζηκότσικα, ένα χαμόγελο έκανε
την εμφάνισή του.

«Ώστε ο Σουλιώτης πολέμαρχος αποφάσισε να έρ-
θει εδώ και να παλέψει μαζί μας; Δε θα μπορούσες να μου
πεις καλύτερο νέο, Μακρή. Πότε υπολογίζεις πως θα φτά-
σει στο Μεσολόγγι;» ρώτησε ο Ραζηκότσικας.

«Αν κρίνω από τα λόγια του αγγελιοφόρου, που
μου έστειλε ο Τζαβέλας και από το μέρος που βρισκόταν
όταν τον έστειλε, θα σου έλεγα πως σε τρεις με τέσσερις
μέρες θα είναι εδώ, μαζί με τα παλικάρια του. Αλλά, Θανά-
ση, πρόκειται για Σουλιώτες και με τους Σουλιώτες ποτέ
δεν μπορείς να ξέρεις και να είσαι σίγουρος γιατί, όταν θέ-
λουν βάζουν φτερά στα πόδια τους και δε γνωρίζουν μήτε
ανάπαυση, μήτε ύπνο, μήτε φαγητό, παρά μόνο αυτό που

τους προστάζει ο καπετάνιος τους. Για αυτό και προσωπική μου γνώμη είναι πως ο Τζαβέλας θα φτάσει στην πολιτεία αύριο το πρωί ή το πολύ αύριο το μεσημέρι».

Ο Ραζηκότσικας άκουσε προσεκτικά τα λόγια του Μακρή. Η φήμη του Κίτσου Τζαβέλα έφτανε τη φήμη του Μάρκου Μπότσαρη και το να έχουν έναν τέτοιο οπλαρχηγό μέσα στην πόλη, θα ήταν σπουδαίο πράγμα.

Ο αρχηγός έμεινε για λίγο ακόμη εκεί κουβεντιάζοντας με τον Μακρή και μετά τράβηξε κατά την ντάπια που φύλαγαν οι άντρες του.

Τα λόγια του Μακρή αποδείχτηκαν προφητικά κα-
θώς, την επόμενη ημέρα το πρωί, ο Σουλιώτης οπλαρχηγός
επιτέθηκε στους ανυποψίαστους Τούρκους, που ακόμη δεν
είχαν ετοιμαστεί για πόλεμο και αφού διέσπασε τη γραμμή
τους, μπήκε στο Μεσολόγγι επικεφαλής των αντρών του.

Πρώτος μπήκε ο Τζαβέλας, καβάλα στο ψηλό του
άτι, με τα μαλλιά του να ανεμίζουν μακριά στην πλάτη
του. Από το στήθος του κρεμόταν πλήθος τα τσαπράζια[28]
και το τσιγκελωτό του μουστάκι κάλυπτε από άκρη σε
άκρη το χλωμό του πρόσωπο. Με έναν πήδο ξεκαβαλίκε-
ψε και τα άρματα της φορεσιάς του κουδούνισαν βροντε-
ρά όταν τα πόδια του ακούμπησαν στη γη. Από πάρα πολ-
λά σημεία του σώματος, πεταγόταν είτε λαβές μαχαιριών,
είτε κουμπούρας, ενώ στην πλάτη του είχε ένα πελέκι, με
λεπτή ξύλινη λαβή και κόψη, τόσο τροχισμένη, που φά-
νταζε σχεδόν αόρατη. Το βλοσυρό του πρόσωπο έφερε
ένα γύρο τις ντάπιες παρατηρώντας τους κλεισμένους
και τα αμυντικά τους έργα.

Πίσω από τον Σουλιώτη πολέμαρχο, ακολουθούσαν
οι άντρες του. Όλοι κράδαιναν τις πάλες και τα γιαταγάνια
τους και από μερικά έσταζε αίμα. Όλοι σταμάτησαν πίσω
από τον αρχηγό τους και περίμεναν. Οι φουστανέλες κρε-
μόταν από πάνω τους και τα πρόσωπα τους ήταν τραχιά
και βουλιαγμένα. Οποιοσδήποτε δεν ήξερε τίποτα για τη
φυλή του Σουλίου και τους έβλεπε έτσι μπροστά του, θα
νόμιζε πως αυτοί οι άντρες βρισκόταν στα πρόθυρα της
κατάρρευσης, καθώς ήταν λεπτοί, κοκαλιάρηδες, λες και
ζούσαν πίνοντας μόνο νερό. Η αλήθεια απείχε πολύ όμως

28 Τσαπράζια: στολίδια, φλουριά, αλυσίδες.

από την πραγματικότητα που δήλωνε η εμφάνισή τους και αυτό φαινόταν στα πεδία των μαχών καθώς οι Σουλιώτες είχαν τον πόλεμο στο αίμα τους και άντεχαν κάτω από οποιεσδήποτε συνθήκες.

Εκείνη ακριβώς την ώρα έφτασε στην πύλη και ο Ραζηκότσικας.

«Καλωσόρισες, Κίτσο Τζαβέλα, στο Μεσολόγγι» είπε απευθυνόμενος στον οπλαρχηγό που στεκόταν μπροστά του. «Είθε η παλικαριά σου να εμπνεύσει όλους τους άντρες που βρίσκονται κλεισμένοι εδώ μέσα».

Μόλις οι φρουροί, που βρισκόταν στις ντάπιες και οι υπόλοιποι αρματολοί, άκουσαν το όνομα του άντρα που μόλις είχε μπει στην πόλη τους, ξέσπασαν σε ζητωκραυγές και μπαταριές άρχισαν να πέφτουν. Το νέο του ερχομού του Τζαβέλα στην πόλη μεταδόθηκε αστραπιαία και σε λίγο όλη η Φρουρά πυροβολούσε χαρμόσυνα για να γιορτάσει τον ερχομό του μεγάλου καπετάνιου στο πλευρό τους, ενώ αυτός συνομιλούσε με τον Ραζηκότσικα.

«Μόλις χθες μου είπε ο καπετάν Μικρής πως του έπεμψες επιστολή λέγοντάς του πως άκουσες για το στενό μπλοκάρισμα και έρχεσαι να βοηθήσεις. Δε μπορείς να φανταστείς τι δύναμη και κουράγιο θα μας δώσει η παρουσία σου εδώ».

«Μωρέ, Ραζηκότσικα, είναι αλήθεια τελικά πως πολύ μεγάλο ασκέρι μαζεύτηκε έξω από το Κάρελι[29]. Τώρα που το είδα με τα μάτια μου τώρα το πιστεύω. Ο Σουλτάνος βάλθηκε να σας αφανίσει, όπως και με το Σούλι κάποτε μέχρι που το κατάφερε ο κερατάς, για αυτό

---

29 Κάρελι: Μεσολόγγι

ήρθα κι εγώ εδώ, για να στήσουμε ένα καινούριο Σούλι και να δείξουμε στον Σουλτάνο πως έκανε πολύ μεγάλο λάθος να τα βάλει μαζί μας» είπε ο Τζαβέλας.

Εκείνη την ώρα έφτασε ο Λιακατάς με τον Μακρή και αρκετοί άλλοι καπεταναίοι, για να καλωσορίσουν τον Σουλιώτη και τους άντρες του και η ματιά του Τζαβέλα, έπεσε πάνω στο πρόσωπο του Γρηγόρη Λιακατά.

«Τι έπαθε μωρέ το μάτι σου και το έχεις δεμένο έτσι με το παλιομάντηλο;» ρώτησε τον Λιακατά και αυτός με γρήγορες κινήσεις, έλυσε το μαντήλι και σήκωσε το κεφάλι του, κοιτάζοντας τον Σουλιώτη με το μοναδικό του μάτι.

«Αλίμονο καπετάνιε και όταν ήρθε η μπροστινέλα του Κιουτάγια βγήκα για να τους καλοδεχτώ και ένα βόλι με βρήκε στο μάτι και μου το βγάλε. Αλλά δεν πειράζει και πολύ γιατί έχω ακόμη ένα γερό και μπορώ να σημαδέψω. Στεναχωριέμαι όμως λίγο γιατί μου χαλάλισε την ομορφιά»

«Μην στεναχωριέσαι, ορέ παλικάρι. Και με ένα μάτι πάλι είμαι σίγουρος πως πολλές τσούπρες θα αναστενάζουν για σένα. Να ευχαριστείς τον Θεό που δεν πήγε χαμένη η ζωή σου. Πολύ τυχερός στάθηκες» είπε ο Τζαβέλας και ο Λιακατάς έδεσε πάλι το μαντήλι του για να μην φαίνεται η άδεια κόγχη του.

Μετά ο Μακρής άνοιξε δρόμο ανάμεσα στους αρματολούς και στους οπλαρχηγούς και πλησίασε τον Τζαβέλα.

«Κίτσο ανταμώνουμε καλά, αδερφέ μου. Γερό σε είχα αφήσει την τελευταία φορά που σε είδα και ακόμη πιο γερό σε βρίσκω τώρα».

Ο Τζαβέλας άκουσε τα λόγια του Μακρή και μετά οι δύο άντρες αγκαλιάστηκαν και ασπάστηκε ο ένας τον άλλον.

«Καπετάν Μακρή, βλέπω στενό το μπλόκο που έχετε πέσει. Τι λες θα μπορέσουμε να το ανοίξουμε λιγάκι;»

Ο Μακρής γέλασε στα λόγια του Τζαβέλα και πολλοί από τους οπλαρχηγούς που άκουσαν τα λόγια του Σουλιώτη γέλασαν και αυτοί. Όταν τα γέλια κόπασαν, ο Τζαβέλας μίλησε στον Ραζηκότσικα.

«Βλέπω, καπετάν Θανάση, πως η οχύρωση της πόλης είναι πολύ καλύτερη σε σχέση με αυτήν του '22. Ο Μάρκος, που άδικα τον έφαγε το τούρκικο βόλι, μου είχε πει τότε πως με ένα καλό άλογο μπορούσε οποιοσδήποτε να πηδήξει την τάφρο και το τείχος και να βρεθεί μέσα στην πόλη».

«Δεν είχε άδικο ο Μπότσαρης, Κίτσο, αλλά και τότε που ήταν χαμηλό το τείχος, πάλι δεν πάτησε πόδι άπιστου μέσα στο Μεσολόγγι. Σκέψου τώρα που είναι δύο φορές πιο ψηλό».

«Καλά και γενναία πολεμήσατε, ορέ Μεσολογγίτες. Μου τα ξομολογήθηκε όλα ο Μάρκος για το τι παλικάρια σταθήκατε. Και τώρα όμως βλέπω πως δεν καθίσατε με σταυρωμένα τα χέρια αλλά υψώσατε τείχυς και ψιάξατε και γερούς προμαχώνες. Θέλω τώρα, έτσι όπως είμαστε, να με ξεναγήσεις εσύ ο ίδιος στις ντάπιες και σε όλο το τείχος για να δω με τα παλικάρια μου τι πόστο θα πιάσω» είπε ο Τζαβέλας και ο Ραζηκότσικας, μη θέλοντας να χάσει άλλο χρόνο, έστειλε έναν από τους άντρες του να δείξει στους Σουλιώτες πού θα κονάκιαζαν και τράβηξε μαζί με τον Τζαβέλα κατά την αριστερή μεριά των οχυρώσεων. Μετά από λίγο, οι δύο άντρες, έφτασαν στην άκρη του τείχους, όπου η ξηρά ενωνόταν με τη λιμνοθάλασσα και εκεί σταμάτησαν.

«Καπετάν Κίτσο, βλέπεις εκείνο εκεί το νησάκι στη μέση της λιμνοθάλασσας;» ρώτησε ο Ραζηκότσικας δείχνοντας με το δάχτυλο ένα ξερό κομμάτι γης, που πάνω του υψωνόταν ένα κανονιοστάσιο.

Ο Τζαβέλας έγνεψε καταφατικά και ο Ραζηκότσικας συνέχισε.

«Αυτό το νησάκι είναι η Μαρμαρού και η ντάπια εκεί ονομάζεται του Σαχτούρη. Αυτή στην οποία στεκόμαστε ακριβώς από πίσω της τώρα είναι η ντάπια του Κυριακούλη Μαυρομιχάλη, που πολλοί την ονομάζουν και του Ανανία, από έναν καλόγερο που έμενε κάποτε εδώ κοντά. Πάμε τώρα προς τα δεξιά για να δούμε και τις άλλες...»

Οι δύο άντρες προχωρούσαν με αργό ρυθμό και ο Ραζηκότσικας έλεγε το όνομα που είχαν δώσει σε κάθε ντάπια και μερικές ακόμη πληροφορίες για την καθεμιά.

Η επόμενη, στη σειρά, ήταν η ντάπια του Κοσιούσκο, που είχε πάρει το όνομά της από ένα Πολωνό στρατηγό και αμέσως μετά ακολουθούσε η ντάπια του Γουλιέλμου Τέλου. Στη συνέχεια συνάντησαν την ντάπια του Φραγκλίνου και κολλητά με αυτή είχε στηθεί η ντάπια του Νόρμαν, που είχε πληγωθεί στη μάχη του Πέτα και είχε εκπνεύσει στο Μεσολόγγι. Μετά ακολουθούσε η ντάπια του Τοκέλυ και η επόμενη στη σειρά ήταν αυτή του Άγγλου ποιητή, Λόρδου Βύρωνα. Σ' αυτή την ντάπια ο Τζαβέλας σταμάτησε και μαζί του σταμάτησε και ο Ραζηκότσικας.

«Τι τρέχει, μωρέ Κίτσο και σταμάτησες;» ρώτησε ο Ραζηκότσικας τον Τζαβέλα που τον κοιτούσε απορημένος. «Τι με τηράς έτσι;»

«Ραζηκότσικα, όλα καλά μέχρι εδώ με τις οχυρώσεις, αλλά μπορείς να μου λύσεις μια απορία;»

Ο Ραζηκότσικας κούνησε καταφατικά το κεφάλι του και ο Τζαβέλας συνέχισε. «Πώς τους ονοματίσατε έτσι μωρέ τους προμαχώνες; Ποιανού ιδέα ήταν αυτήν; Όσο και να σπάω το κεφάλι μου δεν μπορώ να βρω άκρη».

Ο Ραζηκότσικας γέλασε με την απορία του Σουλιώτη και βάλθηκε να του εξηγήσει.

«Το σχέδιο για την καινούρια φρούρηση της πόλης, καπετάνιε, το έκανε ένας Χιώτης σπουδαγμένος στη μηχανική».

«Χιώτης, ε;» τον έκοψε ο Τζαβέλας. «Γλύτωσε μωρέ ο διάολος από τη σφαγή εκεί; Τα αυτιά μου άκουσαν πως δε γλύτωσε ούτε ένας».

«Δεν ήταν εκεί αυτός όταν πήγε ο τούρκικος στόλος, Τζαβέλα και ρήμαξε τα πάντα. Σπούδαζε στη Φραγκιά και είχε κατηφορίσει πάλι προς την Ελλάδα όταν συνέβησαν τα τρομερά εκείνα γεγονότα και δεν πήγε καθόλου στο νησί. Η μοίρα τον έριξε εδώ. Μιχαήλ Κοκκίνης είναι το όνομά του και βαστάει και αυτός κυριωψίλι τώρα και είναι έτοιμος να πολεμήσει στο πλευρό μας».

«Ωραία, αλλά δε μου απαντάς στην ερώτηση» έκοψε πάλι ο Τζαβέλας τον Ραζηκότσικα, ενώ ο αρχηγός είχε πάρει φόρα.

«Ε, δε μ' αφήνεις να τελειώσω, μωρέ Κίτσο. Αυτός λοιπόν ο Χιώτης έκανε το σχέδιο τού κάστρου και όταν σώσαμε το έργο, βάλθηκε να ονοματίζει τις ντάπιες με αυτά τα ονόματα. Μερικά είναι προς τιμήν αυτών που πέθαναν εδώ, ενώ κάποια άλλα είναι για να τιμήσει κάποιους ξένους. Δεν του χαλάσαμε το χατίρι, γιατί είδαμε πως έβαλε όλη τη μαστοριά του και τις σπουδές του για να το κάνει καλό και επίσης δε ζήτησε τίποτα άλλο, παρά μόνο να μείνει στην πόλη και αν χρειαστεί να πολεμήσει κιόλας. Έτσι του κάναμε το χατίρι και οι ντάπιες ονομάστηκαν από αυτόν».

«Τώρα μάλιστα, καταλαβαίνω» είπε ο Τζαβέλας. «Πάμε παρακάτω...»

Η επόμενη ντάπια που πέρασαν είχε το όνομα του ναυάρχου Μιαούλη και η αμέσως επόμενη είχε ονομαστεί ντάπια του Κουτσονίκα, προς την τιμή ενός Σουλιώτη οπλαρχηγού. Αμέσως μετά ακολουθούσε η ντάπια του Κοραή και μετά από αυτήν ερχόταν η ντάπια του Μάρκου Μπότσαρη, που ονομαζόταν και Μεγάλη Ντάπια, λόγω του μεγάλου μήκους της.

Μόλις ο Τζαβέλας άκουσε το όνομα αυτής της ντάπιας, κοντοστάθηκε. Η γεμάτη στερήσεις και βάσανα ζωή του, δεν του επέτρεπε να συγκινηθεί για τον ήρωα, παρόλο που ο Ραζηκότσικας είδε μια μεγάλη αλλαγή στο βλέμμα του Σουλιώτη οπλαρχηγού, όταν άκουσε πως αυτή η ντάπια ήταν αφιερωμένη στον συμπατριώτη του. Στάθηκε για λίγο έτσι ο Τζαβέλας, δηλώνοντας το πένθος του για τον ήρωα και μετά, χωρίς να πει κουβέντα, συνέχισε να περπατά.

«Φτάσαμε σχεδόν στο μισό των οχυρώσεων, Κίτσο και μετά από την ντάπια του Αρχιεπίσκοπου Ιγνατίου, στην οποία βρισκόμαστε τώρα, ακολουθεί η ντάπια του Δημήτρη Μακρή. Της έδωσε αυτό το όνομα ο Κοκκίνης γιατί εδώ τάχθηκε να πολεμήσει ο Μακρής με τα παλικάρια του».

Εκείνη τη στιγμή, οι δύο άντρες είχαν φτάσει στην

ντάπια του Μακρή και αυτός για να τους χαιρετήσει έριξε στον αέρα με τον Λιάρο[30]. Το παράδειγμα ακολούθησαν και οι άντρες του.

Επόμενη στη σειρά ήταν η Κεραυνοβόλος και αμέσως μετά το τείχος έκανε μια κάθετη λοξοδρόμηση, σχηματίζοντας ένα μεγάλο τρίγωνο, το οποίο έβγαινε αρκετά μέτρα έξω από τη γραμμή του τείχους και μετά επανερχόταν στην ευθεία. Αυτή ήταν η ντάπια της Λουνέτας, στην οποία οι Έλληνες είχαν στήσει πάνω μερικά κανόνια και είχαν τοποθετήσει μεγάλη δύναμη. Μετά ακολουθούσε αυτή του Ρήγα Φεραίου, που την έλεγαν και πόρτα και την αμέσως επόμενη, ο Κοκκίνης την είχε αφιερώσει στον θείο του, Αντώνη Κοκκίνη, που χάθηκε στη Σφαγή του νησιού. Η επόμενη ντάπια είχε ονομαστεί Μονταλεμπέργκ, προς τιμήν ενός μεγάλου Ευρωπαίου μηχανικού. Ακολουθούσε η ντάπια της Αλέρτας και αμέσως μετά αυτή του Σκεντέρμπεη.

Ο Ραζηκότσικας με τον Τζαβέλα είχαν φτάσει στη νότια μεριά των οχυρωμάτων, κοντεύοντας στη λιμνοθάλασσα. Δύο ντάπιες είχαν απομείνει και τα ονόματα αυτών έλεγε τώρα ο Ραζηκότσικας.

«Αυτή εδώ είναι η προτελευταία ντάπια του Κανάρη και η τελευταία είναι αυτή του Δρακούλη, αλλά σχεδόν όλοι οι πολεμιστές τη λένε ντάπια της Κλείσοβας γιατί το νησάκι της Κλείσοβας βρίσκεται ακριβώς απέναντι καπετάν Κίτσο. Αυτή είναι η οχύρωση της πολιτείας, η οποία μπορεί να μη γεμίζει το μάτι, αλλά τη φτιάξαμε με τα χέρια μας και τον ιδρώτα όλων των κατοίκων και είναι πολύ γερή...»

---

30 Λιάρος: το καριοφίλι του Δημήτρη Μακρή.

Ο Τζαβέλας είχε πλησιάσει τη λιμνοθάλασσα και κάθισε στα γόνατά του όταν έφτασε εκεί. Το κύμα μούσκεψε τα τσαρούχια του αλλά εκείνος δεν κουνήθηκε. Έχωσε τα χέρια του μέσα στο νερό και γέμισε τις φαρδιές παλάμες του, που δεν κάτεχαν καμιά άλλη τέχνη παρά μόνο την τέχνη του σπαθιού. Άφησε ο Σουλιώτης το νερό να τρέξει ανάμεσα από τα δάχτυλα και είπε στον Ραζηκότσικα που είχε σκύψει πλάι του.

«Θανάση, πολλά γερό είναι το τείχος, αλλά αυτό που με κάνει και χαίρομαι είναι πως πίσω από αυτό, υπάρχουν άντρες που το λέει η καρδιά τους. Γιατί χωρίς αυτούς, ένα τείχος δεν κάνει τίποτα από μόνο του, ενώ με αντρειωμένους, ακόμη και μια χαράδρα στη γη μπορεί να γίνει κάστρο άπαρτο».

«Καλά τα λες, Τζαβέλα. Δεν είδες και το Νιόκαστρο, που τα τείχη του έλεγαν πως δε θα πατηθούν ποτέ; Είχα πάει μια φορά εκεί και όταν έμαθα, πριν λίγο καιρό, πως το πολιορκεί ο Ιμπραήμ της Αιγύπτου, σκέφτηκα πως οι αραπάδες θα σκοντάψουν πάνω σ' αυτό. Τα τείχη του ήταν τόσο χοντρά και τόσο ψηλά που δύσκολα μπορούσε να μπει μέσα ο εχθρός. Και όμως οι Νιοκαστρίτες παραδόθηκαν στον Μπραΐμη».

«Ναι, το έμαθα Ραζηκότσικα» είπε ο Τζαβέλας συνεχίζοντας να σκαλίζει το νερό και την άμμο που βρισκόταν μπροστά του. Για λίγο έμειναν και οι δύο αμίλητοι βλέποντας τον ήλιο που είχε πάρει τον κατήφορο. Μετά μίλησε ο Τζαβέλας.

«Ψυχανεμίζομαι πως θα χυθεί πολύ αίμα στο Μεσολόγγι, Θανάση. Πάρα πολύ αίμα».

«Κι' εγώ το ίδιο πιστεύω, Κίτσο και για αυτό κάναμε και όλες αυτές τις πολεμικές προετοιμασίες. Και όχι μόνο αυτό αλλά και άλλα πολλά θα κάνουμε για να εμποδίσουμε τους απίστους να πατήσουν το πόδι τους μέσα στο Μεσολόγγι. Ήδη έχω σκεφτεί κάτι που πρέπει να γίνει και θέλω τη γνώμη σου πριν το ανακοινώσω και στους υπόλοιπους. Το έχω πει μόνο στον Λιακατά, τον ψηλό με το βγαλμένο μάτι, και αυτός συμφώνησε μαζί μου».

Ο Τζαβέλας γύρισε και κοίταξε τον Ραζηκότσικα και αυτός είδε στα μάτια τού Σουλιώτη τον πόθο του να ξεκινήσουν τις κινήσεις τους.

«Τι έχεις βάλει στο νου σου, Ραζηκότσικα; Πες το και σε μένα...»

«Είμαστε πάρα πολλοί μέσα στο Μεσολόγγι, Τζαβέλα. Εσύ τώρα έχεις έρθει και δεν ξέρεις τι κόσμος υπάρχει μέσα στην πόλη που δεν μπορεί να βοηθήσει στον πόλεμο που, όπως φαίνεται, θα μας ανοίξει ο Κιουτάγιας. Γι' αυτό εγώ θα προτείνω το εξής. Όλα τα γυναικόπαιδα και οι ανήμποροι γέροι να φύγουν από το Μεσολόγγι και να τραβήξουν κατά τον Κάλαμο ή κατά το Τζάντε[31]. Κι εμείς εδώ τότε πολεμάμε πιο ανάλαφρα».

Ο Τζαβέλας άκουσε προσεκτικά την πρόταση του Ραζηκότσικα και αφού το σκέφτηκε για λίγο, είπε.

« Δύσκολη απόφαση αυτή, Ραζηκότσικα. Πρέπει να το σκεφτούμε πολύ καλά πριν προχωρήσουμε σε τέτοια μέτρα».

«Το ξέρω πως είναι δύσκολη, Κίτσο, αλλά σε δύσκολους καιρούς πρέπει να παίρνουμε δύσκολες αποφάσεις.

31 Τζάντε: Ζάκυνθος

Από την ημέρα που μας μπλόκαρε ο Κιουταχής, προσπαθώ να σκεφτώ τι θα κάνουμε μ' αυτό το θέμα και η μόνη λύση που καταλήγω είναι αυτή. Αν η πολιορκία τραβήξει καιρό δε θα υπάρχει δυνατότητα να βρουν τροφή τόσες χιλιάδες στόματα. Αυτό είναι που με φοβίζει περισσότερο».

«Σ' αυτό έχεις δίκιο, Ραζηκότσικα. Το έχω ζήσει ξανά αυτό. Τότε που μπλόκαρε ο Αλής [32] το Σούλι και στο τέλος η πείνα μας λύγισε και αναγκαστήκαμε να πέσουμε σε συμφωνίες με τον άπιστο. Συμφωνίες που ποτέ δεν τηρήθηκαν. Αλλά το Σούλι είναι ξερότοπος, ό,τι και να φυτέψεις δε βλασταίνει και έτσι κι εμείς δεν είχαμε τροφή. Εδώ όμως είναι αλλιώς, υπάρχει και η θάλασσα. Όλο και κάποιος θα μπορέσει να μπάσει τροφές, από εκεί, σε περίπτωση έλλειψης».

«Δεν ξέρω, καπετάν Κίτσο. Προτιμώ να μη λείψουν οι τροφές, παρά να λείψουν και να εξαρτιόμαστε από άλλους».

«Μάλλον έχεις δίκιο, Ραζηκότσικα» είπε Τζαβέλας. «Ας γυρίσουμε τώρα πίσω στους νταïφάδες[33] μας να το συζητήσουμε και με τους υπόλοιπους και βλέπουμε...»

Ο Τζαβέλας τότε σηκώθηκε πάνω σκουπίζοντας τα μουσκεμένα χέρια του στη φουστανέλα του και μαζί με τον Ραζηκότσικα επέστρεψαν στο κέντρο των οχυρωμάτων.

---

32 Αλής: αναφορά του Τζαβέλα στον Αλή Πασά
33 Νταïφάς: στρατιωτικό σώμα κάθε καπετάνιου

Ο Κιουταχής βρισκόταν στη σκηνή του περιτριγυρισμένος από τα μεγαλύτερα ρετζάλια του. Ο στρατηγός είχε διατάξει να γίνει πολεμικό συμβούλιο και τώρα στη σκηνή του, άκουγε τις γνώμες των αξιωματικών του για το Μεσολόγγι.

«Με ένα ρεσάλτο θα τελειώσει η υπόθεση αυτής της πολίχνης, πολυχρονεμένε. Τι περιμένουμε τόσες μέρες;» έλεγε ένας νεαρός αξιωματικός απευθυνόμενος κατευθείαν στον αφέντη του.

Ο Κιουταχής ρουφούσε τον ναργιλέ του αφήνοντας τολύπες μυρωδάτου καπνού στον αέρα. Μέσα στη σκηνή επικρατούσε σκοτεινιά, που έσπαγε μόνο από τέσσερα ψηλά τρίποδα που ήταν τοποθετημένα στην κάθε γωνιά και μερικά κάρβουνα καιγόταν στην αγκάλη τους, ρίχνοντας φως στον χώρο και κάνοντας τις σκιές των παρισταμένων να τρεμοπαίζουν στους υφασμάτινους τοίχους της σκηνής. Ο Κιουταχής καθόταν σε ένα ψηλό σκαμνί και γύρω του επικρατούσε βοή, καθώς όλοι οι αξιωματικοί μιλούσαν μαζί, οι περισσότεροι συμφωνώντας με τη γνώμη που είχε εκφράσει ο νεαρός πριν λίγο.

Ο Κιουταχής τους άφησε λίγο ακόμη να λογομαχήσουν, προσπαθώντας ο καθένας να πει κάτι έξυπνο και καινούριο για να εντυπωσιάσει τον πασά και μετά σήκωσε το χέρι του και οι συζητήσεις κόπηκαν αμέσως.

«Έλα εδώ, εσύ, κοντά μου» πρόσταξε ο πασάς τον νεαρό αξιωματικό που επιχειρηματολογούσε με πάθος υπέρ της γνώμης του.

Ο νεαρός κοίταξε τριγύρω του, νομίζοντας πως ο

πασάς έδειχνε κάποιον άλλο, σιγουρεύτηκε πως έδειχνε αυτόν και προχώρησε και στάθηκε στο πλευρό του.

«Πώς σε λένε;» ρώτησε ο Κιουταχής.

«Αζίζ Μεχμέτ, αφέντη μου.» απάντησε αυτός και υποκλίθηκε.

Ο Κιουταχής τον κοίταξε από πάνω μέχρι κάτω. «Πόσο χρονών είσαι Αζίζ;» ρώτησε πάλι.

«Τριάντα πέντε, αφέντη μου».

«Είσαι τριάντα πέντε χρονών, διοικείς τουλάχιστον δύο χιλιάδες άντρες και δεν παρατηρείς το περιβάλλον στο οποίο βρίσκεσαι; Τι σόι αξιωματικός είσαι εσύ;»

Ο Αζίζ τα έχασε. «Τι εννοείτε αφέντη μου;» κατάφερε να ψελλίσει.

«Αν έβλεπες τριγύρω σου όταν είπες τη γνώμη σου, θα έβλεπες πως δύο από τους πιο παλιούς μου αξιωματικούς, δε συμφώνησαν καθόλου με τα λεγόμενά σου. Αυτό από μόνο του θα έπρεπε να σε κάνει ν' αναρωτηθείς αλλά εσύ δεν το έκανες. Δε σκέφτηκες καν γιατί αυτοί δε μιλάνε;»

Ο Αζίζ γύρισε το κεφάλι του προς τους συναδέλφους του. Είδε δύο από τους πιο παλιούς αξιωματικούς να τον κοιτάζουν έντονα, γύρισε το κεφάλι του για να δικαιολογηθεί στον Κιουταχή αλλά αυτός είχε σηκωθεί από το σκαμνί και είχε αρχίσει ήδη να μιλάει.

«Πριν μερικά χρόνια κανείς από εσάς δεν ήταν εδώ, σε αυτόν τον βρωμερό γκιαουρότοπο, που ρεζιλεύτηκε το όνομα μου. Κανείς εκτός από εσάς τους δύο».

Ο Κιουταχής έδειξε με το δάχτυλο τους δύο αξιωματικούς και συνέχισε. «Τότε είχαμε υποτιμήσει τους ραγιάδες. Παρασύρθηκα και από τον Ομέρ Βρυώνη και πήγαμε να πάρουμε την πόλη με ρεσάλτο, αλλά δεν ήξερε καλά ούτε αυτός αλλά ούτε κι εγώ με τι σόι σκύλους είχαμε να κάνουμε. Πολέμησαν σαν την οχιά όταν τη στριμώχνεις για να τη σκοτώσεις και τελικά μας λύγισαν. Μεγάλο μέρος από το ασκέρι μας εξοντώθηκε κάτω από το τειχάκι τους, που όταν το είδαμε νομίζαμε πως αν φυσούσε δυνατά θα γινόταν σκόνη και το ηθικό του στρατού μας καταρρακώθηκε. Τώρα δεν πρόκειται να κάνω ξανά αυτό το λάθος...»

Οι αξιωματικοί βουβάθηκαν από τα λόγια του αφέντη τους. Δεν τον είχαν ακούσει ξανά να μιλάει για τα γεγονότα του '22, αν και πολλοί γνώριζαν τι είχε συμβεί τότε.

«Και όμως εγώ επιμένω πώς να ξεκινήσουμε τον βομβαρδισμό μέρα και νύχτα θα...» ξεκίνησε να λέει ο Αζίζ αλλά ο Κιουταχής του έκοψε τη φόρα.

«Βούλωσε το ανόητο στόμα σου. Δεν έχεις ιδέα με τι έχουμε να κάνουμε εδώ αλλά και να είχες πάλι δε θα μπορούσες να πεις τίποτα γιατί το μυαλό σου δε φτάνει ούτε για να χορτάσει ένας σπουργίτης. Γύρισε τώρα στη θέση σου και μην ξαναμιλήσεις».

Ο Αζίζ καταχλώμιασε ακούγοντας τα λόγια του αφέντη του και χώθηκε ανάμεσα στους συναδέλφους του.

Ο Κιουταχής συνέχισε να τον κοιτάει, για ακόμη λίγο, μέχρι που ο Αζίζ χαμήλωσε και άλλο το βλέμμα του.

«Μπορεί τώρα κάποιος από εσάς να μου κάνει κάποια σοβαρή πρόταση;» ρώτησε τελικά κοιτάζοντας όλους τους παρευρισκομένους.

Μετά από αυτά τα λόγια, Κιουταχής ξαναπήρε τον

ναργιλέ του και οι φωνές άρχισαν να ξαναφουντώνουν μέσα στη σκηνή. Ο πασάς είχε αποφασίσει πως θα πολιορκούσε τους γκιαούρηδες και τώρα δοκίμαζε το μυαλό και την εμπειρία των αξιωματικών του. Γύρω του, οι διαφωνίες συνεχίζονταν. Άλλος έλεγε πως πρέπει να βομβαρδίζουν μερόνυχτα την πόλη για να αναγκάσουν τους γκιαούρηδες να βγουν έξω. Άλλος πως πρέπει να βομβαρδίσουν το τείχος μέχρι να το ισοπεδώσουν και μετά να κάνουν γιουρούσι και να μπουν στην πολιτεία και οι δύο πιο παλιοί αξιωματικοί δεν έλεγα τίποτα. Τελικά ο Κιουταχής βαρέθηκε να τους ακούει και σήκωσε ξανά το χέρι του.

«Αυτήν εδώ την πόλη, να ξέρετε, πως δεν μπορούμε να την πάρουμε βιαστικά και χωρίς κόπο. Γι' αυτό ακούστε το σχέδιό μου. Αύριο κιόλας, από την αυγή, θα μαζέψετε όλους τους σκλάβους που έχουμε και θα τους δώσετε από ένα σκαπτικό εργαλείο. Άλλος θα πάρει τσάπα, άλλος αξίνα και άλλος φτυάρι και θα τους βάλετε, μέρα νύχτα, να σκάβουν χαρακώματα και λαγούμια για να κυκλοφορούν οι στρατιώτες μας μέσα σε αυτά, χωρίς να τους βλάφτει το γκιαούρικο βόλι. Έτσι θα πλησιάσουμε το τείχος και θα γεμίσουμε την τάφρο τους με χώμα για να μπορούμε να κάνουμε ευκολότερα γιουρούσι όταν θα έρθει η ώρα. Επίσης θα στήσουμε υψώματα με χώματα απέναντι από το τείχος τους και θα στήσουμε εκεί πάνω κανόνια για να τους βαράμε από ψηλά. Τότε, και αφού πετύχουν όλα αυτά, θα κάνουμε γιουρούσι...»

Οι αξιωματικοί κοιτούσαν σκεφτικοί τον αφέντη τους και αυτός αμέσως μετά διέταξε τη διάλυση του συμ-

βουλίου. Όλοι έφυγαν από τη σκηνή πηγαίνοντας ο καθέ-
νας να οργανώσει τους τσαούσηδες[34] και αυτοί να μαζέ-
ψουν τους σκλάβους.

Ο Κιουταχής απέμεινε μόνος στη σκηνή και συλλο-
γιόταν το μεγάλο του ρεζιλίκι πριν τρία χρόνια. Τότε είχε
κοντέψει να χάσει το κεφάλι του από αυτή του την απο-
τυχία και είχε πέσει χαμηλά στα μάτια του Σουλτάνου.
Αυτό δε θα επέτρεπε να συμβεί ξανά. Στο νου ήρθε μια
παροιμία που άκουγε όταν ήταν μικρός: «αγάλι αγάλι και
θα πιάσεις τον λαγό με τον αραμπά». Τότε ο πασάς κατά-
λαβε το κρυφό νόημα αυτής της πρότασης και χαμογέ-
λασε. Σιγά σιγά θα αύξανε την πίεση στους γκιαούρηδες,
πολεμώντας τους από τη μια και κλείνοντας όλες τις εξό-
δους και τις εισόδους στην πόλη. Έτσι θα τους ανάγκαζε
να προσκυνήσουν.

---

34 Τσαούσης: υπαξιωματικός

Μέσα στο Μεσολόγγι, η απόφαση για την εκκένωση της πόλης από τα γυναικόπαιδα και τους ανήμπορους, είχε παρθεί μετά από πολύωρη συζήτηση. Στην αρχή, λίγοι ήταν αυτοί που συμφώνησαν με την πρόταση του Ραζηκότσικα, αλλά όσο πιο πολύ μιλούσε αυτός, τόσο πιο πολύ η ζυγαριά έγερνε προς το μέρος του. Αυτοί που διαφωνούσαν ήταν, κυρίως, οι νιόπαντροι αλλά και οι ντόπιοι Μεσολογγίτες, που δεν ήθελαν να ξεριζώσουν τις οικογένειες από τα σπίτια τους. Όλοι οι υπόλοιποι που βρισκόταν μέσα στην πόλη ήταν συνηθισμένοι σε αυτού του είδους τις μετακινήσεις. Τελικά ο Ραζηκότσικας, με το ατράνταχτο επιχείρημα της δυσκολίας εύρεσης τροφών, έπεισε και τους πιο δύσπιστους. Έτσι το πρωινό της επόμενης ημέρας, από τη θάλασσα του Μεσολογγίου, αναχώρησαν πολλά καράβια για τον Κάλαμο και τα νησιά του Ιονίου πελάγους, που βρισκόταν κοντά στο Μεσολόγγι.

Η πόλη άδειασε σε μερικές μέρες και οι καπεταναίοι, αφού είδαν τις κινήσεις του Κιουταχή, άρχισαν να καταλαβαίνουν το μακρόπνοο σχέδιό του και έδωσαν δίκιο στον Ραζηκότσικα για αυτή του τη σκέψη.

Πάνω από τις ντάπιες, η Φρουρά, έβλεπε τους σκλάβους του Κιουταχή να σκάβουν ολημερίς δημιουργώντας ένα μπερδεμένο σύμπλεγμα χαρακωμάτων, που κάθε μέρα που περνούσε, πλησίαζε όλο και πιο πολύ στο τείχος.

Οι κλεισμένοι δεν μπορούσαν να κάνουν τίποτα ενάντια στην πρωτοφανή επιθετική δραστηριότητα που ακολουθούσε ο Κιουταχής, καθώς οι σκλάβοι έκλειναν από πάνω τα χαρακώματα για να μην τους πιάνουν τα βόλια και έτσι προχωρούσαν ανενόχλητοι. Έτσι οι κλεισμένοι χωρίς να μπορούν να κάνουν κάτι, προσπαθούσαν με βρισιές και προκλήσεις να κάνουν τους Τούρκους στρατιώτες να βγουν από τα ταμπούρια τους και να πολεμήσουν. Οι Τουρκαλβανοί όμως δεν απαντούσαν στις προκλήσεις των Ελλήνων, παρά μόνο μαστίγωναν όλο και πιο πολύ τους σκλάβους για να κάνουν τη δουλειά τους πιο γρήγορα.

Ανάμεσά τους περιφέρονταν άγριοι φρουροί που είχαν τα μάτια τους δεκατέσσερα, ώστε να μην ξεπεταχτεί κανείς σκλάβος από το χαράκωμα και λακίσει κατά την πόλη. Πολλοί από τους σκλάβους ήταν χριστιανοί από άλλες περιοχές της Ελλάδας και τους έπαιρναν με το ζόρι στις εκστρατείες τους οι πασάδες για να τους βοηθούν, έτσι οι φρουροί είχαν εντολή να πυροβολούν οποιονδήποτε προσπαθούσε να ξεφύγει και την τηρούσαν με μεγάλο πάθος.

Με αυτόν τον τρόπο τα έργα των πολιορκητών προχωρούσαν γρήγορα και κόντευε να τελειώσει ο Απρίλης του 1825, όταν σήκωσαν τον πρώτο προμαχώνα τους απέναντι από την ντάπια του Φραγκλίνου, στήνοντας πάνω σε αυτόν μερικά κανόνια ξεκινώντας έτσι τον βομβαρδισμό της πόλης.

Οι κλεισμένοι υποδέχτηκαν τις μπάλες του Κιουτα-
χή, άλλοι με βρισιές και άλλοι με καλωσορίσματα και οι
σκλάβοι άρχισαν να σηκώνουν και άλλους προμαχώνες
απέναντι από τις ντάπιες του Μεσολογγίου. Τότε ο πόλε-
μος άρχισε να παίρνει την κανονική του μορφή.

Μέσα στο Μεσολόγγι, ο Ραζηκότσικας με τους άλλους οπλαρχηγούς, προσπαθούσαν να βρουν τρόπους για να χαλάσουν τα σχέδια του εχθρού αλλά αυτό δεν ήταν εύκολο. Τα κανόνια του Κιουταχή ισοπέδωσαν τα σπίτια που βρισκόταν κοντά στο τείχος και πολλές οικογένειες βρήκαν τον θάνατο. Στο μεταξύ, όσο οι μέρες περνούσαν, οι Τούρκοι παραλάμβαναν καινούρια κανόνια, ακόμη πιο χοντρά από αυτά που είχαν, με ακόμη μεγαλύτερα βλήματα και ο βομβαρδισμός της πόλης όσο πήγαινε και δυνάμωνε. Πολλές από τις μπάλες τρυπούσαν το τείχος και σκότωναν τους πολεμιστές που βρισκόταν πίσω από αυτό. Τότε οι άλλοι έτρεχαν για να κλείσουν τις τρύπες και να μαζέψουν τα πτώματα εκθέτοντας τον εαυτό τους σε ακόμη μεγαλύτερο κίνδυνο.

Ο πόλεμος αυτός άρχισε να τσιτώνει τα νεύρα σε πολλούς από τους κλεισμένους γιατί δεν μπορούσαν να κάνουν τίποτα για να αντιβγούν, παρά όλη μέρα μαστόρευαν το τείχος για να μη γκρεμιστεί.

Ο Ραζηκότσικας τότε, βλέποντας την ανησυχία της Φρουράς από την απραξία, έφτιαξε μια ομάδα πολεμιστών βάζοντάς τους να αγρυπνούν όλη τη νύχτα, στήνοντας αυτί για να ακούσουν από ποια μεριά των χαρακωμάτων δούλευαν οι σκλάβοι. Όταν προσδιόριζαν τη θέση των σκλάβων από τη φασαρία που έκαναν τα εργαλεία τους, τραβούσαν όλοι μαζί μια μπαταριά προς εκείνη τη μεριά, σκοτώνοντας πολλούς από αυτούς. Οι Τούρκοι, μετά από μερικές μέρες κατάλαβαν το κόλπο και έβαλαν τους δικούς τους να κάνουν φασαρία το βράδυ, ουρλιάζοντας και βροντώντας τουμπελέκια, για να μην μπορούν οι Έλληνες να καταλάβουν από πού ερχόταν ο ήχος όσων έσκαβαν. Έτσι περνούσαν οι μέρες και οι νύχτες του Απριλίου με κανέναν από τους δύο αντιπάλους να κάνει κάποια ουσιαστική κίνηση.

Η νύχτα ήταν ζεστή και πνιγερή από την υγρασία που είχε αρχίσει να πέφτει, πράγμα που παραξένεψε πολλούς από τους κλεισμένους καθώς ο Μάης ήταν στα μισά του και ο καιρός ζέσταινε.

Πάνω στις ντάπιες οι πολεμιστές προσπαθούσαν να χαλαρώσουν από το βουητό των βομβών, που σφύριζαν πάνω από τα κεφάλια τους όλη τη μέρα, αλλά κανένας δεν μπορούσε να κλείσει μάτι από τα ουρλιαχτά και τις φωνές των Τούρκων που ακουγόταν έξω από το τείχος.

Ο Σφήκας τριγυρνούσε ανάμεσα στους πολεμιστές, που άλλοι ήταν ξαπλωμένοι και άλλοι φύλαγαν στα μασγάλια[35], μοιράζοντάς τους νερό και λέγοντάς τους χωρατά.

«Πιείτε νερό παλικάρια, γιατί μόνο αυτό μπορείτε να κάνετε τώρα. Ούτε τη γυναίκα σας μπορείτε να φιλήσετε, ούτε τους βρωμότουρκους μπορείτε να σκοτώσετε...»

Ο Ραζηκότσικας είχε δώσει την άδεια στον Σφήκα να τριγυρίζει ανάμεσα στις ντάπιες με έναν ξύλινο κουβά γεμάτο με νερό και να δροσίζει τους πολεμιστές. Αυτός είχε πάρει πολύ σοβαρά τον ρόλο του και μέρα νύχτα βρισκόταν πάνω σε αυτές, κινδυνεύοντας ανά πάσα στιγμή από τα βόλια και τις μπάλες που σφύριζαν πάνω από το κεφάλι του. Στα τρία χρόνια που είχαν περάσει από την Πρώτη Πολιορκία, ο Σφήκας ήταν σαν να είχε μεγαλώσει δέκα χρόνια. Στο μπόι ξεπερνούσε όλα τα παιδιά της ηλικίας του και αυτά τον είχαν για αρχηγό τους. Το παρατσούκλι όμως που του είχαν κολλήσει τότε δεν έλεγε να φύγει από πάνω του και αυτό τον στεναχωρούσε αφάνταστα.

35 Μασγάλια: πολεμίστρες

«Έλα Κωνσταντή, πάρε και εσύ να πιείς» είπε ο Σφήκας και πρότεινε την κουτάλα γεμάτη με νερό προς έναν αρματολό που ήταν ξαπλωμένος καταγής. Αυτός όμως δεν κουνήθηκε και ο Σφήκας έβαλε τα γέλια. «Μωρέ αυτός εδώ κοιμάται, κάτσε και θα δεις πως θα ξυπνήσει μονομιάς» ψιθύρισε ο Σφήκας και πήγε να γείρει την κουτάλα με το νερό πάνω από τον αρματολό.

Εκείνη τη στιγμή άγριες φωνές και πυροβολισμοί ακούστηκαν έξω από το τείχος. Ο Σφήκας άφησε την κουτάλα να πέσει μέσα στον κουβά και πλησίασε σε μια πολεμίστρα για να δει τι συμβαίνει ενώ, ήδη, οι αρματολοί έπαιρναν τις θέσεις τους για άμυνα.

Τα κοφτερά μάτια του μικρού είδαν τότε τρεις φιγούρες να τρέχουν σκυφτοί προς τη Μεγάλη Ντάπια ενώ πίσω τους έτρεχαν άντρες πυροβολώντας τους. Ένας από τους τρεις φυγάδες έπεσε από τα πυρά ενώ οι άλλοι δύο έφτασαν στο πορτέλο της Μεγάλης Ντάπιας και άρχισαν να το βροντάνε με μανία.

«Ανοίξτε, χριστιανοί, δικοί σας είμαστε» ούρλιαζαν οι φυγάδες και ο Σφήκας δεν έχασε την ευκαιρία. Πέταξε τον κουβά που κρατούσε και με έναν σάλτο βρέθηκε κάτω από την ντάπια και δίπλα στο πορτέλο που βροντούσαν οι φυγάδες. Μεμιάς σήκωσε το χοντρό ξύλο που εμπόδιζε την πόρτα να ανοίξει και αυτή άνοιξε και οι δύο άντρες μπήκαν μέσα. Ο Σφήκας ξαναέκλεισε το πορτέλο την ώρα που τα βόλια των Τούρκων χτυπούσαν πάνω του και γύρισε να δει αυτούς που είχαν μπει στην πόλη. Το μόνο που πρόλαβε να δει όμως ήταν η λάμψη του ατσαλιού στο χλωμό φεγγάρι, πριν μια πολύ σκληρή παλάμη προσγειωθεί στο πρόσωπό του, κάνοντάς τον να κυλιστεί στο χώμα.

«Ανάθεμά σε παλιοτσογλάνι. Ανοίγεις έτσι το πορτέλο, βάζοντάς μας όλους σε κίνδυνο» σφύριξε ο αρματολός που τον είχε χτυπήσει.

Ο Σφήκας σηκώθηκε από κάτω κρατώντας χαμηλωμένο το κεφάλι του. Αίμα κυλούσε από την άκρη των χειλιών του. «Συγχωρνάτε με παλικάρια» είπε. «Άκουσα ελληνικές φωνές και παρασύρθηκα...»

Γύρω από τους δύο άντρες που είχαν μπει στην πόλη, ένας κλοιός αρματολών είχε σχηματιστεί. Όλοι είχαν τραβήξει τα γιαταγάνια τους καραδοκώντας. Οι δύο φυγάδες έτρεμαν από τον φόβο τους. Πέρασαν μερικές στιγμές σιωπηλής έντασης και μετά ένας από τους φυγάδες μίλησε.

«Βοηθήστε με πατριώτες. Ένα βόλι με βρήκε και δεν αντέχω άλλο». Μόλις είπε αυτά τα λόγια, ο άντρας, γονάτισε και έχασε τις αισθήσεις του. Οι αρματολοί είδαν στη δεξιά του ωμοπλάτη το τραύμα και το αίμα που φαινόταν κατάμαυρο κάτω από το φως του φεγγαριού.

«Ποιοι είστε εσείς;» ρώτησε τότε ο αρματολός που είχε χτυπήσει τον Σφήκα χωρίς να κατεβάσει το γιαταγάνι του.

«Σκλάβοι των Τούρκων είμαστε αλλά είμαστε Έλληνες. Εμένα με λένε Γιώργη και τον άλλο Κωστή. Είμαστε και οι δύο από το Λιοντάρι αλλά η τύχη μας έριξε στα χέρια του Κιουταχή. Σας παρακαλώ, βοηθήστε τον Κωστή».

Οι αρματολοί άκουσαν τα λόγια του άντρα αλλά δεν έδειξαν να πείθονται.

«Μη στέκεστε έτσι» ακούστηκε μια φωνή και όλοι ταράχτηκαν. «Βοηθήστε τον λιπόθυμο. Δεν καταλαβαίνετε πως κόντεψαν να σκοτωθούν για να γλιτώσουν; Άρα δεν είναι Τούρκοι».

Οι άντρες κατέβασαν τα γιαταγάνια τους, γύρισαν είδαν τον άντρα και αμέσως μερικοί έσκυψαν στον λιπόθυμο παρέχοντάς του βοήθεια.

«Είμαι ο Δημήτρης Μακρής» είπε ο οπλαρχηγός, που μόλις είχε φτάσει, απευθυνόμενος στον άντρα που έστεκε μπροστά του. «Τι νέα από τον Θανάση, Γιαβρίμη;»

Ο Γιώργης άκουσε τα λόγια του ψηλού άντρα και απάντησε αμέσως.

«Αλλοίμονο καπετάνιε. Ολόκληρο το Λιοντάρι χάθηκε στο πέρασμα του Κιουταχή. Ο Γιαβρίμης πιάστηκε αιχμάλωτος μαζί μ' εμάς αλλά πέθανε στον δρόμο. Είχε πληγωθεί άσχημα».

«Άσχημα μαντάτα φέρνεις παλικάρι. Πώς είπαμε σε λένε;»

«Γιώργης, του Κίτσου του Παρλάτζα. Πού τον ήξερες τον Γιαβρίμη;»

«Παλιά ιστορία, που δε θες να τη μάθεις. Ακουστά πάντως τον έχω τον πατέρα σου» είπε ο Μακρής. «Για πες μας τώρα, τι πολεμάει ο Κιουτάγιας με τα χώματα; Θέλει να έρθει να μας θάψει μ' αυτά και σας βάζει να σκάβετε όλη μέρα και να σηκώνετε ντάπιες καρσί από τις δικές μας;»

«Δεν ξέρω τι θέλει καπετάνιε. Αυτό που ξέρω είναι πως θέλει να σηκώσει ένα πολύ μεγάλο λόφο από χώμα και μετά να σας επιτεθεί».

Εκείνη την ώρα έφτασε στη Μεγάλη ντάπια και ο Ραζηκότσικας. «Τι έχουμε εδώ;» ρώτησε και το βλέμμα του στάθηκε πάνω στον άντρα που μιλούσε.

Ο Γιώργος, από το Λιοντάρι, κοίταξε κατάματα τον Ραζηκότσικα, άνοιξε το στόμα του για να μιλήσει, αλλά τον πρόλαβε ο Μακρής.

«Καπετάν Θανάση, αυτός εδώ και εκείνος εκεί που μόλις συνήλθε, το έσκασαν από το στρατόπεδο του Κιουταχή. Είναι Έλληνες από το Λιοντάρι».

Ο Ραζηκότσικας έσμιξε τα φρύδια του. «Και πώς μπήκαν μέσα στο Μεσολόγγι;» ρώτησε.

«Τους άνοιξε αυτό εκεί το σχολιαρόπαιδο» είπε ο Μακρής, δείχνοντας τον Σφήκα που κρατούσε το κεφάλι του κατεβασμένο.

Ο Ραζηκότσικας κοίταξε τον Σφήκα με τα μάτια του να αστράφτουν και μετά ρώτησε τον δραπέτη ό,τι ακριβώς τον είχε ρωτήσει και ο Μακρής.

«Καπετάνιε μου, μόλις είπα στους άλλους πως ο Κιουταχής μας βάζει να μαζεύουμε χώμα, για να ψιάξει έναν πολύ μεγάλο προμαχώνα. Είμαστε σχεδόν έτοιμοι και από μέρα σε μέρα θα έβαζε σε εφαρμογή το σχέδιό του».

Ο Ραζηκότσικας κοίταξε με απορία τον δραπέτη και μετά το βλέμμα του έπεσε πάνω στον Μακρή. Ο Μακρής ανασήκωσε τους ώμους του και μετά και οι δύο στράφηκαν ξανά προς τον δραπέτη.

«Πες μας, τι άλλο ξέρεις για τα σχέδια του Κιουτάγια;» ρώτησε ο Ραζηκότσικας.

«Νομίζω ότι αυτά που μας είπε μόλις τώρα είναι αρκετά, καπεταναίοι» ακούστηκε μια φωνή μέσα από τους αρματολούς. Όλοι γύρισαν προς το μέρος που ακούστηκε η φωνή και ο άντρας που την είπε ξεπρόβαλε ανάμεσά τους. Ήταν ο Χιώτης μηχανικός, Μιχαήλ Κοκκίνης.

«Για εξήγησέ τα και σε μας αυτά τα αρκετά, μπρε βρακοφόρε. Τι κατάλαβες εσύ που εμείς δεν το καταλάβαμε;» ρώτησε ο Μακρής τον Κοκκίνη και αυτός, αφού περίμενε να ησυχάσουν όλοι οι άντρες, άρχισε.

«Εδώ και τόσες μέρες βλέπω τους Τούρκους να μαζεύουν τόσο χώμα και να το σωριάζουν σε μια συγκεκριμένη μεριά και το μυαλό μου όλο και προσπαθεί να πάει κάπου αλλά όλο και κολλάει. Μέχρι που άκουσα αυτόν εδώ που είπε πως οι διαταγές του Κιουτάγια είναι να σηκώσουν πρώτα ένα βουνό από χώμα και μετά να μας επιτεθούν. Μετά από αυτό όλα ξαστέρωσαν μέσα στο μυαλό μου».

Όλοι οι αρματολοί κοίταζαν τον Κοκκίνη μη καταλαβαίνοντας πού θέλει να καταλήξει ο Χιώτης.

«Και τι μ' αυτό, βρε βρακοφόρε; Ας σηκώσει και τον Όλυμπο αν θέλει ο άπιστος. Εμάς τι μας νοιάζει;» είπε ο Μακρής.

«Άσε με να τελειώσω, καπετάνιε και να δεις που θα σε νοιάξει».

«Άντε, αν είναι, μη μας χασομεράς» είπε ο Μακρής και ο Χιώτης μηχανικός ξανάρχισε να μιλάει.

«Είχα διαβάσει, όταν σπούδαζα, για ένα τέχνασμα που χρησιμοποιούσαν παλιά οι βασιλιάδες για να μπαίνουν εύκολα μέσα στα κάστρα που πολιορκούσαν. Το τέχνασμα αυτό το είχαν ονομάσει, ¨ Το Κινούμενο Βουνό¨».

Ο Κοκκίνης σταμάτησε για μια στιγμή να μιλάει και κοίταξε τους καπετάνιους και τους αρματολούς. Ανάμεσά τους είδε και άλλους καπετάνιους να μαζεύονται και όλοι έμοιαζαν να κρέμονται από τα χείλη του.

«Το ύψωμα αυτού του λόφου είναι ένα τέχνασμα που χρησιμοποιούνταν από παλιά στην πολιορκία των κάστρων, όπως είπα και πιο πριν. Συγκεκριμένα, ο εχθρός σηκώνει ένα βουνό από χώμα απέναντι από τις οχυρώσεις του εχθρού. Μετά παίρνει το χώμα από τη μέσα μεριά του βουνού και το ρίχνει από την κορυφή και μπροστά, έτσι ώστε να σχηματιστεί ένα καινούριο βουνό, το οποίο θα είναι λίγο πιο κοντά στα τείχη από ότι ήταν το προηγούμενο. Και αυτήν τη μέθοδο τη χρησιμοποιεί συνεχώς, μέχρι που το κινούμενο βουνό, να φτάσει και να κολλήσει στις ντάπιες. Έτσι ο εχθρός θα βρεθεί κατευθείαν μέσα στην πολιτεία, χωρίς να χρειαστεί να κάνει ρεσάλτο...»

Όλοι πάγωσαν, ακούγοντας τα λόγια του Χιώτη μηχανικού. Οι καπεταναίοι κοιτάχτηκαν μεταξύ τους και οι αρματολοί κοιτούσαν τους καπεταναίους.

«Πώς μπορεί να συμβεί κάτι τέτοιο;» είπε ο Τζαβέλας, που είχε φτάσει μόλις ο Κοκκίνης έλεγε τη διαπίστωσή του. «Πρέπει να μαζέψουν τεράστιο όγκο χώματος για να πετύχουν κάτι τέτοιο».

«Έχει μαζευτεί αυτό το χώμα καπετάνιε» είπε ο Γιώργος. «Χίλιοι σκλάβοι δουλεύουν νύχτα μέρα για να το μαζέψουν. Έχει μαζευτεί, αλλά τώρα κατάλαβα και εγώ ποιος είναι ο σκοπός».

«Ωραία και τι μπορούμε να κάνουμε τώρα εμείς;» ρώτησε ο Ραζηκότσικας τον Κοκκίνη.

«Προς το παρόν τίποτα καπετάνιε. Περιμένουμε να δούμε προς τα πού θα σπρώξει -το βουνό ο Κιουτάγιας και μετά βλέπουμε».

«Εγώ δεν πιστεύω πως θα κάνει κάτι τέτοιο» είπε ο Τζαβέλας. «Είναι ανόητο σχέδιο και χρονοβόρο. Δεν πιστεύω πως θα το προχωρήσει ο Κιουταχής».

«Μακάρι να μη το προχωρήσει Κίτσο» είπε ο Κοκκίνης. «Αλλά όλα αυτό δείχνουν. Εγώ αυτό που προτείνω είναι να περιμένουμε μερικές μέρες για να δούμε και μετά να κάνουμε και εμείς την κίνησή μας».

Ο Ραζηκότσικας ρώτησε τους υπόλοιπους καπεταναίους αν είχε να προτείνει κανείς κάτι καλύτερο αλλά κανένας τους δεν είχε καμιά άλλη ιδέα. Έτσι αποφάσισαν να περιμένουν και να δουν αν όντως το βουνό θα κινηθεί.

Τρεις μέρες είχαν περάσει από την είσοδο των δύο φυγάδων στο Μεσολόγγι. Στις δύο πρώτες μέρες το χωμάτινο βουνό που ύψωνε ο Κιουταχής είχε ψηλώσει πάρα πολύ, και την τρίτη μέρα έθεσε σε εφαρμογή το σχέδιό του.

Συναγερμός σήμανε στις ντάπιες που ήταν απέναντι από το κινούμενο βουνό και σε λίγα λεπτά της ώρας, γέμισαν αρματολούς και καπεταναίους από τις διπλανές ντάπιες. Τα καραούλια έδειχναν προς τον τεχνητό λόφο και όλοι πρόσεξαν πως, πράγματι, κατά τη διάρκεια της νύχτας, είχε μετακινηθεί, πλησιάζοντας τα τείχη. Εκείνη τη στιγμή, πάνω στον λόφο δούλευαν δεκάδες σκλάβοι, που στήριζαν το χώμα με ξυλοδεσιές και κουβαλούσαν καλάθια με χώμα σωριάζοντάς το πάνω στον λόφο. Όλοι κατάλαβαν πως τα λόγια του Κοκκίνη ήταν αληθινά και πρώτος ο Τζαβέλας έσπευσε να του το αναγνωρίσει.

«Συγχώρα με, Χιώτη. Αμφισβήτησα την τέχνη σου αλλά είχες απόλυτο δίκιο» είπε ο Σουλιώτης.

Ο Κοκκίνης κούνησε το χέρι του αδιάφορα για να δείξει πως δεν τρέχει τίποτα και ο Ραζηκότσικας, μη θέλοντας να χάσουν και άλλον χρόνο, ρώτησε τον Κοκκίνη με τι τρόπο μπορούσαν να αντιμετωπίσουν τη νέα κατάσταση.

«Καπετάν Θανάση, δεν υπάρχουν πολλοί τρόποι να αντιμετωπίσεις το βουνό που περπατά» είπε ο Χιώτης μηχανικός. «Το καλύτερο που μπορούμε να κάνουμε είναι ένα οργανωμένο γιουρούσι για να σκορπίσουμε όλο το χώμα που έχει μαζέψει ο Κιουτάγιας και να σκοτώσουμε όσους περισσότερους σκλάβους μπορούμε, για να καθυστερήσει η δουλειά του. Έτσι θα μπορέσουμε να κερδίσουμε χρόνο».

«Καλύτερα να κινηθούμε τώρα και να κερδίσουμε όσον περισσότερο χρόνο μπορούμε, παρά να καθόμαστε άπραγοι περιμένοντας να μας θάψει ο Κιουτάγιας με το χώμα του» είπε ο Λιακατάς, χαϊδεύοντας τις κουμπούρες του.

«Περίμενε λίγο Γρηγόρη, μη βιάζεσαι» είπε ο Ραζηκότσικας. «Δεν υπάρχει κάτι άλλο που μπορούμε να κάνουμε ώστε να τους καθυστερήσουμε; Τους βλέπω να δουλεύουν τόσες μέρες ανενόχλητοι και το αίμα μου βράζει».

Άκουσαν όλοι την ερώτηση του αρχηγού και ο καθένας πάσχιζε να βρει μια λύση μέχρι που τα μάτια του Μακρή φωτίστηκαν.

«Μπορούμε να βάλουμε τα περισσότερα από τα κανόνια μας πάνω στη Μεγάλη Ντάπια, που είναι απέναντι από το κινούμενο βουνό και να ρίχνουμε κατευθείαν στην κορυφή του, χαλώντας την. Έτσι θα σκοτώνονται και οι σκλάβοι και δε θα κάνουν τόσο θαρρετά τη δουλειά τους» είπε ο οπλαρχηγός και όλοι κραύγασαν συμφωνώντας με την ιδέα του.

Ο Ραζηκότσικας άρχισε τότε να μοιράζει κοφτά διαταγές και οι άντρες απομακρύνθηκαν γρήγορα για να τις πραγματοποιήσουν.

Το απόγευμα της ίδιας ημέρας, τα κανόνια πάνω από την Μεγάλη Ντάπια, ξερνούσαν τη φωτιά τους προς την κορυφή του λόφου, που ερχόταν εναντίον τους. Οι πιο έμπειροι κανονιέρηδες των κλεισμένων είχαν αναλάβει τα πόστα τους πάνω στη Μεγάλη Ντάπια και σημάδευαν με προσοχή πριν βάλουν φωτιά στο φιτίλι του κανονιού.

Το κινούμενο βουνό όμως δε χαλούσε με τις μπάλες των κανονιών και κάθε μέρα που περνούσε, οι καπεταναίοι το καταλάβαιναν όλο και καλύτερα αυτό. Μπορεί τώρα να καθυστερούσαν οι σκλάβοι περισσότερο, αλλά το βουνό συνέχισε να προχωρά απειλητικά προς τις ντάπιες.

«Καπετάνιε, δε γίνεται τίποτα έτσι όπως πάμε. Σε λίγο θα βλέπω τους πούτσους των σκλάβων όταν κατουράνε. Τόσο πολύ έχουν πλησιάσει».

Ο Ραζηκότσικας κοίταξε τον Λιακατά, ξέροντας πως ο ξανθομάλλης οπλαρχηγός έχει δίκιο. Το κινούμενο βουνό είχε πλησιάσει τόσο πολύ που λίγο ακόμη και θα γέμιζε την τάφρο.

«Έχεις δίκιο, Γρηγόρη. Κάτι πρέπει να κάνουμε» είπε κοιτώντας με νόημα και τους υπόλοιπους καπεταναίους.

«Γιουρούσι, αυτό πρέπει να κάνουμε» πρότεινε ο Τζαβέλας, κοιτώντας στα μάτια όλους τους καπεταναίους. Όλοι τότε ένευσαν καταφατικά και ο Σουλιώτης αρχηγός άρχισε να μιλά.

Τα καραούλια φύλαγαν τις ντάπιες καθώς η μέρα παραχωρούσε τη θέση της στη νύχτα. Τα κανόνια των κλεισμένων είχαν σωπάσει και οι σκλάβοι δούλευαν ασταμάτητα, σπρώχνοντας το κινούμενο βουνό, εκατοστό εκατοστό προς τα τείχη. Ξαφνικά πάνω από τις ντάπιες μια φωνή ακούστηκε δυνατά.

«Ορέ, Μαχμούτη; Κοιμήθηκες κιόλας, ορέ;»

Το ασταμάτητο μουρμουρητό των Τουρκαλβανών σταμάτησε.

«Τι λες μωρέ γκιαούρη; Ποτέ δε θα με πιάσεις στον ύπνο. Μπας και σε παίρνει εσένα ο ύπνος και θες να μου πιάσεις μασλάτια[36] για να μην αποκοιμηθείς;»

Ένας αρματολός μέσα από το τείχος άδραξε το χέρι αυτού που άνοιξε κουβέντες με τον εχθρό.

«Μπας και τρελάθηκες, μωρέ;»

Ο αρματολός που μιλούσε τράβηξε απότομα το μπράτσο του και το χέρι του άλλου έπεσε. Έφερε το δάχτυλο μπροστά από τα χείλη του και κοίταξε κατάματα τον άλλο. Αλλά αυτός δεν φάνηκε να καταλαβαίνει.

«Δεν ακούς τι σου λέω; Σταμάτα ειδάλλως...»

Η παλάμη του Λιακατά τυλίχτηκε γύρω από το στόμα του αρματολού κόβοντας τη φράση του στη μέση. Ο αρματολός προσπάθησε να γυρίσει για να υπερασπιστεί τον εαυτό του αλλά ο Λιακατάς τον έσφιγγε δυνατά.

«Βούλωσ' το» του ψιθύρισε στο αυτί.

«Μωρέ δεν έχω ύπνο» συνέχισε ο αρματολός μέσα από τα τείχη. «Αλλά δεν ξέρω πώς να περάσω την ώρα μου και μου τελείωσε και ο καπνός από το τσιμπούκι μου. Μπας και έχεις κομμάτι να μου δώσεις, να φουμάρω, να ξεσκάσω;»

36 Μασλάτια: κουβέντες

«Έχω, ορέ γκιαούρη, αλλά θα σου δώσω μόνο αν απαντήσεις με αλήθεια σε μια δύο ερωτήσεις που θα σου κάμω. Μπέσα;»

«Μπέσα, μπρε χαντούμη. Για ρώτα...»

Ο Λιακατάς, εν τω μεταξύ, είχε αφήσει τον αρματολό που γράπωσε και προσπαθούσε να του εξηγήσει.

«Τέτοιες κουβέντες γίνονται συχνά μεταξύ των δικών μας και των απίστων. Δεν έτυχε να βρεθείς ξανά μπροστά σε καμία;»

Ο αρματολός έμοιαζε να τα έχει χαμένα. Κούνησε το κεφάλι του αρνητικά και ο Λιακατάς συνέχισε.

«Είναι ένας τρόπος για να ξεσκάμε και να κοροϊδεύουμε τους απίστους. Άσε που και αυτοί το ίδιο κάνουν. Καινούριος είσαι εδώ;»

Ο αρματολός κούνησε καταφατικά το κεφάλι του. «Ανήκω στο σώμα του Στουρνάρα και ο καπετάνιος μου μ' έστειλε εδώ για να μεταφέρω ένα γράμμα αλλά ο δικός σας αρχηγός με κράτησε εδώ χωρίς να μου εξηγήσει τον λόγο».

Ο Λιακατάς χαμογέλασε. «Θα τον μάθεις σε λίγο τον λόγο» είπε.

Εκείνη τη στιγμή, ο Τούρκος, άρχισε τις ερωτήσεις του.

«Έχει ο παππάς κόρη, μωρέ γκιαούρη;»

«Έχει, μπρε Μαχμούτη» απάντησε ο Έλληνας.

«Και οι άρχοντές σας; Έχουν και αυτοί κόρες;»

«Και αυτοί έχουν και πολλές μάλιστα» περηφανεύτηκε ο Έλληνας.

«Από όλες αυτές που μου λες, ποια είναι η ομορφότερη, μπρε γκιαούρ;»

Ο αρματολός το σκέφτηκε για μια στιγμή. «Όλες όμορφες είναι, αλλά αν τις δω μία μία, θαρρώ πως πιο πολλά όμορφη είναι του παππά η κόρη» είπε μην καταλαβαίνοντας που το πάει ο Τούρκος.

«Τότε, μπρε γκιαούρη, να πεις του παππά σου να φτιάξει αγιασμό και να πλύνει τον κώλο και το σκυλόμουνο της κόρης του γιατί αύριο μεθαύριο μπαίνω στο Μεσολόγγι και δε θέλω να τη βρω άπλυτη και να βρωμάει...»

Άγρια γέλια ακούστηκαν από τα ταμπούρια των Τούρκων, μαζί με ανάκατες βρισιές κατά των γυναικών των κλεισμένων και επευφημίες για την εξυπνάδα του δικού τους.

Ο Έλληνας αρματολός ετοιμάστηκε να απαντήσει στην προσβολή όταν μια μπαταριά ακούστηκε από βορειοδυτικά. Τα γέλια στο τούρκικο ασκέρι κόπηκαν και όλοι τέντωσαν τα αυτιά τους για να αφουγκραστούν. Άρχισαν τότε να ακούγονται απανωτές μπαταριές και συναγερμός αντήχησε στο τούρκικο στρατόπεδο.

Ο Λιακατάς τράβηξε την πάλα του και έριξε το βλέμμα του στον Ραζηκότσικα, που έδινε οδηγίες στον Κοκκίνη. Ο Χιώτης κρατούσε ένα δαυλί που έβγαζε μια μικρή φλόγα. Ο Λιακατάς μάντεψε το σχέδιο του Τζαβέλα και μια άγρια λάμψη φώτισε τα μάτια του. Ο Σουλιώτης είχε στείλει μια ομάδα πολεμιστών στην ντάπια της Μαρμαρούς, με τη διαταγή να ανοίξουν πόλεμο εκεί μόλις έπεφτε το σκοτάδι, για να δημιουργηθεί αντιπερισπασμός. Μετά είχε διατάξει τον Κοκκίνη να ανοίξει λαγούμια στη γη, να τα φτάσει κάτω από τα χαρακώματα των Τούρκων και εκεί να τα δέσει γερά με μπαρούτι για να σκάσουν την κατάλληλη στιγμή. Τώρα ο Λιακατάς είδε τον μικρόσωμο Χιώτη να σκύβει και να ακουμπάει το δαυλί στο φιτίλι και κατάλαβε πως η ώρα είχε έρθει.

Έξω από το τείχος, ένας Τούρκος τσαούσης γάβγιζε διαταγές και αρκετοί από τους στρατιώτες, άρχισαν να απομακρύνονται βιαστικά από εκεί, τραβώντας βορειοδυτικά, κατά τη Μαρμαρού, για να ενισχύσουν την εκεί δύναμη.

Τότε ο αρματολός, έβγαλε το κεφάλι του από την πολεμίστρα και έκραξε τον Τούρκο.

«Μωρέ Μαχμούτη, εσύ είσαι πλυμένος; Γιατί μπορεί να μπεις στο Μεσολόγγι πιο γρήγορα από ό,τι νομίζεις».

«Τι τσαμπουνάς, ορέ γκιαουρόσπερμα; Σκύλλας γέννημα. Φύλαξε τις»

Τη στιγμή εκείνη μια βοή άρχισε να τραντάζει τη γη και τα υπόλοιπα λόγια του Τούρκου χάθηκαν μέσα σε αυτήν. Ένα ρήγμα εμφανίστηκε μπροστά στο ταμπούρι του και η φλόγα που ξεπήδησε από μέσα, έκανε τη νύχτα μέρα. Καπνοί και φλόγες από άλλα σημεία πετάχτηκαν μέσα από τη γη, που συνέχισε να βογκάει και να τρίζει κάτω από τα πόδια των Τούρκων. Τότε οι κλεισμένοι, άνοιξαν τα κρυφά πορτέλα της Μεγάλης Ντάπιας και άρχισαν να βγαίνουν κοπαδιαστά και με κραυγές που θύμιζαν άγρια θηρία, έπεσαν πάνω στους Τούρκους που είχαν απομείνει και προσπαθούσαν να συνέλθουν από την έκπληξη.

Ο Λιακατάς, πρώτος από όλους, με την πάλα να αστράφτει στο δεξί του χέρι και το πρόσωπο άγρια παραμορφωμένο από τη δίψα του για αίμα, πήδηξε μέσα στο τούρκικο ταμπούρι και άρχισε να πετσοκόβει όσα κορμιά

ήταν στριμωγμένα εκεί. Σύντομα ο οπλαρχηγός ήταν μου-
σκεμένος από το εχθρικό αίμα. Το μονόφθαλμο πρόσω-
πό του, ανέδινε μια σκοτεινή λάμψη, που σκορπούσε τον
τρόμο στον εχθρό, που πετούσε τα άρματα του και έτρεχε
πανικόβλητος για να γλιτώσει.

Όλοι οι αρματολοί είχαν βγει από τα πορτέλα και εί-
χαν πέσει πάνω στους Τούρκους, σαν τους αγγελιοφόρους
του Κάτω Κόσμου, σκορπώντας απλόχερα τον θάνατο.

Οι Τούρκοι απόλυτα αιφνιδιασμένοι, τα έχασαν και
πέθαιναν χωρίς καμιά αντίσταση μέσα σε ένα ξέφρενο
γαϊτανάκι του θανάτου.

Ο Κίτσος Τζαβέλας, επικεφαλής των Σουλιωτών,
ορμούσε και σκότωνε τόσο γρήγορα, που θαρρούσες πως
αυτός και οι άντρες του ήταν ένα σώμα, αποτελούμενο
από ένα μυαλό και μία καρδιά. Πριν καν οι τελευταίοι αρ-
ματολοί βγουν από το πορτέλο, ο Τζαβέλας και οι Σουλιώ-
τες είχαν σκίσει το σώμα των Τούρκων, είχαν φτάσει στο
κινούμενο βουνό και είχαν αρχίσει να σκοτώνουν τους
σκλάβους και να καταστρέφουν τις ξυλοδεσιές που κρα-
τούσαν το χώμα στη θέση του.

Μέσα στο σκοτάδι που είχε απλωθεί, τα ουρλιαχτά
και οι φωνές των αρματολών, ενώθηκαν με τις κραυγές
και τις ικεσίες των πληγωμένων και των ετοιμοθάνατων,
δημιουργώντας ένα πανδαιμόνιο.

Οι Τούρκοι μέσα στη σαστιμάρα τους, πέταξαν τα
όπλα, παράτησαν τα ταμπούρια και το έβαλαν στα πόδια
για να σώσουν τους εαυτούς τους. Οι οπλαρχηγοί τότε,
στράφηκαν κατά του κινούμενου βουνού και άρχισαν να
κάνουν αυτό που έκανε και ο Τζαβέλας με τους άντρες του.

Οι Σουλιώτες είχαν σκοτώσει όσους σκλάβους βρή-
καν πάνω στο κινούμενο βουνό και το γκρέμιζαν με μα-
νία, ενώ μερικοί από αυτούς είχαν ανάψει φωτιές με τις
φλόγες από την έκρηξη, τοποθετώντας τες κάτω από τις
μπούκες των κανονιών των Τούρκων για να στραβώσουν
από τη θερμότητα και να αχρηστευτούν.

Από τις γειτονικές με τη Μεγάλη Ντάπια είχε αρχίσει
εν χορώ το κανονίδι και το ντουφεκίδι και μια κολασμέ-
νη ατμόσφαιρα δημιουργήθηκε στα τούρκικα ταμπούρια.
Μέσα στη νυχτιά, οι κάννες από τα καριοφίλια και από τις
κουμπούρες των αρματολών πύρωσαν και φώτιζαν σαν
αλλόκοτες πυγολαμπίδες, που σπέρνουν τον θάνατο.

Από την έκρηξη του λαγουμιού και από τη φλόγα που
έσκισε τον ουρανό, ο Κιουταχής κατάλαβε το τέχνασμα των
Ελλήνων και άρχισε να ουρλιάζει για να μαζευτεί ο στρατός
του. Μόλις τα ρετζάλια του κατάφεραν να μαζέψουν τους
στρατιώτες του, ο ίδιος μπήκε επικεφαλής τους για να τους
γκαρδιώσει. Μια κολόνα τότε του τουρκικού ασκεριού χίμη-
ξε προς τη Μεγάλη Ντάπια, φανατισμένη από τις προσταγές
και από τις υποσχέσεις του αφέντη τους.

Οι οπλαρχηγοί κατάλαβαν μεμιάς την αντεπίθεση
του Κιουταχή και οι σάλπιγγες ήχησαν για να σημάνουν
υποχώρηση και επιστροφή στις ντάπιες. Ο Ραζηκότσικας,
που είχε μείνει μέσα στο τείχος για να καλύψει την υπο-
χώρηση, συντόνισε τους αρματολούς και αυτοί άρχισαν
τις μπαταριές εναντίον του τουρκικού σώματος που ερ-
χόταν, ενώ ταυτόχρονα είχαν ανοίξει τα πορτέλα και οι
άντρες που έκαναν το γιουρούσι άρχισαν να μπαίνουν

μέσα στην πόλη. Μόλις και ο τελευταίος μπήκε, έκλεισαν και ασφάλισαν τα πορτέλα και έμπηξαν τις νικηφόρες κραυγές και τους αλαλαγμούς.

Το σώμα του Ραζηκότσικα, βαρούσε σταθερά τους επιτιθέμενους Τούρκους, σκορπώντας τον θάνατο, καθώς αυτοί ορμούσαν χωρίς καμιά λογική και προφύλαξη, φανατισμένοι αλλά και φοβισμένοι από τις υποσχέσεις και απειλές του αφέντη τους. Το μόνο όμως που κατάφερναν ήταν να πεθαίνουν κάτω από το ανελέητο βόλι των κλεισμένων.

Μετά από ώρα και όταν ο Κιουταχής πια κατάλαβε πως η αντεπίθεση του πήγε χαμένη, διέταξε υποχώρηση.

Οι κλεισμένοι είδαν τους Τούρκους να υποχωρούν και ξέσπασαν σε κραυγές και βλαστήμιες εναντίον τους, ενώ μερικοί πυροβολούσαν χαρμόσυνα στον αέρα. Πολλοί από αυτούς αγκαλιάζονταν μεταξύ τους και άλλοι είχαν καθίσει παράμερα και άλειφαν τις πληγές τους με ρακί και τις έδεναν. Σχεδόν από όλους, που είχαν πάρει μέρος στο γιουρούσι, αίμα έσταζε από τις φουστανέλες και τις φέρμελες. Σε μια γωνιά του τείχους ήταν στοιβαγμένοι καμιά δεκαριά αιχμάλωτοι, που είχαν κουβαλήσει μέσα οι αρματολοί κατά την υποχώρησή τους και δίπλα τους ένας σωρός από τούρκικα μπαϊράκια και όπλα. Δίπλα σε αυτόν τον σωρό, ένας άλλος από κομμένα τούρκικα κεφάλια που κουβάλησαν μέσα στην πόλη μερικοί αιμοβόροι αρματολοί. Οι αιχμάλωτοι είχαν καρφωμένο το βλέμμα τους στα κεφάλια, που τους έβλεπαν με τα γυάλινα μάτια τους και έτρεμαν από τον φόβο, ενώ από ολόκληρο το μήκος του τείχους η Φρουρά ξεσήκωνε τον κόσμο, με τους αλαλαγμούς και τις μπαταριές της.

Είχε αρχίζει να χαράζει. Οι κλεισμένοι είχαν μοιράσει τα λάφυρα, όταν ακούστηκε μια φωνή, κάτω από την Μεγάλη Ντάπια.

«Ορέ Μαχμούτη; Εσύ είσαι ορέ, που ήθελες πλυμένη την κόρη του παπά;»

Όλοι οι κλεισμένοι γύρισαν τα κεφάλια τους για να δουν ποιος μίλησε και μετά έστρεψαν όλοι το βλέμμα τους, προς τα εκεί που έβλεπε ο σκοπός που είχε πιάσει τη συνομιλία με τον Τούρκο, το προηγούμενο βράδυ πριν το γιουρούσι.

Από τους αιχμαλώτους, κανείς δε γύρισε στη φωνή παρά μόνο ζάρωσαν από τον φόβο τους, πιο κοντά στο έδαφος.

Και ο σκοπός που μίλησε, έφυγε από τη θέση του και πλησίασε το μπουλούκι των αιχμαλώτων.

«Είδες μπρε, Μαχμούτη, που οι προσευχές σου στον Αλλάχ εισακούστηκαν; Μπήκες κιόλας μέσα στο Μεσολόγγι. Άιντε, σήκω τώρα να πας να ζητήσεις την Μέλπω, την κόρη του παπά».

Ο αρματολός είχε καρφώσει το βλέμμα του πάνω σε έναν αιχμάλωτο και αυτός είχε σκύψει πιο πολύ στη γη και έτρεμε σαν σκύλος το καταχείμωνο. Ο αρματολός έβγαλε τότε το γιαταγάνι του και το ανατριχιαστικό σούρσιμο της λάμας πάνω στη σιδερένια θήκη ακούστηκε εκκωφαντικά στο πρωινό. Με κλωτσιές και φοβερίσματα, άνοιξε τον χώρο και πλησίασε τον Τούρκο, που ένα αλλόκοτο καπρίτσιο της μοίρας, τον είχε φέρει αιχμάλωτο μέσα από τα τείχη της πόλης. Η μύτη του γιαταγανιού ακούμπησε στο πιγούνι του αιχμαλώτου και μια χοντρή ρόδινη σταγόνα αίμα, ξεπήδησε και κύλισε αργά στη λάμα.

«Λυπήσου με καπετάνιε» είπε τραυλίζοντας ο Τούρκος. «Λυπήσου με και είθε ο Αλλάχ να σου δώσει ό,τι ποθείς ποιο πολύ». Καθώς μίλησε η μύτη του γιαταγανιού χώθηκε λίγο πιο βαθιά στο πιγούνι του.

«Ώστε τώρα θες να σε λυπηθώ ε; Άλλα έλεγες το βράδυ άπιστε. Τώρα αμέσως θα γνωρίσεις τη λύπη που θα σου προσφέρει το σπαθί μου» είπε και σήκωσε το γιαταγάνι για να αποκεφαλίσει τον Τούρκο.

«Μη, Μήτρο!» ακούστηκε η φωνή του Ραζηκότσικα στο ήσυχο πρωινό και το γιαταγάνι έμεινε μετέωρο.

Ο Τούρκος είχε κολλήσει τόσο πολύ στο χώμα, που αν προσπαθούσε ακόμη λίγο, θα έμπαινε μέσα σε αυτό.

Ο Μήτρος κράτησε το γιαταγάνι στον αέρα και γύρισε για να δει ποιος είχε φωνάξει. Μόλις είδε τον Ραζηκότσικα, κατέβασε το σπαθί του και έκανε μερικά βήματα πίσω από τον Τούρκο.

«Μήτρο, άφησέ τον να ζήσει και έχω κατά νου μια χειρότερη τιμωρία από αυτή του θανάτου» είπε ο Ραζηκότσικας και η ματιά του έπεσε πάνω στον σωρό με τα τούρκικα μπαϊράκια.

Είχε ξημερώσει για τα καλά και ο καλοκαιρινός ήλιος έριχνε τις ακτίνες του στις ντάπιες του Μεσολογγίου και στο στρατόπεδο των Τούρκων. Έξω από τα τείχη μερικές φωτιές έκαιγαν ακόμη και μαύρος καπνός υψωνόταν τεμπέλικα στον ουρανό.

Ο Κιουταχής στεκόταν έξω από τη σκηνή προσπαθώντας να χωνέψει τις καταστροφές που υπέστη το προηγούμενο βράδυ από το νυχτερινό γιουρούσι των γκιαούρηδων. Μόλις ο ήλιος είχε φωτίσει, ο πασάς καβάλησε το άλογο και επιθεώρησε τις γραμμές του. Είδε τα κανόνια με τις στραβωμένες μπούκες, που οι φωτιές έκαιγαν ακόμη από κάτω τους, είδε τα μαύρα χώματα και τις πέτρες ανακατεμένες με τα διαμελισμένα κορμιά των στρατιωτών του και η καρδιά του σταμάτησε όταν το βλέμμα του έπεσε πάνω στα απομεινάρια από χώμα του βουνού που προσπαθούσε να φτιάξει και να καβαλήσει με αυτό τις ντάπιες. Τώρα το χώμα δεν έφτανε σε ύψος ούτε το ένα μέτρο. Οι κουρελιασμένοι γκιαούρηδες είχαν καταφέρει να σκορπίσουν όλο το χώμα και να καταστρέψουν τις ξυλοδεσιές που το κρατούσαν, σε λίγα λεπτά της ώρας.

Τότε τα μάτια του πασά βάρυναν και η αναπνοή άρχισε να βγαίνει σφυριχτή από το στήθος του. Το βλέμμα του έπεφτε συνέχεια πάνω στο σκορπισμένο χώμα και το αίμα του φούντωνε ακόμη πιο πολύ.

Εκείνη τη στιγμή, ο Ταΐραγας Αμπάζης, του έφερε τον απολογισμό των νεκρών της βραδιάς. Ο Κιουταχής πήρε το φύλλο του χαρτιού στα χέρια του και άρχισε να ξεφυσάει ακόμη περισσότερο με αυτό που είδε γραμμένο εκεί. Ο Ταΐραγας απομακρύνθηκε από μπροστά του με τρόπο, ακούγοντας τον αφέντη του να τρίζει τα δόντια του με μανία.

Τότε ο Κιουταχής άρχισε να βηματίζει πάνω κάτω προσπαθώντας να τιθασεύσει την οργή του, όταν παρατήρησε κίνηση πάνω στη γκιαούρικη ντάπια. Μεμιάς ούρλιαξε να του φέρουν το κιάλι του και μέσα από τη σκηνή πετάχτηκε ένας στρουμπουλός ευνούχος κρατώντας μια ξύλινη θήκη στα χέρια του. Ο ευνούχος έσκυψε μπροστά στον αφέντη του ανοίγοντας τη θήκη, αποκαλύπτοντας το εσωτερικό της, που ήταν στολισμένο με μωβ βελούδο και είχε πάνω κεντημένα άστρα και πλανήτες.

Ο Κιουταχής άδραξε το κιάλι, που βρισκόταν στο κέντρο της θήκης και το στερέωσε αμέσως στο μάτι του, στρέφοντας το προς τις ντάπιες.

Αυτό που είδε να κυματίζει εκεί πάνω, έκανε τον πασά τόσο έξαλλο, που ξέχασε τα πάντα, ακόμη και το γκρέμισμα του βουνού. Άρχισε να ουρλιάζει και έβγαλε από τη μέση του το τοπούζι[37] και άρχισε με αυτό να δέρνει τον ευνούχο που στεκόταν γονατισμένος μπροστά του.

Ο ευνούχος άρχισε να δέχεται βροχή τα κτυπήματα. Από το φαλακρό του κεφάλι, αίμα άρχισε να τρέχει και μετά από λίγο, σωριάστηκε αναίσθητος στο χώμα και η θήκη ξέφυγε από τα δάχτυλά του.

Όσοι αντίκρισαν το Κιουταχή, έσπευσαν να απομακρυνθούν από κοντά του για να μη νιώσουν το άγγιγμα της οργής του και αυτός γύρισε και μπήκε μαινόμενος

---

37 Τοπούζι: στραταρχική ράβδος, καμωμένη συνήθως από κάποιο πολύτιμο υλικό μέσα στην πρασινοκέντητη σκηνή του. Δευτερόλεπτα μετά ακούστηκε η σάλπιγγα που καλούσε σε πολεμικό συμβούλιο τους αξιωματικούς του.

Πάνω στη Μεγάλη Ντάπια κυμάτιζαν ανάποδα μερικά τούρκικα μπαϊράκια, από αυτά που είχαν κουβαλήσει οι κλεισμένοι μέσα στην πόλη μετά το γιουρούσι τους. Τα είχε στήσει εκεί ο Τούρκος σκοπός που ήθελε την κόρη του παπά, με ένα γιαταγάνι κολλημένο στην πλάτη του. Το θέαμα αυτό είδε ο Κιουταχής και έχασε τον έλεγχο του εαυτού του. Τώρα ο Μαχμούτης, είχε ανέβει και στην ντάπια του Φραγκλίνου, αγκαλιά με μερικά ακόμη μπαϊράκια και με την απειλή των όπλων, άρχισε να τα στήνει κι αυτά ανάποδα.

Όταν ο Ραζηκότσικας πρότεινε αυτή την τιμωρία για τον Τούρκο, όλοι συμφώνησαν με γέλια και γιουχαΐσματα και τώρα αυτός ντρόπιαζε την ίδια του τη φυλή και τη θρησκεία με το ανάποδο στήσιμο των σημαιών.

Οι συμπολεμιστές του έβλεπαν αυτό το μεγάλο ντρόπιασμα, χωρίς να μπορούν να κάνουν τίποτα, καθώς τα ταμπούρια που είχαν φτιάξει δίπλα στις ντάπιες, είχαν καταστραφεί από τους γκιαούρηδες και σε αυτά που βρισκόταν τώρα απείχαν πολύ από τα τείχη και η εμβέλεια των όπλων τους δεν έφτανε μέχρι εκεί ώστε να ρίξουν και να χτυπήσουν αυτόν που έστηνε ανάποδα τα μπαϊράκια.

Ο Κιουταχής στη σκηνή του. ούρλιαζε στους αξιωματικούς του για το θέαμα που είχε αντικρίσει, όταν ένας από αυτούς σήκωσε το τουφέκι του και δείχνοντας το στον αφέντη του, του είπε να μείνει ήσυχος και βγήκε από τη σκηνή. Ο Κιουταχής θυμήθηκε πως αυτός ήταν ένας από τους αξιω-

ματικούς που είχε φέρει από την Ευρώπη μισθοφόρους και
αποφάσισε να τον αφήσει για να δει τι μπορεί να κάνει.

Ο Μαχμούτης τα είχε χαμένα. Οι Έλληνες τον είχαν
αναγκάσει να ανέβει πάνω στην ντάπια και να καρφώσει
ανάποδα τα μπαϊράκια, που μέχρι πριν μερικές ώρες ορκι-
ζόταν πως δε θα ντροπιάσει σε κανένα σημείο του κόσμου.
Και σαν να μην έφτανε αυτό, κάθε λίγο και λιγάκι, όλο και
κάποιος από αυτούς, ανέβαινε μαζί του πάνω στην ντά-
πια και τον τσιγκλούσε με το γιαταγάνι του να κάνει πιο
γρήγορα. Έτσι ακριβώς και εκείνη τη στιγμή, ένας άγριος
αρματολός είχε σκαρφαλώσει πάνω στην ντάπια και τον
φοβέριζε με το γιαταγάνι του. Τότε ακούστηκε ένας πυρο-
βολισμός από το τουρκικό στρατόπεδο και κλάσματα του
δευτερολέπτου μετά, ο αρματολός έπεσε στα πόδια του
Μαχμούτη με το μισό κρανίο του διαλυμένο. Ο Μαχμούτης
δεν πρόλαβε να χαρεί και πολύ, καθώς δευτερόλεπτα μετά,
ένας δεύτερος πυροβολισμός αντήχησε στο πρωινό και τα
μυαλά του Τούρκου σκορπίστηκαν στον αέρα.

Οι κλεισμένοι τα έχασαν από τους θανάτους των
δύο αντρών, γιατί δεν ήξεραν πως υπάρχει καριοφίλι που
να χτυπάει από αυτή την απόσταση. Τρόμαξαν όμως και
από την ικανότητα του σκοπευτή. Ένας Σουλιώτης που
έτυχε να βρίσκεται ανάμεσα σε αυτούς που έβλεπαν τον
Τούρκο να βάζει τα μπαϊράκια, μίλησε πρώτος.

«Τα έχω ξαναδεί και ξανακούσει εγώ αυτά τα του-
φέκια. Είναι ευρωπαϊκά και σίγουρα αυτός που το χει-
ρίζεται α είναι κάποιος Φράγκος οφιτσιάλος[38]. Να προ-
σέχετε, Μεσολογγίτες, πώς θα περνάτε από δω και πέρα
ανάμεσα από τις ντάπιες».

38 Οφιτσιάλος: αξιωματικός

Όλοι άκουσαν τα λόγια του Σουλιώτη και τα έβαλαν καλά μέσα στο μυαλό τους. Μερικοί από αυτούς, ανέβηκαν με προφυλάξεις στην ντάπια, και γκρέμισαν το σώμα του Τούρκου από την εξωτερική μεριά, ενώ τράβηξαν το σώμα του αρματολού μέσα στην πόλη.

Κάμποση ώρα μετά τον θάνατο του Μαχμούτη από βόλια των συμπολεμιστών του, ο Τζαβέλας, μιλούσε με τον Ραζηκότσικα παρουσιάζοντάς του την κατάσταση που είχε αντιμετωπίσει στο γιουρούσι.

«Καπετάν Θανάση, μπορεί οι άπιστοι να είναι πολλοί, αλλά από πόλεμο δεν ξέρουν. Όταν πέσαμε πάνω τους, ούτε τα γιαταγάνια τους δεν έβγαλαν για να μας αντιμετωπίσουν. Γύρισαν την πλάτη τους για να φύγουν και σκοτώσαμε όσους ήταν αργοί στα ποδάρια».

«Κίτσο, δεν είναι μαθημένοι από τέτοιο πόλεμο. Αιφνιδιάστηκαν και με το λαγούμι και έχασαν το θάρρος τους» είπε ο Ραζηκότσικας.

«Καπετάνιε, έχει δίκιο ο Τζαβέλας» είπε ο Λιακατάς, που βρισκόταν εκεί κοντά. «Δεν ξέρουν από πόλεμο αυτοί. Μέχρι που τους λυπήθηκα έτσι που είχαν τρομοκρατηθεί και ικέτευαν να τους χαρίσουμε τη ζωή».

«Μπορεί να έχετε δίκιο και οι δύο Γρηγόρη» είπε ο Ραζηκότσικας κοιτώντας πρώτα τον Λιακατά και μετά τον Τζαβέλα. «Αλλά μην ξεχνάτε πως αυτό ήταν το πρώτο μας γιουρούσι. Στα επόμενα που θα ακολουθήσουν, πιστεύω πως δε θα είναι τόσο εύκολα τα πράγματα για εμάς».

«Δεν ξέρω αν έχεις δίκιο καπετάνιε» ξαναπήρε τον λόγο ο Λιακατάς. «Το σημαντικό είναι πως η Φρουρά πήρε πολύ μεγάλο θάρρος από αυτή την επιτυχία μας. Τελικά δεν είναι παντοδύναμοι οι άπιστοι».

«Αυτό που μένει να δούμε τώρα είναι τι σχέδιο θα ακολουθήσει ο Κιουτάγιας, αφού του χαλάσαμε το Κινούμενο Βουνό» είπε ο Ραζηκότσικας και οι δύο άντρες κούνησαν καταφατικά τα κεφάλια τους συμφωνώντας μαζί του.

Στο τουρκικό στρατόπεδο επικρατούσε τρομερός αναβρασμός μετά την ήττα. Οι τσαούσηδες εκπαίδευαν συνέχεια τους στρατιώτες τους, ακολουθώντας τις εντολές των αξιωματικών τους, που αυτοί, με τη σειρά τους, ακολουθούσαν τις εντολές του Κιουταχή, που τριγυρνούσε όλη μέρα στο στρατόπεδο φανατίζοντας τους άντρες του. Και δεν άργησε η μέρα που ο κανονιοβολισμός της πόλης άρχισε ξανά με ακόμη μεγαλύτερη σφοδρότητα. Το πυροβολικό του Κιουταχή είχε διαταχθεί να βάλει συνεχώς κατά των τειχών και κατά της πόλης, και τηρούσε με απαρέγκλιτη αυστηρότητα αυτή τη διαταγή.

Οι κλεισμένοι, ενώ είχαν πάρει αρκετό θάρρος από την πρώτη τους νίκη, άρχισαν πάλι να χάνουν την αυτοπεποίθηση μη μπορώντας να παραβγούν στον τρόπο με τον οποίο τους πολεμούσε ο Κιουταχής. Τα δικά τους κανόνια ήταν ελάχιστα και οι μπάλες τους ακόμη πιο λίγες και έτσι τα φύλαγαν για εξαιρετικές περιπτώσεις, ενώ με τα καριοφίλια τους δεν μπορούσαν να βλάψουν τη χοντρή φωτιά του εχθρού. Τρομακτική ήταν η κατάσταση που είχε δημιουργηθεί πάνω στις ντάπιες καθώς ο θάνατος παραμόνευε όλη τη μέρα, ενώ πίσω από αυτές, όλα τα σπίτια των Μεσολογγιτών είχαν ισοπεδωθεί από τον συνεχή βομβαρδισμό.

Και σαν να μην έφταναν όλα αυτά, στα μέσα του Ιούνη, ο τουρκικός στόλος έκανε την εμφάνισή του στη θάλασσα του Μεσολογγίου, αποκόβοντας και από εκεί τις εξόδους της πολιτείας. Μετά και από αυτό ο Κιουταχής, αβγάτισε και άλλο τη χοντρή φωτιά του, καθώς τα καράβια του έφεραν και άλλα πυρομαχικά και έφτιαξε μικρά μονόξυλα, που τα εφοδίασε με ένα κανόνι και τα έριξε από τη μεριά της θάλασσας για να βομβαρδίζουν και από εκεί τη πόλη.

Στο μεταξύ, στις ντάπιες, ο πόλεμος με τα φτυάρια και τις τσάπες συνεχιζόταν αμείωτος. Μετά την επιτυχία του πρώτου λαγουμιού που είχαν φτιάξει ο κλεισμένοι, άρχισαν και οι δύο πλευρές να σκάβουν λαγούμια και να τα δένουν με μπαρούτι για να τα έχουν έτοιμα για ανατίναξη ανά πάσα ώρα και στιγμή. Πολλές φορές και οι Έλληνες αλλά και οι Τούρκοι λαγουμιτζήδες, ήξεραν πού ακριβώς βρισκόταν και αν υπήρχε άλλο εχθρικό λαγούμι από πάνω ή από κάτω τους, τότε αυτοί πυροδοτούσαν την μπαρούτη και αυτά έσκαγαν σκοτώνοντας όσους δούλευαν σε παρακείμενα λαγούμια. Άλλες πάλι φορές, οι Έλληνες, λόγω της έλλειψης μπαρουτιού, προσπαθούσαν να καταλάβουν που υπήρχαν τούρκικα λαγούμια και έφταναν μέχρι αυτά σκάβοντας για να κλέψουν το μπαρούτι που υπήρχε εκεί. Πολλές ζωές αρματολών όμως χάθηκαν έτσι καθώς οι Τούρκοι είχαν αντιληφθεί το κόλπο και λογάριαζαν το φιτίλι ώστε να καίει πολύ ώρα μέχρι να φτάσει στο μπαρούτι και να του βάλει φωτιά. Έτσι αυτά ανατινάζονταν μετά από ώρες και όταν κόντευαν να τα φτάσουν οι αρματολοί, σκοτώνοντας τους.

Οι κεφαλές της πολιτείας, ενώ περίμεναν τον Κιουταχή να σφίξει τα λουριά της πολιορκίας, δεν ήταν έτοιμοι να αντιμετωπίσουν αυτόν τον τρόπο πολέμου, που τους έφθειρε σιγά σιγά. Τα νεύρα των αντρών ήταν κουρελιασμένα και δεν μπορούσαν να ξεσπάσουν πουθε-

νά την οργή τους. Ο Ραζηκότσικας είχε στείλει απεσταλ-
μένους στην ελληνική κυβέρνηση για να ζητήσει βοήθεια
αλλά οι προσπάθειές του έπεσαν στο κενό. Και έτσι ο και-
ρός περνούσε και εκτός από τον θάνατο, τώρα οι κλεισμέ-
νοι έρχονταν αντιμέτωποι και με το φάσμα της πείνας. Ο
τούρκικος στόλος είχε αποκλείσει οριστικά τη θαλάσσια
περιοχή και τα εμπορικά καράβια, που εφοδίαζαν το Με-
σολόγγι με τροφές, σταμάτησαν την τροφοδοσία. Όλη
τότε η Φρουρά θυμήθηκε τα λόγια του Ραζηκότσικα για
την απομάκρυνση των γυναικόπαιδων από την πόλη και
όλοι ευχαρίστησαν τον αρχηγό που τον φώτισε ο Θεός
για αυτή του την ιδέα. Στη σκέψη και μόνο πως θα έπρεπε
να τραφούν έντεκα χιλιάδες άτομα αντί για τέσσερις χι-
λιάδες που ήταν τώρα, ακόμη και ο πιο γενναίος έτρεμε.

Το καλοκαίρι περνούσε και η κατάσταση για το Με-
σολόγγι γινόταν ολοένα και χειρότερη. Ο Ραζηκότσικας
είχε φτιάξει μια επιτροπή από ελάχιστες γυναίκες που
είχαν μείνει στην πόλη και τριγυρνούσαν ολημερίς πίσω
από τις ντάπιες μαζεύοντας τα βόλια του εχθρού για να τα
ξαναχύσουν και να κάνουν καινούρια. Μετά από αυτή τη
δουλειά, πήγαιναν από σπίτι σε σπίτι και έψαχναν αλεύρι
για να κάνουν ψωμί στους πολεμιστές, που τα σώματα
τους έλιωναν πάνω στις ντάπιες. Οι οπλαρχηγοί, αποφά-
σισαν τότε πως έπρεπε να στείλουν μαντατοφόρους στα
Ιόνια νησιά για να ζητήσουν βοήθεια και αφού συμφώνη-
σαν όλοι σε αυτό, έστειλαν τον οπλαρχηγό Τσόγκα, μαζί
με μερικούς άλλους να ζητήσουν βοήθεια. Έφυγαν τότε
αυτοί από την πόλη και μήτε καμιά απόκριση τους είχαν,

μήτε τους ξαναείδε κανείς. Η άναντρη αυτή λιποταξία, δημιούργησε πολλές σκοτούρες στους οπλαρχηγούς, καθώς πολλοί ήταν αυτοί που κρατούσαν με το ζόρι τους πολεμιστές τους, τώρα που ο Κιουταχής είχε σφίξει τόσο πολύ την πολιορκία. Πολλοί από τους αρματολούς άρχισαν να ψάχνουν, στα φανερά πια, αφορμή για να φύγουν από την πόλη. Άλλωστε, όπως συνήθιζαν να λένε, δεν ήταν δική τους υπόθεση το Μεσολόγγι καθώς δεν ήταν από εκεί. Αρκετοί από αυτούς έφυγαν κρυφά, αλλά το μεγαλύτερο μέρος της Φρουράς, παρέμεινε στις θέσεις του, πιστό στους όρκους που είχε δώσει.

Ο Κιουταχής γνωρίζοντας την κατάσταση που επικρατούσε στην πόλη, αποφάσισε πως είχε έρθει η ώρα να κάνει την τελευταία του πρόταση συνθηκολόγησης στους κλεισμένους. Αν αυτοί συμφωνούσαν, τότε θα γλύτωναν τη ζωή τους και αυτός θα χρησιμοποιούσε την πόλη για ορμητήριο του στρατού του. Αν διαφωνούσαν, θα έκανε ρεσάλτο, θα κατέστρεφε την πόλη και όλοι οι γκιαούρηδες θα πλήρωναν με τη ζωή τους αυτή την τρίμηνη καθυστέρηση του στρατού του.

Έστειλε τότε ο πασάς μαντατοφόρους στο Μεσολόγγι για να κοινοποιήσει τη θέλησή του.

Μόλις οι καπεταναίοι έμαθαν πως μαντατοφόροι έφτασαν έξω από το κάστρο, συνάχτηκαν και αποφάσισαν να στείλουν να τους συναντήσει τον Ραζηκότσικα, τον Στουρνάρα και τον Κίτσο Τζαβέλα. Πριν κινήσει η μεσολογγίτικη πρεσβεία είχαν συμφωνήσει στο εξής, να προσπαθήσουν να βρουν έναν τρόπο να καθυστερήσουν τα σχέδια του Κιουταχή, για να κάνουν οικονομία στο μπαρούτι αλλά και να βρουν τρόπο να μπάσουν τρόφιμα μέσα στην πόλη. Ο Ραζηκότσικας εξηγούσε, καθώς πήγαιναν να βγουν από την πόλη, στους δύο καπεταναίους, πως κάτι τέτοιο είχαν κάνει και το 1822 και ο Κιουταχής είχε χάψει το δόλωμα. Η συνάντηση είχε κανονιστεί να γίνει έξω από τη Μεγάλη Ντάπια, αφού προηγήθηκε εντολή να σταματήσει ο πόλεμος και τώρα ο Ραζηκότσικας άνοιξε το πορτέλο και βγήκε έξω από το τείχος μαζί με τους άλλους δύο.

Απέναντί τους έστεκε η επιτροπή των Τούρκων, επικεφαλής των οποίων ήταν ο Ταΐραγας Αμπάζης. Αφού ανταλλάχτηκαν οι τυπικοί χαιρετισμοί και τα σχόλια για το καυτό καλοκαίρι που περνούσαν, μια δυσάρεστη σιωπή απλώθηκε ανάμεσα στις δύο πρεσβείες.

Τη σιωπή αυτήν την έσπασε ο Ταΐραγας, μπαίνοντας κατευθείαν στο ψητό.

«Καπετάν Ραζηκότσικα, ήρθα εδώ σήμερα σαν φίλος και όχι σαν εχθρός, όπως συμβαίνει τόσον καιρό. Ξέρω πως εσύ δε με γνωρίζεις αλλά εγώ ξέρω και εσένα και τα παλικάρια που στέκονται δίπλα σου».

Ο Ταΐραγας σταμάτησε για μια στιγμή για να δει τι εντύπωση έκαναν τα λόγια του, αλλά συνέχισε σχεδόν αμέσως αφού δεν είδε καμία αντίδραση. «Ο Κίτσος Τζαβέλας ξεχωρίζει από τα όπλα που σέρνει πάνω του και ο άλλος πρέπει να είναι ο στρατηγός Νικόλας Στουρνάρας, αν κατάλαβα καλά από τη σοφία που διακρίνω στα μάτια του. Σας γνωρίζω όλους από τις μεγάλες ανδραγαθίες που έχετε κάνει και είστε ξακουστοί ανάμεσα στους ανθρώπους της φυλής σας αλλά και ανάμεσα στους εχθρούς σας...»

Οι τρεις οπλαρχηγοί δε φάνηκαν να εντυπωσιάζονται από τις πληροφορίες του Τούρκου και ο Ραζηκότσικας κούνησε κυκλικά τα δάχτυλα του, κάνοντας του νόημα να συνεχίσει.

«Λόγω, λοιπόν, της μεγάλης σας παλικαριάς κι αντρειοσύνης, έχετε κινήσει την περιέργεια του πολυχρονεμένου μας Ρεσίτ Μεχμέτ Πασά και δε θέλει να σας χαλάσει πια με τον πόλεμο. Αναγνωρίζει την αξία σας και προτιμά να πέσετε σε μουτακερέδες³⁹ μαζί του, παρά να κάνει το ρισάλτο που ετοιμάζει και να σας σκοτώσει έτσι κρίμα και άδικα. Σας αναγνωρίζει σαν πολεμιστές και σαν αντιπάλους, και σας δίνει αυτή την ευκαιρία, γιατί μέχρι τώρα σταθήκατε αντρίκεια απέναντί του».

Οι οπλαρχηγοί περίμεναν αυτή την εξέλιξη και δεν έδειξαν έκπληξη στα λόγια του Τούρκου, αλλά, ήρεμα, ο Ραζηκότσικας πήρε τον λόγο.

«Εμείς Ταΐραγα, δεν ξεκινήσαμε πρώτοι για να πιάσουμε κουβέντες με τον Κιουταχή ή με σένα. Και αυτό δεν έχουμε καμιά ανάγκη να το κάνουμε. Το τείχος και οι ντάπιες μας είναι γερές και τροφές έχουμε για να αντέξουμε πολύ καιρό έτσι μπλοκαρισμένοι. Οπότε δε μας κάνει καμία ανάγκη να πέσουμε σε μουτακερέδες μαζί σας».

«Εμείς άλλα έχουμε μάθει από μερικούς στρατιώτες σας που το έσκασαν από το κάστρο τη νύχτα και τους έπιασαν οι σκοπιές μας. Πως οι τροφές σας έχουν τελειώσει και ούτε μπαρούτι έχετε πια» είπε ο Ταΐραγας και ο Ραζηκότσικας αντάλλαξε μια γρήγορη ματιά με τον Τζαβέλα και τον Στουρνάρα, που δεν ξέφυγε της προσο-

---

39 Μουτακερέδες: συμφωνίες

χής του Τούρκου αγά. Ο Ταΐραγας άνοιξε το στόμα του να ξαναμιλήσει αλλά τον έκοψε ο Σουλιώτης.

«Ταΐραγα, αυτούς τους κιοτήδες ούτε που τους λογαριάζαμε. Εμείς οι ίδιοι τους διώξαμε από το Μεσολόγγι γιατί περισσότερο βάρος μας ήταν, παρά όφελος. Ό,τι και αν σας είπαν αυτοί, το είπαν για να μας εκδικηθούν που τους στείλαμε έτσι στο διάολο. Μη δίνετε καμιά πίστη στα λόγια τους».

«Όπως και να' χει, καπετάν Τζαβέλα, είτε είναι ψέματα αυτά που μάθαμε είτε είναι αλήθεια, λίγο μας νοιάζει. Έτσι όπως είστε τώρα μπλοκαρισμένοι και από στεριά και από θάλασσα, δεν έχετε καμιά ελπίδα. Αλλά και πάλι αν μπορείτε να αντέξετε όσο καιρό λέτε, γιατί βγήκατε τώρα να με συναντήσετε;» είπε ο Ταΐραγας και ο Ραζηκότσικας έσπευσε αμέσως να του απαντήσει.

«Βγήκαμε από περιέργεια και μόνο για να δούμε τι στοχάζεται ο αφέντης σας. Αν οι συμφωνίες που θέλει να μας προτείνει είναι καθαρές και ξάστερες, εμείς είμαστε διατεθειμένοι να τις συζητήσουμε. Αν πάλι όχι, συνεχίζουμε τον πόλεμο, όπως κάναμε μέχρι τώρα».

«Τι εννοείται όταν λέτε καθαρές συμφωνίες;»

«Αρχοντότουρκε» ξεκίνησε να λέει ο Στουρνάρας «για να ξεκινήσουν καλά τα πράγματα, θα χρειαστεί να γίνει ανακωχή για δεκαπέντε μέρες τουλάχιστον, ώστε να ηρεμήσουν τα πνεύματα και στο δικό μας ασκέρι αλλά και στο δικό σας. Κάθε μέρα οι δικοί μας σκοτώνονται από τις μπόμπες και τις γρανάτες σας, και το αίμα τους βράζει για εκδίκηση. Πρέπει να γίνει παύση πυρός για ένα χρονικό διάστημα. Τότε συζητάμε ξανά με καθαρό μυαλό και εσείς και εμείς».

Ο Στουρνάρας μόλις είχε ρίξει το προσυμφωνημένο δόλωμα και τώρα περίμεναν να δουν αν θα τσιμπούσε ο Τούρκος.

«Αφέντη Στουρνάρα, δεν μπορώ να πάρω εγώ απόφαση για ένα τόσο κρίσιμο θέμα. Πρέπει να ζητήσω την κρίση του Ρεσίτ και μετά να σας απαντήσω. Θα σας ξαναρωτήσω όμως. Μήπως θέλετε να σκεφτείτε καλύτερα;»

Οι τρεις οπλαρχηγοί κούνησαν αρνητικά τα κεφάλια τους και ο Ταΐραγας είδε πως αυτή ήταν η τελευταία τους απόφαση.

«Πολύ καλά λοιπόν. Θα μεταφέρω την επιθυμία σας στον αφέντη μου και μετά θα στείλουμε την απάντησή του με γράμμα».

Μετά τα τελευταία λόγια του Ταΐραγα, οι άντρες χαιρετήθηκαν και τράβηξε ο καθένας για το στρατόπεδό του.

Όταν ο Κιουταχής έμαθε τι ζήτησαν οι κλεισμένοι, στη μνήμη του ήρθε η συμφωνία που είχαν κάνει το 1822 και μετά την είχαν αθετήσει και έγινε έξαλλος. Βημάτιζε πάνω κάτω μέσα στη σκηνή και σκεφτόταν με ποιον τρόπο να απαντήσει στους γκιαούρηδες ώστε να καταφέρει να φυτέψει τον σπόρο της διχόνοιας ανάμεσά τους, μπας και του παραδώσουν την πόλη χωρίς άλλο πόλεμο. Την απάντηση σ' αυτό το πρόβλημα την έδωσε ένας Ευρωπαίος αξιωματικός που υπηρετούσε μισθοφόρος στο στράτευμά του. Αυτός βρισκόταν πολλά χρόνια στην Ελλάδα και γνώριζε πολύ καλά τις φατρίες και τις διχογνωμίες που επικρατούσαν ανάμεσα στους Έλληνες. Έτσι, με τη βοήθειά του, ο Κιουταχής, υπαγόρευσε την επιθυμία του και μετά την έστειλε στους κλεισμένους.

Ο αγγελιοφόρος του Κιουταχή, κρατώντας τη λευκή σημαία, έφτασε έξω από τη Μεγάλη Ντάπια και παρέδωσε το γράμμα του αφέντη του στα καραούλια που βγήκαν για να τον υποδεχτούν. Μετά από εκεί το γράμμα έφτασε στα χέρια του Ραζηκότσικα, ο οποίος συγκάλεσε αμέσως συμβούλιο στο διοικητήριο. Λίγη ώρα αργότερα όλοι οι καπεταναίοι είχαν μαζευτεί και έβλεπαν τον Ραζηκότσικα που κρατούσε στα χέρια του έναν φάκελο.

Ο Ραζηκότσικας στριφογύριζε στα χέρια του τον φάκελο και με τα νύχια του έξυνε τη βούλα του πασά. Όταν είδε πως είχαν μαζευτεί όλοι, έσπασε τη βούλα και ξεδίπλωσε το γράμμα. Το κείμενο που περιείχε η σελίδα ήταν γραμμένο στην ελληνική γλώσσα, και αφού ο Ραζηκότσικας διάβασε τους τυπικούς χαιρετισμούς, έφτασε και στα ουσιώδη.

«Οι όροι που ζητά ο αφέντης μας, σαν επίσημος εκπρόσωπος της Υψηλής Πύλης, για να κλείσει η συμφωνία μεταξύ μας, είναι οι εξής:

Σε δέκα μέρες από τώρα να παραδώσετε την πόλη σας και να αφήσετε απείραχτα όλα τα κανόνια που έχετε. Επίσης και τα πυρομαχικά και τα τρόφιμα.

Για να σας εξασφαλίσει τη σιγουριά πως τα πράγματα θα κυλήσουν έτσι όπως θα τα συμφωνήσετε, θα σας δώσει ομήρους, δέκα από τους μεγαλύτερους αξιωματικούς του, όποιους θέλετε εσείς και σαν εγγύηση εσείς, θα παραδώσετε τη Μεγάλη Ντάπια, ώστε να βάλουμε δικούς μας μέσα να τη φυλάνε.

Επίσης, όσοι από τους κλεισμένους, είχαν τα άρματά

τους πριν την άτιμη αποστασία σας, ο ίδιος ο αφέντης μας, σας επιτρέπει να κρατήσετε τα άρματα, με τον όρο να αποχωρήσετε από την πόλη. Όσοι όμως ήταν ραγιάδες, πρέπει να παραδώσουν τα άρματα για να τους χαρίσει τη ζωή. Όσοι από εσάς επιθυμούν να φύγουν από το Μεσολόγγι, ο ίδιος εγγυάται, πως θα βάλει καράβια για να τους στείλει στα Ιόνια νησιά με ασφάλεια.

Σκεφτείτε καλά τις προτάσεις γιατί δε θα υπάρξουν άλλες. Πράξτε με σύνεση γιατί, είτε έτσι είτε αλλιώς, το Μεσολόγγι βρίσκετε μέσα στη χούφτα του πολυχρονεμένου μας Κιουταχή και το μόνο που έχει να κάνει είναι να τη σφίξει για να σας λειώσει».

Ο Ραζηκότσικας τελείωσε την ανάγνωση και σήκωσε το κεφάλι του από το χαρτί. Το βλέμμα του έπεσε στους καπετάνιους που τον παρακολουθούσαν και παρατήρησε πως τα συναισθήματά τους ήταν ανάμεικτα. Το γράμμα του Κιουταχή στάθηκε πολύ πονηρό καθώς έδινε την ευκαιρία σε αυτούς που δεν ήταν ραγιάδες, να πάρουν τα άρματά τους και να φύγουν ανενόχλητοι. Έτσι όλοι οι αρματολοί και οι Σουλιώτες που είχαν καταφύγει στο Μεσολόγγι, μπορούσαν να πάρουν τα άρματα και να αποχωρήσουν ανενόχλητοι. Ξαφνικά ο Ραζηκότσικας κατάλαβε πως ήταν λάθος του που διάβασε το γράμμα μπροστά σε όλους.

Από τους καπετάνιους δεν ακουγόταν το παραμικρό και ο Λιακατάς άδραξε την ευκαιρία και προσπάθησε να τους κάνει να οργιστούν.

«Νομίζω πως αυτά που μας ζητάει ο σκύλος, ο Κιουτάγιας, είναι πάρα πολλά, αδέρφια μου. Σαν πολύ μας έχει υποτιμήσει νομίζω και εμάς αλλά και τ' άρματά μας».

Τότε ένα μουγκρητό οργής ακούστηκε από την πλειοψηφία των καπεταναίων κατά της αυθάδειας και του θράσους του Τούρκου στρατηγού. Όλοι άρχισαν να φωνάζουν και να προτείνουν τρόπους για να τιμωρήσουν τον άπιστο. Ο Ραζηκότσικας δεν πήρε μέρος στην οχλοβοή αλλά συνέχιζε να παρατηρεί τους καπεταναίους και πρόσεξε πως τρεις από αυτούς δεν έδειχναν ευχαριστημένοι από την τροπή που είχαν πάρει τα πράγματα. Μετά από λίγο αποχώρησαν αθόρυβα από την αίθουσα. Ο Ραζηκότσικας δεν ενοχλήθηκε πολύ από τη συμπεριφορά τους καθώς η συντριπτική πλειοψηφία των καπεταναίων ήταν κατά της παράδοσης της πόλης και έτσι στράφηκε και αυτός προς την κουβέντα που γινόταν και όπως είναι το συνήθειο της ελληνικής φυλής, άρχισε να φωνάζει.

Μετά από αρκετή ώρα αλλά και αρκετούς τσακωμούς, συμφώνησαν να φτιάξουν ένα γράμμα και να το στείλουν στον Κιουταχή.

Ο Κιουταχής έλαβε την απάντηση των κλεισμένων, που λίγο πολύ έλεγε ότι η αυτού Υψηλότητά του έπρεπε να προσέχει για τη χούφτα της, καθώς αν επιχειρούσε να τη σφίξει για να τους εξοντώσει, ίσως τότε ανακάλυπτε πως το Μεσολόγγι είναι τυλιγμένο με αγκάθια, που θα του την τρυπούσαν.

Μόλις ο γραμματικός του πασά τελείωσε την ανάγνωση της επιστολής, δεν τόλμησε να σηκώσει τα μάτια του από το χαρτί. Όση ώρα διάβαζε, το εξασκημένο του αυτί, έπιασε την αναπνοή του αφέντη του να βαθαίνει και να βγαίνει πιο αργή, αλάνθαστο σημάδι πως ο Κιουταχής άρχιζε να χάνει την υπομονή του και έτσι ο γραμματικός κρατούσε σκυμμένο το κεφάλι του για να μη νιώσει την οργή του αφέντη του.

Ο Κιουταχής μόλις άκουσε την ειρωνική απάντηση των γκιαούρηδων, προσπάθησε να χαλιναγωγήσει τα νεύρα του, που ένιωθε να παίρνουν φωτιά. Κάλεσε αμέσως πολεμικό συμβούλιο και διέταξε να αρχίσει ασταμάτητος κανονιοβολισμός της πολιτείας αλλά και να γίνουν οι τελευταίες ετοιμασίες για το ρεσάλτο. Τα ρετζάλια του τσακίστηκαν να εκτελέσουν τις διαταγές και λίγη ώρα αργότερα όλα τα κανόνια του πασά, έβαλαν κατά της πολιτείας με τέτοια λύσσα και οργή, που μέχρι στιγμής οι κλεισμένοι δεν είχαν ξανανιώσει.

Τις αμέσως επόμενες ώρες, ο Ραζηκότσικας, κάλεσε στο σπίτι του τον Μακρή, τον Τζαβέλα και τον Λιακατά και οι τρεις άντρες έφτασαν αμέσως σε αυτό, κατάμαυροι από την μπαρούτι και σχεδόν κουφοί από τις εκρήξεις των κανονιών.

«Καπετάνιε, τι στάθηκε»; ρώτησε ο Λιακατάς, μόλις μπήκαν μέσα και πήραν μια ανάσα.

Ο Ραζηκότσικας κοίταξε τους άντρες και άρχισε να μιλάει. «Φώναξα εσάς τους τρεις μόνο, καπεταναίοι, γιατί εσάς εμπιστεύομαι περισσότερο απ' όλους».

Ο Μακρής στένεψε τα μάτια. «Τι εννοείς Ραζηκότσικα»; είπε.

«Όλοι ήσασταν πριν στο διοικητήριο. Κατάλαβε κάποιος από εσάς κάποιο ιδιαίτερο φέρσιμο τριών από τους καπεταναίους που βρίσκονται μέσα στην πόλη και λένε πως την υπερασπίζονται;»

Οι τρεις άντρες κοιτάχτηκαν μεταξύ τους και μετά κοίταξαν τον Ραζηκότσικα γνέφοντάς του αρνητικά.

Ο Ραζηκότσικας τους άφησε λίγο ακόμη να σκεφτούν καλύτερα και όταν άνοιξε το στόμα του να μιλήσει, τα μάτια του Λιακατά άστραψαν.

«Καπετάνιε, τώρα κατάλαβα για ποιο πράγμα μιλάς. Μέχρι τώρα σκεφτόμουν αν είπαμε τίποτα, για το πώς δηλαδή θ' αντιμετωπίσουμε τον Κιουτάγια γι' αυτό δεν πήγε ο νους μου εκεί. Τώρα όμως κατάλαβα».

«Πες και σε εμάς, μωρέ Λιακατά. Τι εννοείτε και οι δυο σας»; είπε ο Τζαβέλας και ο Μακρής τον σιγόνταρε.

«Τρεις από τους καπεταναίους που βαστάνε σημαντικά πόστα στις ντάπιες, δεν έδειξαν και πολύ ευχαριστημένοι με την απόφαση που πήραμε όλοι να μην παραδώσουμε την πόλη. Μάλιστα έφυγαν κιόλας όταν αρχίσαμε να λέμε για το γράμμα που στείλαμε» είπε ο Λιακατάς και ο Ραζηκότσικας πρόσθεσε πως αυτοί οι τρεις είναι ο Γιάννης Σούκας, ο Αντρέας Ίσκος και ο Λάμπρος Βέικος.

«Μωρέ, ο Σούκας φυλάει τη Μεγάλη Ντάπια και ο Ίσκος το κρυφό πορτέλο που κάναμε για τα γιουρούσια. Λέτε να μας βρει κανένα κακό από εκεί»; είπε ο Μακρής.

«Εγώ πάντως δεν τους είδα και δεν μπορώ να κρίνω αλλά, αν λέτε εσείς πως η συμπεριφορά τους ήταν αυτή, τότε δεν είναι καλά τα πράγματα» είπε ο Τζαβέλας.

Τότε ο Ραζηκότσικας ρώτησε τι προτείνουν να κάνει με αυτούς και οι καπεταναίοι έπεσαν σε βαθιά συλλογή που δεν κράτησε ελάχιστα λεπτά γιατί από την αυλή του σπιτιού ακούστηκε μια φωνή να καλεί το όνομα του Ραζηκότσικα, χωρίς σταματημό. Μεμιάς οι τέσσερις άντρες πετάχτηκαν έξω και είδαν τον Σφήκα μπροστά τους να φωνάζει.

Από τον λιγνό ώμο του παιδιού κρεμόταν το καριοφίλι που του είχε χαρίσει ο Ραζηκότσικας και το στήθος του ανεβοκατέβαινε λαχανιασμένο.

«Τι είναι μωρέ ζουρλοσφήκα; Τρελάθηκες και φωνάζεις έτσι; Δε βλέπεις πως έχω δουλειά;» είπε ο Ραζηκότσικας.

«Καπετάνιε, άσε τις δουλειές που κάνεις τώρα γιατί προέκυψε μια άλλη πολύ πιο σοβαρή».

«Τι είναι, μωρέ; Μίλα που να σε πάρει...»

«Φασαρία στην Μεγάλη Ντάπια, καπετάνιε. Τρεις δικοί μας σκούζουν και φωνάζουν πως είμαστε όλοι χαμένοι και έχει αναστατωθεί όλη η Φρουρά».

Οι τέσσερις καπετάνιοι αντάλλαξαν ένα γρήγορο βλέμμα και χωρίς άλλες κουβέντες, όρμησαν έξω στον δρόμο και έτρεξαν κατά τη Μεγάλη Ντάπια. Γύρω τους μπάλες των κανονιών έπεφταν ασταμάτητα και όσο πιο πολύ πλησίαζαν στις ντάπιες τόσο μεγαλύτερη ήταν η εικόνα καταστροφής που αντίκριζαν. Μετά από λίγα λεπτά έφτασαν στη Μεγάλη Ντάπια και είδαν τον Σούκα, τον Ίσκο και τον Βέικο να φωνάζουν και να χειρονομούν σε μια μεγάλη ομάδα πολεμιστών, οι οποίοι είχαν παρατήσει τα πόστα τους και άκουγαν τους καπεταναίους.

«Εμένα, πηγαίνετε να βάλετε καινούρια πέταλα στον ψαρή μου. Άλλο μέσα σ' αυτόν τον τάφο δεν κάθομαι. Δεν ξέρω εσείς τι θέλ...»

Ο Σούκας σταμάτησε απότομα να μιλάει όταν είδε μπροστά του τον Ραζηκότσικα και τους άλλους τρεις.

«Καπετάν Γιάννη, ποτέ δεν περίμενα από εσένα να ακούσω τέτοια λόγια. Σε είχα και συνεχίζω να σ' έχω σε μεγάλη εκτίμηση και δεν μπορώ να πιστέψω τι πας να κάνεις» είπε ο Ραζηκότσικας.

Ο Σούκας στάθηκε για λίγο άφωνος μέχρι να ανασυγκροτήσει τις σκέψεις του.

«Ραζηκότσικα, εγώ δε θα κάτσω εδώ να πεθάνω σαν τον ποντικό στη φάκα. Ο Κιουταχής μας έχει ζώσει από παντού και όποιος δεν το βλέπει είναι τυφλός. Ανέβα λίγο πάνω στην ντάπια να δεις μέχρι πού έχει σηκώσει τα ταμπούρια του ο πασάς. Δες πως έχει καλύψει με χώμα και πέτρες τα δικά μας χαρακώματα και πως ετοιμάζεται για το ρεσάλτο. Σε μια δυο μέρες θα χιμήξει και τότε δε θα τον σταματήσει κανείς γιατί, ούτε μπαρουτόβολα έχουμε, αλλά ούτε και τρόφιμα. Ήταν τρέλα η απόφαση που πήρατε να του αντισταθούμε κι άλλο».

Ο Ραζηκότσικας άκουγε τα λόγια του Σούκα κάνοντας φανερή προσπάθεια να χαλιναγωγήσει τον εαυτό του. Εκείνη τη στιγμή πέντε μπάλες του εχθρού διασταυρώθηκαν στον αέρα και έπεσαν κατά το μέρος που ήταν συγκεντρωμένοι οι καπεταναίοι. Ο Σούκας και η συνομοταξία του έπεσαν με τα μούτρα στο χώμα για να προφυλάξουν τους εαυτούς τους από την έκρηξη αλλά όλοι οι υπόλοιποι παρέμειναν στις θέσεις τους ατάραχοι. Οι μπόμπες έσκασαν αναποδογυρίζοντας χώματα και σπασμένα ξύλα αλλά τα μισδράλια[40] άφησαν απείραχτους τους πολεμιστές και τους καπεταναίους.

Όταν καταλάγιασε ο κουρνιαχτός, ο Σούκας σηκώ-

---

40 Μισδράλια: θραύσματα

θηκε και το βλέμμα του αντάμωσε αυτό του Ραζηκότσικα.

«Καταλαβαίνω πως φοβάσαι για τη ζωή σου, καπετάν Γιάννη» είπε ο Ραζηκότσικας. «Αυτό που δεν μπορώ να καταλάβω είναι γιατί κιοτεύεις μπροστά σε όλους και γυρεύεις να πάρεις μαζί σου στη φευγάλα, άξιους και αντρειωμένους πολεμιστές;» ρώτησε ο Ραζηκότσικας αλλά απάντηση δεν πήρε, καθώς ένας τρομερός γδούπος ακούστηκε από το πορτέλο της Μεγάλης Ντάπιας. Δευτερόλεπτα μετά ακολούθησε μια τρομερή έκρηξη που έσκισε την ντάπια στα δύο, ανοίγοντας μεγάλο ρήγμα στην άμυνα της πολιτείας.

Ο Ραζηκότσικας είδε μαζί με τον καπνό και τη φωτιά που τιναζόταν στον αέρα και πολλά κομματιασμένα κορμιά αγωνιστών που βρισκόταν πάνω στην ντάπια και προσπαθούσαν με την ψιλή φωτιά τους να βλάψουν τα κανόνια του εχθρού.

Με τα αυτιά του να βουίζουν και να σφυρίζουν ταυτόχρονα αντίκρισε από το άνοιγμα που είχε δημιουργηθεί, ένα μεγάλο σώμα του τούρκικου στρατού να ρίχνεται κατά πάνω τους ξεδιπλώνοντας τα πολεμικά τους μπαϊράκια για να τα καρφώσουν στο χώμα του Μεσολογγίου.

Ο αρχηγός τα είδε όλα αυτά μέσα σε ένα κλάσμα του δευτερολέπτου και μετά ο χρόνος άρχισε να κυλάει πιο αργά, καθώς τράβηξε τις κουμπούρες του και άρχισε να ουρλιάζει στους πολεμιστές του να ανασυνταχθούν.

Από τις ντάπιες του Κοραή και του Αρχιεπίσκοπου Ιγνατίου, που βρισκόταν αριστερά και δεξιά από τη Μεγάλη Ντάπια, οι αρματολοί γύρισαν τα καριοφίλια τους προς το ρήγμα που είχε γίνει στο τείχος αρχίζοντας να πυροβολούν τους Τουρκαλβανούς που συνωστίζονταν εκεί. Οι πυροβολητές γέμισαν τα κανόνια τους, όχι με μπάλες αλλά με μισδράλια και περίμεναν να πυκνώσει ο εχθρός για να ρίξουν εναντίον του, πράγμα το οποίο δεν άργησε να γίνει και τα πυρακτωμένα κομμάτια σιδήρου σκόρπισαν τον θάνατο σε αυτούς που μπήκαν πρώτοι στην πολιτεία. Μετά την πρώτη ομοβροντία των κανονιών δεν υπήρχε χρόνος για γέμισμα και οι κλεισμένοι τράβηξαν τα γιαταγάνια και τις πάλες τους και χίμηξαν στον εχθρό που έμπαινε στην πόλη.

Ο Ραζηκότσικας που δεν είχε σταματήσει να ουρλιάζει διαταγές, προπορευόταν των αντρών και λίγα μέτρα τον χώριζαν από τους Τουρκαλβανούς που είχαν μπει από το ρήγμα και πολεμούσαν με τους αρματολούς που είχαν παρατήσει τα πόστα τους στις διπλανές ντάπιες και είχαν πέσει πάνω στον εχθρό. Ο αρχηγός άδειασε τις κουμπούρες του στο πλήθος των Τουρκαλβανών, μετά τράβηξε το γιαταγάνι του, που γυάλισε στο φως του ήλιου και έπεσε πάνω τους. Λίγα δευτερόλεπτα αργότερα ακολούθησε και ο Λιακατάς με τους άντρες του, ενώ ο Τζαβέλας με τους πιστούς του Σουλιώτες, είχε δημιουργήσει ήδη ένα τρίγωνο θανάτου με κορυφή τον Σουλιώτη πολέμαρχο. Η διαφορά που χώριζε όλους τους άλλους αγωνιστές που υπερασπιζόταν το ρήγμα, με τους Σουλιώτες, ήταν δευτερόλεπτα, και όμως οι Σουλιώτες είχαν καταφέρει ήδη να σκορπίσουν τον θάνατο σε αρκετούς εισβολείς, σπέρνοντας τον τρόμο ανάμεσά τους και ασφαλίζοντας από τη μία μεριά το ρήγμα. Πολεμούσαν με τόσο μεγάλη άνεση, που αν τους έβλεπε κάποιος εξωτερικός παρατηρητής θα νόμιζε πως εκτελούσαν κάποια εργασία η οποία δεν έχει να κάνει με την αφαίρεση ανθρώπινων ζωών, αλλά με κάτι άλλο, πολύ πιο ανάλαφρο και χαρούμενο.

Στο μεταξύ, η είδηση πως ο εχθρός είχε καταφέρει να εισχωρήσει στην πόλη, έφτασε και στις άλλες ντάπιες. Οι σάλπιγγες ήχησαν συναγερμό και οι πολιορκημένοι άρχισαν να φτάνουν κατά κύματα στη Μεγάλη Ντάπια για να υπερασπίσουν το ρήγμα.

Στο τουρκικό στρατόπεδο, μόλις ο Κιουταχής έμαθε για τη διάλυση της ντάπιας των γκιαούρηδων, διέταξε να του σελώσουν το άλογο και περιτριγυρισμένος από τα μεγαλύτερα ρετζάλια του, κίνησε για να γκαρδιώσει τους νιζάμηδες να πατήσουν τη γκιαουροπολιτεία.

Ο ήχος του πολέμου και της συμπλοκής που βγάζουν τα κορμιά και το ατσάλι όταν συγκρούονται μεταξύ τους, που κάνουν τα γόνατα ακόμη και των πιο αντρειωμένων να τρέμουν και να λυγίζουν, είχε υψωθεί σαν θείο πανηγύρι πάνω από τη μισοκατεστραμμένη ντάπια. Ο πόλεμος έδειχνε τα ατσαλένια σαγόνια, αλέθοντας τα κορμιά των αντιπάλων μέσα στον φοβερό του μύλο.

Μπροστά στο ρήγμα, οι πολιορκημένοι πλήρωναν με το αίμα τους κάθε πιθαμή γης που κέρδιζαν, σπρώχνοντας τους Τουρκαλβανούς εκατοστό εκατοστό έξω από το κάστρο. Πίσω από τους επιτιθέμενους, στεκόταν οι τσαούσηδες, κουνώντας στον αέρα τα τσεκούρια τους, ουρλιάζοντας διαταγές και φοβέρες στους στρατιώτες τους να ορμήσουν μπροστά και να γκρεμίσουν την ήδη μισογκρεμισμένη ντάπια. Και πιο πίσω από αυτούς στεκόταν ο ίδιος ο Κιουταχής, περήφανος πάνω στο ομορφοστόλιστο άτι του, δίνοντας κοφτές διαταγές στα ρετζάλια του.

Μπροστά στο ρήγμα, το φονικό που γινόταν μαύριζε το μυαλό των αντιπάλων σβήνοντας κάθε ίχνος λογικής. Η τρύπα που είχε δημιουργηθεί στην ντάπια δεν είχε πολύ μεγάλο πλάτος και έτσι οι στρατιώτες του Κιουταχή είχαν συσσωρευτεί εκεί προσπαθώντας να τρυπώσουν αλλά οι προσπάθειές τους αποδεικνυόταν μάταιες καθώς η αντίσταση που πρόβαλαν οι κλεισμένοι ξεπερνούσε κάθε λογική. Οι κλεισμένοι, με πρωτεργάτες τους Σουλιώτες του Τζαβέλα αλλά και τους Μεσολογγίτες του Λιακατά και του Ραζηκότσικα, είχαν καταφέρει να κρατήσουν το πρώτο κύμα του εχθρού, μέχρι να έρθουν ενισχύσεις από τις άλλες ντάπιες και τώρα οι κλεισμένοι χτυπούσαν τους Τουρκαλβανούς με τέτοια λύσσα και οργή που εκείνοι άρχισαν να υποχωρούν. Οι Τουρκαλβανοί, μην μπορώντας να αντέξουν το σφυροκόπημα από τα γιαταγάνια και τις πάλες των Ελλήνων αλλά και το συνεχές πλευροκόπημα από την ψιλή φωτιά που δεχόταν από τις άλλες ντάπιες, έσπασαν και άρχισαν να υποχωρούν.

Οι κλεισμένοι έμπηξαν τις φωνές και οι καπεταναίοι τους με δυσκολία τους κράτησαν για να μην ορμήσουν στους Τούρκους που υποχωρούσαν. Ο Ραζηκότσικας είχε τραβηχτεί στο πίσω μέρος δίνοντας οδηγίες σε μερικούς άντρες που βρισκόταν δίπλα του. Αυτοί τον άκουγαν κοιτώντας τον στα μάτια και μετά από λίγο έφυγαν τρέχοντας προς το εσωτερικό της πολιτείας.

Μπροστά στο ρήγμα η φωτιά δεν είχε πάψει, αν και οι μπαταριές τώρα ήταν πιο αραιές. Ο τούρκικος στρατός υποχωρούσε με τάξη και ανασυντάσσονταν μπροστά στα ταμπούρια του, με τους αξιωματικούς να τρέχουν πάνω στα άλογα προσπαθώντας να μαζέψουν τους στρατιώτες.

Μπροστά στη μισογκρεμισμένη ντάπια, ο κουρνια-χτός δεν είχε κατακαθίσει ακόμη, όταν πρόβαλαν μέσα από αυτόν, Μεσολογγίτες με στρώματα από τα κρεβάτια στα χέρια τους, σανίδες, δοκάρια και σκοινιά και άρχισαν την προσπάθεια να κλείσουν το ρήγμα. Όλοι ρίχτηκαν με το ίδιο πάθος στη δουλειά, που είχαν ριχτεί προηγουμέ-νως στον πόλεμο και γρήγορα άρχισε να σχηματίζεται ένα υποτυπώδες τείχος από αυτά τα υλικά που τα στερέ-ωναν μεταξύ τους με χώμα και λάσπη.

Πιο πέρα από τους άντρες που δούλευαν, στεκόταν ο Λιακατάς, σφίγγοντας ακόμη στο χέρι του την πάλα του. Η κόψη της είχε στραβώσει και στομώσει σε πάρα πολλά σημεία από τα αμέτρητα χτυπήματα που είχε δώ-σει. Με το καλό του μάτι ατένιζε τους άντρες που δούλευ-αν ενώ από την κόγχη του άλλου του ματιού, έτρεχε αίμα που κυλούσε μέχρι το πιγούνι του και μαζεύονταν εκεί, στάζοντας στο στέρνο του. Η όψη του ήταν τρομακτική, και όσοι από τους άντρες περνούσαν από εκεί, κανείς δε του μιλούσε, παρά μόνο απέστρεφε γρήγορα το βλέμμα. Μετά από λίγο, κίνησε και αυτός για το τείχος και άρχισε να βοηθάει στην επιδιόρθωσή του.

Στο τουρκικό στρατόπεδο, ο Κιουταχής είχε λυσσι-άξει από το κακό του, που οι στρατιώτες του δεν είχαν καταφέρει να μπουν στη γκιαουροπολιτεία. Μέσα στη σκηνή του επικρατούσε αναβρασμός καθώς ένας από τους τσαούσηδες τον ενημέρωνε πως οι γκιαούρηδες έκλειναν την τρύπα στο τείχος. Ο Κιουταχής δάγκωνε τα μουστάκια του και ξεφυσούσε από το κακό του.

«Ανίκανοι είστε όλοι» ούρλιαζε «το ψευτοτείχι τους γκρεμίστηκε κι εσείς δεν είχατε παρά να δρασκελίσετε τα συντρίμμια και να μπείτε μέσα αλλά ούτε αυτό το καταφέρατε...»

Όλοι οι αξιωματικοί είχαν κατεβασμένα τα κεφάλια. Άχνα δεν έβγαζε κανείς. Ο Κιουταχής τους κοιτούσε όλους, έναν έναν, προσπαθώντας να βρει κάποια αφορμή για να ξεσπάσει σε κάποιον. Αφορμή δε δόθηκε και έτσι ο πασάς ακόμη πιο νευριασμένος από πριν, έδωσε τις καινούριες του διαταγές.

«Φτιάξτε τώρα αμέσως εμπρηστικές βόμβες για να τις ρίξουμε στα κουρέλια που προσπαθούν οι γκιαούρηδες να καλύψουν την τρύπα. Και το κανονίδι να μη σταματήσει λεπτό...»

Οι αξιωματικοί τσακίστηκαν έξω από τη σκηνή του ξεδιπλώνοντας τα μαστίγια, κάνοντας στράκες στον αέρα και σαν άκουσαν τον θόρυβο οι δούλοι, τα πόδια τους άρχισαν να τρέμουν.

Σε λιγότερο από μια ώρα κουβάδες με κατάμαυρη πίσσα ετοιμάστηκαν και στην επιφάνειά τους έκαιγε μια αχνή φλόγα. Ταυτόχρονα άρχισε και ο δαιμονικός βρόντος από τα τούρκικα τουμπελέκια καθώς ο στρατός ετοιμαζόταν για καινούριο γιουρούσι. Οι κουβάδες με την πίσσα πετάχτηκαν πάνω στα ξύλα και στα στρώματα με τα οποία οι κλεισμένοι είχαν κλείσει την τρύπα αλλά αυτοί ήταν εκεί και με χώμα και νερό έσβησαν κάθε φωτιά, καθώς τα καριοφίλια των συντρόφων τους ξερνούσαν τη δική τους φωτιά κατά του εχθρού που προέλαυνε.

Σε αυτό το δεύτερο γιουρούσι οι αρματολοί ήταν προετοιμασμένοι και πριν ακόμη προφτάσουν οι εχθροί να φτάσουν στο τείχος και να ακουμπήσουν τις σκάλες τους, ο θάνατος τους έφτανε, δείχνοντάς τους το αιώνιο χαμόγελό του.

Σχεδόν τη μισή νύχτα, οι Τουρκαλβανοί προσπαθούσαν με διάφορα τεχνάσματα να πατήσουν τις ντάπιες αλλά το μόνο που κατάφεραν ήταν να αφήσουν στη γη πολλούς συντρόφους τους.

Όταν ξημέρωσε η καινούρια ημέρα, βρήκε τους υπερασπιστές της πόλης τσακισμένους από την κούραση και από τη αϋπνία. Οι απανωτές επιθέσεις των Τουρκαλβανών είχαν σταματήσει και τώρα και οι δύο αντίπαλοι έγλειφαν τις πληγές τους.

Οι πολιορκημένοι άρχισαν να μαζεύουν τα κουφάρια των νεκρών τους, κυρίως από την πρώτη επίθεση. Χρόνος δεν είχε βρεθεί ώστε να τα μαζέψουν την προηγούμενη ημέρα ή κατά τη διάρκεια της νύχτας. Ανάμεσα στα πτώματα βρέθηκε και το σώμα του Γιάννη Σούκα. Οι αρματολοί το μάζεψαν και το παρουσίασαν στον Ραζηκότσικα, καθώς ένα πράγμα τους είχε παραξενέψει. Το πτώμα του καπετάνιου είχε βρεθεί πεσμένο μπρούμυτα, αρκετά μακριά από το μέρος που γινόταν οι συμπλοκές. Και το πιο παράξενο από όλα ήταν πως, ο Σούκας, είχε πεθάνει από ένα βόλι που τον είχε βρει στην πλάτη. Ο Ραζηκότσικας είδε το πτώμα αλλά δε σχολίασε τίποτα παρά μόνο διέταξε τους αρματολούς, που το είχαν βρει, να το παραδώσουν στους άντρες του καπετάνιου. Καθώς απομακρύνονταν ο αρχηγός από αυτούς, του φάνηκε πως έφτασε στα αυτιά του ένας ψίθυρος από ορισμένους άντρες που έλεγαν πως η τύχη των προδοτών ήταν οι πισώπλατοι πυροβολισμοί.

Μετά και τη δεύτερη, αποτυχημένη, προσπάθεια των Τουρκαλβανών να πατήσουν την πόλη, ο Κιουταχής μάζεψε τα στρατεύματά του στο ύψος του στρατοπέδου του και έδωσε εντολή μόνο στους πυροβολητές να συνεχίζουν τον βομβαρδισμό της πολιτείας. Ο πασάς είχε μάθει ένα άσχημο μαντάτο από τους κατασκόπους του και προσπαθούσε τώρα να καταστρώσει ένα σχέδιο να κυριεύσει την πολιτεία. Για άλλη μια φορά, ο πασάς είχε καλέσει συμβούλιο στη σκηνή του.

«Οι γκιαούρηδες μ' έχουν ρεζιλέψει πολλές φορές. Τρεις μήνες τώρα προσπαθούμε να μπούμε στο κάστρο τους και το μόνο που καταφέρνουμε είναι να ποτίζουμε το χώμα αυτής της καταραμένης πολιτείας με το αίμα των στρατιωτών μας. Και δε φτάνει μόνο αυτό, αλλά τώρα έρχεται σε βοήθεια και ο στόλος μαζί με τα μπουρλότα τους...»

Ο Κιουταχής μιλούσε απευθυνόμενος στους αξιωματικούς του. Με το ξημέρωμα της ημέρας που είχε αποτύχει η επίθεση του, είχε φτάσει στη σκηνή του ένας από τους κατασκόπους του, πληροφορώντας τον πως ο στόλος των γκιαούρηδων είχε κερδίσει σε ναυμαχία τον τουρκικό στόλο και τώρα έπλεε ακάθεκτος προς το Μεσολόγγι για να συνδράμει τους κλεισμένους με τροφές και μπαρουτόβολα.

Άκρα σιωπή έπεσε στη σκηνή του πασά, μετά τα λόγια του. Όλοι οι αξιωματικοί κοίταζαν προς οποιαδήποτε κατεύθυνση εκτός από αυτή που βρισκόταν ο αφέντης τους.

«Μα αφού ο στόλος τους είναι μικρός, πώς είναι δυνατόν να έρχεται προς τα εδώ; Δεν του έκλεισε τον δρόμο ο δικός μας;» τόλμησε να αναρωτηθεί ένας αξιωματικός.

«Και εδώ λίγοι είναι κι εμείς είμαστε τριπλάσιοι, αλλά τρεις μήνες τώρα δεν μπορούμε να κάνουμε τίποτα. Αυτό που σας λέω εγώ. Ο στόλος των γκιαούρηδων σε μερικές μέρες θα είναι εδώ και εμείς πρέπει μέσα σε αυτές τις μέρες να πατήσουμε το Μεσολόγγι, αλλιώς ούτε τα δικά σας κεφάλια θα στέκονται καλά στους ώμους σας, αλλά ούτε και το δικό μου. Για αυτό αφήστε κατά μέρους τις απορίες σας και σκεφτείτε πως θα μπούμε στην πόλη...»

Όλοι οι αξιωματικοί κοίταξαν το αφέντη τους, μόλις τελείωσε τον λόγο του και πάσχισαν να σκεφτούν τρόπους. Οι εμπειροπόλεμοι αξιωματικοί του Κιουταχή είχαν σαστίσει, τρεις μήνες τώρα, από τον πόλεμο που είχαν στήσει εναντίον τους αυτοί οι ξεβράκωτοι Ρωμιοί. Τρεις μήνες ορμήνευαν τον αφέντη τους τεχνάσματα για να πατήσουν την πολιτεία και τρεις μήνες αποτύγχαναν. Τώρα ένιωθαν πως το μαχαίρι έφτασε στο κόκαλο. Έπρεπε ή να πατήσουν αυτό το μαντρί και να μην αφήσουν κανέναν από τους σκύλους ζωντανό ή να μαζέψουν τον εγωισμό τους και τις πολεμικές τους εμπειρίες και να φύγουν από αυτόν τον διαολότοπο.

Μετά από αρκετή ώρα έντονων λογομαχιών και διαβουλεύσεων κατάφεραν να συμφωνήσουν στο εξής σχέδιο επίθεσης: Για δύο μερόνυχτα από τώρα να σταματήσει ο κανονιοβολισμός και να φτιάξουν οι σκλάβοι απέναντι από τις μεγαλύτερες ντάπιες των γκιαούρηδων, ψηλά ταμπούρια όπου θα στήνονταν πάνω σε αυτά πλήθος κανονιών. Μετά από αυτό θα ξεκινούσαν τον κανονιοβολισμό από εκεί, ώστε να απομακρύνουν τη δύναμη των γκιαούρηδων από τις ντάπιες αυτές και μετά το μεγαλύτερο μέρος του ασκεριού θα χιμούσε σ' αυτές τις ντάπιες και αφού θα τις ασφάλιζε, θα άνοιγε τον δρόμο και για το υπόλοιπο ασκέρι. Έτσι ο στρατός του Κιουταχή θα χωριζόταν σε τέσσερις μεγάλες κολώνες, που θα αποτελούνταν η καθεμιά από πέντε χιλιάδες πολεμιστές.

Ο Κιουταχής άκουσε το σχέδιο, ζήτησε να του το γράψουν σε χαρτί και αφού το διάβασε και έψαξε για τυχόν αδυναμίες, θεώρησε πως είναι το καλύτερο δυνατό που μπορούσαν να κάνουν μιας και δεν είχαν πολύ χρόνο στη διάθεσή τους. Στον νου του πασά ήρθε για λίγο και το σχέδιο με το κινούμενο βουνό αλλά το απέρριψε αμέσως γιατί ήταν πολύ χρονοβόρο. Έτσι ο Κιουταχής υπέγραψε το χαρτί του σχεδίου και διέταξε τα ρετζάλια του να ξεκινήσουν την άμεση εφαρμογή του.

Μέσα στο Μεσολόγγι, οι χαρές για τη διπλή από-κρουση των απίστων δεν είχαν κοπάσει ακόμη. Οι αγω-νιστές τραγουδούσαν και έστηναν χορό πάνω στις ντά-πιες για να γλεντήσουν αλλά και για να μπουν στο μάτι των Τουρκαλβανών. Τα γιουχαΐσματα και οι ξεδιάντρο-πες βρισιές τάραζαν το τούρκικο στρατόπεδο, ενώ από αυτό είχαν ξεπροβάλλει για άλλη μια φορά οι σκλάβοι και χερομαχούσαν με τις τσάπες και τις αξίνες. Οι αγωνιστές είχαν φρενιάσει με τις επιτυχίες τους και φώναζαν κιο-τήδες τους Τουρκαλβανούς καθώς έβαζαν τους σκλάβους τους να πολεμήσουν όχι με τα όπλα αλλά με τα εργαλεία.

Κάθε τόσο, ένας θηριώδης αρματολός, γνωστός στους κλεισμένους για την μπάσα γαϊδουρινή φωνή του, ανέβαινε σε διαφορετική ντάπια και έβριζε τα γένια του Κιουταχή.

«Βάρδια αλέστα, βάρδια αλέστα, του Κιουταχή τα γένια χέστα!»

Μετά από κάθε επανάληψη της προσβολής, όλη η Φρουρά συνόδευε τον αντίλαλο της φωνής του αρματω-λού, με τρανταχτά γέλια και μπαταριές. Η προσβολή ήταν τόσο μεγάλη για τον Κιουταχή που μετά από μερικές μέ-ρες, οι σκοποί, είδαν την καταπράσινη σκηνή του να με-ταφέρετε σε άλλο σημείο, πολύ πιο μακρινό και να στή-νεται εκεί για να μη φτάνει η αγριοφωνάρα του Έλληνα.

Με τον τελειωμό της πρώτης ημέρας, που σταμάτη-σε το κανονίδι και με το ξημέρωμα της άλλης, οι καπετα-ναίοι είδαν τέσσερα υψώματα να σχηματίζονται απέναν-τι από τις ντάπιες του Φραγκλίνου και του Νόρμαν, που ήταν η μία δίπλα στην άλλη και απέναντι από τη Μεγάλη Ντάπια και τη Ντάπια του Μακρή. Αμέσως οι καπετάνιοι κάλεσαν συμβούλιο καθώς ψυχανεμίστηκαν πως ο εχθρός ετοιμάζεται για το μεγάλο του γιουρούσι.

Το διοικητήριο ήταν γεμάτο με άντρες και όλοι πηγαινοέρχονταν ανυπόμονοι περιμένοντας να αρχίσει το συμβούλιο. Μετά από λίγη ώρα εμφανίστηκε και ο Χρήστος Καψάλης και ο Ραζηκότσικας πήρε τον λόγο.

«Μέχρι στιγμής καπετάνιοι, πολεμήσαμε όλοι αντρειωμένα και δείξαμε στον άπιστο πως το Μεσολόγγι, όσο και αν το ρέγεται η ψυχή του, δύσκολα θα το πάρει. Περάσαμε από δύσκολες φουρτούνες, οι οποίες συνεχίζονται ακόμη, αφού δεν έχουμε ούτε τρόφιμα αλλά ούτε και μπαρουτόβολα για να αντέξουμε για πολύ ακόμη. Τώρα όμως που ο Κιουτάγιας σταμάτησε το κανονίδι και άρχισε να υψώνει ταμπούρια απέναντι από τις μεγαλύτερες ντάπιες μας, νομίζω πως έχει έρθει η ώρα που θα κάνει το μεγάλο του γιουρούσι. Μέχρι στιγμής μας μετρούσε και υπολόγιζε τις δυνάμεις μας. Τώρα θα χιμήξει να μας λιώσει. Αν αντέξουμε και σ' αυτό, τότε θα είναι δύσκολα τα πράγματα για τον Κιουταχή».

Οι καπεταναίοι είχαν σιωπήσει και μερικοί κουνούσαν τα κεφάλια τους, καταφατικά, στα λόγια του Ραζηκότσικα. Κι όταν αυτός τελείωσε τον λόγο του, άρχισε να μιλάει ο Μακρής.

«Σωστά μιλάει ο Ραζηκότσικας, αδέρφια. Ο Κιουταχής ετοιμάζεται για το τελικό του χτύπημα και ό,τι προκύψει. Μη νομίζετε πως μόνο εμείς είμαστε σε δύσκολη θέση.

Αυτός ο πασάς, όσο πιο πολύ καθυστερεί να πάρει το Μεσολόγγι, τόσο πιο πολύ δυσαρεστείται ο Σουλτάνος απέναντί του και τρεμοπαίζει το κεφάλι του πάνω στους ώμους του. Να ξέρετε πως ο Κιουτάγιας βιάζεται πάρα πολύ και ίσως αυτό είναι για εμάς πολύ σημαντικό στοιχείο».

«Εγώ πιστεύω πως από τα ταμπούρια που σηκώνει θα προσπαθήσει να χιμήξει μέσα στην πόλη, ο άπιστος. Αυτές τις τέσσερις ντάπιες πρέπει να τις φυλάμε από εδώ και πέρα με διπλάσια φρουρά».

Αυτός που μίλησε ήταν ο Τζαβέλας και όλοι συμφώνησαν μαζί του, καθώς ο Κιουταχής είχε κάνει φανερό το σχέδιό του.

«Αν όπως λέτε, ο Κιουτάγιας, κάνει το γιουρούσι του από αυτά τα σημεία, πώς εμείς θα καταφέρουμε να του αντισταθούμε;» αναρωτήθηκε μεγαλόφωνα ο Λιακατάς. «Αν ορδινιάσει όλο του το ασκέρι και επιτεθεί σ' αυτές τις τέσσερις ντάπιες, εμείς είμαστε πολύ λίγοι για ν' αντισταθούμε σε μια τέτοια μαζική επίθεση...»

Τα λόγια του Λιακατά τα υποδέχθηκε βαριά σιωπή από την πλευρά των καπεταναίων. Όλοι κοιτάζονταν μεταξύ τους, γνωρίζοντας πως ο Λιακατάς είχε δίκιο αλλά παρόλα αυτά λύση δεν μπορούσε να σκεφτεί κανείς.

Τότε, ανάμεσα από τους οπλαρχηγούς, βγήκε ο Χρήστος Καψάλης, ο σεβάσμιος γέροντας με την κατάλευκη γενειάδα και τα κοφτερά μάτια.

«Έχω να σας προτείνω μια λύση στο πρόβλημα καπεταναίοι» είπε.

Όλοι τότε σώπασαν και για την επόμενη ώρα άκουγαν τον Καψάλη που μιλούσε και ταυτόχρονα με τη μαγκούρα του έκανε σχέδια στο χωμάτινο πάτωμα του διοικητηρίου. Όταν τελείωσε, οι καπεταναίοι, έμοιαζαν ευχαριστημένοι με το σχέδιο που πρότεινε ο γερό-Καψάλης και όλοι συμφώνησαν να το ακολουθήσουν. Πριν διαλυθεί το συμβούλιο, ο Ραζηκότσικας πρότεινε να δημιουργηθεί ένα σώμα από τους καλύτερους πολεμιστές και να στέκει πίσω από τις ντάπιες χωρίς να λαμβάνει μέρος στη μάχη, παρά μόνο όταν θα καταλάβαινε ο αρχηγός αυτού του σώματος πως σε κάποιο σημείο η άμυνα χρειαζόταν βοήθεια, τότε να έφευγε για εκεί και να πολεμούσε με όλες του τις δυνάμεις. Οι καπεταναίοι συμφώνησαν και με αυτή την πρόταση και έτσι σχηματίστηκε ένα σώμα με αρχηγό τον Σουλιώτη Κίτσο Τζαβέλα. Το σώμα αυτό το ονόμασαν Βοήθεια και αποτελούνταν κατά κύριο λόγο από Σουλιώτες αλλά και από άλλους σκληροτράχηλους πολεμιστές.

Μετά και από αυτή την απόφαση, το συμβούλιο διαλύθηκε και ο καθένας οπλαρχηγός έφυγε για τον νταϊφά του.

Είχε μεσημεριάσει και οι σκλάβοι του Κιουταχή συνέχιζαν, χωρίς σταματημό, το σήκωμα των ταμπουριών τους. Τα καινούρια ταμπούρια είχαν ψηλώσει και σε λίγο θα ξεπερνούσαν σε ύψος τις ντάπιες της πόλης.

Μέσα από το Μεσολόγγι ακουγόταν φασαρία, από σκαψίματα και μερεμέτια, καθώς η Φρουρά επιδιόρθωνε το τείχος και έκανε και κάποιες άλλες ετοιμασίες. Οι καπεταναίοι είχαν βγάλει διαταγή, όλοι οι ετοιμοπόλεμοι άντρες να πλύνουν και να καθαρίσουν τον οπλισμό τους και κυρίως τα καριοφίλια τους. Επίσης είχαν αναθέσει σε μια ομάδα να τριγυρίσει όλη την πολιτεία για να ψάξει και να βρει όσο μπαρούτι είχε απομείνει. Οι λίγες από τις γυναίκες που είχαν μείνει μέσα στην πόλη, ετοίμαζαν πανιά και γάζες για να τα έχουν έτοιμα για αυτούς που θα λαβωθούν και κουβαλούσαν νερό από τα πηγάδια που είχαν ανοίξει για να το λαγαρίσουν ώστε να είναι καθαρό. Μερικές από αυτές είχαν και κάμποσα μπουκάλια ρακί και τα είχαν βάλει μαζί με τις στάμνες το νερό για να τα έχουν και αυτά πρόχειρα, ώστε να τα χρησιμοποιήσουν σαν καθαριστικό για τις πληγές ή σαν αναισθητικό, αν χρειαζόταν να αφαιρεθεί κάποιο βόλι από το κορμί. Στις ντάπιες, οι οποίες ήταν άμεσα απειλούμενες από το γιουρούσι του εχθρού, τοποθετήθηκε διπλάσια φρουρά και οι καπετάνιοι ήταν εκεί, εμψυχώνοντας τα παλικάρια τους. Πάνω σε αυτές τις ντάπιες, οι σκοποί προσπαθούσαν να πιάσουν κουβέντα με τους Τούρκους για να καταλάβουν τη διάθεσή τους, αλλά οι εντολές του πασά προς τους νιζάμηδες ήταν πολύ αυστηρές. Έτσι μάταια προσπαθούσαν οι κλεισμένοι να ανταλλάξουν καμιά κουβέντα.

Όταν και η δεύτερη μέρα άρχισε να φεύγει παραχωρώντας τη θέση της στη νύχτα, από το τουρκικό στρατόπεδο, άρχισαν να ακούγονται προσευχές, από τους μουεζίνηδες που είχε μαζί του ο Κιουταχής, για να ακούν οι στρατιώτες του και να παίρνουν θάρρος. Οι μουεζίνηδες καλούσαν τους πιστούς του Αλλάχ να προσκυνήσουν απόψε και να προσευχηθούν μαζί τους. Μερικοί από αυτούς τριγυρνούσαν ανάμεσα στο πολυπληθές ασκέρι ψέλνοντας και ουρλιάζοντας, φανατίζοντας ακόμη περισσότερο τους Τουρκαλβανούς. Υπόσχονταν σε αυτούς που θα πέθαιναν, σκοτώνοντας γκιαούρηδες, πως θα πήγαιναν κατευθείαν στον παράδεισο, όπου θα τους περίμεναν στρατιές από μακρομαλλούσσες παρθένες έτοιμες να ικανοποιήσουν κάθε κρυφή τους επιθυμία. Σ' αυτούς που θα έμεναν ζωντανοί και θα πατούσαν με το πόδι τους την κακορίζικη αυτή γκιαουροπολιτεία, έταζαν να σκλαβώσουν οποιονδήποτε επιθυμούσαν, άντρα γυναίκα ή παιδί και να διαγουμίσουν όλο τους το βιός. Από όλο το τουρκικό ασκέρι άρχισαν τότε να ακούγονται ουρλιαχτά ανυπομονησίας για την επίθεση και ανατριχιαστικές απειλές κατά των κλεισμένων. Η ησυχία που επικρατούσε πριν μερικές ώρες είχε κομματιαστεί από τα ζωώδη μουγκρητά των νιζάμηδων και από τις επικλήσεις και τις προσευχές των μουεζίνηδων προς τον Αλλάχ και τον προφήτη του τον Μωάμεθ, για να τους δώσει την απαραίτητη δύναμη που χρειαζόταν ώστε να κάνουν τους άπιστους να πληρώσουν.

Μέσα στο Μεσολόγγι, οι κλεισμένοι είχαν σιωπήσει κάτω από αυτή την τρομερή φασαρία και ο καθένας βρισκόταν στο πόστο του και προσπαθούσε να εμψυχώσει τον διπλανό του αλλά και τον ίδιο του τον εαυτό.

Και, καθώς η νύχτα περνούσε, η ατμόσφαιρα άλλαζε και βάρυνε, καθώς η πλάση ψυχανεμίζονταν το αιματοκύλισμα που θα ερχόταν.

Η ώρα περνούσε και η νύχτα περνούσε και αυτή μαζί της, όταν οι κραυγές και τα ουρλιάσματα από το τουρκικό στρατόπεδο, έκοψαν σιγά σιγά μέχρι που σταμάτησαν εντελώς. Γλυκιά ησυχία απλώθηκε τότε πάνω από την πολιτεία και τη λιμνοθάλασσα. Οι κλεισμένοι κρατούσαν ακόμη και την αναπνοή τους για να ακούσουν οποιονδήποτε θόρυβο, αλλά δεν ακουγόταν το παραμικρό. Τα σκυλιά είχαν πάψει ν' αλυχτούν και τα τζιτζίκια είχαν βουβαθεί από τις κραυγές των Τούρκων. Οι καπετάνιοι είχαν δώσει εντολή στους άντρες να μην κοιμηθεί κανείς και όλη η Φρουρά περίμενε την επίθεση. Ακόμη και η πλάση έμοιαζε να κρατάει την ανάσα της.

Ξαφνικά, από τα τούρκικα ταμπούρια, ξεπήδησε ένα τρανταχτό γέλιο σπάζοντας την απόκοσμη σιωπή. Το γέλιο αυτό το ακολούθησαν και άλλα και οι κλεισμένοι που δεν ήθελαν και πολύ για τους ανάψει η περιέργεια, άρχισαν να αναρωτιούνται μεγαλοφώνως τι ήταν τόσο αστείο.

«Τι είναι μωρέ, κερατάδες; Τι γελάτε έτσι;» ακούστηκε μια φωνή μέσα από το τείχος. Από την τουρκική πλευρά τα γέλια έπαψαν και μια φωνή ακούστηκε.

«Εγώ γελώ, γκιαούρη. Γελώ γιατί αύριο τέτοια ώρα, θα κοιμάμαι στο κρεβάτι σου, αφού η γυναίκα σου και η κόρη σου θα μου έχουν πλύνει τα πόδια πρώτα καθώς θα τις έχω κάνει σκλάβες μου. Και το κεφάλι σου θα στολίζει την είσοδο του σπιτιού σου».

Και άλλα γέλια, ακόμη πιο δυνατά, ακούστηκαν από τα ταμπούρια των Τούρκων και ο Έλληνας που είχε μιλήσει νευρίασε τόσο πολύ από το ντρόπιασμα που του έκανε ο Τούρκος, που εκείνη την ώρα κρατούσε στα χέρια του μια μπουκάλα με ρακί, δεν άντεξε, έπιασε το πήλινο μπουκάλι από το λαιμό και το εκσφενδόνισε πάνω από το τείχος μέσα στο ταμπούρι των Τούρκων.

Για μια στιγμή τα τούρκικα γέλια σταμάτησαν, αλλά μόλις είδαν τι πέταξε ο Έλληνας, ακούστηκαν πιο δυνατά.

«Ορέ γκιαούρ, τρελάθηκες και πετάς τόσο καλό ρακί; Θαρρείς πως θα μας σκοτώσεις με τα μπουκάλια;»

Τότε μέσα από το τείχος ακούστηκε βαριά η φωνή του αρματολού.

«Αγά περίμενε να σου πετάξω μερικές μπουκάλες ακόμη για να έχεις να ποτίσεις αύριο τους μπαϊρακτάρηδες που θα κάμουν το γιουρούσι, να τους χτυπήσει το ποτό στο κεφάλι για να μη μας φοβούνται και να ορμήσουν άφοβα να πατήσουν τις ντάπιες...»

Από τις ντάπιες των Ελλήνων ακούστηκαν τόσο δυνατά γέλια και γιουχαΐσματα και μαζί με αυτά άρχισαν και τα σκυλιά να σηκώνουν τον κόσμο με τα αλυχτίσματα και ή νύχτα άρχισε να παίρνει διαφορετικό χρώμα.

Ο Τούρκος ντροπιασμένος από την πονηριά του Έλληνα, δεν ξαναμίλησε και κανείς τους δεν απάντησε πια στις προκλήσεις των κλεισμένων.

Και μετά από αυτό, απόμεινε η νύχτα μόνη της να τρέχει προς την αυγή, που την περίμενε.

Μόλις φάνηκε το πρώτο αχνοκόκκινο φως της αυγής και πήρε να φωτίζει η μέρα, οι κλεισμένοι αντίκρισαν τα ταμπούρια του εχθρού ολοκληρωμένα και πάνω σε αυτά είχαν τοποθετήσει κανόνια με τις μπούκες τους γυρισμένες κατευθείαν πάνω στις τέσσερις ντάπιες που είχαν προσεγγίσει. Οι σκοποί έτρεξαν να πληροφορήσουν τους ξάγρυπνους καπετάνιους για το σχέδιο του εχθρού, όταν ακούστηκαν τρεις απανωτές κανονιές από το τουρκικό στρατόπεδο, σημάδι πως η επίθεση αρχίζει.

Πριν ακόμη κοπάσει ο αντίλαλος από τις κανονιές, τα κανόνια που είχαν τοποθετήσει οι Τούρκοι πάνω στα ψηλά ταμπούρια τους, άρχισαν να ξερνούν τη δική τους φωτιά κατευθείαν πάνω στην ντάπια του Φραγκλίνου, του Νόρμαν, του Μακρή και τη Μεγάλη Ντάπια. Οι αγωνιστές που κρατούσαν αυτές τις ντάπιες, προσπαθούσαν να καλυφθούν πίσω από τις πολεμίστρες, αλλά από τόσο μικρή απόσταση που έριχναν τα κανόνια, το τείχος δεν άντεχε και οι μπάλες το τρυπούσαν σκοτώνοντας όσους βρισκόταν πίσω από αυτό.

Από τις διπλανές ντάπιες, οι κλεισμένοι, προσπαθούσαν με την ψιλή φωτιά τους να σκοτώσουν τους Τούρκους πυροβολητές αλλά δεν κατάφερναν τίποτα. Πάνω στις ντάπιες που βαλλόταν με λύσσα άρχισε να επικρατεί πανικός καθώς οι αγωνιστές δεν είχαν κάποιο ασφαλές μέρος για να σταθούν και σκοτώνονταν άδικα χωρίς να μπορούν να βλάψουν τον εχθρό.

Στην ντάπια του Φραγκλίνου είχε οριστεί ο Λιακατάς με τους άντρες του και τώρα αυτός πηγαινοερχόταν στις πολεμίστρες αγνοώντας τις μπάλες που σφύριζαν γύρω του, προσπαθώντας να εμψυχώσει τους άντρες που έδειχναν να τα έχουν χαμένα.

«Ήρθε η ώρα, παλικάρια μου, να πολεμήσουμε γι'

αυτό που ονειρευόμασταν από μικροί. Ήρθε η ώρα να δεί-
ξουμε σ' αυτούς τους σκύλους πως μπορεί να γεννηθήκα-
με σκλάβοι αλλά τώρα θα πεθάνουμε ελεύθεροι. Σφίξτε
γερά τα όπλα σας, παλικάρια μου και δείξτε όση αντρεία
δείξατε μέχρι τώρα. Καλό βόλι στον άλλο κόσμο...»

Η φωνή του Λιακατά υψωνόταν πάνω από το σφύ-
ριγμα των βλημάτων των κανονιών και έφτανε μέχρι τα
αυτιά των παλικαριών του που, παρόλο τον τρομακτικό
βομβαρδισμό που δεχόταν, δεν άφηναν τα πόστα τους.
Από τις άλλες ντάπιες ακούγονταν οι ίδιες εμψυχωτικές
φωνές των καπεταναίων, ενώ πίσω ακριβώς από τη Με-
γάλη Ντάπια, έστεκε ο Τζαβέλας με τη Βοήθεια, βηματί-
ζοντας πάνω κάτω και περιμένοντας τη στιγμή που θα
ορμούσε στη μάχη.

Ο ανηλεής βομβαρδισμός του τείχους κράτησε αρκετή
ώρα και μετά ξαφνικά σταμάτησε. Οι κλεισμένοι τόλμησαν
να ανασηκώσουν λίγο τα κεφάλια τους, όταν η γη άρχισε να
τρέμει και το τρέμουλο της επεκτάθηκε από τη μία άκρη του
κάστρου ως την άλλη. Ένας τιτάνιος βρυχηθμός άρχισε να
ακούγεται από τα σπλάχνα της γης και το έδαφος, μπροστά
από τις τέσσερις ντάπιες άρχισε να ανασηκώνεται, αργά, για
όσο κρατάει ένα φτερούγισμα του βλεφάρου και μετά χώ-
ματα και κοτρόνες εκτινάχτηκαν δεκάδες μέτρα προς τον
αστραφτερό ουρανό. Γλώσσες φωτιάς πετάχτηκαν μέσα
από τη σκισμένη, στα δύο, γη και τα θεμέλια από τις ντάπιες
έτριξαν επικίνδυνα, αλλά άντεξαν όλες εκτός από την ντά-
πια του Φραγκλίνου, που ένα μέρος της γκρεμίστηκε παρα-
σέρνοντας στον θάνατο αρκετούς αγωνιστές.

Από το κύμα της έκρηξης, πολλοί από τους αγωνιστές βρέθηκαν κάτω από τις ντάπιες και τώρα προσπαθούσαν να σηκωθούν καθώς ο ουρανός έβρεχε χώμα και πέτρες. Πριν προφτάσει να καταλαγιάσει ο αχός της έκρηξης, ακούστηκε ο δαιμονισμένος ήχος από τα τουρκικά τουμπερλέκια και η πολεμική κραυγή είκοσι χιλιάδων Τουρκαλβανών έφτασε μέχρι τα βάθη του ουρανού. Το τουρκικό ασκέρι άρχισε το μεγάλο του γιουρούσι.

Οι κλεισμένοι ακούγοντας μια και μόνο πολεμική κραυγή να βγαίνει, από τόσες χιλιάδες λαρύγγια, σάστισαν. Οι περισσότεροι από αυτούς, ήταν συνηθισμένοι σε συγκρούσεις πολύ μικρότερης κλίμακας και τώρα που βρισκόταν αντιμέτωποι με αυτό, έσφιγγαν με απελπισία τα όπλα τους ενώ τα μάτια τους είχαν πανιάσει.

Όταν ακούγεται μια επιθετική πολεμική κραυγή, που έχει σαν στόχο να τρομοκρατήσει, από πεντακόσια άτομα, η δύναμη της είναι περιορισμένη. Όταν η ίδια κραυγή, ακούγεται από δύο και τρεις χιλιάδες πολεμιστές, η απειλή της αυξάνεται και οι αντίπαλοι νιώθουν την πίεση μέσα στην ίδια τους την ψυχή. Όταν το ίδιο πράγμα συμβαίνει από είκοσι χιλιάδες στόματα είναι σαν να κινείται εναντίον σου η ίδια η πλάση. Την κραυγή την ακούει ο αμυνόμενος, όχι με τα αυτιά του, αλλά με όλο του το κορμί, με όλο του το είναι. Το κορμί του δονείται από την ενέργειά της, που προτρέχει της στρατιάς που έρχεται να τον σαρώσει.

Ο Λιακατάς στάθηκε πάνω στη μισογκρεμισμένη ντάπια και είδε τις τέσσερις κολώνες του εχθρού, που ταυτόχρονα άρχισαν να κινούνται προς τις τέσσερις ντάπιες. Μπροστά πήγαιναν οι μπαϊρακτάρηδες, περιτριγυρισμένοι από τους δυνατότερους πολεμιστές του πασά, έτοιμοι να σκαρφαλώσουν στις ντάπιες και να καρφώσουν τα μπαϊράκια τους πάνω σε αυτές, δίνοντας έτσι κουράγιο στους συμπολεμιστές τους. Ακριβώς πίσω από αυτούς έρχονταν σκλάβοι που κρατούσαν τα τουμπερλέκια και τα χτυπούσαν στον δαιμονισμένο τους ρυθμό και δίπλα σ' αυτούς ακριβώς, ξεχώριζαν οι μουεζίνηδες που έψελναν ρητά από το Κοράνι και οι δερβίσηδες που ήταν παραδομένοι στον ανεμοστροβιλιστό χορό τους. Και πίσω από όλους αυτούς, το αναρίθμητο λεφούσι των νιζάμηδων, ορμούσε βγάζοντας αφρούς από το στόμα. Ο ρυθμός τους ήταν πολύ γρήγορος και σύντομα είχαν φτάσει σε απόσταση βολής από τις ντάπιες. Τότε μέσα από το τείχος, δόθηκε η εντολή στους κλεισμένους να ανοίξουν πυρ.

Οι κλεισμένοι είχαν τοποθετήσει σχεδόν όλα τους τα κανόνια πάνω σε αυτές τις τέσσερις ντάπιες και τα είχαν γεμίσει με μισδράλια, περιμένοντας το γιουρούσι του εχθρού. Τώρα, παρόλο που πολλά από αυτά μετακινήθηκαν από τη δύναμη της έκρηξης, οι πυροβολητές είχαν καταφέρει να τα ξαναφέρουν στις θέσεις τους και μόλις δόθηκε το σύνθημα, ξέρασαν όλα μαζί πυρωμένα κομμάτια σίδερο και ατσάλι, θερίζοντας αυτούς που προπορευόταν. Αμέσως μετά, οι πυροβολητές, τα τράβηξαν πίσω και άρχισαν να τα καθαρίζουν και να τα γεμίζουν για να ξαναρίξουν, ενώ η Φρουρά άρχισε να πυροβολεί εναντίον του εχθρού που έκανε την επέλαση κουβαλώντας σκάλες

μαζί για να τις τοποθετήσει και να σκαρφαλώσει στις ντά-
πιες. Από τα λαρύγγια των κλεισμένων ακουγόταν μόνο
κραυγές και βρυχηθμοί οι οποίοι καλύπτονταν από τον
θόρυβο της μάχης. Το συνεχές τους πυρ προκαλούσε τρο-
μακτική φθορά στους Τουρκαλβανούς αλλά η ικανότητα
του Κιουταχή να αναπληρώνει τις γραμμές ήταν τεράστια
και αναπόφευκτα, η πρώτη ντάπια που σκαρφάλωσαν οι
Τουρκαλβανοί και κάρφωσαν τα μπαϊράκια τους, ήταν η
μισογκρεμισμένη του Φραγκλίνου.

Στο πίσω μέρος του τούρκικου ασκεριού βρισκόταν
ο Κιουταχής περικυκλωμένος από τα μεγαλύτερα ρετζά-
λια του, παρακολουθώντας την έκβαση της μάχης. Μόλις
ο πασάς αντίκρισε τα μπαϊράκια του να κυματίζουν πάνω
στην ντάπια των γκιαούρηδων, ένα μεγάλο βάρος έφυγε
από πάνω του, καθώς σκέφτηκε πως το κεφάλι του στε-
ρεωνόταν γερά στη θέση του. Μπορεί να είχε αργήσει να
πάρει αυτή την πολιτεία αλλά τώρα και αυτή θα προσκυ-
νούσε σ' αυτόν και στον Σουλτάνο.

Ο Κιουταχής άρχισε να φέρνει στο μυαλό του τις
προσβολές που είχε υποστεί από τους γκιαούρηδες και
ένα άσχημο χαμόγελο χαράχτηκε στο φαρδύ του πρόσω-
πο. Σύντομα όλοι οι άντρες της πολιτείας θα ήταν νεκροί
και όλες οι γυναίκες και τα παιδιά τους θα σέρνονταν στα
σκλαβοπάζαρα της Ανατολής, πουτάνες στα τούρκικα
χαρέμια ή σκλάβες στα τούρκικα σπίτια, ώσπου να γερά-
σουν και να ξεχάσουν και την οσμή ακόμη του αέρα που
είχε η κακορίζικη πολιτεία τους, που τόλμησε να αντιστα-
θεί στον μεγάλο σερασκέρη του Σουλτάνου.

Το χαμόγελο στο πρόσωπο του Κιουταχή συνέχισε να πλαταίνει καθώς έβλεπε και σε άλλες γκιαούρικες ντάπιες τα μπαϊράκια του να πληθαίνουν, κυματίζοντας αγέρωχα και περήφανα. Θεωρώντας πια σίγουρη τη νίκη του ο πασάς, είπε στους αξιωματικούς που βρισκόταν γύρω του να φύγουν και να μπουν στο Μεσολόγγι μαζί με τους νιζάμηδες για να καταφέρουν να πιάσουν ζωντανές τις κεφαλές αυτής της πολιτείας και να τις παρουσιάσουν στο Ύψος του για να τους βασανίσει και μετά να τους σκοτώσει.

Όταν οι αξιωματικοί έφυγαν, ο Κιουταχής έμεινε εκεί πάνω στο άλογό του, παρακολουθώντας τους στρατιώτες του να σκαρφαλώνουν πάνω στις μεσολογγίτικες ντάπιες και να πηδούν μέσα στην πόλη.

Οι καπεταναίοι, βλέποντας πως δεν μπορούσαν να κρατήσουν άλλο πια τον όγκο του εχθρού και ήδη πάνω στην ντάπια του Φραγκλίνου κυμάτιζαν τούρκικα φλάμπουρα, διέταξαν γενική υποχώρηση των πολεμιστών που βρισκόταν πάνω στις τέσσερις ντάπιες που δεχόταν τη σφοδρότερη επίθεση. Μεμιάς οι αγωνιστές άψησαν τις θέσεις και τους σκοτωμένους τους και πήδηξαν κάτω από τις ντάπιες. Μέσα σε ελάχιστα δευτερόλεπτα οι Τουρκαλβανοί, έστησαν τις σκάλες τους στις ντάπιες και ανέβηκαν κοπαδιαστά πάνω σε αυτές ουρλιάζοντας ευχαριστήριες προσευχές στον Αλλάχ και με τα μάτια τους να στάζουν αίμα, πήδηξαν μέσα στην πόλη για να κάψουν, να λεηλατήσουν, να βιάσουν και να διαγουμίσουν τα σπλάχνα της. Πριν προχωρήσουν όμως μερικά μέτρα έπεσαν πάνω σε ένα αναπάντεχο εμπόδιο. Οι πιο έξυπνοι από αυτούς, ένιωσαν την παγίδα που τους οδήγησαν οι κλεισμένοι αλλά πλέον ήταν αργά καθώς καυτά βόλια ξέσκιζαν τις σάρκες και τα κόκαλα τους, χαρίζοντας τους τον θάνατο.

Την προηγούμενη ημέρα, όταν οι καπεταναίοι είχαν μαζευτεί στο διοικητήριο και συζητούσαν πώς θα αντιμετωπίσουν τον εχθρό που ήταν πολυπληθέστερος από αυτούς, ο γέρο Καψάλης είχε προτείνει το ακόλουθο σχέδιο: Πίσω από τις ντάπιες, στις οποίες ήταν φανερό πως θα έκανε την επίθεσή του ο εχθρός για να μπει στην πόλη, να σκάψουν όλοι οι πολεμιστές ένα πολύ φαρδύ και βαθύ αυλάκι και να μπάσουν σε αυτό νερό. Πίσω από το αυλάκι να σηκώσουν καινούριες ντάπιες και να ταμπουρωθούν σε αυτές για να πολεμήσουν όταν οι Τουρκαλβανοί θα σκαρφάλωναν στο τείχος και θα πηδούσαν μέσα στην πόλη. Έτσι θα δημιουργούσαν μεγάλο πρόβλημα σε αυτούς, καθώς όσοι έμπαιναν μέσα δε θα μπορούσαν να προχωρήσουν λόγω του αυλακιού αλλά και των καριοφιλιών των κλεισμένων, αλλά και όσοι βρισκόταν έξω από τείχος θα προσπαθούσαν να μπουν μέσα γιατί δε θα έβλεπαν τι συνέβαινε πίσω από αυτό αλλά και γιατί θα χτυπιόνταν αλύπητα από τις πλαϊνές ντάπιες. Όλοι οι καπεταναίοι είχαν συμφωνήσει με ενθουσιασμό με το σχέδιο του Καψάλη και την αμέσως επόμενη στιγμή σύσσωμη η Φρουρά είχε αρπάξει τσάπες και αξίνες για να σκάψει το αυλάκι και να σηκώσει τα καινούρια ταμπούρια. Ακόμη έφτιαξαν και μικρές ξύλινες γέφυρες, που τις έβαλαν πάνω στο αυλάκι για να περάσουν οι αγωνιστές που πολεμούσαν στις ντάπιες που κινδύνευαν, όταν θα δινόταν το σύνθημα για υποχώρηση. Το γκρέμισμα αυτών των γεφυρών, με το που θα περνούσαν οι Έλληνες και θα έπιαναν τα καινούρια τους πόστα, το είχε αναλάβει η Βοήθεια. Η παγίδα που σκέφτηκε ο Καψάλης είχε λειτουργήσει τέλεια οδηγώντας τους Τουρκαλβανούς στον όλεθρό τους.

Το κυρίως σώμα του τουρκικού στρατού βρισκόταν έξω από το τείχος. Οι τσαούσηδες και τα ρετζάλια, βλέποντας πως πάνω στις τέσσερις ντάπιες κυμάτιζαν τα μπαϊράκια τους, έδωσαν εντολή στους στρατιώτες τους να ορμήσουν όλοι μαζί και να σβήσουν την πόλη από τον χάρτη. Οι νιζάμηδες, που μοναδική τους χαρά στον πόλεμο ήταν η χαρά που τους πρόσφερε η καταστροφή και η λεηλασία, όρμησαν όλοι μαζί και άρχισαν να σκαρφαλώνουν στις ντάπιες για να μπουν μέσα στην πόλη.

Μέσα από αυτές τις ντάπιες όμως, η φονική μέγγενη που είχε στήσει ο Καψάλης, είχε αρχίσει να σφίγγει και το δράμα του τούρκικου στρατού μόλις είχε αρχίσει.

Οι πρώτοι από τους Τουρκαλβανούς, που έφτασαν μπροστά στο αυλάκι τα έχασαν και πέθαναν χωρίς να προλάβουν να συνειδητοποιήσουν τι συμβαίνει. Τα επόμενα κύματα νιζάμηδων, που πηδούσαν μέσα στην πόλη, έβλεπαν το αυλάκι και τα πτώματα που υπήρχαν μπροστά του και προσπαθούσαν να βρουν τρόπους να το περάσουν αλλά πέθαιναν και αυτοί κάτω από το ανενόχλητο πυρ των αρματολών που βρισκόταν ταμπουρωμένοι στις καινούριες τους ντάπιες.

Από εκεί και έπειτα άρχισε να επικρατεί μια σφαγή χωρίς όρια και λογική.

Οι νιζάμηδες που βρισκόταν έξω από το τείχος, προσπαθούσαν να σκαρφαλώσουν και να μπουν μέσα στην πόλη καθώς χτυπιόταν αλύπητα από τα πλάγια. Με το που κατάφερναν και ανέβαιναν στις ντάπιες και έκαναν να πηδήξουν μέσα, έρχονταν αντιμέτωποι με τους συμπολεμιστές τους που βρισκόταν ήδη μέσα στην πόλη και προσπαθούσαν να βγουν από αυτή, σκαρφαλώνοντας ανάποδα στις ντάπιες, για να γλιτώσουν από τον θάνατο που τους περίμενε εκεί.

Οι αρματολοί βρισκόταν προστατευμένοι πίσω από το αυλάκι αλλά και από τις καινούριες τους ντάπιες και πυροβολούσαν μέσα στο άναρχο ανθρωπομάνι που βρίσκονταν μπροστά τους χωρίς να χρειαστεί να σημαδέψουν καν. Κάθε βόλι που έριχναν έστελνε και μια ψυχή να συναντήσει τον δημιουργό της. Τα πρόσωπα των αρματολών είχαν μαυρίσει από τον καπνό των καριοφιλιών τους, ενώ από τα μάτια τους έτρεχαν ποτάμι τα δάκρυα από τον καπνό που έμπαινε σ' αυτά. Τα μαλλιά τους είχαν σηκωθεί όρθια και τα λαρύγγια τους έβγαζαν μόνο βραχνά κρωξίματα. Όλη η προσοχή τους ήταν εστιασμένη στο πώς να μπορέσουν να σκοτώσουν όσο πιο πολλούς εχθρούς μπορούσαν.

Ο πολύ μεγάλος συνωστισμός των τούρκικων κορμιών που δημιουργήθηκε μέσα από το τείχος, έκανε τη δουλειά των κλεισμένων να μη μοιάζει με μάχη αλλά με ασταμάτητο μακελειό. Οι Τουρκαλβανοί έτσι όπως είχαν στριμωχτεί μέσα από το τείχος, δεν μπορούσαν να ρίξουν ούτε μια τουφεκιά για να αμυνθούν και πολύ γρήγορα ο τρόμος και ο πανικός φώλιασε μέσα στη ψυχή τους. Οι πιο πολλοί πέταξαν τα όπλα και γύρισαν ν' ανέβουν πίσω στις ντάπιες για να γλιτώσουν αλλά το ανενόχλητο βόλι των κλεισμένων τους ρήμαζε την πλάτη. Οι νικητήριες κραυγές και οι απειλές που ακουγόταν μέχρι πριν λίγο, είχαν μετατραπεί σε ουρλιαχτά τρόμου και βογκητά πόνου και θρήνου. Πολλοί από τους Τουρκαλβανούς έπεφταν κάτω και πέθαιναν από το ποδοπάτημα των συμπολεμιστών τους, που προσπαθούσαν να ξεφύγουν. Μέσα στις ψυχές τους ο πανικός είχε απλώσει τα γκρίζα φτερά του εμποδίζοντας όλες τις άλλες λειτουργίες του μυαλού.

Έξω από τις ντάπιες, οι αξιωματικοί, δεν είχαν καταλάβει το μακελειό που συνέβαινε μέσα σε αυτές, και έστελναν συνέχεια ζωντανά κορμιά σε σίγουρο θάνατο. Κάποια στιγμή, πολλοί από τους επιτιθέμενους, κατάφεραν να ανέβουν αντίστροφα στις ντάπιες και, ξαρμάτωτοι, έφευγαν για να γλιτώσουν. Οι αξιωματικοί και οι τσαούσηδες βλέποντας τη συμβαίνει, με φωνές και απειλές κατάφεραν να ξαναμαζέψουν τους άντρες και εμφυσώντας λίγο θάρρος στις πανικοβλημένες ψυχές τους, τους ξαναέστειλαν μέσα στα σαγόνια του ανελέητου πολέμου για να χαρίσουν τις ψυχές τους στον αχόρταγο βωμό του.

Από το σημείο που στεκόταν ο Κιουταχής και αγνάντευε την προέλαση του στρατού του, του φάνηκε για μια στιγμή πως αυτήν η προέλαση έχασε την ταχύτητα της και μετά ότι σταμάτησε τελείως. Κραυγές πανικού και απόγνωσης έφτασαν στα αυτιά του και είδε τους στρατιώτες του να πηδάνε έξω από τις ντάπιες των γκιαούρηδων.

Έσφιξε τότε τα χαλινάρια του αλόγου του, και τρομερός στην οργή του, κάλπασε προς τη μισογκρεμισμένη ντάπια που φαινόταν να γίνεται μεγαλύτερος χαλασμός.

Μέσα στις ντάπιες που είχαν παγιδευτεί οι Τουρκαλβανοί, οι κλεισμένοι συνέχιζαν ασταμάτητα να ρίχνουν καταπάνω στους ανυπεράσπιστους εχθρούς τους. Από τις διπλανές ντάπιες, οι πυροβολητές, είχαν γυρίσει τα κανόνια τους προς τα μέσα και έριχναν κατευθείαν πάνω στα κορμιά των εχθρών, κομματιάζοντάς τα. Το μακελειό που γινόταν δεν το χωρούσε το μυαλό των αρματολών. Οι Τουρκαλβανοί κάτω από το μεγάλο τους φόβο, στέκονταν απολιθωμένοι και πέθαιναν από τα ελληνικά βόλια. Τα καριοφίλια των κλεισμένων είχαν ανάψει από την πολλή φωτιά και οι περισσότεροι από αυτούς είχαν αλλάξει πάνω από τρία τσακμάκια που έδιναν φωτιά στην μπαρούτι.

Ο μεγαλύτερος σκοτωμός όμως γινόταν στην ντάπια του Φραγκλίνου. Έτσι όπως είχε μισογκρεμιστεί από τη δύναμη της έκρηξης, είχε δημιουργηθεί κενό στην άμυνα και οι Τουρκαλβανοί, όρμησαν όλοι προς τα εκεί διαλύοντας τον σχηματισμό που ακολουθούσαν καθώς προσπαθούσαν να μπουν πρώτοι στην πόλη. Τώρα τα πτώματα τους είχαν σχηματίσει λόφους πάνω στην ντάπια αλλά και μέσα από αυτήν. Το χυμένο αίμα είχε λασπώσει τόσο το χώμα, που μόλις ο Κιουταχής έφτασε εκεί, το άλογό του σηκώθηκε στα πίσω πόδια τρομαγμένο από τη μυρωδιά του αίματος αλλά και από τον βρυχηθμό της μάχης. Αυτός πήδηξε από τη σέλα και καθώς προσγειώθηκε στο έδαφος, τα πόδια του βυθίστηκαν μέχρι τους αστραγάλους στη ματωμένη λάσπη.

Ο Κιουταχής έριξε κάτω το βλέμμα και είδε ρυάκια αίματος να κυλούν ανάμεσα στα πόδια του. Τότε κατάλαβε πως κάτι δεν πήγαινε καθόλου καλά. Ακριβώς εκείνη τη στιγμή, μέσα από το γκρέμισμα της ντάπιας, ξεπρόβαλαν πανικόβλητοι και με το πρόσωπο τόσο χλωμό λες και είχαν πεθάνει ήδη, κάμποσοι Τούρκοι στρατιώτες που είχαν γλιτώσει από το βόλι. Έχοντας φτερά στα πόδια, φτερά που τους είχε χαρίσει ο τρόμος και ο πανικός, έτρεχαν για να γλιτώσουν αλλά έπεσαν κατευθείαν πάνω στον αφέντη τους.

Ο πασάς είδε, με τα ίδια του τα μάτια, τις δυνάμεις του να πηδούν έξω από το τείχος και να σκορπίζουν πανικόβλητοι και μεταμορφώθηκε σε άγριο θηρίο. Καθώς οι άτυχοι στρατιώτες τον πλησίασαν, τυφλοί από τον πανικό τους, εκείνος τράβηξε το γιαταγάνι και ξέκανε δύο από αυτούς. Οι άλλοι σταμάτησαν, είδαν τον φρενιασμένο άντρα μπροστά τους, με σηκωμένο το γιαταγάνι, κατάλαβαν ποιος είναι και ένας νέος τρόμος γεννήθηκε μέσα στην καρδιά τους. Ο Κιουταχής, έξαλλος από την οργή που τον είχε πλημμυρίσει, χτυπούσε δεξιά και αριστερά, σωριάζοντας νεκρούς τους νιζάμηδες. Τελικά κατάφερε και μάζεψε τριγύρω του τους αξιωματικούς του και άρχισε να τους δίνει καινούριες εντολές, λέγοντάς τους πως όσοι κιοτεύουν και πισωγυρίζουν, να τους τουφεκάνε για να πεθάνουν σαν δειλά σκυλιά που είναι. Τα ρετζάλια με το μαστίγιο στο χέρι, απλώθηκαν κατά μήκος των τεσσάρων ντάπιων και μετέφεραν τα λόγια του αφέντη τους, φοβερίζοντας το ασκέρι. Παραδίπλα τους οι μουεζίνηδες άρχισαν να φανατίζουν ξανά τους νιζάμηδες και αυτοί παίρνοντας καινούριο θάρρος, όρμησαν με αλαλαγμούς προς τις ντάπιες.

Αλλά εκεί πια, το πυρ των κλεισμένων είχε δημιουργήσει ένα αδιαπέραστο φράγμα.

Οι αρματολοί που φύλαγαν τις εσωτερικές ντάπιες, είχαν ξεθαρρέψει τόσο πολύ από το μακελειό που είχαν προκαλέσει με τα καριοφίλια τους, που τώρα πια δεν τους κρατούσε τίποτα. Πολλοί από τους κλεισμένους είχαν έρθει στα καινούρια εσωτερικά ταμπούρια, ενισχύοντας τους άντρες και η δύναμη πυρός είχε πυκνώσει τόσο πολύ που μόλις το ασκέρι του πασά, έκανε να ξαναπεράσει το τείχος, μαζεύτηκε τρομαγμένο αφήνοντας πίσω πολλούς νεκρούς. Από έξω όμως, τα ρετζάλια του Κιουταχή, με τον ίδιο παρόντα, μαστίγωναν και πυροβολούσαν αυτούς που δείλιαζαν. Έτσι, οι νιζάμηδες, με τον φόβο του θανάτου από τη μία μεριά και τον φόβο του ίδιου τους του πασά από την άλλη, προσπάθησαν να μπουν ξανά στην πόλη και να ισοπεδώσουν, με τον όγκο τους και μόνο, τις ντάπιες που βρισκόταν πίσω από αυτό. Η προσπάθεια ήταν ηρωική. Σκαρφάλωσαν στο τείχος, χωρίς να υπολογίζουν πια για τις ζωές τους και όρμησαν μαζί σε μια τελευταία ομαδική και συντονισμένη προσπάθεια αλλά και πάλι έφτασαν μέχρι το αυλάκι, καθηλώθηκαν εκεί και πέθαναν χωρίς να τους δοθεί καμιά ευκαιρία να δείξουν το θάρρος τους ή να δείξουν την αξία τους, ως πολεμιστές. Όσοι, λίγοι, έμειναν ζωντανοί, πέταξαν τον οπλισμό τους και βγήκαν έξω από τα τείχη τρέχοντας και ουρλιάζοντας για το φονικό που είχαν αντικρίσει και από το οποίο είχαν γλιτώσει και οι ίδιοι. Κανένας δεν μπόρεσε να τους σταματήσει, καθώς ακόμη και ο Κιουταχής, κοίταζε αποσβολωμένος την πανωλεθρία που είχε υποστεί ο στρατός του. Πάνω στις ντάπιες κυμάτιζαν ακόμη τα μπαϊράκια του αλλά δίπλα τους υπήρχαν ολόκληροι σωροί από πτώματα δικών του στρατιωτών και ούτε ένα ζωντανό για να τα υπερασπίσει. Ο Κιουταχής έφερε το βλέμμα του ένα γύρω και αντίκρισε πανικόβλητους, δικούς του, στρατιώτες να γυρίζουν τρέχοντας στα ταμπούρια τους και αμέτρητα κουφάρια να κείτονται πάνω στις γκιαούρικες ντάπιες. Ο πασάς, μην μπορώντας ακόμη να χωνέψει το τι είχε συμβεί, γύρισε την πλάτη του και επέστρεψε με βαρύ βήμα στο στρατόπεδό του.

Σιγά σιγά τα κύματα των εχθρών που επιτίθονταν, σταμάτησαν. Τα καριοφίλι έπαψε να ψέλνει το μονότονο τραγούδι του θανάτου και τα χέρια των κλεισμένων άνοιξαν, αφήνοντάς το να πέσει κάτω, καθώς όλη η αδρεναλίνη της μάχης εγκατέλειπε με γοργό ρυθμό το κορμί τους, επαναφέροντας την κούραση και την αϋπνία των τελευταίων ημερών.

Πέντε ώρες είχαν περάσει από την αρχή της μάχης και η μέρα είχε θαμπώσει από τον κουρνιαχτό που είχε σηκωθεί. Οι κλεισμένοι άρχισαν να βγάζουν τα κεφάλια τους από τις πολεμίστρες και να αντικρίζουν αυτό που είχαν προκαλέσει. Πολλοί από αυτούς ρίγησαν, αλλά οι περισσότεροι δεν ένιωσαν τίποτα.

Ανάμεσα στις τέσσερις εξωτερικές ντάπιες και στις εσωτερικές που είχαν φτιάξει, το χώμα δεν μπορούσε να το δει κανείς. Όλη η περιοχή ήταν σπαρμένη με κουφάρια. Αλλού σχημάτιζαν ολόκληρους σωρούς και αλλού κείτονταν μόνα, σφίγγοντας στα χέρια το σπαθί ή το καριοφίλι και έχοντας μια απορημένη έκφραση στο βλέμμα τους. Οι κλεισμένοι κοιτάχτηκαν μεταξύ τους και μετά άρχισαν να αγκαλιάζονται και να κλαίν' από τη χαρά τους για αυτή τη μεγάλη νίκη. Μερικοί από τους πολεμιστές είχαν τρέξει μέχρι τα Καψαλέικα και τώρα είχαν επιστρέψει, κουβαλώντας στις πλάτες τους τον πρωτομάστορα αυτής της τόσο μεγάλης επιτυχίας, τον γέρο Καψάλη. Από όλο το τείχος ακουγόταν μπαταριές χαράς, γέλια και τραγούδια, τα οποία κράτησαν μέχρι αργά το βράδυ.

Μέσα στη σκηνή του Κιουταχή βρισκόταν ο ίδιος ο πασάς και ένας κοντός άντρας που κρατούσε στα χέρια ένα λευκό χαρτί. Ο Κιουταχής έτεινε το χέρι του και ο άντρας του έδωσε το χαρτί που κρατούσε. Ο Κιουταχής το κράτησε για μια στιγμή, και μετά έφερε μπροστά του ένα κερί για να μπορέσει να το διαβάσει. Για μια στιγμή το πρόσωπο του πασά έμεινε ανέκφραστο αλλά μετά η όψη του άλλαξε. Τα χείλη του άσπρισαν και τα μάτια του βούλιαξαν χάνοντας τη λάμψη τους. Το στήθος του άρχισε να ανεβοκατεβαίνει με γοργό ρυθμό και κάθισε βαριά στον θρόνο του, σφίγγοντας ακόμη στο χέρι το χαρτί που περιείχε την αναφορά του γραμματικού του για τους άντρες που έχασε το Ύψος του σήμερα. Πάνω από δύο χιλιάδες ήταν οι νεκροί στρατιώτες του και πάνω από χίλιοι οι τραυματίες. Το πλήγμα που είχε δεχθεί ο πασάς ήταν τρομακτικό.

Το πρόσωπο του Κιουταχή άρχισε να αλλάζει και να παραμορφώνεται κάτω από το φως των κεριών. Το χέρι του έσφιξε, τσαλακώνοντας το χαρτί και το στόμα του άνοιξε βγάζοντας μια κραυγή που έσκισε τη σιγαλιά της νύχτας. Και τότε ο Κιουταχής ορκίστηκε. Ορκίστηκε ή να πατήσει το Μεσολόγγι ή να πεθάνει προσπαθώντας.

Την αμέσως επόμενη ημέρα της νίκης, οι κλεισμένοι, άρχισαν να μαζεύουν τα τούρκικα κουφάρια που κείτονταν παντού, μέσα και έξω από το τείχος αλλά και πάνω στις ντάπιες. Επικεφαλής της ομάδας περισυλλογής των νεκρών ορίστηκε ο Σπύρος Πεταλούδης και αυτός διάλεξε πενήντα χεροδύναμους για να στοιβάζουν τα κουφάρια και να τα βάλουν φωτιά. Όλη μέρα αυτή η ομάδα μάζευε και έκαιγε πτώματα αλλά όταν έφτασαν στην ντάπια του Φραγκλίνου η καρδιά τους σταμάτησε. Το μέρος έμοιαζε με χωράφι στο οποίο είχαν σπαρθεί άνθρωποι αντί για σιτάρι. Πάνω από χίλια τούρκικα κουφάρια κείτονταν πάνω στη διαλυμένη ντάπια αλλά και μέσα και έξω από αυτήν. Ο Πεταλούδης στήριξε τις γροθιές του στη μέση του και προσπαθούσε να αποφασίσει από πού να ξεκινήσει, όταν έφτασαν στα αυτιά του φωνές από τους άντρες του.

«Τερίμπλ, τερίμπλ, Θεέ μου, γλυκέ μου Θεέ».

Ο Πεταλούδης κατάλαβε αμέσως ποιανού είναι αυτά τα λόγια. Ένας φραγκοσπουδαγμένος ήταν σε αυτή την ομάδα, ο Γκόρπας.

«Τι είναι, μωρέ Φραντσέζε; Τι μονολογείς;» είπε ο Πεταλούδης.

Ο Γκόρπας σταμάτησε τον μονόλογό του και το βλέμμα του ξεκόλλησε με δυσκολία από τα πλεγμένα κορμιά που κείτονταν μπροστά του. Ήταν ένας ψηλός μελαχρινός νέος που είχε έναν αέρα αρχοντιάς. Πριν ακόμη ξεσπάσει η Επανάσταση, οι γονείς του τον είχαν στείλει στη Γαλλία να σπουδάσει γιατρός αλλά αυτός μόλις έμαθε πως το Μεσολόγγι κινδυνεύει για δεύτερη φορά, τα

μάζεψε όλα και γύρισε πίσω για να πολεμήσει. Ψιλομαθη-
μένος όμως καθώς ήταν δεν μπορούσε να χωνέψει εύκο-
λα τις ανθρώπινες θηριωδίες.

«Τερίμπλ καπετάνιε, τρομάρα μ' έπιασε μόλις φτά-
σαμε εδώ. Οι τρίχες στο σβέρκο μου σηκώθηκαν όρθιες!»

Οι αρματολοί γύρω από τον Γκόρπα και τον Πετα-
λούδη, γέλασαν και άρχισαν να φωνάζουν όλοι μαζί «τε-
ρίμπλ, τερίμπλ, τερίμπλ, τερίμπλ...»

Ο Γκόρπας ντράπηκε, κατέβασε το κεφάλι και άρχι-
σε πρώτος να ξεχωρίζει τα πτώματα και να τα στοιβάζει
νιώθοντας ακόμη την ανατριχίλα να κατεβαίνει από τον
σβέρκο του και να απλώνεται στη ραχοκοκαλιά του.

Από εκείνη την ημέρα και έπειτα η ντάπια του Φρα-
γκλίνου ονομάστηκε άτυπα ανάμεσα στους κλεισμένους
Τερίμπιλε, που θα πει τρόμος, λόγω του μεγάλου σκοτω-
μού που είχε γίνει εκεί αλλά και της τρομάρας που έπιασε
μερικούς όταν πήγαν να μαζέψουν τα κουφάρια.

Όταν οι ντάπιες είχαν καθαριστεί από τα κουφά-
ρια και είχαν επισκευαστεί, η Φρουρά χαλάρωσε λίγο την
άμυνα και επέτρεψε σε αρκετούς αγωνιστές να φύγουν
από τα πόστα τους για να ξεκουραστούν. Πάνω στις ντά-
πιες έμειναν τα καραούλια, που παρακολουθούσαν μέρα
νύχτα τις κινήσεις του Κιουταχή. Μόνο που αυτές οι κι-
νήσεις είχαν περιοριστεί αρκετά. Και πάνω στη μεγάλη
χαρά του Μεσολογγίου για την απόκρουση της επίθεσης,
ήρθε να προστεθεί και ακόμη μία που έκανε τους Μεσο-
λογγίτες να ξεχάσουν κάθε προηγούμενη δυστυχία τους.

Στις αρχές του Αυγούστου, ο ελληνικός στόλος φάνηκε στο πέλαγος και τα καράβια έδεσαν τους κάβους τους στο Μεσολόγγι, ξεφορτώνοντας τρόφιμα και μπαρουτόβολα. Τα λίγα τούρκικα πολεμικά που έκοβαν βόλτες στα ανοιχτά της πόλης, δεν μπόρεσαν να εμποδίσουν τα ελληνικά καράβια και εξαφανίστηκαν αφήνοντας απροστάτευτες τις μικρές βάρκες που είχαν ρίξει στη λιμνοθάλασσα για να μπορούν να σφίγγουν, και από εκεί, την πολιορκία. Έτσι από τη μια μέρα στην άλλη, το Μεσολόγγι, βρέθηκε γεμάτο με τρόφιμα και πολεμοφόδια ικανά να τους κρατήσουν για ακόμη πιο μακρόχρονη πολιορκία.

Από τους Τουρκαλβανούς του Κιουταχή δεν υπήρχε καμία ενόχληση και οι καπεταναίοι έμαθαν από λιποτάκτες χριστιανούς σκλάβους του πασά, πως στο στρατόπεδο του Κιουταχή επικρατεί μεγάλος αναβρασμός. Οι απώλειες από τη μάχη ήταν πολύ μεγάλες και ήδη κάποια σώματα Τουρκαλβανών, εγκατέλειπαν τον Κιουταχή, πιστεύοντας πως η μάχη για το Μεσολόγγι έχει χαθεί. Τους πληροφόρησαν όμως, πως ο πασάς είναι πεισματάρης και πως έχει δώσει όρκο να πατήσει την πολιτεία. Οι καπεταναίοι άκουγαν τα λόγια των λιποτακτών με ανάμεικτα συναισθήματα. Οι πιο πολλοί είχαν ξεθαρρέψει και έλεγαν πως πάει, τον ξέκαναν ξανά τον Κιουταχή και πως τα βάσανά τους είχαν τελειώσει. Οι πιο συνετοί όμως, όσο έβλεπαν ακόμη τις σκηνές του Κιουταχή έξω από την πόλη τους δεν έλεγαν περήφανα λόγια.

Οι καπετάνιοι είχαν μαζευτεί, για άλλη μια φορά, στο διοικητήριο και συζητούσαν για τη μετέπειτα πορεία που είχε πάρει ο πόλεμος στην Ελλάδα αλλά και η πολιορκία η δικιά τους. Μετά την τελευταία τους νίκη, ο Κιουταχής είχε μαζέψει το στράτευμά του στο αρχικό σημείο που είχε στρατοπεδεύσει και έτσι η πολιορκία είχε χαλαρώσει σε μεγάλο βαθμό. Από τον Μοριά όμως έρχονταν δυσάρεστα νέα.

Στη νότια μεριά του Μοριά είχε αποβιβαστεί, ένας άγριος Αιγύπτιος στρατηγός, ο Ιμπραήμ, γιος του Μοχάμεντ, ο οποίος είχε πάρει εντολή από τον Σουλτάνο να ξεκινήσει από εκεί και να διαλύσει κάθε επαναστατική φωλιά που υπήρχε σε όλο τον Μοριά.

Ο Ιμπραήμ, διοικητής ενός πανίσχυρου στρατεύματος που διοικούνταν από Γάλλους αξιωματούχους οι οποίοι είχαν πετύχει να οργανώσουν έναν τακτικό στρατό, πρωτοπόρο, για τα πρότυπα της εποχής, έπνιξε στο αίμα ολόκληρο τον Μοριά, σβήνοντας κάθε επαναστατική φλόγα. Τώρα ο στρατός του αλώνιζε στον Μοριά περιμένοντας τον Κιουταχή να υποτάξει και αυτός την επανάσταση στη Ρούμελη και τα δύο ασκέρια να ενωθούν και να τραβήξουν κατά την Αθήνα. Όμως τα νέα από την Ρούμελη δεν ήταν καλά και ήδη η τετράμηνη καθυστέρηση του Κιουταχή προκαλούσε τριγμούς σ' ολόκληρο το σχέδιο του Σουλτάνου.

«Αδέρφια μου, το κακό που κάναμε στον Κιουτάγια, στη μεγάλη του επίθεση, στάθηκε πολύ μεγάλο. Μούδιασε ο μπέης και τώρα δεν ξέρει κατά πού να κάνει» είπε ο Γιαννάκης Ραζηκότσικας.

Στο διοικητήριο ήταν μαζεμένοι, σχεδόν όλοι, οι καπεταναίοι που βρίσκονταν στην πόλη. Μαζί τους ήταν και ο Ελβετός φιλέλληνας Ιάκωβος Μάγερ. Ο Μάγερ όταν είχε φτάσει στο Μεσολόγγι, πριν μερικά χρόνια, είχε ανοίξει ένα φαρμακείο και με τις λιγοστές ιατρικές του γνώσεις αλλά και με τα φάρμακα που κατόρθωνε και προμηθευόταν, βοηθούσε όσο μπορούσε τους κλεισμένους. Εδώ και έναν χρόνο όμως, ο Μάγερ είχε ιδρύσει στην πόλη την εφημερίδα Ελληνικά Χρονικά και περιέγραφε σ' αυτήν την κατάσταση που επικρατούσε στην πόλη του Μεσολογγίου αλλά και γενικά, στην επαναστατημένη Ελλάδα. Ο Μάγερ ήταν ιδιαίτερα αγαπητός ανάμεσα στους Μεσολογγίτες, λόγω της ανιδιοτέλειας αλλά και της αγάπης του προς την ελευθερία και τώρα πήρε τον λόγο και όλοι στάθηκαν για να τον ακούσουν.

«Έλληνες, οι περισσότεροι από εσάς με γνωρίζετε εδώ και κάμποσα χρόνια και για αυτό γνωρίζετε πως η χαρά μου για την απομάκρυνση του εχθρού είναι τόσο μεγάλη, και ίσως ακόμη μεγαλύτερη και από τη δική σας, γιατί παράτησα την πατρίδα μου και ήρθα να πολεμήσω στο πλευρό σας, για να χαρείτε κι εσείς κάτι που σας έχει λείψει τόσο πολύ, την ελευθερία. Τώρα λοιπόν που κοντεύουμε να την αποκτήσουμε θέλω να σας προτείνω κάτι».

«Μη βγάζεις βιαστικά συμπεράσματα, Ιάκωβε, σχετικά με τη λευτεριά μας. Οι Τούρκοι δεν έφυγαν ακόμη, ας απομακρύνθηκαν. Όσο κουνιούνται τα μπαϊράκια τους και σαλεύουν οι σκηνές τους, είναι ακόμη εδώ. Αλλά κάνε την πρότασή σου για να την ακούσουμε όλοι που είμαστε εδώ» είπε ο Ραζηκότσικας.

Ο Μάγερ έριξε μια ματιά στον αρχηγό και μετά ξανάρχισε να μιλάει.

«Προτείνω καπεταναίοι, να ξαναφέρουμε όλες τις γυναίκες και τα παιδιά μας μέσα στην πόλη. Σ' όλους μας έχουν λείψει και, όπως βλέπετε, ο εχθρός έχει απομακρυνθεί πια. Τι κακό μπορεί να μας κάνει;»

Με το που τελείωσε τη φράση του ο Μάγερ, βοή επικράτησε στην αίθουσα. Το θέμα των γυναικόπαιδων ήταν πάρα πολύ ευαίσθητο και τώρα που θιγόταν ξανά όλοι οι καπεταναίοι άρχισαν να το σκέφτονται. Μέσα από όλες τις φωνές ακούστηκε δυνατότερη η φωνή του Γιαννάκη Ραζηκότσικα.

«Δε συμφωνώ με την πρόταση του Μάγερ. Αν ο Κιουτάγιας μας ξαναμπλοκάρει, τότε θα έχουμε μεγάλο πρόβλημα με όλα τα γυναικόπαιδα μέσα στην πόλη».

«Εσένα τι σε κόφτει, μωρέ Γιάννη;» φώναξε ένας από τους καπεταναίους. «Από όσο ξέρω δεν είσαι παντρεμένος, δεν μπορείς να μιλάς γι' αυτό το θέμα».

«Έχω και εγώ τους γονείς μου, καπετάν Γιώργα, είναι και αυτοί εκεί στον Κάλαμο και για αυτό με κόφτει και με παρακόφτει. Πιστεύω όμως πως θα κάνουμε λάθος αν τους πούμε να έρθουν» δικαιολογήθηκε ο Γιαννάκης, μιας και δεν ήταν παντρεμένος.

«Εγώ όμως που είμαι φρεσκοπαντρεμένος, μωρέ και έχω τη γυναίκα μου μακριά από μένα, να μην ξέρω αν ζει ή αν έχει πεθάνει; Δεν το μπορώ άλλο αυτό το μαρτύριο. Θα πάω στον Κάλαμο και θα τη φέρω εδώ μαζί με το βυζανιάρικό μου». είπε ο Μάγερ και η πλειοψηφία των παρευρισκομένων επικρότησε την απόφασή του.

Ο Ραζηκότσικας έμενε σκεφτικός καθώς είχε καταλάβει πως επιθυμία των περισσότερων καπεταναίων ήταν να φέρουν πίσω στην πόλη τις οικογένειές τους. Διάφορες σκέψεις περνούσαν από το μυαλό του εμποδίζοντας τον να ανοίξει το στόμα του και να μιλήσει. Τελικά, μόλις κόπασε κάπως η φασαρία που ακολούθησε τη δήλωση του Μάγερ και ο Ραζηκότσικας ένιωσε όλα τα βλέμματα πάνω του, άρχισε να μιλάει.

«Καπεταναίοι, ξέρω πολύ καλά ότι σε όλους μας λείπουν οι δικοί του. Σ' άλλους πιο πολύ και σ' άλλους πιο λίγο. Αλλά για άλλη μια φορά πρέπει να σκεφτούμε με το μυαλό και όχι με την καρδιά. Σκεφτείτε πως τώρα που μιλάμε είμαστε τέσσερις χιλιάδες πολεμιστές μέσα στην πόλη, συν κάποιοι άλλοι που έχουν ξεμείνει, κοντεύουμε τις πέντε χιλιάδες ψυχές, και τέσσερις μήνες τώρα που κράτησε το μπλόκο του Κιουτάγια κοντέψαμε να ξεμείνουμε από μπαρουτόβολα αλλά κυρίως από ψωμί. Σκεφτείτε να βρισκόταν μέσα στην πόλη άλλα τόσα άτομα και ίσως παραπάνω. Τι θα γινόταν τότε; Τι θα τρώγαμε; Πώς θα ζούσαμε;»

Όλοι άκουγαν με προσοχή τα λόγια του Ραζηκότσικα και όταν αυτός τελείωσε όλοι έμοιαζαν χαμένοι στις σκέψεις τους.

«Δίκιο έχεις, καπετάν Θανάση» είπε ο Μάγερ «αν θυμάσαι, πριν καιρό, όταν έβγαλες την απόφαση να εγκαταλείψουν την πόλη τα γυναικόπαιδα, είχα έρθει σε σύγκρουση μαζί σου γιατί δε συμφωνούσα».

«Το θυμάμαι πολύ καλά, Ιάκωβε. Και δεν ήσουν ο μόνος που δε συμφωνούσε, αλλά ήσουν ο μόνος που εξέφρασε δημόσια τη γνώμη του».

«Τώρα όμως σου λέω πως με την κίνησή σου αυτή έσωσες την πόλη, Ραζηκότσικα. Αν είχαν μείνει εδώ τα γυναικόπαιδα θα πεθαίναμε της πείνας».

«Χαίρομαι που μου δίνεις δίκιο, Ιάκωβε, αλλά μπερδεύτηκα με τα προηγούμενα λόγια σου» είπε ο Ραζηκότσικας. «Μόλις τώρα είπες πως αν ήμασταν όλοι εδώ μέσα θα είχαμε πεθάνει της πείνας, γιατί πριν λίγο πρότεινες να γυρίσουν πίσω ξανά τα γυναικόπαιδα;»

«Γιατί, καπετάν Θανάση, πιστεύω πως ο κίνδυνος έχει περάσει. Είδες πού τραβήχτηκε ο Κιουταχής; Δε θα μπορέσει να μας ξαναμπλοκάρει τόσο στενά. Πάει για αυτόν ο πόλεμος, τελείωσε».

Το πρόσωπο του Ραζηκότσικα σφίχτηκε στο άκουσμα των περήφανων λόγων του Μάγερ.

«Δεν είναι ακριβώς έτσι όπως τα λες Ιάκωβε. Ο Σουλτάνος έχει πολλά ακόμη κεφάλια να στείλει σε βοήθεια του Κιουταχή. Ακόμη δεν έχει τελειώσει τίποτα. Καταρχάς το ότι τραβήχτηκε ο Κιουταχής και μας άφησε να ανασάνουμε, αυτό από μόνο του δε σημαίνει τίποτα» είπε ο Ραζηκότσικας. Μερικοί καπεταναίοι συμφώνησαν με τα λόγια του. Η πλειοψηφία όμως διαφώνησε και άρχισαν να φωνάζουν πως έπρεπε πάση θυσία οι γυναίκες και τα παιδιά τους να επιστρέψουν στην πόλη. Ο Ραζηκότσικας τους κοίταζε και ζύγιζε πολύ προσεκτικά, μέσα στο μυαλό του, πώς θα συνέχιζε την κουβέντα.

«Αδέρφια μου, επειδή αυτό το θέμα είναι πάρα πολύ ευαίσθητο και δεν μπορώ εγώ να κρίνω για την αγάπη των γονιών σας, των γυναικών σας και των παιδιών σας, σας λέω πως ό,τι κρίνει ο καθένας ας κάνει και μετά αν βρεθούμε σε δύσκολη θέση, βλέπουμε τι θα κάνουμε» είπε ο Ραζηκότσικας.

«Στην ανάγκη καπετάνιε, θα κόψουμε από τη δική μας τροφή για να ταΐσουμε τις φαμελιές μας. Αν και δεν πρόκειται να φτάσουμε μέχρι εκεί» είπε ο Μάγερ και μετά από αυτή του τη δήλωση η συγκέντρωση άρχισε να διαλύεται.

Οι καπεταναίοι έφυγαν από το διοικητήριο και όταν έφτασε ο καθένας στον νταϊφά του, πληροφόρησε τους άντρες του για την καινούρια απόφαση που πάρθηκε και αυτοί υποδέχθηκαν το μήνυμα με χαρές και πανηγύρια. Όλοι έσπευσαν στο λιμάνι, όπου είχαν αράξει τα καράβια των Ελλήνων ναυτικών για να συνεννοηθούν για τα ναύλα που θα χρειαζόταν να πληρώσουν για να φέρουν πίσω τους δικούς τους, από τα Ιόνια Νησιά και από τον Κάλαμο. Ο ίδιος ο Μάγερ, χωρίς να περιμένει στιγμή, μπάρκαρε με ένα καράβι όπου ο καπετάνιος ήταν γνωστός του και έφυγε για να βρει τη γυναίκα του. Όταν ο Ελβετός έφτασε στον Κάλαμο, διέδωσε σε όλους που είχαν καταφύγει εκεί, πως οι κλεισμένοι τσάκισαν το μεγάλο γιουρούσι του Κιουταχή, πως αυτός είχε τραβηχτεί μακριά από το

Μεσολόγγι και πως η πολιορκία είχε λήξει. Οι γυναίκες και οι μάνες άκουγαν τα λόγια του Μάγερ παραληρώντας από τη χαρά τους. Και μέσα σε λίγες μέρες, άρχισαν να συρρέουν στο Μεσολόγγι πλήθη γυναικόπαιδων, ανήμπορων, ηλικιωμένων και άλλων ξεριζωμένων Ελλήνων που ήλπιζαν στο Μεσολόγγι για τη σωτηρία τους.

Το μοιραίο λάθος είχε γίνει.

Όταν το Μεσολόγγι άρχισε να γεμίζει από τα πλήθη, άρχισαν να δημιουργούνται πολλά προβλήματα ανάμεσα στους ντόπιους Μεσολογγίτες και στους άλλους Έλληνες που βρέθηκαν μέσα στην πόλη. Το πληθυσμιακό μωσαϊκό από Ρουμελιώτες, Μοραΐτες, Σουλιώτες και άλλους Έλληνες που είχαν εισχωρήσει στην πόλη, έκανε την κατάσταση εκρηκτική. Οι Σουλιώτες είχαν κάνει κατοχή σε πολλά σπίτια Μεσολογγιτών για να βάλουν μέσα τις δίκες τους οικογένειες και διεκδικούσαν με τη βία παραπάνω προνόμια από τους άλλους πολεμιστές. Τα μίση τότε άρχισαν να φουντώνουν και δεν ήταν λίγες οι φορές που οι Μεσολογγίτες συνεπλάκησαν με τους Σουλιώτες. Άρχισαν τότε να γίνονται συνελεύσεις για να βρεθεί λύση για αυτή την κατάσταση αλλά η στάση των Σουλιωτών ήταν άκαμπτη. Αυτοί γνώριζαν πως ήταν το βαρύ πυροβολικό της Φρουράς και έτσι εκμεταλλευόταν το πολεμικό τους πλεονέκτημα καταπατώντας τα δικαιώματα των άλλων πολεμιστών. Αλλά τα προβλήματα δε σταματούσαν εκεί. Όταν πια μέσα στο Μεσολόγγι υπήρχαν έντεκα με δώδεκα χιλιάδες ψυχές, η ανάγκη για τρόφιμα άρχισε να γίνεται ολοένα και πιο επιτακτική. Εμπορικά καράβια

πηγαινοερχόταν καθημερινά από τα Ιόνια Νησιά, μετα-
φέροντας τρόφιμα για να σιτιστεί το Μεσολόγγι. Τότε οι
καπεταναίοι ένιωσαν το βάρος όλων αυτών των ψυχών
και κατάλαβαν το λάθος που είχαν κάνει. Αλλά ήταν πια
αργά. Όλοι οι πολεμιστές είχαν μονοιάσει ξανά με τις οι-
κογένειές τους και ούτε σκέφτηκε ποτέ κανείς να παρθεί
ξανά απόφαση να φύγουν πάλι τα γυναικόπαιδα.

Και με αυτά τα γεγονότα, ο Οκτώβρης του 1825
έφτανε στα τελειώματά του.

Ενώ τα προβλήματα συνεχίζονταν μέσα στην πόλη του Μεσολογγίου, από το στρατόπεδο του Κιουταχή έφταναν ολοένα και πιο ενθαρρυντικά νέα. Ο πασάς είχε απομακρυνθεί και άλλο από τις ντάπιες της πόλης και καθώς έμπαινε ο Νοέμβρης, το μόνο που θύμιζε πως η πόλη βρισκόταν σε πολιορκία, ήταν μερικές κανονιές που έριχνε το ασκέρι του πασά για να θυμίζει στους κλεισμένους πως είναι ακόμη εκεί. Τα καραούλια πάνω από τις ντάπιες, μέρα παρά μέρα έβλεπαν μεγάλα αποσπάσματα του τουρκικού στρατού να αποχωρούν αφήνοντας σύξυλο τον Κιουταχή. Όσα ρεγάλα και όσα γρόσια και να τους έταζε αυτός, οι Τουρκαλβανοί ηγέτες μάζευαν τον στρατό τους και αποχωρούσαν για ευκολότερα πλιάτσικα.

Οι κλεισμένοι, κάθε φορά που έβλεπαν μια κολώνα του τούρκικου ασκεριού να αποχωρεί, την αποχαιρετούσαν με μπαταριές, κανονιοβολισμούς και τρανταχτά γέλια. Η θέση του Κιουταχή πλέον ήταν πολύ δύσκολη και έγινε ακόμη δυσκολότερη όταν ο Νοέμβρης μέσιασε και ο χειμώνας άρχισε να δείχνει τα δόντια του. Ολόκληρη η πολιτεία, η λιμνοθάλασσα και οι τριγύρω περιοχές καλύφθηκαν από ένα χαμηλό πούσι και άρχισε ένα ψιλόβροχο, που πολύ γρήγορα εξελίχθηκε σε κατακλυσμιαία βροχή. Μαζί με τη βροχή σηκώθηκε και ένας λυσσασμένος αέρας και η θερμοκρασία έπεσε κατακόρυφα. Τα ταμπούρια και οι σκηνές των Τούρκων στρατιωτών πλημμύρισαν, τα κανόνια τους κόλλησαν στη λάσπη και το κορμί τους άρχισε να λυγίζει από τις τρομερές κακουχίες. Πλέον ούτε οι καθιερωμένες κανονιές ριχνόταν στο Μεσολόγγι και ο Κιουταχής νιώθοντας τη βαριά ατμόσφαιρα που είχε δημιουργηθεί στο ασκέρι του και γνωρίζοντας πως η δύναμή του είχε μειωθεί τόσο πολύ ώστε δεν μπορούσε να προκαλέσει πια κανένα κακό στους κλεισμένους, αναγκάστηκε να ρίξει τον εγωισμό του και έστειλε μαντατοφόρο στην Υψηλή Πύλη ζητώντας τη βοήθεια του Σουλτάνου. Ο Κιουταχής έτρεμε την απάντηση του αφέντη του γιατί δεν είχε περάσει πολύς καιρός από τότε που ο Σουλτάνος του είχε στείλει φερμάνι[41], πως ή θα πατούσε το Μεσολόγγι ή θα έχανε το κεφάλι του. Τώρα ο πασάς στεκόταν μέσα στη σκηνή του που είχε αρχίσει να σαπίζει και είχε γεμίσει νερά από το υγρό κλίμα της λιμνοθάλασσας και αγωνιούσε για την απάντηση της Πύλης. Τον αγγελιοφόρο τον είχε στείλει πριν δύο εβδομάδες και τώρα περίμενε την απάντηση.

Εδώ και μερικές ώρες η βροχή είχε σταματήσει αλλά τα σύννεφα συνέχιζαν να στέκουν βαριά και απειλητικά πάνω από την περιοχή. Ο τσουχτερός άνεμος ξύριζε κάθε γυμνή επιφάνεια και ενώ, μόλις σταμάτησε η βροχή, ο πασάς είχε διατάξει να ξαναρχίσει ο βομβαρδισμός της πόλης, κανένα κανόνι δεν είχε ακούσει να βροντάει. Σκοτεινές σκέψεις τριγυρνούσαν στο μυαλό του Κιουταχή και άρχισε τότε να καταριέται φωναχτά τους σκύλους που φύλαγαν τις ντάπιες, καταριόταν τις οικογένειές τους, τον Θεό τους και τον τόπο τους. Καταριόταν και τον κακορίζικο καιρό που ακόμη και αυτός πήγαινε κόντρα στη θέλησή του. Βαδίζοντας πάνω κάτω στη σκηνή του, ο πασάς, έβριζε και μονολογούσε, όταν άκουσε απ' έξω πνιχτό ποδοβολητό αλόγου να πλησιάζει. Και επειδή δεν

41 Φερμάνι: διαταγή

περίμενε κανέναν άλλο εκτός από τον αγγελιοφόρο, πετάχτηκε έξω από τη σκηνή για να δει αν, όντως, έχει έρθει απόκριση από την Πύλη. Και δεν είχε άδικο.

Πάνω σε ένα πανέμορφο άτι, στολισμένο με ασημένια χάμουρα, καβαλίκευε ένας ψηλός μελαχρινός άντρας που ο Κιουταχής δεν είχε ξαναδεί. Ο πασάς παραξενεύτηκε καθώς δεν είδε τον δικό του αγγελιοφόρο, κατάλαβε όμως πως αυτός ήταν απεσταλμένος του Σουλτάνου, καθώς από τον ώμο του κρεμόταν μια τσόχινη τσάντα με το έμβλημα της Υψηλής Πύλης κεντημένο πάνω της. Ο αγγελιοφόρος πήδηξε από το άλογο και μόλις έφτασε κοντά στον Κιουταχή έπεσε στο ένα πόδι για να τον προσκυνήσει, αδιαφορώντας για τον βούρκο που κόλλησε στην αστραφτερή στολή του. Ο Κιουταχής τον διέταξε να σηκωθεί και τον ρώτησε αν είχε τίποτα να του παραδώσει, με φωνή που έτρεμε λίγο. Ο αγγελιοφόρος σηκώθηκε και η επιβλητική του κορμοστασιά εντυπωσίασε τον Κιουταχή. Τότε ο πασάς τον κάλεσε μέσα στη σκηνή ρωτώντας τον γιατί ήρθε αυτός και πού είναι ο δικός του αγγελιοφόρος.

«Νεκρός, πασά μου» απάντησε ο αγγελιοφόρος του Σουλτάνου ο πολυχρονεμένος μας Σουλτάνος, να είναι πολλά τα έτη του, διέταξε να τον θανατώσουν για τα άσχημα μαντάτα που του έφερε».

Ο Κιουταχής ξεροκατάπιε ακούγοντας την τύχη του αγγελιοφόρου αλλά προσπάθησε να μην το δείξει παρά μόνο ζήτησε να δει το μήνυμα που εκείνος κουβαλούσε μαζί του. Ο αγγελιοφόρος έχωσε το χέρι του μέσα στον τσόχινο σάκο που κρεμόταν στο πλευρό του και έβγαλε ένα ξύλινο κουτί. Τοποθέτησε το κουτί πάνω στο τραπέζι, που βρισκόταν στο κέντρο της σκηνής και με αργές κινήσεις άνοιξε το καπάκι και ξεδίπλωσε το πανί που βρισκόταν από κάτω. Μετά έβαλε το χέρι του μέσα και τράβηξε έξω έναν ορθογώνιο λευκό φάκελο, που στην πάνω αριστερή γωνιά του διαγραφόταν τυπωμένη η δρεπανοειδής ημισέληνος. Στο κέντρο του φακέλου διακρινόταν το λιωμένο βουλοκέρι με τη στάμπα του Σουλτάνου. Ο αγγελιοφόρος κράτησε το γράμμα μερικές στιγμές στα χέρια του και μετά το πρότεινε στο Κιουταχή. Ο πασάς το τράβηξε αμέσως από τα χέρια και έσπασε το βουλοκέρι. Μετά από μερικά δευτερόλεπτα διάβαζε το φερμάνι του Σουλτάνου.

Μέσα στο Μεσολόγγι ο Λιακατάς μαζί με τον Ραζη-κότσικα επιθεωρούσαν τις ντάπιες. Από πίσω τους έτρε-χε και ο Σφήκας, θαυμάζοντας τους δύο άντρες. Οι δύο καπεταναίοι κουβέντιαζαν για τις δύσκολες μέρες που πέρασαν και για τη μεγάλη αντοχή που έδειξε η Φρουρά, μπροστά στον αριθμητικά ανώτερο στρατό του Κιουτα-χή αλλά και μπροστά στα κανόνια του που κόντεψαν να γκρεμίσουν τις ντάπιες. Συζητούσαν επίσης και για τα προβλήματα που δημιουργούσαν τώρα στην πόλη οι Σου-λιώτες, με την απείθαρχη συμπεριφορά τους.

«Τους χρειαζόμαστε όμως, Γρηγόρη. Έχεις δίκιο για όσα λες αλλά η ικανότητα αυτών των αντρών στη μάχη είναι πέρα από κάθε φαντασία. Εσύ ο ίδιος το έχεις πει πρώτος» έλεγε ο Ραζηκότσικας.

«Το ξέρω καπετάν Θανάση αλλά και αυτοί οι ίδιοι δε σέβονται τίποτα. Πέταξαν έξω από τα σπίτια τους ολό-κληρες οικογένειες για να βάλουν τις δικές τους και δημι-ουργούν συνέχεια προβλήματα. Προχθές πιάστηκαν τρεις δικοί μας με δύο δικούς τους και ἀυ τραψω τα μαχαίρια. Αν δεν ήμουν εκεί να τους ηρεμήσω δεν ξέρω και εγώ τι θα συνέβαινε».

Ο Ραζηκότσικας άκουγε τα λόγια του Λιακατά και κουνούσε με απογοήτευση το κεφάλι του. Το αιώνιο ελάττωμα της φυλής φανερωνόταν και εδώ, σε όλο του το μεγαλείο. Όταν δεν υπήρχε κοινός εχθρός για να πολε-μήσουν, οι Έλληνες, δημιουργούσαν έχθρες μεταξύ τους για να βγάλουν το άχτι τους.

«Και με τα γεμεκλίκια[42], μάθατε τι έγινε με τα γεμε-

---

42 Γεμεκλίκια: Μερίδες τροφής

κλίκια;» πετάχτηκε ο Σφήκας που τόση ώρα παρακολουθούσε την κουβέντα των δύο αντρών.

Οι δύο άντρες σταμάτησαν και τον κοίταξαν παραξενευμένοι.

«Τι έγινε με τα γεμεκλίκια; Πρώτη φορά το ακούω αυτό» τον ρώτησε αγριεμένος ο Ραζηκότσικας και ο Σφήκας, ευχαριστημένος που θα έλεγε στους καπεταναίους κάτι που δεν ήξεραν, άρχισε να μιλάει.

«Ο Νότης Μπότσαρης και οι άντρες του, χθες το βράδυ, ζήτησαν παραπάνω γεμεκλίκια για να έχουν να ταΐζουν και τις φαμελιές τους. Και μετά το έμαθαν και οι άντρες του Τζαβέλα και απαίτησαν και αυτοί το ίδιο».

Οι δύο καπεταναίοι κοιτάχτηκαν μεταξύ τους και μετά ξανακοίταξαν τον Σφήκα.

«Είσαι σίγουρος μωρέ;» αγριορώτησε ο Λιακατάς.

«Σίγουρος καπετάνιε, μπροστά ήμουν» απάντησε ο μικρός.

«Αυτό παραπάει» είπε ο Ραζηκότσικας «γιατί όλοι εμείς δίνουμε φαγητό στις οικογένειές μας από το δικό μας υστέρημα και αυτοί ζητάν παραπάνω; Και εμείς γιαταγάνια και καριοφίλια κρατάμε και πολεμάμε και όχι ξύλα. Θα πιάσω τον Τζαβέλα να του μιλήσω. Είναι άνθρωπος μυαλωμένος και παίρνει από λόγια».

Εκείνη την ώρα οι δύο άντρες περνούσαν από τη Μεγάλη Ντάπια και είδαν πως πολλοί αρματολοί είχαν μαζευτεί στην είσοδό της και είχαν ανοίξει κιόλας το πορτέλο που βρισκόταν δίπλα σε αυτήν. Μεμιάς ο Λιακατάς με τον Ραζηκότσικα ξέχασαν τις προηγούμενες κουβέντες τους και έτρεξαν προς τα εκεί.

Εκείνη τη στιγμή έμπαινε από το πορτέλο στην πόλη ένας απίστευτα αδύνατος άντρας. Η φουστανέλα του έπλεε πάνω του και από τον ένα ώμο του κρεμόταν μια λευκή κάπα λερωμένη με λάσπες στον ποδόγυρο. Το πρόσωπο του άντρα ήταν κατάμαυρο αλλά τα μάτια του ήταν τόσο σπινθηροβόλα που δυσκολευόσουν να κοιτάξεις κατευθείαν μέσα τους. Από την πλάτη του κρεμόταν ένα τεράστιο πολεμικό τσεκούρι με αστραφτερή κόψη και από το στόμα του έβγαινε ένας χείμαρρος από βρισιές.

«Μπορντελόκαιρος, έχουμε κολλήσει στη γαμημένη τη λάσπη. Από τα τσαρούχια μου μέχρι και τ' αρχίδια μου έχει μπει η κωλολάσπη, χώρια μέσα στον κώλο μου, δεν μπορώ να την ξεχωρίσω πια από τα σκατά μου...»

Οι άντρες που βρισκόταν τριγύρω του έσκαγαν στα γέλια ακούγοντας τα λόγια του και κοίταζαν αυτόν τον άντρα με βλέμμα που ξεχείλιζε από λατρεία. Ο Λιακατάς έβλεπε, αυτόν τον κατά τα φαινόμενα ετοιμοθάνατο άντρα, να μπαίνει μέσα στο Μεσολόγγι και από πίσω του να μπαίνει ένα υπέροχο άτι. Ο Λιακατάς είχε ακούσει τις φήμες που κυκλοφορούσαν για τον μεγαλύτερο οπλαρχηγό της Ρούμελης και τον οχετό που έκρυβε στο στόμα του και δεν άργησε να αναγνωρίσει τον στρατηγό Γεώργιο Καραϊσκάκη.

Ο Καραϊσκάκης μπήκε στην πόλη συνεχίζοντας να βρίζει τον υγρό καιρό. Από πίσω του ακολουθούσαν οι άντρες του και ο Ραζηκότσικας με τον Λιακατά, χωρίς να χάσουν χρόνο, εμφανίστηκαν μπροστά στον στρατηγό.

«Στρατηγέ, Καραϊσκάκη, μπορεί να μη σε έχω ματαδεί στη ζωή μου αλλά η φήμη σου για το παρουσιαστικό σου και για το στόμα σου προηγείται κατά πολύ της φυσικής σου παρουσίας. Καλώς όρισες στο Μεσολόγγι».

Ο Καραϊσκάκης σταμάτησε και κοίταξε τον άντρα που είχε μιλήσει.

«Και εσύ ποιος είσαι;» ρώτησε.

«Το όνομά μου είναι Αθανάσιος Ραζηκότσικας και με έχουν διορίσει αρχηγό των ντόπιων ενόπλων μέσα στην πόλη».

«Ωραία. Κατευθείαν έπεσα πάνω στις κεφαλές αυτού του τόπου. Χαίρομαι που σε γνωρίζω γιατί ήρθα στο Μεσολόγγι με έναν και μόνο σκοπό» είπε ο Καραϊσκάκης.

«Και ποιος είναι αυτός ο σκοπός, στρατηγέ;» ρώτησε ο Ραζηκότσικας.

«Άκουσα για τη μεγάλη σας νίκη στην επίθεση που σας έκανε ο Κιουταχής και καθώς βρίσκομαι στις πλάτες αυτού του άπιστου, είδα με τα ίδια μου τα μάτια πόσο πολύ έχει απομακρυνθεί από τα τείχη σας και σκέφτηκα το εξής σχέδιο. Τώρα που είναι αποδυναμωμένος, ο σκύλος, να του κάνουμε ένα γενικό γιουρούσι, εσείς από εδώ και εγώ από την πλάτη του και να τον ξεπαστρέψουμε εντελώς. Το θέμα είναι πως εγώ δεν έχω πολλούς άντρες και για αυτό πρέπει να μου δώσετε εσείς μια αρκετά μεγάλη δύναμη για να μπορέσω να του προκαλέσω μεγάλη ζημιά και σύγχυση όταν θα του επιτίθεστε και εσείς...»

Ο Ραζηκότσικας άκουσε το σχέδιο του Καραϊσκάκη και θαύμασε τον οξυδερκή νου αυτού του καπετάνιου. Μπορεί το σώμα του να τον πρόδιδε και να μην μπορούσε να ακολουθήσει την καρδιά του, αλλά αυτός συνέχιζε, γνωρίζοντας πως εξωθώντας τον εαυτό του στα άκρα, κατόρθωνε να εμπνέει όλα τα παλικάρια του, παρόλο που αυτό τον οδηγούσε με μαθηματική ακρίβεια στον θάνατο.

«Στρατηγέ, Καραϊσκάκη, αυτή είναι μια απόφαση που δεν μπορώ να την πάρω μόνος μου, όπως καταλαβαίνεις. Κάτσε λίγο εδώ να ξαποστάσεις μέχρι να στείλω κάποιον να μαζέψει και τους υπόλοιπους καπεταναίους» είπε ο Ραζηκότσικας και στράφηκε να φωνάξει τον Σφήκα αλλά ο Καραϊσκάκης τον έκοψε.

«Ραζηκότσικα, δίκιο έχεις αλλά δε θέλω να ξαποστάσω. Έχω ακούσει τόσα πολλά για τον πόλεμο που έχετε ανοίξει με την Τουρκιά που θέλω να με ξεναγήσεις στις ντάπιες και να δω με τα ίδια μου τα μάτια, γιατί ορέ δεν πιστεύω πως οι άπιστοι έφτασαν μέχρι και δύο μέτρα από αυτό το τοιχίο και δεν μπόρεσαν να το πατήσουν. Και πως εσείς για να τους νευριάζετε και να τους αποσπάτε την προσοχή τους πιάνατε κουβέντα λες και ήσασταν φίλοι και γνωστοί...»

Ο Ραζηκότσικας και ο Λιακατάς χαμογέλασαν ακούγοντας τα λόγια του στρατηγού και άρχισαν να τον ξεναγούν στις ντάπιες και να του περιγράφουν τον τρόπο που πολεμούσαν με τους Τούρκους. Ο Καραϊσκάκης με πολύ εύγλωττες χειρονομίες και λέξεις, εξέφραζε τον θαυμασμό του για το θάρρος και το κουράγιο της Φρουράς και επαινούσε την ανδρεία της. Ο στρατηγός έβλεπε τα ρημαγμένα σπίτια της πολιτείας που βρίσκονταν κοντά στις ντάπιες, από τις μπόμπες του εχθρού και αναρωτιόταν πώς ήταν δυνατόν να πολεμούν ενώ στην πλάτη τους έβρεχε πυρωμένο ατσάλι. Ο Ραζηκότσικας με τον Λιακατά κουνούσαν τα κεφάλια τους μη έχοντας να δώσουν κάποια ικανοποιητική απάντηση και συνέχιζαν την πορεία τους στις ντάπιες.

Μετά από λίγη ώρα και αφού ο Καραϊσκάκης είδε ό,τι ήθελε να δει, επέστρεψαν στη Μεγάλη Ντάπια και βρήκαν εκεί όλους τους καπεταναίους να τους περιμένουν. Ο Καραϊσκάκης πλησίασε με μεγάλες δρασκελιές τους Σουλιώτες που ήταν μαζεμένοι, μόνοι τους ξέχωρα από τους άλλους και ασπάστηκε τον Τζαβέλα και τον Νότη Μπότσαρη καθώς γνωρίζονταν από παλιά. Οι Ρουμελιώτες οπλαρχηγοί δεν είδαν με καλό μάτι την κίνηση αυτή του στρατηγού καθώς μεταξύ τους είχαν δημιουργηθεί πάθη. Ο Ραζηκότσικας που παρατηρούσε τις κινήσεις και τα βλέμματα των οπλαρχηγών, τράβηξε πάνω του την προσοχή, αρχίζοντας να μιλάει.

«Όπως βλέπετε, καπεταναίοι, η πόλη μας έχει γίνει επίκεντρο επίσκεψης μεγάλων αντρών της Ελλάδας. Αυτός εδώ μπροστά σας είναι ο στρατηγός της Ρούμελης, ο Γεώργιος Καραϊσκάκης. Είμαι σίγουρος πως την όψη του λίγοι τη γνωρίζουν, αλλά το όνομά του το γνωρίζουν όλοι».

Μόλις ο Ραζηκότσικας είπε το όνομα του στρατηγού, έκπληξη επικράτησε στις τάξεις των καπεταναίων που δεν τον γνώριζαν εξ όψεως. Η φήμη του Καραϊσκάκη ήταν πολύ μεγάλη και το όνομά του και μόνο, προκαλούσε τρόμο στις καρδιές των Τούρκων και ελπίδα στις καρδιές των ραγιάδων. Φωνές καλωσορίσματος ακούστηκαν και ο Καραϊσκάκης που δεν ήταν άνθρωπος των λόγων αλλά των πράξεων, άρχισε να τους εξηγεί αμέσως τον λόγο για τον οποίο ήρθε στο Μεσολόγγι. Όταν ο στρατηγός τελείωσε, ο ενθουσιασμός που είχε προκαλέσει η άφιξή του, άρχισε να σβήνει. Στους καπετάνιους φάνηκε να μην αρέσει η ιδέα του στρατηγού και ο Μακρής ήταν ο πρώτος που άρχισε να εκφράζει τις αμφιβολίες του.

«Στρατηγέ, η ιδέα σου να επιτεθούμε από δύο σημεία στον Κιουταχή δεν είναι κακή, αλλά η έλλειψη ετοιμοπόλεμων αντρών κάνει το σχέδιό σου να μην είναι εύκολα πραγματοποιήσιμο. Εμείς είμαστε πολύ λίγοι και με το ζόρι η δύναμή μας καλύπτει όλο το μήκος του τείχους. Δεν μπορούμε να δώσουμε ούτε έναν άντρα».

Ο Μακρής τελείωσε την πρότασή του και όλοι οι καπεταναίοι συνερίστηκαν τη γνώμη του.

Ο Καραϊσκάκης άκουσε τα λόγια του Μακρή αλλά συνέχισε την προσπάθειά του.

«Σας προτείνω αυτή την ενέργεια μετά από πάρα πολύ σκέψη. Τώρα μπορούμε να διώξουμε τον Κιουταχή και να εξασφαλίσουμε όλο αυτό το μέρος. Τώρα είναι αδύναμος ο σκύλος και δε δαγκώνει. Μη χάνουμε χρόνο δίνοντάς του την ευκαιρία ν' ανασυγκροτήσει τις δυνάμεις του».

«Δεν μπορούμε να το κάνουμε αυτό, στρατηγέ. Δεν μπορούμε να βάλουμε σε κίνδυνο τις ζωές τόσων πολλών αντρών που πολέμησαν γενναία μέσα στο Μεσολόγγι και κέρδισαν τη ζωή τους. Δεν μπορούμε να τους ξαναβάλουμε σε τόσο μεγάλο κίνδυνο τώρα που ο εχθρός έχει αποτραβηχτεί τόσο και μας έχει αφήσει στην ησυχία μας» είπε ο Γιαννάκης Ραζηκότσικας και ο Καραϊσκάκης είδε στα μάτια του την αποφασιστικότητα των λόγων του.

«Κοιμάστε όρθιοι, Μεσολογγίτες, αν πιστεύετε πως έχετε γλιτώσει τον κίνδυνο επειδή ο Κιουταχής απομακρύνθηκε και γλείφει τις πληγές του. Πιστέψτε με πως τα βάσανα σας τώρα αρχίζουν».

«Δεν πειράζει, στρατηγέ. Ας αρχίζουν τώρα όπως λες. Εμείς έχουμε δει τον εχθρό κατάφατσα και ξέρουμε πώς να τον πολεμήσουμε και για αυτό έχουμε αποφασίσει να μείνουμε εδώ και να βαστάξουμε την πόλη μέχρι τέλους».

Ο Καραϊσκάκης άκουσε τα περίφανα λόγια του Μακρή και κούνησε με πικρία το κεφάλι του. «Αφού είναι αυτό το θέλημά σας, ας γίνει έτσι» είπε. «Δεν πρόκειται να σας πιέσω άλλο. Θα μείνω μόνο μερικές μέρες στην πόλη για να ξεκουραστούν οι άντρες μου και μετά θα φύγω».

Ο Ραζηκότσικας, τόση ώρα δεν είχε βγάλει μιλιά. Δεν ήθελε να παρέμβει και να πει τη γνώμη του γιατί ήξερε πως οι καπεταναίοι δε θα συμφωνούσαν να δώσουν άντρες στον Καραϊσκάκη. Τώρα ο αρχηγός πήγε δίπλα στον Καραϊσκάκη και τον οδήγησε μέσα στην πόλη, στο κατάλυμα που θα έμενε όσο καιρό ήθελε, αυτός και τα παλικάρια του.

Ο Κιουταχής είχε διαβάσει το γράμμα του Σουλτά-
νου και δεν ήξερε αν έπρεπε να χαρεί ή να λυπάται. Βημά-
τιζε πάνω κάτω στη σκηνή του με το χαρτί στο χέρι και
σκεφτόταν αυτά που του έγραφε ο Σουλτάνος. Ο πασάς
είχε διώξει από τη σκηνή τον αγγελιοφόρο και τώρα βγή-
κε έξω και φώναξε στους φρουρούς που στεκόταν. Αμέ-
σως ένας από αυτούς παρουσιάστηκε μπροστά του και
ο Κιουταχής τον διέταξε να ειδοποιήσει τα ρετζάλια του
να έρθουν αμέσως στη σκηνή.. Ο φρουρός υποκλίθηκε μέ-
χρι που η μύτη του κόντεψε να ακουμπήσει στο χώμα και
έγινε καπνός για να εκτελέσει τη διαταγή του αφέντη. Ο
Κιουταχής μπήκε ξανά στη σκηνή, που σε λίγα λεπτά της
ώρας θα γέμιζε από τους αξιωματικούς του.

Ο Κιουταχής μόλις είχε ανακοινώσει στους υφι-
σταμένους του τις διαταγές του Σουλτάνου και επικρά-
τησε βουβαμάρα. Τα νέα ήταν γλυκόπικρα. Τα καλά νέα
ήταν πως ο Σουλτάνος συγχωρούσε την ανημποριά του
Κιουταχή να κυριεύσει το Μεσολόγγι και για αυτόν τον
λόγο του έστελνε και άλλες δυνάμεις για να συνεχίσει
την πολιορκία. Τα κακά νέα όμως ήταν πως, η πίστη του
Σουλτάνου είχε κλονιστεί σχετικά με τις ικανότητες του
Κιουταχή και για αυτό είχε στείλει φερμάνι στον Ιμπραήμ
πασά, που είχε καταλύσει την επανάσταση στον Μοριά,
να σπεύσει σε βοήθεια.

Ο Αιγύπτιος στρατηγός Ιμπραήμ, γιος του Σουλτά-
νου της Αιγύπτου, ξεχώριζε για τις άρτιες στρατιωτικές
γνώσεις αλλά και για την άγρια αποφασιστικότητα του.
Ο στρατός του ήταν ο πρώτος τακτικός και οργανωμένος

στρατός, με βάση τα ευρωπαϊκά πρότυπα, που είχε έρθει στην επαναστατημένη Ελλάδα και είχε γονατίσει τους επαναστάτες του Μοριά σε πολύ μικρό χρονικό διάστημα.

Η τελευταία αντίσταση των επαναστατών οργανώθηκε από έναν καλόγερο, ονόματι Παπαφλέσσα και κατέληξε στη συντριβή τους, στις 20 του Μάη του 1825. Οι δυνάμεις του Ιμπραήμ ήταν καλά οργανωμένες, από Γάλλους αξιωματικούς και πάντα οι μάχες που έδινε ο Αιγύπτιος ήταν μελετημένες μέχρι και την τελευταία λεπτομέρεια. Το όλο σφιχτοδεμένο σύνολο, το κρατούσε ενωμένο η προσωπικότητα του Ιμπραήμ, που εμφυσούσε στους στρατιώτες του αυτοπεποίθηση και σιγουριά. Τώρα ο Ιμπραήμ είχε πάρει, ήδη, το κάλεσμα του Σουλτάνου και είχε ξεκινήσει για το Μεσολόγγι.

Ο Κιουταχής δεν μπορούσε να χωνέψει αυτό το τελευταίο. Φυσούσε και ξεφυσούσε μέσα στη σκηνή του και κανείς από τους αξιωματικούς τους δεν έβγαζε μιλιά. Ο Κιουταχής ήξερε πως ο ερχομός του Ιμπραήμ δεν προμήνυε τίποτα καλό για αυτόν. Ο Αιγύπτιος πασάς θα προσπαθούσε να πάρει μόνος του την πόλη και αν το κατάφερνε, πράγμα που ήταν πολύ πιθανό, γιατί αυτός τους είχε αποδυναμώσει πάρα πολύ, όλη η δόξα θα πήγαινε σ' αυτόν. Το όνομα του Ιμπραήμ θα έπαιρνε τα συχαρίκια του Σουλτάνου και αυτός θα ρεζιλευόταν μέχρι τα πέρατα του ντοβλετιού. Τόσους μήνες πάσχιζε να πατήσει τη γκιαουροπολιτεία και θα του έπαιρνε άλλος τη δόξα, μέσα από τα χέρια του, που την είχε πληρώσει με τόσο αίμα. Αυτό ο πασάς δεν μπορούσε να το αφήσει να περάσει έτσι.

Μετά από τις στιγμές σιωπής που επικράτησαν μέσα στη σκηνή, ξέσπασε η καταιγίδα. Ο Κιουταχής άρχισε να ουρλιάζει στους αξιωματικούς για τη μέχρι τώρα αποτυχία να μπουν στην πόλη. Απείλησε να πληρώσουν με τις ζωές τους την ανημποριά τους και τους διέταξε να κάνουν ό,τι μπορούν και να χρησιμοποιήσουν οποιοδήποτε τρόπο σκεφτούν, για να πατήσουν το Μεσολόγγι. Όταν κάποιος από αυτούς τόλμησε να του πει πως οι στρατιώτες που έμειναν ήταν λίγοι και πως το ηθικό τους ήταν καταρρακωμένο, ο Κιουταχής τον κατακεραύνωσε και διέταξε τον ίδιο στο επόμενο ρεσάλτο τους, να δείξει αυτός το παράδειγμα στους άντρες του και να ορμήσει πρώτος στη μάχη για να τους ανεβάσει το ηθικό. Ο αξιωματικός λούφαξε στη θέση του και μέχρι να τους δώσει ο Κιουταχής το ελεύθερο να φύγουν, δεν ξαναέβγαλε μιλιά. Μετά από ώρα και με πολλές διαταγές και μοίρασμα ευθυνών, ο Κιουταχής έλυσε το συμβούλιο και όλοι έφυγαν από τη σκηνή και τον άφησαν μόνο. Την αμέσως επόμενη ώρα, τα κανόνια, άρχισαν πάλι να βρυχιούν κατά της πολιτείας με τον συνηθισμένο προηγούμενο ρυθμό τους.

Μετά από μερικές ημέρες, ο Καραϊσκάκης, έφυγε από την πόλη του Μεσολογγίου μέσα σε καταιγισμό από εχθρικούς κανονιοβολισμούς. Για άλλη μια φορά ο στρατηγός, στάθηκε στις ντάπιες και θαύμασε το θάρρος όσων πολεμούσαν σε αυτές. Μετά καβάλησε το άλογό του και με οδηγό έναν Μεσολογγίτη, που γνώριζε την περιοχή, βγήκε από την πολιτεία και απομακρύνθηκε.

Οι καπεταναίοι της πολιτείας, με το που ξεκίνησε ξανά τον βομβαρδισμό ο Κιουταχής, ενίσχυσαν τις δυνάμεις πάνω στις ντάπιες και οι αρματολοί περίμεναν, με τον λύκο του καριοφιλιού τους σηκωμένο, οποιοδήποτε γιουρούσι των Τούρκων. Ήταν όμως διχασμένοι γιατί ήξεραν πως οι δυνάμεις του Κιουταχή είχαν λιγοστέψει σημαντικά για να κάνει και άλλο μεγάλο γιουρούσι, αλλά δεν μπορούσαν να εξηγήσουν με άλλο τρόπο αυτόν τον λυσσαλέο βομβαρδισμό παρά μόνο πως ο Κιουταχής ετοιμάζει και άλλη επίθεση. Έτσι όλοι μέσα στην πόλη ήταν έτοιμοι για το καινούριο σχέδιο του εχθρού.

Οι μέρες όμως περνούσαν και η επίθεση δε γινόταν, παρά μόνο από τα κανόνια και οι αρματολοί άρχισαν να ξεθαρρεύουν πάλι. Τι και αν καθημερινά σκοτωνόταν αρκετοί από τις εχθρικές μπάλες, τι και αν το κινούμενο βουνό είχε σηκωθεί πάλι και πλησίαζε απειλητικά, τι και αν τα ταμπούρια του εχθρού είχαν πλησιάσει ξανά επικίνδυνα στις ντάπιες, αυτοί συνέχιζαν το χαβά τους. Έβριζαν και κορόιδευαν τους Τούρκους με τα πιο χυδαία λόγια, οργάνωναν χορούς και πανηγύρια πάνω στις ντάπιες και όταν, σαστισμένοι οι Τούρκοι σκοποί τους ρωτούσαν για ποιον λόγο χόρευαν και γλεντούσαν, εκείνοι απαντούσαν ότι διασκεδάζουν με τον πόλεμο και όταν πέθαινε κάποιος από μπάλα κανονιού ή από βόλι, κάποιος από τους κλεισμένους φώναζε δυνατά, πως γάμος χωρίς σφαχτά δε γίνεται πουθενά, και όλη η Φρουρά ένιωθε πως ανασταινόταν.

Ο πόλεμος συνεχίστηκε με αυτή του τη μορφή για αρκετές μέρες ακόμη. Ο καιρός γινόταν όλο και πιο άσχημος, μην επιτρέποντας στους πολιορκητές να σφίξουν την πολιορκία. Έγιναν μερικά γιουρούσια από τη μεριά των Τούρκων αλλά όλα κατέληξαν σε αποτυχία καθώς ο στρατός τους ήταν σε τραγική κατάσταση. Τα στοιχεία της φύσης έκαναν τη δουλειά τους και οι Τούρκοι, που ήταν άμεσα εκτεθειμένοι σ' αυτά, είχαν λιώσει από τον τρομερό χειμώνα της λιμνοθάλασσας. Ο Κιουταχής είχε χάσει κάθε ελπίδα πια να κατακτήσει μόνος του την πόλη και περίμενε τον ερχομό του Ιμπραήμ, που μπορεί μεν να τον έκανε να χάσει το κύρος του, όμως θα τον βοηθούσε να ξεφύγει από τη λεκάνη του θανάτου, όπου είχε καθηλωθεί. Και στις αρχές του Δεκέμβρη του 1825 η τύχη χαμογέλασε στον Κιουταχή. Ενώ ο Ιμπραήμ βρισκόταν προ των πυλών της πόλης, ο ελληνικός στόλος, που βρισκόταν αγκυροβολημένος έξω από το Μεσολόγγι και το εφοδίαζε με τρόφιμα και μπαρουτόβολα, σήκωσε πανιά, μετά από εντολή της ελληνικής κυβέρνησης και αποχώρησε από την πολιτεία αφήνοντας την είσοδο από τη θάλασσα ανοιχτή. Οι καπεταναίοι προσπάθησαν να αντιδράσουν αλλά η απάντηση που έλαβαν από την κυβέρνηση ήταν πως το Μεσολόγγι είχε γλιτώσει από τον κίνδυνο και πως ο στόλος έπρεπε να πάει αλλού που τον είχαν πιο πολύ ανάγκη. Οι καπεταναίοι συγχύστηκαν με αυτή την απάντηση και ο Ραζηκότσικας κατάλαβε πως, από εδώ και πέρα, το Μεσολόγγι θα έστεκε μόνο του απέναντι σε οποιονδήποτε εχθρό το προσέγγιζε.

ΙΜΠΡΑΗΜ

Ήταν 12 Δεκεμβρίου του 1825, όταν η εμπρο-
σθοφυλακή του στρατού του Αιγύπτιου στρα-
τηγού Ιμπραήμ, έκανε την εμφάνισή της μπροστά στα τεί-
χη της πολιτείας. Την ίδια ακριβώς ημέρα, από τη μεριά
της θάλασσας, φάνηκαν και τα ατμόπλοια που συνόδευ-
αν τον στρατό του. Οι σκοποί από τις ντάπιες, αντίκρισαν
τα φουγάρα των ατμόπλοιων να ξερνούν μαύρο καπνό
στον γκρίζο χειμωνιάτικο ουρανό και μιας και πρώτη
φορά στη ζωή τους αντίκριζαν ατμοκίνητα πλοία, άρχι-
σαν να χαλούν τον κόσμο με τις φωνές τους.

Έτσι, μετά από λίγο, στις ντάπιες της πολιτείας μα-
ζεύτηκαν σχεδόν όλοι οι κάτοικοι για να δουν τον καινού-
ριο εχθρό, για τον οποίο είχαν ακούσει τόσα πολλά.

Οι Μεσολογγίτες και οι άλλοι υπερασπιστές της πό-
λης, μόλις είχαν μάθει πως ο Σουλτάνος έστειλε φερμάνι
στον Ιμπραήμ να έρθει εδώ και να βοηθήσει τον Κιουτα-

χή, αντί να χάσουν την ψυχραιμία και την αυτοπεποίθησή τους, καλοδέχτηκαν αυτά τα νέα, σκεπτόμενοι πως ο Σουλτάνος τους υπολογίζει πάρα πολύ σαν εχθρούς, αλλιώς δε θα είχε στείλει εναντίον τους δύο από τους αξιότερους στρατηγούς του. Τώρα σύσσωμος ο λαός μαζί με τους πολεμιστές και τους καπετάνιους έβλεπαν τον καινούριο εχθρό να τους ζώνει και από τη στεριά και από τη θάλασσα. Και όμως, από τα στήθια όλων αυτών των ανθρώπων, δεν ακούστηκε ούτε ένα βογκητό απελπισίας, ούτε μια κραυγή απόγνωσης, παρά μόνο γέλια και κοροϊδίες εναντίον και αυτών των εχθρών.

Ο στόλος των Αιγυπτίων έκανε τις μανούβρες του και πλησίασε όσο πιο πολύ γινόταν στην πόλη. Μετά, τρία καράβια της μπροστινέλας άνοιξαν τα πλαϊνά πορτάκια τους και από μέσα ξεπρόβαλαν οι μπούκες των κανονιών. Τρεις απανωτές ομοβροντίες τάραξαν τα νερά της λιμνοθάλασσας, σημάδι χαιρετισμού των Αιγυπτίων προς το τουρκικό ασκέρι και μετά από λίγο, άλλες τρεις κανονιές ακούστηκαν από τη μεριά του τούρκικου στρατού.

Στην ντάπια της Κλείσοβας, που βρισκόταν στη νοτιότερη μεριά του κάστρου, ακριβώς απέναντι από το νησί της Κλείσοβας, οι υπερασπιστές γύρισαν τα κανόνια τους προς τα καράβια του εχθρού και έριξαν μια προειδοποιητική βολή. Τα καράβια όμως των Αιγυπτίων ήταν αρκετά έξω από το βεληνεκές των κανονιών και οι μπάλες τους έπεσαν στη θάλασσα σηκώνοντας πίδακες νερού.

Έπειτα από τον χαιρετισμό τους, ο στόλος του Ιμπραήμ ευθυγραμμίστηκε, και τα καράβια έριξαν άγκυρα στον βυθό της θάλασσας, αποκόπτοντας πλήρως το Μεσολόγγι από τη θαλάσσια οδό.

Στη στεριά, ο στρατός του Αιγυπτίου, άρχισε να γεμίζει την πεδιάδα και να στήνει τις σκηνές του με ασυνήθιστη τάξη. Οι κλεισμένοι έβλεπαν πως ο Ιμπραήμ άρχισε να στήνει τι στρατόπεδό του ακριβώς στην απέναντι μεριά από αυτή που βρισκόταν ο Κιουταχής. Στο χαμηλότερο επίπεδο και πιο κοντά στην πόλη, οι στρατιώτες έστηναν τις δικές τους σκηνές, ακριβώς από πάνω τους οι σκλάβοι, έστηναν τις σκηνές από τους κατώτερους και από τους ανώτερους αξιωματικούς και πάνω στην κορυφή, στηνόταν μια τεράστια σκηνή, που δε θα μπορούσε να είναι αλλουνού, παρά μόνο του Ιμπραήμ.

Δύο μέρες κύλισαν από τον ερχομό του Ιμπραήμ στο Μεσολόγγι και όλος ο στρατός του πασά είχε φτάσει στην περιοχή. Ο στόλος, από τη μέρα που είχε αγκυροβολήσει στα ανοιχτά, δεν είχε κάνει καμιά κίνηση εναντίον της πόλης, παρά μόνο έστεκε ως φόβητρο.

Τα κανόνια του Κιουταχή είχαν σιγήσει αυτές τις δύο μέρες και οι κλεισμένοι περίμεναν με αγωνία τι κατάληξη θα είχε αυτή η αναμονή. Για να κρατούν τους στρατιώτες τους σε εγρήγορση οι καπεταναίοι, τους έβαζαν να μερεμετίσουν τις ντάπιες και τα πόστα τους, ώστε το τείχος να γίνει πιο αξιόμαχο από ότι ήταν πριν. Πρόθυμα τότε αυτοί και με τη βοήθεια των κατοίκων, κουβαλούσαν δοκάρια, χώμα και λάσπη και στέριωναν ακόμη καλύτερα τις ντάπιες. Έξω από το τείχος άρχισαν να καθαρίζουν και να φαρδαίνουν την τάφρο για να είναι ακόμη πιο δύσκολο να περνάνε στις επιθέσεις τους οι εχθροί. Και περίπου στη μέση αυτής της δεύτερης μέρας, κίνηση άρχισε να σημειώνεται στο αιγυπτιακό στρατόπεδο.

Μια ομάδα δέκα έφιππων κάλπαζε μπροστά από τις σκηνές των Αιγυπτίων στρατιωτών, πλησιάζοντας με ταχύτητα προς τα τείχη της πολιτείας. Οι σκοποί, που δύο μέρες τώρα δεν έκαναν τίποτα άλλο παρά μόνο μερεμέτιζαν τα πόστα τους, καλοδέχτηκαν αυτή την αλλαγή και σήμαναν συναγερμό. Γρήγορα πάνω στην Λουνέτα και στην Τερίμπιλε μαζεύτηκαν οι οπλαρχηγοί για να δουν τι συμβαίνει. Μαζί τους, στην Τερίμπιλε, βρέθηκε και ο Σφήκας, που δεν έλεγε να ξεκολλήσει από το πλευρό του Τζαβέλα.

Σε μια από τις πολλές καταστροφές σπιτιών που εί-
χαν κάνει οι τουρκικές κανονόμπαλες, ο Τζαβέλας έτυχε
να βρίσκεται έξω από ένα σπίτι και μόλις έσκασε η μπάλα,
μπήκε μέσα και έβγαλε στα χέρια του μια τραυματισμένη
γυναίκα, που ήταν η μητέρα του Σφήκα. Από τότε ο Σφή-
κας πήγαινε συνέχεια πίσω από τον Σουλιώτη, έτοιμος να
εκτελέσει οποιαδήποτε διαταγή του. Ο Τζαβέλας δεν ήθε-
λε το μικρό Μεσολογγιτόπουλο να μπλέκεται στα πόδια
του και συνέχεια τον απόπαιρνε και τον έδιωχνε από κο-
ντά του, αλλά ο Σφήκας δεν έλεγε να βάλει μυαλό. Όπου η
Βοήθεια και αυτός.

Και έτσι, τώρα, βρισκόταν και αυτός πάνω στην ντά-
πια και έβλεπε τους καβαλάρηδες να σταματούν σε μια από-
σταση από τα τείχη, όπου δεν έφτανε βόλι καριοφιλιού.

«Καλώς τους και αυτούς τους αραπάδες!» είπε ο
Τζαβέλας και οι συμπολεμιστές του χασκογέλασαν.

Μπροστά από τους έφιππους στεκόταν ένας κα-
βαλάρης και κρατούσε το λάβαρο του Ιμπραήμ, σε ένα
ψηλό κοντάρι. Πίσω του ακριβώς στεκόταν ο αφέντης
του πάνω στο άλογο περιτριγυρισμένος από τους αξι-
ωματικούς του. Στον δεκεμβριανό ουρανό ένας χλωμός
ήλιος είχε ξεπροβάλλει από το πρωί, προσπαθώντας, με
τις αδύναμες ακτίνες του, να ζεστάνει τον τόπο και ένας
δυνατός άνεμος φυσούσε κάνοντας το αιγυπτιακό λάβα-
ρο να κυματίζει πάνω στο κοντάρι.

Η συνοδεία του Ιμπραήμ αποτελούνταν από εμπει-
ροπόλεμους Ευρωπαίους αξιωματικούς, που έκαναν
κουμάντο στον αιγυπτιακό στρατό και ξεχώριζαν, καμα-

ρώνοντας, σαν παγόνια, μέσα στις φανταχτερές στολές τους. Μερικοί είχαν τοποθετήσει στο μάτι τους το κιάλι και έφερναν ένα γύρω την περιοχή, εστιάζοντας στις ελληνικές ντάπιες και στα μισοκατεστραμένα ταμπούρια, που βρισκόταν έξω από αυτές. Μετά από ολιγόλεπτη παρατήρηση, οι έφιπποι, σχημάτισαν έναν κύκλο γύρω από τον αρχηγό τους και άρχισαν να συζητούν ζωηρά για την κατάσταση που αντίκρισαν.

Πάνω στην τριγωνική ντάπια της Λουνέτας, οι κλεισμένοι είχαν τοποθετήσει το κανόνι τους με το μεγαλύτερο βεληνεκές, την ξακουστή Κολομπρίνα. Το κανόνι αυτό το χειριζόταν ένας Μεσολογγίτης πυροβολητής, ο οποίος είχε αποκτήσει τη συνήθεια να μιλάει στο κανόνι λες και αυτό ήταν ζωντανό και για αυτό τον λόγο του είχαν κολλήσει και το παρατσούκλι Κολομπρίνης. Τώρα, οι καπεταναίοι που βρισκόταν συναγμένοι στην Λουνέτα, είδαν τον Κολομπρίνη να έχει γυρίσει το κανόνι προς τη μεριά των έφιππων και να το γεμίζει μονολογώντας.

«Τώρα θα δείξουμε σ' αυτούς τους άπιστους ποιοι είμαστε εμείς οι δυο, ε, Κολομπρίνα μου; Βάλε όλη σου τη δύναμη να φτάσει η μπάλα σου εκεί και να τους τινάξει στον αέρα. Τον τρανό τον αράπη που στέκει εκεί αλλά και τους χριστιανούς που υπηρετούν τα αράπικα γρόσια. Βάλε τα δυνατά σου, Κολομπρίνα μου και εγώ μετά θα σε ξεκουράσω, αν και ξέρω πως το μόνο πράγμα που σε ευχαριστεί, είναι να σκορπάς την καταστροφή και τον θάνατο».

«Ορέ Κολομπρίνη, τρελάθηκες τελείως, μωρέ; Πού να φτάσει το κανόνι σου σε αυτή την απόσταση; Εκεί ούτε καριοφίλι δε φτάνει. Ξέρει καλά ο αράπης τις δυνατότητές μας» είπε ο Τζαβέλας στον Κολομπρίνη καθώς στεκόταν δίπλα του και άκουσε τον μονόλογο του πυροβολητή.

« Να με συμπαθάς, καπετάν Κίτσο» απάντησε ο Κολομπρίνης «αλλά όπως εγώ δε σου λέω πώς να κάνεις το γιουρούσι σου, να μην μου λες και εσύ πώς θα ρίξω εγώ με την Κολομπρίνα μου...»

Ο Τζαβέλας κοίταξε τον μικρόσωμο πυροβολητή, που εκείνη την ώρα έβαζε την μπάλα στο κανόνι και αυτή κυλούσε, με ένα υπόκωφο βουητό, στη θέση της. Ο Σουλιώτης δεν απάντησε παρά μόνο απομακρύνθηκε από την μπούκα του κανονιού και έστρεψε την προσοχή του στους καβαλάρηδες που συζητούσαν ξέγνοιαστοι.

Οι υπόλοιποι πολεμιστές που βρισκόταν πάνω στην Λουνέτα, βλέποντας την προσπάθεια του Κολομπρίνη, άρχισαν να τον εμψυχώνουν με κραυγές και προτροπές. Ο πυροβολητής όμως έμοιαζε λες και βρισκόταν σε κάποιον άλλο κόσμο, ανεπηρέαστος από τις φωνές των συμπολεμιστών του.

Αφού έσπρωξε την μπάλα καλά στη θέση της για να σφηνώσει και να μην υπάρχει κανένα κενό ώστε να ξεθυμάνει η δύναμη του μπαρουτιού, πέρασε το φιτίλι και στάθηκε όρθιος μπροστά στην μπούκα, υπολογίζοντας με το μάτι την απόσταση του εχθρού. Μετά από λίγο πήγε πίσω και σήκωσε την κάννη της Κολομπρίνας μερικούς πόντους ψηλότερα από ότι ήταν ρυθμισμένη και κουνώντας επιδοκιμαστικά το κεφάλι του, πήρε το δαυλί με τη φωτιά δίπλα από τον σωρό με τις μπάλες. Έκανε τότε να το ακουμπήσει στο φιτίλι αλλά μια πολύ δυνατή ριπή ανέμου τον σταμάτησε. Ο Κολομπρίνης σήκωσε το κεφάλι σαν να μετρούσε τον άνεμο, περίμενε μερικά δευτερόλεπτα να καταλαγιάσει και όταν αυτός του έκανε το χατίρι, ο Κολομπρίνης ακούμπησε το δαυλί στο φιτίλι και αυτό άναψε τσιτσιρίζοντας και χάθηκε στην τρύπα του κανονιού, δίνοντας φωτιά στην μπαρούτη.

Όσοι βρισκόταν πάνω στην ντάπια κράτησαν την ανάσα τους.

Γύρω από τον Ιμπραήμ είχαν συγκεντρωθεί οι Ευρωπαίοι αξιωματικοί του, Γάλλοι ως επί το πλείστον και ο καθένας έλεγε την άποψή του για την πόλη που στεκόταν μπροστά τους. Ο καβαλάρης με το λάβαρο του Ιμπραήμ, είχε προχωρήσει λίγο πιο μπροστά από τον κύκλο που είχε σχηματίσει ο αφέντης με τα ρετζάλια του, και αγνάντευε τις ντάπιες. Ξαφνικά είδε φλόγα να πετάγεται από μια από αυτές και κλάσματα μετά άκουσε τον βρόντο ενός κανονιού. Ενός μεγάλου κανονιού. Το άλογό του σήκωσε απότομα το κεφάλι του προς την πηγή του ήχου και ο καβαλάρης άκουσε το σφύριγμα της μπάλας που έπεφτε.

Ο Ιμπραήμ και τα ρετζάλια του γύρισαν το πρόσωπό τους προς την εκπυρσοκρότηση και ίσα που πρόλαβαν να ακούσουν την μπάλα να κατεβαίνει σφυρίζοντας δαιμονισμένα και να χώνεται στη γη, δίπλα ακριβώς από τον μπαϊρακτάρη που είχε παγώσει ολόκληρος. Μια στιγμή εκκωφαντικής σιωπής πέρασε και μετά η μπάλα εξερράγη, διαλύοντας τον μπαϊρακτάρη και το άλογό του. Η γη τραντάχτηκε τόσο δυνατά, που τα άλογα των αξιωματικών σηκώθηκαν τρομαγμένα στα πίσω πόδια και ελάχιστοι από τους αναβάτες κατάφεραν να κρατηθούν στη ράχη τους. Οι πιο πολλοί έπεσαν στο χώμα, όχι όμως και ο Ιμπραήμ. Ο Αιγύπτιος στρατηγός, έσφιξε δυνατά τα πλευρά του αλόγου με τα πόδια του και κρατήθηκε γερά από τα χαλινάρια και από τη χαίτη για να μην ανατραπεί. Μια στιγμή αργότερα άρχισε να βρέχει χώμα, αίμα και κομμάτια σάρκας, ανθρώπινης και αλογίσιας.

Φωνές θριάμβου ακούστηκαν από εκατοντάδες λαρύγγια πάνω από τις ντάπιες, βλέποντας την μπάλα του κανονιού να τινάζει στον αέρα τον μπαϊρακτάρη και να γκρεμίζει από τα άλογα τους, τους περήφανους Ευρωπαίους.

Ο Ιμπραήμ αφού κατάφερε να ηρεμήσει το άλογό του, έβγαλε ξανά το κιάλι από τη θήκη της σέλας και το έστρεψε προς την ντάπια της Λουνέτας. Εκεί είδε, έναν μαυρισμένο πολεμιστή να φιλάει την κάννη ενός κανονιού, ενώ από πάνω του στεκόταν πολεμιστές και τον χτυπούσαν στην πλάτη, ενώ μερικοί άλλοι έκαναν αισχρές χειρονομίες προς το μέρος του. Ο Ιμπραήμ, στράφηκε τότε προς τους αξιωματικούς του, που προσπαθούσαν ακόμη να ξεζαλιστούν και με άγρια φωνή τους διέταξε να μαζέψουν τα άλογα τους και να απομακρυνθούν από εκεί.

Οι κλεισμένοι είδαν την κουστωδία του Ιμπραήμ να απομακρύνεται με την ουρά στα σκέλια και ξέσπασαν όλοι μαζί σε τρανταχτά γέλια και κοροϊδίες, οι οποίες έφταναν μέχρι τα αυτιά του Ιμπραήμ, κάνοντάς τον να βράζει από τον θυμό του.

Πίσω τους, ο Ιμπραήμ και η συνοδεία του, άφησαν

το μπαϊράκι που κρατούσε ο καβαλάρης να στέκει μαυρισμένο δίπλα στην τρύπα που είχε ανοίξει η μπάλα και κάλπασαν όλοι μαζί πίσω από τον αφέντη τους, που είχε στρέψει το άλογο προς το στρατόπεδο του Κιουταχή.

«Όρε, Κολομπρίνη, δε θα ήθελα να στέκομαι απέναντι από το κανόνι σου, μωρέ διάολε. Λίγο έλειψες να ξεπαστρέψεις και τον μεγάλο αράπακλα και αυτός ακόμη δεν ήρθε στο Μεσολόγγι» είπε ο Τζαβέλας στον πυροβολητή.

Ο Κολομπρίνης έσκυψε το κεφάλι και χάιδεψε το κανόνι με τη στοργή και την τρυφερότητα που άλλοι χαϊδεύουν τα παιδιά και τη γυναίκα τους. «Δεν αξίζουν σε μένα οι έπαινοι καπετάνιε» είπε. «Η Κολομπρίνα έχει δικιά της ζωή και από μόνη της βάζει τα δυνατά της και καταστρέφει τους εχθρούς. Εγώ απλά τη βοηθάω...»

Ο Τζαβέλας κοίταξε έντονα και για πολύ ώρα τον μικρόσωμο πυροβολητή και το κανόνι του και μετά γύρισε προς τους Σουλιώτες του που τον ακολουθούσαν.

Ο Ιμπραήμ μαστίγωνε άγρια το άλογό του και αυτό έμοιαζε να πετάει στη γη. Το κεφάλι του πασά πήγαινε να σπάσει από τα νεύρα του. Κόντεψε να σκοτωθεί εκεί κάτω. Ποιος; Αυτός, ο κατακτητής του Μοριά! Κόντεψε να σκοτωθεί, ενώ είχε δύο μέρες μόνο σ' αυτόν τον βαλτότοπο. Αλλά δε θα το άφηνε να περάσει έτσι. Θα έσβηνε αυτή την πολιτεία από το πρόσωπο της γης και μετά θα έβαζε γραφιάδες από όλο τον κόσμο, να τη σβήσουν και από κάθε χάρτη που υπήρχε. Με αυτές τις σκέψεις να στριφογυρίζουν στο κεφάλι του, ο Ιμπραήμ, έφτασε στη σκηνή του Κιουταχή και τράβηξε απότομα τα χαλινάρια του αλόγου, σταματώντας την ξέφρενη πορεία του. Δευτερόλεπτα αργότερα, έφτασαν δίπλα του και τα ρετζάλια του, με τις στολές τους ακόμη γεμάτες λάσπες και σταγόνες αίματος.

Ο Κιουταχής, που περίμενε πιο γρήγορα την επίσκεψη του Ιμπραήμ, βγήκε από τη σκηνή του καλωσορίζοντας τον Αιγύπτιο.

«Καλώς ήρθες, Ιμπραήμ τη Αιγύπτου. Είθε ο ερχομός σου εδώ να φέρει καλοτυχία και στο δικό μου ασκέρι αλλά και στο δικό σου».

Ο Κιουταχής είπε αυτά τα λόγια ενώ το αεικίνητο βλέμμα του επιθεωρούσε τους ξακουστούς αξιωματικούς του Ιμπραήμ. Στάθηκε για λίγο πάνω στα ξαναμμένα πρόσωπα των Γάλλων και στις λερωμένες στολές τους και ένα γελάκι φάνηκε να διαγράφεται στο πρόσωπό του.

Ο Ιμπραήμ πήδηξε κάτω από το άλογο και έσπευσε να χαιρετήσει τον Κιουταχή, για το τυπικό της υπόθεσης.

«Χαίρε, Ρεσίτ Μεχμέτ Πασά, καμάρι του ντοβλετιού

σου και καμάρι του Σουλτάνου. Καλώς σε βρίσκω σ' αυτόν τον ξεχασμένο από τον Αλλάχ γκιαουρότοπο. Από ό,τι μαθαίνω όμως, ο Σουλτάνος έχει χάσει την εμπιστοσύνη προς το πρόσωπό σου και για να λέμε την αλήθεια και εγώ θα την είχα χάσει, αν σε είχα στείλει τόσο καιρό εδώ τώρα και με τόσο ασκέρι και εσύ δεν μπορούσες να πατήσεις αυτόν τον φράχτη...» Ο Ιμπραήμ τελειώνοντας τη φράση του γύρισε απότομα προς τη μεριά του Μεσολογγίου και έδειξε με το χέρι του τα τείχη των κλεισμένων.

Ο Κιουταχής κράτησε την ψυχραιμία του απέναντι στην προσβολή του Ιμπραήμ.

«Ιμπραήμ, γιατί τα ρετζάλια σου είναι γεμάτα λάσπες και αίματα; Το αυτί μου πήρε πως, πριν λίγο πλησιάσατε περισσότερο από όσο πρέπει αυτόν τον φράχτη και τρυπηθήκατε στα αγκάθια του. Είναι αλήθεια αυτό;»

Ο Ιμπραήμ, που δεν φημιζόταν για τον ήρεμο χαρακτήρα του και για την αυτοσυγκράτησή του, θόλωσε ακούγοντας τα λόγια του Κιουταχή.

«Πρόσεξε καλά τι λόγια σου, Τούρκε» σφύριξε «αν εσύ είσαι ανάξιος να πατήσεις αυτό το μαντρί, κάνε στην άκρη και άσε έμενα, τον Ιμπραήμ, τον γιο του Μοχάμεντ Αλί, της Αιγύπτου και κατακτητή του Μοριά. Ταξίδεψα τόσες μέρες για να έρθω να βοηθήσω εσένα και το ανάξιο ασκέρι σου και αντί να δω ένα άπαρτο κάστρο, βλέπω ένα χωριό κυκλωμένο από έναν φράχτη που το μόνο που μπορεί να κάνει είναι να χρησιμέψει στους άντρες μου για να κλείσουν εκεί μέσα τα ζωντανά μας. Αν και πάλι δεν είμαι σίγουρος αν θα μπορέσει να τα κρατήσει εκεί μέσα και δε θα το γκρεμίσουν με τα κέρατα και τις οπλές τους...»

Ο Κιουταχής πήρε βαθιά ανάσα για να τιθασεύσει τα νεύρα του. Δε θα ωφελούσε, σε κανέναν από τους δύο, να τσακωθούν εκεί μπροστά στη σκηνή του. Τους μόνους που θα ωφελούσε ήταν οι γκιαούρηδες, οι οποίοι θα έστηναν χορό πάνω στις ντάπιες, αν μάθαιναν πως οι δύο πασάδες είχαν μαλώσει.

«Ιμπραήμ, πρόσεξε τα λόγια σου! Πρόσεξε τις κουβέντες που λες για το ασκέρι μου. Όπως σου είπα και πριν, ο φράχτης που λες εσύ, έχει μεγάλα και μακριά αγκάθια, για αυτό δοκίμασε πρώτα και μετά άνοιξε το περήφανο στόμα σου και μίλα» είπε ο Κιουταχής.

«Δεν έχω να σου πω τίποτα άλλο, Ρεσίτ, μόνο πως θέλω να μου δώσεις μια βδομάδα καιρό για να ετοιμαστώ και να πατήσω την πόλη που εσύ προσπαθείς τόσους μήνες να πατήσεις. Κάνε στην άκρη λοιπόν και άσε εμένα και τον στρατό μου να σου δείξουμε πως πολεμάνε...»

Ο Κιουταχής αναλογίστηκε την πρόταση του Ιμπραήμ. Ήξερε πως ο στρατός του Αιγυπτίου είχε μεγάλη δυναμική, πιο μεγάλη από τον δικό του στρατό, αλλά ήξερε πολύ καλά και το στήθος των τσακαλιών που βρισκόταν μέσα στο κάστρο. Από τη μια ήθελε να ικανοποιήσει την επιθυμία του Ιμπραήμ, αφήνοντάς τον να πάρει μια γεύση του Μεσολογγίου, αλλά από την άλλη φοβόταν μήπως οι γκιαούρηδες δεν άντεχαν και προσκυνούσαν σε αυτόν. Τελικά ο Κιουταχής, μετά από ολιγόλεπτη σκέψη, αποφάσισε να πάρει το ρίσκο.

«Ιμπραήμ, αφού θες τόσο πολύ να πολεμήσεις μόνος σου, εγώ σου δίνω το ελεύθερο να προσπαθήσεις, όσο καιρό θέλεις, για να πάρεις το Μεσολόγγι» είπε. «Βοήθεια από μένα αλλά και από τους στρατιώτες μου δε θα έχεις καμία εκτός και αν αλλάξεις γνώμη και τη ζητήσεις εσύ. Αυτά από μένα. Φύγε τώρα από τη σκηνή μου γιατί σε βλέπουν οι σκοποί μου και τους ανάβουν τα αίματα».

Ο Ιμπραήμ γέλασε ακούγοντας την απειλή του Κιουταχή.

«Ρεσίτ, μπορείς καλύτερα να μαζέψεις τους ανάξιους να πατήσουν αυτό το χωριό στρατιώτες σου και να φύγεις από εδώ. Έτσι και αλλιώς, σε μερικές μέρες αυτή η πόλη δε θα υπάρχει...»

Ο Κιουταχής κρυφογέλασε ακούγοντας τα περήφανα λόγια του Αιγυπτίου και γύρισε να μπει στη σκηνή του χωρίς να τον χαιρετήσει. Ο Ιμπραήμ έβαλε το πόδι του στον αναβολέα της σέλας του αλόγου του και με ένα ανάλαφρο τίναγμα καβάλησε και απομακρύνθηκε με άγριο καλπασμό από το τουρκικό στρατόπεδο.

Από την επόμενη μέρα, οι κλεισμένοι, είδαν πάνω από τις ντάπιες τους, τους Αιγύπτιους να ετοιμάζονται για την πολιορκία.

Πάνω στη Μεγάλη Ντάπια βρισκόταν ο Ραζηκότσικας με τον Λιακατά, παρακολουθώντας τις κινήσεις των Αιγυπτίων. Από νωρίς το πρωί, το πεζικό του αιγυπτιακού στρατού, γυμναζόταν και εκτελούσε ψεύτικα γιουρούσια απέναντι από τις ντάπιες της πολιτείας. Οι κλεισμένοι έβλεπαν τα καμώματά τους και γελούσαν από τα πόστα τους. Με φωνές και βρισιές προκαλούσαν τους Αιγυπτίους να αφήσουν τα ψεύτικα ρεσάλτα τους και αν έχουν ψυχή να ορμήσουν στις ντάπιες τους. Που και που κάποιος από τους κλεισμένους πυροβολούσε προς το μέρος τους αλλά τα βόλια του δεν είχαν καμιά τύχη καθώς η απόσταση ήταν πολύ μεγάλη.

«Καπετάν Θανάση, μπορείς να μου εξηγήσεις τι κάνουν οι αραπάδες εκεί, στην απέναντι μεριά από εμάς;» ρώτησε ο Λιακατάς. «Πες μου εσύ γιατί το μοναδικό μου μάτι δε με βοηθάει και πολύ, δεν μπορώ να εστιάσω».

«Γρηγόρη, τον στρατό τους γυμνάζουν. Δες πως κάνουν ψεύτικα γιουρούσια και στήνουν γρήγορα γρήγορα σκάλες πάνω στον βράχο για να σκαρφαλώσουν. Θαρρούν πως τόσο εύκολα θα σκαρφαλώσουν και στις ντάπιες μας και θα μπουν μέσα στην πόλη».

Ο Λιακατάς παρατηρούσε, με τη λειψή του όραση, τους Αιγύπτιους να εκτελούν τις εντολές των αξιωματικών τους, με θαυμαστή ακρίβεια. Παρατηρούσε πόσο γρήγορα ανασυντάσσονταν το κάθε σώμα που εκπαιδευόταν και δεν μπόρεσε να κρύψει τον θαυμασμό του.

«Αυτό είναι λοιπόν ο τακτικός στρατός, καπετάν Θανάση; Είχα ακούσει πολλά, αλλά τώρα που το βλέπω με τα μάτια μου, αρχίζω να πιστεύω στις φήμες που άκουσα».

Ο Ραζηκότσικας έριξε μια ματιά στον Λιακατά και μετά έστρεψε ξανά το βλέμμα του στους εχθρούς. Η ματιά του είχε πάρει έναν Αιγύπτιο στρατιώτη που αδυνατούσε να εκτελέσει με ακρίβεια τις εντολές του αξιωματικού του και τώρα αυτός τον είχε τραβήξει έξω από την παράταξη κραδαίνοντας ένα δερμάτινο μαστίγιο με σιδερένιες απολήξεις, μπροστά στα μάτια του. Ο στρατιώτης άρχισε να εκλιπαρεί τον ανώτερό του με ένα χείμαρρο λέξεων, αλλά οι λέξεις μετατράπηκαν σε ουρλιαχτά όταν το μαστίγιο σφύριξε στον αέρα σκίζοντας τη στολή του στρατιώτη μαζί και τη σάρκα του.

Ο Λιακατάς, που εκείνη την ώρα είχε στραμμένο το βλέμμα του αλλού, γύρισε στο άκουσμα των κραυγών και είδε το ίδιο θέαμα που αντίκρισε και ο Ραζηκότσικας.

«Γρηγόρη, μπροστά στα μάτια σου βλέπεις πώς γίνεται ένας στρατός τακτικός. Οι Αιγύπτιοι διοικούνται από Γάλλους, που ούτε τη γλώσσα τους καταλαβαίνουν, ούτε και το σκεπτικό τους. Έτσι οι Γάλλοι τους κακομεταχειρίζονται και οι στρατιώτες τους μισούν. Τους μισούν ανελέητα και πολλές φορές κάνουν τα πάντα για να τους ξεγελάσουν. Αυτό έχει σαν αποτέλεσμα οι στρατιώτες αυτοί να μην πολεμούν από αγάπη για τον διπλανό τους ή για τον ανώτερο τους αλλά από φόβο. Και τον φόβο αυτόν εμείς πρέπει να τον εκμεταλλευτούμε».

Ο Λιακατάς σκέφτηκε τα λόγια του Ραζηκότσικα, βλέποντας τον Γάλλο να έχει αφήσει αιμόφυρτο τον στρατιώτη που μαστίγωνε και να πλησιάζει τους υπόλοιπους στρατιώτες δείχνοντάς τους το ματωμένο μαστίγιο. Ο Λιακατάς τους είδε να λουφάζουν φοβισμένοι και μετά να εκτελούν τις εντολές του με ακόμη μεγαλύτερη γρηγοράδα και αποφασιστικότητα.

Εκείνη την ώρα ανέβηκε στην ντάπια και ο Μακρής, που φαινόταν σκεφτικός.

«Καπετάν Μήτρο, σαν πολλά βαρύς χειμώνας πλάκωσε το πρόσωπό σου. Τι τρέχει και είσαι έτσι;» ρώτησε ο Ραζηκότσικας τον Ρουμελιώτη οπλαρχηγό.

«Μη μου πεις ότι δεν έχεις προσέξει τίποτα στο αντίπαλο στρατόπεδο, Ραζηκότσικα;»

Ο Ραζηκότσικας κοίταξε μια τον Λιακατά και μια τον Μακρή και μετά ξανά τον Λιακατά.

«Τι λέει ο Μακρής, Γρηγόρη; Πρόσεξες εσύ κάτι;»

Ο Λιακατάς κοίταξε δύσπιστα τους δύο καπεταναίους και μετά κούνησε αρνητικά το κεφάλι του.

«Μωρέ, παλικάρια» είπε ο Μακρής «δεν είδατε πως κινείται μόνο ο στρατός του Μπραΐμη; Ο Κιουτάγιας δεν έχει κάνει καμιά κίνηση όλο το πρωινό. Για την ακρίβεια δεν έχει κουνήσει καθόλου από τον Ζυγό, που έχει καταλύσει».

Ο Ραζηκότσικας αντάλλαξε ένα γρήγορο βλέμμα με τον Λιακατά και μετά και οι δύο μαζί, κοίταξαν τον Μακρή.

«Έχεις δίκιο, μωρέ Μήτρο. Τι να σημαίνει όμως αυτό άραγε;» αναρωτήθηκε ο Ραζηκότσικας. «Λες να μάλωσαν οι μπέηδες; Ή να ετοιμάζουν κανένα άλλο πονηρό σχέδιο;»

«Δεν ξέρω, Θανάση και για αυτό είμαι έτσι. Δεν μπορώ να καταλάβω τους σκοπούς τους και αυτό είναι που με προβληματίζει γιατί φοβάμαι μην ετοιμάζουν καμιά μεγάλη μπαμπεσιά». είπε ο Μακρής και μετά και οι τρεις άντρες έριξαν το βλέμμα τους προς τον αιγυπτιακό στρατό, που συνέχιζε τα γιουρούσια του.

Τα γυμνάσια των Αιγυπτίων συνεχίστηκαν για πολλή ώρα ακόμη και οι φωνές μαζί με τις κοροϊδίες που ακουγόταν πάνω από τις ντάπιες, συνεχίστηκαν και αυτές. Ταυτόχρονα, ο Ιμπραήμ, διέταξε τους σκλάβους του να ξαναφτιάξουν τα ταμπούρια που είχαν παρατήσει οι Τούρκοι και τώρα αυτοί ιδροκοπούσαν μέσα στο χειμωνιάτικο αγιάζι, σκάβοντας πολύ πιο πολύπλοκα και βαθιά ταμπούρια, σκεπάζοντας τα από πάνω με διάφορα υλικά, ώστε όταν θα έφταναν στις ντάπιες, να είναι ασφαλισμένοι από τα βόλια των κλεισμένων.

Οι μέρες περνούσαν και ο στρατός του Ιμπραήμ συνέχιζε την προετοιμασία του και τα ψεύτικα γιουρούσια του στο βουνό. Παράλληλα, οι σκλάβοι του Αιγύπτιου, πολεμούσαν κι αυτοί με την αξίνα και το φτυάρι και είχαν πλησιάσει τις ντάπιες με τα ταμπούρια τους, περισσότερο από κάθε άλλη φορά.

Οι κλεισμένοι, είχαν δυναμώσει και πάλι τη φρουρά και προσπαθούσαν με την ψιλή φωτιά τους να βλάψουν τους εργάτες του εχθρού, αλλά μάταια. Έτσι άρχισαν πάλι να σκάβουν λαγούμια, που περνούσαν κάτω από τα τείχη τους και κόντευαν να φτάσουν μέχρι τα εχθρικά ταμπούρια. Τότε έφτασε στην πόλη ένας ξακουστός λαγουμιτζής, ο Κώστας Χορμοβίτης, που ήταν άφταστος σ' αυτό το είδος πολέμου. Με το που μπήκε στην πόλη και είδε την κατάσταση που επικρατούσε, δεν καθυστέρησε ούτε μια μέρα, αλλά άρχισε αμέσως να κάνει σχέδια για την εκσκαφή καινούριων λαγουμιών και να τα βάζει σε εφαρμογή αυτός ο ίδιος. Πολύ γρήγορα, ο Χορμοβίτης, είχε δέσει με μπαρούτι καινούρια λαγούμια κάτω από τα καινούρια ταμπούρια των Αιγυπτίων. Και η μέρα που ο Ιμπραήμ έκανε την πρώτη επίθεση του, δεν άργησε να έρθει.

Ο πασάς είχε φτάσει πολύ κοντά στις ντάπιες των κλεισμένων και δεν μπορούσε να κρατήσει τον στρατό του με τίποτα. Οι Γάλλοι επικεφαλείς του, σίγουροι για την κατάκτηση του φράχτη, είχαν καταστρώσει το σχέδιο επίθεσης και περίμεναν την εντολή του Ιμπραήμ για να το θέσουν σε εφαρμογή. Ο Αιγύπτιος στρατηγός επιθεωρούσε τα στρατεύματα καβάλα στο άλογο και με το κιάλι του, έβλεπε τις ντάπιες των κλεισμένων, που σύντομα θα τις σάρωνε ο στρατός του. Τότε ο πασάς, ικανοποιημένος από την εκπαίδευση του στρατού του και από τα ταμπούρια που είχαν φτιάξει οι σκλάβοι του, έδωσε το σύνθημα για να ξεκινήσει η επίθεση.

Οι τρομπέτες βοούσαν στο αιγυπτιακό στρατόπεδο και ο στρατός άρχισε να κινείται σε πλήρη παράταξη. Όσοι ήταν οχυρωμένοι στα ταμπούρια άρχισαν να πυροβολούν εναντίον των κλεισμένων, για να τους εμποδίσουν να σημαδεύουν με ευκολία τους συμπολεμιστές τους, που έκαναν το γιουρούσι.

Πάνω στις ντάπιες, οι κλεισμένοι, είδαν την κίνηση των Αιγυπτίων και ετοίμασαν τα όπλα τους για να υποδεχθούν κατάλληλα τον εχθρό. Από παντού ακουγόταν εμψυχωτικές φωνές που σκέπαζαν τις μπαταριές των Αιγυπτίων.

«Άιντε, μωρέ παλικάρια μου και θα τον φάμε και αυτόν τον Αράπη. Μην τους φοβάστε τους μουρντάρηδες επειδή είναι κατάμαυροι. Ματώνουν και αυτοί και πεθαίνουν το ίδιο εύκολα με τους σκυλότουρκους. Μη σας πω και ευκολότερα» ούρλιαζε ο Μακρής στους άντρες του και αυτοί σημάδευαν τους επιτιθέμενους, περιμένοντας το σύνθημά του για να ανοίξουν πυρ.

Όταν οι Αιγύπτιοι είχαν πλησιάσει πια σε απόσταση βολής, οι κραυγές για να αρχίσει η άμυνα των κλεισμένων, ακούστηκαν μέσα από τις ντάπιες και τα καριοφίλια, μαζί με τα κανόνια, ξέρασαν τον θάνατο πάνω στα κορμιά των επιτιθέμενων. Από αυτή την πρώτη μπαταριά και έπειτα, ο κάθε αρματολός, έχασε το μέτρημα για το πόσες φορές πυροβόλησε και ξαναγέμισε το καριοφίλι του. Πολλά από αυτά, έσκασαν από το ασταμάτητο πυρ και πετάχτηκαν, άχρηστα πια, από τα χέρια των αρματολών.

Οι Αιγύπτιοι, παρόλη την τρομακτική φθορά που αντιμετώπιζαν, έφτασαν στο τείχος και άρχισαν να ακουμπούν τις σκάλες πάνω τους, για να σκαρφαλώσουν και να πηδήξουν μέσα στην πόλη, αλλά τότε ο Χορμοβίτης, έδωσε φωτιά στα λαγούμια του και η εξωτερική μεριά του τοίχους άρχισε να ανατινάζεται, τινάζοντας στον αέρα και τα κορμιά των Αιγυπτίων στρατιωτών. Τότε η ορμή της προέλασης άρχισε να ελαττώνεται και οι κλεισμένοι βρήκαν την ευκαιρία να τους κάνουν κόντρα γιουρούσι και να τους πάρουν στο κυνήγι. Η Βοήθεια πρώτη, με τις προτροπές του Τζαβέλα και έπειτα ο Λιακατάς με τους δικούς του, άνοιξαν τα πορτέλα και βγήκαν από εκεί, με τις πάλες στα χέρια. Και πριν ακόμη οι Αιγύπτιοι καταλάβουν πως ο εχθρός επιχειρεί γιουρούσι, εκείνοι είχαν πέσει πάνω τους, κατασφάζοντάς τους. Ένας βουβός τρόμος απλώθηκε τότε στην καρδιά των Αιγυπτίων και άρχισαν να υποχωρούν άτακτα, χωρίς να εφαρμόζουν καμία από τις τακτικές που είχαν μάθει.

Ο Ιμπραήμ, παρακολουθούσε την έκβαση της μάχης από μακριά και μόλις είδε τις ανατινάξεις να διαλύουν την επιθετική κίνηση του στρατού του και τους γκιαούρηδες να βγαίνουν από τα τείχη τους, ουρλιάζοντας δαιμονισμένα καθώς έσφαζαν τους στρατιώτες του, διέταξε γενική υποχώρηση και αναδίπλωση του στρατού στις προηγούμενες θέσεις του.

Ο Λιακατάς κατάφερε να συγκρατήσει τους άντρες του και ξαναμπήκαν όλοι μαζί στην πόλη μαζί με τους Σουλιώτες του Τζαβέλα. Ένας θηριώδης Σουλιώτης μπήκε τελευταίος από όλους, σέρνοντας από τα πόδια, έναν από τους αξιωματικούς των Αιγυπτίων. Η πλουμιστή στολή του Γάλλου ήταν γεμάτη από λάσπη και αίμα και τα μακριά μαλλιά του, είχαν γίνει μια μπερδεμένη μάζα στο κεφάλι του. Ο Σουλιώτης συνέχισε να σβαρνίζει τον Γάλλο ουρλιάζοντας – παρντόν - με τη βαριά σουλιώτικη προφορά του. Κάποια στιγμή παράτησε τα πόδια του Γάλλου και στάθηκε από πάνω του ενώ τα μάτια του πετούσαν φλόγες. Ο Γάλλος κατάλαβε πως ήρθε η ώρα του και έκλεισε σφιχτά τα μάτια του περιμένοντας το χτύπημα. Ο Τζαβέλας όμως μπήκε στη μέση, σώζοντας τη ζωή του.

«Άφησε τον, μωρέ Λάμπρο. Δεν τον βλέπεις πως τρέμει σαν το σκυλί;»

Ο Σουλιώτης άφησε το γιαταγάνι στη θήκη του και κοίταξε τον αρχηγό του.

«Καπετάνιε, αυτός εδώ είναι χριστιανός, αλλά πολεμάει εναντίον μας για τα λεφτά που του προσφέρει ο Μπραΐμης. Δεν μπορώ να τον αφήσω να ζήσει».

«Άφησε τον, Λάμπρο και θα τον κρατήσουμε με τους αιχμαλώτους. Μπορεί να μας δώσει καμιά σημαντική πληροφορία. Άφησε τον, μην τον χαλνάς...»

Ο Λάμπρος υπάκουσε στις εντολές του Τζαβέλα και απομακρύνθηκε από τον Γάλλο. Ο αξιωματικός άνοιξε τα μάτια του την ώρα που έσκυβαν από πάνω του δύο άντρες για να τον δέσουν και να τον μεταφέρουν στην καλύβα όπου κρατούσαν τους αιχμαλώτους.

Οι καπετάνιοι άρχισαν να ανταλλάσσουν τις απόψεις τους για τη σχετικά εύκολη απόκρουση του αιγυπτιακού στρατού, όταν τα κανόνια των εχθρών, άρχισαν να στέλνουν τις μπάλες τους, μέσα αλλά και πάνω στο τείχος. Όλοι αμέσως επέστρεψαν ξανά στα πόστα τους, φοβούμενοι καινούρια επίθεση του Ιμπραήμ, αλλά η ώρα περνούσε και μόνο τα κανόνια συνέχισαν να στέλνουν τις βόμβες εναντίον τους.

Το κανονίδι συνεχίστηκε ολόκληρη την υπόλοιπη ημέρα αλλά και τη νύχτα που ακολούθησε, ασταμάτητα από τον αιγυπτιακό στρατό. Μόλις ξημέρωσε η επόμενη μέρα, ο Ιμπραήμ, διέταξε ξανά επίθεση η οποία αποκρούστηκε ξανά από τους κλεισμένους. Ο κανονιοβολισμός, από τη στιγμή που είχε ξεκινήσει, δεν είχε σταματήσει λεπτό και πλέον στα αυτιά των αγωνιστών, ακουγόταν σαν μια πολεμική μουσική. Όλα τα κανόνια των Αιγυπτίων είχαν γυρισμένες τις μπούκες τους προς τις ντάπιες και ξερνούσαν τη φωτιά τους προς αυτές. Οι πυροβολητές του Ιμπραήμ σημάδευαν τόσο καλά, που μπορούσαν και περνούσαν τις μπάλες μέσα από τις πολεμίστρες, σκοτώνοντας όσους αρματολούς βρισκόταν πίσω από αυτές.

Οι κλεισμένοι, με τα λίγα κανόνια τους και τα ακόμη λιγότερα πυρομαχικά τους, δεν μπορούσαν να ανταπεξέλθουν σ' αυτόν τον φρενήρη ρυθμό και άφηναν ανενόχλητα τα κανόνια του Ιμπραήμ να ρίχνουν τις βόμβες τους.

Μετά και τη δεύτερη αποτυχημένη προσπάθεια των Αιγυπτίων, να μπουν στην πόλη, ακολούθησε και τρίτη. Ο κανονιοβολισμός συνεχιζόταν για τρίτη μέρα χωρίς σταματημό. Πολλοί αρματολοί, είχαν βρει τον θάνατο από τις μπάλες που έσκαγαν πάνω στις ντάπιες ή μέσα από αυτές και ακόμη περισσότεροι από τους αμάχους και τα παιδιά που τριγύριζαν κοντά στις ντάπιες, προσπαθώντας να βοηθήσουν με οποιονδήποτε τρόπο μπορούσαν. Ακόμη όμως και κάτω από αυτές τις συνθήκες, η Φρουρά, απέκρουσε για τρίτη φορά το γιουρούσι του Ιμπραήμ, γεμίζοντας θάρρος τις ψυχές των αγωνιστών και απορία την ψυχή του Ιμπραήμ και των αξιωματικών του.

Δύο εβδομάδες είχαν περάσει από την άφιξη του Ιμπραήμ στο Μεσολόγγι και ο πασάς δεν είχε πετύχει τίποτα. Οι ντάπιες των γκιαούρηδων στεκόταν ακόμη όρθιες και ο στρατός του είχε κλονιστεί από την άμυνά τους αλλά και από τα ξαφνικά γιουρούσια τους, που σκορπούσαν τον θάνατο και γέμιζαν τρόμο τις ψυχές των στρατιωτών του. Ο Ιμπραήμ ένιωθε σαν θυμωμένη μέλισσα που την έχουν κλείσει σε μια γυάλα και χτυπάει επανειλημμένα τα τοιχώματα χωρίς να μπορεί να ξεφύγει. Ο πασάς είχε ξοδέψει τα μισά από τα πυρομαχικά που είχε για τα κανόνια του, αυτές τις δύο εβδομάδες, χωρίς κάποιο αποτέλεσμα, και είχε αναγκαστεί να στείλει μαντατοφόρο για να του στείλουν και άλλες μπάλες και κάσες με μπαρούτι. Τώρα τριγύριζε μέσα στη σκηνή του σκεπτόμενος το γελάκι που είχε φανεί στο πρόσωπο του Κιουταχή, καθώς αυτός γύριζε και έμπαινε μέσα στη σκηνή του. Κάτι ήξερε ο τούρκος και γέλασε, όταν αυτός του έλεγε πως σε μια βδομάδα η πόλη θα ήταν δική του. Οι Ευρωπαίοι αξιωματικοί του, είχαν τρομάξει και αυτοί από τον πόλεμο που τους είχαν στήσει και είχαν μάθει να μην πλησιάζουν πολύ στις ντάπιες, γιατί με τα ξαφνικά γιουρούσια τους, οι αρματολοί είχαν αιχμαλωτίσει αρκετούς από αυτούς. Οι Γάλλοι, είχαν καταλάβει πως οι Έλληνες έτρεφαν ένα ιδιαίτερο μίσος για αυτούς και έτσι έμεναν αρκετά πίσω στις επιθέσεις που σχεδίαζαν, φροντίζοντας έτσι να ασφαλίσουν τους εαυτούς τους.

Τώρα, μερικά από τα μεγαλύτερα ρετζάλια έστεκαν μέσα στη σκηνή του Ιμπραήμ και έβλεπαν τον αρχηγό τους να πηγαινοέρχεται μανιασμένα μπροστά τους.

«Άχρηστοι είστε όλοι, μωρέ;» είπε ο Ιμπραήμ. «Τι σας πληρώνω τόσα γρόσια; Για να σας βλέπω να κάθεστε πάνω στα περήφανα άλογά σας και να δίνετε τις εντολές σας από τα μετόπισθεν του στρατού; Αλλά ξέρω γιατί δεν πάτε μπροστά. Το ξέρω πολύ καλά. Φοβάστε, κιοτήδες. Φοβάστε τους πεινασμένους γκιαούρηδες γιατί σας ξεχωρίζουν από τις φανταχτερές στολές σας και σας κυνηγάνε ανελέητα. Και μην πείτε όχι, γιατί τους έχω δει πως πέφτουν σαν τα δρεπάνια του θεριστή πάνω στους άντρες σας, προσπαθώντας ν' ανοίξουν δρόμο για να φτάσουν σ' εσάς».

Όση ώρα ο Ιμπραήμ έλεγε αυτά τα λόγια, είχε σταθεί μπροστά στους αξιωματικούς του, κοιτώντας τους έναν έναν. Όλοι είχαν σκύψει το κεφάλι και κανείς δεν τολμούσε να μιλήσει. Τότε ο πασάς, που απείχε πολύ λίγο από το όριο που είχε για να χάσει την ψυχραιμία του, την έχασε από την παθητική στάση των αξιωματικών του. Γύρισε απότομα προς το μέρος που οι σκλάβοι είχαν τοποθετήσει τα σκεύη του φαγητού και με μια κλοτσιά τα έστειλε να κυλίσουν στην άλλη άκρη της σκηνής. Οι αξιωματικοί σφίχτηκαν όλοι από το ξέσπασμα του Αιγυπτίου, αυτός στράφηκε ξανά προς αυτούς, τραβώντας από τη ζώνη του ένα χατζάρι και με γρηγοράδα, που λίγοι είχαν, κάρφωσε το χατζάρι στον λαιμό του αξιωματικού που βρισκόταν πιο κοντά του. Εκείνος κατέρρευσε, χωρίς να μουγκρίσει καν και το αίμα ανέβλυσε από τον ξεσκισμένο του λαιμό, ποτίζοντας το χαλί της σκηνής.

«Όσοι από εσάς, στο επόμενο γιουρούσι που θα κάνουμε, γυρίσουν χωρίς λαβωματιά στο σώμα τους, από τα γιαταγάνια των γκιαούρηδων, θα έχουν την τύχη αυτού εδώ» είπε ο Ιμπραήμ, μέσα από τα σφιγμένα δόντια του, δείχνοντας με το χατζάρι το πτώμα που κείτονταν μπροστά του. Τους αξιωματικούς, τους έλουσε κρύος ιδρώτας, βλέποντας την πράξη του ηγέτη τους και ακούγοντας τα λόγια του.

«Μπορεί κάποιος από εσάς να προτείνει έστω και μια ιδέα για το πώς θα μπούμε σ' αυτό το διαολεμένο κάστρο, που υπάρχει μπροστά μας; Ό,τι γνωρίζω εγώ από πολιορκητικό πόλεμο, το έχουμε εφαρμόσει και όχι μόνο δεν προξενήσαμε καμιά ζημιά στους γκιαούρηδες αλλά μας χλευάζουν κιόλας από πάνω» είπε ο Ιμπραήμ.

«Με όλο τον σεβασμό αφέντη μου, μπορώ να μιλήσω;» ρώτησε ένας από τους Γάλλους, νιώθοντας προσβεβλημένος από τα λόγια του Αιγύπτιου. Ο Ιμπραήμ τον κοίταξε και, με ένα νόημα, του έδωσε το λόγο.

«Νομίζω πως υποτιμήσαμε τον εχθρό μας, πολυχρονεμένε μου αφέντη. Οι πληροφορίες μας έλεγαν πως μέσα στην πολιτεία υπάρχουν πολεμιστές από όλα τα μέρη της Ελλάδας και παρόλο που οι κατάσκοποί μας, μάς ορμήνεψαν πως οι περισσότεροι από αυτούς είναι ψημένοι στον πόλεμο, εμείς δεν τους δώσαμε σημασία, τυφλωμένοι από τις εύκολες νίκες μας στον Μοριά και τώρα πληρώνουμε αυτό το τίμημα».

Ο Ιμπραήμ άκουσε τα λόγια, του μεγάλου σε ηλικία αξιωματικού και φάνηκε να τα συλλογίστηκε προτού μιλήσει.

«Έχεις εν μέρει δίκιο, Βίκτωρ, αλλά δεν απαντάς στην ερώτησή μου. Τι προτείνεις εσύ να κάνουμε για να πατήσουμε το Μεσολόγγι;»

Ο Βίκτωρ πήρε μια βαθιά ανάσα προτού πει ό,τι είχε στο μυαλό του. Αυτή η σκέψη τον περιτριγύριζε, μέρες τώρα και είχε έρθει η ώρα να την πει στον αφέντη του, ό,τι και αν του κόστιζε.

«Νομίζω πως πρέπει να στείλουμε πρεσβεία στον Ρεσίτ Μεχμέτ πασά και να του ζητήσουμε να ενωθούμε για να καταστρέψουμε αυτή την πολιτεία...»

Όλοι κράτησαν την ανάσα τους, ακούγοντας τα λόγια του Βίκτωρ. Όλοι πίστεψαν πως αυτά θα ήταν τα τελευταία του αλλά όλοι έκαναν λάθος.

«Περίμενα, από μέρα σε μέρα, κάποιον από εσάς, που είστε το δεξί μου χέρι, να μου προτείνει αυτόν τον συμβιβασμό. Αλλά, ενώ οι περισσότεροι από εσάς γνωρίζατε πως αυτή η κόντρα μου με τον Ρεσίτ ήταν λάθος, δεν τολμούσατε να μου το πείτε γιατί είστε δειλοί. Δειλά φέρνεστε στη μάχη, δειλά φέρνεστε και έξω από αυτή. Μα τον Αλλάχ, ο Βίκτωρ, έχει δίκιο σε ό,τι και να είπε».

Ο Βίκτωρ, ακούγοντας τα λόγια του Ιμπραήμ, πήρε φόρα και συνέχισε.

«Άρχοντά μου, το ασκέρι μας αριθμεί είκοσι χιλιάδες ετοιμοπόλεμους στρατιώτες. Αν ενωθεί με το ασκέρι του Ρεσίτ, η συνολική δύναμη θα ξεπερνά τους τριάντα χιλιάδες μάχιμους πολεμιστές. Τότε δεν υπάρχει καμία περίπτωση να μας αντισταθεί καμιά ελληνική πόλη, ποσώς το Μεσολόγγι. Επειδή όμως γνωρίζω τί τρώει κρυφά την καρδιά σου, σου έχω λύση και για αυτό».

Ο Ιμπραήμ στένεψε τα μάτια ακούγοντας τα τελευταία λόγια του Βίκτωρ.

«Τι εννοείς, Γάλλε; Για πλησίασε να μου το πεις» είπε ο πασάς.

Ο Βίκτωρ πλησίασε τον Ιμπραήμ και έσκυψε στο αυτί του.

«Ξέρω πως η περηφάνια σου δε σε αφήνει να συμπράξεις με τον Ρεσίτ από τη στιγμή που είπες πως θα πάρεις μόνος σου την πόλη αλλά σκέψου πως, ακόμη και αν συμπράξουμε μαζί του, πάλι εσύ θα πάρεις τη μεγαλύτερη δόξα από την καταστροφή της πόλης, γιατί ο κόσμος όλος θα μάθει πως ο Ρεσίτ προσπαθούσε οχτώ μήνες να κουρσέψει το Μεσολόγγι και δεν το κατάφερνε, αλλά μόλις ήρθε ο Ιμπραήμ της Αιγύπτου, η πόλη έπεσε...»

Ο Βίκτωρ σώπασε για μια στιγμή και απομάκρυνε το πρόσωπό του από το αυτί του πασά. Ο Ιμπραήμ είχε σκεφτεί όλα αυτά που του πρότεινε τώρα ο Γάλλος αλλά δεν είχε καταλήξει κάπου. Ήθελε να τα ακούσει από έναν τρίτο για να τα καταλάβει καλά.

Ο Βίκτωρ είδε στα μάτια του Ιμπραήμ, πως είχε δίκιο σε ό,τι έλεγε και ένα βάρος έφυγε από το στομάχι του.

Ο Ιμπραήμ απομακρύνθηκε από τον Βίκτωρ και έστρεψε την πλάτη στα ρετζάλια του. «Βίκτωρ μπορείς να γυρίσεις στη θέση σου» είπε και σταμάτησε για μερικά λεπτά πριν συνεχίσει.

«Ετοιμάστε γρήγορα τον μαντατοφόρο και να τον στείλετε στο τουρκικό στρατόπεδο να μηνύσει τον Ρεσίτ πως τον θέλω. Γρήγορα, δεν έχουμε χρόνο για χάσιμο».

Ο Ιμπραήμ, είπε αυτά τα λόγια και κάθισε βαρύς στο κάθισμά του, ενώ οι αξιωματικοί άρχισαν να διαλύονται. Ο Αιγύπτιος δεν ήταν συνηθισμένος να παραδέχεται τα λάθη του αλλά αναγνώριζε πότε έπρεπε να τα παραδεχτεί και πότε όχι. Τώρα άρχισε να συλλογίζεται πως έπρεπε να εκμεταλλευτεί και τον στρατό του Ρεσίτ για να τελειώσει μια ώρα αρχύτερα με αυτήν την πολιτεία.

Ο Ραζηκότσικας στεκόταν στην αυλή της εκκλησίας της Αγίας Παρασκευής. Δίπλα του στεκόταν ο Καψάλης και οι δύο άντρες φαινόταν σαν να περίμεναν κάτι. Πράγματι, ο Ραζηκότσικας είχε στείλει τον Σφήκα να φωνάξει όλους τους καπεταναίους στην εκκλησία, γιατί έπρεπε να πάρουν απόφαση για ένα πράγμα που στριφογύριζε πολλές μέρες στο μυαλό του αρχηγού. Ο Ραζηκότσικας είχε στείλει τον Σφήκα πρώτα στα Καψαλέικα για να καλέσει πρώτα τον Καψάλη. Παρόλο που ο γέροντας δεν ήταν καπετάνιος, όλοι άκουγαν και σεβόταν τη γνώμη του. Τώρα οι δύο άντρες συζητούσαν για τον στρατό του Ιμπραήμ, όταν η αυλόπορτα άνοιξε τρίζοντας.

Στην είσοδο της εκκλησίας εμφανίστηκε ο Λιακατάς και από πίσω του ακολουθούσαν ο Τζαβέλας, ο Μακρής, ο Στουρνάρης, ο γέρο Νότης Μπότσαρης, ο Σπυρομίλιος, ο Πεταλούδης και αρκετοί άλλοι καπεταναίοι. Όταν και ο τελευταίος μπήκε στον προαύλιο χώρο και έκλεισε την αυλόπορτα, ο Ραζηκότσικας, τους κάλεσε να μπουν στον εσωτερικό χώρο του ναού όπου το κρύο ήταν πολύ λιγότερο.

Μέσα στον ναό, λιγοστό χειμωνιάτικο φως έμπαινε από τα μακρόστενα παράθυρα, και ο Ραζηκότσικας είχε βάλει τον Σφήκα, ο οποίος είχε γυρίσει μαζί με τους καπετάνιους, να ανάψει τα κεριά και τα καντήλια του ναού για να φωτιστεί καλύτερα ο χώρος. Μόλις ο Σφήκας τελείωσε τη δουλειά του, οι σκιές από τις οπλισμένες φιγούρες που γέμιζαν την εκκλησία, τρεμόπαιζαν στους τοίχους.

«Φίλοι μου και αδέρφια μου» άρχισε ο Ραζηκότσικας όταν τα μάτια όλων είχαν καρφωθεί πάνω του «σας κάλεσα όλους εδώ σήμερα γιατί, παρά τις πρόσκαιρες επιτυχίες μας απέναντι στον Μπραΐμη, τα πράγματα αρχίζουν και δυσκολεύουν πάρα πολύ».

«Γιατί το λες αυτό Ραζηκότσικα;» ρώτησε ο Πεταλούδης. «Εγώ νομίζω πως ό,τι έπαθε και ο Κιουτάγιας θα πάθει και ο Μπραΐμης».

Ο Ραζηκότσικας άνοιξε το στόμα του για να μιλήσει αλλά τον πρόλαβε ο Τζαβέλας.

«Νομίζω πως έχει δίκιο ο Μεσολογγίτης, συμπολεμιστές μου».

Ο Ραζηκότσικας κοίταξε τον Σουλιώτη οπλαρχηγό και μετά δικαιολόγησε τα λεγόμενά του.

«Ένας από τους κατασκόπους που έχω, τρυπώνει στο αντίπαλο στρατόπεδο και μαθαίνει νέα, μου είπε πως τόσες μέρες ο Ιμπραήμ έκανε τις επιθέσεις μόνος του γιατί είχε φαγωθεί με τον Κιουτάγια. Τώρα όμως, και συγκεκριμένα χθες, ο Μπραΐμης, φαίνεται πως κατάλαβε το λάθος του, έβαλε στην άκρη τον εγωισμό του και τα ξαναβρήκε με τον Κιουταχή. Μάλιστα, μου είπε ο άνθρωπός μου, πως μαζί οι δύο βεζιράδες, ξενύχτησαν όλο το βράδυ, καταστρώνοντας το κοινό τους σχέδιο».

Μόλις τελείωσε ο Ραζηκότσικας σιωπή επικράτησε στους συγκεντρωμένους καπεταναίους. Ο αρχηγός επιθεώρησε ένα ένα τα πρόσωπά τους για να διακρίνει κάποια συναισθήματα, αλλά όλα ήταν κενά.

«Μα, αν όπως λες, ενώθηκαν τα δύο ασκέρια, τότε θα έχουμε αντιμέτωπους τουλάχιστον τριάντα χιλιάδες Τούρκους και αραπάδες μαζί. Και εμείς δεν είμαστε παρά μόνο τέσσερις χιλιάδες. Πώς θα τα βγάλουμε πέρα;»

Η ίδια απορία σχηματίστηκε στο μυαλό πολλών καπεταναίων αλλά αυτός που την ξεστόμισε, ήταν ο Λιακατάς.

«Να με συμπαθάτε, αλλά δε μιλάω έτσι από λιγοψυχία ή από δειλία, αλλά από αγωνία για το τι θ' απογίνουμε και πώς θα καταφέρουμε να συνεχίσουμε να αντιστεκόμαστε» συνέχισε ο Λιακατάς.

«Για το τι θα απογίνουμε μόνο ο Θεός το ξέρει, Γρηγόρη. Το θέμα είναι τι θα κάνουμε εμείς για να μην περιμένουμε με σταυρωμένα χέρια τον θάνατό μας. Εγώ έχω σκεφτεί δύο κινήσεις και θα σας τις πω τώρα για να μου πείτε κι εσείς τη γνώμη σας» είπε ο Ραζηκότσικας και όλα τα μάτια και τα αυτιά καρφώθηκαν πάνω του.

«Καλώς ή κακώς, πριν λίγο καιρό, αποφασίσαμε να φέρουμε ξανά τα γυναικόπαιδα μέσα στην πόλη, γνωρίζοντας εκ των προτέρων, τις συνέπειες που θα είχε μια τέτοια πράξη, αν το μπλοκάρισμά μας ξαναγινόταν στενό. Τώρα ό,τι έγινε, δεν ξεγίνεται και δε θέλω να ρίξω ευθύνες σε κανέναν. Θέλω μόνο να παρουσιάσω τα γεγονότα και το σημαντικότερο από αυτά είναι πως οι τροφές τελειώνουν.

Σαν ένα παγωμένο ρεύμα αέρα να ακολούθησε τα λόγια του Ραζηκότσικα και οι ψυχές των καπεταναίων σφίχτηκαν, μαζί με τα κορμιά τους.

«Η μεγαλύτερη ζημιά έγινε όταν αποχώρησε ο στόλος, με τη δικαιολογία πως η πολιορκία είχε λυθεί, άρα δεν υπήρχε λόγος να παραμένει άλλο εδώ. Τότε μπορούσαμε ακόμη να προμηθευόμαστε τροφές και μπαρούτι από τα Εφτάνησα, τώρα όμως δεν μπορούμε».

«Τι προτείνεις λοιπόν να κάνουμε, Ραζηκότσικα;» ρώτησε ο Νότης Μπότσαρης.

«Για αρχή, πρέπει να στείλουμε ξανά αντιπροσώπους στο γκουβέρνο[43] και να τους περιγράψουμε την κατάσταση, ζητώντας επειγόντως βοήθεια. Είτε με τροφές και μπαρουτόβολα, είτε με στρατιωτική βοήθεια...»

Όλοι οι καπεταναίοι συμφώνησαν με την πρόταση του Ραζηκότσικα και όρισαν αμέσως τρεις από τους πιο γοργοπόδαρους άντρες να πάρουν μια επιστολή, που θα την έφτιαχνε ο γραμματικός της συνάντησης, Νικόλας Κασομούλης, για να την πέμψουν στην κυβέρνηση.

«Ωραία, αφού τελειώσαμε με αυτό, Ραζηκότσικα, τι άλλο προτείνεις να κάνουμε για να μπορέσουμε να αντισταθούμε στους άπιστους;» ρώτησε ο Μακρής και ο Ραζηκότσικας συνέχισε.

«Ο ίδιος ο κατάσκοπος, που σας είπα πριν, καθώς επέστρεφε μέσα στο Μεσολόγγι από κρυφό δρόμο, είδε πολλούς από τους σκλάβους των πασάδων να έχουν τραβήξει κατά τα ρηχά της λιμνοθάλασσας και να μαστορεύουν πάσαρες και κάτι άλλες βάρκες, όπου έδεναν πάνω σε αυτές τα κανόνια τους. Όταν μου τα είπε αυτά, σκέφτηκα πως οι δύο πασάδες θα θελήσουν να μας σφίξουν τη θηλιά και από τη θάλασσα και για να το κάνουν αυτό τι τους εμποδίζει;»

«Πριν τους εμπόδιζε ο στόλος, αλλά τώρα νομίζω πως τίποτα δεν μπορεί να τους σταθεί εμπόδιο. Ειδικά τώρα που ο στόλος του Μπραΐμη στέκει εκεί έξω» είπε ο Στουρνάρης, που τόση ώρα δεν είχε βγάλει μιλιά.

Ο Ραζηκότσικας τον κοίταξε και κούνησε αρνητικά το κεφάλι του.

«Καπετάν Στουρνάρη, ο στόλος μας ήταν μικρό

---

43 Γκουβέρνο: κυβέρνηση

εμπόδιο γι' αυτούς. Έχεις κομμάτι δίκιο αλλά τα σημαντικότερα εμπόδια για τους δύο βεζιράδες, είναι τα νησάκια που υπάρχουν στη λιμνοθάλασσα. Αυτά τους εμποδίζουν να μας σφίξουν το σχοινί στον λαιμό. Και σ' αυτά ετοιμάζονται τώρα να επιτεθούν».

«Το Βασιλάδι, ο Ντολμάς και η Κλείσοβα» φώναξε ο Λιακατάς. «Μα φυσικά, πώς δεν το είχαμε σκεφτεί πιο πριν;»

«Για σταθείτε λίγο. Για ποιον λόγο ο εχθρός θέλει να καταλάβει αυτά τα ξερονήσια; Δεν μπορώ να καταλάβω...» είπε ο Νότης Μπότσαρης.

«Μα δεν είναι ξεκάθαρο, καπετάν Νότη; Αν πάνω στα νησάκια αυτά τοποθετήσουν φρουρά οι άπιστοι, τότε το Μεσολόγγι θα χτυπιέται όχι μόνο από την ξηρά αλλά και από τη θάλασσα. Αν γίνει κάτι τέτοιο, οι μέρες μας είναι μετρημένες» είπε ο Ραζηκότσικας.

«Τι θα κάνουμε τότε;» ακούστηκε, όλο απορία, η φωνή του Στουρνάρη.

«Εδώ και τώρα, έτσι όπως είμαστε μαζεμένοι όλοι μαζί, να ορίσουμε φρουρές για τα νησιά αυτά, παλικάρια μου» πρότεινε ο Ραζηκότσικας. «Χωρίς χρονοτριβές και λιγοψυχίες. Όποιος πάει εκεί να είναι έτοιμος να πεθάνει, παρά ν' αφήσει το πόστο του».

«Γιατί και εδώ μέσα που είμαστε, Ραζηκότσικα, δε συμβαίνει αυτό;» ρώτησε ο Πεταλούδης.

«Ναι, μωρέ Σπύρο, δίκιο έχεις κι εδώ αυτό συμβαίνει και συμπάθα με, αν νόμιζες πως εννοούσα τίποτα άλλο. Ποιος συμφωνεί με την πρότασή μου; Να στείλουμε φρουρά στα νησάκια ή όχι;»

Στη δεύτερη πρόταση του Ραζηκότσικα επικράτησε διχογνωμία, σχετικά με το αν έπρεπε να φυλάξουν τα νησάκια ή όχι. Τελικά μετά από πολύ σκέψη αποφασίστηκε να στείλουν μικρές φρουρές, στο Βασιλάδι, στον Ντολμά και στην Κλείσοβα. Πρώτος καπετάνιος που προσφέρθηκε εθελοντικά να πάει για να υπερασπίσει τα νησάκια ήταν ο Λιακατάς που, μαζί με τους άντρες του, τοποθετήθηκε στον Ντολμά. Μετά ορίστηκε ο Σπύρος Πεταλούδης, να φύγει για το Βασιλάδι με δύναμη πενήντα αντρών και τέλος, στην Κλείσοβα, ορίστηκε ο Παναγιώτης Σωτηρόπουλος, με δύναμη εκατόν είκοσι αντρών.

Μετά και από αυτή την απόφαση οι καπεταναίοι συζήτησαν ακόμη λίγο τι θα έκαναν με το θέμα των τροφίμων, μέχρι που βράδιασε και ο καθένας τράβηξε για τον νταϊφά του. Πίσω απόμεινε μόνο ο Λιακατάς με τον Ραζηκότσικα.

«Γρηγόρη ήταν μεγάλη η απόφαση που πήρες, να πας στον Ντολμά μαζί με τους άντρες σου. Χαίρομαι για σένα και για την αντρειοσύνη σου. Ξέρεις γιατί;»

«Γιατί, καπετάνιε;» ρώτησε ο Λιακατάς, κοιτώντας στα μάτια τον Ραζηκότσικα.

«Γιατί, αν δεν έπαιρνες εσύ την πρωτοβουλία να πεις πως θα πας στον Ντολμά, νομίζω πως κανένας δε θα ήθελε να πάει».

«Δεν ξέρω, καπετάν Θανάση. Εγώ ακούω ό,τι μου λέει η καρδιά μου και πριν η καρδιά μου φώναξε, τόσο δυνατά, να πάω στον Ντολμά, που δεν μπορούσα με τίποτα να παρακούσω την επιθυμία της».

«Ας είναι Γρηγόρη, να πας και να ανδραγαθήσεις εκεί, γιατί η δική μου η καρδιά λέει πως πάνω σ' αυτά τα νησάκια, θα πέσουν οι άπιστοι με όλες τους τις δυνάμεις. Και ξέρεις κάτι; Είναι κρίμα που δεν μπορούμε να στείλουμε κι άλλους άντρες εκεί» είπε ο Ραζηκότσικας κοιτώντας στα μάτια τον Λιακατά.

«Δεν πειράζει, καπετάνιε. Λίγοι και καλοί. Αύριο κιόλας, με τους άντρες μου, θα μπούμε στις πάσαρες και θα βγούμε στο νησί. Γι' αυτό ας σε χαιρετήσω τώρα, γιατί δε νομίζω πως θα σ' ανταμώσω μέχρι το ξημέρωμα».

Οι δύο πολεμιστές αγκαλιάστηκαν σφιχτά για μια στιγμή και μετά απομακρύνθηκε ο ένας από τον άλλο. Ο Λιακατάς, γύρισε την πλάτη του στον Ραζηκότσικα και, σιωπηλός, απομακρύνθηκε με ανάλαφρο βήμα. Ο Ραζηκότσικας στάθηκε για λίγο ακόμη εκεί, βλέποντας τον ψηλό ξανθομάλλη πολεμιστή να χάνεται μέσα στις σκιές και μια ανησυχία σκέπασε την καρδιά του. Έκανε να φωνάξει τον Γρηγόρη να γυρίσει πίσω και να μην πάει στον Ντολμά, αλλά αυτός είχε ήδη χαθεί στη σκιά του μαντρότοιχου που περιέβαλε τον ναό.

ΛΙΜΝΟΘΑΛΑΣΣΑ

Στη λιμνοθάλασσα του Μεσολογγίου βρισκόταν, απείραχτα ακόμη από τον Κιουταχή, τρία νησάκια. Περισσότερο έμοιαζαν με γλώσσες γης που ξεπρόβαλλαν από τη θάλασσα, παρά με κανονικά νησιά. Το Βασιλάδι, ο Ντολμάς και η Κλείσοβα. Το μήκος του κάθε νησιού δεν ξεπερνούσε τα διακόσια μέτρα, και η απόσταση που τα χώριζε από την πολιτεία, ήταν πολύ μικρή. Η λιμνοθάλασσα που τα περιέβαλλε ήταν ρηχή, με αποτέλεσμα ο Κιουταχής, να μη μπορεί να μπάσει εκεί μεγάλα πλεούμενα, ώστε να τα κυριεύσει και έτσι εκείνα είχαν αφεθεί στην τύχη τους.

Τώρα όμως οι δύο πασάδες αφού είδαν πως, μόνο με τον πόλεμο από τη στεριά, δεν μπορούσαν να πατήσουν την πολιτεία, αποφάσισαν να αποκόψουν κάθε επαφή των πολιορκημένων με τον έξω κόσμο. Και για να γίνει αυτό, έπρεπε να κυριεύσουν τα νησιά που βρίσκονταν στη λιμνοθάλασσα και τα χρησιμοποιούσαν οι κλεισμένοι προς όφελός τους.

Ο Ιμπραήμ, πριν στείλει ακόμη πρεσβεία στον Κιουταχή για να τα ξαναβρούν, είχε κατανοήσει πως το κλειδί για την πτώση της πόλης, ήταν ο ερμητικός αποκλεισμός της από παντού και για αυτό είχε δώσει διαταγή στους σκλάβους του να μαστορέψουν μικρές βάρκες και να τοποθετήσουν πάνω σε αυτές κανόνια, για να τις έχουν έτοιμες να τις μπάσουν στη ρηχή λιμνοθάλασσα για να βομβαρδίσουν τα νησάκια. Ο Αιγύπτιος ήταν σίγουρος πως ο Κιουταχής θα συμφωνούσε με το σχέδιό του και δεν έπεσε έξω. Έτσι, μαζί οι δύο στρατηγοί, κατέστρωσαν το επιθετικό τους πλάνο και ο Ιμπραήμ ήταν αυτός που άρχισε να το θέτει σε εφαρμογή.

Με το που ξημέρωσε η καινούρια μέρα, πάσαρες γεμάτες με πολεμιστές, ξεμάκρυναν από το Μεσολόγγι, τραβώντας κατά τα τρία νησιά. Στις ντάπιες που έβλεπαν τη λιμνοθάλασσα, είχαν μαζευτεί οι γυναίκες των πολεμιστών που θα πήγαιναν να οχυρώσουν τα νησιά και ξεπροβοδούσαν τους αγαπημένους τους με δάκρυα στα μάτια. Μαζί τους οι πολεμιστές έπαιρναν μερικά δράμια ψωμί, για να έχουν πάνω στα ξερονήσια και αρκετά μπαρουτόβολα.

Ο Ιμπραήμ, μπροστά από τα τείχη της πολιτείας, είχε ξεκινήσει ήδη τα καινούρια του σχέδια και δεν έκανε καμιά κίνηση για να μπλοκάρει τις πάσαρες των κλεισμένων. Οι σκλάβοι του χερομαχούσαν όλη τη νύχτα στήνοντας καινούρια ταμπούρια κοντά και μακριά από τις ντάπιες, συνδέοντάς τα μεταξύ τους, για να μπορούν να κινούνται άνετα και να μην έχουν φόβο από τα ελληνικά βόλια.

Έξω από τα τείχη είχε δημιουργηθεί ένας δαιδαλώδης λαβύρινθος χαρακωμάτων, μέσα στα οποία οι στρατιώτες των δύο πασάδων κυκλοφορούσαν ανενόχλητοι. Αυτές οι κινήσεις των πασάδων κράτησαν αρκετές ημέρες.

Έξω από τα τείχη, τα δύο ενωμένα ασκέρια, άρχισαν να ξεθαρρεύουν πάλι και οι λογομαχίες των δύο αντιπάλων, φούντωναν κάθε βράδυ. Οι κλεισμένοι κορόιδευαν τους Τουρκαλβανούς και τους Αιγυπτίους, που δεν μπορούσαν να τους κερδίσουν από μόνοι τους και τώρα που ενώθηκαν, πάλι δε θα κατάφερναν να κάνουν κάτι. Το ασκέρι των πασάδων πρόσβαλλε τις γυναίκες των κλεισμένων και οι πολεμιστές του προσεύχονταν στον Αλλάχ, να τους δώσει δύναμη, για να χορτάσουν τα πάθη τους πάνω στα κορμιά τους. Οι Τουρκοαιγύπτιοι, είχαν πλησιάσει τόσο κοντά στις ντάπιες πια, που κανένας από τους κλεισμένους δεν τολμούσε να σηκώσει κεφάλι πάνω από το τείχος. Κάθε τέτοια απερισκεψία σήμαινε θάνατο, καθώς πολλοί στρατιώτες των πασάδων, παραφύλαγαν με τους λύκους των καριοφιλιών τους σηκωμένους, έτοιμοι να ρίξουν ακόμη και στην υποψία εμφάνισης ελληνικού κεφαλιού.

Όταν πια έφτασαν και τα εφόδια που είχε ζητήσει ο Ιμπραήμ, οι δύο πασάδες έστησαν τα κανόνια τους και έδωσαν εντολή στους πυροβολητές τους, να ρίχνουν με τέτοιο τρόπο, ώστε οι μπάλες τους να διασταυρώνονται όλες μαζί στον αέρα, και να πέφτουν σαν βροχή πάνω στις ντάπιες και μέσα στην πολιτεία. Μαζί με τα καινούρια εφόδια, έφτασαν στον Ιμπραήμ, γρανάτες[44] και μερικές λουμπάρδες[45].

---

44 Γρανάτα: προπομπός της χειροβομβίδας, γυάλινες και σιδερένιες.
45 Λουμπάρδα: κανόνι πολύ μεγάλου διαμετρήματος.

Οι απεσταλμένοι του Ραζηκότσικα στην κυβέρνηση γύρισαν με άδεια χέρια και με χαρτιά που έδιναν μόνο υποσχέσεις. Ο Ραζηκότσικας, άκουσε τους τρεις άντρες να του εξηγούν πως, πρέπει να ξεχάσουν οποιαδήποτε βοήθεια από την υπόλοιπη Ελλάδα, γιατί τώρα αυτοί που κυβερνούσαν τον τόπο, ήταν χωρισμένοι σε δύο αντίπαλες κομματικές φατρίες. Αυτή του πρίτζιπα Μαυροκορδάτου και η άλλη του Κωλέττη.

Η ανησυχία του Ραζηκότσικα μεταμορφώθηκε σε τρόμο, όταν του είπαν πως για να βοηθήσουν το Μεσολόγγι, σχεδίαζαν να εκποιήσουν εθνικά κτήματα και από τα χρήματα που θα κέρδιζαν τότε, θα βοηθούσαν. Ο αρχηγός κούνησε με βαθιά απογοήτευση το κεφάλι του. Μέχρι να πουληθούν οι εθνικές γαίες, το Μεσολόγγι θα είχε χαθεί, είτε από την πείνα είτε από τους πασάδες. Ο Ραζηκότσικας απομακρύνθηκε από τους τρεις άντρες, αναθεματίζοντας τους πολιτικούς και τους σκοτεινούς σκοπούς τους. Το μυαλό του αρχηγού ήταν μόνο στην άμυνα και στο ψωμί, που είχε αρχίσει ήδη να είναι είδος προς εξαφάνιση.

Και μέσα σε αυτές τις τρομακτικές ημέρες, ο Ιμπραήμ, άρχισε να ξεδιπλώνει το σχέδιο του.

Το σώμα των αρματολών, που είχε οχυρώσει το Βασιλάδι, ήταν πολύ μικρό για να κρατήσει τη δύναμη των επιτιθέμενων. Το σώμα των Αιγυπτίων, με επικεφαλής τον γαμπρό του Ιμπραήμ, Χουσεΐν Μπέη, έναν αιμοβόρο και αδίστακτο στρατιωτικό, έκανε την επίθεσή του στο νησάκι.

Ο Πεταλούδης με τους άντρες του, πολέμησαν γνωρίζοντας πως, είτε στο Βασιλάδι είτε στο Μεσολόγγι, θα τους βρει ο θάνατος. Απέκρουσαν πολλές επιθέσεις των Αιγυπτίων, οι οποίοι ερχόταν, κατά κύματα, μέσα από τη λιμνοθάλασσα και με τις πάσαρες και τις κανονόβαρκες που είχαν σκαρώσει, βομβάρδιζαν ανελέητα το νησί, μέχρι που μια βόμβα τους, έπεσε στην μπαρουταποθήκη που είχαν οι αρματολοί και η έκρηξη που ακολούθησε διέλυσε και την τελευταία ελπίδα τους για αντίσταση.

Χωρίς μπαρούτι και βόλια οι αρματολοί, τράβηξαν τις πάλες και τα γιαταγάνια τους, και επιτέθηκαν στους Αιγυπτίους που είχαν ζώσει το νησί από όλες τις μεριές. Μέχρι να καταφέρουν να τους πλησιάσουν, τα καριοφίλια των Αιγυπτίων άστραψαν, στέλνοντας στον άλλο κόσμο τους Έλληνες. Μετά άστραψαν ξανά, καθώς οι στρατιώτες του πασά, έριχναν και στους τελευταίους ζωντανούς που είχαν μείνει.

Οι κλεισμένοι παρακολουθούσαν τη μάχη που γινόταν στο Βασιλάδι. Είδαν τους Αιγυπτίους να πυροβολούν και τους τελευταίους αρματολούς και μετά άκουσαν αλαλαγμούς και μπαταριές χαράς, από τους Αιγυπτίους που ξεδίπλωναν τα λάβαρα και τα κάρφωναν στο χώμα του νησιού. Έπειτα, οι στρατιώτες του Ιμπραήμ βάλθηκαν, με μανία, να ισοπεδώνουν τις πρόχειρες οχυρώσεις που είχε κάνει ο Πεταλούδης και οι άντρες του.

Το Βασιλάδι είχε πέσει και ο κλοιός γύρω από την πόλη άρχισε να σφίγγει δραματικά.

Ανάμεσα από τη λιμνοθάλασσα που χώριζε το Βασιλάδι με τις ντάπιες της πολιτείας, τώρα τριγυρνούσαν αιγυπτιακές πάσαρες. Ο Ιμπραήμ είχε διατάξει τους στρατιώτες του να ρίξουν τα πτώματα των Ελλήνων μέσα στη λιμνοθάλασσα και τα κύματα τα είχαν βγάλει στο Μεσολόγγι. Στόχος του Αιγύπτιου στρατηγού ήταν να τρομοκρατήσει τους κλεισμένους όσο πιο πολύ μπορούσε και γι' αυτό πολλά από τα πτώματα είχαν αποκεφαλιστεί και τώρα έπλεαν στον αφρό που σχημάτιζε το κύμα καθώς χτυπούσε στην παραλία.

Οι κλεισμένοι, δέχτηκαν με ψυχραιμία την πτώση του Βασιλαδιού και μόλις τα κύματα έβγαλαν τα πτώματα στην ακτή, ο Ραζηκότσικας διέταξε μερικούς άντρες να βγουν και να τα μαζέψουν. Το εγχείρημα έγινε τη νύχτα και τα πτώματα του Πεταλούδη και των άλλων αντρών, μαζεύτηκαν και θάφτηκαν μέσα στην πόλη, χωρίς θρήνους και οδυρμούς.

Ο καθένας από τους καπεταναίους καταλάβαινε, πως η ώρα που θα ερχόταν και η δική του σειρά, πλησίαζε, και το πείσμα όλων φάνηκε να μεγαλώνει. Ο Ραζηκότσικας, που ήταν παρών στην κηδεία, νεκροφίλησε έναν έναν όλους όσους είχαν σκοτωθεί, εκτός από τα σώματα που τους έλειπε το κεφάλι. Είπε στους συγκεντρωμένους, πως αυτοί οι άντρες δεν πέθαναν άδικα, αλλά πέθαναν για να δείξουν τον δρόμο σε αυτούς που είναι ακόμη ζωντανοί, για να ακολουθήσουν το παράδειγμά τους. Ο καπετάνιος, κατάφερε και φύσηξε στην καρδιά των καπεταναίων, αλλά και των παλικαριών τους, καινούρια δύναμη και θάρρος και από χιλιάδες λαρύγγια πολεμιστών, άρχισαν να ακούγονται βρισιές και φοβέρες εναντίον των Τουρκοαιγυπτίων.

Οι δύο πασάδες, μετά την κατάληψη του νησιού, συνέχισαν τον ασταμάτητο βομβαρδισμό της πόλης, καταστρέφοντας ολοσχερώς όποιο σπίτι βρισκόταν κοντά στα τείχη και σκοτώνοντας καθημερινά δεκάδες αρματολούς και γυναικόπαιδα.

Οι καπεταναίοι έκαναν συμβούλια, για να βρουν τρόπους να αποφεύγουν τις μπάλες των κανονιών, αλλά μάταια. Το μόνο που τους προφύλασσε ορισμένες φορές, ήταν το μαλακό χώμα της πολιτείας, καθώς οι μπάλες έπεφταν με ορμή και χωνόταν μέσα σ' αυτό και έτσι όταν έσκαγαν δεν προκαλούσαν καμιά ζημιά, παρά μόνο αναποδογύριζαν τα χώματα.

Και αυτό όμως οι πολιορκητές, βρήκαν τρόπο να το ξεπεράσουν. Ρύθμισαν τα κανόνια τους, έτσι ώστε να ρίχνουν ψηλοκρεμαστές βολές, ώστε οι μπάλες τους να μένουν πιο πολύ ώρα στον αέρα και να σκάνε εκεί, σκορπώντας τον θάνατο από ψηλά.

Δεν πέρασαν παρά μερικές ημέρες από την κατάληψη του Βασιλαδιού, όταν οι σάλπιγγες ήχησαν στο αιγυπτιακό στρατόπεδο και για άλλη μια φορά, οι πάσαρες τους Ιμπραήμ, γέμισαν με άντρες και άρχισαν να τραβάνε κατά τον Ντολμά.

Ο Γρηγόρης Λιακατάς, που είχε οριστεί αρχηγός της δύναμης που υπήρχε στο νησί, όταν είδε την τύχη από το Βασιλάδι, έστειλε μερικούς άντρες του στο Αντελικό, ένα

νησάκι που βρισκόταν ακριβώς απέναντι από τον Ντολ-
μά. Με εκκλήσεις και λόγια λογικά, οι άντρες του Λιακα-
τά, κατάφεραν και έπεισαν πολλούς από τους Αντελικι-
ώτες, να σπεύσουν στον Ντολμά για να τους βοηθήσουν.
Οι Αντελικιώτες, γνωρίζοντας πως αν έπεφτε ο Ντολμάς,
που στεκόταν εμπόδιο ανάμεσα σε αυτούς και στο ασκέ-
ρι του Ιμπραήμ, τότε θα ήταν και αυτοί χαμένοι, πήγαν
αποφασισμένοι στον Ντολμά να πολεμήσουν και μπήκαν
κάτω από τις διαταγές του Λιακατά.

Τώρα ο μονόφθαλμος οπλαρχηγός, στεκόταν στο
τείχος που είχαν υψώσει, παρακολουθώντας τις πάσα-
ρες που ερχόταν καταπάνω τους. Ο Λιακατάς, είδε πως
ένα μεγάλο κομμάτι του αιγυπτιακού στρατού, είχε απο-
σπαστεί από τις αρχικές τους θέσεις και τώρα οι περισ-
σότεροι έστεκαν στην ακρογιαλιά περιμένοντας να έρθει
η σειρά τους και να μπουν στις πάσαρες για τους μεταφέ-
ρουν στον Ντολμά.

Ο Λιακατάς, αφού είδε ό,τι ήθελε να δει, έφυγε από
το τείχος και πλησίασε τους άντρες του. Όλοι ήταν στις
θέσεις τους, στα μασγάλια που είχαν ανοίξει και περί-
μεναν, με το καριοφίλι γεμάτο, έχοντας ήδη στον στόχο
τους Αιγυπτίους που πλησίαζαν λάμνοντας με δύναμη.
Τα κανόνια, ο Λιακατάς, τα είχε τοποθετήσει με τέτοιον
τρόπο, ώστε να ρίχνουν τις μπάλες και τα μισδράλιά τους,
δημιουργώντας μια ζώνη ασταμάτητου πυρός. Και είχαν
φέρει και από το Μεσολόγγι την Κολομπρίνα, με τον αχώ-
ριστο κανονιέρη της.

Μέρες τώρα αυτός γυάλιζε και καθάριζε το κανόνι, μιλώντας του ακατάπαυστα και περιμένοντας τη μέρα που θα το έβαζε να δημιουργήσει το έργο του θανάτου για το οποίο ήταν φτιαγμένο. Όλοι οι αρματολοί που βρισκόταν πάνω στον Ντολμά, γελούσαν με τα καμώματα του Κολομπρίνη και έλεγαν μεταξύ τους πως έχει τρελαθεί. Μερικοί μάλιστα έλεγαν πως ο Κολομπρίνης πλαγιάζει με το κανόνι και κάνει τη δουλειά του στη φαρδιά του μπούκα και τότε γέλια και κραυγές ακουγόταν από τους πολεμιστές. Μόνο ο Λιακατάς δεν έλεγε τίποτα. Ο ξανθομάλλης οπλαρχηγός ήταν μπροστά εκείνη τη μέρα που, παραλίγο, ο Κολομπρίνης να βάλει τέρμα στην εκστρατεία του Μπραΐμη και ήξερε τι μπορούσε να κάνει αυτό το κανόνι. Έτσι τώρα πλησίασε στον ειδικό χώρο, που είχαν στήσει για αυτό και μίλησε στον κανονιέρη.

«Δεν ξέρω το όνομά σου αλλά ξέρω πολύ καλά τι μπορεί να κάνει η αγαπημένη σου Κολομπρίνα. Πιστεύεις πως μπορείς να δείξεις τα δόντια μας σε εκείνους τους αραπάδες που πλησιάζουν; Από τόσο μακριά;» είπε ο Λιακατάς στον κανονιέρη δείχνοντάς του τις εχθρικές πάσαρες που πλησίαζαν γρήγορα.

Ο Κολομπρίνης σήκωσε το βλέμμα του και το κάρφωσε στο μοναδικό μάτι του οπλαρχηγού.

«Με λένε Γεράσιμο και αν δεν μπορώ να βουλιάξω μερικές σχεδίες με την Κολομπρίνα μου, να μην με ξαναφωνάξουν Κολομπρίνη...»

Ο Λιακατάς χαμογέλασε άγρια ακούγοντας τα λόγια του κανονιέρη και του έδωσε εντολή να ρίξει ενάντια στις πάσαρες που προπορευόταν. Ο Κολομπρίνης περίμενε αυτή την εντολή, καθώς η Κολομπρίνα ήταν γεμάτη και έτοιμη. Τότε ακούμπησε το δαυλί στην τρύπα του φιτιλιού και όλη η λιμνοθάλασσα αντιλάλησε από τον πρωτόγονο βρόντο του κανονιού.

Ο Ιμπραήμ, που στεκόταν και παρακολουθούσε την επέλαση των αντρών του, αναγνώρισε τον ήχο του κανονιού και ένα ρίγος διέτρεξε τη ραχοκοκαλιά του.

Η μπάλα της Κολομπρίνας έπεσε στην πρώτη πάσαρα διαμελίζοντας τους άντρες που είχαν στριμωχτεί πάνω της και βουλιάζοντάς την. Οι άντρες που βρισκόταν στις πάσαρες, λούστηκαν από το αίμα των συμπολεμιστών τους και σταμάτησαν για μια στιγμή να κωπηλατούν ξέφρενα. Τους επανάφεραν τα άγρια ουρλιαχτά και οι απειλές των αξιωματικών τους και ξανάρχισαν να ωθούν τις πάσαρες προς τα εμπρός, θέλοντας να φτάσουν μια ώρα αρχύτερα στον Ντολμά.

Ο Λιακατάς, μετά την πετυχημένη βολή του Κολομπρίνη, του είπε να ρίχνει συνεχώς και απομακρύνθηκε από κοντά του, τραβώντας για τα άλλα σημεία της άμυνας. Άρχισε τότε να μιλάει στους άντρες για τους ψυχώσει, καθώς ο ίδιος με το χάσιμο του ματιού του, δεν μπορούσε να σημαδέψει καλά και οι βολές του πήγαιναν στα χαμένα. Έτσι ο οπλαρχηγός, πηγαινοερχόταν ανάμεσα στους αρματολούς, σαν εκνευρισμένη οχιά, έτοιμη να δώσει το θανατηφόρο της δάγκωμα, ερεθίζοντάς τους.

«Παλικάρια μου το πλήρωμα του χρόνου ήρθε. Όλες οι στιγμές που ζήσαμε στο Μεσολόγγι, μας οδήγησαν σ' αυτό εδώ το ξερονήσι. Ξέρω πως όλοι φοβάστε για τη ζωή σας και για τη ζωή από τις φαμελιές σας. Το ξέρω γιατί εγώ φοβάμαι ακόμη περισσότερο από εσάς».

Όλοι οι αρματολοί είχαν στρέψει τα κεφάλια τους και άκουγαν τα λόγια του μονόφθαλμου οπλαρχηγού, καθώς αυτός βημάτιζε ανάμεσα τους.

«Αλλά θέλω να σας ρωτήσω κάτι, τώρα, πριν ξεσπάσει η καταιγίδα. Υπάρχει κάποιος που προσπαθεί να κάνει κάτι ή προσπαθεί να πετύχει κάτι σπουδαίο, χωρίς να νιώθει τον παραμικρό φόβο; Υπάρχει κανείς τέτοιος;»

Ένα μουγκρητό άρνησης βγήκε από τα λαρύγγια των υπερασπιστών του Ντολμά και ο Λιακατάς συνέχισε.

«Να ξέρετε πως τώρα, αυτό που πάμε να κάνουμε είναι κάτι το σπουδαίο και για αυτό φοβόμαστε. Και όσο πιο σπουδαίο είναι ένα πράγμα, τόσο μεγαλύτερος φόβος υπάρχει. Γι' αυτό, εγώ, δε θα προσπαθήσω να σας πείσω να σταματήσετε να φοβάστε, αλλά θέλω να σας πείσω να προσπαθήσετε όλοι για να πετύχουμε αυτό το σπουδαίο πράγμα, για το οποίο αγωνιζόμαστε όλοι εδώ, για το οποίο έδωσαν τις ζωές τους οι άντρες στο Βασιλάδι, για το οποίο θα δώσουν και τις ζωές τους οι άντρες στο Μεσολόγγι. Για την ελευθερία!»

Τα λόγια του Λιακατά τα σκέπασαν οι άγριες κραυγές των επιτιθέμενων και ο οπλαρχηγός είδε στα μάτια των αντρών του την αποφασιστικότητα, πριν ο χρόνος σταματήσει να προχωράει.

Οι πάσαρες των Αιγυπτίων είχαν φτάσει σε απόσταση βολής, όταν ο Λιακατάς έδωσε το σύνθημα της επίθεσης. Τα καριοφίλια, των καλά ταμπουρωμένων Ελλήνων, βρόντηξαν όλα μαζί σκορπώντας τον θάνατο στις αιγυπτιακές πάσαρες. Τα λίγα τους κανόνια, ακολούθησαν το παράδειγμα της Κολομπρίνας, μπαίνοντας και αυτά στον χορό του θανάτου που ξεδιπλωνόταν μπροστά τους.

Οι Αιγύπτιοι όμως ήταν τόσοι πολλοί, που η επίθεσή τους δε σταμάτησε καθόλου από το πυρ των ταμπουρωμένων του Ντολμά και οι πάσαρές τους πλησίαζαν στο νησάκι. Οι αξιωματικοί του πασά είχαν διατάξει πως, όσοι πεθαίνουν από τα ελληνικά βόλια να πετιούνται στη λιμνοθάλασσα από τους συντρόφους τους, για να μη μένουν πάνω στις πάσαρες, εμποδίζοντας το έργο των ζωντανών.

Σύντομα, η λιμνοθάλασσα τριγύρω από τον Ντολμά, είχε γεμίσει κουφάρια Αιγυπτίων και η μάχη συνέχιζόταν ασταμάτητα.

Ο Λιακατάς ούρλιαζε στα αυτιά των αντρών του, για να ακουστεί πάνω από τον θόρυβο της μάχης. Ο ξανθομάλλης οπλαρχηγός, προσπαθούσε με τη δύναμη του λόγου του, να δώσει θάρρος στους άντρες και αυτοί, όλο και πιο γρήγορα, γέμιζαν τα καριοφίλια τους και έριχναν στον εχθρό.

Οι αιγυπτιακές όμως πάσαρες, είχαν πλησιάσει τόσο πολύ, που οι άντρες που ήταν μέσα σε αυτές, και είχαν μείνει ζωντανοί από τον καταιγισμό των πυρών, πήδηξαν στα ρηχά και άρχισαν να τρέχουν καταπάνω στο τείχος που είχαν κάνει οι Έλληνες.

Οι κανονιοφόρες βάρκες τους τότε, ολοκλήρωσαν την κυκλωτική τους κίνηση και άρχισαν να ξερνούν τις μπάλες τους στην πλάτη των υπερασπιστών του Ντολμά, δημιουργώντας σοβαρό πλήγμα.

Ο Λιακατάς είδε πως οι δικοί του κανονιέρηδες δεν μπορούσαν να αντιβγούν στο σημάδι των Αιγυπτίων και διέταξε τον Κολομπρίνη να ρίχνει εναντίον των βαρκών, που έφεραν κανόνια πάνω τους. Ο Κολομπρίνης γύρισε αμέσως το κανόνι του και άρχισε να βάλλει εναντίον τους, αλλά από την άλλη μεριά, οι πάσαρες των Αιγυπτίων είχαν ήδη πλευρίσει το νησί και οι στρατιώτες αποβιβάζονταν γοργά.

Ο Λιακατάς, βλέποντας πως οι άντρες του δεν μπορούσαν να κρατήσουν πια την άμυνα με τα καριοφίλια, τους διέταξε να σταματήσουν το πυρ και να τραβήξουν όλοι τα γιαταγάνια τους. Μέσα σε μερικά δευτερόλεπτα, τα καριοφίλια πετάχτηκαν στην άμμο, με τη μακριά τους κάννη να καπνίζει, και τα γιαταγάνια μαζί με τις πάλες, άστραψαν στο φως του ήλιου.

Ο Λιακατάς, μια στιγμή πριν ορμήσει στους εχθρούς, κοίταξε τους άντρες του.

«Παλικάρια μου, ήρθε η ώρα μας!» φώναξε και μπήκε επικεφαλής των αντρών, ορμώντας προς τους Αιγυπτίους, που είχαν γεμίσει τη μικρή ακτή του νησιού.

Οι Αιγύπτιοι τα έχασαν, βλέποντας τους Έλληνες να ορμούν λυσσασμένοι καταπάνω τους και τα πόδια τους λύθηκαν. Το βλέμμα τους έπεσε στα πεθαμένα κορμιά των συμπολεμιστών τους, που κείτονταν στην παραλία, αλλά και στα άλλα που σκαμπανέβαζαν στο κύμα της λιμνοθάλασσας και οι άγριες κραυγές τους κόπηκαν. Δείλιασαν, άρχισαν να υποχωρούν για να ξαναμπούν στις πάσαρες και προς στιγμήν, το κόλπο του Λιακατά για αιφνιδιαστική επίθεση, φάνηκε πως θα έπιανε, αλλά ο Έλληνας οπλαρχηγός υπολόγισε χωρίς τον φόβο που έτρεφαν οι Αιγύπτιοι για τον διοικητή τους, Χουσεΐν Μπέη.

Η δύναμη των Ελλήνων είχε πέσει πάνω σ' αυτούς που είχαν πατήσει το πόδι τους στο νησί και τους είχε σωριάσει νεκρούς. Οι Αιγύπτιοι πρόλαβαν και έριξαν μια μπαταριά, σκοτώνοντας μερικούς από τους επιτιθέμενους, όταν οι υπόλοιποι έπεσαν πάνω τους, πετσοκόβοντας τους.

Ο Λιακατάς, μεθυσμένος από την αδρεναλίνη της μάχης, πολεμούσε στην κορυφή της επίθεσης των Ελλήνων. Γρήγορα η περιοχή γύρω από τα πόδια του είχε γεμίσει πτώματα και αυτός είχε γεμίσει αίματα. Από το στόμα του έβγαιναν άγριες κραυγές, σάμπως να ήταν θηρίο και όσοι τον αντίκρισαν, βιάστηκαν να τραβηχτούν από μπροστά του.

Οι Αιγύπτιοι, σκιαγμένοι από την ορμητική επίθεση και τον πολύ γρήγορο θάνατο των συμπολεμιστών τους, άφησαν τα μπαϊράκια τους στην ακτή και πήδηξαν στις πάσαρες αλλά και μέσα στη λιμνοθάλασσα, για να γλιτώσουν. Τότε όμως έφτασε ο Χουσεΐν Μπέης.

Όρθιος, μέσα σε μια μεγάλη πάσαρα και περιτριγυρισμένος από αρκετούς αξιωματικούς, ο πληρεξούσιος του Ιμπραήμ, έστεκε αγέρωχος και με το βλέμμα του κατακεραύνωνε το ασκέρι του, που είχε τραπεί σε φυγή μπροστά σε μια χούφτα γκιαούρηδες. Οι Αιγύπτιοι, είδαν τότε τον αρχηγό τους και το αίμα ξανακύλησε στο σώμα τους. Συνάχτηκαν ξανά και με κεφαλή τον ίδιο τον Χουσεΐν, σάλταραν στα ρηχά και η σφαγή άρχισε να γενικεύεται.

Ο Χουσεΐν, πάνω από τη βάρκα του, είχε δει τον ψηλό, κυπαρισσόκορμο πολεμιστή που πολεμούσε επικεφαλής των γκιαούρηδων και κατάλαβε πως, για τους λυγίσει γρήγορα, έπρεπε να σκοτώσει αυτόν. Με το που ακούμπησε η βάρκα του στα ρηχά, πήδηξε έξω και όρμησε προς τον ξανθομάλλη, που η φουστανέλα του ήταν κατάμαυρη από το αίμα και το πρόσωπό του κατάμαυρο από την οργή.

Ο Χουσεΐν είδε το πρόσωπο του αντιπάλου του και ένιωσε πως αντίκρισε κάποιον άγγελο της κόλασης που είχε τρυπώσει στο σώμα αυτού του ψηλού πολεμιστή. Μέσα στο μοναδικό του μάτι, σπινθήριζε ο θάνατος, ενώ από την άλλη του άδεια κόγχη, ένα σταθερό ρυάκι αίματος κυλούσε, ενισχύοντας το σκηνικό του τρόμου που είχε στηθεί πάνω σε αυτό το πρόσωπο.

Ξαφνικά, ο Χουσεΐν, σταμάτησε την προέλαση του.

Ο Λιακατάς, μέσα σε μερικά δευτερόλεπτα, είχε γεμίσει από μια άγρια χαρά, βλέποντας τους εχθρούς του να λακίζουν. Μετά όμως, μαύρη οργή πλημμύρισε το πρόσωπό του, όταν αυτοί ξαναγύρισαν προς τον Ντολμά, κάτω από τον φόβο του αφέντη τους.

Ο Λιακατάς τον είχε δει, έναν άντρακλα ίσα με δύο μέτρα, ντυμένο με μια ασημοκέντητη στολή ανώτατου αξιωματικού, να ουρλιάζει διαταγές από την πάσαρα και μετά να πηδάει έξω από αυτήν ακολουθούμενος από τους αξιωματικούς του και να κατευθύνεται, πρώτος από όλους, προς αυτόν.

Τότε ο Λιακατάς, γύρισε ολόκληρος προς το μέρος

του και είδε την προέλαση του Αιγυπτίου να κόβεται απότομα, καθώς στο πρόσωπο του γεννιόταν ένα μωσαϊκό συναισθημάτων με κυρίαρχο όλων, τον φόβο.

Όπως μέσα σε μια αγέλη, τα δύο πιο δυνατά αρσενικά, μυρίζονται το ένα το άλλο και στο τέλος αλληλοεξοντώνονται για την κυριαρχία επί της αγέλης, αλλά και γιατί ξέρουν πως, όσο ζει το ένα μαζί με το άλλο, ποτέ δε θα μπορέσουν να μονοιάσουν, έτσι και οι επικεφαλείς των δύο αντιπάλων, κατάλαβαν πως για να λυγίσουν την αντίσταση του εχθρού τους, πρέπει να κόψουν τις κεφαλές του.

Πρώτος το κατάλαβε ο Χουσεΐν, βλέποντας γύρω από τον Λιακατά τα σώματα των στρατιωτών του, που κόντευαν να σχηματίσουν σωρούς. Μετά το κατάλαβε και ο Λιακατάς και σε αντίθεση με τον Χουσεΐν, που είδε στη ματιά του Λιακατά να χορεύουν όλοι οι δαίμονες της κολάσεως και κοντοστάθηκε, αυτός κινήθηκε αστραπιαία εναντίον του.

Μέχρι ο Χουσεΐν να κάνει ένα βήμα προς τα πίσω, ο Λιακατάς είχε φτάσει δίπλα του και η πάλα του κατέβαινε συρίζοντας λυσσασμένα. Ο Αιγύπτιος είχε μαρμαρώσει από την γρηγοράδα του αιματοβαμμένου Έλληνα αλλά ο Μπανούσης Σεβράνης που στεκόταν δίπλα του, όχι. Η πάλα του Λιακατά συνάντησε το γιαταγάνι του Σεβράνη και σπίθες μαζί με κομμάτια ατσαλιού τινάχτηκαν από τη σύγκρουση. Η ζωή του Χουσεΐν σώθηκε αλλά όχι και αυτή του Σεβράνη, καθώς ο Λιακατάς στο αριστερό του χέρι κράδαινε ένα μακρύ χατζάρι και η λαβή αυτού, προεξείχε από τον λαιμό του Τουρκαλβανού αρχηγού, που είχε ενώσει το σώμα του με αυτό του Ιμπραήμ. Κανείς από τους τριγύρω δεν είδε πώς ο Λιακατάς κάρφωσε τον Σεβράνη και πριν ακόμη κυλίσουν τα αίματα από τον λαιμό του Τουρκαλβανού, ο Λιακατάς είχε σηκώσει και πάλι την πάλα του με στόχο το κεφάλι του Αιγυπτίου, αλλά το δευτερόλεπτο που στάθηκε ο Σεβράνης ανάμεσα στον Λιακατά και τον Χουσεΐν, έφτανε για να σωθεί η ζωή του Μπέη. Ανάμεσα στον Έλληνα οπλαρχηγό και τον Αιγύπτιο, μπήκαν και οι υπόλοιποι αξιωματικοί, τραβώντας όλοι τα σπαθιά τους για να πολεμήσουν τον δαιμονισμένο Έλληνα. Δίπλα στον Λιακατά, ο Σεβράνης, μόλις είχε γονατίσει και από τον λαιμό του κυλούσε ποτάμι το αίμα.

Ο Λιακατάς δεν έχασε καιρό. Τράβηξε από το σελάχι του ένα δεύτερο χατζάρι και ρίχτηκε με μια ανάσα στους αξιωματικούς που έστεκαν ανάμεσα σε αυτόν και στον Μπέη. Ο Χουσεΐν, είδε με τον τρόμο του να αυξάνεται, τον Έλληνα να πελεκάει δύο από τα μεγαλύτερα ρετζάλια του για να ανοίξει δρόμο εναντίον του, μην καταλαβαίνοντας πως το έκανε. Την μια στιγμή οι αξιωματικοί στεκόταν και την άλλη αιμορραγούσαν και σωριάζονταν στα πόδια του.

Τελικά αυτό που έσωσε τη ζωή του Χουσεΐν εκείνη τη μέρα, ήταν το ένα μάτι του Λιακατά. Αυτή η αδυναμία του τον πρόδωσε, καθώς ένας από τους αξιωματικούς του Αιγυπτίου το είχε προσέξει και πλεύρισε τον Λιακατά από την τυφλή του μεριά. Το τσεκούρι που κρατούσε, χώθηκε στον ώμο του οπλαρχηγού, σκίζοντας σάρκες και διαλύοντας το κλειδοκόκαλο. Το χέρι του Λιακατά που βαστούσε το χατζάρι, άνοιξε από μόνο του, και το μακρύ μαχαίρι κύλισε στο χώμα. Ο Λιακατάς στριφογύρισε σαν τυφώνας, ανοίγοντας και άλλο την ήδη βαθιά τομή στον ώμο του, και με ένα τρομερό χτύπημα της ατσαλένιας του πάλας, αποκεφάλισε αυτόν που τον τραυμάτισε. Το κεφάλι του αξιωματικού πέταξε στον αέρα και από τον λαιμό του πετάχτηκαν δύο χοντρά σιντριβάνια αίματος καθώς η καρδιά αγωνιούσε να στείλει αίμα στον εγκέφαλο. Αυτό το γύρισμα του Λιακατά ήταν αρκετό για να χωθούν στο κορμί του πέντε διαφορετικές λάμες σπαθιών, από την αντίθετη πλευρά. Η δύναμη του οπλαρχηγού στράγγιξε από μέσα του και όταν οι αξιωματικοί του Ιμπραήμ, τράβηξαν όλοι μαζί τα σπαθιά τους και τα ξανακάρφωσαν στο λιγνό του σώμα, αυτός αγκάλιασε με το ένα του μάτι την τριγύρω περιοχή και είδε τον Κολομπρίνη, περικυκλωμένο από αμέτρητους εχθρούς, να αγκαλιάζει την μπούκα του κανονιού του, ενώ το φιτίλι που έδινε φωτιά στην μπαρούτι έκαιγε. Χωρίς να βγάλει ούτε μια κραυγή, τα γόνατά του λύγισαν και σωριάστηκε στη ματωμένη γη.

Ο τελευταίος ήχος που άκουσε ο Λιακατάς, ήταν ο τρομακτικός βρυχηθμός της Κολομπρίνας, που έστειλε στον αέρα τα κομμάτια του σώματος του Γεράσιμου Κολομπρίνη.

Ο θάνατος του Λιακατά, ήταν η αρχή του τέλους για την άμυνα των Ελλήνων.

Μόλις έπεσε ο Λιακατάς, οι Αιγύπτιοι στρατιώτες έβγαλαν μια κραυγή χαράς και έτρεξαν να τραβήξουν και να ξεσκίσουν το σώμα του Έλληνα οπλαρχηγού. Έτρεξαν και μερικοί Έλληνες, που είδαν τον θάνατο του αρχηγού τους, αλλά η αριθμητική υπεροχή των Αιγυπτίων ήταν συντριπτική. Το μέτωπο, που πολεμούσαν οι υπερασπιστές του νησιού, έσπασε και ένα ανελέητο ανθρωποκυνηγητό ξεκίνησε στις λασπώδεις του όχθες. Οι Αιγύπτιοι και μερικοί Τουρκαλβανοί, κυνηγούσαν σε μπουλούκια τους Έλληνες και όταν τους έπιαναν τους κομμάτιαζαν, βγάζοντας ζωώδεις κραυγές.

Ο Χουσεΐν, μόλις η ζωή έσβησε από τα μάτια του Λιακατά και οι άντρες του έπεσαν πάνω στο πτώμα του, διέταξε τα ρετζάλια του, που είχαν γλιτώσει από την οργή του Έλληνα, να προλάβουν του στρατιώτες του και να τους διατάξουν να πιάσουν όσο πιο πολλούς αιχμαλώτους μπορούσαν. Η διαταγή διαδόθηκε στο επιτιθέμενο ασκέρι με κάποια καθυστέρηση και στο τέλος της μάχης, οδηγήθηκαν μπροστά στον Χουσεΐν, γυμνοί και καταματωμένοι, καμιά εικοσαριά από τους υπερασπιστές του Ντολμά. Τα χαρακτηριστικά των προσώπων τους είχαν αλλοιωθεί από τα χτυπήματα που είχαν δεχθεί και με δυσκολία, οι περισσότεροι από αυτούς, στεκόταν στα πόδια τους. Ο Χουσεΐν πέρασε από μπροστά τους, επιθεωρώντας τους φαινομενικά ήρεμος, ενώ από μέσα του η οργή κόντευε να ξεχειλίσει. Αυτοί οι αποστεωμένοι πολεμιστές, που βρισκόταν τώρα μπροστά του, τρέμοντας, του είχαν κοστίσει τόσες ζωές από το καλά εκπαιδευμένο ασκέρι του. Ο Μπέης δεν μπορούσε να το χωνέψει και όλο πάσχιζε να σκεφτεί την πιο κατάλληλη τιμωρία.

Δίπλα στον Μπέη, στεκόταν ένας από τους αξιωματικούς του Κιουταχή. Από το αριστερό του χέρι κρεμόταν ένα ξανθό κεφάλι που του έλειπε το ένα μάτι.

Ο Τούρκος, σήκωσε το κεφάλι του Λιακατά, που ήταν παραδόξως καθαρό. Μόνο το ρυάκι αίματος που κυλούσε από το βγαλμένο του μάτι είχε στεγνώσει πάνω στο μάγουλό του, λερώνοντας το αίμα του οπλαρχηγού και το έδειξε στους αιχμαλώτους. Από τα στήθια τους βγήκε ένα βογκητό που γρήγορα μετατράπηκε σε κραυγές πόνου από τα μαστίγια των Αιγυπτίων. Ο Χουσεΐν φάνηκε να διασκεδάζει και όταν ο Τούρκος έσκυψε στο αυτί του και του πρότεινε κάτι, ολόκληρο το πρόσωπό του έλαμψε λες και ένα σατανικό τζίνι άναψε μπροστά του το λυχνάρι του. Από τα χείλη του Χουσεΐν βγήκε ένας χείμαρρος από αραβικά και οι στρατιώτες μόλις άκουσαν τις εντολές του, άρχισαν να ουρλιάζουν σαν λύκοι στο φεγγαρόφωτο. Μετά έπεσαν όλοι πάνω στους αιχμαλώτους, τους έδεσαν χειροπόδαρα και άρχισαν να τους φορτώνουν στις πάσαρες για να τους βγάλουν στην ακτή και στο στρατόπεδο τους.

Η νύχτα είχε πέσει και στην πολιτεία του Μεσολογγίου επικρατούσε νεκρική σιγή. Στο εχθρικό στρατόπεδο, οι Αιγύπτιοι μαζί με τους Τούρκους, γιόρταζαν τη διπλή τους νίκη. Η ψυχολογία των στρατιωτών των δύο πασάδων είχε ανέβει πάρα πολύ, μετά την άλωση και του Ντολμά. Τώρα περίμεναν καινούριες εντολές από τους σερασκέρηδες για τις επόμενες κινήσεις τους. Οι στρατιώτες είχαν ανάψει μεγάλες φωτιές στο στρατόπεδο και όσοι από αυτούς δεν είχαν κάποια δουλειά ή δεν κοιμόταν, γλεντούσαν γύρω από αυτές. Οι υπόλοιποι, που βρίσκονταν κοντά στα τείχη της πόλης φυλάγοντας τα ταμπούρια τους, έπιαναν κουβέντα με τους κλεισμένους και τους ορμήνευαν να παραδοθούν για να μην έχουν την ίδια τύχη με το Βασιλάδι και τον Ντολμά.

Ο Ραζηκότσικας στεκόταν πάνω στην Τερίμπιλε αγναντεύοντας τις φωτιές που είχε ανάψει ο εχθρός πάνω στον Ντολμά. Ο καπετάνιος δεν αμφέβαλε στιγμή για την τύχη του Λιακατά. Ήξερε πως ο ξανθός οπλαρχηγός ήταν νεκρός από την ώρα που αντίκρισε τα αιγυπτιακά μπαϊράκια να υψώνονται πάνω στο νησί. Ο αρχηγός δεν έχυσε ούτε ένα δάκρυ για τον χαμό του Λιακατά αλλά η καρδιά του σφίχτηκε τόσο πολύ, που για μια στιγμή, έπαψε να χτυπάει. Τώρα ο Ραζηκότσικας σκεφτόταν την καινούρια κατάσταση στην οποία καλούνταν να τα βγάλουν πέρα. Τα πράγματα είχαν αρχίσει να γίνονται πιο δύσκολα από ποτέ. Ο αρχηγός, στη συνάντηση που είχαν κάνει οι οπλαρχηγοί, είχε κρύψει ένα μέρος της αλήθειας, γιατί φοβόταν μήπως μερικοί από αυτούς χάσουν το θάρρος τους. Τους είχε πει πως τα τρόφιμα ήταν λίγα, ενώ στην πραγματικότητα υπήρχαν τρόφιμα για δύο μέρες ακόμη. Μετά από αυτές τις δύο μέρες, ο Ραζηκότσικας δεν είχε σκεφτεί κάποια λύση. Το Βασιλάδι και ο Ντολμάς βρισκόταν σε εχθρικά χέρια και από εκεί δεν μπορούσαν να έχουν βοήθεια. Ο ελληνικός στόλος είχε μέρες να φανεί στη θάλασσα και τα νέα που είχε πάρει ο Ραζηκότσικας, από τους απεσταλμένους που είχε στείλει στην κυβέρνη-ση, δεν τον είχαν βοηθήσει καθόλου. Μόνο η Κλείσοβα έμενε ακόμη ελεύθερη και από εκεί ίσως να μπορούσαν να μπάσουν τίποτα τροφές, αν έφερναν τα καράβια από τη θάλασσα, αλλά και αυτό έπρεπε να γίνει σύντομα, για-τί και η Κλείσοβα ήταν ευάλωτη σε οποιαδήποτε επίθεση.

Η ώρα περνούσε και ο Ραζηκότσικας εξακολουθού-σε να στέκεται πάνω στην ντάπια. Στο μυαλό του στριφο-γύριζαν χιλιάδες πράγματα αλλά δεν μπορούσε να σκε-φτεί κάποια ιδέα για να καταφέρει μπάσει τροφές μέσα στην πόλη. Αυτό ήταν το ζήτημα που έκαιγε τον αρχηγό και αφού επιθεώρησε για λίγο τις τριγύρω ντάπιες και τους φρουρούς που στεκόταν σε αυτές, έφυγε για να ξε-κουράσει το κορμί του.

Με την ανατολή του ήλιου, τα κανόνια του Κιουταχή και του Ιμπραήμ, άρχισαν το μονότονο τραγούδι τους που είχε γίνει πια τόσο γνωστό στους κλεισμένους, οι οποίοι αν δεν άκουγαν τις μπάλες να σφυρίζουν πάνω από τα κεφάλια τους κάθε μέρα, ένιωθαν πως η μέρα δε θα πήγαινε καλά. Ολόκληρη η πόλη που βρισκόταν κοντά στα τείχη είχε ισοπεδωθεί από τα κανόνια των δύο πασάδων. Οι οικογένειες που έμεναν σε αυτά τα σπίτια, αναγκάστηκαν να φύγουν και να καταλύσουν στα Καψαλέικα, που είχαν γίνει τόπος συγκέντρωσης για πολλούς Μεσολογγίτες.

Σε ολόκληρη την πολιτεία, ο θάνατος είχε αρχίσει να παίρνει το πάνω χέρι και οι πολεμιστές μαζί με τα γυναικόπαιδα και τους γέρους, προσπαθούσαν να αντισταθούν στο κάλεσμά του.

Κάποια στιγμή, προς το μεσημέρι, τα κανόνια σίγησαν και οι σκοποί στις ντάπιες σήκωσαν παραξενευμένοι τα κεφάλια τους για να δουν τι συμβαίνει και αντίκρισαν δύο καβαλάρηδες να έρχονται προς το μέρος τους, κρατώντας λευκή σημαία. Τότε, οι σκοποί, κατέβασαν τα καριοφίλια τους και φώναξαν αμέσως τους καπεταναίους. Στη Μεγάλη Ντάπια έφτασε ο Ραζηκότσικας μαζί με τον Τζαβέλα και έδωσαν εντολή να ανοίξει η πύλη για να μπούνε μέσα οι δύο καβαλάρηδες.

Όταν άνοιξε η πύλη, μόνο ένας από τους καβαλάρηδες μπήκε στην πόλη και αφού αφίππευσε και χαιρέτησε τους συγκεντρωμένους, άνοιξε την τσάντα που κουβαλούσε και με τρεμάμενα χέρια παρέδωσε ένα γράμμα στον Ραζηκότσικα, που στεκόταν μπροστά. Μετά, χωρίς να περιμένει να το διαβάσουν, πήδηξε στο άλογό του και απομακρύνθηκε καλπάζοντας.

«Σαν λίγο περίεργο φέρσιμο είχε ο μαντατοφόρος, ε, καπεταναίοι;» ρώτησε ο Ραζηκότσικας τους υπόλοιπους και μετά το βλέμμα του εστιάστηκε στον φάκελο που κρατούσε.

Πάνω στον φάκελο ξεχώριζε η βούλα του Κιουταχή και δίπλα της μια άλλη που ο Ραζηκότσικας δεν την ήξερε αλλά υπέθεσε πως είναι του Ιμπραήμ. Με γρήγορες κινήσεις τότε ο καπετάνιος έσπασε τις δύο βούλες και άρχισε να διαβάζει φωναχτά το γράμμα.

«Σεβαστοί Έλληνες. Θέλαμε να σας ενημερώσουμε πως εκτός από το Βασιλάδι και τον Ντολμά, τα δύο νησάκια σας που έπεσαν λόγω της μεγάλης γενναιότητας της στρατιάς μας, σήμερα κιόλας, συνάψαμε συνθήκη ειρήνης και με το Αντελικό.

Οι πολυχρονεμένοι μας αφέντες, Ρεσίτ Μεχμέτ Πασάς και Ιμπραήμ Πασάς, είναι τόσο πονόψυχοι και ανοιχτόκαρδοι που υποσχέθηκαν στους κατοίκους του Αντελικού, πως δε θα πειράξουν ούτε μια τρίχα από την κεφαλή τους. Θέλουν μόνο να εγκαταλείψουν τη θέση τους και να πάρουν μαζί τους μόνο όσα πράγματα μπορεί να κουβαλήσει ο καθένας στην πλάτη του.

Επειδή, εσάς σας αγαπάνε και σας σέβονται και οι δύο σερασκέρηδές μας, σας προτείνουν το ίδιο ακριβώς σχέδιο. Γνωρίζουν πως τα βόλια σας είναι λίγα και τα τρό-

φιμά σας ακόμη λιγότερα και γι' αυτό σας δίνουν μια ευκαιρία να φύγετε ζωντανοί από την πόλη σας.

Αποδεχτείτε τη γιατί οι μέρες σας είναι μετρημένες».

Όταν ο Ραζηκότσικας τελείωσε την ανάγνωση της επιστολής, έντονος θυμός ζωγραφιζόταν στο πρόσωπό του. Ο καπετάνιος είχε ακούσει κάποιες φήμες που έλεγαν πως μέσα στο Αντελικό, υπήρχαν δειλές κεφαλές, οι οποίες θα παρέδιδαν την πόλη με την πρώτη ευκαιρία στον εχθρό, αλλά δεν το είχε πιστέψει. Να όμως τώρα που οι φήμες αυτές έβγαιναν αληθινές. Ο αρχηγός σήκωσε τα μάτια του από το χαρτί και έριξε ένα βλέμμα τριγύρω του. Παντού είδε τα ίδια αγριεμένα πρόσωπα, μια να κοιτάζουν αυτόν και μια να ρίχνουν το βλέμμα τους προς το εχθρικό στρατόπεδο. Τότε ο Ραζηκότσικας κατάλαβε πως η διάθεση και των άλλων καπεταναίων ήταν ίδια με τη δικιά του και σήκωσε το γράμμα μπροστά στα μάτια τους κάνοντάς το χίλια κομμάτια.

Από τα χείλη των πολεμιστών, που είχαν αρχίσει να μαζεύονται, βγήκαν κραυγές φοβέρας για τους εχθρούς και κραυγές κατάρας για τους Αντελικιώτες, που παραδόθηκαν χωρίς μάχη.

Ο Ραζηκότσικας με τον Τζαβέλα, θέλοντας να εκμεταλλευτούν αυτή την επιθετική στάση των αντρών, αποφάσισαν να επιχειρήσουν νυχτερινό γιουρούσι για να δείξουν τα δόντια τους αλλά και για τονώσουν το ηθικό τους, που μετά το Βασιλάδι και τον Ντολμά, είχε πέσει πάρα πολύ.

Η είδηση για το γιουρούσι μεταφέρθηκε από στόμα σε στόμα και όταν πήρε να νυχτώνει, οι πολεμιστές που θα έπαιρναν μέρος σε αυτό, αδημονούσαν.

Μπροστά στη Μεγάλη Ντάπια είχε συγκεντρωθεί, πρώτη από όλους η Βοήθεια. Ο Τζαβέλας έδινε κοφτές εντολές στους άντρες που αποτελούσαν αυτό το σώμα.

«Σουλιώτες, σε λίγο βγαίνουμε. Να ξέρετε πως χτυπάμε και φεύγουμε. Δεν παίρνουμε αιχμαλώτους μαζί και δεν κουβαλάμε λάφυρα. Σκοτώνουμε όσους πιο πολλούς μπορούμε και προσπαθούμε ώστε να μην τραυματιστεί ή πεθάνει κανένας από εμάς. Με καταλάβατε;»

Οι άντρες, που αποτελούσαν το σώμα της Βοήθειας, γνώριζαν πολύ καλά τον τρόπο δράσης στα νυχτερινά γιουρούσια. Τώρα, χωρίς κραυγές και ουρλιαχτά, συμφώνησαν όλοι με τα λόγια του Τζαβέλα και στάθηκαν ¨στο γελέκι¨, έτοιμοι για δράση.

Ο Ραζηκότσικας στεκόταν λίγο πιο πίσω από τη Βοήθεια και εμψύχωνε και αυτός τους δικούς του άντρες.

Στον νυχτερινό ουρανό ταξίδευαν μερικά σύννεφα που έκρυβαν τη λάμψη των φλεβαριάτικων αστεριών. Ο Ραζηκότσικας είχε το κεφάλι στραμμένο στον ουρανό και περίμενε κάποιο σύννεφο να καλύψει τελείως το φεγγάρι. Όταν αυτό έγινε, ο αρχηγός έδωσε εντολή να ανοίξουν τα πορτέλα της Μεγάλης Ντάπιας και οι άντρες άρχισαν να βγαίνουν έξω με απόλυτη ησυχία. Σε λίγα λεπτά της ώρας, είχαν βγει όλοι έξω και χωρίς να χάσουν ούτε λεπτό ώστε να εμφανιστεί το φεγγάρι και να τους προδώσει, σιωπηλοί σαν τον θάνατο, έπεσαν μέσα στα ταμπούρια των Τουρκοαιγυπτίων και άρχισαν τη σφαγή.

Οι Τουρκοαιγύπτιοι τα έχασαν, από το αναπάντεχο χτύπημα και δεν πρόλαβαν ούτε μια τουφεκιά να ρίξουν για να αναχαιτίσουν τους μαινόμενους Έλληνες. Οι πιο πολλοί από αυτούς, που βρίσκονταν στην εμπροσθοφυλακή, πέρασαν από τον έναν ύπνο στον άλλο εκείνον που δεν ξυπνάς και όταν οι υπόλοιποι άρχισαν να καταλαβαίνουν τι συμβαίνει και έβαλαν τις φωνές, σημαίνοντας συναγερμό, η Βοήθεια είχε ήδη φτάσει στις σκηνές των αξιωματικών και πετσόκοβε τους σπουδαίους Ευρωπαίους στρατιωτικούς, χωρίς έλεος.

Ο αιφνιδιασμός των Τουρκοαιγυπτίων ήταν απόλυτος. Μέσα σε μισή ώρα, από τη στιγμή που οι κλεισμένοι βγήκαν από την πόλη, κατάφεραν και έσπειραν τον θάνατο, αφήνοντας στον διάβα τους πάνω από πεντακόσιους νεκρούς και άλλους τόσους λαβωμένους. Χωρίς να περιμένουν να ανασυνταχτούν οι εχθροί, οι Έλληνες είχαν μπει και πάλι στο Μεσολόγγι, κλείνοντας καλά τα πορτέλα πίσω τους και ασφαλίζοντας τα νώτα τους.

Έξω από την πολιτεία το τουρκοαιγυπτιακό στρατόπεδο είχε ξυπνήσει για τα καλά και ετοίμαζε επίθεση μέσα στη νυχτιά, για να εκδικηθεί τους ύπουλους γκιαούρηδες. Οι σαλπιγκτές βάρεσαν τις σάλπιγγες και τα αγουροξυπνημένα φουσάτα όρμησαν στα τείχη και μια φονική νυχτερινή μάχη άναψε για τα καλά.

Πάνω στην Τερίμπιλε είχαν στριμωχτεί τόσοι πολλοί αρματολοί, που δεν προλάβαιναν να τουφεκίζουν όλοι μαζί. Η φωτιά που εκτοξευόταν από αυτή την ντάπια ήταν τόσο πυκνή, που κανένας από τους εχθρούς δεν τολμούσε να πλησιάσει προς τα εκεί. Οι Ευρωπαίοι αξιωματούχοι, λυσσασμένοι από τον φόβο τους για το νυχτερινό πάθη-

μά τους και ντροπιασμένοι από τον θάνατο των ομοφύ-
λων τους, έσπρωχναν στη μάχη όλο και περισσότερους
στρατιώτες. Το μαστίγιο δούλευε πάνω στα κορμιά των
Αιγυπτίων, στέλνοντάς τους κατευθείαν στον θάνατο,
που παραμόνευε πάνω στις ελληνικές ντάπιες.

Δύο ώρες πέρασαν έτσι και οι Τουρκοαιγύπτιοι δεν
έλεγαν να χαλαρώσουν τις επιθέσεις τους. Ένας αιμάτι-
νος ήλιος είχε αρχίσει να ανατέλλει και τότε προστέθηκαν
στη μάχη και τα κανόνια των πασάδων, δημιουργώντας
ένα κολασμένο τοπίο.

Οι Αιγύπτιοι είχαν πλησιάσει τόσο πολύ στις
ντάπιες, πουν έριχναν με τα χέρια τους, πάνω από το
τείχος, γρανάτες στους αμυνόμενους. Οι αρματολοί,
πολλές φορές, άρπαζαν τις γρανάτες στον αέρα και τις
πετούσαν αμέσως πίσω στους εχθρούς τους. Μερικές
φορές όμως οι γρανάτες έσκαγαν στα χέρια των αρμα-
τολών, ακρωτηριάζοντας τους ή αφήνοντας τους νε-
κρούς, επί τόπου.

Ο Κώστας Χορμοβίτης, ο λαγουμιτζής, είχε θέσει
μερικά λαγούμια για τέτοιες δύσκολες περιπτώσεις και
τώρα άρχισε να τα ανατινάζει για να καταφέρει να απω-
θήσει τη μεγάλη επίθεση. Η γη ολόκληρη άρχισε να βο-
γκάει και να διαμαρτύρεται και στο τέλος να ανοίγει στα
δύο, βγάζοντας από τα σπλάχνα της φωτιές και κοτρόνες,
στέλνοντας στον αέρα εχθρικά κορμιά.

Για λίγο, μετά από αυτό, η συνεχιζόμενη ορμή των
επιτιθέμενων ανακόπηκε. Μετά τα μαστίγια που ξήλω-
σαν τον αέρα και τις πλάτες των νιζάμηδων, οι φωνές των

μουεζίνηδων ενώθηκαν με τις άγριες κραυγές των στρατιωτών και η επίθεση πολλαπλασιάστηκε σε ισχύ.

Τα καριοφίλια των αρματολών αχρηστεύτηκαν μπροστά σε αυτό το πρωτοφανές κύμα των επιτιθέμενων, καθώς πολλοί από αυτούς σκαρφάλωσαν, σκούζοντας στις ντάπιες. Και τότε από το στόμα του ενωμένου ασκεριού τους, ακούστηκε μια γιγάντια κραυγή, που έδωσε και άλλη δύναμη σε αυτούς που ορμούσαν.

Μόλις οι αρματολοί είδαν πως δεν μπορούσαν να κρατήσουν άλλο την άμυνά τους, έσυραν τις εγκαρδιωτικές φωνές, σάλταραν πάνω στις ντάπιες και ήρθαν πρόσωπο με πρόσωπο με τον εχθρό που ανέβαινε από την έξω μεριά. Τότε άρχισε το πάντρεμα της ελληνικής πάλας με το τούρκικο γιαταγάνι και το ελληνικό αίμα έσμιξε με το Τουρκοαιγυπτιακό.

Ο Ραζηκότσικας σταμάτησε για μια στιγμή και με το βλέμμα του, σάρωσε όλες τις ντάπιες για να δει σε τι κατάσταση βρισκόταν. Σε αυτές που είχαν καταφέρει να σκαρφαλώσουν πάνω οι Τουρκοαιγύπτιοι, οι Έλληνες είχαν αρχίσει να παίρνουν κιόλας το πάνω χέρι, εκτός από αυτή της Τερίμπιλε. Εκεί ο εχθρός, βλέποντας πως είχε συσσωρευτεί μεγάλος αριθμός γκιαούρηδων, έριξε τεράστιο αριθμό από τους στρατιώτες του και η άμυνα είχε αρχίσει να λυγίζει. Ήδη ο Ραζηκότσικας έβλεπε τους Τουρκοαιγυπτίους να πηδούν μέσα από τα τείχη και να προσπαθούν να βάλουν φωτιά στα δοκάρια που συγκρατούσαν πολλές από τις ντάπιες. Ο αρχηγός ένιωσε τα πλοκάμια του πανικού να απλώνονται για να τον τυλίξουν αλλά είχε ξεχάσει την Βοήθεια, που καιροφυλακτούσε για αυτήν ακριβώς την περίσταση.

Με έναν επιθετικό αλαλαγμό, που σταματούσε το αίμα στις φλέβες, ο Τζαβέλας μαζί με τους Σουλιώτες του, έπεσε πάνω σ' αυτούς που είχαν πηδήξει μέσα στην πόλη, και τα κεφάλια τους κύλισαν στο ματωμένο έδαφος πριν ακόμη εκείνοι προλάβουν να σηκώσουν τα γιαταγάνια τους. Μέσα σε ελάχιστα δευτερόλεπτα, η Βοήθεια, είχε σκαρφαλώσει πάνω στην ντάπια και με τη λυσσαλέα δύναμή της, έστρεψε τη νίκη υπέρ των κλεισμένων.

Οι Σουλιώτες που απάρτιζαν τη Βοήθεια, πολεμούσαν τόσα χρόνια μαζί, που ήταν σαν ένας ενιαίος και αδιάσπαστος οργανισμός, φτιαγμένος να ακρωτηριάζει και να σκοτώνει. Η πίστη τους και η αφοσίωσή τους στον Τζαβέλα, έκοβε την ανάσα και πολύ γρήγορα οι Τουρκοαιγύπτιοι άρχισαν να πηδούν κάτω από την ντάπια για να γλιτώσουν τη ζωή τους. Οι αξιωματικοί τους φρένιασαν με αυτή τους τη συμπεριφορά και άρχισαν να μαστιγώνουν αριστερά και δεξιά, έχοντας χάσει κάθε έλεγχο της κατάστασης.

Πολλοί Αιγύπτιοι στρατιώτες, τρελαμένοι από τον ψύβο και τον πανικό τους για τους γκιαούρηδες και μισώντας θανάσιμα τους αλλόθρησκους αξιωματικούς τους, που τους διέταζαν στέλνοντάς τους κατευθείαν στο στόμα του λύκου, επιτέθηκαν σ' αυτούς τους ίδιους, γκρεμίζοντάς τους από τα άλογα, παρασέρνοντάς τους σε έναν σκληρό θάνατο.

Οι υπόλοιποι αξιωματικοί, βλέποντας τον στρατό τους να το βάζει πανικόβλητος στα πόδια και φοβούμενοι να μην έχουν τη μοίρα των συναδέλφων τους, διέταξαν γενική υποχώρηση. Ο Τουρκοαιγυπτιακός στρατός γύρισε τρέμοντας στις αρχικές του θέσεις, σταματώντας τελείως την επίθεση.

Οι αιματοβαμμένοι Έλληνες, στάθηκαν πάνω στις ντάπιες τους βλέποντας την υποχώρηση του στρατού. Οι περισσότεροι από αυτούς, μεθυσμένοι από το κοκτέιλ του μπαρουτιού, της αδρεναλίνης και του αίματος, συνέχιζαν να κατασφάζουν όσους από τους εχθρούς τους κείτονταν τραυματισμένοι και ανήμποροι πάνω στις ντάπιες. Το έλεος είχε αρχίσει να ξεχνιέται από τους κλεισμένους, καθώς τη θέση του είχε πάρει η αγριότητα και η θηριωδία. Όταν πια δεν υπήρχε κανείς άλλος για να κατακρεουργήσουν, οι κλεισμένοι άρχισαν τις μπαταριές για να γιορτάσουν αυτή τους τη νίκη. Οι καταματωμένοι πολεμιστές, με τα αγριεμένα πρόσωπα και τα απάνθρωπα μάτια, το έριξαν στον χορό, πάνω και κάτω από τις ντάπιες, περιφρονώντας όλα τα επίγεια και πάνω από όλα τον θάνατο.

Οι δύο πασάδες, μόλις κατάφεραν να ανασυντάξουν τους στρατιώτες τους, διέταξαν να αρχίσει και πάλι ο κανονιοβολισμός της πόλης.

Οι χοροί και τα πανηγύρια σταμάτησαν απότομα και για άλλη μια φορά, οι τραυματισμένοι και ξεθεωμένοι πολεμιστές, πήραν τις θέσεις τους στις ντάπιες.

Ο Κιουταχής με τον Ιμπραήμ είχαν πάρει την απάντηση τους στο γράμμα που είχαν στείλει.

Ο σφοδρός κανονιοβολισμός συνεχίστηκε όλη τη διάρκεια της ημέρας αλλά και της νύχτας που την ακολούθησε. Οι κλεισμένοι φοβούμενοι καινούρια επιθετική ενέργεια των πασάδων δεν άφησαν τα πόστα τους ολόκληρη τη νύχτα. Πολλοί, καθώς είχαν πολεμήσει και το προηγούμενο βράδυ, κουτουλούσαν από την αγρύπνια και την κούραση. Τα μάτια τους είχαν κοκκινίσει και έριχναν βρώμικο νερό στα πρόσωπά τους για να κρατηθούν ξύπνιοι. Τελικά με το που ξημέρωσε η καινούρια μέρα, τα κανόνια έκοψαν τον σφοδρό κανονιοβολισμό τους και μετά από μερικές ώρες, σταμάτησαν εντελώς. Οι κλεισμένοι αναθάρρησαν και πήραν μια ανάσα, προτού η φρίκη που ακολούθησε τους μετατρέψει σε άγρια θηρία.

Με το που σταμάτησαν οι κανονιοβολισμοί, ηρέμησαν τα νερά της λιμνοθάλασσας και γαλήνεψε ο ταραγμένος αέρας. Οι κλεισμένοι, άκουσαν τότε άγριες κραυγές, κλάματα και οδυρμούς, έξω από τα τείχη τους. Οι σκοποί, σήκωσαν τα κεφάλια τους με προσοχή, και αντίκρισαν μια πομπή από οπλισμένους στρατιώτες να βαδίζει προς το μέρος τους. Στο κέντρο της πομπής βάδιζαν γυναίκες με κουρελιασμένα ρούχα, δεμένες με χοντρές αλυσίδες, που είχαν καταπληγώσει τα μέλη τους και πίσω από αυτές ερχόταν, ολόγυμνοι, οι πολεμιστές που είχαν αιχμαλωτιστεί στον Ντολμά. Από τα γυναικεία χείλη έβγαινε ένας θρηνητικός συριγμός, που σταματούσε τους χτύπους κάθε καρδιάς. Οι αιχμάλωτοι έσερναν με κόπο τα πόδια τους και προσπαθούσαν να σηκώσουν τα κεφάλια τους, κόντρα στον ήλιο, που έπαιρνε να ψηλώνει. Όταν έφτασαν σε μια ασφαλή απόσταση από τα τείχη, η πομπή σταμάτησε και μαζί της σταμάτησαν και οι αιχμάλωτοι. Τότε, ένας από τους σκοπούς που παρακολουθούσαν, κατάλαβε τι επρόκειτο να συμβεί και με τρεμάμενη φωνή, προειδοποίησε τους συναγωνιστές του.

«Παλικάρια όποιος έχει αδύνατη καρδιά να κατέβει από τα τείχη για να μη δει αυτό που θα γίνει σε λίγο».

«Τι είναι μωρέ, Νικόλα; Τι θα γίνει;» ρώτησε ένας άλλος σκοπός ακούγοντας τα λόγια του Νικόλα.

«Βλέπεις, Σταμάτη, την άμαξα που σταμάτησε δίπλα από τον αράπη που οδηγεί τους αιχμαλώτους;» είπε ο Νικόλας και έδειξε με το δάχτυλό του.

«Ναι τη βλέπω».

«Μπορείς να διακρίνεις τι έχει πάνω εκείνη η άμαξα;»

Ο Σταμάτης μισόκλεισε τα μάτια του και μόλις ο αμαξάς μετακινήθηκε λιγάκι, είδε τοποθετημένους, με προσοχή πάνω σε αυτήν, χοντρούς ξύλινους πασσάλους. Το μυαλό του Σταμάτη δεν πήγε πουθενά και είπε στον Νικόλα τι είχε δει.

«Πολύ σωστά είδες Στάμο. Και τους πασσάλους αυτούς τώρα θα τους χρησιμοποιήσουν για να παλουκώσουν τους αιχμαλώτους. Άντρες και γυναίκες. Εδώ μπροστά μας, για να μας κάνουν να καταλάβουμε ποια μοίρα μας περιμένει».

Οι περισσότεροι από τους αρματολούς, δεν κατάλαβαν στην αρχή για τι πράγμα μιλούσε ο Νικόλας. Μόλις όμως άρχισαν να ξεφορτώνουν από την άμαξα, οι σκλάβοι τους πασσάλους και ένας θηριώδης Αιγύπτιος άρχισε με το πλατύστομο τσεκούρι του, να κάνει μυτερή τη μία τους άκρη, ξαφνικά όλοι κατάλαβαν. Οι περισσότεροι είχαν ακούσει για τη φρίκη του παλουκώματος, υπήρχαν φήμες πως αν το παλούκι δε χτυπούσε κάποιο καίριο ζωτικό όργανο, ο παλουκωμένος έκανε μέρες να πεθάνει, υποφέροντας, καθώς οι δήμιοι του κάρφωναν, όρθιο στη γη το παλούκι και αυτός βρισκόταν πάνω του.

Οι αιχμάλωτοι, βλέποντας τα παλούκια να τους περιμένουν, άρχισαν να ουρλιάζουν και να παρακαλούν για έλεος. Οι αρματολοί, που είχαν αιχμαλωτιστεί στον Ντολμά, έμοιαζαν να έχουν χάσει κάθε ίχνος αξιοπρέπειας που είχαν και οι κραυγές τους για έλεος τρύπωναν στα αυτιά των Μεσολογγιτών. Οι φρουροί άρχισαν να τους μαστιγώνουν, ξεσκίζοντας τα λιγοστά κουρέλια που φορούσαν οι γυναίκες και αυλακώνοντας το δέρμα τους. Σύντομα, κάτω από τον φλεβαριάτικο ουρανό, γυμνά κορμιά σφάδαζαν και αιμορραγούσαν κάτω από τα δερμάτινα μαστίγια.

Οι κλεισμένοι παρακολουθούσαν τη σκηνή, με τον τρόμο τους να αυξάνεται. Ο Δημήτρης Μακρής, μόλις έμαθε τι γινόταν, έφτασε με τα παλικάρια του στις ντάπιες, και πρότεινε στους οπλαρχηγούς να κάνουν γιουρούσι για να σώσουν αυτούς τους δύσμοιρους. Οι οπλαρχηγοί το σκέφτηκαν για λίγο, αλλά μόλις είδαν τη δύναμη του Τουρκοαιγυπτιακού στρατού, που είχε μαζευτεί πίσω από τους αιχμαλώτους και τα κανόνια που είχαν στρέψει ακριβώς καταπάνω τους, έτοιμα να σκορπίσουν τον όλεθρο, εγκατέλειψαν τη σκέψη του Μακρή. Δεν μπορούσαν να επιτεθούν. Ο εχθρός σκέφτηκε αυτό το σχέδιο για να τους προκαλέσει να βγουν από τα τείχη τους και να τους πετσοκόψει. Χρησιμοποιούσε τους αιχμαλώτους και το απάνθρωπο βασανιστήριο που σε λίγο θα τους υπέβαλλε, σαν δόλωμα, για να τσιμπήσουν οι κλεισμένοι και να βγουν. Αλλά αυτοί αποφάσισαν να μείνουν στα τείχη τους και να σκύψουν πίσω από αυτά για να μην αντικρίσουν τα μάτια τους το μακελειό.

Με το που ολοκληρώθηκαν οι μύτες στους πασσάλους, εμφανίστηκαν στο προσκήνιο πέντε άντρες, κουβαλώντας ο καθένας τους από ένα μεγάλο σφυρί. Πίσω από αυτούς, ερχόταν δέκα άντρες κουβαλώντας πέντε μεγάλα κούτσουρα, ανά δύο άτομα, τα οποία τα απέθεσαν ακριβώς μπροστά από τους άντρες με τα σφυριά.

Οι ικετευτικές κραυγές των αιχμαλώτων, έφτασαν τότε στο υψηλότερο σημείο. Οι περισσότερες από τις γυναίκες, λιποθύμησαν και οι φρουροί τις έσκισαν τα χείλη ή τους λοβούς των αυτιών για να τις επαναφέρουν. Τότε, οι φρουροί, ξεκλείδωσαν τις αλυσίδες πέντε γυναικών και σέρνοντας τες από τα μαλλιά, τις έφεραν μέχρι τα κούτσουρα και εκεί τις έδεσαν πάνω σ' αυτά, ξαπλωμένες μπρούμυτα, με τα πόδια ανοιχτά και τη γυναικεία φύση τους γυμνή και απροστάτευτη, μπροστά στην ξύλινη αιχμή των χοντροκομμένων ξύλινων παλουκιών που είχαν μεταφερθεί εκεί.

Οι φρουροί απομακρύνθηκαν αργά από τις γυναίκες, και πλησίασαν σε αυτές οι δήμιοι, αφήνοντας πίσω τους το σφυρί και τραβώντας όλοι ταυτόχρονα, από το σελάχι τους, ένα μακρύ και γυαλιστερό ξυράφι. Ένας ένας οι δήμιοι έσκυψαν και αφού έσυραν το ξυράφι στους γλουτούς από κάθε θύμα τους, κάνοντας τον πανικό τους να ανθίσει σε μεγάλα μαύρα κλωνάρια και τις κραυγές ικεσίας τους να φτάσουν μέχρι και τον πλησιέστερο θεό, με μια γρήγορη και κοφτή κίνηση, άνοιξαν στον καθένα πρωκτό μια κάθετη τομή, ενώνοντας τον με τα όργανα αναπαραγωγής τους. Μετά άνοιξαν μια παρόμοια τομή και από την πάνω μεριά και σηκώθηκαν να σπρώξουν το παλούκι να φτάσει μέχρι τις πρόσφατα ανοιγμένες τομές. Όταν η μύτη κάθε παλουκιού, έφτασε στον προορισμό της, τότε οι δήμιοι πήραν το σφυρί τους και στάθηκαν στην άλλη άκρη του παλουκιού, έτοιμοι να δώσουν το χτύπημα που θα οδηγούσε τη μύτη του παλουκιού και έπειτα ολόκληρο το παλούκι, μέσα στα σωθικά του θύματος. Τα σφυριά σηκώθηκαν και για μια στιγμή έμειναν στον αέρα, με τις σιδερένιες δέστρες τους να γυαλίζουν στις ακτίνες του ήλιου και μετά κατέβηκαν σφυρίζοντας.

Οι ικεσίες των δεμένων γυναικών μετατράπηκαν σε ουρλιαχτά που έσκιζαν τους ουρανούς.

Τα σφυριά σηκώθηκαν και κατέβηκαν ξανά. Και ξανά. Και ξανά. Στις τέσσερις από τις πέντε γυναίκες, το ματωμένο παλούκι, βγήκε από τον λαιμό, τους, χαρίζοντάς τες τον θάνατο. Στην πέμπτη όμως δεν της έγινε αυτό το χατίρι, καθώς η μύτη του παλουκιού ξεπρόβαλε από την κοιλιά της. Και όταν οι δήμιοι έκοψαν τα δεσμά που τις κρατούσαν δεμένες στο κούτσουρο και ήρθαν οι φρουροί, που είχαν σκάψει μικρούς λάκκους στη γη για να μπήξουν εκεί μέσα τα παλούκια με τα κορμιά πάνω, η δύστυχη γυναίκα συνέχισε να ζει και να ουρλιάζει. Δεν πέθανε, ούτε όταν κάρφωσαν το παλούκι στο χώμα, όρθιο, με τα αίματα να κυλούν από το διαλυμένο της σώμα. Τα υπόλοιπα τέσσερα παλούκια, τα κάρφωσαν και αυτά στη γη και τα στερέωσαν καλά με πέτρες για να μην τα ρίξει ο άνεμος. Πάνω σε αυτά, τα βεβηλωμένα γυναικεία σώματα, έριχναν βουβές κατάρες στα ουράνια.

Οι δήμιοι, με τα δαιμονικά τους πρόσωπα να γυαλίζουν στον ήλιο, έριξαν μονάχα μια ματιά στην παλουκωμένη που ούρλιαζε και στις υπόλοιπες που είχαν πεθάνει και μετά έφτυσαν τα χέρια τους, για να μη γλιστρούν στη λαβή του σφυριού και πήραν ξανά τη θέση τους πίσω από τα κούτσουρα, όπου οι φρουροί είχαν δέσει άλλους πέντε αιχμαλώτους.

Το μαρτύριο των αιχμαλώτων συνεχίστηκε για αρκετή ώρα ακόμη. Όλοι οι κλεισμένοι είχαν λουφάξει πίσω από τα τείχη τους και προσπαθούσαν να μη δίνουν σημασία στα ουρλιαχτά και στους χτύπους του σφυριού πάνω στο ξύλο που έφερνε ο αέρας μαζί του. Ο τρόμος και η συνειδητοποίηση της ανημποριάς τους, έκανε τα μάτια των αρματολών να γυαλίζουν. Πολλοί λίγοι ήταν αυτοί που είχαν αντικρίσει ξανά το τρομερό αυτό μαρτύριο και όσοι από τους υπόλοιπους το αντίκρισαν, κόντεψαν να χάσουν τα λογικά τους.

Κάποια στιγμή, οι κραυγές των παλουκωμένων έπαψαν. Μονάχα μερικά σποραδικά βογκητά ακουγόταν από αυτούς που δεν είχαν πεθάνει. Ο Σταμάτης, όλη την ώρα του μαρτυρίου, είχε μπήξει τα βρώμικα νύχια του τόσο βαθιά στις παλάμες του, που είχε δημιουργήσει πληγές. Τώρα σήκωσε το κεφάλι του να δει αν είχαν τελειώσει και αντίκρισε την πομπή των στρατιωτών να φεύγει, αφού είχαν στερεώσει, γερά στη γη και το τελευταίο παλούκι. Γύρω στα πενήντα παλούκια είχαν στηθεί στη γη και πάνω στο καθένα βρισκόταν ένα δύστυχο σώμα. Ο Σταμάτης είδε πως, από μερικά σώματα, η μυτερή άκρη του παλουκιού εξείχε από τον πνεύμονα ή από την κοιλιά τους και αυτά κρέμονταν βογκώντας και εκλιπαρούσαν τους φρουρούς, που είχαν αφήσει οι Τουρκοαιγύπτιοι, να τους σκοτώσουν για να βάλουν τέρμα στο μαρτύριό τους.

Δεν πέρασε πολύ ώρα από τη σκηνή του μαρτυρίου, όταν τα κανόνια άρχισαν ξανά το μονότονο φονικό τους τραγούδι. Η Φρουρά, αμίλητη και κακόκεφη, έπιασε πάλι τα πόστα στις ντάπιες αδιαφορώντας για τις μπάλες που σφύριζαν πάνω από τα κεφάλια τους.

«Καπεταναίοι, δεν ξέρω τι πρέπει να κάνουμε, αλλά δεν μπορεί να συνεχιστεί αυτό που ζούμε. Όλοι οι άντρες πεινούν, και τα καταραμένα κανόνια των πασάδων δε λένε να σταματήσουν να βροντάνε».

Είχε μπει ο Μάρτιος και η κατάσταση στο Μεσολόγγι όσο πήγαινε και χειροτέρευε. Ο Ραζηκότσικας είχε καλέσει, για άλλη μια φορά, συμβούλιο και οι καπεταναίοι είχαν συγκεντρωθεί στον Άγιο Σπυρίδωνα. Τώρα όλοι είχαν στρέψει τα κεφάλια τους και έβλεπαν τον στρατηγό Σπυρομίλιο, που είχε μιλήσει.

«Στρατηγέ, για αυτόν τον λόγο μαζευτήκαμε εδώ ξανά. Για να προσπαθήσουμε να πάρουμε μια απόφαση. για το τι θα κάνουμε» είπε ο Ραζηκότσικας.

«Δεν είμαι δειλός, όπως ξέρετε πολύ καλά όλοι σας» έσπευσε να δικαιολογηθεί ο Σπυρομίλιος, «αλλά πρέπει να σκεφτούμε λογικά πάνω από όλα. Δεν αντέχω να πάω άλλη μια φορά στη γούρνα για να πιω νερό και να αντικρίσω μέσα εκεί κομμάτια από τα κορμιά των αντρών μου που τα έχουν διαλύσει οι μπόμπες του Κιουτάγια και του Μπραΐμη. Προχτές μια μπάλα, γκρέμισε τη σκεπή του σπιτιού μου και κύλισε μέσα, αλλά δεν έσκασε. Αν έσκαγε, τώρα δε θα ήμουν εδώ μαζί σας».

«Τι να κάνουμε δηλαδή, καπετάνιε;» πετάχτηκε ο Γιαννάκης Ραζηκότσικας. «Σαν τι μπορούμε να κάνουμε έτσι όπως μας έχουν μπλοκαρισμένους;»

«Δεν ξέρω, Γιαννάκη. Πραγματικά δεν ξέρω. Αυτό που ξέρω είναι πως οι άντρες μου, σε λίγο, θα αρχίσουν να τρώνε τα χόρτα που βγάζει η γη, για να ζήσουν...»

Μετά τα λόγια του Σπυρομίλιου, σιωπή επικράτησε ανάμεσα στους καπεταναίους. Ο καθένας αναλογιζόταν τη σκληρή πραγματικότητα και την αλήθεια που περιείχαν τα λόγια του Σπυρομίλιου. Τη σιωπή έσπασε ο Ραζηκότσικας.

«Για αρχή προτείνω, να διορίσουμε μια επιτροπή με εντολή να ψάξει σε όλα τα σπίτια της πολιτείας, μήπως και βρει αλεύρι. Αν τυχόν βρει κάτι, αυτό θα μοιραστεί στη Φρουρά».

«Καλή ιδέα, Ραζηκότσικα,» είπε ο Μακρής «εγώ συμφωνώ».

«Μετά, πρέπει να ξαναστείλουμε αντιπροσώπους μας στην κυβέρνηση. Χωρίς τη βοήθειά τους, είμαστε χαμένοι» συνέχισε ο Ραζηκότσικας τελειώνοντας με τις προτάσεις του.

Φωνές δυσπιστίας ακούστηκαν τότε από όλους τους συγκεντρωμένους. Όλοι είχαν μάθει την απάντηση που είχαν δώσει την πρώτη φορά που είχαν ζητήσει βοήθεια, αυτοί που είχαν αναλάβει την κυβέρνηση και ήξεραν πως και πάλι η απάντησή τους θα ήταν μεσοβέζικη και πολιτικάντικη.

«Ξέρω καλύτερα απ' όλους εσάς τη διάθεση των πολιτικών απέναντί μας, αλλά δεν έχουμε άλλη ελπίδα. Πρέπει να το προσπαθήσουμε» επέμεινε ο Ραζηκότσικας και οι υπόλοιποι καπεταναίοι, ξέροντας πως ο Μεσολογγίτης είχε δίκιο, άρχισαν να συμφωνούν χωρίς ενθουσιασμό.

Η συνέλευση συνεχίστηκε για αρκετή ώρα ακόμη χωρίς να παρθεί κάποια σημαντική απόφαση. Το κύριο θέμα συζήτησης ήταν, ξανά και ξανά, οι τροφές και σ' αυτό δεν μπορούσαν να βρούνε κάποια λύση, παρά μόνο να συσταθεί γρήγορα η επιτροπή και να ψάξουν σε όλα τα σπίτια, μπας και βρουν αλεύρι. Μετά από αρκετή ώρα, η συνέλευση διαλύθηκε και οι καπεταναίοι έφυγαν το ίδιο μπερδεμένοι με πριν.

Κατά τη διάρκεια της ίδιας ημέρας, ο Ραζηκότσικας, διόρισε μια επιτροπή αρματολών και αυτοί άρχισαν να γυρίζουν στα σπίτια της πόλης, ψάχνοντας για αλεύρι. Αφού οργάνωσε αυτή την ομάδα ο αρχηγός, κάλεσε κοντά του μερικούς από τους πιο έμπιστους άντρες του και τους έστειλε να βγουν μυστικά από την πόλη, για να πάνε μή-νυμα στην κυβέρνηση, πως το Μεσολόγγι ψυχομαχεί και χρειάζεται άμεσα τη βοήθεια τους. Οι άντρες του πήραν μαζί τους νερό και τα όπλα τους και μόλις έπεσε η νύχτα, ξεκίνησαν. Ο Ραζηκότσικας τους παρακολουθούσε να φεύ-γουν, ελαφροπατώντας σαν φαντάσματα και σκεφτόταν πως αυτοί οι άντρες ήταν από τις τελευταίες τους ελπίδες.

Το αλεύρι που κατάφερε να μαζέψει η επιτροπή, δεν έφτανε για να τραφεί κανονικά ούτε το ένα τέταρτο της Φρουράς. Η επιτροπή το μοίρασε στους πολεμιστές, χρησιμοποιώντας σαν μέτρο ένα φλιτζάνι του καφέ και ο καθένας έπαιρνε από ένα τέτοιο. Τα μάτια των πολεμι-στών είχαν φέξει από την πείνα και όταν είδαν τι υπήρχε από τρόφιμα, κάθε ελπίδα άρχισε να σβήνει μέσα τους. Με τρεμάμενα χέρια, πλησίαζαν στην επιτροπή, και έπαιρνε ο καθένας το πενιχρό μερίδιό του, με άπειρη προσοχή, ώστε να μη χυθεί ούτε ένα δράμι της πολύτιμης σκόνης, ενώ οι κανονόμπαλες σφύριζαν πάνω από τα κεφάλια τους.

Οι καπεταναίοι, έβλεπαν τους άντρες τους, αλλά και τους εαυτούς τους, να έχουν αδυνατίσει τόσο πολύ, που τα άρματα και οι φορεσιές τους έπλεαν πάνω τους. Και σαν να μην έφταναν όλα αυτά, έπρεπε τώρα να μένουν ξάγρυπνοι κάθε νύχτα, φοβούμενοι κάποιο ξαφνικό ρεσάλτο του εχθρού.

Οι Τουρκοαιγύπτιοι, ήξεραν την κατάσταση που επικρατούσε στο ελληνικό ασκέρι, και κάθε βράδυ προσπαθούσαν να πιάσουν κουβέντα με τους σκοπούς.

«Γκιαούρηδες. Εε, γκιαούρηδες! Μπας και ψοφήσατε μωρέ όλοι από τον φόβο σας για αυτά που έπαθαν οι σκύλοι στο Ντολμά και το Βασιλάδι και δε μιλάτε;» φώναζε μια νυχτιά ένας Τουρκαλβανός που ήξερε τα ελληνικά, από τα ταμπούρια του.

«Τι θες μωρέ και μας ξυπνάς με τις αγριοφωνάρες σου μέσα στη νύχτα; Παλάβωσες, ορέ μπουνταλά;» απάντησε στις φωνές του Τουρκαλβανού ένας αρματολός.

«Κοιμάσαι, γκιαούρη, ή ψέματα το λες για να το πιστέψω;»

«Κοιμάμαι, μωρέ και κόψε τις φωνές γιατί θα βγω έξω και θα κόψω το λαρύγγι σου για να σταματήσεις».

«Σαν πολλά περήφανα τα λες, βρωμογκιαούρη. Για έλα, αν βαστάει η καρδιά σου».

«Έννοια σου και θα έρθω και όταν θα έρθω, θα παρακαλάς να γυρίσω πίσω για να γλιτώσεις τη ζωή σου».

«Τη ζωή σου θα τη γλιτώσεις εσύ και όλοι οι υπόλοιποι, αν κάνετε και εσείς ό,τι έκαναν και οι άλλοι στο Αντελικό. Πετάξτε τα' άρματα και παραδοθείτε».

Ο αρματολός, μόλις άκουσε τη συμβουλή του εχθρού του, για παράδοση, κόχλασε.

«Μπρε μπουνταλά, θαρρείς πως επειδή πήρατε τα νησιά και το Αντελικό, πήρατε και το Μεσολόγγι; Για μας μωρέ, βάρος ήταν αυτά. Τεμπέληδες και δειλούς θρέφαμε και ευτυχώς τα πήρατε. Για μας τώρα ξεκινάει ο πόλεμος με τον Μπραΐμη».

Ο Τουρκαλβανός σώπασε για μια στιγμή, ακούγοντας τα λόγια του Έλληνα, αλλά μετά συνέχισε με μεγαλύτερο ζήλο.

«Έτσι τα λες εσύ, σαν όλους τους γκιαούρηδες, περήφανα και χοντρά λόγια, αλλά ο γκιαουρόπαππας του Αντελικού άλλα μας μαρτύρησε εμάς».

«Και τι σας μαρτύρησε, μπρε μπουνταλά;»

«Ο παππάς σας ξέρασε από το άγιο στόμα του, πως άλλες τροφές μέσα στο Μεσολόγγι δεν έχετε και πως αν δεν παραδοθείτε, θα αρχίσετε να τρώγεστε μεταξύ σας».

Τώρα ήταν η σειρά του Έλληνα να σωπάσει και να σκεφτεί τα λόγια που θα έλεγε. Η παράδοση του Αντελικού τελικά, έδειχνε να στοιχίζει πολύ περισσότερα στο Μεσολόγγι, καθώς ο εχθρός πήρε πληροφορίες ζωτικής σημασίας.

«Άκουσέ με, μπουνταλά και βάλτο καλά στο άπιστο κεφάλι σου. Όσο ακούς γαϊδούρια να γκαρίζουν και σκυλιά να γαβγίζουν μέσα στο Μεσολόγγι, μην ελπίζεις σε τίποτα, μόνο να φυλάς καλά τον κώλο σου και να προσεύχεσαι στον Μωχαμέτη ακόμη πιο πολλές φορές, από ότι προσεύχεσαι σήμερα».

Όσοι άκουγαν τη στιχομυθία μεταξύ των δύο

αντρών, γέλασαν με τα λόγια του Έλληνα και ένας συμπολεμιστής του, που τα προηγούμενα βράδια είχε μάθει, πάλι από κουβέντες μεταξύ των αντιπάλων, πως στον Ντολμά είχε σκοτωθεί ο αρχηγός των Τουρκαλβανών, Μπανούσης Σεβράνης, θέλησε να ανάψει τα αίματα στο τουρκαλβανικό ασκέρι.

«Ορέ χαλδούπη, μου φωνάζεις λίγο τον αρχηγό σου, τον Σεβράνη, που έχω να του πω δυο κουβέντες για το δειλό ασκέρι του;»

Στο άκουσμα του ονόματος του Σεβράνη, βουβαμάρα έκλεισε το στόμα του Τουρκαλβανού.

«Χοντρά και άναντρα χωρατά πετάς άπιστε, γκιαούρη. Δε φτάνεις εσύ, ούτε τον Σεβράνη αλλά ούτε και κανέναν άλλο Τουρκαλβανό αρχηγό».

«Εγώ μπορεί να μην τον φτάνω, αλλά το γιαταγάνι των δικών μου τον έφτασε και τον τίναξε στον άλλο κόσμο. Έτσι δεν είναι μπουνταλά, χαλδούπη;»

Τα γέλια και οι κοροϊδίες σήκωσαν την ντάπια στον νυχτερινό ουρανό και σαν απάντηση, οι Τουρκαλβανοί, άρχισαν να πετούν γρανάτες εναντίον των Ελλήνων και η συνομιλία έληξε εκεί.

Ο Μάρτης κόντευε να μεσάσει και στην πολιορκημένη πολιτεία ο Χάροντας με το στριφογυριστό δρεπάνι και το γεμάτο δόντια χαμόγελο, είχε μεταφέρει την κατοικία του εκεί. Η πόλη θύμιζε κρανίου τόπο. Παντού υπήρχαν μισογκρεμισμένα σπίτια από τις μπόμπες των πασάδων και καπνοί έβγαιναν μέσα από τα χαλάσματα. Σε όλο το μήκος της πολιτείας κανένα πράσινο χορταράκι δεν είχε κάνει την εμφάνισή του με τον ερχομό της άνοιξης και το γκρίζο επικρατούσε τονίζοντας την καταστροφή και την ερήμωση. Τα πουλιά είχαν εξαφανιστεί από καιρό και τα ψάρια της λιμνοθάλασσας, είχαν φύγει λόγω του αδιάκοπου βρόντου των κανονιών. Στους δρόμους κυκλοφορούσαν λιγοστές μαυροντυμένες γυναίκες, λεπτές σαν κλαράκια, με τα ζυγωματικά των οστεωδών προσώπων τους να πετάγονται σαν σταυρός. Μερικά μικρά παιδιά, έστεκαν κάτω από ένα δέντρο και με μια μυτερή πέτρα, το ένα από αυτά, πλήγωνε τη φλούδα του κορμού, κάνοντάς τη να βγάλει τους χυμούς της. Τότε, το παιδάκι, κολλούσε τα κάτασπρα χείλη του πάνω στη φλούδα, προσπαθώντας να βυζάξει τους χυμούς της για να ξεγελάσει την άγρια πείνα που το θέριζε. Με τα λεπτά χεράκια του, έκοβε κομμάτια φλούδας και τα έριχνε στο στοματάκι του, μασώντας τα με λαιμαργία. Το παράδειγμα ακολουθούσαν και τα άλλα παιδάκια προσπαθώντας να φάνε τη φλούδα και το ξύλο μαζί. Πιο πέρα, μερικοί αρματολοί είχαν σκοτώσει κάμποσους αρουραίους και ένα μεγαλούτσικο φίδι και τώρα ροκάνιζαν ακόμη και τα κόκαλα από αυτό το ακάθαρτο γεύμα, σπάζοντάς τα στη μέση για να ρουφήξουν και το μεδούλι. Στις γωνιές των μαχαλάδων, τα σώματα αυτών που πέθαιναν κάθε μέρα από την πείνα, σχημάτιζαν ολόκληρους σωρούς. Στην αρχή, όταν υπήρχε ακόμη δύναμη στα χέρια, έσκαβαν λάκκους και τα έθαβαν, αλλά μετά εγκαταλείφθηκαν στην τύχη τους, σαπίζοντας κάθε μέρα όλο και πιο πολύ, κάνοντας την ατμόσφαιρα σκέτη κόλαση.

Ο Ραζηκότσικας, έχοντας μέρες να βάλει και το παραμικρό κομμάτι τροφής στο στόμα του, φάντασμα πια του παλιού του εαυτού, μάταια περίμενε νέα από τους άντρες που είχε στείλει για να ζητήσει βοήθεια από την κυβέρνηση. Τα άλλοτε πλούσια μαλλιά του, είχαν αρχίσει να αραιώνουν και από το κρανίο του ξεπεταγόταν τούφες τούφες σε αλλόκοτα σημεία. Τα πόδια και τα χέρια του είχαν γίνει σαν σκεπαρόξυλα και ολόκληρο το κορμί του φαινόταν σαν να είχε σκεβρώσει. Μόνο τα ακτινοβόλα μάτια του δεν είχαν αλλάξει καθόλου και το βλέμμα του παρέμενε σταθερό και γαλήνιο, όπως πάντα. Τώρα ο αρχηγός επιθεωρούσε τις ντάπιες και απορούσε και αυτός ο ίδιος, πως οι πολεμιστές που βρισκόταν πάνω σε αυτές, άντεχαν ακόμη. Οι άντρες που αντίκριζε ο Ραζηκότσικας, ήταν σκελετοί ντυμένοι με φουστανέλα και ζωσμένοι με φυσέκια. Πολλών τα χέρια δεν ήταν πιο χοντρά από την κοκάλινη λαβή των γιαταγανιών τους και όμως εκείνοι τα έσερναν ακόμη στο σελάχι τους και τα τραβούσαν με την ίδια επιδεξιότητα και γρηγοράδα, όπως πάντα.

Ο Ραζηκότσικας έβλεπε πως των περισσότερων αντρών το στόμα, ήταν ματωμένο και οι αρθρώσεις των ποδιών και των χεριών τους, ήταν πρησμένες αλλά αυτοί δεν έπαυαν στιγμή να χαμογελούν και να αναθεμα-τίζουν τις μπόμπες του εχθρού. Προχωρώντας μέσα από το τείχος, ο αρχηγός, ένιωθε μια αλλόκοτη δύναμη να τον πλημμυρίζει, μια δύναμη που φαινόταν πως πήγαζε από το αίμα που είχε χυθεί, έναν χρόνο τώρα και είχε ποτίσει το χώμα της πόλης. Μια δύναμη που πήγαζε από την κοι-νή μοίρα και την ατσαλωμένη θέληση όλων αυτών που βρισκόταν μέσα στην πολιτεία. Τι και αν η μοίρα τους είχε προδιαγραφεί; Τι και αν το κορμί τους χαράζονταν από τα τουρκικά γιαταγάνια; Αυτοί θα παρέμεναν στις θέ-σεις τους. Αυτοί θα γίνονταν οι βράχοι που πάνω τους θα έσκαγε το κύμα του ωκεανού. Όλα αυτά, ο Ραζηκότσικας, τα είχε δει και τα είχε διαβάσει μέσα στα μάτια των συ-μπολεμιστών του και η καρδιά του είχε ηρεμήσει. Η ώρα της θυσίας πλησίαζε.

Ο Ραζηκότσικας κόντευε να φτάσει μέχρι την ντάπια της Κλείσοβας, όταν ακούστηκαν φωνές από εκεί και ο αρχηγός τάχυνε το βήμα του και πλησιάζοντας, είδε αρκετούς πολεμιστές να έχουν μαζευτεί πάνω στην ντάπια και να κοιτάνε προς τα έξω.

«Τι είναι, μωρέ παλικάρια;» φώναξε ο Ραζηκότσικας. «Τι βλέπετε;»

«Καπετάνιε, θαρρώ πως έρχεται ένας αράπης κατά δω, βαστώντας άσπρη σημαία. Τι να κάνουμε;»

«Σταθείτε μωρέ, μισό λεπτό να ανέβω και εγώ να δω» είπε ο Ραζηκότσικας και παρά την τρομερή αδυναμία του, ανέβηκε πάνω στην ντάπια.

«Σαν να έχετε δίκιο μωρέ» είπε «μην τουφεκίσει κανείς προς τα εκεί. Πάνο, κόλλα και εσύ ένα λευκό πανί πάνω στο καριοφίλι σου και ανέμισε για να καταλάβει και αυτός πως είμαστε πρόθυμοι να μιλήσουμε...»

Ο Πάνος, ένας αρματολός που στεκόταν δίπλα στον Ραζηκότσικα, έψαξε να βρει ένα λευκό πανί αλλά του κάκου. Έτσι αναγκάστηκε να ξηλώσει από το εσωτερικό μέρος της φουστανέλας του ένα κομμάτι και μετά από μερικά δευτερόλεπτα το κομμάτι αυτό κυμάτιζε στην άκρη του καριοφιλιού και ο Αιγύπτιος το είδε και άρχισε να προχωράει θαρρετά προς τις ντάπιες. Μαζί του ήταν ακόμη ένας που φορούσε φανταχτερή στολή η οποία δήλωνε την ιδιότητά του, ως ανώτερος στον στρατό του Ιμπραήμ. Όταν πλησίασαν αρκετά, οι Έλληνες, βγήκαν και αυτοί έξω από την ντάπια τους και στάθηκαν μπροστά στους Αιγυπτίους, καλωσορίζοντάς τους.

«Καλημέρα σας, μπέηδες» είπε ο Μακρής. «Είδατε τον καιρό, που έφτιαξε και σας ήρθε η όρεξη για βόλτες;»

Ο Αιγύπτιος, που κρατούσε τη σημαία, στράφηκε στον ανώτερό του και του μετέφρασε τα λόγια του Μακρή. Ο Αιγύπτιος μπέης άκουσε κουνώντας το κεφάλι του αλλά δεν απάντησε και σιωπή επικράτησε ανάμεσά τους.

Ο Ραζηκότσικας, για να σπάσει τον πάγο, ρώτησε τι κάνουν οι πασάδες τους.

«Καλά είναι εκείνοι και να μην τους νοιάζεστε» απάντησε ο σημαιοφόρος, αφού πρώτα άκουσε τα λόγια του επικεφαλής του. «Ήρθαμε εδώ, σ' εσάς, γιατί κουβαλάμε μήνυμα από τον μεγάλο μας σερασκέρη, Ιμπραήμ Πασά» συνέχισε ο Αιγύπτιος μπαίνοντας κατευθείαν στο ψητό γιατί δεν ήθελε να πέσει σε κουβέντες με τους ύπουλους γκιαούρηδες. Πάντα αυτοί από εδώ τα έκλωθαν, από εκεί τα έφερναν καταφέρνοντας να τους καλμάρουν.

Ο Ραζηκότσικας αντάλλαξε ένα γρήγορο βλέμμα με τον Μακρή και μετά μίλησε.

«Και τι μας θέλει ο βεζίρης σας;»

«Είπε να σας μηνύσουμε πως η ώρα σας έχει φτάσει, και πως αν θέλετε να βγείτε ζωντανοί από την πόλη σας, να παραδώσετε αύριο κιόλας τα άρματα και να φύγετε από τις ντάπιες».

Ο Αιγύπτιος διερμηνέας μετέφρασε τις παραγγελιές του σερασκέρη του με μια ανάσα και μετά σώπασε κοιτάζοντας τους δύο οπλαρχηγούς, που στέκονταν σαν κεραυνόπληκτοι.

Εκείνη την ώρα εμφανίστηκε ο στρατηγός Στουρνάρης και μόλις άκουσε τα λόγια του Αιγύπτιου, έχασε την ψυχραιμία του.

«Τι είπες; Τι λόγο έβαλε στο στόμα ο αφέντης σου; τα' άρματα να του δώσουμε; Τ' άρματα που δεν έχει καταφέρει να βρει το κουράγιο να έρθει να μας τα πάρει από το σελάχι μας, αυτός ο ίδιος, τώρα ζητάει να του τα παραδώσουμε; Αυτά τα λόγια έβαλε στο στόμα σου;»

Ο Αιγύπτιος διερμηνέας, μετέφραζε τα λόγια του Στουρνάρη με τον φόβο να έχει ζωγραφιστεί στα μάτια του.

Ο Στουρνάρης έπιασε τη λαβή από το γιαταγάνι του και άρχισε να το τραβάει, μέχρι που ο Ραζηκότσικας μπήκε στη μέση και έπιασε το χέρι του, σταματώντας το ξύσιμο του ατσαλιού πάνω στην σιδερένια θήκη.

«Μη, Νικόλα!» είπε ο Ραζηκότσικας στο αυτί του Στουρνάρη «ήρθε με λευκό πανί και σηκώσαμε και εμείς το ίδιο. Μην πατάς την μπέσα».

«Τολμάει, μωρέ το σκυλί, να ζητάει τα' άρματά μας. Όσο εμείς τα έχουμε στο ζωνάρι μας δεν τα ορίζει κανείς Μπραΐμης και κανείς Κιουτάγιας. Κάλλιο εδώ να μας θάψουν μαζί μ' αυτά, παρά να τα προδώσουμε, παραδίνοντάς τα. Τριακόσια χρόνια τα βαστούμε μέσα στα ζωνάρια μας. Τώρα θα τα δώσουμε;»

Ο Ραζηκότσικας τράβηξε πίσω τον εξαγριωμένο οπλαρχηγό και ο Μακρής προσπάθησε να εξηγήσει, πως το να ζητάς τα άρματα από έναν καπετάνιο είναι πολύ βαριά προσβολή. Οι Αιγύπτιοι φάνηκαν να καταλαβαίνουν και μετά από λίγο, όταν τα πνεύματα ηρέμησαν, είπαν στους οπλαρχηγούς πως θα μετέφεραν τα λόγια του Στουρνάρα τους οπλαρχηγούς, αν συμφωνούσαν και αυτοί με αυτά.

Οι δύο καπετάνιοι, χωρίς να κοιταχτούν καν μεταξύ τους είπαν πως συμφωνούν με τα λόγια του Στουρνάρα. Αν ήθελε τα άρματα ο Ιμπραήμ, έπρεπε να έρθει εδώ και να τα βγάλει από τα ζωνάρια μας. Τότε οι Αιγύπτιοι έφυγαν με την υπόσχεση να ξαναγυρίσουν για να πούνε την απόφαση του σερασκέρη τους.

Ο Στουρνάρης μπήκε στην πολιτεία με τον Μακρή και τον Ραζηκότσικα. Ο Ρουμελιώτης στρατηγός έβριζε και κλοτσούσε το χώμα, μην μπορώντας να ηρεμήσει και όλο έφερνε στο μυαλό του τα λόγια του Αιγύπτιου και όλο περισσότερο θύμωνε και φούντωνε.

«Ραζηκότσικα, δεν έκανες καλά που με κράτησες. Έπρεπε να τον σκοτώσω τον σκύλο και να στείλω το κεφάλι του στον Μπράϊμη, μαζί με το χατζάρι μου. Αφού θέλει να του δώσουμε τα' άρματά μας, σκέφτηκα να του τα έστελνα έτσι».

«Καπετάν Νικόλα, δε φταίει σε τίποτα ο αγγελιοφόρος για να πληρώσει με τη ζωή του τις επιθυμίες του αφέντη του. Καλύτερα που έφυγε ζωντανός για να πάει στον Ιμπραήμ και να του πει τις απόψεις μας για να ξαναγυρίσει με καινούρια πρόταση. Ίσως έτσι καταφέρουμε να κερδίσουμε λίγο χρόνο μέχρι να γυρίσουν αυτοί που έστειλα στην κυβέρνηση και να μου φέρουν την απάντησή της».

«Τρέφεις ψεύτικες ελπίδες, Ραζηκότσικα. Πότε μας βοήθησαν αυτοί και θα μας βοηθήσουν και τώρα; Εσύ άλλωστε τα ξέρεις καλύτερα από μένα. Τι καρτεράμε από αυτούς; Αν ήταν να κάνουν κάτι τόσο καιρό, θα το είχαν κάνει».

«Μάλλον έχεις δίκιο, Νικόλα, αλλά δεν μπορώ να μην ελπίζω. Έτσι είμαι φτιαγμένος και έτσι θα συνεχίσω να ζω» είπε ο Ραζηκότσικας και έφυγε από την ντάπια της Κλείσοβας για να πάει στο πόστο του.

Στον δρόμο συνάντησε έναν αρματολό, που κουβαλούσε στα χέρια του ένα κομμάτι στρατσόχαρτο που από την άκρη του έσταζε αίμα. Απορημένος ο Ραζηκότσικας τον ρώτησε τι είναι.

«Κρέας, καπετάνιε» απάντησε με σβησμένη φωνή ο αρματολός σκύβοντας το κεφάλι.

«Κρέας; Και πού το βρήκες το κρέας, μωρέ;»

Ο αρματολός έσκυψε και άλλο το κεφάλι και τα χέρια του άρχισαν να τρέμουν. Προσπάθησε να ανοίξει το στόμα του και να μιλήσει αλλά μιλιά δε βγήκε. Μόνο κάτι ψίθυροι.

«Μίλα, μωρέ, πιο δυνατά, δεν άκουσα τίποτα» φώναξε ο Ραζηκότσικας και την αμέσως επόμενη στιγμή μετάνιωσε για την ερώτησή του. Ξαφνικά δεν ήθελε να μάθει που βρήκε το κρέας ο αρματολός.

«Μουλάρι είναι, καπετάνιε. Μουλαρίσιο κρέας, και αν ανοίξεις και άλλο το βήμα σου ίσως προλάβεις μερικούς να κομματιάζουν ένα μουλάρι και πάρεις και εσύ κανένα κομμάτι».

Στα λόγια του αρματολού, η ψυχή του Ραζηκότσικα μαζεύτηκε κουβάρι. Ο αρματολός άνοιξε το στρατσόχαρτο, έδειξε στον Ραζηκότσικα τη ματωμένη κρεάτινη μάζα που είχε πάρει και μετά το ξαναέκλεισε και απομακρύνθηκε βιαστικά. Η ψυχή του αρχηγού αναγούλιασε στη σκέψη και μόνο του μουλαρίσιου κρέατος, αλλά το προδοτικό σώμα του, μόλις αντιλήφθηκε με την οσμή αλλά και με την όραση την ύπαρξη ενός ζουμερού κομματιού μπροστά του, άρχισε να εκκρίνει άφθονο σάλιο στο στόμα, λιγώνοντας τον Ραζηκότσικα. Τότε αυτός έφτυσε στη γη και χωρίς να γυρίσει το κεφάλι να δει τον αρματολό που απομακρυνόταν σφίγγοντας το κρέας στο στήθος, άνοιξε το βήμα του και έφτασε στην ντάπια, που ήταν το πόστο του.

Με το ξημέρωμα της επόμενης μέρας, μαύρες ειδήσεις έφτασαν στα αυτιά του Ραζηκότσικα. Οι απεσταλμένοι του στην κυβέρνηση είχαν γυρίσει και η απόκριση των πολιτικών ήταν αρνητική. Βοήθεια δε θα ερχόταν από πουθενά.

Ο Ραζηκότσικας, κατά βάθος, περίμενε μια τέτοια απάντηση, αλλά και πάλι ακούγοντας την οριστική και αμετάκλητη, ήταν σαν να άκουγε τον θόρυβο που έκανε η ταφόπετρα όταν έπεφτε.

Το κεφάλι του αρχηγού λύγισε για μια στιγμή και από τα μάτια του χάθηκε η λάμψη που τα έκανε να φέγγουν τόσον καιρό. Από το αριστερό του μάτι κύλισε ένα και μοναδικό δάκρυ, χαράζοντας ένα αυλάκι στο βρώμικο πρόσωπό του.

Εκείνη τη στιγμή, οι αγγελιοφόροι, του έλεγαν πως στην κυβέρνηση τους ζήτησαν να μάθουν με ποιανού το μέρος είναι, Μαυροκορδατικοί ή Κωλεττικοί και όταν αυτοί απάντησαν πως είναι με το μέρος της πατρίδας, τότε οι πολιτικάντηδες τους είπαν πως θα κάνουν ό,τι μπορούν για να τους βοηθήσουν. Αλλά οι μέρες περνούσαν χωρίς να γίνεται τίποτα και τότε αυτοί κατάλαβαν πως δε θα τους βοηθούσε κανείς και έτσι τα μάζεψαν και γύρισαν στο Μεσολόγγι για να πολεμήσουν και να πεθάνουν εδώ.

Ο Ραζηκότσικας δεν άκουσε τίποτα από όλα αυτά, γιατί τίποτα δεν τον ενδιέφερε πια. Μόνο την απάντηση ήθελε και αφού εκείνη ήταν αρνητική, όλα τα άλλα σβήστηκαν από το μυαλό του. Έκανε τότε να σηκωθεί από εκεί που καθόταν όταν έφτασε στην ντάπια του ο Σφήκας, αναψοκοκκινισμένος από το τρέξιμο, με τα λιγνά ποδαράκια του και τη φουσκωμένη από την πείνα κοιλιά του.

«Καπετάνιε, Τούρκοι φάνηκαν στην ντάπια της Κλείσοβας με λευκό πανί και θέλουν να μιλήσουν πάλι. Μόλις μ' έστειλε ο Τζαβέλας να σε φωνάξω...»

Ο Ραζηκότσικας είχε σηκωθεί και η λάμψη των ματιών του είχε αντικατασταθεί από ένα παγερό κενό. Προχώρησε πίσω από τον Σφήκα, κινούμενος για την ντάπια της Κλείσοβας, χωρίς να βγάλει μιλιά, ενώ χίλιοι δαιμόνοι είχαν στήσει τον τρελό χορό τους, μέσα στο ξαναμμένο του κρανίο.

Πάνω στην ντάπια της Κλείσοβας, είχαν μαζευτεί πολλοί καπεταναίοι και έβλεπαν τους δύο άντρες που είχαν σηκώσει λευκή σημαία και περίμεναν να σηκώσουν και οι κλεισμένοι τη δική τους, για να προχωρήσουν.

Τότε έφτασε ο Ραζηκότσικα, και είδε τους άντρες να ετοιμάζουν ένα πρόχειρο λευκό πανί για να απαντήσουν στους απεσταλμένους. Ο αρχηγός, με βήμα που θύμιζε πήδημα, πλησίασε τους άντρες και κλότσησε με δύναμη το ξύλο πάνω στο οποίο είχαν στερεώσει το λευκό πανί. Όλοι όσοι στέκονταν τριγύρω σάστισαν με την αντίδρασή του.

«Τι είναι μωρέ, Θανάση; Τι έτρεξε;» ρώτησε τον Μεσολογγίτη ο Τζαβέλας.

Ο Ραζηκότσικας έριξε μια ματιά στον Σουλιώτη και μετά είπε στην ομήγυρη τα μαντάτα της κυβέρνησης. Μόλις τελείωσε τα λόγια του ασφυκτική σιωπή επικράτησε. Όλοι οι καπεταναίοι κοίταζαν το χώμα, χαμένοι στις σκέψεις τους.

«Συμπολεμιστές και φίλοι μου, εμπιστεύεστε την

κρίση μου;» ρώτησε, σπάζοντας τη σιωπή ο Ραζηκότσι-
κας. Σχεδόν όλοι οι οπλαρχηγοί τον κοίταξαν και ένευ-
σαν καταφατικά.

«Τότε πάω έξω να συναντήσω τους αραπάδες, για
να δω τι θέλουν» είπε ο Ραζηκότσικας και άνοιξε το πορ-
τέλο της ντάπιας, χωρίς να περιμένει κανέναν να τον ακο-
λουθήσει και βγήκε έξω. Πριν ακόμη πλησιάσει τους απε-
σταλμένους των πασάδων τους ρώτησε τι ήθελαν.

«Καλήν εσπέρα, καπετάνιε μου, αλλά πού είναι και οι
άλλοι αντρειωμένοι για να σας πούμε την απόφαση των πο-
λυχρονεμένων μας βεζίρηδων;» ρώτησαν οι αγγελιοφόροι.

Ο Ραζηκότσικας τότε τους πλησίασε με ορμή και
κόλλησε το πρόσωπό του πάνω στα πρόσωπά τους.

«Ό,τι έχουν να μας πουν οι βεζιράδες σας, να μας το
γράψουν και να το στείλουν με χαρτί γιατί τα λόγια δεν
τελειώνουν ποτέ» σφύριξε ο αρχηγός με το φαρμάκι να
στάζει από τη φωνή του.

Οι αγγελιοφόροι μαζεύτηκαν και ο Ραζηκότσικας
γύρισε την πλάτη του και ξεκίνησε πάλι κατά το τείχος.
Οι κλεισμένοι, τον είδαν που ερχόταν, όλο ένταση και
νεύρο και άνοιξαν το πορτέλο για να μπει μέσα στην
πολιτεία.

Οι δύο αγγελιοφόροι πήραν ξανά τον δρόμο της
επιστροφής, ευχαριστώντας τον Αλλάχ που τους είχε γλι-
τώσει από αυτόν, που την προηγούμενη μέρα είχε μάτια
και φωνή λογικού ανθρώπου και τώρα, όλα πάνω του
έδειχναν την τρέλα που τον είχε κυριέψει.

Μόλις ο Ραζηκότσικας μπήκε στην πόλη, οι καπεταναίοι, άρχισαν να τον ρωτούν τι συνέβη με τους αγγελιοφόρους και αυτός τους απαντούσε. Οι καπεταναίοι επιδοκίμασαν τις πράξεις τους Μεσολογγίτη αρχηγού και χωρίς να δώσουν άλλη έκταση σε αυτό το περιστατικό άρχισαν να συζητούν πώς θα κινηθούν από εδώ και πέρα. Λόγια παράδοσης δεν ακούστηκαν από κανένα ελληνικό λαρύγγι, παρόλο που η κατάστασή τους ήταν τόσο δύσκολη, που κάθε μέρα που περνούσε μπορούσαν να έχουν πεθάνει όλοι από την πείνα. Οι οπλαρχηγοί έκαναν μόνο σχέδια άμυνας και επίθεσης, λες και η πολιορκία ξεκινούσε τώρα για αυτούς, λες και δεν είχε πεθάνει κανένα αγαπημένο τους πρόσωπο και λες και οι ίδιοι, δεν είχαν νιώσει στο κορμί τους τα βόλια των Τούρκων και στα σωθικά τους τα δόντια της ανελέητης πείνας.

Συζητούσαν για όλα αυτά, όταν ο σκοπός της ντάπιας, σφύριξε για να ανακοινώσει την άφιξη και άλλου αγγελιοφόρου. Μεμιάς πετάχτηκε τότε πάνω ο Ραζηκότσικας και βγήκε από το πορτέλο. Μόλις βγήκε έξω αντίκρισε έναν μικρόσωμο Αιγύπτιο, που κρατούσε ένα λευκό φάκελο στο χέρι. Ο αρχηγός έτεινε το χέρι για να πάρει τον φάκελο, ο Αιγύπτιος του τον έδωσε χωρίς να μιλήσει και ο Ραζηκότσικας επέστρεψε μέσα στην πόλη, σπάζοντας τις δύο βούλες των πασάδων που κοσμούσαν το εξωτερικό του φακέλου. Ο Ραζηκότσικας στάθηκε στο κέντρο των οπλαρχηγών ξεδιπλώνοντας μια λευκή σελίδα και όλοι στύλωσαν τα αυτιά τους για να ακούσουν μόλις αυτός άρχισε να διαβάζει.

Βεζίρ Ρεσίτ Μεχμέτ Πασάς
Βεζίρ Ιμπραήμ Πασάς
Ρούμελη Βαλεσί Σερασκέρης
Μόρα Βαλεσί Σερασκέρης

Προς τους πολιορκημένους του Μεσολογγίου

Κατά την παράκλησή σας να μη συνεχιστούν άλλο οι ομιλίες μας, αλλά να σας παραδοθεί η απαίτηση μας γραπτώς, έτσι γίνεται η συμμόρφωσή μας. Αλλά η απόκριση μας παραμένει η ίδια με τον προφορικό μας λόγο, που σας δώσαμε εχθές. Οι ντόπιοι, δε, να παραμείνουν στις θέσεις τους δίνοντας τα όπλα τους, οι δε ξένοι, αφού παραδώσουν τα άρματα τους, ως και τον σουγιά, να έβγουν με τάξη από την πολιτεία και να απομακρυνθούν από αυτήν.

Εκ της αποφάσεως
22 Μαρτίου 1826, Μεσολόγγι

Ο Ραζηκότσικας τελείωσε με την ανάγνωση του γράμματος, σήκωσε το βλέμμα του και αντίκρισε τα εξαγριωμένα πρόσωπα των οπλαρχηγών και των αντρών τους. Τότε, πίσω από τις ντάπιες αλλά και πάνω σε αυτές, άρχισαν να ακούγονται βρισιές και προσβολές εναντίον των Τουρκοαιγυπτίων. Οι κλεισμένοι δεν μπορούσαν να χωνέψουν την απαίτηση των δύο πασάδων και τα μάτια ολονών πετούσαν σπίθες από τη λύσσα τους.

Αυτή η τρομακτική ένταση εξαπλώθηκε σε όλες τις

ντάπιες και δεν άκουγες τίποτα πια, παρά μόνο βρισιές και απειλές εναντίον του εχθρού. Ο Ραζηκότσικας χάρηκε βλέποντας τη μανία που έπιασε όλους τους άντρες μετά από αυτή την προσβολή του εχθρό, και κάλεσε κοντά του τον Νικόλα Κασομούλη, που ήταν γραμματικός και κρατούσε ημερολόγιο για τα γεγονότα που γινόταν στην πολιτεία.

«Μωρέ Νικόλα, βλέπεις τον Αιγύπτιο που στέκεται έξω από την ντάπια και περιμένει γραπτή την απόκριση μας, για να την πέμψει στους βεζίρηδες;» ρώτησε ο Ραζηκότσικας.

«Ναι, καπετάνιε, τον βλέπω» απάντησε ο Κασομούλης.

«Άρχισε, λοιπόν, να γράφεις ό,τι σου λέω και μην ακούς κανέναν πια».

Ο Κασομούλης έβγαλε από την τσάντα του ένα λευκό χαρτί και ένα μολυβδοκόντυλο και πήγε να ξεκινήσει, όταν πετάχτηκε ο Νότης Μπότσαρης, που ήταν εκεί κοντά και τον σταμάτησε.

«Σταμάτα, μωρέ Νικόλα. Σταμάτα να σου πω εγώ τι να γράψεις και αν δεν σας αρέσει το χαλνούμε και κάνουμε άλλο» είπε ο γέρο Σουλιώτης.

Ο Ραζηκότσικας έδωσε τη θέση του στον Μπότσαρη και αυτός άρχισε να μιλάει και ο Κασομούλης να γράφει.

Προς τους Υψηλούς Βεζιράδες

Ελάβαμεν το γράμμα σας σήμερον. Εμείς, αγάδες, κουβέντα δεν εζητήσαμε να κάνουμε. Εσείς επέμψατε πρώτοι και τη ζητήσατε. Βλέπομεν εις το γράμμα σας να ζητάτε τα άρματα και απορούμε πώς τολμήσατε να ζητήσετε οκτώ χιλιάδες άρματα, τα οποία αχνίζουν από το αίμα σας και να σας τα δώσουμε με τα ίδια μας τα χέρια; Τώρα βλέπομε πως εκείνο που θέλετε εσείς δε γίνεται, αλλά ούτε και εκείνο που θέλομε εμείς. Άρα θα γίνει αυτό που ο Θεός απεφάσισεν.

Εν Μισολόγγι, την 22 Μαρτίου 1826
Η Φρουρά του Μισολογγίου

Αφού ο Κασομούλης τελείωσε το γράψιμο, ο Ραζηκότσικας, πήρε το γράμμα και το διάβασε ακόμη μια φορά σε όλους τους καπεταναίους και αφού επιδοκίμασαν όλοι τα λόγια του Νότη Μπότσαρη, ο αρχηγός το πήρε και βγήκε για προτελευταία φορά από το τείχος για να δώσει το γράμμα στον αγγελιοφόρο των πασάδων.

Μετά και την κατάληψη του Ντολμά, από τις ενω-
μένες δυνάμεις των Αιγυπτίων και των Τουρκαλβανών,
ο σερασκέρης του Μοριά είχε πέσει σε βαριά συλλογή.
Ο Ιμπραήμ είχε φτάσει τον Δεκέμβριο του 1825 έξω από
τον φράχτη. με ολόκληρο τον στρατό του που αριθμούσε,
ούτε λίγο ούτε πολύ, είκοσι χιλιάδες πεζικό, οργανωμένο
από Ευρωπαίους αξιωματούχους, χωρίς να συνυπολογί-
ζονται οι σκλάβοι που ακολουθούσαν το στράτευμα. Είχε
καυχηθεί στον Κιουταχή, πως ο φράχτης, που αυτός δεν
μπορούσε να πατήσει, θα τον ισοπέδωνε ο στρατός του σε
μερικές ημέρες. Και τώρα είχαν περάσει μερικοί μήνες και
αυτός ήταν ακόμη καρφωμένος εκεί, με τον στρατό του να
έχει υποστεί τεράστιες απώλειες, κάτω από την απίστευ-
τη άμυνα των πολιορκημένων, το σύνολο των Ευρωπαίων
αξιωματικών του να έχει εξολοθρευτεί, καθώς το μένος
των πολιορκημένων έπεφτε πάνω σε αυτούς όταν έκα-
ναν τα γιουρούσια τους και συνολικά να έχει κλονιστεί η
εμπιστοσύνη των στρατιωτών του απέναντι στο πρόσωπό
του. Αυτό το τελευταίο στεναχωρούσε τον Ιμπραήμ περισ-
σότερο από όλα τα υπόλοιπα. Δε χρειαζόταν να του το πει
κανείς για να το καταλάβει. Το έβλεπε όταν επιθεωρούσε
τα τσακισμένα σώματα του στρατού του και το αίμα ανέ-
βαινε με ορμή στο κεφάλι του, θολώνοντας τη σκέψη του.

Ο Αιγύπτιος στρατηγός δεν μπορούσε να χωνέψει
την αντίσταση που πρόβαλαν οι ξυπόλητοι γκιαούρηδες.
Και σαν να μην έφταναν όλα αυτά, πριν μερικές μέρες
είχε λάβει ένα γράμμα από τον αρχηγό της ναυαρχίδας,
που είχε αποκλείσει το Μεσολόγγι από τη θάλασσα, πως

οι τροφές του κόντευαν να τελειώσουν και πως αν δεν έμπαινε μέσα στην πολιτεία νικητής σε μια εβδομάδα, αυτός θα σήκωνε πανιά, λύνοντας την πολιορκία από τη θάλασσα. Ο Ιμπραήμ διάβασε πολλές φορές το γράμμα του ναυάρχου γιατί αρνούνταν να καταλάβει τι έγραφε. Αν ο στόλος έκανε πανιά, οι γκιαούρηδες θα έβρισκαν τρόπο να πάρουν τροφές από τη θάλασσα, καθώς ο δικός τους στόλος παραμόνευε στα ανοιχτά. Και αυτό θα ήταν το φιλί του θανάτου για τις δυνάμεις του.

Για αυτό ο Αιγύπτιος σκέφτηκε να ζητήσει από τους γκιαούρηδες τα άρματα. Χθες η απάντησή τους ήταν αρνητική και σήμερα, ο αρχηγός τους ζήτησε, ό,τι θέλουν από εδώ και πέρα να το ζητάνε γραπτώς και ο Ιμπραήμ πνίγοντας την οργή που έβγαινε κατά κύματα από μέσα του, έστειλε ξανά τον αγγελιοφόρο του με γράμμα γραμμένο στα γκιαούρικα, να ζητήσει ακριβώς το ίδιο πράμα: Τα άρματα.

Τώρα ο Ιμπραήμ περίμενε στη σκηνή του την απόκριση των γκιαούρηδων και ο αγγελιοφόρος του δεν άργησε να τη φέρει, με την ίδια μορφή που είχε στείλει και αυτός. Γραπτά.

Μαζί με τον αγγελιοφόρο, στη σκηνή του Αιγυπτίου, μπήκε και ο Κιουταχής και ο Ιμπραήμ έδωσε το γράμμα σε έναν Έλληνα σκλάβο που είχε για διερμηνέα και τον πρόσταξε να το διαβάσει για να το ακούσουν και οι δύο βεζίρηδες.

Ο διερμηνέας πήρε το γράμμα και άρχισε να το διαβάζει με τα χέρια του να τρέμουν. Όταν ολοκλήρωσε την ανάγνωση, το τρέμουλο των χεριών του είχε γίνει πιο δυνατό από ποτέ και οι δύο πασάδες τον κοίταζαν λες και το γράμμα το είχε γράψει αυτός.

Απολιθωμένοι και με την οργή να χορεύει πάνω στα πρόσωπά τους, οι δύο πασάδες, διασταύρωσαν τα βλέμματα.

«Κιουταχή» γρύλλισε ο Ιμπραήμ, χρησιμοποιώντας σκόπιμα το παρατσούκλι του Τούρκου «μάζεψε τον ανάξιο στρατό σου και δίνε του από εδώ. Αρκετή ζημιά έχεις κάνει ήδη με την ανημποριά σου».

«Ιμπραήμ πασά, εσύ έλεγες πως θα πάρεις τον φράχτη σε δύο εβδομάδες. Πού είσαι όμως τώρα; Για δείξε μου τι έχεις καταφέρει που δεν έχω καταφέρει κι εγώ; Η διαφορά μας είναι πως εγώ είμαι διατεθειμένος να δώσω και τη ζωή μου για να πάρω τη γκιαουροπολιτεία, ενώ για σένα δεν είμαι καθόλου σίγουρος για το τι θα θυσίαζες».

Ο Ιμπραήμ χλόμιασε ακούγοντας τα λόγια του Κιουταχή. Το χέρι του κατευθύνθηκε αυτόματα στο σελάχι του, που ήταν χωμένο το χατζάρι του.

«Μην κάνεις τον κόπο Ιμπραήμ. Να τραβήξεις το χατζάρι εννοώ» είπε ο Κιουταχής.

«Δε θα φαγωθώ μαζί σου, γιατί θα το μάθουν οι γκιαούρηδες και τότε ποιος θα τους κρατάει πια. Μερικές φορές αναρωτιέμαι αν εμείς τους πολιορκούμε ή αν αυτοί πολιορκούν εμάς...»

Ο Κιουταχής, λέγοντας αυτά τα λόγια, βγήκε από τη σκηνή του Αιγύπτιου και απομακρύνθηκε από το στρατόπεδό του, μη θέλοντας, από τη λογομαχία, να καταλήξουν σε κανονική μονομαχία.

Αμέσως μετά, τα κανόνια του Ιμπραήμ, άρχισαν να στέλνουν τη σταυρωτή φωτιά τους μέσα στην πόλη.

Δύο μέρες μετά τη λογομαχία των δύο πασάδων και ενώ τα στρατεύματα του Ιμπραήμ συνέχιζαν το αδιάκοπο σφυροκόπημα με τα κανόνια και η εμπροσθοφυλακή του στρατού του πολεμούσε με την ψιλή φωτιά τους ετοιμοθάνατους, από την πείνα, κλεισμένους, ο Αιγύπτιος μαζί με το επιτελείο του, κίνησε για τη σκηνή του Κιουταχή, θέλοντας να δώσει ένα κίνητρο στον Τούρκο για να ξαναπέσει στη μάχη.

Ο Ιμπραήμ πέτυχε τον Κιουταχή στη σκηνή του και ο Τούρκος στρατηγός δεν έκανε καν τον κόπο να σηκωθεί και να χαιρετήσει τον Αιγύπτιο, μόλις αυτός πρόβαλε. Ο Ιμπραήμ προχώρησε στο εσωτερικό της σκηνής και είδε τον Κιουταχή ξαπλωμένο στις μαξιλάρες του.

Ο ρωμαλέος Τούρκος πασάς, μέσα σε έναν χρόνο που κρατούσε η πολιορκία, είχε γίνει άλλος άνθρωπος. Οι συνεχείς ήττες και οι χλευασμοί που δεχόταν από τα γκιαούρικα στήθια, είχαν θολώσει την άλλοτε καθαρή ματιά του τρομερού σερασκέρη και η μεγάλη πίεση του Σουλτάνου είχε κάνει τους περήφανους ώμους του να σκεβρώσουν.

Ο Ιμπραήμ τον αντίκρισε χωρίς την επίσημη στολή του και τα φκιασίδια και είδε πως τον είχε καταντήσει αυτός ο πόλεμος τον Τούρκο στρατηγό. Βαθιά μέσα του ο Αιγύπτιος χάρηκε.

«Μεχμέτ Ρεσίτ πασά, έρχομαι εδώ στη σκηνή σου απρόσκλητος τέτοια ώρα γιατί βρήκα τι πρέπει να κάνουμε για να πατήσουμε επιτέλους αυτήν την πόλη» είπε ο Ιμπραήμ και ο Κιουταχής μισόκλεισε τα βλέφαρα του γεμάτος καχυποψία.

«Και αφού το βρήκες, γιατί δε το κάνεις μόνο σου Ιμπραήμ, καμάρι της Αιγύπτου;» ρώτησε ο Κιουταχής, με φωνή που έσταζε ειρωνικό φαρμάκι.

«Σκέφτηκα πως έπρεπε να στο ανακοινώσω πρώτα για να κάνεις εσύ την αρχή. Δε θέλω να σε ντροπιάζω άλλο. Ούτε εσένα αλλά ούτε και το στράτευμά σου. Ας πάρεις και εσύ λίγη δόξα».

Ο Κιουταχής ανοιγόκλεισε ξαφνιασμένος τα μάτια. «Γιατί, πού είναι η δόξα που έχεις κατακτήσει εσύ και θέλεις να πάρω και εγώ λίγη; Δε βλέπω τίποτα δάφνες που να έχει κατακτήσει ο στρατός σου, παρά βλέπω μόνο φόβο και ανασφάλεια στα μάτια τους. Και μπορώ να ξεχωρίζω πολύ καλά το φοβισμένο βλέμμα γιατί το βλέπω έναν χρόνο τώρα μέσα στα μάτια των δικών μου στρατιωτών».

Ο Ιμπραήμ έκανε πως δεν άκουσε τα λόγια του Κιουταχή και συνέχισε.

«Ξεχνάς τις νίκες μου στα νησάκια Ρεσίτ; Στο Βασιλάδι και στον Ντολμά;»

«Όχι, δεν τις ξεχνώ. Αλλά τι κατάφερες μ' αυτές; Μπήκες μέσα στο Μεσολόγγι; Ή μήπως κλόνισες την άμυνα των γκιαούρηδων και τους έκανες να τα χάσουν;» ρώτησε ξανά ο Κιουταχής και ο Ιμπραήμ μίλησε ξεκάθαρα.

«Ρεσίτ, ένα ξερονήσι έχει μείνει ακόμη που το υπερασπίζονται εκατό κοκαλιάρηδες γκιαούρηδες. Σου δίνω την ευκαιρία να το πάρεις εσύ. Έτσι και αλλιώς αν δουν ένα κομμάτι από τα στρατεύματά μας να επιτίθεται κατά πάνω τους, το πιο πιθανό είναι να παραδοθούν χωρίς να πέσει τουφεκιά. Οι πληροφορίες μου λένε, πως η άμυνα αυτού του νησιού τρέφεται με χόρτα της θάλασσας. Άρα δε θα προβάλλουν καμιά αντίσταση γιατί δεν έχουν τη δύναμη να το κάνουν...»

Ο Κιουταχής κοίταξε σκεφτικός τον Ιμπραήμ. Η πρόταση του Αιγύπτιου δήλωνε ξεκάθαρα την επιθυμία του να ξανασμίξουν τα στρατεύματά τους, αλλά η περηφάνια του τον εμπόδιζε να το πει ξεκάθαρα. Αλλά και ο Κιουταχής ήθελε το ίδιο, γιατί ήξερε, από πρώτο χέρι, πως τώρα οι γκιαούρηδες γελούσαν με τον καινούριο τους τσακωμό, παρόλη τη δική τους οικτρή κατάσταση. Ο Κιουταχής, δε σκέφτηκε για πολύ, πριν δώσει την απάντησή του.

«Αύριο τέτοια ώρα, τα μπαϊράκια μου θα κυματίζουν πάνω στα ερείπια της γκιαούρικης εκκλησίας που βρίσκεται στην Κλείσοβα...»

Ο Ιμπραήμ άκουσε ευχαριστημένος την απάντηση του Κιουταχή και αποχώρησε από τη σκηνή του Τούρκου με ακόμη καλύτερη διάθεση από ότι είχε έρθει πριν.

Ξημέρωνε Ευαγγελισμός της Θεοτόκου, 25 Μαρτίου του 1826 και ένα θανατερό πούσι είχε απλωθεί πάνω από τη λιμνοθάλασσα αλλά και μέσα στην πόλη του Μεσολογγίου. Οι σκοποί στις ντάπιες δεν έβλεπαν στα πέντε βήματα, και αυτοί που γνώριζαν και διάβαζαν τα σημάδια της φύσης για τα μελλούμενα, έσφιγγαν τα όπλα τους λέγοντας στους συμπολεμιστές τους πως τούτη η αφύσικη ομίχλη είναι σημάδι μεγάλης αιματοχυσίας και σκοτωμού. Στο μεταξύ, τα κανόνια του εχθρού είχαν σωπάσει εντείνοντας το τρομακτικό σκηνικό, καθώς και ο παραμικρός ήχος που έβγαινε από τα βουλιαγμένα στήθια των πολεμιστών, παραμορφώνονταν από την ομίχλη και μεταφερόταν μακριά.

Νοτιοδυτικά του κάστρου και ακριβώς απέναντι από το νησί της Κλείσοβας, υπήρχε ένα πολύ μικρό κομμάτι γης που περικλείονταν από τη λιμνοθάλασσα και πάνω σε αυτή τη γλώσσα γης, οι κλεισμένοι, είχαν φτιάξει ένα οχύρωμα τοποθετώντας και εκεί φρουρά. Το νησάκι αυτό το ονόμαζαν Ανεμόμυλο. Τώρα στη φρουρά του Ανεμόμυλου επικρατούσε αναστάτωση λόγω της βαθιάς μουγγαμάρας της φύσης και οι αρματολοί ήταν σε επιφυλακή.

Ο χρόνος έμοιαζε να έχει χάσει τη συνοχή του και οι σκοποί στον Ανεμόμυλο νόμιζαν πως είχαν περάσει ώρες από τη στιγμή που ένα θαμπό φως φώτισε τη μέρα. Όλοι έκαναν ησυχία και τέντωναν τα αυτιά τους.

Και εκεί που όλα έμοιαζαν ήσυχα, παφλασμός κουπιών άρχισε να ακούγεται μέσα από την ομίχλη που σκέπαζε τη λιμνοθάλασσα. Οι αρματολοί του Ανεμόμυλου έσφιξαν τα όπλα και προσπαθούσαν να σκίσουν το πούσι με τα μάτια τους, αλλά του κάκου. Ο επικεφαλής της φρουράς έδωσε εντολή σε έναν αρματολό να φύγει με το προιάρι⁴⁶ για το Μεσολόγγι και να ειδοποιήσει τους καπεταναίους για τον ήχο των κουπιών που άκουγαν. Ο αρματολός έφυγε από το πόστο του, πήδηξε σε μια μικρή βαρκούλα που σκαμπανέβαζε στο κύμα και άρχισε να απομακρύνεται χώνοντας το κοντάρι στον βυθό.

Και τότε, λες και η απομάκρυνση του αρματολού από τον Ανεμόμυλο έδωσε το σύνθημα στη φύση για να αλλάξει τα χνώτα της, ένας πνιγερός άνεμος σηκώθηκε από την επιφάνεια της λιμνοθάλασσας, διαλύοντας το σκοτεινό πούσι και τα γκρίζα σύννεφα και ένας λαμπρός ήλιος ισορρόπησε στο πρωινό.

Εκείνη τη στιγμή, τα μάτια των αρματολών, έπεσαν στη λιμνοθάλασσα και η ανάσα τους σκάλωσε στον λαιμό τους. Από την ντάπια της Μαρμαρούς μέχρι την ντάπια της Κλείσοβας, η θάλασσα είχε πήξει από τούρκικα προιάρια και πάσαρες. Όλη η πολιτεία από τη μεριά της λιμνοθάλασσας, δεχόταν μαζική επίθεση.

Οι υπερασπιστές του Ανεμόμυλου είχαν ανοίξει ήδη πυρ προς τα επιτιθέμενα προιάρια και στον χορό της φωτιάς μπήκε η ντάπια της Κλείσοβας και η ντάπια της Μαρμαρούς. Οι κλεισμένοι από τις άλλες ντάπιες, μόλις άκουσαν τον χαλασμό που γινόταν, παράτησαν τα πόστα τους και όρμησαν προς τις δύο αυτές μεριές για να συνδράμουν τους συμπολεμιστές τους. Οι καπεταναίοι, με ουρλιαχτά προσπαθούσαν να κρατήσουν τους άντρες στα πόστα τους, γιατί ο κίνδυνος ήταν πολύ μεγάλος αν η επίθεση

─────────────
46 Προιάρι: μικρή βάρκα

ήταν για αντιπερισπασμό. Ο Τζαβέλας με τη Βοήθεια βρισκόταν ήδη στην ντάπια της Κλείσοβας οργανώνοντας την άμυνα, όταν έφτασε εκεί ο Μακρής με τον Ραζηκότσικα και ο αρχηγός των Μεσολογγιτών ρώτησε, χωρίς αργοπορία, τον Σουλιώτη, ποια είναι η κατάστασή τους.

«Καπετάν Θανάση, νομίζω πως οι άπιστοι κάτι περιμένουν και δεν έχουν ρίξει ακόμη όλες τους τις δυνάμεις. Μόνο μας απασχολούν» είπε ο Τζαβέλας και δεν πέρασαν παρά μόνο λίγα λεπτά, όταν οι πάσαρες και τα προιάρια των Τούρκων, συμπτύχτηκαν, άλλαξαν κατεύθυνση και όρμησαν όλα μαζί για το νησάκι που έστεκε ανάμεσα στον Ανεμόμυλο και την ντάπια της Κλείσοβας, την ίδια την Κλείσοβα.

Ο Τζαβέλας, από την ντάπια της Κλείσοβας, μόλις κατάλαβε το σχέδιο του εχθρού, μάτωσε τα χείλη του από το κακό του. «Η Κλείσοβα δεν πρέπει να πέσει στα χέρια των εχθρών» σκέφτηκε και χωρίς να περιμένει άνοιξε το στόμα του και φώναξε για να ακουστεί πάνω από την μπατάλια⁴⁷.

«Υπάρχει εδώ κανένας ικανός ηρωιαρηζής για να με πάει μέχρι την Κλείσοβα;»

Ο Σουλιώτης δεν πρόλαβε να κλείσει το στόμα του όταν ακούστηκαν μερικές νεανικές αποφασιστικές φωνές.

«Εγώ, καπετάνιε, θα σε πάω, με το προιάρι μου. Πήδα μέσα να φύγουμε για να προλάβουμε τους άπιστους...»

Η καρδιά του Τζαβέλα κόντεψε να πετάξει μέσα στα στήθια από την τόλμη του νεαρού, που είχε πηδήξει κιόλας μέσα στο προιάρι του και περίμενε. Ο Σουλιώτης δεν έχασε καιρό για να το συζητήσει. Διάλεξε τρία από τα

47 Μπατάλια: συνεχές πυρ

παλικάρια του και πήδηξε μαζί τους μέσα στο προιάρι, που σκαμπανέβαζε ανυπόμονα στο κύμα. Ο νεαρός προιαρτζής έλυσε το σκοινί, που το κρατούσε δεμένο, πίεσε το κοντάρι στον βυθό της λιμνοθάλασσας και άρχισε να απομακρύνεται από την ακτή, βάζοντας πλώρη για την Κλείσοβα που την κουλούριαζαν κιόλας οι εχθροί.

Ο Τζαβέλας στάθηκε στην πλώρη ανυπόμονος, όταν ένιωσε ένα άγγιγμα στο πόδι του και γύρισε να δει και τα μάτια του άνοιξαν διάπλατα από την έκπληξη. Γύρισε να διατάξει τον προιαρτζή να γυρίσει πίσω αλλά κατάλαβε πως ήταν ήδη αργά. Άρχισε τότε ο οπλαρχηγός να βρίζει και να καταριέται κοιτώντας αυτόν που στεκόταν δίπλα στο δεξί του πόδι. Τον μικρό Σφήκα που είχε πηδήξει αθόρυβα στο προιάρι.

Στην ντάπια της Κλείσοβας, ο Ραζηκότσικας, ετοίμαζε ήδη ακόμη ένα προιάρι για να ακολουθήσει τον Τζαβέλα, όταν οι συμπολεμιστές του έπεσαν πάνω του και με χίλια παρακάλια, κατάφεραν να τον κρατήσουν στο Μεσολόγγι. Και τότε, οι κανονιοφόρες πάσαρες των Τούρκων, άνοιξαν πυρ κατά των πρόχειρων οχυρώσεων της Κλείσοβας.

Ο Τζαβέλας, μόλις έφτασε σε πολύ κοντινή απόσταση από το νησί, διέταξε τους άντρες του να πηδήξουν στο νερό και να βγουν στη στεριά κολυμπώντας, αν και δεν ήταν απαραίτητο, καθώς τα νερά σε εκείνο το σημείο ήταν ρηχά. Με αστραπιαίες κινήσεις, οι επιβάτες του προιαριού, πήδηξαν μέσα στο νερό και όρμησαν προς το νησί. Πίσω τους η θάλασσα πύκνωνε από τις τούρκικες πάσαρες.

Μετά από ελάχιστα λεπτά, ο Τζαβέλας, πάτησε το

πόδι του πάνω στο νησί και τράβηξε την πάλα του ανεμίζοντάς τη για να δώσει θάρρος στους υπερασπιστές της Κλείσοβας. Εκείνη ακριβώς τη στιγμή, τα κανόνια των Τούρκων άνοιξαν πυρ και μια μπάλα βρήκε την πάλα του Τζαβέλα στη μέση, σπάζοντας τη σε δύο κομμάτια. Από καθαρό θαύμα δεν τραυματίστηκε και ο Σουλιώτης. Ο Τζαβέλας έσκυψε, για ένα κλάσμα του δευτερολέπτου, για να μαζέψει από κάτω το σπασμένο κομμάτι του σπαθιού του και μετά έτρεξε προς το πρόχειρο ταμπούρι του νησιού, όπου οι υπερασπιστές του τον υποδέχτηκαν με κραυγές χαράς και πολεμικού μένους.

Στο μεταξύ, τα τούρκικα προιάρια και οι πάσαρες, ολοένα και πλησίαζαν και μόλις έφτασαν στο όριο του βεληνεκούς των όπλων των Ελλήνων, σταμάτησαν όλες μαζί απότομα, σαν να προσέκρουσαν πάνω σε κάτι. Οι τσαούσηδες, τότε, με τα μαστίγια στο χέρι, ούρλιαξαν στους νιζάμηδες να πηδήξουν από τις βάρκες και να ορμήσουν στο νησί.

Και τότε άρχισε το ατελείωτο αιματοκύλισμα της Κλείσοβας.

Όταν οι οπλαρχηγοί αποφάσισαν να στείλουν φρουρά στα νησιά της λιμνοθάλασσας, ο επικεφαλής της φρουράς που στάλθηκε στην Κλείσοβα, ο Παναγιώτης Σωτηρόπουλος, είχε την ιδέα να φτιάξουν παλούκια και να τα μπήξουν στον βυθό της λιμνοθάλασσας, γύρω από το νησί για να εμποδίσουν την επίθεση του εχθρού με τις πάσαρες και τα προιάρια. Το σχέδιό του τέθηκε σε εφαρμογή και οι Έλληνες που βρέθηκαν πάνω στο νησί, μέτρησαν τη απόσταση που έφταναν τα βόλια των καριοφιλιών τους, από τη θέση άμυνας μέχρι κάποιο σημείο στη λιμνοθάλασσα και άρχισαν εκεί να μπήγουν τα παλούκια στον λασπώδη βυθό με τέτοιο τρόπο, ώστε οι κορυφές τους να χτυπούν στην καρίνα από τις τούρκικες βάρκες, εμποδίζοντάς τες να προχωρήσουν. Έτσι οι Τούρκοι στρατιώτες θα ήταν αναγκασμένοι να πηδήξουν μέσα στη λιμνοθάλασσα με όλο τον οπλισμό τους και εκεί να γίνουν έρμαια των καριοφιλιών της Κλείσοβας, καθώς δεν υπήρχε τρόπος να καλυφθούν.

Ο Τζαβέλας πρόσεξε αυτόν τον ευφυέστατο τρόπο άμυνας του νησιού και διέταξε τους δικούς του να πηδήξουν αμέσως στη θάλασσα και να φτάσουν στην Κλείσοβα.

Και τώρα, τα εκατόν είκοσι καριοφίλια της Κλείσοβας, είχαν αρχίσει το τρομερό έργο για το οποίο είχαν φτιαχτεί.

Οι νιζάμηδες, που πηδούσαν από τις βάρκες τους, βρίσκονταν μέχρι το στήθος μέσα στο νερό και πολλές φορές μέχρι τον λαιμό. Τα φυσέκια τους μούσκευαν και αχρηστεύονταν. Το ίδιο και τα καριοφίλια τους. Οι τσαούσηδες και τα ρετζάλια τούς μαστίγωναν για να προχωρήσουν και εκείνοι πήγαιναν ίσια μπροστά στον θάνατο, με γυάλινα από τον τρόμο μάτια και κερένια όψη.

Οι υπερασπιστές του νησιού έριχναν στο ψαχνό και κανένα βόλι δεν πήγαινε χαμένο. Το μόνο που είχαν να κάνουν ήταν να σημαδεύουν ανενόχλητοι και να στέλνουν τους εχθρούς τους στον άλλο κόσμο.

Ακόμη και ο Σφήκας, που είχε μεθύσει από τον τρόμο και την ένταση της μάχης, ήταν ανεβασμένος στο καμπαναριό της μικρής εκκλησίας που βρισκόταν πάνω στην Κλείσοβα και με ένα καριοφίλι που είχε πάρει από τα λάφυρα, έριχνε και αυτός βρίζοντας με χυδαία λόγια τους Τούρκους.

Το πρώτο κύμα της επίθεσης του Κιουταχή τσακίστηκε πάνω στην ασίγαστη φωτιά των υπερασπιστών του νησιού, αλλά το δεύτερο κύμα ήρθε πολύ γρήγορα, χωρίς να δώσει καθόλου καιρό στους Έλληνες να ανασάνουν. Οι νιζάμηδες που επιτέθηκαν ήταν τόσοι πολλοί, που όσο γρήγορα και να πυροβολούσαν οι υπερασπιστές του νησιού, αυτοί κατάφεραν να φτάσουν και να πατήσουν το χώμα του, αλλά εκεί πάνω, ο καταιγισμός από τα βόλια ήταν τόσο μεγάλος, που μέχρι να χαρούν τη μικρή τους νίκη, σωριάστηκαν όλοι νεκροί. Όσοι από τους Τούρκους στρατιώτες, βρίσκονταν ακόμη στις βάρκες και πηδούσαν στο νερό, έβλεπαν την αντίσταση του νησιού και η ψυχή τους ανέβαινε στο στόμα. Οι αξιωματικοί ούρλιαζαν διαταγές και σκότωναν εκείνους που πισωγύριζαν, αλλά όσοι λιγοψυχούσαν, μπροστά στην ασίγαστη φωτιά που εξαπολυόταν από την Κλείσοβα, ήταν τόσοι πολλοί που δεν μπορούσαν να τους κρατήσουν όλους.

Κόντευε να μεσημεριάσει και πάνω στην Κλείσοβα ο καπνός από τα καριοφίλια και από τα κανόνια ήταν τόσο πυκνός, που θαρρούσες πως κάποιο θυμωμένο σύννεφο είχε πάει και είχε σταθεί πάνω από το νησάκι. Οι φωνές των υπερασπιστών είχαν σπάσει και από τους λαιμούς τους έβγαιναν μόνο κάτι βραχνά κρωξίματα. Τα μαλλιά και τα μουστάκια τους είχαν γίνει σαν καρφιά και πετούσαν γύρω από τα πρόσωπα και τα κεφάλια τους σαν αλλόκοτα κράνη. Τα μάτια τους γυάλιζαν και δεν μπορούσαν να καταλάβουν ποιος από τους συμπολεμιστές τους βρισκόταν δίπλα τους.

Και αν η φρίκη είχε όψη, τότε θα έμοιαζε με τη λιμνοθάλασσα που περιέβαλλε την Κλείσοβα εκείνη τη μέρα. Το κύμα της που έσκαγε πάνω στην παραλία του νησιού, ήταν κόκκινο, σαν κρασί, από το αίμα των σκοτωμένων Τούρκων και ο αφρός κοκκινογάλαζος και αυτός, πεταγόταν στον αέρα και λέρωνε τις πέτρες της ακρογιαλιάς. Στην επιφάνεια της λιμνοθάλασσας τουλάχιστον χίλια τούρκικα κουφάρια επέπλεαν σχηματίζοντας ανθρώπινες κηλίδες. Άλλα τα τραβούσε ο άνεμος κατά το Μεσολόγγι και άλλα κατά το ανοιχτό πέλαγος. Από παντού ακουγόταν υστερικές κραυγές απελπισίας και τρέλας, ανάμεικτης με φόβο και πανικό. Βογκητά από τους τραυματίες συμπλήρωναν το σκηνικό του τρόμου και η θέα των νιζάμηδων να πετούν τα όπλα τους και να φεύγουν για να γλιτώσουν τη ζωή τους, με μάτια γεμάτα από λευκό τρόμο, ήταν ικανά να κόψουν τα ήπατα και του πιο αντρειωμένου.

Ο Κιουταχής παρακολουθούσε την πανωλεθρία του στρατού του με το κιάλι του και όταν είδε και το δεύτερο γιουρούσι του να αποτυγχάνει, έσπασε το κιάλι στο γόνατο και με μάτια γεμάτα από φονική οργή, καβαλίκεψε το άτι του, μάζεψε γύρω του τους πιο αντρειωμένους πολεμιστές του και μπήκε επικεφαλής αυτός στο καινούριο γιουρούσι του στρατού του.

Τα ρετζάλια και οι τσαούσηδες, είδαν τον αρχηγό τους να έχει φτάσει κιόλας στην ακρογιαλιά και με φοβερές φωνές και ουρλιαχτά διέταξε να του ετοιμάσουν μια πάσαρα για να μπει αυτός επικεφαλής στην επίθεση. Τότε και εκείνοι τσακίστηκαν να εμψυχώσουν τους κατατρομοκρατημένους στρατιώτες τους, για να οργανώσουν μια καινούρια επίθεση. Από το τουρκικό στρατόπεδο, τότε, βγήκε η μεγαλύτερη δύναμη που είχε στείλει ποτέ ο Κιουταχής εναντίον των γκιαούρηδων. Το νέο πως ο ίδιος ο Κιουταχής οδηγούσε αυτή την επίθεση, γέμισε θάρρος τις καρδιές των Τούρκων και τώρα ορμούσαν όλοι μαζί, κοπαδιαστά, προς την ακρογιαλιά για να προλάβουν να μπουν στα προιάρια και τις πάσαρες και να εξολοθρεύσουν τον εχθρό.

Οι υπερασπιστές της Κλείσοβας πρόλαβαν και ξαπόστασαν μερικά λεπτά, ανάμεσα στο δεύτερο και στο τρίτο γιουρούσι και μετά ο πόλεμος ξανάρχισε με δέκα φορές μεγαλύτερη ένταση από την προηγούμενη.

Περίπου δύο χιλιάδες Τούρκοι περικύκλωσαν το νησάκι και άρχισαν να πηδούν στο κόκκινο, από το αίμα, νερό και με τρομερούς αλαλαγμούς όρμησαν προς την παραλία. Οι καρδιές των νιζάμηδων, μπορεί στην αρχή να είχαν γεμίσει με θάρρος στη θέα του μεγάλου τους σερασκέρη να βρίσκεται όρθιος μέσα στην πάσαρα και να τους οδηγεί, αλλά πάνω στις βάρκες τους αντίκρισαν το αποτέλεσμα ολόκληρου του πρωινού, που είχε περάσει και τα γόνατά τους άρχισαν να λύνονται. Σε όλη τη λιμνοθάλασσα, οι τουρκικές πάσαρες χτυπούσαν πάνω σε κορμιά συμπολεμιστών τους που είχαν πεθάνει από τα ελληνικά βόλια. Η θέα τόσων πολλών νεκρών συμπολεμιστών τους διέλυσε το πρόχειρο τείχος θάρρους που είχαν σηκώσει στις καρδιές τους και τους έφερε αντιμέτωπους με την ωμή πραγματικότητα. Και όταν τα βόλια των Ελλήνων άρχισαν να σφυρίζουν ανάμεσά τους και να σωριάζουν και άλλους νεκρούς, ο πανικός τους άρχισε να ξαναβγαίνει ορμητικός στην επιφάνεια.

Παρόλα αυτά, ο αριθμός τους ήταν τόσο μεγάλος, που ήδη η εμπροσθοφυλακή από τους επιτιθέμενους πάτησε το πόδι της στην παραλία της Κλείσοβας και άρχισε να στήνει τα μπαϊράκια της.

Οι υπερασπιστές του νησιού πυροβολούσαν με τόσο μεγάλη ψυχραιμία και αταραξία, που κάθε μια μπαταριά από τα εκατόν είκοσι καριοφίλια που ακουγόταν, ισάριθμοι εχθροί σωριάζονταν νεκροί ή τραυματίες. Οι απώλειές τους ήταν τρομακτικές αλλά οι Τούρκοι συνέχιζαν να προχωρούν μέσα στο φονικό χαλάζι από βόλια και θα πατούσαν το νησί, αν δεν τους εμπόδιζε η μεγάλη τόλμη και παράλληλα η απροσεξία του αφέντη τους.

Ο Κιουταχής, βρισκόταν, σε όλη τη διάρκεια της επίθεσης, όρθιος μέσα σε μια μεγάλη πάσαρα, γκαρδιώνοντας τους στρατιώτες του, άλλοτε με φοβέρες και άλλοτε με ταξίματα, όταν ένα ελληνικό βόλι τον βρήκε στο γόνατο σωριάζοντάς τον μέσα στην πάσαρα.

Μέσα σε δευτερόλεπτα η είδηση του τραυματισμού του Κιουταχή, εξαπλώθηκε στο τούρκικο ασκέρι, όπως η φωτιά στα ξερά φρύγανα. Και τότε οι γκαρδιωτικές φωνές μετατράπηκαν σε ουρλιαχτά τρόμου και αγωνίας. Η μεγάλη τους επίθεση ανατράπηκε και οι πάσαρες που ήταν γεμάτες με πολεμιστές προσπάθησαν να γυρίσουν για να υποχωρήσουν. Έτσι όμως όπως ήταν φορτωμένες με άντρες, οι περισσότερες από αυτές ανατράπηκαν και οι Τούρκοι βρήκαν φριχτό θάνατο από πνιγμό. Αυτοί που είχαν ήδη πατήσει το χώμα του νησιού, απόμειναν μόνοι τους και πέθαναν μέσα σε λίγα λεπτά από τα βόλια που έπεφταν βροχή γύρω τους. Και αυτοί που είχαν πηδήξει από τις βάρκες για να βγουν στην ακτή, τα έχασαν και είτε πνίγηκαν στον βούρκο της λιμνοθάλασσας, είτε χάθηκαν στις τριγύρω βαλτώδεις περιοχές.

Μέσα σε μερικά λεπτά η τρίτη επίθεση του Κιουταχή μετατράπηκε σε άτακτη φυγή.

Ο Τζαβέλας, μαζί με τους υπερασπιστές του νησιού, ξέσπασαν σε άγριες κραυγές βλέποντας τους Τούρκους να υποχωρούν πανικόβλητοι. Αμέσως κατάλαβαν πως κάποιο μεγάλο κεφάλι είχαν λαβώσει ή σκοτώσει και προκλήθηκε τέτοιος πανικός. Οι πιο αγριεμένοι από αυτούς, είχαν πηδήξει έξω από το τείχος και σκότωναν χωρίς έλεος όσους τραυματίες κείτονταν στην παραλία. Μερικοί άλλοι, κυνηγούσαν στα ρηχά της λιμνοθάλασσας, εκείνους που είχαν τραπεί σε φυγή και όταν τους έφταναν τους αποκεφάλιζαν βγάζοντας κραυγές, που πολύ λίγο έμοιαζαν με ανθρώπινες.

Ο Τζαβέλας, ανεπηρέαστος από την τρομερή ένταση της μάχης, είχε μυαλό να σκεφτεί καθαρά και έστειλε ένα προιάρι στο Μεσολόγγι με μήνυμα να τους προμηθέψουν με μπαρουτόβολα, νερό και κανένα κομμάτι ψωμί αν υπήρχε. Το μήνυμα ανέλαβε να μεταφέρει ο νεαρός που είχε κουβαλήσει με το προιάρι του τον Τζαβέλα στην Κλείσοβα.

Ο μικρός προιαρτζής πήδηξε σε μια πάσαρα που ήταν παρατημένη στην παραλία, έχωσε το κοντάρι στον βυθό και απομακρύνθηκε γοργά σκίζοντας το πορφυρό νερό. Στον δρόμο αντάμωσε δυο μεσολογγίτικες πάσαρες που πήγαιναν προς την Κλείσοβα με μερικούς Σουλιώτες που ανήκαν στο σώμα της Βοήθειας και πήγαιναν να συναντήσουν τον αρχηγό τους. Ο μικρός προιαρτζής έδωσε το μήνυμα του Τζαβέλα σε αυτούς και εκείνοι γύρισαν πίσω μεταφέροντας το μήνυμα στους οπλαρχηγούς, που βρισκόταν στην ντάπια της Κλείσοβας παρακολουθώντας το χαλασμό της Κλείσοβας. Ο Ραζηκότσικας διάβασε το μήνυμα του Τζαβέλα και χωρίς να χάσει καιρό διέταξε να γεμίσουν δύο βαρέλια με νερό και δύο κιβώτια με μπαρούτι και βόλια που τα φόρτωσαν αμέσως σε μια γάϊτα[48]

---

48 Γάϊτα: είδος βάρκας μεγαλύτερης από πάσαρα που έχει την δυνατότητα να κουβαλά μικρά φορτία.

που αναχώρησε κατευθείαν για την Κλείσοβα. Ο Ραζηκό-
τσικας είχε δει ότι ο Τζαβέλας χρειαζόταν και μερικά δρά-
μια ψωμί αλλά αυτό είχε εκλείψει παντελώς.

Ο Ιμπραήμ, παρακολουθούσε από το πρωί τον
χαλασμό που γινόταν στην Κλείσοβα, και όταν είδε την
πανωλεθρία του Κιουταχή και έμαθε και για τον τραυ-
ματισμό του, ένιωσε πως είχε έρθει η ώρα η δική του και
ξεκίνησε για τη σκηνή του Κιουταχή, για να δει, δήθεν, τη
σοβαρότητα του τραυματισμού του.

Στο τουρκικό στρατόπεδο επικρατούσε μεγάλη ανα-
ταραχή και πανικός. Οι τραυματίες κατέφταναν διαρκώς
και οι κραυγές τους αντηχούσαν μέχρι τα ουράνια. Οι νι-
ζάμηδες έτρεχαν άσκοπα από εδώ και από εκεί και καμιά
πεντακοσαριά από αυτούς, στεκόταν έξω από τη σκηνή
του σερασκέρη τους, τρέμοντας για τη ζωή του. Κανείς δεν
ήξερε πού και πόσο σοβαρά είχε τραυματιστεί ο Κιουταχής
και οι φήμες οργίαζαν. Μόλις έφτασε ο Ιμπραήμ έξω από
τη σκηνή, απλώθηκε σιωπή και οι νιζάμηδες άνοιξαν χώρο
για να περάσει ο Αιγύπτιος. Ο Ιμπραήμ, με αργό και μεγα-
λοπρεπή βηματισμό, προχώρησε και αφού παραμέρισε το
ύφασμα που κρεμόταν για πόρτα, μπήκε μέσα.

Ο Κιουταχής ήταν ξαπλωμένος στα μαξιλάρια του
και το αριστερό του πόδι ήταν φασκιωμένο με επιδέ-
σμους. Τα μάτια των δύο πασάδων συναντήθηκαν και το
ένα φρύδι του Αιγύπτιου σηκώθηκε με αποδοκιμασία.

«Βλέπω πως πας να τηρήσεις την υπόσχεσή. σου
Ρεσίτ» είπε «αλλά νόμιζα πως θα έδινες ακόμη και τη
ζωή σου για να κατακτήσεις το Μεσολόγγι και όχι αυτό
το ξερονήσι...»

Ο Κιουταχής άκουσε τον χλευασμό του Αιγυπτίου και την ειρωνεία που χρωμάτιζε τη φωνή του και έκλεισε τα μάτια του σφιχτά, από τον πόνο, αλλά κυρίως από την ανήμπορη οργή που ένιωθε. Για αρκετή ώρα δε μίλησε και ο Ιμπραήμ συνέχισε.

«Αφού απέτυχες να πατήσεις και αυτό το μικρό νησί, μου δίνεις την άδεια να προσπαθήσω εγώ με το ασκέρι μου Ρεσίτ;»

Τότε ο Κιουταχής άνοιξε για πρώτη φορά το στόμα του και με φωνή που φανέρωνε τον πόνο του είπε: «Ορέ Ιμπραήμ, το θέλημα του Σουλτάνου να γίνει και να αφανιστούν οι εχθροί μας. Το ποιος θα τους αφανίσει λίγο πια με νοιάζει, αρκεί ν' αφανιστούν».

Ο Ιμπραήμ γέλασε κρυφά μόλις άκουσε τα λόγια του Τούρκου. Γύρισε και έφυγε από τη σκηνή διατάζοντας ήδη τους αξιωματικούς να ετοιμάσουν τον στρατό για επίθεση.

Εν τω μεταξύ, η φορτωμένη γάιτα είχε πλευρίσει τις ακτές της Κλείσοβας και οι υπερασπιστές της κατέβαζαν τα πολύτιμα πολεμοφόδια και τα βαρέλια με το νερό και τα μετέφεραν στις οχυρώσεις τους. Οι ιαχές χαράς ήταν τόσο δυνατές που οι καπετάνιοι, στην ντάπια της Κλείσοβας, κατάλαβαν πως η γάιτα έφτασε σώα στο νησί. Τότε με τη σειρά τους οι πολεμιστές, πήγαιναν στα νεροβάρελα, έχωναν το πρόσωπο τους στο νερό για να δροσιστούν και έκαναν χούφτες τα χέρια τους πίνοντας αχόρταγα. Κανένας τους δε ρώτησε για τροφές. Όλοι γνώριζαν την κατάσταση και όλοι φρόντισαν να γεμίσουν τα στομάχια τους με νερό για να μην παραπονιούνται. Όταν όλοι οι πολεμιστές δροσίστηκαν, άρχισαν να πλένουν τα καριοφίλια τους που είχα στείλει στον θάνατο τόσους εχθρούς, και σε όλο το νησάκι της Κλείσοβας ακουγόταν βραχνές κραυγές χαράς και τρελαμένα γέλια. Ο άνεμος που είχε σηκωθεί, έκανε τη λιμνοθάλασσα να κυματίζει και τα αμέτρητα κουφάρια των Τούρκων λικνιζόταν απαλά στην αγκαλιά της.

Μία ώρα είχε περάσει από την άτακτη υποχώρηση των στρατευμάτων του Κιουταχή. Οι πολεμιστές μόλις που είχαν προλάβει να καθαρίσουν τα καριοφίλια τους, όταν από τη στεριά ακούστηκε δαιμονισμένος ήχος από τύμπανα και σάλπιγγες. Όλοι οι υπερασπιστές της Κλείσοβας σήκωσαν τα κεφάλια τους, πάνω από το τείχος, για να δουν τι συμβαίνει. Στην αρχή δε διέκριναν τίποτα αλλά μετά από λίγο είδαν ένα μεγάλο κομμάτι του στρατού του Ιμπραήμ, να συγκεντρώνεται απέναντί τους και να ρίχνει βάρκες στο νερό, ενώ δίπλα τους, οι τυμπανιστές και οι σαλπιγκτές του Αιγύπτιου στρατηγού, έδιναν τον ρυθμό τους σ' αυτή την καινούρια επίθεση.

Πάνω στην ντάπια της Κλείσοβας, οι καπεταναίοι μαζί με τα παλικάρια τους, είχαν κάψει τον ουρανό με τις μπαταριές χαράς που είχαν ρίξει όταν είδαν τους Τούρκους να υποχωρούν πανικόβλητοι. Τώρα όμως οι κραυγές χαράς μετατράπηκαν σε βογκητά απελπισίας καθώς είδαν τους Αιγύπτιους να συγκεντρώνονται και να μπαίνουν στις βάρκες για να επιτεθούν. Ο αριθμός τους ήταν τόσο μεγάλος, που ακόμη και οι πιο αισιόδοξοι έσκυψαν τα κεφάλια τους περιμένοντας το αναπόφευκτο. Τότε ο Ραζηκότσικας, βλέποντας την ταραχή και την απογοήτευση που κυριαρχούσε, φώναξε για να τον ακούσουν όλοι.

«Μωρέ, παλικάρια, τα αδέρφια μας στην Κλείσοβα θα σφάζονται και εμείς θα καθόμαστε εδώ και θα τους παρακολουθούμε με σταυρωμένα χέρια;»

Όλοι γύρισαν και κοίταξαν τον καχεκτικό Μεσολογγίτη που τα μάτια του έλαμπαν πάλι με την παλιά τους λάμψη.

«Τις θες να κάνουμε, αρχηγέ; Να πέσουμε στη λιμνοθάλασσα και να βγούμε κολυμπώντας στην Κλείσοβα για να τους βοηθήσουμε; Αν αυτή είναι η επιθυμία σου, πες την τώρα για να την εκτελέσουμε» φώναξε ένας Μεσολογγίτης, που τα χέρια του ίσα που μπορούσαν να βαστάξουν το καριοφίλι.

«Τώρα να βγούμε και να κάνουμε γιουρούσι στους αραπάδες και τους Τουρκαλβανούς για να τους ταράξουμε όσο μπορούμε, μπας και γλιτώσει η Κλείσοβα» είπε ο Ραζηκότσικας και τα λόγια του τα δέχθηκαν με χαρά οι πολεμιστές. Σε λίγα λεπτά της ώρας, ετοιμάστηκαν όλοι, μένοντας στο γελέκι και περιμένοντας τη διαταγή του αρχηγούς τους για να ανοίξουν τα πορτέλα και να ορμήσουν.

Ο Σφήκας, σκαρφαλωμένος στο καμπαναριό της εκκλησίας της Κλείσοβας, παρακολουθούσε τη λιμνοθάλασσα να μαυρίζει από τις αιγυπτιακές βάρκες. Ο αριθμός τους ξεπερνούσε κάθε προσδοκία και ολονών η πλώρη έδειχνε κατευθείαν πάνω στο νησί. Ο Σφήκας έσφιγγε το καριοφίλι τόσο δυνατά που τα χέρια του είχαν παραλύσει. Ξαφνικά άκουσε θόρυβο από κάτω του, κατέβηκε μερικά σκαλοπάτια, κοίταξε στο εσωτερικό της εκκλησίας και είδε τον Τζαβέλα να στέκεται μπροστά την εικόνα της Παναγίας.

Ο Σουλιώτης κρατούσε στα χέρια του τα δύο κομμάτια της σπασμένης του πάλας και τα απόθεσε στα πόδια της εικόνας. «Παναγιά μου, δώσε μας δύναμη να αντέξουμε» ψιθύρισε και αφού τα ματωμένα του δάχτυλα χάιδεψαν το πολυκαιρισμένο ξύλο, σηκώθηκε πάνω και βγήκε από την εκκλησία.

Ο Σφήκας έκανε τον σταυρό του, φίλησε το καριοφίλι του και ανέβηκε ξανά στη θέση του, βλέποντας το λεφούσι του εχθρού να ξανοίγεται μπροστά του.

Και μέσα σε λίγα λεπτά, το νησάκι, κυκλώθηκε από τους εχθρούς. Το σύνθημα της επίθεσης δόθηκε και η κόλαση αποφάσισε να αλλάξει λημέρια και να εγκατασταθεί πάνω και γύρω από τη γλώσσα της γης που ονομάζεται Κλείσοβα.

Οι πολεμιστές που βρίσκονταν πάνω στο νησί, άρχισαν να χάνουν την επαφή τους με τον χρόνο και την πραγματικότητα. Ολόκληρη η ύπαρξή τους συσσωρεύτηκε στο πόσο γρήγορα μπορούσαν να γεμίσουν το καριοφίλι τους, αφού είχαν πυροβολήσει και είχαν χρεωθεί άλλη μια ανθρώπινη ψυχή. Οι κραυγές, οι νουθεσίες, τα ουρλιαχτά απόγνωσης και τρέλας που αντηχούσαν από παντού, τριγύρω τους, ακούγονταν σαν μια εξαίσια μουσική στα αυτιά τους και αυτοί συγχρονισμένοι στο ύψος και στο βάθος της, πρόσθεταν καινούριες νότες με τα όργανά τους που σκορπούσαν τον θάνατο.

Τριγύρω από το νησί, οι αιγυπτιακές βάρκες είχαν κολλήσει στα παλούκια και οι άντρες που επέβαιναν σε αυτές πήδηξαν μέσα στο νερό και φυλαγόταν πίσω τους. Κάθε κεφάλι που ξεμύτιζε πάνω από τη βάρκα, διαλυόταν από τα ελληνικά βόλια και έτσι, σύντομα εκείνες γέμισαν κουφάρια, βάρυναν και άρχισαν να βουλιάζουν.

Οι Αιγύπτιοι, μην μπορώντας να καλυφθούν πια πίσω από αυτές, άρχισαν να τσαλαβουτούν, σαν τρελοί, στα ρηχά και να βγαίνουν κοπαδιαστά στο νησί. Ο ρυθμός που πυροβολούσαν οι αρματολοί ήταν τόσο ταχύς, που τα πτώματα των Αιγυπτίων, γέμιζαν ήδη από άκρη σε άκρη όλη την παραλία. Αυτοί όμως συνέχισαν να πληθαίνουν τις γραμμές τους, καρφώνοντας τα μπαϊράκια τους στην ακρογιαλιά και δίνοντας θάρρος στους συμπολεμιστές τους.

Μέσα από τα τείχη του Μεσολογγίου, οι αρματολοί που ήταν στο γελέκι για το γιουρούσι, ανυπομονούσαν να βγουν. Ο Ραζηκότσικας τους κρατούσε με νύχια και με δόντια για να περάσει λίγη παραπάνω ώρα, ώστε οι Αιγύπτιοι και οι Τουρκαλβανοί να αιφνιδιαστούν ακόμη περισσότερο. Όταν ο αρχηγός κατάλαβε πως ήταν ανώφελο άλλο να τους κρατάει, έδωσε εντολή ν' ανοίξουν τα πορτέλα από την ντάπια της Κλείσοβας και οι αρματολοί άρχισαν να βγαίνουν σιωπηλά. Όταν βγήκαν όλοι έξω, έβγαλαν μια κραυγή και ρίχτηκαν στα ταμπούρια των εχθρών.

Πάνω στο νησί της Κλείσοβας τα πράγματα είχαν δυσκολέψει πάρα πολύ για τους αρματολούς. Μπορεί τα καριοφίλια τους να είχαν σκορπίσει τον θάνατο, από το ξημέρωμα μέχρι το μεσημέρι, αλλά τώρα το πλήθος των επιτιθέμενων Αιγύπτιων απλώνονταν μπροστά τους, σαν πελώριο κύμα που κόντευε να τους πνίξει. Ο Τζαβέλας έτρεχε από ταμπούρι σε ταμπούρι και με λόγια αλλά και με την παρουσία του, ανύψωνε το ηθικό των αντρών. Και πάλι όμως, ο αιγυπτιακός στρατός κινούμενος με συντονισμό, κατάφερε να πλησιάσει σε απόσταση αναπνοής από το πρόχειρο τείχος. Σύντομα ο πολυάριθμος στρατός του Ιμπραήμ, θα έπεφτε πάνω στους υπερασπιστές του νησιού και θα σκόρπιζε τις σάρκες τους στους πέντε ανέμους.

Ο αιφνιδιασμός που πέτυχε ο Ραζηκότσικας με τους αρματολούς, στο γιουρούσι τους, ήταν απόλυτος. Οι Τουρκαλβανοί προσπαθούσαν να συνέλθουν από το φιάσκο της Κλείσοβας και οι Αιγύπτιοι είχαν στραμμένη την προσοχή τους στην επίθεση που έκαναν αυτοί. Έτσι οι αρματολοί έπεσαν πάνω τους με τόση άγρια μανία, που στην αρχή, δε προβλήθηκε καμία άμυνα από τους Τούρκους. Ήταν τόσο ορμητική και ξαφνική η επίθεσή τους, που πολλοί από τους Τούρκους μπέηδες, πέθαναν μέσα στη σκηνή τους, χωρίς καν να πάρουν χαμπάρι τι έχει συμβεί.

Το αφηνιασμένο ελληνικό μπουλούκι κατευθυνόταν στην καρδιά του τουρκικού στρατοπέδου, όπου ήταν στημένη η τεράστια σκηνή του τραυματία Κιουταχή. Στο διάβα τους, δεκάδες τουρκαλβανικά κορμιά έπεφταν κατακρεουργημένα από τις ελληνικές πάλες και μερικές δεκάδες μέτρα είχαν απομείνει ακόμη για να πέσουν οι διψασμένοι για αίμα Έλληνες στη σκηνή του Τούρκου στρατηγού. Εκείνη ακριβώς τη στιγμή κινητοποιήθηκε η προσωπική φρουρά του Κιουταχή, οι γνωστοί τζοχανταραίοι[49] που αποτελούνταν από δύο χιλιάδες διαλεχτούς πολεμιστές και έκοψε τον δρόμο των αρματολών.

Η φρουρά των τζοχανταραίων στάθηκε ανάμεσα

49 Τζοχανταραίοι: σώμα επίλεκτων αντρών ειδικά εκπαιδευμένων για να εκτελεί χρέη σωματοφυλακής σημαντικών αντρών

στη σκηνή του αφέντη τους και στους μαινόμενους αρμα-
τολούς, που έρχονταν ουρλιάζοντας, με τις πάλες τους να
στάζουν αίμα. Δευτερόλεπτα πριν τη σύγκρουση, οι τζο-
χανταραίοι είχαν τον χρόνο να σκεφτούν πως, αυτοί που
τους επιτίθονταν έπρεπε να είναι ήδη νεκροί.

Τα πρόσωπα των Ελλήνων ήταν τόσο βουλιαγμέ-
να και τσακισμένα από την πείνα και τις στερήσεις, που
δε θύμιζαν πρόσωπα ανθρώπων, παρά μάσκες φριχτών
δαιμόνων. Τα κορμιά τους ήταν τόσο αδύναμα και καχε-
κτικά, που θαρρούσες πως αν τους έπιανες με τα χέρια,
μπορούσες να τους τσακίσεις σαν κλαδάκια. Τα χέρια
τους, που ανέμιζαν τις ατσαλένιες πάλες, θύμιζαν αρπά-
γες άγριων θηλαστικών. Και όμως από τα μαραμένα στή-
θια τους έβγαινε μια τόσο άγρια πολεμική κραυγή, που
νόμιζες πως άκουγες όλους τους νεκρούς που κατοικούν
στην κόλαση να ουρλιάζουν μαζί.

Οι τζοχανταραίοι όμως, παρά την αρχική τους σαστι-
μάρα, δεν τα έχασαν και παράταξαν τα κορμιά τους και το
ατσάλι τους απέναντι στο φονικό γιουρούσι. Η ορμητική
επέλαση των αρματολών έσπασε πάνω στην αποφασιστι-
κή άμυνα των, ξεκούραστων, τζοχανταραίων και η δύναμή
της άρχισε να ξεφουσκώνει. Η ζημιά όμως που είχε προκα-
λέσει ήταν συντριπτική για τους Τουρκαλβανούς.

Οι αρματολοί αφού έφτασαν μια δρασκελιά από το
τσαντίρι του Κιουταχή, είδαν πως δεν μπορούσαν να προ-
χωρήσουν άλλο και ο Ραζηκότσικας διέταξε υποχώρηση
με τον ίδιο τρόπο που έκαναν την επίθεση, αστραπιαία.
Σε ελάχιστα λεπτά της ώρας, οι επιτιθέμενοι αρματολοί,

είχαν επιστρέψει στις ντάπιες τους, κουβαλώντας στους ώμους τους και τους νεκρούς τους.

Το μεγάλο δράμα της ημέρας όμως παιζόταν στην Κλείσοβα.

Οι Αιγύπτιοι, αφού δεν ενοχλήθηκαν καθόλου από το γιουρούσι των κλεισμένων, έστελναν αδιάκοπα δυνάμεις για να πατήσουν αυτό το νησάκι που είχε υψωθεί στα μάτια τους κάστρο απόρθητο.

Ο Τζαβέλας, είχε διατάξει να αφήσουν οι υπερασπιστές του νησιού την πρώτη γραμμή άμυνας και να αναδιπλωθούν όλοι στα οχυρώματα της εκκλησίας που βρισκόταν πάνω στην Κλείσοβα. Και από εκεί οι αρματολοί συνέχιζαν να σκορπούν τον θάνατο στους εκατοντάδες Αιγύπτιους που είχαν κυκλώσει το νησί και πατούσαν το χώμα του.

Από την κορυφή του καμπαναριού, ο Σφήκας, συνέχιζε να στέλνει στον άλλο κόσμο τους επιτιθέμενους. Ελαφρύς καθώς ήταν ο νεαρός Μεσολογγίτης, άλλαζε συνεχώς θέσεις σκορπώντας τον θάνατο. Καθώς ο Σφήκας γέμιζε το καριοφίλι του, ετοιμάζοντας το να στείλει και άλλον στον θάνατο, με την κοφτερή του ματιά είδε έναν ψηλόκορμο πολεμιστή, με μια πλουμιστή στολή, να στέκεται μέσα σε μια μεγάλη πάσαρα και μπροστά της μέσα, στο νερό της λιμνοθάλασσας, δούλοι ξεκολλούσαν τα παλούκια από τον βυθό, ώστε να ανοίξει ο χώρος και να περάσει. Ο πολεμιστής αυτός, στο ένα του χέρι κράδαινε ένα δερμάτινο μαστίγιο με σιδερένιες απολήξεις και στο άλλο ένα κυρτό γιαταγάνι. Το μαστίγιο ανεβοκατέβαινε στις πλάτες των σκλάβων, που βρίσκονταν μέσα στο νερό, ανοίγοντας ματωμένα ποτάμια στο δέρμα τους και αυτοί δούλευαν ακόμη πιο γρήγορα για να ξεκολλήσουν τα παλούκια από τον λασπώδη βυθό. Γύρω από την πάσαρα, δεκάδες άλλες μικρότερες είχαν σταθεί στο ύψος που ήταν στημένα τα παλούκια και οι άντρες πηδούσαν μέσα στο νερό, κυκλώνοντας την πάσαρα, που πάνω της βρισκόταν ο γαμπρός του Ιμπραήμ, ο Χουσεΐν μπέης, σπρώχνοντάς τη να φτάσει μια ώρα αρχύτερα στην ξηρά και ο άγριος μπέης να δώσει το στίγμα του για την τελική επίθεση.

Ο Σφήκας τελείωσε το γέμισμα του καριοφιλιού, σήκωσε τον λύκο και με το δάχτυλο στη σκανδάλη το έφερε στο ύψος των ματιών του και σημάδεψε. Από κάτω του, οι μπαταριές συνέχιζαν να πέφτουν με την ίδια γρηγοράδα, αλλά οι Αιγύπτιοι πλήθαιναν και είχαν ζώσει την εκκλησία από όλες τις μεριές. Σε λίγα λεπτά θα έμπαιναν μέσα και θα ακολουθούσε μάχη σώμα με σώμα.

Στο σκόπευτρο του καριοφιλιού, ο Σφήκας, είχε κεντράρει τον Χουσεΐν και περίμενε μέχρι η πάσαρα να βρει στεριά, ώστε ο μπέης να κατέβει και να σταθεροποιηθεί από το σκαμπανέβασμα της λιμνοθάλασσας, δίνοντάς του έναν πιο καθαρό στόχο. Λίγο πριν η πλώρη της πάσαρας βρει στην άμμο, ο Χουσεΐν πήδηξε από τη βάρκα και με το μαστίγιο και το γιαταγάνι στο χέρι, ούρλιαζε στους στρατιώτες του να δώσουν ένα τέλος.

Μόλις ο αγέρωχος Αιγύπτιος έμεινε σταθερός και κουνούσε μόνο τα χέρια του δίνοντας εντολές, η καρδιά του Σφήκα σταμάτησε μέσα στα στήθια της. Όλοι οι θόρυβοι της μάχης έμοιαζαν ξαφνικά πολλοί μακρινοί και όλη του η θέ-

ληση συγκεντρώθηκε μέσα στη μακριά κάννη του καριοφι-
λιού, που φιλοξενούσε το βόλι που προόριζε για το κεφάλι
αυτού του πολεμιστή με τη γυαλιστερή στολή και την αγέ-
ρωχη κορμοστασιά. Ο Σφήκας σφίχτηκε, έκανε να τραβήξει
τη σκανδάλη και το τελευταίο κλάσμα του δευτερολέπτου
κρατήθηκε. Ακριβώς τότε πέρασε μπροστά από τον Χουσεΐν
ένα μπουλούκι στρατιώτες, κρύβοντάς τον τελείως. Μετά
από μερικά δευτερόλεπτα, ο στόχος του ξαναέγινε καθαρός
και ο Σφήκας έγλειψε τα ξεραμένα και σκασμένα από το
μπαρούτι χείλη του και τράβηξε τη σκανδάλη.

Καπνός και φωτιά βγήκαν από την κάννη και ο
Χουσεΐν έπεσε σαν κεραυνοβολημένο δέντρο.

Και τότε, η σφοδρή επίθεση των Αιγυπτίων, κόπη-
κε. Ένας γιγαντιαίος σπασμός ακούστηκε από τα χείλη
τους και ο πανικός που φώλιαζε μέσα στην καρδιά τους,
βρήκε διέξοδο και άρχισε να κυριαρχεί πάνω στο σώμα
τους, κάνοντάς τους να πετάξουν τα όπλα τους και να
στρέψουν τα νώτα τους σε μια άτακτη υποχώρηση, πα-
ρόλο που λίγα μέτρα τους χώριζαν, από τη σωματική σύ-
γκρουση με τους υπερασπιστές του νησιού. Ο θάνατος
του αρχηγού τους είχε τόσο μεγάλη επίδραση πάνω τους,
που ήταν σαν να πέθαναν οι ίδιοι.

Οι υπερασπιστές της Κλείσοβας, είδαν το αρχη-
γό των Αιγυπτίων να πέφτει και μια φοβερή πολεμική
κραυγή βγήκε από τα χείλη τους. Η επέλαση των Αιγυ-
πτίων σταμάτησε και όσοι ήταν έτοιμοι να πηδήξουν
μέσα από τα τείχη, πέθαναν από τα βόλια των αρματο-
λών. Οι υπόλοιποι πέταξαν τα όπλα τους, βάζοντάς το

στα πόδια για να γλιτώσουν τη ζωή τους, τραβώντας κατά τον βούρκο της λιμνοθάλασσας.

Ο Τζαβέλας, μόλις συνειδητοποίησε τι είχε συμβεί, διέταξε τους άντρες του νησιού να πετάξουν τα καριοφίλια τους και να τραβήξουν τις πάλες και τα γιαταγάνια τους για να πάρουν στο κυνήγι τον εχθρό. Ολόκληρη η φρουρά του νησιού, με μια κίνηση, ξεκόλλησε τα σπαθιά τους από το χώμα, που τα είχε καρφώσει για να τα έχει πρόχειρα και με ένα σάλτο βρέθηκε έξω από το τείχος, αρχίζοντας την καταδίωξη πάνω στο νησί και μέσα στη λιμνοθάλασσα.

Μόλις από τις ντάπιες της πόλης, είδαν τους υπερασπιστές της Κλείσοβας, να πηδούν έξω από τα ταμπούρια τους και να παίρνουν στο κυνήγι τους Αιγυπτίους, έστειλαν πάσαρες και προιάρια με άντρες για να βοηθήσουν σε αυτή τη σφαγή.

Οι Αιγύπτιοι, παρόλη τη συντριπτική τους αριθμητική υπεροχή, υποχωρούσαν πανικόβλητοι και, είτε πέθαιναν χωρίς να προβάλουν καμία αντίσταση, είτε έμπαιναν όλο και πιο βαθιά μέσα στη λιμνοθάλασσα και πνίγονταν.

Είχε βραδιάσει και το ανελέητο ανθρωποκυνηγητό κόπασε και μετά σταμάτησε τελείως. Οι αρματολοί που πολεμούσαν όλη μέρα, υπερασπιζόμενοι το νησί, είχαν καταρρεύσει από την κούραση, μέσα στην εκκλησία της Κλείσοβας. Μερικοί αρματολοί, που είχαν έρθει από το Μεσολόγγι, τριγυρνούσαν ανάμεσά τους και τους δρόσιζαν με μερικά λαγήνια νερό. Ο αέρας βρωμούσε μπαρούτι και αίμα ανάμεικτο με φόβο και πανικό. Οι φορεσιές των αρματολών της Κλείσοβας ήταν τόσο μαύρες από το μπαρούτι και από το αίμα που είχε χυθεί πάνω τους, που δημιουργούταν η εντύπωση πως αυτό ήταν το φυσικό τους χρώμα. Μόνο ο Τζαβέλας στεκόταν στα πόδια του και πηγαινοερχόταν ανάμεσα στους πολεμιστές δίνοντας τους συγχαρητήρια για τη μεγάλη τους νίκη. Έτσι όπως πήγαινε πέρα δώθε ο Τζαβέλας, το βλέμμα του έπεσε πάνω στον Σφήκα, που είχε κατέβει από το καμπαναριό και καθόταν σε μια γωνιά κοιτώντας το τίποτα. Ο Σουλιώτης είχε μάθει πως από το καριοφίλι του ανήλικου Μεσολογγίτη είχε φύγει το βόλι που τους έσωσε και τράβηξε προς τα εκεί παίρνοντας μαζί του ένα λαγήνι νερό.

«Παλικάρι μου» είπε ο Τζαβέλας στον Σφήκα «θαρρώ πως έκαμες μεγάλο καλό σκοτώνοντας τον μεγαλοαράπη. Μας έσωσες όλους...»

Ο Σουλιώτης γέμισε μια ξύλινη κουτάλα με νερό και την πρόσφερε στον μικρό που φαινόταν να μην καταλαβαίνει τι του έλεγε. Αργά πολύ σήκωσε τα χέρια του, έπιασε την κουτάλα και άρχισε να πίνει. Ο Τζαβέλας τον κοίταζε που έπινε και σκεφτόταν πόσο περίεργη είναι μερικές φορές η μοίρα του ανθρώπου. Το πρωί λίγο κόντεψε να πετάξει έξω από την πάσαρα αυτόν τον μικρό και να που τώρα, στο τελείωμα της ημέρας, ο μικρός αποδεικνυόταν ο σωτήρας τους.

Στο μεταξύ η κουτάλα είχε αδειάσει και καθώς ο Τζαβέλας την έπιασε για να την ξαναγεμίσει, ο Σφήκας σήκωσε το πρόσωπο του και τον κοίταξε κατάματα.

«Πεινώ, καπετάνιε» κατάφερε να ψελλίσει. «Πεινώ...» ψιθύρισε και το κεφάλι του έγειρε στο πλάι, ανασαίνοντας ρηχά.

Ο Τζαβέλας τρόμαξε με την όψη του μικρού. Τα χείλη του ήταν πρησμένα και ξεραμένα αίματα είχαν κολλήσει πάνω τους δημιουργώντας μια κρούστα που είχε μαλακώσει μόλις το νερό ακούμπησε στα χείλη του και τώρα έτρεχε προς το σαγόνι σαν να αιμορραγεί. Τα μάτια του είχαν μεγαλώσει τόσο πολύ που φαινόταν λες και έπιαναν ολόκληρο το πρόσωπο και μέσα σ' αυτά μια τρικυμισμένη θάλασσα πάλευε έτοιμη να ξεσπάσει διαλύοντας το φράγμα που την κρατούσε περιορισμένη.

Ο Τζαβέλας έριξε την κουτάλα μέσα στο λαγήνι και σηκώθηκε με τις κλειδώσεις των γονάτων του να τρίζουν. Εκείνη την ώρα έφτασε στην Κλείσοβα ο Ραζηκότσικας και μόλις είδε τον αιματοβαμμένο Σουλιώτη έτρεξε και τον αγκάλιασε.

«Να μου ζήσεις, όρε Κίτσο. Τέτοιον χαλασμό που έπαθαν εδώ οι άπιστοι δε φανταζόμουν ποτέ μου ότι θα πάθουν» είπε ο Ραζηκότσικας με ένα χαμόγελο να έχει απλωθεί στο αποστεωμένο του πρόσωπο.

Ο Σουλιώτης έκανε να γελάσει και αυτός αλλά τα χαρακτηριστικά του προσώπου του με δυσκολία κουνήθηκαν.

«έχεις, μωρέ, κανένα ξεροκόμματο;» ρώτησε ο Σουλιώτης.

Ο Ραζηκότσικας τον κοίταξε πιστεύοντας πως ο Τζαβέλας ήξερε πως δεν έχει τίποτα. Τότε ο Σουλιώτης με ένα νόημα του κεφαλιού του έδειξε τον Σφήκα που είχε κουλουριαστεί στη γωνιά του και έτρεμε.

«αυτός, Θανάση, σκότωσε τον Χουσεΐνη και ανατράπηκε η επίθεση. Και τώρα πεθαίνει μην αντέχοντας άλλο την πείνα. Αυτός έσωσε και τη δική μου ζωή αλλά και όλων εδώ και εμείς σαν αντάλλαγμα δεν έχουμε να του δώσουμε ούτε ένα σπυρί καλαμπόκι» είπε ο Σουλιώτης και το πρόσωπό του παραμορφώθηκε από τον πόνο.

Ο Ραζηκότσικας γύρισε το κεφάλι του και η ψυχή του κουβαριάστηκε. Πλησίασε τον νεαρό που τον είχε για τα θελήματά του και έσκυψε προσπαθώντας να τον αγκαλιάσει. Το κεφαλάκι του Σφήκα έμοιαζε αταίριαστο στο λιγνό του σώμα και η ρηχή αναπνοή του ίσα ίσα που ανασήκωνε τη βρώμικη πουκαμίσα του. Ο αρχηγός σήκωσε στα χέρια του το παιδί και αναρωτήθηκε νοερά πως σήκωνε το καριοφίλι και πυροβολούσε ο Σφήκας αφού ζύγιζε λίγο πιο πάνω από το βαρύ αυτό όπλο.

«Μια μπουκιά ψωμί, μπορεί να βρεθεί;» φώναξε.

Όλων τα κεφάλια στράφηκαν στη γη μην έχοντας θετική απάντηση. Ο Ραζηκότσικας δεν επέμενε άλλο ξέροντας πως δεν υπήρχε τίποτα, εδώ και πολλές μέρες, μόνο στράφηκε προς το τουρκοαιγυπτιακό στρατόπεδο και

κρατώντας τον ετοιμοθάνατο Σφήκα στα χέρια του κα-
ταράστηκε τους ανθρώπους με τους πολέμους τους και
τους θεούς που τους τούς επιτρέπουν.

ΔΡΑΜΑΤΙΚΕΣ ΩΡΕΣ

*Π*έντε μέρες είχαν περάσει από τη νίκη της Κλείσοβας και ο Απρίλης είχε μπει. Μέσα σε αυτές τις πέντε ημέρες οι δύο πασάδες είχαν λουφάξει στις θέσεις τους γλείφοντας τις πληγές τους, μετά την τελευταία πανωλεθρία τους. Αυτές τις πέντε ημέρες η λιμνοθάλασσα δεν έπαψε στιγμή να ξεβράζει τουρκοαιγυπτιακά κουφάρια. Ο αφρός του αιγυπτιακού στρατού χάθηκε από τα βόλια όλων και όλων εκατόν πενήντα αποφασισμένων αρματολών, ενώ ο στρατός του Κιουταχή είχε παραδώσει προ πολλού τα ηνία.

Το πλήγμα που κατάφεραν οι Έλληνες στους δύο στρατηγούς ήταν συντριπτικό. Τρεις χιλιάδες νεκρούς και αγνοούμενους, μετρούσαν οι πασάδες. Και τώρα με τον Κιουταχή τραυματία και τη δυσαρέσκεια να κρυφοκαίει στο στράτευμά του, ο Ιμπραήμ έφτασε σε απελπιστικό σημείο. Ο θάνατος του δεξιού του χεριού και πιο στενού του συγγενή στην Κλείσοβα, είχε τσακίσει τον κάποτε ανελέητο στρατηγό και η αντίσταση των γκιαούρηδων είχε αρχίσει να σπέρνει διχόνοιες και στο δικό του στράτευμα. Οι λίγοι Ευρωπαίοι μισθοφόροι, που του είχαν απομείνει, άρχισαν να τον εγκαταλείπουν καταλαβαίνοντας πως η κατάσταση στον φράχτη του Μεσολογγίου, που τόσο πολύ χλεύασαν στην αρχή, δε σήκωνε άλλα αστεία. Όσα γρόσια και να τους έταζε ο Αιγύπτιος στρατηγός, ό,τι φοβέρες και να τους έλεγε, αυτοί γυρνούσαν την πλάτη τους και έφευγαν ένας ένας, αναζητώντας πιο εύκολα κάστρα να πατήσουν και πλιάτσικα να κουρσέψουν.

Ο Ιμπραήμ γύριζε όλη τη μέρα σαν πάνθηρας στο κλουβί του, ενώ από το μυαλό του περνούσε ακόμη και η σκέψη να παρατήσει την πολιορκία αυτής της καταραμένης πολιτείας που τόσο πολύ του είχε κοστίσει. Ο Αιγύπτιος εξέταζε σοβαρά τις πιθανότητες να εγκαταλείψει τη θέση του και να αφήσει μόνο του τον Κιουταχή. Έτσι κι αλλιώς, ο Τούρκος στρατηγός είχε παραιτηθεί από την πολιορκία και ο Ιμπραήμ είχε μείνει μόνος του για να τα βγάλει πέρα με αυτά τα λυσσασμένα σκυλιά. Αλλά από την άλλη ο Αιγύπτιος δεν ήταν από τους ανθρώπους που παραδεχόταν εύκολα την ήττα του. Έτσι πηγαινοερχόταν όλη μέρα στη σκηνή του, σκεπτόμενος τι άλλο έπρεπε να κάνει για να πατήσει το Μεσολόγγι και σκεπτόμενος, επίσης, τι μπορεί να χρησιμοποιούσαν για τροφή οι γκιαούρηδες, όταν ακόμη και οι δικές του προμήθειες που ανανεωνόταν συνεχώς, κόντευαν να τελειώσουν.

Μια ομάδα παιδιών, σχεδόν ετοιμοθάνατα από την πείνα, τριγυρνούσαν δίπλα στην ντάπια της Κλείσοβας, που ενωνόταν με τη λιμνοθάλασσα, βγάζοντας από αυτήν φύκια και αρμυρίκια για να φάνε αυτά και οι πολεμιστές.

Ο Ραζηκότσικας είχε οργανώσει και άλλες ομάδες νεαρών που μπορούσαν να σταθούν ακόμη στα πόδια τους και τους είχε βάλει να μαζεύουν χόρτα από τη σκασμένη γη και φύκια από τη θάλασσα για να τραφεί η Φρουρά.

Αλλά χορταίνει ο λύκος με μυρμήγκια; Η πενιχρή τροφή, χειροτέρευε τα πράγματα. Ό,τι ζωντανά υπήρχαν στο Μεσολόγγι, σφάχτηκαν για να τραφούν οι πολεμιστές. Ακόμη και τα ποντίκια είχαν καταντήσει εκλεκτός μεζές στα μάτια τους και πολύ συχνά ομάδες αντρών σκοτωνόταν στον δρόμο για έναν αρουραίο που έκανε την εμφάνισή του. Τα γυναικόπαιδα και οι ανήμποροί γέροι, πέθαιναν κατά εκατοντάδες. Ολόκληρες οικογένειες ξεκληρίζονταν από το τρομερό σαράκι της πείνας και τα πτώματά τους, με τα πρησμένα μέλη και τα φεγγοβόλα πρόσωπα, κείτονταν στους δρόμους ή μέσα στα σπίτια γιατί κανείς δεν είχε τη δύναμη να σκάψει και να τα θάψει.

Πάνω από την πόλη είχε απλωθεί ένα πέπλο θανάτου, τόσο σκοτεινό και ζοφερό, όσο δεν είχε απλωθεί έναν ολόκληρο χρόνο τώρα.

Ο Ραζηκότσικας βάδιζε προς τη Μεγάλη Ντάπια για να συναντήσει τον Μακρή και τον Τζαβέλα. Ο αρχηγός είχε γίνει αγνώριστος από τις συνεχόμενες μάχες και την πείνα. Τα άλλοτε πλούσια μαλλιά του κρεμόταν από το κεφάλι του, σαν ξεφτίδια και το στιβαρό του κορμί είχε καταντήσει σκέλεθρο.

Ο Ραζηκότσικας σταμάτησε να τρώει τα φύκια που του αναλογούσαν, την επομένη της μάχης της Κλείσοβας. Όταν έθαψε τον Σφήκα. Μπορεί ο πιτσιρίκος να μην του ήταν τίποτα αλλά ο θάνατός του από την πείνα είχε διαλύσει τον αρχηγό. Τώρα έλεγε στους άντρες του ότι έτρωγε αλλά τη χούφτα φύκια που του αναλογούσαν τα έριχνε, κρυφά, μέσα στο καζάνι που τα έβραζαν.

Το ήρεμο και αρχοντικό του πρόσωπο είχε αγριέψει και τα χαρακτηριστικά του είχαν αλλάξει. Η πείνα τον είχε μεταμορφώσει σε ένα δίποδο σκιάχτρο, που ενάντια στους νόμους της φύσης και της ζωής, συνέχιζε πεισματικά να ζει και να πολεμά. Το ίδιο συνέβαινε και με όλη τη Φρουρά. Βαστούσαν την άμυνά τους ακόμη καλύτερα απ' ό,τι στην αρχής της πολιορκίας, γιατί τώρα πια δεν υπολόγιζαν τις ζωές τους.

Ο Ραζηκότσικας περνούσε από τις ντάπιες και έβλεπε σε όλα τα πρόσωπα την ίδια απόκοσμη γαλήνη και ηρεμία και ανατρίχιαζε. Λες και όλοι οι αγωνιστές συντονίζονταν από έναν κοινό νου, λες και ήταν ένα σώμα, ενωμένο σαν μια γροθιά και αποφασισμένο να φτάσει μέχρι το τέλος.

Μετά από λίγο, ο Ραζηκότσικας, έφτασε στη Μεγάλη Ντάπια και εκεί βρήκε να τον περιμένουν, εκτός από τον Μακρή και τον Τζαβέλα, ο γέρο Καψάλης μαζί με τον Νότη Μπότσαρη και τον Στουρνάρα. Παραπέρα, πάνω σε μια πέτρα, καθόταν ο Κασομούλης κοιτάζοντας τον τοίχο αμίλητος. Ο Ραζηκότσικας χαιρέτησε τους άντρες και πήγε και κάθισε σε μια πέτρα γιατί τα πόδια του δεν τον βαστούσαν άλλο.

«Τι μας μένει να κάνουμε, καπετάν Θανάση; Βλέπεις την κατάντια μας;» είπε ο Στουρνάρας με το που έκατσε ο Ραζηκότσικας.

Ο Ρουμελιώτης στρατηγός είχε λιώσει από την ανέχεια αλλά και από μια αρρώστια που τον βασάνιζε και η φωνή του ίσα που ακουγόταν.

Ο Ραζηκότσικας σήκωσε το βλέμμα του και κοίταξε στα μάτια τον Στουρνάρα, πολύ ώρα πριν μιλήσει. Και όταν μίλησε η φωνή του ακούστηκε σαν ανθρώπου που μόλις είχε πεθάνει.

«Καπετάν Νικόλα, αφού ζήσαμε πλάι με τον θάνατο έναν χρόνο τώρα, του ανοίξαμε το σπιτικό μας και τον κάναμε και αυτόν νοικοκύρη μας και αφού φάγαμε ό,τι καθαρό και ακάθαρτο υπήρχε από ζωντανά, ένα πράγμα μας μένει να κάνουμε, γιατί αν δεν το κάνουμε αυτό θα φαγωθούμε μεταξύ μας για να ζήσουμε».

«Έννοια σου, καπετάνιε και αυτό έχει αρχίσει ήδη να συμβαίνει» είπε ο Μακρής και όλα τα βλέμματα καρφώθηκαν πάνω του.

«Τι θέλεις να πεις;» ψέλλισε ο Καψάλης.

«Δεν ξέρω ποιος το έκανε και δεν ξέρω αν έχει προσέξει και κανείς από εσάς κάτι τέτοιο, αλλά χθες το πρωί, καθώς ερχόμουν να πιάσω το πόστο μου στην ντάπια, είδα μερικά αιγυπτιακά κουφάρια από τον χαλασμό της Κλείσοβας, που τα είχε ξεβράσει η θάλασσα. Κάποιος τα είχε τραβήξει έξω από το νερό και έπεσα σχεδόν πάνω τους».

«Ε, και τι τρέχει που είδες τα πτώματα; Μήπως έχει και τίποτε άλλο να δεις, τριγύρω;» ρώτησε ο Κασομούλης καθώς όλοι κοίταζαν ερωτηματικά τον Μακρή.

«Αν τα έβλεπες και εσύ θα καταλάβαινες τι τρέχει. Από τους μηρούς και από τα μπράτσα των αράπηδων έλειπαν ολόκληρα κομμάτια κρέατος. Κρέας κομμένο με μαχαίρι. Βγάλτε τα συμπεράσματά σας».

Όλοι ανατρίχιασαν μόλις άκουσαν τα λόγια του Μακρή. Κανένας όμως δε μίλησε γιατί οι άντρες ολονών είχαν αφηνιάσει από την πείνα και αργά ή γρήγορα θα έφταναν σε αυτό το σημείο. Απλά κανένας δεν το πίστευε μέχρι που έγινε.

«Το γεγονός αυτό μας αναγκάζει να πάρουμε όποια απόφαση είναι να πάρουμε μια ώρα γρηγορότερα. Πίστευα πως είχαμε φτάσει στον πάτο αλλά έκανα λάθος, καθώς στον πάτο φτάσαμε τώρα μετά από αυτό που μάθαμε» είπε ο Ραζηκότσικας και όλοι οι καπεταναίοι κούνησαν καταφατικά τα κεφάλια τους ενώ ο Κασομούλης τον ρώτησε τι έχει στο μυαλό του.

«Έξοδο!» απάντησε μονολεκτικά ο Ραζηκότσικας και ολονών το βλέμμα ζωντάνεψε.

Πλησίαζε η Μεγάλη Εβδομάδα των χριστιανών και οι καπεταναίοι του Μεσολογγίου είχαν πάρει τη μεγάλη απόφαση. Δύο μέρες είχαν περάσει από την τελευταία τους συνάντηση, στην οποία άκουσαν όλοι τη γνώμη του Ραζηκότσικα και συμφώνησαν, ψηφίζοντάς τη.

Το πράμα δε βαστούσε άλλο. Οι πολεμιστές λιποθυμούσαν πάνω στις ντάπιες, από την πείνα και πολλοί από αυτούς δεν συνερχόταν ποτέ. Οι οδυρμοί και τα μοιρολόγια είχαν πάψει να ακούγονται εδώ και αρκετές μέρες στο Μεσολόγγι γιατί καμιά από τις γυναίκες που είχαν απομείνει δεν είχε τη δύναμη να κλάψει και να γογγύξει. Και μέσα στη μαύρη απελπισιά της πείνας, οι γυναίκες έβλεπαν τα παιδιά τους να λιώνουν μέρα με τη μέρα και να πεθαίνουν. Και τότε παραφρονούσαν. Έβγαιναν στις ντάπιες προκαλώντας την τύχη τους και σκοτωνόταν από βόλια των εχθρών.

Το μεσημέρι της 8ης Απριλίου του 1826, η κυρά Μανούσαινα, μητέρα πέντε παιδιών και ξακουστή μέσα στο Μεσολόγγι, για τη νοικοκυροσύνη της, βγήκε από το κατώφλι του σπιτιού της και όρμησε τρέχοντας προς την εκκλησία του αγίου Σπυρίδωνα. Από το στόμα της έβγαιναν κραυγές, που όμοιές τους δεν είχε αρθρώσει ποτέ ανθρώπινο λαρύγγι. Όσοι την είδαν τρόμαξαν και έτρεξαν πίσω της για να δουν τι συμβαίνει και η Μανούσαινα παραμέρισε με μια σπρωξιά την πόρτα της εκκλησίας και ρίχτηκε στο πετραχήλι του αρχιεπισκόπου της πόλης, Ρωγών Ιωσήφ.

«Συγχώρεσέ με, δέσποτα, συγχώρεσε την ψύχη μου» ούρλιαξε. «Το αμάρτημα που έκανα δεν το έχει κάνει ποτέ κανένας χριστιανός, αλλά δεν μπορούσα να βλέπω άλλο τα παιδιά μου να πεθαίνουν από την πείνα. Τον άντρα μου τον έφαγαν τα βόλια των απίστων και τη μικρή μου Αννούλα την έφαγε η ριμάδα η πείνα. Δεν μπορούσα να καθίσω άλλο με σταυρωμένα χέρια και να μου πάρει και τα' άλλα μου παιδιά...»

Ο Ρωγών Ιωσήφ τρέκλισε κάτω από τη δύναμη της γυναίκας που του τραβούσε τα άμφια. Αδύναμος καθώς ήταν και αυτός, με τα γένια του να έχουν μαδήσει και το πρόσωπό του να θυμίζει τις τοιχογραφίες των αγίων, που κοσμούσαν τον ναό, προσπάθησε με λόγια μαλακά να μάθει τι κακό έκανε η Μεσολογγίτισσα, για να τη συγχωρήσει. Εκείνη όμως συνέχισε να ουρλιάζει και να οδύρεται στην αγκαλιά του, μην μπορώντας να ελέγξει τον εαυτό της. Ανάμεσα από τα ουρλιαχτά και τα αναφιλητά της, ο Ρωγών Ιωσήφ, άκουγε την Μανούσαινα να προφέρει με μανία το όνομα της κόρης της και με μπερδεμένα λόγια να λέει, να τη συγχωρέσει η ψυχή της και πως ό,τι έκανε το έκανε για χάρη των αδερφών της. Και ενώ ο Ρωγών Ιωσήφ προσπαθούσε να την ηρεμήσει, η Μανούσαινα λιποθύμησε και στο πρόσωπό της απλώθηκε νεκρική χλομάδα. Τότε ο δεσπότης έστειλε ένα Μεσολογγιτόπουλο που είχε μπει στο προαύλιο του ναού, να πάει και να φέρει τον Ραζηκότσικα.

Ο μικρός πετάχτηκε έξω από την εκκλησία για να εκτελέσει την επιθυμία του γέροντα αλλά έπεσε πάνω στον Μεσολογγίτη αρχηγό που έτυχε να περνάει από έξω και άκουσε τις φωνές. Ο Ραζηκότσικας άκουσε τι του είπε ο μικρός, δρασκέλισε την πόρτα και μπήκε στην εκκλησία. Μόλις είδε τον δεσπότη τον ρώτησε τι συμβαίνει.

«Δεν κατάλαβα καλά, καπετάν Θανάση. Κάτι για την κόρη της τη μικρή έλεγε αλλά μετά λιποθύμησε...»

«Πάμε να δούμε το σπίτι της, σεβασμιότατε. Έτσι και αλλιώς εδώ δίπλα είναι» είπε ο αρχηγός.

«Καπετάν Θανάση, είπε πως η κόρη της είναι νεκρή, ότι πέθανε από την πείνα. Τι να πάμε να δούμε; Μάλλον από αυτό θα τρελάθηκε».

«Καλύτερα να πάμε να ελέγξουμε, δέσποτα. Ποτέ δεν ξέρεις τι μπορεί να συμβαίνει» είπε ο Ραζηκότσικας και δρασκέλισε την πόρτα βγαίνοντας από τον ναό. Ο Ρωγών Ιωσήφ τον ακολούθησε και από πίσω τους πήγαν και κάποιοι άλλοι ενώ ένας νεαρός έμεινε εκεί για να προσέχει τη Μανούσαινα.

Μετά από λίγα λεπτά έφτασαν στο σπίτι και άνοιξαν την πόρτα, αφού κανείς δεν απάντησε στις φωνές του Ραζηκότσικα. Στο εσωτερικό του δε διέκριναν τίποτα και αφού ο Ραζηκότσικας ξαναφώναξε αν είναι κανείς εκεί και δεν ξαναπήρε απάντηση, προχώρησε στο επόμενο δωμάτιο, όπου μόλις άνοιξε την πόρτα ήρθε αντιμέτωπος με την πράξη που έκανε η Μανούσαινα. Και μεμιάς κατάλαβε γιατί η πράξη της την είχε τρελάνει.

Στο κέντρο του δωματίου, πάνω σε έναν χαμηλό ξύλινο σοφρά, ήταν ακουμπισμένο, αποστεωμένο και χλωμό, το γυμνό πτώμα ενός μικρού κοριτσιού. Το δέρμα τσιτωνόταν πάνω στα παιδικά του κόκαλα κάνοντάς το να μοιάζει με παιχνίδι που προορίζεται για τα χέρια του γιου του διαβόλου. Και από ορισμένα σημεία του σώματος του έλειπαν ολόκληρα κομμάτια ψαχνού κρέατος.

Ο Ραζηκότσικας τραβήχτηκε απότομα και έκλεισε με δύναμη την πόρτα. Ο δεσπότης σταυροκοπιόταν σαν τρελός και οι υπόλοιποι άντρες που είδαν το παιδικό κορμάκι, είχαν βγει ήδη έξω από το χαμηλοτάβανο σπίτι και είχαν σκορπίσει στις έρημες γειτονιές, με τα μάτια γεμάτα τρόμο και φρίκη.

Ο Ρωγών Ιωσήφ μαζί με τον Ραζηκότσικα επέστρεψαν αμίλητοι στην εκκλησία και, στο εσωτερικό της βρήκαν αναίσθητο τον νεαρό, που φύλαγε την Μανούσαινα. Ο Ρωγών κοίταξε τον Ραζηκότσικα και κατευθύνθηκαν μαζί προς τον ιερό χώρο της εκκλησίας, που η πόρτα του ήταν μισάνοιχτη. Μόλις οι δύο άντρες έφτασαν εκεί είδαν το πεσμένο σώμα της Μανούσαινας ακουμπισμένο πάνω στην Αγία Τράπεζα. Από το στέρνο της εξείχε η λαβή ενός χατζαριού.

Το αποτρόπαιο γεγονός μαθεύτηκε πολύ γρήγορα και την επόμενη ημέρα ο Ραζηκότσικας ξανακάλεσε σε συνέλευση τους οπλαρχηγούς και τον Ρωγών Ιωσήφ στον Άγιο Σπυρίδωνα. Γραμματικός της συνέλευσης ορίστηκε ο Νίκος Κασομούλης και την αυγή της 9ης Απριλίου, ένας ένας οι καπεταναίοι άρχισαν να μαζεύονται στην αυλή του ναού. Όλοι τους κακοπαθημένοι από τις φοβερές κακουχίες που περνούσαν, έσερναν τα βήματα τους βαριά, στις μαρμάρινες πλάκες.

Ο Στουρνάρας που δεν μπορούσε πια να περπατήσει χωρίς βοήθεια, είχε δίπλα του το πρωτοπαλίκαρό του και μόλις εκείνο βοήθησε τον καπετάνιο του να καθίσει κάτω, έγειρε στο πλάι χωρίς να βγάλει μιλιά και λιποθύμησε. Τα άρματά του βρόντηξαν στο μάρμαρο και ο Τζαβέλας με τον Ραζηκότσικα έτρεξαν να τον συνεφέρουν.

Μετά από λίγο όλοι είχαν πάρει τις θέσεις τους και η συνέλευση άρχισε, μέσα σε πολύ βαρύ κλίμα.

«Αδέρφια μου, η ώρα μας έχει σχεδόν φτάσει. Βλέπετε όλοι γύρω σας τα αποτελέσματα της πείνας και αυτό από μόνο του δε μας αφήνει άλλα περιθώρια για να περιμένουμε» είπε ο Ραζηκότσικας, κουνώντας κυκλικά το χέρι του, συμπεριλαμβάνοντας όλο το Μεσολόγγι μέσα στην κίνηση του. «Εγώ έτρεφα κάποιες ελπίδες να λάβουμε βοήθεια από την κυβέρνηση, αλλά εκείνη ξέρει μόνο από παχιά λόγια και από ψεύτικες υποσχέσεις. Από πράξεις τίποτα. Και αφού φτάσαμε σ' αυτή την κατάσταση, μόνο η έξοδος μας περιμένει...»

«Αυτά τα έχουμε πει, καπετάνιε, αλλά ακόμη δεν έχουμε συμφωνήσει για πότε θα βγούμε. Θα γίνει απόψε κιόλας; Ή θα γίνει αύριο βράδυ;» ρώτησε ο Μακρής τον Ραζηκότσικα.

«Εγώ λέω να περιμένουμε μέχρι αύριο το βράδυ γιατί είναι κάποιες δουλειές που πρέπει να γίνουν πρώτα» πετάχτηκε ο Τζαβέλας παίρνοντας τον λόγο «όπως τι θα κάνουμε με τους αιχμαλώτους. Έναν χρόνο μαζεύουμε άπιστους και τους κρατάμε ζωντανούς. Τώρα πρέπει να τους σκοτώσουμε όλους για να μη μας προδώσουν».

Στα μάτια του Σουλιώτη χόρευε μια τρελή φωτιά καθώς έλεγε αυτά τα λόγια.

«Έχει δίκιο ο Τζαβέλας, καπεταναίοι. Πρέπει όλοι οι άνθρωποι του εχθρού που είναι μέσα στην πόλη μας αιχμάλωτοι, να πεθάνουν για να μη μας προδώσουν. Και αυτό πρέπει να γίνει τώρα. Άλλη ώρα δεν έχουμε και δεν μπορούμε να κάτσουμε να το σκεφτούμε κιόλας, για να μην κιοτέψουμε» είπε ο Νότης Μπότσαρης και μεμιάς όλοι οι καπεταναίοι συμφώνησαν με τα λόγια των δύο Σουλιωτών και ανατέθηκε στον Κασομούλη να φύγει και να φτιάξει μια ομάδα πολεμιστών, που θα εκτελούσαν αυτή τη διαταγή.

Ο Κασομούλης, περισσότερο άνθρωπος των γραμμάτων παρά της βίας, ειδοποίησε τον αδερφό του και αυτός, μαζί μερικούς άλλους άγριους αρματολούς, μετάφεραν τους αιχμαλώτους στην παραλία της λιμνοθάλασσας και εκεί ήρθε το τέλος τους.

Ανάμεσα στους αιχμαλώτους βρισκόταν, ευρωπαίοι αξιωματικοί αλλά και άλλοι χριστιανοί μάστορες που δούλευαν σαν σκλάβοι στον στρατό του Ιμπραήμ και του Κιουταχή. Οι καρδιές και οι ψυχές των κλεισμένων είχαν σκληρύνει πια τόσο πολύ που έσφαξαν τους ανυπεράσπιστους αιχμαλώτους χωρίς κανένα έλεος.

Ο Μήτρος Κασομούλης, αδερφός του γραμματικού, έσφαζε τους δεμένους πισθάγκωνα αιχμαλώτους με κραυγές και βρισιές. Φώναζε πως την άλλη μέρα θα βγούνε έξω από το κάστρο για να σκοτώσουν και όλους τους άλλους που τους πολιορκούν τόσον καιρό και άλλα τέτοια διάφορα. Το γιαταγάνι του είχε στομώσει από τα κόκαλα που είχε λιανίσει και αυτός είχε γεμίσει αίματα από πάνω μέχρι κάτω. Ο φονικός παροξυσμός του δε σταμάτησε παρά μόνο όταν κείτονταν στα πόδια του και ο τελευταίος αιχμάλωτος, με ανοιχτό το, λαιμό και με το αίμα του να αφρίζει στις πέτρες της παραλίας. Μετά ο Μήτρος Κασομούλης με τους υπόλοιπους, άφησαν τα κουφάρια στην παραλία και τράβηξαν ίσια κατά τον Αϊ Σπυρίδωνα να πουν στους αρχηγούς πως είχαν εκτελέσει τη διαταγή τους.

Στην παραλία, όπου τα αίματα των σφαγμένων είχαν κυλίσει και είχαν ενωθεί δημιουργώντας ένα μικρό ρυάκι που έπεφτε στη λιμνοθάλασσα, ένα σώμα άρχισε να σαλεύει. Ένα καταματωμένο κεφάλι σηκώθηκε σιγά σιγά από χάμω και μια τεράστια σπαθιά ξεχώριζε πάνω του, κάνοντας το δέρμα του να αναδιπλώνεται σε εκείνο το σημείο φανερώνοντας το ανοιχτόχρωμο κρανιακό κόκαλο. Ο αιχμάλωτος έριξε μια φοβισμένη ματιά τριγύρω του και μετά σύρθηκε μέχρι τη λιμνοθάλασσα. Στη μικρή διαδρομή βρήκε μια κοφτερή πέτρα όπου έκοψε πάνω της τα δεσμά του και μετά βούτηξε αργά στη λιμνοθάλασσα, νιώθοντας τη δροσιά της να τον αναζωογονεί, δίνοντάς του επιπλέον δυνάμεις. Με μικρές απλωτές άρχισε να απομακρύνεται από τη ματωμένη παραλία.

Ο Μήτρος Κασομούλης παρουσιάστηκε στη συνέλευση δηλώνοντας πως η διαταγή τους είχε εκτελεστεί.

Ο αδερφός του αντικρίζοντάς τον, έχασε το χρώμα του και τον τράβηξε παράμερα για να τον ρωτήσει γιατί είναι μέσα στα αίματα.

«Νικόλα, μπας και χωρατεύεις; Τι ερωτήσεις είναι αυτές που μου κάνεις;»

«Μήτρο, εγώ σ' έστειλα εκεί για να μαζέψεις την ομάδα που θα εκτελούσε τη διαταγή. Και όχι για να την εκτελέσεις εσύ ο ίδιος» είπε ο Κασομούλης και τα μάτια του αδερφού του στένεψαν.

«Νικόλα, όλο για δικαιοσύνη μιλάς και για τίμιο πόλεμο. Βλέπεις εσύ εδώ να γίνεται κανένας τίμιος πόλεμος; Γιατί εγώ βλέπω όλα τα παλικάρια που πολεμούν μαζί μου να πεθαίνουν από την πείνα. Και αφού δεν έχουμε πια τίποτα να φάμε, είπαμε να πιούμε το αίμα των απίστων, μπας και ξεγελάσουμε την πείνα μας».

Στο πρόσωπο του Μήτρου Κασομούλη είχε χαραχτεί ένα δαιμονικό χαμόγελο που έκανε την καρδιά του αδερφού του να χάσει μερικούς παλμούς μέσα στα στήθια του. Μη έχοντας τι να απαντήσει στον αδερφό του, επέστρεψε στη θέση του.

Στα πρόσωπα όλων των οπλαρχηγών δε ζωγραφίστηκε κανένα συναίσθημα οίκτου ή οτιδήποτε άλλο, όταν ο Μήτρος τους είπε πως όλοι οι αιχμάλωτοι κείτονται νεκροί, σιμά στη λιμνοθάλασσα. Μόνο ο Ρωγών Ιωσήφ έκανε τον σταυρό του και ψιθύρισε μια προσευχή για να βρουν ανάπαυση οι ψυχές των σφαγμένων. Μετά ο Τζαβέλας είπε στον Μήτρο να καθίσει, αν ήθελε για να συνεχίσουν τη συνέλευση.

«Αφού κλείσαμε και αυτή την υπόθεση και αφού συμφωνήσαμε να κάνουμε το μεγάλο μας γιουρούσι μεθαύριο το ξημέρωμα, μας μένει το τελευταίο και μεγαλύτερο θέμα. Τα γυναικόπαιδα και οι ανήμποροι. Τι θα κάνουμε μ' αυτούς;» ρώτησε ο Ραζηκότσικας και με το βλέμμα του αναζήτησε κάποιον που να έχει έστω και μια ιδέα. Κανένας όμως από τους συγκεντρωμένους δε φαινόταν να έχει σκεφτεί κάτι. Όλοι κοιτούσαν τριγύρω, χαμένοι στις σκέψεις τους, χωρίς να μπορούν να εστιάσουν σ' αυτό το πολύ σημαντικό πρόβλημα. Ο πολύ μεγάλος αριθμός γυναικών, παιδιών κάθε ηλικίας και γερόντων που βρισκόταν μέσα στην πόλη, εμπόδιζε οποιαδήποτε καθαρή σκέψη και έβαζε σε κίνδυνο από τώρα το σχέδιο. Πώς θα μπορούσαν όλοι αυτοί να ακολουθήσουν τους πολεμιστές, όταν θα έπεφταν μέσα στα ταμπούρια του εχθρού; Θα λειτουργούσαν σαν άγκυρα και θα κρατούσαν πίσω τους πολεμιστές που βάσιζαν τη δύναμη τους στον αιφνιδιασμό και στη γρήγορη επέλαση.

Τα λεπτά περνούσαν και δεν ακουγόταν τίποτα παρά μόνο οι ανάσες των αντρών, όταν σηκώθηκε πάνω το πρωτοπαλίκαρο του Στουρνάρα και με όψη τρελού, πρότεινε τη δική του σκέψη.

«Πρέπει να τους θανατώσουμε όλους. Να μην αφήσουμε κανένα ζωντανό. Σήμερα κιόλας. Τώρα. Γιατί αν μείνουν ζωντανοί υπάρχει κίνδυνος να προδοθούμε, αλλά αυτό είναι το λιγότερο. Το χειρότερο είναι να πέσουν οι γυναίκες και τα παιδιά μας, ζωντανοί στα χέρια του εχθρού».

Νεκρική σιωπή ακολούθησε τα λόγια του αρματολού. Μέχρι και οι βαθιές ανάσες που ακουγόταν πριν μερικά δευτερόλεπτα είχαν πάψει να ακούγονται. Όλοι κοίταζαν, με άφωνο τρόμο, το πρωτοπαλίκαρο του Στουρνάρα και ο Ρωγών Ιωσήφ κουνήθηκε νευρικά στη θέση του.

«Νομίζω, τελικά, πως έχει δίκιο ο Νικήτας. Δεν υπάρχει άλλη λύση. Και όσο πιο πολύ το σκέφτομαι τόσο πιο πολύ τρελαίνομαι στη σκέψη πως, οι γυναίκες και τα παιδιά μας θα πέσουν στα νύχια των Τουρκαραπάδων και τις γυναίκες και τις κόρες θα τις σύρουν πουτάνες στα χαρέμια τους και τα παιδιά μας θα τα τουρκέψουν και θα ξεχάσουν ακόμη και ποιος τους γέννησε. Καλύτερα θάνατος, από το δικό μας χέρι, παρά τέτοια ατίμωση» είπε ο Τζαβέλας, που η άγρια και ανυπόταχτη σουλιώτικη φύση του, αντιδρούσε βίαια στη σκέψη της σκλαβιάς και για αυτόν αλλά και για την οικογένειά του.

Αυτή η δήλωση του Τζαβέλα έφτανε για να πείσει πολλούς από τους οπλαρχηγούς να συμφωνήσουν, αλλά τότε δημιουργήθηκε ακόμη ένα εμπόδιο.

«Εγώ συμφωνώ με αυτή την πράξη, αν και είναι φριχτή. Καλύτερα θάνατος παρά μια ζωή γεμάτη ατιμώσεις. Όμως το δικό μου χέρι δεν μπορεί να σηκωθεί και να χτυπήσει το κορμί της γυναίκας και του βυζανιάρικου μου. Πώς θα τους ρίξω με την κουμπούρα; Ή ακόμη χειρότερα, πως θα τους μαχαιρώσω;»

Σιωπή ακολούθησε τα λόγια του Πάνου Καψάλη, του γιου του γέρο προκρίτου. Κανένας δεν ήξερε να απαντήσει. Όλοι κοίταζαν το χώμα, φοβούμενοι να αντικρίσουν ο ένας τα μάτια του άλλου, μην τυχόν και καθρεφτιστεί η δειλία τους μέσα σε αυτά. Και τη λύση την πρότεινε πάλι ο Νικήτας.

«Μη σας μέλλει για αυτό και θα σας πω εγώ τι θα κάνουμε» είπε ο Ρουμελιώτης αρματολός, ψυχρά και αποφασιστικά. «Εγώ θ' αναλάβω να σκοτώσω τη δική σου φαμίλια και εσύ τη δική μου. Κανένας δε θα σκοτώσει δικό του άνθρωπο. Έτσι δε θα μπλέξουμε αγάπες και συναισθήματα. Θα γίνει η δουλειά μας και μετά μένει εμείς να κριθούμε από τον Θεό για την πράξη μας».

Τα λόγια του αρματολού χώθηκαν σαν βόλια μέσα στα αυτιά των οπλαρχηγών. Μετά ο Νικήτας κάθισε κάτω και σιγά σιγά, όλοι οι οπλαρχηγοί άρχισαν να μιλούν συμφωνώντας με τη σκέψη του.

Ο Ραζηκότσικας, που από την έναρξη της πολιορκίας μέχρι τώρα, είχε δει τόσα πολλά που η καρδιά του είχε θωρακιστεί απέναντι σε κάθε συναίσθημα, άρχισε να δίνει εντολές στα πρωτοπαλίκαρα που βρισκόταν μαζί του, να φύγουν για να εκτελέσουν το φριχτό τους σχέδιο.

Τα λόγια του όμως κόπηκαν στη μέση όταν αντίκρισε απέναντι του τον δεσπότη της πόλης.

Ο Ρωγών Ιωσήφ, μόλις άκουσε την πρόταση του Ρουμελιώτη, η καρδιά του κλότσησε μέσα στα μαραμένα στήθια της. Προσπάθησε να μιλήσει αλλά η φωνή του δεν έβγαινε, λες και ο διάβολος του είχε κλέψει τη λαλιά αυτή τη στιγμή, ώστε να μην μπορέσει να εμποδίσει τους οπλαρχηγούς να εκτελέσουν το ανίερο σχέδιό τους.

Ο δεσπότης συνέχισε να μένει καθηλωμένος στη θέση του, μέχρι που ο Ραζηκότσικας άρχισε να μιλά και να δίνει εντολές για το πώς θα κινηθούν. Τότε το σώμα του βγήκε από τον λήθαργο, που είχε πέσει και η γλώσσα του άρχισε να υγραίνεται στο κατάστεγνο στόμα του. Ο Ρωγών Ιωσήφ σηκώθηκε πάνω και κατευθύνθηκε προς τον Ραζηκότσικα που τον είδε και σταμάτησε να μιλάει. Ο γέρο δεσπότης έμοιαζε λες και τραβούσε όλα τα σύννεφα μιας βιβλικής καταιγίδας μέσα από τα ράσα του και φτάνοντας μπροστά στον αρχηγό, έβγαλε μια κραυγή που έμοιαζε να έρχεται κατευθείαν μέσα από το λαρύγγι του Θεού.

«Εν ονόματι της Αγίας Τριάδας, είμαι αρχιερέας και αν τολμήσετε να κάνετε αυτήν την πράξη, πρώτα να θυσιάσετε εμένα. Και αφήνω σ' εσάς και στους απογόνους σας την κατάρα του Θεού, της Παναγίας και όλων των Αγίων, καθώς το αίμα των αθώων θα πέσει πάνω στα κεφάλια σας».

Μετά ο δεσπότης σωριάστηκε κάτω και άρχισε να κλαίει με σπαρακτικές οδύνες και λυγμούς που έβγαιναν από ένα βαθύτερο σημείο του εαυτού του, κάνοντας τους ώμους του να τραντάζονται βίαια.

Η φόρα του Ραζηκότσικα, όπως και των άλλων οπλαρχηγών, κόπηκε μεμιάς σαν άκουσαν τα λόγια του δεσπότη. Όλοι έσκυψαν τα κεφάλια τους και αναρωτήθηκαν για άλλη μια φορά τι ήταν αυτό που πήγαιναν να κάνουν. Και όλοι αναθεώρησαν το βιαστικό και απάνθρωπο σχέδιο.

Ο Ραζηκότσικας έφυγε από τη θέση του πλησιάζοντας τον Ρωγών Ιωσήφ και γονατίζοντας πλάι του. «Συγχώρα μας, δέσποτα. Συγχώρα μας, που πέρασε έστω και από το μυαλό μας αυτή η σκέψη. Είμαστε απελπισμένοι άνθρωποι και οι απελπισμένοι πάντα κάνουν απελπισμένες σκέψεις. Ευχαριστούμε μόνο τον Θεό που σ' έχουμε δίπλα μας και δε μας άφησες να προβούμε σε αυτό το ανοσιούργημα».

Ο Ρωγών Ιωσήφ σήκωσε τα μάτια του και αντίκρισε αυτά του Ραζηκότσικα, που πριν πέντε λεπτά ήταν κενά από συναισθήματα. Τώρα, μέσα σε αυτά τα μάτια, μια φουρτουνιασμένη θάλασσα πάλευε να ξεχειλίσει και να τον πνίξει, αλλά μόνο μερικές αρμυρές σταγόνες της κατάφεραν και βγήκαν με τη μορφή δακρύων. Ο δεσπό-

της έδωσε το χέρι του στον αρχηγό και αυτός τον βοή-
θησε να σηκωθεί. Όλοι οι οπλαρχηγοί απέμειναν βουβοί
στα λόγια καις τις κατάρες του αρχιερέα και όλοι ευχαρι-
στούσαν από μέσα τους τον Ραζηκότσικα, που ζήτησε για
όλους συγχώρεση.

Ο Ρωγών συνήλθε και γύρισε στο μέρος όπου καθό-
ταν. Η ιδέα του Νικήτα, όσο γρήγορα ενστερνίστηκε, άλλο
τόσο γρήγορα καταπλακώθηκε. Οι οπλαρχηγοί κοιτάχτη-
καν μεταξύ τους για να συνεχίσουν τη συνέλευση.

Το πρόβλημα όμως των γυναικόπαιδων παρέμενε.

Ένα μελαψό χέρι βγήκε από το νερό και πιάστηκε στις πέτρες της παραλίας και ένα κεφάλι σημαδεμένο από γιαταγάνι έκανε την εμφάνισή του. Ο αιχμάλωτος Αιγύπτιος που γλύτωσε από τη φονική οργή του Μήτρου Κασομούλη, έφτασε στον Ντολμά, που ήξερε πως τον κατείχαν αιγυπτιακές δυνάμεις και βγήκε ολόκληρος από τη λιμνοθάλασσα. Το παρουσιαστικό του ήταν ανατριχιαστικό καθώς το μισό δέρμα του κεφαλιού του κρεμόταν στο πλάι και μόλις βγήκε από το νερό, αίμα άρχισε να κυλάει στο πρόσωπό του. Το εκτεθειμένο στη φύση κόκαλο του κρανίου, πονούσε φριχτά από την επαφή του με το αλάτι της λιμνοθάλασσας αλλά, κυρίως, από τη σπαθιά που λίγο έλειψε να του στοιχίσει τη ζωή. Το λιγνό και κακοταϊσμένο σώμα του έτρεμε στην ακρογιαλιά, και αφού σβάρνισε με το βλέμμα του ολόκληρη την περιοχή, είδε μερικούς Αιγύπτιους σκοπούς να του έχουν γυρισμένη την πλάτη και τράβηξε κατά εκεί.

Μόλις πλησίασε αρκετά άρχισε να τους φωνάζει και εκείνοι, ακούγοντάς τον, γύρισαν απότομα προς το μέρος του. Ο τραυματισμένος Αιγύπτιος στάθηκε τότε με τα χέρια ψηλά για να μην τον πυροβολήσουν και άρχισε να εξηγεί με γρήγορα λόγια ποιος είναι, γιατί είναι έτσι και πως έχει σημαντικές πληροφορίες που θα τις εμπιστευτεί μόνο στον αφέντη του, τον Ιμπραήμ.

Οι σκοποί, καχύποπτοι από τη φύση τους, άρχισαν να του κάνουν ερωτήσεις σχετικές με το αιγυπτιακό στράτευμα, για να δουν αν όντως λέει την αλήθεια και όταν αυτός απάντησε σε όλες σωστά, άφησαν στην άκρη τα λόγια και τον έβαλαν σε μια πάσαρα για να περάσουν απέναντι όπου ήταν ορδινιασμένο το ασκέρι του Ιμπραήμ και είχε και αυτός εκεί στημένη τη σκηνή του.

Ο Ιμπραήμ, όλες τις μέρες που ακολούθησαν μετά την καταστροφή της Κλείσοβας, προσπαθούσε να καταλάβει πως έφτασαν τα πράγματα σ' αυτό το σημείο. Ο στρατηγός έστεκε μπουρινιασμένος μέσα στη σκηνή του και ακόμη και όλο του το χαρέμι που τον ακολουθούσε σε κάθε του εκστρατεία, δεν μπορούσε να του φτιάξει το κέφι. Ο Ιμπραήμ σκεφτόταν πως τέτοιον πόλεμο που του έχουν στήσει εδώ οι ραγιάδες, δεν έχει αντιμετωπίσει ποτέ κανένας στρατηγός και πολύ βαθιά μέσα του, σ' ένα κομμάτι του εαυτού του διαφορετικό από όλα τα υπόλοιπα, άρχισε να αναγνωρίζει την αξία των πολεμιστών που είχε απέναντι του. Παρόλα αυτά όμως, ο εγωισμός του δεν τον άφηνε να παραδεχτεί και την ανημποριά του να συνεχίσει και άλλο την πολιορκία. Ο στρατός του ήταν τσακισμένος και μετά την πανωλεθρία της Κλείσοβας, φόβος βαθύς είχε ριζώσει μέσα στις καρδιές των στρατιωτών του. Ο Ιμπραήμ σκεφτόταν πως κάτι πρέπει να γίνει και μάλιστα να γίνει γρήγορα, αλλιώς τα πράγματα μπορεί να εξελίσσονταν πολύ διαφορετικά από ό,τι τα είχε σκεφτεί ο Αιγύπτιος στρατηγός. στην αρχή της πολιορκίας.

Και κάπου εκεί ψηλά, όπου οι ανώτερες δυνάμεις παίζουν με τη βούληση των ανθρώπων και πλέκουν τη μοίρα ολόκληρων λαών, οι σκέψεις του Ιμπραήμ εισακούστηκαν και το γιαταγάνι του Κασομούλη παρέκκλινε λίγο της πορείας του, χαρίζοντας στον Αιγύπτιο, ναι μεν αποκρουστική όψη αλλά και τη ζωή του και τώρα αυτός, έχοντας καταλάβει τα λόγια του Κασομούλη σχετικά με την έξοδο με τα ελληνικά που γνώριζε, έφτασε στη σκηνή του αφέντη του για να πει ό,τι είχε ακούσει.

Ο Ιμπραήμ άκουσε την αφήγηση του τραυματισμένου στρατιώτη και μετά παραδόθηκε στη σιωπή του. Επιτέλους η τύχη του χαμογελούσε και μάθαινε έγκαιρα τα σχέδια των γκιαούρηδων. Και όχι κάποιο απλό σχέδιό τους, αλλά το μεγάλο τους γιουρούσι, για να γλιτώσουν. Η όψη του στρατιώτη του, και η ιστορία του σχετικά με τη σφαγή όλων των αιχμαλώτων, έπεισαν τον Ιμπραήμ για την αλήθεια όσων του είχε πει. Γιατί να έσφαζαν οι γκιαούρηδες όλους τους αιχμαλώτους, αν όχι για να μην τους προδώσουν την ώρα που θα έβγαιναν;

Ο Αιγύπτιος στρατηγός έσφιξε τα χέρια του σε γροθιές και ένα χαμόγελο αυλάκωσε το πρόσωπό του. Φώναξε τον φρουρό, που στεκόταν έξω από τη σκηνή και τον διέταξε να πάει τον τραυματία στρατιώτη στον προσωπικό του γιατρό για να τον περιποιηθεί. Μετά έστειλε έναν άλλο να πάει και να φωνάξει τον Κιουταχή στη σκηνή του. Όταν έφυγαν όλοι για να εκτελέσουν τις διαταγές του, ο Ιμπραήμ στράφηκε προς το τραπέζι που βρισκόταν στο κέντρο της σκηνής και πήρε πάνω από αυτό ένα φρούτο. Η όρεξή του, που τόσες μέρες του είχε κοπεί, άρχισε να επανέρχεται δριμύτερη και άρχισε να τρώει το φρούτο.

«Δε μένει τίποτα άλλο παρά να πάρουμε τις γυναίκες και τα παιδιά μας μαζί μας. Ο καθένας τη φαμίλια του μια όποιος είναι τυχερός θα γλιτώσει» έλεγε ο Ραζηκότσικας στη συνέλευση για το θέμα των γυναικόπαιδων.

Άκρη δεν είχε βρεθεί για το θέμα αυτό και έτσι ο Ραζηκότσικας σκέφτηκε πως η καλύτερη δυνατή λύση ήταν αυτή.

«Έτσι και αλλιώς, όταν τα γυναικόπαιδα επέστρεψαν ξανά στην πόλη, τότε που ο Κιουτάγιας είχε χαλαρώσει την πολιορκία, όλοι οι άντρες είχαμε πει πως την ευθύνη για τις γυναίκες θα την πάρουμε εμείς. Έτσι ας κάνουμε αυτό τώρα και ό,τι γίνει».

Οι υπόλοιποι καπεταναίοι συμφώνησαν με την πρόταση του Ραζηκότσικα. Καλύτερη λύση δε θα βρισκόταν και το γνώριζαν όλοι. Η μοίρα όμως των ανήμπορων και των πολύ ηλικιωμένων που δε θα μπορούσαν να τους ακολουθήσουν, ήταν προκαθορισμένη. Θα έμεναν όλοι μέσα στην πόλη και θα πουλούσαν όσο πιο ακριβά μπορούσαν την ψυχή τους.

Ο Ραζηκότσικας μαζί με τον Νότη Μπότσαρη και τον Κασομούλη, έμειναν για να γράψουν σε χαρτί το σχέδιο της Εξόδου. Οι υπόλοιποι καπεταναίοι έφυγαν για να διαδώσουν στην πόλη τις αποφάσεις τους.

Είχε αρχίσει να νυχτώνει η 9η του Απρίλη και όλη η πολιτεία είχε μάθει τις αποφάσεις των καπεταναίων. Και τότε, σαν όλοι να περίμεναν μια τέτοια κατάληξη, άρχισαν χωρίς διαμαρτυρίες να ετοιμάζονται για την αυριανή μεγάλη τους ώρα.

Οι γυναίκες άδειαζαν τα νοικοκυριά από τα συγύρια τους και τα απίθωναν καταμεσής στους δρόμους. Όταν οι μπόγοι μεγάλωναν, τους έβαζαν φωτιά, καίγοντας τις περιουσίες τους, για να μη μείνει τίποτα που να μπορούν να χρησιμοποιήσουν οι κατακτητές. Οι πολεμιστές πλένονταν και φορούσαν καθαρές φορεσιές για να πάνε περιποιημένοι στον θάνατο. Πολλές από τις γυναίκες ετοίμαζαν δεύτερες αντρικές φορεσιές για να τις φορέσουν εκείνες το βράδυ της Εξόδου και να σταθούν δίπλα στους άντρες τους. Ο καπνός από τα καμένα νοικοκυριά του Μεσολογγίου υψωνόταν πένθιμα πάνω από την πόλη. Από κανένα χείλι όμως δε βγήκε παραπονεμένος λόγος. Ίσα ίσα που σε πολλές γειτονιές, οι πολεμιστές με τις γυναίκες τους, έστησαν χορό για να ανεβάσουν την ψυχολογία τους.

Σε διάφορα σπίτια της πολιτείας, που είχαν αντέξει τους βομβαρδισμούς, άρχισαν να μαζεύονται οι ανήμποροι και οι γέροντες που δε θα ακολουθούσαν στην Έξοδο. Μαζί τους κουβαλούσαν όπλα και μικρά παιδιά πήγαιναν ξοπίσω τους τσουλώντας στη γη βαρελάκια με μπαρούτη, για να τα έχουν αυτοί, οι τελευταίοι, να υπερασπιστούν τον εαυτό τους.

Ο γέρο Καψάλης είχε αποφασίσει από νωρίς πως δε θα ακολουθούσε τους Εξοδίτες. Αν και η κράση του το επέτρεπε, προτίμησε να μαζέψει στο σπίτι του πολλούς συνομήλικους του και να μετατρέψει τη σάλα του αρχοντικού του σε μπαρουταποθήκη. Ο ηλικιωμένος Καψάλης τριγυρνούσε από νωρίς στους δρόμους και όποιον έβρισκε που θα καθόταν στην πόλη, τον ορμήνευε να πάει στο αρχοντικό του.

Οι λαγουμιτζήδες είχαν αρχίσει να σκάβουν και να δέ-
νουν πολλά λαγούμια κάτω από όλες τις ντάπιες, λογαριά-
ζοντας τα φιτίλια τους να διαρκέσουν μια ώρα από τη στιγ-
μή της Εξόδου και μετά να αρχίσουν να σκάνε διαδοχικά.

Η 9η Απριλίου, προτελευταία μέρα στη ζωή του
Μεσολογγίου, έσβηνε παραδίνοντας τη σκυτάλη στην
τελευταία μέρα.

Κατά τη διάρκεια της νύχτας, λίγοι στο Μεσολόγγι
κατάφεραν να κλείσουν μάτι. Σχεδόν όλοι οι κλεισμένοι
είδαν τον απριλιάτικο ήλιο να ανατέλλει, σκεπτόμενοι
πως ίσως αντικρίζουν ανατολή για τελευταία φορά στη
ζωή τους. Οι παπάδες της πολιτείας, με πρωτεργάτη τον
Ρωγών Ιωσήφ, άρχισαν να κοινωνούν τους γέροντες και
τους ανήμπορους, για να συγχωρεθούν οι αμαρτίες τους
και μετά προχώρησαν και στους πολεμιστές, που έκαναν
τις τελευταίες τους ετοιμασίες για την Έξοδο.

Και αυτή η τελευταία νύχτα, που είχε περάσει, δεν
άφησε αλώβητη τη Φρουρά αλλά ούτε και τα γυναικό-
παιδα. Πολλοί αρματολοί βρέθηκαν νεκροί κοντά στα πό-
στα τους, με τα σώματά τους να μη ζυγίζουν παραπάνω
από τριάντα οκάδες, μεταμορφωμένοι από το συνεχόμε-
νο μαρτύριο της πείνας.

Οι συμπολεμιστές τους αντίκρισαν τα πτώματά τους
και αναρωτήθηκαν πώς είναι δυνατόν να πολεμήσουν και
οι ίδιοι στην κατάσταση που βρισκόταν. Από τους νεκρούς,
από την πείνα, συντρόφους τους δεν τους χώριζε τίποτα
παραπάνω, εκτός από μια μικρή δόση τύχης.

Και η μέρα περνούσε.

Είχε φτάσει το απόγευμα της 10ης Απριλίου και το δράμα του Μεσολογγίου κορυφωνόταν. Οι μανάδες πότισαν ρακί και αφιόνι[50] τα παιδιά τους για να πέσουν σε λήθαργο και να μην τους προδώσουν με τα κλάματά τους. Πολλές από αυτές είχαν ζωστεί άρματα και στεκόταν δίπλα στους πολεμιστές έτοιμες να πέσουν στη φωτιά. Όλοι όσοι θα έπαιρναν μέρος στην Έξοδο, άρχισαν να αποχαιρετούν συγγενείς, φίλους και συμπολεμιστές. Με δάκρυα στα μάτια, ευχόταν μεταξύ τους καλή αντάμωση στον άλλο κόσμο και τα χέρια έσφιγγαν για μια στιγμή περισσότερο τις πλάτες και τα κεφάλια αυτών που αγκαλιαζόταν, πριν πέσουν αδύναμα στα πλευρά τους.

Οι πολεμιστές ήταν από νωρίς στο γελέκι, έχοντας δέσει τις λαβές από τις πάλες και τα γιαταγάνια τους, στους καρπούς των χεριών τους, για να έχουν μεγαλύτερη άνεση στο να γεμίζουν και να πυροβολούν με τις κουμπούρες τους.

Και με το που άρχισε να πέφτει η νύχτα, όλοι οι Εξοδίτες, άρχισαν να μαζεύονται στα προκαθορισμένα σημεία από όπου θα γινόταν η Έξοδος.

---

50 Αφιόνι: οπιούχο παρασκεύασμα

ΕΞΟΔΟΣ

Μια βαριά συννεφιά σκέπαζε τη νυχτερινή ατμόσφαιρα. Το φεγγάρι και τα αστέρια είχαν κρυφτεί και το σκοτάδι ήταν απόλυτο. Ολόκληρη η πλάση είχε βουβαθεί, λες και ψυχανεμιζόταν το κακό που θα γινόταν.

Όλοι οι Εξοδίτες είχαν πάει στις θέσεις τους και περίμεναν τον Τζαβέλα, που είχε οριστεί μαζί με τη Βοήθεια, να περάσει από όλες τις ντάπιες και να μαζέψει και από εκεί τους τελευταίους σκοπούς. Μια μια οι ντάπιες άδειαζαν, προσφέροντας ένα παράξενο θέαμα στα μάτια του Σουλιώτη, καθώς έναν χρόνο τώρα, πάνω σε αυτά τα μικρά προπύργια του κάστρου χτυπούσε η καρδιά της πολιτείας και κρινόταν η τύχη της.

Όταν άδειασαν όλες οι ντάπιες και ο κάθε ένας πολεμιστής πήγε στο σώμα που είχε οριστεί, τα πάντα ήταν έτοιμα για το μεγάλο γιουρούσι.

Το σχέδιο που είχαν κάνει οι καπεταναίοι είχε ως

εξής: Ολόκληρο το ελληνικό ασκέρι, που αποτελούνταν από τέσσερις χιλιάδες πολεμιστές και από έξι χιλιάδες γυναικόπαιδα, που θα έπαιρναν μέρος και αυτά στην Έξοδο, χωρίστηκε σε τρεις μεγάλες κολώνες. Και οι τρεις κολώνες θα έβγαιναν ταυτόχρονα για να δημιουργήσουν σύγχυση στον εχθρό. Η πρώτη κολώνα, με αρχηγό τον Σουλιώτη πολέμαρχο Κίτσο Τζαβέλα, θα έβγαινε από την ντάπια της Λουνέτας. Η δεύτερη, με αρχηγό τον Θανάση Ραζηκότσικα, θα έβγαινε από την ντάπια του Μονταλε-μπέργκ, και η τρίτη, που αποτελούνταν από τον κυρίως όγκο των γυναικόπαιδων με εμπροσθοφυλακή τους πολεμιστές που φαινόταν πως άντεχαν πιο πολύ από τους άλλους, ήταν έτοιμη να βγει από την ντάπια του Κανάρη, που φαινομενικά ήταν και η πιο ασφαλής έξοδος, καθώς το πολυπληθές τουρκοαιγυπτιακό ασκέρι είχε μαζέψει τον όγκο του στο κέντρο του κάστρου. Για την εύκολη προσπέλαση της τάφρου, που είχαν σκάψει οι κλεισμένοι γύρω από το κάστρο, είχαν φτιάξει ξύλινες γέφυρες που τις είχαν έτοιμες να τις ρίξουν και να περάσουν πάνω από την τάφρο. Σημείο συνάντησης, μετά την Έξοδο, είχαν ορίσει το αμπέλι του Κότσικα, μια περιοχή δύο ώρες ποδαρόδρομο από το Μεσολόγγι.

Και όσο η ώρα περνούσε, οι Εξοδίτες, κρατούσαν την ανάσα τους για να μη κάνουν τον παραμικρό θόρυβο και προδοθούν.

Ο Ραζηκότσικας στεκόταν κολλητά στο πορτέλο της ντάπιας του Μονταλεμπέργκ σκεπτόμενος την ώρα που πλησίαζε. Ενώ την προηγούμενη μιάμιση μέρα πανικός είχε καταβάλλει τον αρχηγό, στη σκέψη της Εξόδου, τώρα που είχε φτάσει σχεδόν η στιγμή, μια παράξενη ηρεμία τον είχε κυκλώσει. Αφουγκραζόταν για να ακούσει έστω και μια φωνή από τα χιλιάδες ελληνικά λαρύγγια που στεκόταν πλάι το και δεν άκουγε το παραμικρό. Από το τουρκοαιγυπτιακό στρατόπεδο ακουγόταν οι συνηθισμένες νυχτερινές κραυγές και οι ομιλίες και ο αρχηγός σκεφτόταν πως οι εχθροί δεν έχουν ιδέα τι επρόκειτο να συμβεί. Η πείνα και η εξάντληση που ένιωθε όλο τον προηγούμενο καιρό, είχαν εξαφανιστεί λες και είχε φάει ένα πλουσιοπάροχο δείπνο και είχε ξεκουράσει το κορμί του σε μαλακό στρώμα. Και μέσα στο σκοτάδι της νύχτας, ο Θανάσης Ραζηκότσικας, σήκωσε το πρόσωπό του προς τον κατάμαυρο ουρανό και σταγόνες νερού άρχισαν να χτυπούν πάνω του. Μια σιγανή, αθόρυβη βροχή, άρχισε να πέφτει, λες και ο Θεός κρατούσε και Αυτός την ανάσα Του, μπροστά στο σκηνικό που βρισκόταν σε εξέλιξη από κάτω Του.

Και όταν ήρθε η προκαθορισμένη ώρα, το απελπισμένο εγχείρημα χιλιάδων ψυχών, άρχισε.

Τα πορτέλα στις ντάπιες άνοιξαν και οι πολεμιστές, που είχαν επιφορτιστεί με το να τοποθετήσουν τις γέφυρες πάνω στην τάφρο, πετάχτηκαν έξω και τελείωσαν τη δουλειά τους σε λίγα λεπτά της ώρας.

Οι λαγουμιτζήδες, άναψαν τα φιτίλια από την μπαρούτη που είχαν δέσει στα λαγούμια κάτω από τις ντάπιες και πήραν θέση μέσα στο ασκέρι που άρχισε να βγαίνει.

Ο γέρο Καψάλης τινάχτηκε μέσα στο σκοτάδι που επικρατούσε στο αρχοντικό του και άναψε με άπειρη προσοχή μια από τις δάδες που είχε δίπλα του. Στο ασθενικό της φως, διέκρινε πλήθος γερόντων να βρίσκονται πλάι του, καθισμένοι και ξαπλωμένοι στο κρύο μάρμαρο. Η φλόγα φώτιζε και τους σωρούς από τα βαρέλια μπαρούτης που βρισκόταν αραδιασμένα τριγύρω τους και οι σκιές τους χόρευαν στους τοίχους.

«Άρχισε» ψιθύρισε ο Καψάλης, στερεώνοντας τη δάδα σε ένα καρφί στον τοίχο.

Οι τρεις κολώνες άρχισαν να βγαίνουν από την πολιτεία. Αμέσως έφτασαν στα ξύλινα γεφύρια που είχαν ετοιμάσει για να περάσουν από την τάφρο. Και τότε η βροχή σταμάτησε ξαφνικά. Ένας βρώμικος διαολεμένος άνεμος σηκώθηκε διαλύοντας μέσα σε μερικά δευτερόλεπτα τα σύννεφα και ένα ολόγιομο φεγγάρι έριξε το ασημένιο του φως στις ντάπιες, στην τάφρο και στην τριγύρω πεδιάδα.

Και ο Ραζηκότσικας είδε. Είδε τη λάμψη από χιλιάδες εχθρικά τουφέκια να τον σημαδεύουν. Ο όγκος των Εξοδιτών τον έσπρωχνε προς τα εμπρός και αυτός κοίταξε κάτω, μέσα στην τάφρο και αντίκρισε φλογισμένα μάτια να τον κοιτάζουν και τραβηγμένα γιαταγάνια να λάμπουν χλωμά. Όπου και να έστρεφε το κεφάλι του ο αρχηγός έβλεπε εχθρούς. Ένιωσε πως το σχέδιό τους προδόθηκε αλλά τώρα ήταν πολύ αργά για να κάνει οτιδήποτε άλλο πέρα από επίθεση.

Άνοιξε το στόμα του, για να ουρλιάξει την πολεμική του κραυγή, όταν έφτασε στα αυτιά του η πολεμική κραυγή του Τζαβέλα και των Σουλιωτών του. Κλάσματα μετά, ακούστηκε και η δική του και η κολώνα του όρμησε μέσα στη θάλασσα των εχθρών.

Και οι τρεις κολώνες των κλεισμένων έπεσαν με ορμή μέσα στο εχθρικό ασκέρι και άρχισαν να προχωρούν με αργές πλέον δρασκελιές. Τα βόλια των Τουρκοαιγυπτίων έσκιζαν τις σάρκες των Εξοδιτών χαρίζοντάς τους τον θάνατο και αυτοί προχωρούσαν μέσα σ' αυτό το φονικό χαλάζι προτείνοντας για άμυνα τις πάλες και τα γιαταγάνια τους.

Ο Θανάσης Ραζηκότσικας, εξαντλημένος από την πείνα και ήδη μισοπεθαμένος, έπεσε από τους πρώτους. Δύο απανωτά βόλια βρήκαν τον αρχηγό στο στήθος και μεμιάς το φως χάθηκε από τα μάτια του περνώντας στην αιωνιότητα.

Οι εχθροί είχαν αρχίσει να ξεχύνονται πολυάριθμοι από παντού, κυκλώνοντας τους Εξοδίτες στο φονικό τους αγκάλιασμα. Τα κανόνια τους άρχισαν να ξερνούν όλα μαζί τη φονική τους ανάσα και ολόκληρες σειρές ελληνικών κορμιών κομματιάστηκαν.

Η αρχική ορμή των Εξοδιτών άρχισε να ελαττώνεται και τότε ήταν που η Έξοδος και η στερνή τους ελπίδα για σωτηρία έσβησε και επικράτησε μόνο ένα σκοτεινό μακελειό.

Η κολώνα του Κίτσου Τζαβέλα, στην οποία συμμετείχαν οι περισσότεροι Σουλιώτες, έπεσε με άγρια ορμή στο τουρκοαιγυπτιακό ασκέρι και άρχισε να κερδίζει ολοένα και περισσότερο έδαφος. Οι στρατιώτες των δύο πασάδων, κάτω από τη μανιασμένη επίθεση των κλεισμένων άρχισαν να υποχωρούν και με κεφαλή τον Κίτσο Τζαβέλα, που έσφαζε τους εχθρούς σαν κοτόπουλα, κατάφεραν να διασπάσουν την εχθρική γραμμή και να τραβήξουν κατά το βουνό.

Στην κολώνα όμως του νεκρού πια αρχηγού, η σφαγή συνεχιζόταν ανελέητη. Η ορμή της κολώνας του Ραζηκότσικα είχε χαθεί τελείως. Οι Τουρκοαιγύπτιοι άρχισαν να επιτίθενται από παντού και να σκοτώνουν, χωρίς διάκριση, άντρες, γυναίκες με μωρά στην αγκαλιά και μικρά παιδιά που κρατούσαν από το χέρι τις μανάδες τους.

Και στην τρίτη κολώνα, όπου υπήρχε ο κύριος όγκος των γυναικόπαιδων, σταματούσε η καρδιά του ανθρώπου παρακολουθώντας τις σκηνές που εξελίσσονταν. Πολλές από τις γυναίκες, βλέποντας τους Τουρκοαιγυπτίους να ορμούν σαν λύκοι καταπάνω τους, σκότωναν τα παιδιά τους και μετά έκοβαν τον ίδιο τους τον λαιμό για να μη γίνουν σκλάβες. Άλλες πηδούσαν από την ξύλινη γέφυρα μέσα στην τάφρο, βρίσκοντας εκεί τον θάνατο από τα βόλια των εχθρών.

Και τότε, μέσα στο πανδαιμόνιο που επικρατούσε, μια κολοσσιαία φωνή ακούστηκε πάνω από τις ντάπιες. Μια φωνή που αποτέλεσε την ταφόπετρα των Εξοδιτών.

«Πίσω μωρέ παιδιά. Πίσω στις ντάπιες μας...»

Οι επιτιθέμενοι αρματολοί σάστισαν στο άκουσμα της φωνής και αν τους είχε μείνει λίγη δύναμη για να προχωρήσουν, τώρα την έχασαν και αυτή. Οι μισοί προσπάθησαν να γυρίσουν πίσω και να μπουν ξανά μέσα στην πολιτεία, στην οποία είχαν ήδη αρχίσει οι φωτιές και οι άλλοι μισοί προχώρησαν. Έτσι η δύναμή τους κόπηκε στα δύο. Τα περισσότερα από τα γυναικόπαιδα, βλέποντας τι τους περίμενε μπροστά, γύρισαν μέσα στην πόλη, όπου τελικά η μοίρα τους αποδείχτηκε σκληρότερη, καθώς οι Τουρκοαιγύπτιοι είχαν εισβάλλει ήδη στο Μεσολόγγι.

Οι λίγοι πολεμιστές που έμειναν ζωντανοί από το πρώτο κύμα της επίθεσης, συνέχισαν την πορεία τους, προχωρώντας όλο και πιο βαθιά στο εχθρικό στρατόπεδο, προσπαθώντας να το διαπεράσουν με τα σπαθιά και με τα κορμιά τους. Οι μισοί από αυτούς, πάνω στον πανικό που επικράτησε μετά το άκουσμα της φωνής, γύρισαν μέσα στην πόλη και ήρθαν αμέσως πρόσωπο με πρόσωπο με τους τυφλωμένους από την οργή Τουρκοαιγυπτίους, που διέλυαν τα πάντα στον διάβα τους.

Εκείνες τις τρομερές στιγμές, άρχισαν να σκάνε ένα ένα τα λαγούμια, που είχαν ετοιμάσει οι λαγουμιτζήδες κάτω από τις ντάπιες, εκτοξεύοντας στον αέρα κορμιά τούρκικα, κορμιά αιγυπτιακά και κορμιά ελληνικά, χωρίς καμία απολύτως διάκριση. Σχεδόν όλες οι ντάπιες διαλύθηκαν από την ισχύ των εκρήξεων.

Για μια στιγμή, το τουρκοαιγυπτιακό ασκέρι έκοψε την ορμή του από τον φόβο των εκρήξεων, αλλά μόλις σταμάτησε να βρέχει ανθρώπινες σάρκες, χίμηξε ξανά με καινούρια ορμή προς τον κατεστραμμένο φράχτη, που τόσο καιρό στεκόταν εμπόδιο στις ορέξεις τους.

Και το Μεσολόγγι σχημάτιζε, στην αργασμένη από τις πολεμικές επιχειρήσεις επιφάνεια της γης που το περίκλειε, ένα γιγάντιο πυροτέχνημα που όσο περνούσε η ώρα θέριευε όλο και πιο πολύ.

Στο μεταξύ, η δύναμη του Τζαβέλα είχε καταφέρει να

διασπάσει την εχθρική παράταξη και έτρεχε κάτω από το φεγγαρόφωτο προς το αμπέλι του Κότσικα. Αλλά και από τις άλλες δύο κολώνες, μερικοί πολεμιστές, πέρασαν μέσα από τη φωτιά και το σίδερο και έτρεχαν και αυτοί κατά το αμπέλι του Κότσικα, νομίζοντας πως έχουν γλιτώσει.

Το σκηνικό του τρόμου είχε αρχίσει μέσα στο Μεσολόγγι.

Η κύρια δύναμη των στρατιωτών των πασάδων είχε εισβάλει μέσα στην πόλη και έτρεχε από δρόμο σε δρόμο καίγοντας και λεηλατώντας. Σε όλα τα στενά της πολιτείας φονικές οδομαχίες λάμβαναν χώρα.

Όσοι από τους Εξοδίτες πισωγύρισαν και μπήκαν ξανά στην πόλη, έψαχναν να βρουν κάποιο σπίτι όρθιο για να αμπαρωθούν εκεί μέσα και να πουλήσουν ακριβά το τομάρι τους.

Οι Τουρκοαιγύπτιοι, πολλαπλάσιοι στον αριθμό, κύκλωναν τους Έλληνες και τους τεμάχιζαν με τα γιαταγάνια τους, σκορπίζοντας τα κομμάτια των αποστεωμένων τους κορμιών μέσα στις φωτιές που είχαν ανάψει για να πυρπολήσουν ότι είχε απομείνει από την πόλη. Όταν έπεφταν πάνω σε κάποια γυναίκα, έστρεφαν τα γιαταγάνια τους ο ένας εναντίον του άλλου για να μείνει ένας ζωντανός ώστε να την κρατήσει σκλάβα του. Το αίμα σχημάτιζε λίμνες στους δρόμους της ρημαγμένης πόλης αντανακλώντας τις φωτιές που χόρευαν χαρούμενες πάνω στα ερείπια των σπιτιών.

Ο Τζαβέλας με μερικούς ακόμη που είχαν μείνει ζωντανοί από την κολώνα του, κόντευε να φτάσει στο αμπέλι του Κότσικα, όταν τον πρόφτασαν μερικοί πολεμιστές από το σώμα του Ραζηκότσικα. Όλοι σταμάτησαν την τρεχάλα και κοιτάχτηκαν μεταξύ τους. Μετά, με χέρια τρεμάμενα, άρχισαν να αγκαλιάζονται και να κλαίνε δυνατά, χωρίς να βγαίνουν δάκρυα από τα μάτια τους.

Ο Τζαβέλας προσπάθησε να ξεχωρίσει τον Ραζηκότσικα ανάμεσά τους αλλά δεν το είδε πουθενά. Είδε όμως τον Δημήτρη Μακρή και παραμερίζοντας τους συμπολεμιστές του, πλεύρισε τον Ρουμελιώτη καπετάνιο.

«Μακρή, γλύτωσες από τον χαμό...» είπε, ξέψυχα, ο Τζαβέλας.

Ο Μακρής γύρισε αργά τα κεφάλι του και κοίταξε τον Σουλιώτη. Από τα μάτια του ρουμελιώτη οπλαρχηγού είχε χαθεί κάθε συναίσθημα.

«Ναι, γλύτωσα» ψέλλισε «αυτός όμως που ψάχνεις να βρεις χάθηκε. Ο Ραζηκότσικας έπεσε στην αρχή».

Ο Τζαβέλας έσφιξε τα άσαρκα χείλη του στο άκουσμα του νέου.

«Από την κολώνα του κατάφεραν και γλύτωσαν χίλιοι πολεμιστές τους οποίους τώρα οδηγώ εγώ».

«Άλλους τόσους έχω κι εγώ Μακρή. Με πρόλαβες λίγο πριν του Κότσικα το αμπέλι. Άιντε να μην χασομερούμε και δε γλιτώσαμε ακόμη. Πάμε για εκεί» είπε ο Τζαβέλας και μπήκε επικεφαλής των δύο ομάδων.

Δεν πρόλαβαν όμως να προχωρήσουν παρά μόνο μερικές δεκάδες μέτρα, όταν έπεσαν πάνω σε μια ενέδρα των Τουρκοαιγυπτίων. Οι αρματολοί, αποκαμωμένοι από τον ατελείωτο αγώνα τους, σφάζονται χωρίς οίκτο από το ξεκούραστο ασκέρι του εχθρού. Ελάχιστοι κατάφεραν να γλιτώσουν και ανάμεσα σε αυτούς ήταν και ο Τζαβέλας με τον Μακρή.

Οι ξετρελαμένοι από τη σφαγή Τουρκοαιγύπτιοι είχαν πλησιάσει τον Καψαλέικο μαχαλά όταν είδαν, για πρώτη φορά, το τεράστιο αρχοντικό που είχε μετατρέψει ο γέρο Καψάλης σε βόμβα. Από τα παράθυρα του σπιτιού φαίνονταν γυναίκες και οι Τουρκοαιγύπτιοι, θέλοντας να τις σκλαβώσουν για να τις πουλήσουν στα ανθρωποπάζαρα της Ανατολής, όρμησαν χωρίς δεύτερη σκέψη προς το αρχοντικό.

Στο αρχοντικό του Καψάλη είχαν βρει καταφύγιο δεκάδες γυναικόπαιδα μετά την επιστροφή τους ξανά μέσα στην πόλη και ο γέροντας είχε ορμηνέψει τις πιο νέες να σταθούν μπροστά στα παράθυρα ώστε να τις δουν οι εχθροί και να χιμήξουν όλοι μαζί κοπαδιαστά προς τα εκεί.

Το κόλπο έπιασε και καθώς το αρχοντικό άρχισε να κυκλώνεται από δεκάδες Τουρκοαιγυπτίους, που σκαρφάλωναν στους τοίχους για να μπουν από τα παράθυρα και προσπαθούσαν να σπάσουν την πόρτα για να ορμήσουν μέσα, ο γέρο Καψάλης ξεκρέμασε τη δάδα από το καρφί και κάνοντας τον σταυρό του με το ελεύθερο χέρι, ακούμπησε τη φλόγα πάνω σ' ένα ανοιχτό βαρέλι με μπαρούτι.

Ο Ιμπραήμ ήταν μαζί με τον Κιουταχή και παρακολουθούσαν την επέλαση του στρατού τους, όταν μια γιγαντιαία γλώσσα φωτιάς έσκισε τη μαυρίλα της νύχτας θαμπώνοντας όλες τις άλλες μικρές πυρκαγιές που μαινόταν. Η γη τραντάχτηκε κάτω από τα πόδια των δύο πασάδων και ο αχός της έκρηξης που ακολούθησε έσβησε όλους τους άλλους θορύβους της μάχης. Και οι δύο πασάδες στράφηκαν έκπληκτοι προς την πηγή της έκρηξης και είδαν τη φωτιά να γλείφει τις άκρες του ουρανού, ενώ ένα σαρωτικό κύμα καυτού ανέμου ανακάτεψε τα μαλλιά τους και τα γένια τους. Και οι δύο πασάδες κοιτάχτηκαν ανήσυχοι μεταξύ τους, ενώ αναρωτιόταν σιωπηλά τι μπορούσε να προκαλέσει μια τέτοια έκρηξη.

Ο Τζαβέλας μαζί με τον Μακρή, είδαν τη γλώσσα φωτιάς πάνω από το βουνό, άκουσαν και τον βρυχηθμό της έκρηξης και κατάλαβαν πως ο γέρο Καψάλης έκανε την τελευταία του θυσία.

Το αρχοντικό του Καψάλη ισοπεδώθηκε τελείως από τη δύναμη της έκρηξης, που το ωστικό της κύμα γκρέμισε και τα τριγύρω σπίτια. Ανάμεσα στα συντρίμμια, ξεχώριζαν ανάκατα ελληνικά και τουρκοαιγυπτιακά κουφάρια, διαμελισμένα από τη δύναμη της έκρηξης.

Άρχισε να ξημερώνει ο Θεός την Κυριακή των Βαΐ-ων και το δράμα του Μεσολογγίου δεν είχε τελειωμό. Σε ολόκληρη την πόλη συνεχιζόταν το άγριο κυνηγητό και οι σφαγές έδιναν και έπαιρναν.

Οι ακτίνες του ήλιου έδιναν νέα, φρικιαστική, όψη στην κατεστραμμένη πόλη. Παντού διαμελισμένα σώμα-τα. Παντού ερείπια και καπνοί και παντού Τουρκοαιγύ-πτιοι φρενιασμένοι από το ανατριχιαστικό χαρμάνι του θανάτου, του πλιάτσικου και του τρόμου.

Οι δύο πασάδες, ευχαριστημένοι από τους στρατι-ώτες τους, δεν έδωσαν καμία εντολή για να γίνει κατά-παυση της σφαγής, παρά μόνο τους νουθετούσαν να συ-νεχίσουν ακόμη πιο σκληρά την ανθρωποσφαγή.

Ολόκληρη την ημέρα της Κυριακής των Βαΐων, οι στρατιές τους όργωσαν την πόλη αναζητώντας λεία για τα μαχαίρια τους, βρίσκοντάς τη στους ανήμπορους γέ-ρους και γριές που δεν είχαν ακολουθήσει τον Καψάλη. Έλεος δεν υπάρχει και οι αδύναμες κραυγές των ηλικιω-μένων προστίθενται στα άγρια τριξίματα της φωτιάς που κατατρώει τα πάντα.

Τελείωσε και η Κυριακή. Ξημέρωσε και η Μεγάλη Εβδομάδα και ολόκληρο το Μεσολόγγι είναι παραδομένο στις τραχιές γλώσσες της φωτιάς. Οι τελευταίοι ζωντανοί αρματολοί είχαν κλειστεί στο νησάκι του Ανεμόμυλου και με αρχηγό τον Ρωγών Ιωσήφ, πρόβαλαν την τελευταία αντίσταση. Τριγύρω από το νησάκι μαζεύτηκαν πλήθος πάσαρες ρίχνοντας καταπάνω τους ότι έχουν και δεν έχουν. Με κάποιον τρόπο οι κλεισμένοι στον Ανεμόμυλο άντεξαν και αποφάσισαν να ακολουθήσουν το παράδειγμα του Καψάλη, βάζοντας φωτιά στην μπαρουταποθήκη. Φωτιά και λάμψη βγήκε από τον Ανεμόμυλο και τα μεσολογγίτικα κορμιά τινάχτηκαν κομματιασμένα στον αέρα.

Οι Τουρκοαιγύπτιοι σάστισαν από την αντίσταση των γκιαούρηδων και άρχισαν να ψάχνουν στα ερείπια μπας και βρουν κάποιον ζωντανό. Και η τραγική ορισμένες φορές τύχη μερικών ανθρώπων τους χαμογελάει. Μέσα στα ερείπια ανακαλύπτουν το κουρελιασμένο σώμα του Ρωγών Ιωσήφ με τη φλόγα της ζωής να σιγοκαίει ακόμη στα στήθια του. Με τρομερές κραυγές τρέλας ανάκατης με θρίαμβο, έφτιαξαν μια θηλιά και κρέμασαν τον μισοπεθαμένο αρχιερέα.

Ολόκληρη τη Μεγάλη Δευτέρα οι κατακτητές αλώνιζαν την πόλη ψάχνοντας για κρυμμένους Έλληνες. Αφού κατάφεραν να βρουν και τους τελευταίους και η δίψα τους για αίμα δεν έλεγε να σβήσει, έστρεψαν την καταστροφική τους μανία πάνω στα πτώματα που ήταν αραδιασμένα παντού στην πολιτεία και ακόμη και στους τάφους των επιφανών αντρών που είχαν πεθάνει και είχαν θαφτεί μέσα στο Μεσολόγγι. Από τα κορμιά των Ελλήνων άρχισαν να κόβουν τα αυτιά και να τα παστώνουν σε ξύλινα βαρέλια για να τα στείλουν πεσκέσι στον Σουλτάνο, αποδεικνύοντας έτσι, πόσο μεγάλος στάθηκε εδώ ο χαλασμός των γκιαούρηδων που προσπάθησαν να τους αντισταθούν. Οι στρατιώτες των πασάδων κατάφεραν να μαζέψουν τέσσερις χιλιάδες ζευγάρια αυτιών και την επόμενη μέρα τα έστειλαν στην Υψηλή Πύλη. Έπειτα ξεχύθηκαν στους τάφους, αρχίζοντας να τους σκάβουν για να τους βεβηλώσουν. Τα κόκαλα από τον τάφο του Μάρκου Μπότσαρη, σκορπίστηκαν στην καμένη γη και το ίδιο έγινε και με τα λείψανα του Γερμανού στρατηγού Νόρμαν.

Το σκηνικό της απελπισίας και του τρόμου δυνάμωνε και από τις κραυγές των γυναικόπαιδων που είχαν αιχμαλωτιστεί και στεκόταν με την αλυσίδα της σκλαβιάς περασμένη στο πόδι, έτοιμα για να φύγουν για τα σκλαβοπάζαρα της Ανατολής.

Όταν πια μέσα στο Μεσολόγγι δεν έμεινε πέτρα πάνω σε πέτρα, η οργή των κατακτητών, άρχισε να σβήνει. Οι πασάδες έβγαλαν φερμάνι να συγκεντρωθούν όλα τα πτώματα και να καούν σε μια μεγάλη πυρά, για να αποφύγουν την εξάπλωση οποιασδήποτε επιδημίας. Και όταν ο καπνός από τις νεκρικές πυρές, υψώθηκε πάνω από την πόλη και ενώθηκε με τον καπνό από τα χαλάσματα, ο Κιουταχής με τον Ιμπραήμ, συνοδευόμενοι από ανώτατους Ευρωπαίους αξιωματούχους, μπήκαν για πρώτη φορά στη ρημαγμένη πολιτεία για να αντικρίσουν το αποτέλεσμα της μακροχρόνιας πολιορκίας τους αλλά και της τριήμερης λεηλασίας που είχαν διατάξει.

Η συνοδεία των δύο στρατηγών, με το που μπήκε στην πόλη, έβγαλε από τις τσέπες τους λευκά μαντήλια και σκέπασε τη μύτη τους, φράζοντας κατά κάποιον τρόπο τις φριχτές μυρωδιές του αίματος, της αποσύνθεσης και καμένης σάρκας, που έφταναν στα ρουθούνια τους. Ο Κιουταχής αρκέστηκε στο να σουφρώσει τη μύτη του, ενώ ο Ιμπραήμ δεν έκανε καμιά κίνηση ή κανέναν μορφασμό που να δήλωνε κάποια ενόχληση.

Άρχισαν να περιδιαβαίνουν με τα άλογα τις κατεστραμμένες ντάπιες, αντικρίζοντας το αποτέλεσμα της φονικής μανίας των στρατιωτών τους. Οι Ευρωπαίοι, μετά από λίγο, συνήθισαν τη μυρωδιά, έβγαλαν από τη μύτη τα μεταξωτά τους μαντήλια και άρχισαν να πλέκουν το εγκώμιο των δύο στρατηγών, που πολιόρκησαν και κατέστρεψαν αυτή την επαναστατική φωλιά. Ο Κιουταχής άκουγε τα λόγια τους, σκεπτόμενος πόσο ψεύτικα αντηχούσαν στα αυτιά του, και ο Ιμπραήμ, που είχε χάσει σχεδόν όλο τον στρατό του έξω από τις ντάπιες αυτής της πολιτείας, σπιρούνιζε το άλογό του για να μην ακούει τα λόγια τους.

Όμως ο Γάλλος ναύαρχος Δεριγνί, που όταν έγινε η Έξοδος, ο στόλος του βρισκόταν στο Ιόνιο Πέλαγος και έσπευσε να συγχαρεί τον Ιμπραήμ, σπιρούνισε και αυτός το άλογό του για να προλάβει τον Αιγύπτιο και σε μερικά δευτερόλεπτα βρισκόταν δίπλα του.

«Βλέπω τριγύρω μου, μεγάλε Βεζίρη, ν' απλώνεται μεγάλη ερήμωση και καταστροφή από το χέρι του προκομμένου σου ασκεριού. Αλλά βλέπω το πρόσωπό σου συννεφιασμένο και όχι λαμπερό από τη χαρά της νίκης. Τι συνέβη και είσαι έτσι;»

Ο Ιμπραήμ άκουσε τα λόγια του Γάλλου ναύαρχου αλλά δε μίλησε. Προτίμησε να φέρει ένα γύρω με το βλέμμα του ολόκληρη την περιοχή που έμοιαζε με τοπίο της Αποκάλυψης και απομακρύνθηκε ξανά από τον Δεριγνί.

Ο Γάλλος όμως δεν το έβαλε κάτω και τον ακολούθησε.

«Ε, μεγάλε Ιμπραήμ. Θα μου πεις πως τα πέρασες εδώ, σ' αυτή την τρύπα;»

Ο Ιμπραήμ στράφηκε απότομα τότε προς τον Δεριγνί και, αν και το βλέμμα του πετούσε φωτιές, η φωνή του βγήκε ήρεμη από το στόμα του.

«Γάλλε, τα βλέπεις εκείνα εκεί τα χιόνια που υπάρχουν πάνω στα βουνά;» είπε ο Ιμπραήμ και με το χέρι του έδειξε τις χιονισμένες βουνοκορφές των απέναντι βουνών.

Ο Γάλλος ναύαρχος, παραξενευμένος από την ερώτηση του Αιγύπτιου, γύρισε είδε τα χιόνια και κούνησε καταφατικά το κεφάλι του.

«Άκου λοιπόν, Γάλλε, για να μάθεις πως πέρασα εδώ. Έτσι όπως λιώνουν αυτά τα χιόνια όταν βγαίνει ο ήλιος, έτσι θα έλιωνε και το δικό μου ασκέρι αλλά και του Ρεσίτ, αν η Φρουρά του Μεσολογγίου είχε τρόφιμα για τρεις βδομάδες ακόμη...»

Ο Ιμπραήμ είπε αυτά τα λόγια, σπιρούνισε άγρια το άλογό του και εξαφανίστηκε από εκεί.

ΕΠΙΛΟΓΟΣ

Δεκέμβριος 1826, Μεσολόγγι.

«Μωρέ Μαχμούτ πόσο θέλουμε ακόμα να τελειώσουμε; Λέγε και δεν τον βλέπω καλά τον καιρό...»

Μια ομάδα τριών Τούρκων στρατιωτών περιπολούσε την περίγυρο του κάστρου. Αστραπές έσκιζαν τον θυμωμένο ουρανό και βροντές αντιλαλούσαν. Οι τρεις στρατιώτες βιάζονταν να τελειώσουν την περιπολία τους για να γλιτώσουν την μπόρα που ερχόταν. Ο Μπεκήρ μόλις είχε τελειώσει τον λόγο του, όταν μια γιγαντιαία αστραπή φώτισε τα ερείπια που τους τριγύριζαν. Σχεδόν αμέσως χοντρές σταγόνες βροχής άρχισαν να πέφτουν με ορμή και οι τρείς στρατιώτες έτρεξαν για να προφυλαχθούν κάτω από ένα παράπηγμα.

«Μπεκήρ, μου φαίνεται είσαι πολύ γρουσούζης. Ακόμη δεν άνοιξες το στόμα σου να πεις για βροχή και ο Αλλάχ ρίχνει με το τουλούμι».

«Λίγο ακόμη και θα τελειώναμε. Τώρα, αν δε σταματήσει, θα γίνουμε μούσκεμα. Ποιος μου».

«Σκάστε λίγο και οι δυο σας και δείτε κάτω» είπε ο τρίτος της παρέας, που τόση ώρα δεν είχε βγάλει κουβέντα.

Οι τρείς στρατιώτες έστρεψαν ταυτόχρονα τα κεφάλια τους προς το λασπωμένο έδαφος που η μπόρα συνέχιζε να το χτυπάει με μανία.

Και τότε είδαν.

Είδαν από τα σπλάχνα της κατάμαυρης λάσπης να αναβλύζει κατακόκκινο αίμα, καθώς η ίδια η γη ξερνούσε το αίμα των σφαγμένων της πολιορκίας.

ΤΕΛΟΣ